Miragem em Chamas

Do autor:

Dinheiro Sujo

O Último Tiro

Destino: Inferno

Alerta Final

Caçada às Cegas

Miragem em Chamas

LEE CHILD

Miragem em Chamas

Tradução
Marcelo Hauck

Rio de Janeiro | 2016

Copyright © by Lee Child, 2011

Título original: *Echo Burning*

Editoração: FA Studio

Capa: Raul Fernandes

Texto revisado segundo o novo
Acordo Ortográfico da Língua Portuguesa

2016
Impresso no Brasil
Printed in Brazil

Cip-Brasil. Catalogação na fonte
Sindicato Nacional dos Editores de Livros. RJ

C464m	Child, Lee, 1954- Miragem em chamas / Lee Child; tradução Marcelo Hauck. – 1. ed. – Rio de Janeiro: Bertrand Brasil, 2016. 476 p.; 23 cm.
	Tradução de: Echo burning ISBN 978-85-286-1938-6
	1. Ficção inglesa. I. Hauck, Marcelo. II. Título.
15-22934	CDD: 823 CDU: 821.111-3

Todos os direitos reservados pela:
EDITORA BERTRAND BRASIL LTDA.
Rua Argentina, 171 — 2º andar — São Cristóvão
20921-380 — Rio de Janeiro — RJ
Tel.: (0xx21) 2585-2070 — Fax: (0xx21) 2585-2087

Não é permitida a reprodução total ou parcial desta obra, por
quaisquer meios, sem a prévia autorização por escrito da Editora.

Atendimento e venda direta ao leitor:
mdireto@record.com.br ou (0xx21) 2585-2002

As pessoas pensam que a escrita é uma ocupação isolada e solitária. Elas estão erradas. É um jogo de equipe e sou afortunado o bastante por ter pessoas fascinantes e talentosas ao meu lado em todos os lugares onde sou publicado. Sendo assim, este romance é dedicado a você que trabalhou em algum dos meus livros ou vendeu um deles. Vocês são muito numerosos para que os mencione individualmente, mas importantes demais para não serem lembrados.

1

HAVIA TRÊS SENTINELAS, DOIS HOMENS E UM garoto. Em vez de binóculos, usavam telescópios. Era uma questão de distância. Estavam a quase dois quilômetros da área-alvo por causa do terreno. Não havia um lugar mais perto onde pudessem ficar sem ser percebidos. O terreno era baixo e ondulado, toda sua extensão cáqui de tão queimada pelo sol, assim como a grama, as rochas, o solo arenoso. O esconderijo seguro mais próximo era a larga depressão em que estavam, uma ravina completamente seca, esculpida um milhão de anos antes por um clima diferente, quando havia chuva, samambaias e rios ruidosos.

Os homens estavam debruçados na poeira, com o calor matinal nas costas e os telescópios nos olhos. De joelhos no solo, o garoto pegava água do frigorífico, observava cascavéis e anotava comentários em um caderno.

Eles haviam chegado antes da primeira luz do dia, em uma caminhonete empoeirada que, pelo terreno vazio a oeste, tinha dado a volta em toda a ravina. Eles jogaram uma lona suja sobre o veículo e a prenderam com pedras. Seguiram em frente até a borda da depressão e se posicionaram. Enquanto montavam os telescópios, o baixo sol da manhã se levantava no oeste, atrás da casa vermelha a quase dois quilômetros dali. Era sexta-feira, a quinta manhã consecutiva que passavam juntos, e não queriam saber de muita conversa.

— Horas? — perguntou um dos homens. Por manter um olho aberto e o outro fechado, sua voz estava anasalada.

O garoto olhou para seu relógio.

— Seis e cinquenta — respondeu.

— A qualquer momento, então — disse o homem com o telescópio.

O garoto abriu o caderno e se preparou para fazer as mesmas anotações que já tinha feito por quatro vezes.

— Luz da cozinha acesa — falou o homem.

O garoto se colocou a andar. *Seis e cinquenta, luz da cozinha acesa.* A cozinha estava à frente deles, a oeste do sol matinal; então continuava escura mesmo depois do amanhecer.

— Sozinha? — perguntou o garoto.

— Como sempre — respondeu o segundo homem, com os olhos semicerrados.

Empregada prepara café da manhã, anotou o garoto. Centímetro a centímetro o sol subia. Ele se levantava no céu, deixando as sombras cada vez menores. A casa vermelha tinha uma chaminé alta que saía da cozinha como um ponteiro de relógio de sol. A sombra que fazia se movia, encolhendo-se e o calor nos ombros das sentinelas ficava cada vez mais forte. Eram sete da manhã e já estava quente. Às oito, estaria fervendo. Às nove, pavoroso. E eles ficariam ali o dia todo, até o escurecer, quando poderiam escapulir sem serem vistos.

— Cortinas do quarto abertas — disse o segundo homem. — Ela já se levantou.

O garoto anotou: *sete e quatro, cortinas do quarto abertas.*

Miragem em Chamas

— Agora escutem — disse o primeiro homem.

Bem vagamente, a quase dois quilômetros de distância, eles escutaram a bomba d'agua começar a funcionar. Um clique mecânico discreto e depois um zumbido baixo e constante.

— Ela está tomando banho — comentou o homem.

O garoto anotou: *sete e seis, o alvo começa a tomar banho.*

Os homens descansaram os olhos. Nada aconteceria enquanto ela estivesse no banho. Como poderia? Eles abaixaram os telescópios e piscaram diante do sol reluzente em seus olhos. O clique da bomba ao parar de funcionar foi ouvido depois de seis minutos. O silêncio soava mais alto que o barulho constante. O garoto escreveu: *sete e doze, alvo termina o banho.* Os homens levantaram seus telescópios de novo.

— Acho que ela está se vestindo — comentou o primeiro homem.

O garoto deu uma risadinha e perguntou:

— Dá pra vê-la pelada?

O segundo homem triangulava seis metros ao sul. Ele tinha uma visão melhor da parte de trás da casa, onde estava a janela do quarto.

— Você é nojento — disse ele. — Sabia disso?

O garoto anotou: *sete e quinze, provavelmente se vestindo.* Em seguida: *sete e vinte, provavelmente no térreo, provavelmente tomando café.*

— Ela vai subir de novo e escovar os dentes — comentou.

O homem à esquerda mudou o cotovelo de apoio.

— É claro — disse ele. — Meticulosa do jeito que é.

— Está fechando as cortinas de novo — falou o homem da direita.

Durante o verão, essa era uma prática padrão no oeste do Texas, principalmente se o quarto, como aquele, ficasse de frente para o sul. A não ser que à noite você quisesse dormir em um quarto mais quente que um forno de pizza.

— Vejam — disse o homem —, aposto dez pratas que ela vai para o celeiro agora.

Ninguém aceitou a aposta porque, até então, quatro vezes em quatro ela tinha feito exatamente isso, e as sentinelas eram pagas para identificar os padrões.

— Porta da cozinha aberta.

O garoto anotou: *sete e vinte e sete, porta da cozinha se abre.*

— Lá vai ela.

Ela saiu usando um vestido xadrez azul na altura dos joelhos que deixava os ombros à mostra. O cabelo, ainda úmido por causa do banho, estava preso na parte de trás da cabeça.

— Que tipo de vestido é aquele? — perguntou o garoto.

— Frente única — respondeu o homem da esquerda.

Sete e vinte e oito, ela sai, vestido azul de frente única, segue para o celeiro, anotou o garoto.

A passos curtos e hesitantes nos sulcos irregulares da terra esturricada, ela atravessou o terreno de aproximadamente sessenta metros. Abriu a porta do celeiro e desapareceu na escuridão do interior.

Sete e vinte e nove, alvo no celeiro, anotou o garoto.

— Que calor é este? — perguntou o homem da esquerda.

— Deve estar fazendo uns quarenta graus — respondeu o garoto.

— Vai cair uma tempestade em breve. Com um calor desses, não tem jeito.

— A condução dela já está chegando — comentou o homem da direita.

Alguns quilômetros ao sul havia uma nuvem de poeira na estrada. Um veículo progredia vagarosa e constantemente em direção ao norte.

— Ela está voltando — disse o homem da direita.

Sete e trinta e dois, alvo sai do celeiro, anotou o garoto.

— A empregada está à porta — afirmou o homem.

O alvo parou à porta da cozinha e pegou a lancheira com a empregada. Era azul-claro e tinha um desenho na lateral. Ela parou por um segundo. Sua pele estava rosada e úmida devido ao calor. Inclinou para ajustar as meias e então apertou o passo em direção ao portão, saiu por ele e foi para o acostamento da estrada. O ônibus escolar diminuiu a velocidade, parou e a porta se abriu com um som que as sentinelas ouviram claramente, mesmo com o fraco barulho do motor em marcha lenta. As maçanetas cromadas reluziram uma vez ao sol. A fumaça do escapamento pairava no ar quente e imóvel. O alvo colocou sua lancheira no degrau, segurou-se nas maçanetas brilhantes e subiu com dificuldade. A porta se fechou novamente e as sentinelas observaram sua cabeça cor de milho se agitar paralelamente à parte de baixo das janelas. Em seguida, o barulho do motor aumentou, a marcha foi engatada e o ônibus se afastou, levantando um novo feixe de poeira.

Sete e trinta e seis, alvo no ônibus para a escola, anotou o garoto.

Para o norte a estrada era completamente reta e, virando a cabeça, ele observou o ônibus percorrer todo o caminho até que o calor no horizonte o transformou em uma trêmula e cintilante miragem amarela. O garoto então fechou o caderno e o prendeu com um elástico. Na casa vermelha, a empregada entrou novamente e fechou a porta da cozinha. A aproximadamente dois quilômetros de distância, as sentinelas baixaram seus telescópios e levantaram suas golas para se protegerem do sol.

Sete e trinta e sete, manhã de sexta-feira.

Sete e trinta e oito.

Sete e trinta e nove, a mais de quinhentos quilômetros a noroeste dali, Jack Reacher saía pela janela do quarto de um motel. Um minuto antes, estava escovando os dentes no banheiro. E no minuto anterior a este, tinha aberto a porta do quarto para verificar a temperatura da manhã. Ele a havia deixado aberta. O armário bem na entrada tinha a frente espelhada e no banheiro havia um espelho de barbear em um braço de cantílever. Por um capricho do acaso óptico, avistou quatro sujeitos saindo de um carro e caminhando em direção à recepção do motel. Pura sorte, mas um cara alerta como Jack Reacher tem sorte com muita frequência.

O carro era uma viatura policial. Tinha um escudo na porta e, por causa do brilho do sol e do duplo reflexo, ele pôde lê-lo nitidamente. Em seu topo estava escrito *Polícia Municipal* e havia um medalhão rebuscado no meio, sob o qual estava impresso *Lubbock, Texas*. Todos os quatro homens que saíram estavam uniformizados. Eles tinham cintos volumosos, com armas e rádios e cassetetes e algemas. Três dos homens ele nunca tinha visto, mas o quarto sujeito lhe era familiar. Era um peso-pesado alto que, sobre o rosto rechonchudo e vermelho, tinha um cabelo loiro estilo militar e cheio de gel. Naquela manhã, o rosto vermelho rechonchudo estava parcialmente oculto por uma cintilante tala de alumínio cuidadosamente presa sobre seu nariz estraçalhado. Sua mão direita estava igualmente coberta com uma tala e faixas que protegiam um dedo quebrado.

O sujeito não tinha nenhum dos ferimentos na noite anterior. E Reacher não tinha ideia de que o cara era um policial. Ele parecia ser apenas mais um idiota em um bar. Reacher fora lá porque tinha lhe dito que a música era boa, mas não era. Então ele se afastou da banda e acabou assistindo à ESPN no balcão do bar em uma televisão sem som presa no alto de uma parede. O lugar estava lotado e barulhento e ele se viu entalado entre uma mulher à sua direita e o cara peso-pesado com cabelo estilo militar à esquerda. Os esportes o deixaram entediado; então ele se virou para dar uma olhada no ambiente. Ao se virar, viu como o cara estava comendo.

Ele usava uma regata e comia asas de frango. As asinhas estavam gordurosas e o cara era um nojento. Gordura de frango pingava do queixo e dos dedos, caindo em sua camiseta. Havia uma gota escura bem no meio de seu peitoral. À medida que crescia e se espalhava, transformava-se numa mancha impressionante. Mas a etiqueta dos bares não permite que se olhe para uma cena dessas por muito tempo, e o cara percebeu que Reacher o encarava.

— Tá olhando o quê? — perguntou ele.

Isso foi dito em voz baixa e de maneira agressiva, e Reacher o ignorou.

— Tá olhando o quê? — perguntou de novo o sujeito.

A experiência de Reacher atestava que, se perguntam uma vez, talvez nada aconteça. Mas, se perguntam duas, vai rolar problema. A questão fundamental é que eles interpretam a falta de resposta como prova de que você está com medo. De que estão ganhando. Mas, também, seja como for, não te deixam responder.

— Tá olhando pra mim? — insistiu o cara.

— Não — respondeu Reacher.

Miragem em Chamas 13

— Não fica olhando pra mim, rapaz — ameaçou.

A maneira como disse *rapaz* fez Reacher pensar que ele talvez fosse contramestre em uma serraria ou plantação de algodão. Qualquer que fosse o trabalho braçal executado em Lubbock. Algum tipo de ofício tradicional passado de geração a geração. Com certeza, a palavra *policial* não lhe passou pela cabeça. Mas, também, ele era relativamente novo no Texas.

— Não olha pra mim — advertiu o sujeito.

Reacher virou a cabeça e olhou para ele. Não para provocar o cara. Apenas para avaliá-lo. A vida é infinitamente capaz de surpreender. Por isso ele sabia que um dia ficaria frente a frente com alguém fisicamente igual a ele. Alguém que pudesse deixá-lo preocupado. Mas ele olhou e viu que o dia não seria aquele. Então apenas sorriu e desviou o olhar novamente.

Então o sujeito o cutucou com o dedo.

— Eu falei pra você não olhar pra mim — disse ele e cutucou.

Era um dedo indicador rechonchudo e todo engordurado que deixou uma nítida marca na camisa de Reacher.

— Não faça isso — advertiu Reacher.

O cara cutucou de novo.

— Ou o quê? — provocou. — Você vai fazer alguma coisa?

Reacher olhou pra baixo. Já havia duas marcas. O cara cutucou mais uma vez. Três cutucadas, três marcas. Ele cerrou os dentes. O que eram três marcas de gordura em uma camisa? Reacher começou a contar vagarosamente até dez. Aí o sujeito cutucou de novo, antes que ele nem chegasse a oito.

— Você é surdo? — perguntou Reacher. — Eu falei para não fazer isso.

— E você vai fazer alguma coisa?

— Não. — Não vou mesmo. Só quero que você pare de fazer isso, mais nada.

O cara sorriu e disse:

— Então você é um bostinha medroso.

— Tanto faz — disse Reacher. — Só não coloca a mão em mim.

— Ou o quê? O que você vai fazer?

Reacher recomeçou a contar. *Oito, nove.*

— Quer resolver isso lá fora? — intimou o cara.

Dez.

— Encoste em mim de novo e vai saber — respondeu Reacher. — Eu te avisei quatro vezes.

O cara parou por um segundo. Em seguida, é claro, começou a mover a mão de novo. Reacher pegou o dedo no meio do caminho e o quebrou na primeira junta. Apenas o dobrou para cima como se estivesse girando a maçaneta de uma porta. Em seguida, porque estava irritado, inclinou-se para a frente e deu uma cabeçada bem na cara do sujeito. Foi um movimento sem solavanco, bem dado, mas possivelmente a metade do que poderia ter sido. Não havia a necessidade de colocar o cara em coma por causa de quatro manchas de gordura na camisa. Ele recuou um pouco para dar espaço para o homem cair e se apoiou na mulher à direita.

— Desculpe, senhora — disse.

Desorientada pelo barulho, concentrada no seu drinque, alheia ao que estava acontecendo, a mulher aceitou as desculpas com um vago gesto de cabeça. O grandalhão desabou silenciosamente no assoalho e Reacher usou a sola do sapato para que ele ficasse deitado de lado. Em seguida, com a ponta do pé, deu uma empurrada por baixo do queixo do cara, o que colocou a cabeça dele para trás e endireitou suas vias aéreas. Os paramédicos a chamam de posição de recuperação. Evita que a pessoa fique sufocada enquanto estiver apagada.

Depois disso, ele pagou os drinques, caminhou de volta para o motel e não pensou novamente no sujeito até o momento em que estava em frente ao espelho do banheiro e o viu perambulando de farda. Então pensou com objetividade e o mais rápido possível.

Reacher passou o primeiro segundo calculando ângulos refletidos e pensando: *eu consigo vê-lo, isso quer dizer que ele também consegue me ver?* A resposta era sim, claro que conseguia. Isso se estivesse olhando para o lugar certo, o que ainda não estava fazendo. Passou então o segundo seguinte com raiva de si mesmo. Devia ter lido os sinais. Eles estavam lá. Quem ficaria cutucando um cara forte como ele, a não ser alguém que ocupasse um status social que o protegesse? Que tivesse algum tipo de invulnerabilidade imaginada? Ele devia ter percebido isso.

Miragem em Chamas

O que fazer, então? O cara era um policial no seu próprio território. E Reacher, um alvo facilmente reconhecível. Além de várias outras coisas, ele ainda tinha as quatro manchas de gordura na camisa e um hematoma na testa. Provavelmente haveria peritos criminais que poderiam equiparar o formato desse hematoma com os ossos do nariz do sujeito.

O que fazer, então? Um policial nervoso decidido a se vingar poderia causar problemas. Muitos problemas. Com certeza uma prisão escandalosa, talvez um tiroteio frenético, certamente a diversão do tipo quatro contra um, e brigas em uma cela vazia e isolada lá na delegacia, onde não se pode revidar sem multiplicar seu problema legal original. Depois, todos os tipos de perguntas difíceis porque Reacher geralmente não carregava documentos e, na verdade, nada além de sua escova de dentes e uns dois mil dólares em dinheiro nos bolsos da calça. Ele seria então enquadrado como um tipo suspeito. Muito provavelmente, seria acusado por agredir um policial. O que provavelmente não era pouca coisa no Texas. Todos os tipos de testemunha se materializariam para jurar que agiu com maldade, sem qualquer provocação. Fácil, fácil, ele poderia acabar condenado e na penitenciária. Poderia pegar de sete a dez meses em alguma instituição barra-pesada. E esse não era o primeiro item de sua lista de desejos.

Ou seja, a discrição era seu bem mais valioso naquele momento. Ele colocou a escova de dentes no bolso, atravessou o quarto e abriu a janela. Desprendeu a tela protetora e a jogou no chão. Pulou a janela, fechou-a, colocou a tela de volta no lugar e atravessou um lote vago até a rua mais próxima. Virou à direita e continuou andando até estar escondido por um prédio baixo. Procurou um ônibus. Não havia nenhum. Procurou táxis. Nada feito. Então estendeu o polegar. Calculou que tinha dez minutos para conseguir uma carona antes que terminassem no motel e começassem e vascular as ruas. Dez minutos; quinze estourando.

O que significava que não ia dar certo. Não tinha como dar certo. Sete e trinta e nove da manhã, já fazia mais de trinta e sete graus. Seria absolutamente impossível conseguir uma carona. Num calor daquele, nenhum motorista no planeta abriria sua porta tempo suficiente para ele entrar, sem

falar das longas discussões preliminares sobre destinos. Então achar uma saída a tempo seria impossível. Absolutamente impossível. Ele começou a planejar alternativas, pois tinha certeza absoluta disso. Mas acontece que estava errado, ainda mais que o dia inteiro seria uma série de surpresas.

Havia três assassinos, dois homens e uma mulher. Formavam uma equipe de profissionais de fora do estado, com base em Los Angeles, contatável por meio de um intermediário em Dallas e um segundo contato em Vegas. Estavam no negócio havia dez anos e eram muito bons no que faziam, que era cuidar de problemas em qualquer parte do sudoeste do país e sobreviver para serem pagos e agir novamente quantas vezes lhes pedissem para agir. Dez anos e nenhum sinal de problema. Um time bom. Meticuloso, inventivo, perfeccionista. Em seu estranho mundinho, melhor impossível. E perfeitamente adequado a ele. Eram indiferentes, fáceis de esquecer, brancos, anônimos. Juntos, pareciam a filial de uma empresa de fotocopiadoras a caminho de uma convenção de vendas.

Não que fossem vistos juntos, a não ser por suas vítimas. Viajavam separadamente. Um ia de carro e os outros dois, de avião, sempre por rotas diferentes. Um dos homens era o motorista, porque a invisibilidade era o que objetivam, e uma mulher sozinha dirigindo uma distância muito longa era um pouquinho mais memorável do que um homem. O carro era sempre alugado no Aeroporto Internacional de Los Angeles, que tinha as locadoras de veículos mais movimentadas do mundo. Era sempre um sedan familiar comum, um carro zero à esquerda cor de terra. A carteira de motorista e o cartão de crédito usados para alugá-lo eram sempre verdadeiros, devidamente emitidos em um estado distante, em nome de uma pessoa que nunca tinha existido. O motorista esperava na calçada e entrava na fila no momento em que um voo cheio estava despejando seus passageiros no local de retirada de bagagens, quando seria apenas um rosto entre uma centena. Era baixo, moreno e esquecível, levava uma mala de rodinha, carregava uma bagagem de mão e tinha uma expressão preocupada, assim como a de todos os outros ali.

Miragem em Chamas

Ele preencheu a papelada na locadora de veículos e foi de ônibus até o pátio, onde encontrou o seu carro. Jogou sua bagagem no porta-malas, esperou na saída e partiu em direção à claridade. Passou quarenta minutos nas rodovias dando voltas a esmo ao redor da área metropolitana para ter certeza de que não estava sendo seguido. Depois, vazou para West Hollywood e parou em frente a uma garagem fechada em um beco atrás de uma loja de lingerie. Ele deixou o carro ligado, abriu o portão e o porta-malas e trocou a mala de rodinhas e a bagagem de mão por duas grandes bolsas pretas de náilon grosso. Uma delas era muito pesada. A bolsa pesada era a razão pela qual ele viajava de carro e não de avião. Ela continha coisas que era melhor ficarem longe dos scanners de aeroporto.

Ele fechou a garagem e seguiu para o leste pela Bulevar Santa Mônica, virou para o sul na Estrada 101 e virou de novo para o leste na 10. Ele se ajeitou no banco e se preparou para a viagem de dois dias até o Texas. Não era fumante, mas acendeu vários cigarros, segurando-os, e batendo cinzas no carpete, no painel, no volante. Ele deixava que queimassem e esmagava as bitucas no cinzeiro. Assim, a locadora teria que passar o aspirador de pó com esmero, jogar muito ambientador de carro e esfregar silicone nas partes de vinil, o que eliminaria qualquer traço dele, incluindo as digitais.

O segundo homem também estava a caminho. Era mais alto, mais forte e mais claro, mas não havia nada de inesquecível nele. Ele se juntou à multidão do fim do expediente no Aeroporto Internacional de Los Angeles e comprou uma passagem para Atlanta. Ao chegar lá, trocou sua carteira por uma das cinco outras que levava na bagagem de mão, e um homem completamente diferente comprou outra passagem para o Aeroporto Internacional de Dallas/Fort Worth.

A mulher viajou um dia depois. Era seu privilégio como líder da equipe. Ela estava beirando a meia-idade, de tamanho mediano e era meio loura. Não havia nada de especial, exceto que matar pessoas era o seu meio de vida. Ela deixou o carro no estacionamento do Aeroporto Internacional de Los Angeles, o que não era perigoso, já que o seu carro estava em nome de uma criança de Pasadena que tinha morrido de sarampo havia anos. Ela pegou um ônibus até o terminal, usou um MasterCard falsificado para comprar sua passagem e uma carteira de motorista de Nova Iorque verdadeira para se identificar no portão de embarque. Entrou no avião ao mesmo tempo em que o motorista estava iniciando o seu segundo dia na estrada.

Após a segunda parada para abastecer no primeiro dia, ele desviou para as montanhas do Novo México e encontrou um acostamento sem movimento e empoeirado, onde, sentindo a brisa fresca e fraca, retirou da bolsa pesada uma placa de carro do Arizona e a colocou no lugar da que estava no veículo, que era da Califórnia. Acelerou de volta para a estrada principal e dirigiu por mais uma hora, para então sair e encontrar um motel. Pagou com dinheiro, usou um endereço de Tucson e deixou que o recepcionista anotasse o número da placa do carro, que era do Arizona, na ficha de registro.

Ele dormiu por seis horas com o ar-condicionado do quarto graduado no fraco e voltou para a estrada cedo. Chegou ao Aeroporto Internacional de Dallas/Fort Worth no final do segundo dia e parou o carro no estacionamento. Pegou as bolsas e usou o ônibus circular para ir até a área de embarque. Pelas escadas rolantes, desceu direto para a área de desembarque e entrou na fila da Hertz, porque lá alugavam Fords e ele precisava de um Crown Victoria.

Preencheu a papelada com uma identidade de Illinois. Tomou o ônibus para o pátio da Hertz e pegou o carro. Era um Crown Vic comum azul metálico que não era nem claro nem escuro. Estava feliz com ele. Guardou as malas e dirigiu até um motel perto de um estádio de beisebol na estrada entre Fort Worth e Dallas. Fez o check-in com a mesma identidade de Illinois, comeu e dormiu por algumas horas. Ele acordou cedo e, sob o ardente calor da manhã, se encontrou com seus dois parceiros no exato momento em que Jack Reacher esticou o polegar para pedir carona pela primeira vez, a mais de seiscentos quilômetros de distância, em Lubbock.

A segunda surpresa depois de o policial ter aparecido foi ter conseguido uma carona em três minutos. Nem tinha chegado a suar. Sua camisa ainda

Miragem em Chamas 19

estava seca. A terceira surpresa foi que o motorista que parou para ele era uma mulher. A quarta e maior surpresa de todas foi o rumo que a conversa subsequente tomou.

Durante a maior parte dos últimos vinte e cinco anos, ele pegou carona em mais países que pudesse recordar, e três minutos era o menor intervalo entre esticar o polegar e entrar em um carro do qual conseguia se lembrar. Como meio de transporte, a carona estava morrendo. Era o que ele concluía com base em sua experiência. Motoristas a serviço tinham problemas com as seguradoras, e os cidadãos em seus carros próprios estavam ficando com medo. Afinal, quem saberia que tipo de psicopata estava pedindo carona? E o caso de Reacher era ainda pior, especialmente naquele momento. Ele não era um carinha asseado, arrumadinho e inofensivo. Era um gigante de quase dois metros, corpulento, com cento e vinte quilos. De perto, estava geralmente desmazelado, com a barba por fazer e o cabelo bagunçado. As pessoas tinham medo dele. Preferiam manter distância. E naquele momento ele ainda estava com um hematoma novinho na testa. Por isso, ficou surpreso com os três minutos.

E por que ficou surpreso com a mulher ao volante? Geralmente há uma hierarquia social baseada em algum tipo de estimativa subconsciente de risco. No topo da lista, uma garota jovem consegue carona de um homem mais velho mais facilmente que qualquer um; afinal, qual seria o risco? Porém, ultimamente, com algumas garotas se tornando golpistas que exigem cem pratas para retirar falsas alegações de abuso sexual, até para elas pegar carona está ficando mais difícil. Seja como for, lá na extremidade inferior da lista está o cara desmazelado pegando carona com uma mulher arrumadinha e esguia em um cupê. Mas aconteceu. Em três minutos.

Ele fugia do motel apressadamente no sentido sudoeste, atordoado pelo calor e, pouco visível devido às irregulares sombras da manhã, com o polegar esquerdo esticado insistentemente, quando ela parou ao seu lado com o canto sedento dos pneus largos no asfalto quente. Era um carro branco grande, e o sol sobre o capô ofuscou sua visão. Meio cego, ele se

virou e ela baixou a janela do lado contrário ao dela. Sete e quarenta e dois, manhã de sexta-feira.

— Pra onde? — perguntou a mulher, como se fosse um motorista de táxi e não um cidadão dirigindo seu próprio carro.

— Qualquer lugar — respondeu.

Ele se arrependeu instantaneamente. Era algo estúpido de se dizer, pois não ter destino específico geralmente torna as coisas piores. Eles pensam que você é algum tipo de andarilho inconsequente, o que faz com que suspeitem e se preocupem com a possibilidade de nunca mais se livrarem de você. Ficam com medo de que queira carona até a casa deles. Mas essa mulher apenas concordou com um gesto de cabeça.

— Tudo bem — falou ela. — Estou indo pra um lugar depois de Pecos.

Surpreso, Reacher ficou imóvel por um tempinho. Ela estava com a cabeça abaixada e o rosto virado para cima, olhando para ele pela janela.

— Ótimo — disse ele.

Ele desceu da calçada, abriu a porta e entrou. O interior estava gelado. O ar-condicionado roncava no máximo e o banco de couro parecia um bloco de gelo. Enquanto ele fechava a porta, a mulher levantou o vidro usando o botão ao lado dela.

— Obrigado — agradeceu Reacher. — Você não sabe o quanto eu fico grato por isto.

Ela ficou calada. Apenas fez um gesto indiferente, que serviria para qualquer situação, enquanto se esticava sobre o próprio ombro para olhar o trânsito. As pessoas têm suas razões para dar carona, todas diferentes umas das outras. Talvez tenham sido caroneiras quando mais jovens e agora que estavam sossegadas e confortáveis quisessem recompensar. Como algo circular. Talvez tivessem uma natureza caridosa. Ou talvez estivessem apenas sozinhas e quisessem conversar um pouco.

Mas, se aquela mulher quisesse conversar, não estaria com a menor pressa de começar. Ela esperou dois caminhões passarem e arrancou atrás deles sem dizer uma palavra. Reacher deu uma olhada geral dentro do carro. Era um Cadillac de duas portas, mas comprido como um barco e muito luxuoso. Devia ter uns dois anos de uso, mas estava impecável. O

Miragem em Chamas 21

couro era da cor de osso velho e o vidro era escurecido como uma garrafa vazia de vinho francês. Havia uma bolsa e uma pequena maleta jogadas no banco de trás. A bolsa era comum e preta, talvez de plástico. A maleta era de couro de boi envelhecido, o tipo de coisa que já parece velha quando você a compra. Estava aberta e havia um monte de papéis dobrados enfiados nela, o mesmo que se vê no escritório de um advogado.

— Arrede o banco para trás, se quiser — disse a mulher. — Vai ficar mais espaçoso.

— Obrigado.

Na porta, viu botões em forma de almofadas de poltronas. Ele os apertou e motores silenciosos o movimentaram vagarosamente para trás e reclinaram o encosto. Em seguida, abaixou o banco para fazer com que ficasse imperceptível pelo lado de fora. Os motores zumbiram. Era como estar em uma cadeira de dentista.

— Assim está melhor — comentou a mulher. — Mais confortável para você.

O banco dela estava próxima ao volante, porque ela era pequena. Ele se virou no assento para que pudesse vê-la sem ter que encará-la diretamente. Ela era baixa e magra, tinha a pele morena, os ossos delicados. No conjunto, uma pessoa pequena. Talvez uns quarenta e cinco quilos, talvez uns 30 anos. Cabelos pretos longos e ondulados, olhos escuros, dentes pequenos brancos visíveis por trás de um meio-sorriso tenso. Mexicana, ele presumiu, mas não o tipo que atravessa o Rio Grande em busca de uma vida melhor. Os ancestrais daquela mulher desfrutaram uma vida boa por centenas de anos. Isso estava muito claro. Estava nos genes dela. Ela parecia algum tipo de realeza asteca. Estava usando vestido de algodão simples com uma estampa opaca. Não tinha nada de mais, mas parecia caro. Não tinha mangas e ia até o joelho. Seus braços e pernas eram morenos e lisos, como se tivessem sido polidos.

— Então, pra onde você está indo? — perguntou ela.

Mas parou, deu um sorriso mais aberto e afirmou:

— Não, eu já te perguntei isso. Você não me pareceu saber bem para onde quer ir.

O sotaque dela era completamente americano, talvez mais do oeste que do sul. Ela dirigia com firmeza e dava para ele ver seus anéis. Havia uma aliança de casamento fina e um negócio de platina com um diamante grande.

— Qualquer lugar — respondeu Reacher —, o lugar em que eu chegar é aonde quero ir.

Ela deu um tempinho e sorriu novamente.

— Você está fugindo de alguma coisa? Dei carona pra um fugitivo perigoso?

O sorriso dela mostrava que não eram perguntas sérias, mas ele se pegou pensando que talvez pudessem ser. Considerando a circunstância, não era nenhum absurdo. Ela estava assumindo um risco. O tipo de risco que estava matando a arte de pegar carona como um meio de transporte.

— Estou explorando — explicou ele.

— Explorando o Texas? Ele já foi descoberto.

— Como turista — complementou.

— Mas você não parece turista. Os turistas que a gente recebe aqui usam terninhos de poliéster e vêm de ônibus.

Ela voltou a sorrir enquanto dizia isso. Ficava bonita quando sorria. Parecia confiante, segura de si e refinada a ponto de poder ser considerada elegante. Uma mulher mexicana elegante, usando um vestido caro, que falava muito à vontade. Dirigindo um Cadillac. De repente, ele se deu conta das suas respostas curtas, do seu cabelo, da sua barba, da sua camisa manchada e das suas calças cáqui amarrotadas. E ainda tinha um grande hematoma na testa.

— Você mora por aqui? — perguntou, pois ela tinha dito *os turistas que recebemos aqui* e ele achou que precisava falar alguma coisa.

— Moro ao sul de Pecos — respondeu ela. — A uns quinhentos quilômetros daqui. Eu te disse, é para lá que estou indo.

— Nunca estive lá — comentou ele.

Ela ficou em silêncio e parou em um semáforo. Arrancou novamente, atravessou um entroncamento e pegou a pista da direita. Ele observou sua coxa se mover ao pressionar o acelerador. Mordia o lábio inferior. Os olhos estavam semicerrados. Parecia tensa por algum motivo, mas controlada.

— Então, você explorou Lubbock? — perguntou ela.

— Vi a estátua do Buddy Holly.

Ele viu que ela deu uma olhada para o rádio, como se estivesse pensando: *esse cara gosta de música, talvez eu devesse colocar um som.*

— Você gosta de Buddy Holly? — perguntou ela.

— Não muito — comentou Reacher. — Comportadinho demais pra mim.

Ao volante, ela consentiu com um sinal de cabeça.

— Concordo. Acho que o Ritchie Valens era melhor. Ele também era de Lubbock.

Ele também fez que sim com cabeça e respondeu:

— Eu o vi na Calçada da Fama.

— Há quanto tempo está em Lubbock?

— Um dia.

— E agora está indo embora?

— Esse é o plano.

— Pra onde quer que seja — disse ela.

— Esse é o plano — repetiu.

Eles atravessaram o limite da cidade. Havia uma pequena sinalização metálica em um poste na calçada. Ele sorriu para si. *Polícia municipal*, era o que dizia o escudo no carro do policial. Olhou para trás e viu o perigo se distanciar.

Os dois homens estavam sentados no banco da frente do Crown Victoria, e o cara alto e louro, para dar um descanso ao baixinho moreno, dirigia. A mulher estava sentada atrás. Deixando Dallas para trás, eles saíram do motel e aceleraram pela Interestadual 20, no sentido oeste, em direção a Fort Worth. Ninguém falava. Pensar no vasto interior do Texas os oprimia. Na preparação para a missão, a mulher tinha lido um guia que indicava que o estado constituía um total de sete por cento do território americano e era maior que muitos países europeus. Isso não a impressionava. Todo mundo conhecia essa conversa fiada de que o-Texas-é-realmente-enorme. Todo mundo sempre conheceu. Mas o guia também indicava que, de um lado ao outro, o Texas é maior que a distância entre Nova Iorque e Chicago. Essa informação causou algum impacto. E isso realçava o porquê de estarem encarando uma viagem de carro tão longa apenas para ir de um fim de mundo qualquer a outro.

Mas o carro estava silencioso, fresco, confortável e era tão bom para relaxar quanto qualquer quarto de motel. Afinal, tinham um pouco de tempo para matar.

A mulher diminuiu a velocidade e pegou uma descidinha à direita em direção ao Novo México e, dois quilômetros depois, virou à esquerda, seguiu para o sul, em direção ao velho México. O vestido dela estava amarrotado na cintura, como se o estivesse usando pela segunda vez. Seu perfume era sutil e se misturava ao ar gelado que saía dos orifícios no painel.

— E aí, vale a pena conhecer Pecas? — perguntou Reacher, no silêncio.
— Pecos — corrigiu ela.
— Certo, Pecos.
A mulher deu de ombros e disse:
— Eu gosto. Quase todos são mexicanos; por isso me sinto à vontade quando estou lá.

Sua mão direita apertou o volante com mais força. Ele viu os tendões se deslocando por baixo da pele.

— Você gosta de mexicanos? — perguntou ela.
Também dando de ombros, ele respondeu:
— Acho que tanto quanto gosto de outras pessoas.
— Você não gosta de pessoas?
— Isso varia.
— Você gosta de cantalupo?
— Tanto quanto de qualquer outra fruta.
— Pecos produz os cantalupos mais doces de todo o Texas — comentou ela. — E, por isso, na opinião deles, os mais doces do mundo. Também acontece um rodeio lá em julho, mas você já perdeu o deste ano. E ao norte

de Pecos fica o Condado de Loving. Você já ouviu falar do Condado de Loving?

Ele negou com um gesto de cabeça.

— Nunca estive aqui.

— É o condado menos populoso em todo os Estados Unidos — explicou ela. — Bem, se você deixar de fora alguns lugares no Alasca, eu acho. Mas também o que tem a maior renda per capita. A população é de cento e dez habitantes, mas há quatrocentas e vinte concessões de petróleo ativas.

— Então me deixe em Pecos. Parece um lugar legal — disse ele.

— Era o verdadeiro Velho Oeste — comentou ela. — Há muito tempo, é lógico. Tinha uma parada da linha de trem Texas and Pacific Railroad lá. Havia *saloons* e tudo mais. Um lugar barra-pesada. Era tanto uma palavra quanto uma cidade. Um verbo e também um lugar. "Pecosar" significava atirar em alguém e jogar no rio Pecos.

— Ainda fazem isso?

Ela sorriu de novo. Um sorriso diferente. Um sorriso que substituía a elegância por um pouco de malícia. Aliviou a tensão dela. Fez com que ficasse atraente.

— Não, agora não fazem muito isso — respondeu ela.

— Sua família é de Pecos?

— Não, Califórnia — afirmou ela. — Vim para o Texas quando me casei.

Continue falando, pensou ele, *ela salvou sua pele.*

— Está casada há muito tempo?

— Pouco menos de sete anos.

— Sua família está na Califórnia há muito tempo?

Antes de começar a falar novamente, ela sorriu de novo.

— Há mais tempo do que qualquer californiano, com certeza.

Eles estavam em um terreno plano e vazio, e ela acelerou o carro silencioso por uma estrada completamente reta.

O céu infernal estava tingido de um verde-garrafa pelo para-brisa. O termômetro no painel mostrava que a temperatura do lado de fora era de quarenta e três graus e a de dentro, dezesseis.

— É advogada? — perguntou.

Ela ficou intrigada por um momento, mas fez a conexão, esticou o pescoço e deu uma olhada na maleta pelo retrovisor.

— Não — respondeu —, sou cliente de um advogado.

A conversa morreu de novo. Ela parecia nervosa e ele se sentia pouco à vontade com isso.

— E o que mais você é?

Ela ficou calada por um tempinho.

— Sou esposa e mãe de alguém — disse —, e acho que filha e irmã de alguém. E crio alguns cavalos. Só isso. E você, é o quê?

— Nada em particular — respondeu Reacher.

— Você deve ser alguma coisa — afirmou ela.

— Bem, já fui algumas coisas — disse. — Eu fui o filho de alguém, o irmão de alguém e o namorado de alguém.

— Foi?

— Meus pais morreram, meu irmão morreu e minha namorada terminou comigo.

Uma frase nada boa, pensou Reacher, mas ela não disse nada.

— E não tenho nenhum cavalo — acrescentou.

— Sinto muito — disse ela.

— Por eu não ter cavalos?

— Não, por você estar completamente sozinho no mundo.

— Águas passadas — comentou ele. — Não é tão ruim quanto parece.

— Não se sente sozinho?

Ele deu de ombros.

— Gosto de ficar sozinho.

Depois de um tempo, ela perguntou:

— Por que sua namorada terminou com você?

— Ela foi trabalhar na Europa.

— E você não pôde ir com ela?

— Ela não queria realmente que eu fosse com ela.

— Sei. *Você* queria ir com ela?

Ele ficou quieto por um momento.

Miragem em Chamas

— Acho que não. Seria sossegar demais.

— E você não quer sossegar?

Ele negou com um movimento de cabeça e falou:

— Duas noites no mesmo motel me dá arrepios.

— Por isso, um dia em Lubbock — concluiu ela.

— E o dia seguinte em Pecos — completou ele.

— E depois?

Reacher sorriu.

— Depois, não tenho a menor ideia. E é disso que eu gosto.

A mulher continuou dirigindo, tão silenciosa quanto o carro.

— Então, você *está* fugindo de alguma coisa — alegou. — Talvez você tenha tido uma vida muito sossegada antes e agora esteja querendo fugir exatamente dessa sensação.

Novamente ele negou com um gesto de cabeça e retrucou:

— Não, é exatamente o oposto, na verdade. Fui do Exército a minha vida toda, o que era muito *desassossegado*. Fui gostando dessa sensação cada vez mais.

— Sei — disse ela. — Talvez você tenha se habituado ao caos.

— Acho que sim.

Um tempo depois, ela perguntou:

— Como alguém passa a vida toda no Exército?

— Meu pai também era militar. Cresci em bases militares em todo o mundo e fiquei nelas quando cresci.

— Mas agora você está fora.

Ele concordou e comentou:

— Muito bem treinado e lugar nenhum para onde ir.

Ele viu que a mulher estava pensando na resposta dele. Viu a tensão voltar. Ela começou a pisar com mais foça no acelerador, talvez sem perceber, talvez como um reflexo involuntário. Ele tinha a sensação de que o interesse dela estava aumentando, assim como a velocidade do carro.

* * *

A Ford fabricava dezenas de milhares de Crown Victorias na sua fábrica em St. Thomas, no Canadá, e quase todos, eram vendidos a departamentos de polícia, empresas de táxi ou locadoras de veículos. Quase nenhum deles era vendido para pessoas físicas. Os Turnpike Cruisers já não têm muito mercado e, para os aficionados que ainda querem um da Ford Motor Company, o Mercury Grand Marquis é o mesmo carro, com uma roupagem mais pomposa e praticamente pelo mesmo preço; portanto arrematando as vendas para pessoas físicas. Isso fazia com que Crown Victorias particulares fossem mais raros que Rolls-Royces vermelhos. Então, a reação subliminar quando se via um que não fosse amarelo-táxi ou preto e branco com *Polícia* escrito nas portas era de que se tratava de um carro de detetive sem identificação. Ou que era um carro ligado ao governo de alguma outra maneira, possivelmente delegados federais, ou o FBI, ou o Serviço Secreto, ou um veículo cedido a um médico-legista ou comandante do corpo de bombeiros de uma cidade grande.

Essa era a impressão subliminar e havia maneiras de fortalecê-la um pouco.

Naquele território vazio, na metade do caminho para Abilene, o cara alto e louro saiu da rodovia e passou por terrenos densamente arborizados, até que encontrou uma saída empoeirada, provavelmente a uns vinte quilômetros do ser humano mais próximo. Ele parou ali, desligou o carro e abriu o porta-malas. O baixinho moreno puxou a bolsa e a colocou no chão. A mulher a abriu e entregou duas placas de Virginia para o louro alto, que pegou uma chave de fenda na bolsa e tirou as placas do Texas da frente e da traseira. Parafusou as de Virginia no lugar. O baixinho moreno retirou as quatro calotas, deixando à mostra as rodas pretas de aço vagabundo. Empilhou as calotas como se fossem pratos e as arremessou dentro do porta-malas. A mulher retirou quatro antenas de rádio da bolsa. Eram antenas CB e celulares baratas compradas numa loja Radio Shack em LA. Depois que o porta-malas foi fechado, ela colocou as antenas CB na tampa, as quais tinham bases magnéticas e não estavam ligadas a nada. Só compunham o visual.

Em seguida, o baixinho assumiu a direção, que era sua por direito, deu meia-volta na poeira e voltou facilmente para a rodovia. Um Crown Vic com as rodas peladas e com uma floresta de antenas e placa de Virgínia. Provavelmente um carro do FBI, cujos três passageiros deviam ser agentes em uma missão urgente.

— O que você fazia no Exército? — perguntou a mulher despreocupadamente.

— Eu era policial — respondeu Reacher.

— O Exército tem policiais?

— É claro — confirmou —, a polícia do Exército. São policiais que tratam de questões internas da corporação.

— Não sabia disso — comentou ela.

E ficou calada de novo. Estava pensando bastante. Parecia entusiasmada.

— Você se importa se eu te fizer umas perguntas? — falou ela.

Ele deu de ombros.

— Você está me dando uma carona.

Ela concordou.

— Eu não gostaria de te ofender.

— Isso seria difícil nestas circunstâncias. Quarenta e três graus lá fora e dezesseis aqui.

— Vai cair uma tempestade daqui a pouco. Com uma temperatura dessas, não tem como não cair.

Ele deu uma olhada para o céu. Estava tingido de verde-garrafa pelo para-brisa e ofuscantemente claro.

— Não vejo nem sinal de tempestade — comentou.

Ela sorriu de novo, brevemente, e interrogou:

— Posso perguntar onde você mora?

— Não moro em lugar nenhum — respondeu. — Fico perambulando.

— Você não tem uma casa em algum lugar?

Reacher meneou negativamente a cabeça e falou:

— O que está vendo é o que tenho.
— Você não carrega quase nada.
— O mínimo que consigo.

A mulher ficou em silêncio durante o quilômetro seguinte, que foi percorrido com rapidez.

— Você está desempregado? — perguntou ela.

Ele concordou e disse:

— Geralmente.

— Você era um bom policial? No Exército?

— Dava pro gasto, eu acho. Eles me promoveram a major, me deram algumas medalhas.

Depois de ficar calada um tempinho, ela perguntou:

— Então por que você saiu?

Parecia uma entrevista. De emprego ou para pegar um empréstimo.

—- Redução de pessoal. Com o fim da Guerra Fria, queriam um Exército menor, com menos pessoas, e por isso não precisavam de tantos policiais tomando conta deles.

Com um gesto de cabeça, ela confirmou que tinha entendido e concluiu:

— Como numa cidade. Se a população diminui, o departamento policial também diminui. Tem a ver com impostos e coisas do tipo.

Ele ficou calado.

— Moro numa cidadezinha pequena — disse ela. — Echo, ao sul de Pecos, como te falei. É um lugar isolado. Por isso o chamam de Echo. Não porque, como numa sala vazia, lá tem muito eco, que é o que a palavra significa. É da mitologia da Grécia antiga. Eco era uma jovem apaixonada por Narciso. Mas ele amava a si mesmo, não a garota. Então ela definhou até que a única coisa que sobrou foi a sua voz. E é por isso que a cidade é chamada de Echo. Não há muitos habitantes. Além disso, também é um condado. Um condado e um município. Não tão vazio quanto o Condado de Loving, mas não tem nem departamento de polícia. Só o delegado do condado, que trabalha sozinho.

Havia algo na voz dela.

Miragem em Chamas

— Algum problema? — perguntou ele.

— É um condado muito *branco* — afirmou ela —, nem um pouco parecido com Pecos.

— E?

— E as pessoas podem ter problema se a coisa fica feia.

— E a coisa está feia?

Ela sorriu meio sem jeito e alegou:

— Você era mesmo um policial. Faz perguntas demais. E sou eu que quero fazer perguntas.

A mulher ficou em silêncio por um momento, dirigindo com as mãos morenas e lisas no volante, deslocando-se rapidamente, mas sem correr. Reacher usou os botões em forma de almofada e deitou o banco um pouquinho mais. Ele a observava pelo canto do olho. Era bonita, mas estava perturbada. Dali a dez anos, ela teria algumas rugas primorosas.

— Como era a vida no Exército? — perguntou ela.

— Diferente. Diferente da vida fora do Exército.

— Diferente como?

— Regras diferentes, situações diferentes. Era um mundo próprio. Muito regulamentado, mas meio sem lei. Meio rudimentar e incivilizado.

— Como no Velho Oeste — sugeriu ela.

— Acho que sim. — Um milhão de pessoas treinadas acima de tudo para fazer o que é necessário ser feito. As regras vêm depois.

— Como no Velho Oeste. — Acho que você gostava disso.

— Em parte — respondeu ele.

Ela não disse nada por um tempo.

— Posso fazer uma pergunta pessoal?

— Vá em frente — autorizou ele.

— Qual é o seu nome?

— Reacher.

— É o seu nome? Ou sobrenome?

— As pessoas só me chamam de Reacher.

Ela ficou calada um tempinho.

— Posso fazer outra pergunta pessoal?

Ele autorizou com um gesto de cabeça.

— Você já matou pessoas, Reacher? No Exército?

Novamente ele movimentou afirmativamente a cabeça e acrescentou:

— Algumas.

— Na verdade, fundamentalmente, o Exército é isso, né? — perguntou ela.

— Acho que sim — respondeu ele. — Fundamentalmente.

Ela ficou quieta de novo. Como se pelejando para tomar uma decisão.

— Há um museu em Pecos — falou enfim. — Um verdadeiro Museu do Velho Oeste. Parte dele fica em um *saloon* antigo e parte, em um hotel também antigo que fica ao lado. Na parte dos fundos está o túmulo de Clay Allison. Já ouviu falar em Clay Allison?

Reacher negou.

— Era chamado de *Gentleman Gunfighter* — explicou ela. — Ele chegou a se aposentar, mas aí foi atropelado por uma carroça que carregava grãos e morreu por causa dos ferimentos. Foi enterrado lá. Há uma lápide bonita onde está escrito *Robert Clay Allison 1840-1887*. Eu já vi. Também tem uma inscrição que diz *nunca matou um homem que não merecesse ser morto*. O que você acha disso?

— Acho que é uma inscrição bonita — respondeu Reacher.

— Há também um jornal antigo — acrescentou ela —, num estojo de vidro. Acho que de Kansas City, e nele foi publicado seu obituário, que diz: *indiscutível é que muitas de suas severas ações foram justas, de acordo com o que ele entendia ser justo*.

O Cadillac acelerou para o sul.

— Um obituário bonito — comentou Reacher.

— Você acha?

Ele concordou e completou:

— Provavelmente, melhor seria impossível.

— Você gostaria de um obituário e assim?

— Bem, ainda não — comentou Reacher.

Miragem em Chamas

Ela sorriu novamente, desculpando-se.

— Não — disse —, acho que não. Mas você gostaria de *ser merecedor* de um obituário desses? Digo, no futuro.

— Consigo imaginar coisas piores — disse ele.

Ela ficou calada.

— Quer me dizer aonde isto aqui vai dar? — indagou ele.

— Esta estrada? — retrucou ela com nervosismo.

— Não, esta conversa.

A mulher continuou dirigindo por um momento, depois tirou o pé do acelerador e deixou o carro seguir em frente. Perderam velocidade até ela estacionar no acostamento empoeirado, que se transformava em uma vala de irrigação seca. Isso fez com que o carro ficasse num ângulo absurdo, completamente inclinado para o lado dele. Ela colocou o câmbio no ponto-morto com um movimento de pulso curto e delicado, deixando o motor em marcha lenta e o ar-condicionado roncando.

— Meu nome é Carmem Greer — disse ela. — E preciso da sua ajuda.

2

— SABE, NÃO FOI À TOA QUE TE DEI CARONA — disse Carmem Green.

As costas de Reacher estavam pressionadas contra a porta. O carro estava tombado como um navio afundando, muito inclinado sobre o acostamento. O escorregadio banco de couro não contribuía para que se levantasse. Com uma mão no volante e a outra no encosto do banco dele, a mulher se inclinava para cima de Reacher. Seu rosto estava a trinta centímetros de distância. E parecia indecifrável. Reacher olhava para além dele, para a poeira da vala no lado de fora.

— Você vai conseguir sair deste declive? — perguntou.

Ela voltou o olhar para o asfalto. A superfície áspera estava trêmula por causa do calor, a mais ou menos no mesmo nível da janela.

Miragem em Chamas **35**

— Acho que sim — respondeu. — Espero que sim.

— Eu também.

Ela o encarou.

— E então, por que me deu carona? — perguntou Reacher

— Por que você acha?

— Não sei — afirmou ele. — Achei que eu estava com sorte. Que você fosse uma pessoa gentil fazendo um favor a um estranho.

Ela negou e esclareceu:

— Não, eu estava procurando um cara tipo você.

— Por quê?

— Eu devo ter dado carona para dezenas de sujeitos. Observei centenas. É só isso que tenho feito o mês inteiro. Perambular pelo oeste do Texas procurando quem precisa de carona.

— Por quê?

Ela nem deu ideia para a pergunta. Um pequeno gesto de indiferença.

— É inacreditável a quantidade de quilômetros que andei com este carro — disse. — E quanto dinheiro gastei com gasolina.

— Por quê? — perguntou ele novamente.

Ela ficou calada. Não respondeu. Apenas ficou em silêncio por um longo tempo. O apoio de braço estava forçando o seu rim. Ele arqueou as costas, apoiou-se nos ombros e se ajeitou. Ele se pegou desejando que outra pessoa tivesse lhe dado carona. Alguém contente em apenas dirigir do ponto A ao ponto B. Levantou o olhar para ela.

— Posso te chamar de Carmem?

Ela consentiu e disse:

— Pode, claro.

— Está bem, Carmem. — Você vai me contar o que está acontecendo?

A boca dela se abriu e depois se fechou novamente. Abriu e fechou.

— Não sei por onde começar — reclamou ela. — Agora que chegou a hora.

— Hora de quê?

Ela não respondia.

— É melhor você me dizer exatamente o que quer — disse ele. — Ou eu saio do carro aqui e agora.

— Está fazendo quarenta e três graus lá fora.

— Eu sei que está.

— Uma pessoa pode morrer nesse calor.

— Eu assumo os riscos.

— Não tem como você abrir a sua porta — argumentou ela. — O carro está inclinado demais.

— Então eu estouro o para-brisa pra sair.

Carmem ficou quieta por um instante.

— Preciso de sua ajuda — repetiu ela.

—Você nunca me viu.

— Não pessoalmente — comentou. — Mas você dá conta do recado.

— Que recado?

Mais uma vez ela ficou em silêncio. E veio com um sorriso curto e irônico.

— É tão difícil — comentou ela. — Eu ensaiei este discurso milhões de vezes, mas agora não sei como vai sair direito.

Reacher ficou calado. Apenas esperou.

— Alguma vez você já se envolveu com advogados? — perguntou ela. — Eles não fazem nada por você. Só querem muito dinheiro e muito tempo e depois dizem que não há muita coisa a ser feita.

— Então contrate outro advogado — sugeriu ele.

— Já tive quatro — rebateu ela. — Quatro em um mês. São todos iguais. E são todos muito caros. Não tenho dinheiro suficiente.

— Você tem um Cadillac.

— É da minha sogra. Só peguei emprestado.

— Você está usando um anel de diamante enorme.

Mais uma vez, ela se calou. Seus olhos ficaram anuviados.

— Meu marido é que me deu.

Ele olhou para ela e indagou:

— E ele não pode te ajudar?

Miragem em Chamas 37

— Ele não tem como me ajudar. —Você alguma vez já procurou um detetive particular?

— Nunca precisei de um. Eu *era* um detetive.

— Na verdade, eles não existem — afirmou ela. — Não do jeito que você vê nos filmes. Eles só querem ficar assentados no escritório trabalhando pelo telefone. Ou pelo computador, com seus bancos de dados. Eles não saem e *fazem* algo por você de verdade. Eu despenquei até Austin. Um sujeito de lá disse que podia me ajudar, mas ele queria usar seis homens e me cobrar quase dez mil dólares por semana.

— Pra quê?

— Aí eu fiquei desesperada. Estava entrando em pânico de verdade. Então tive esta ideia. Imaginei que, se procurasse pessoas pegando carona, eu talvez achasse alguém. Uma delas acabaria sendo o tipo certo de pessoa que estaria disposta a me ajudar. Tentei escolher com muito cuidado. Eu só parava para homens mal-encarados.

— Obrigado, Carmem — disse Reacher.

— Não falei por mal — esclareceu ela. — Não é para ser ofensivo.

— Mas você podia ter se dado mal.

Ela concordou e disse:

— E quase me dei mal mesmo umas duas vezes. Mas eu tinha que correr o risco. Eu tinha que achar *alguém*. Achei que pudesse encontrar caras de rodeio, ou dos campos de petróleo. Você sabe, caras brutos, valentões, talvez desempregados, que não tivessem muito a perder. Que estivessem ansiosos para ganhar uma grana, mas eu não posso pagar muito. Isso vai ser um problema?

— Até agora, Carmem, tudo vai ser um problema.

Novamente ela ficou em silêncio antes de dizer:

— Falei com todos eles. Você sabe, bati papo com eles um pouquinho, discuti algumas coisas, como a gente fez. Eu estava tentando fazer algum tipo de julgamento sobre como eles seriam, por dentro, em termos de caráter. Estava tentando ter acesso às qualidades deles. De uns doze talvez. E nenhum era bom de verdade. Mas acho que você é.

— Acha que sou o quê?

— Acho que você é a minha melhor oportunidade até agora — afirmou ela. — É verdade, acho mesmo. É um ex-policial, foi do Exército, não tem vínculo com lugar nenhum. Você não podia ser melhor.

— Não estou procurando emprego, Carmem.

Com o semblante alegre, ela disse:

— Eu sei. Já percebi isso. O que eu acho que é melhor ainda. Faz com que seja puro, você não vê isso? Ajudar por ajudar. Nenhum mercenarismo envolvido. E seus antecedentes são perfeitos. Te dão a obrigação.

— Não dão, não — falou ele, encarando-a.

— Você foi um soldado — argumentou ela. — E um *policial*. É perfeito. Seu dever é ajudar as pessoas. É isso que os policiais *fazem*.

— Nós passamos a maior parte do tempo prendendo gente. Não rolava muita ajuda, não.

— Mas tem que rolar. Para *isso* existem os policiais. É tipo a obrigação fundamental deles. E um policial do Exército é ainda melhor. Foi você mesmo que disse que faz o que for necessário.

— Se precisa de um policial, vá até o delegado do condado. De Pecos ou de onde quer que seja.

— Echo — disse ela. — Moro em Echo. Ao sul de Pecos.

— Tanto faz — falou ele. — Procure o delegado.

— Não posso procurar o delegado.

Reacher não disse mais nada. Apenas se apoiou em metade das costas, pressionadas contra a porta devido à inclinação do carro. O motor continuava pacientemente em marcha lenta e o ar-condicionado roncava. A mulher ainda estava inclinada sobre ele. Ela permanecia em silêncio. Olhava para fora por sobre ele, e seus olhos piscavam, como se estivesse prestes a chorar. Como se estivesse pronta para derramar uma enxurrada de lágrimas. Como se estivesse tragicamente desapontada, talvez com ele, talvez consigo mesma.

— Você deve estar achando que eu sou doida — disse ela.

Ele virou a cabeça e a examinou, com firmeza, dos pés à cabeça. Pernas fortes e magras, braços fortes e magros. O vestido caro tinha subido, deixando as coxas à mostra, e ele conseguia ver a alça do sutiã no ombro. Era branquíssimo em contraste com a cor da pele dela. O cabelo estava limpo e penteado, e as unhas, cortadas e pintadas. Rosto elegante e inteligente, olhos cansados.

— Não sou doida — afirmou ela.

E então olhou diretamente para ele. Havia algo em seu rosto. Talvez uma súplica. Quem sabe desesperança ou desespero.

— É que sonho com este momento há um mês — disse ela. — Minha última esperança. Sei que foi um plano ridículo, mas é tudo que tinha. Sempre achei que tivesse chance de funcionar, ainda mais com você, e agora eu estou estragando tudo por me comportar como uma doida.

Ele ficou calado por muito tempo. Minutos. Ele pensou num restaurante especializado em panquecas que tinha visto em Lubbock, bem em frente ao motel em que esteve hospedado. Parecia muito bom. Reacher poderia ter atravessado a rua, ido lá, pedido uma pilha de panquecas e uma porção de bacon. Muito xarope. Talvez um ovo. Teria saído de lá meia hora depois de ela ter aparecido na cidade. Poderia estar agora sentado ao lado de um caminhoneiro gente boa, escutando rock no rádio. Por outro lado, poderia estar todo moído e sangrando em uma cela de cadeia, aguardando a chegada da data da acusação formal.

— Comece de novo — disse ele. — Fale logo o que você tem pra falar. Mas antes nos tire desta porcaria desta vala. Eu estou muito desconfortável. E bem que podia tomar um café. Tem algum lugar aqui onde possamos tomar um café?

— Acho que tem — respondeu ela. — Tem, sim. A mais ou menos uma hora daqui, eu acho.

— Então vamos lá. Vamos tomar um café.

— Você vai me largar e fugir — disse ela.

Era uma possibilidade encantadora. Ela o encarou, por uns longos cinco segundos, e então concordou com um gesto de cabeça, como se uma decisão tivesse sido tomada. Ela engatou a marcha e acelerou. Como o carro tinha tração dianteira, todo o peso foi para a traseira, e os pneus derraparam. Uma rajada de cascalho acertou o assoalho, e uma nuvem quente

de poeira cáqui subiu e os envolveu. Em seguida, o carro conseguiu subir a vala e saltou a beira do asfalto. Ela o controlou, endireitou-o na pista e acelerou em direção ao sul.

— Não sei por onde começar — disse ela.

— Pelo começo — sugeriu ele. — Assim sempre funciona melhor. Pense direito e me conte quando estivermos tomando café. Temos tempo.

Ela sacudiu a cabeça. Através do para-brisa, cravou os olhos na trêmula estrada vazia à frente. A 110 ficou quieta por uns dois quilômetros.

— Não temos, não — afirmou ela. — É urgente.

A oitenta quilômetros a sudoeste de Abilene, em uma silenciosa estrada municipal quinze quilômetros ao norte da rodovia leste—oeste, o Crown Victoria, com o motor em marcha lenta e o capô aberto três centímetros para uma melhor refrigeração, aguardava tranquilamente no acostamento. Tudo ao redor era tão extremamente plano que a curvatura da Terra se revelava e, em todas as direções, arbustos ressecados escorriam vagarosamente pelo horizonte. Não havia trânsito; portanto, nenhum barulho além do denso e sussurrado som do motor em marcha lenta e do zumbido pesado da terra tostando e rachando sob o insuportável calor.

O retrovisor elétrico do motorista estava completamente virado para fora, para que ele pudesse ver toda a estrada atrás de si. A poeira levantada pelo Crown Vic já tinha baixado e dava para enxergar claramente uma distância de uns dois quilômetros, até o ponto em que o asfalto esturricado e o céu se misturavam e se espatifavam, transformando-se em uma trêmula miragem prateada. O motorista estava com os olhos centrados nesse brilho distante, esperando que fosse perfurado pelo indistinto formato de um carro.

Ele sabia que carro seria. A equipe tinha sido bem informada. Seria um Mercedes-Benz branco, guiado por um homem sozinho que seguia para um compromisso que não podia perder. Estaria em alta velocidade porque estava atrasado, já que estava habitualmente atrasado para tudo. Eles sabiam qual era o horário marcado para o compromisso que aconteceria a cinquenta quilômetros dali, seguindo em frente naquela estrada.

Miragem em Chamas

Então, uma aritmética simples lhes dava um horário-alvo para poder ajustar seus relógios. Um horário-alvo que estava se aproximando rapidamente.

— Então vamos nessa — disse o motorista.

Sentiu calor ao sair para fechar o capô. Ele voltou para o carro e pegou um boné com a mulher. Um dos três bonés comprados de um vendedor ambulante na Bulevar Hollywood, a treze dólares e noventa e cinco centavos cada. Era azul-marinho, com *FBI* em algodão branco bordado à máquina na parte da frente. O motorista o ajeitou na cabeça e puxou a aba para baixo, logo acima dos olhos. Engatou a marcha e manteve o pé no freio com força. Inclinou-se um pouquinho para a frente e manteve os olhos no retrovisor.

— Bem na hora — disse ele.

A miragem prateada estava saltitando e sacudindo, e uma imagem branca irrompeu dela, movendo-se com velocidade em direção a eles, como um peixe pulando para fora da água. A imagem tomou forma e se firmou na estrada. Colado no chão, deslocava-se rapidamente. Um sedan branco da Mercedes, com pneus largos e vidros escuros.

O motorista aliviou a pressão no pedal de freio, e o Crown Vic se moveu lentamente pela poeira. Ele acelerou quando o Mercedes ainda estava a cem metros. O carro passou urrando, e o Crows Vic arrancou no bafo quente deixado por ele. O motorista endireitou o carro e acelerou. Sorriu com os lábios pressionados um no outro. O comboio da matança estava prestes a agir de novo.

O motorista do Mercedes viu faróis piscando em seu retrovisor, olhou de novo e viu o sedan atrás dele. Havia a silhueta de bonés nos bancos da frente. Ele baixou os olhos automaticamente para o velocímetro, que marcava mais de cento e cinquenta. Sentiu no peito a fria facada do tipo *puta merda*. Desacelerou enquanto calculava o quanto já estava atrasado, o quanto ainda teria que andar e qual seria a melhor maneira de lidar com aqueles caras. Humildade? Ou talvez *sou importante demais para essa chatice*? Ou ainda algo camarada tipo *que isso, pessoal, eu também estou trabalhando*?

Quando diminuiu a velocidade, o sedan emparelhou e ele viu três pessoas, uma sendo mulher. Havia antenas de rádio por todo o carro. Nenhuma luz, nenhuma sirene. Não eram policiais comuns. O motorista acenava para que ele fosse para o acostamento. A mulher pressionava contra o vidro uma carteira com sua identificação, que continha *FBI* em alto-relevo. *FBI* também estava escrito nos bonés. Pessoas com semblantes sérios, parecendo exauridas pelo serviço. Uma viatura de aparência séria. Ele relaxou um pouco. O FBI não parava pessoas por excesso de velocidade. Devia ser alguma outra coisa. Provavelmente algum tipo de checagem de segurança, o que fazia sentido, considerando o que ocorria a cinquenta quilômetros dali. Ele movimentou a cabeça afirmativamente, freou e seguiu para o acostamento à direita. Pisou de levinho no freio e o carro perdeu velocidade até parar, envolto por uma enorme nuvem de poeira. A viatura reduziu a velocidade e parou atrás dele, com o brilho dos faróis ofuscado pela nuvem.

A maneira de fazer aquilo era mantê-los quietos e vivos o maior tempo possível. Postergar qualquer tipo de briga. Lutas deixavam evidência, sangue, tecidos e fluidos corporais jogados por todo o lugar. Então os três saíram do carro sem muita pressa, como se fossem profissionais ocupados lidando com algo importante, mas que não ocupava o topo de sua lista de preocupação.

— Sr. Eugene? — interrogou a mulher. — Al Eugene, certo?

O motorista do Mercedes abriu a porta, saiu do carro e ficou em pé no calor e claridade. Tinha por volta de trinta anos, era moreno e pálido, rechonchudo e flácido, não era alto. Ele olhou para a mulher, e ela viu algum tipo de polidez sulista inata em relação às mulheres, o que o colocava imediatamente em desvantagem.

— O que posso fazer por você, dona? — perguntou ele.

— Seu celular não está funcionando, senhor? — inquiriu a mulher.

Dando um tapinha no bolso do paletó, Eugene disse:

— Deveria estar.

— Posso dar uma olhada, senhor?

Miragem em Chamas

Eugene o tirou do bolso e entregou. A mulher digitou um número e pareceu surpresa.

— Parece normal — disse ela. — Senhor, pode nos ceder cinco minutos?

— Talvez — respondeu Eugene. — Se você me disser pra quê.

— Um pouco à frente na estrada há um diretor adjunto do FBI que precisa falar com você. Eu acho que é urgente, ou não estaríamos aqui. Também deve ser muito importante, ou teriam nos falado do que se trata.

Eugene puxou a manga e olhou para o relógio.

— Tenho um compromisso — argumentou.

— Sabemos disso, senhor. Tomamos a liberdade de ligar com antece- dência e reagendá-lo para você. Só precisamos de cinco minutos — disse a mulher.

Eugene deu de ombros.

— Posso ver sua identificação? — perguntou ele.

A mulher lhe passou a carteira. Era feita de couro preto gasto e tinha uma janelinha opaca de plástico na parte de fora. Havia uma identificação do FBI com foto atrás dela. Era plastificada e impressa em alto-relevo, com o tipo de fonte ligeiramente antiquada que o governo federal usaria. Como a maioria das pessoas nos Estados Unidos, Eugene nunca tinha visto uma identificação do FBI e presumiu que aquela fosse sua primeira.

— É pertinho, né? — perguntou ele. — Está bem, acho que vou seguir vocês, então.

— Vamos levá-lo lá — afirmou a mulher. Há uma barreira no lugar e carros particulares deixam o pessoal bem nervoso. Nós trazemos você de volta num pulo. São só cinco minutos.

Eugene deu de ombros de novo.

— Está bem — concordou.

Todos eles andaram em grupo até o Crown Vic. O motorista segurou a porta do passageiro da frente para Eugene.

— O senhor vem aqui — disse ele. — Você está classificado como um indivíduo classe A, e se nós colocarmos um indivíduo classe A no banco de trás, vão com certeza nos ferrar bonito.

Eles perceberam que Eugene se inflou um pouco por causa do status que lhe foi atribuído. Ele concordou com um gesto de cabeça, abaixou-se e se sentou no banco da frente. Ou não tinha notado que eles ainda estavam com seu celular, ou não estava ligando para isso. O motorista fechou a porta assim que ele entrou e deu a volta pela frente do carro até a outra porta. O louro alto e a mulher entraram atrás. Vagarosamente, o Crown Vic deu a volta no Mercedes estacionado e subiu o asfalto à esquerda. Acelerou até atingir uns noventa quilômetros por hora.

— Em frente — disse a mulher.

— Eu sei — disse o motorista. — Chegaremos lá.

A uns cinco ou seis quilômetros de distância, havia uma coluna de fumaça na estrada. Uma brisa tímida a elevava e arrastava para a esquerda. À procura da entrada que tinha examinado trinta minutos antes, o motorista desacelerou. Ele a viu, atravessou o acostamento do lado contrário e desceu sacolejando por uma estrada que parecia uma *causeway*. Em seguida virou abruptamente para a direita e parou bem atrás de um monte de arbustos suficientemente altos para esconder o carro. O homem e a mulher no banco traseiro sacaram revólveres, inclinaram-se para a frente e os pressionaram no pescoço de Eugene, bem atrás das orelhas, onde a estrutura do crânio humano possui duas convenientes cavidades com o formato perfeito para se encaixar canos de armas.

— Fique quietinho — ordenou a mulher.

Eugene ficou quietinho. Dois minutos depois, um veículo grande escuro passou ruidosamente acima deles. Um caminhão ou um ônibus. A poeira nublava o céu, e os arbustos farfalhavam com o movimento do ar. Com uma arma na mão, o motorista se aproximou da porta de Eugene. Ele a abriu, inclinou-se e pressionou o cano na garganta de Eugene, onde o término das clavículas também faz uma cavidade bastante conveniente.

— Saia — disse ele. — Com muito cuidado.

— O quê? — foi tudo o que Eugene conseguiu falar.

— Já falamos o quê — disse a mulher. — Agora sai.

Eugene saiu com três armas apontadas para a sua cabeça.

— Afaste-se do carro — ordenou a mulher. — Saia de perto da estrada.

Miragem em Chamas

Aquele era o momento mais delicado. Eugene olhava ao redor, mas a intensidade e rapidez dos movimentos de sua cabeça eram controladas pelo limite da sua ousadia. Seu corpo estremecia. Ele se afastou do carro. Um passo, dois, três. Olhava para tudo quanto era lugar. A mulher sinalizou com a cabeça.

— Al — gritou ela.

Com passos largos, dois parceiros seus pularam para longe. Eugene virou a cabeça rapidamente a fim de olhar para a mulher que tinha gritado seu nome. Ela atirou no seu olho direito. O som do tiro explodiu e reverberou como trovão pela paisagem quente. A parte de trás da cabeça de Eugene se desprendeu e virou uma massa disforme, ele desabou e ficou esparramado num emaranhado frouxo de pernas e braços. A mulher caminhou em volta dele, agachou-se e olhou mais de perto. Em seguida ela se afastou e ficou em pé com as pernas e braços abertos, como se estivesse pronta para ser revistada em um aeroporto.

— Confiram — disse ela.

Os dois homens se aproximaram e examinaram cada centímetro de sua pele e roupa. Em seguida, verificaram o cabelo e as mãos dela.

— Nada — concluiu o baixinho moreno.

— Nada — confirmou o homem alto e louro.

Um movimento afirmativo com a cabeça. Um pequeno sorriso. Nenhum resíduo. Nenhuma evidência. Nenhum sangue ou osso ou cérebro em parte alguma de seu corpo.

— Certo — disse ela.

Os dois homens se aproximaram de Eugene e cada um pegou um braço e uma perna. Arrastaram seu corpo uns três metros pra dentro do arbusto. Eles tinham encontrado ali uma fenda estreita no calcário, uma rachadura na pedra de aproximadamente três metros de profundidade e uma abertura de mais ou menos meio metro, suficientemente espaçosa para acomodar um cadáver de lado, estreita demais para a envergadura de dois metros de um abutre ou de um búteo. Eles o conduziram até que a mão e a perna soltas caíssem no buraco; então baixaram o corpo cuidadosamente até terem certeza de que o tronco caberia. O cara era meio gordo, mas entrou sem ficar atolado na pedra. Assim que se sentiram seguros, soltaram-no. Ele ficou caído a uns dois metros de profundidade.

As manchas de sangue já estavam secando e escurecendo. Chutaram poeira do deserto sobre elas e varreram a área com um arbusto para apagar as pegadas. Em seguida foram até o Crown Vic, entraram, o motorista deu marcha à ré e passou pelos arbustos. Fez a curva e subiu até a estrada. O carrão apontou no caminho de onde tinha vindo e acelerou vagarosamente até atingir noventa quilômetros por hora. Um tempo depois, ele passou pelo Mercedes branco de Eugene, estacionado exatamente onde o tinham deixado, do outro lado da estrada. Ele já tinha cara de abandonado e estava coberto por uma fina camada de poeira.

— Eu tenho uma filha — disse Carmem Greer — Já contei isso para você, né?

— Você me disse que era mãe — falou Reacher.

— De uma garota. Ela tem seis anos e meio.

E ficou quieta por um minuto.

— Eles a chamaram de Mary Ellen — comentou ela.

— Eles?

— A família do meu marido.

— Eles que colocaram o nome na sua filha?

— Aconteceu. Eu não estava em posição de impedi-los.

Reacher ficou quieto por um tempinho.

— Que nome você teria dado a ela? — perguntou ele.

— Gloria, talvez. Eu a achava gloriosa — respondeu ela suspendendo os ombros

Ficou quieta novamente.

— Mas ela é a Mary Ellen — comentou ele.

Ela fez que sim.

— Eles a chamam de Ellie. Senhorita Ellie, às vezes.

— E ela tem seis anos e meio?

— Mas estamos casados há menos de sete anos. Eu te falei isso também, né? Você pode fazer as contas, então. Algum problema?

Miragem em Chamas 47

— Pra fazer as contas?

— Estou falando da dedução.

Ele negou com o rosto virado para o para-brisa.

— Problema nenhum pra mim. Por que haveria?

— Problema nenhum pra mim também — disse ela. — Mas isso explica por que eu não estava em posição de impedir.

Ele não respondeu.

— Tivemos todos os tipos de começos ruins — continuou ela. — Eu e a família dele.

Ela disse isso com uma voz de profundo desapontamento, como uma pessoa que se referiria a uma tragédia do passado, um acidente de carro, um desastre de avião, um diagnóstico fatal. Da maneira como uma pessoa se referiria ao dia em que sua vida mudara para sempre. Ela agarrou o volante, e o carro seguiu por conta própria, como um casulo de frio e silêncio na paisagem escaldante.

— Quem são eles? — perguntou ele.

— Os Greer. Uma antiga família do Condado de Echo. Estão lá desde a primeira vez que o Texas foi roubado. É possível que eles também estivessem lá para roubar um pouco dele.

— Como eles são?

— São como se espera que sejam — disse ela. — Texanos brancos das antigas, cheios de dinheiro que está com eles há muito tempo. Boa parte dele já se foi, mas ainda resta muito. Têm sua história relacionada ao petróleo e à criação de gado, são protestantes batizados em rios, mas não vão à igreja nem pensam sobre o que o Senhor possa estar dizendo a eles. Caçam animais por prazer. O patriarca morreu há algum tempo e a mãe ainda está viva, têm dois filhos e primos espalhados por todo o condado. Meu marido é o filho mais velho, Sloop Greer.

— Sloop? — perguntou Reacher. — Mas Sloop não significa Corveta?

Ela sorriu pela primeira vez desde que saíram da vala.

— É, Sloop — repetiu ela.

— Que nome é esse?

— Um antigo nome da família — disse ela. — Acho que era algum ancestral dele. Provavelmente alguém que estava na Batalha do Álamo, lutando contra a minha família.

— Parece nome de barco. Qual é o nome do irmão dele? Iate? Rebocador? Transatlântico? Petroleiro?

— Robert — disse ela.

— Sloop — repetiu Reacher. — Esse é novo pra mim.

— Pra mim também — comentou ela. — A coisa toda era nova pra mim. Mas passei a gostar do nome dele. O destacava, de alguma maneira.

— É, acho que destacaria.

— Eu o conheci na Califórnia — disse Carmem. — Fazíamos a mesma faculdade, a UCLA.

— Fora do território dele — comentou Reacher.

Ela parou de sorrir.

— Correto. Olhando pra trás, só assim poderia ter acontecido. Se o tivesse conhecido fora dali, você sabe, com o pacote todo à vista, nunca teria acontecido. De jeito nenhum. Eu juro pra você. Acho que nunca teria nem *vindo* aqui, o que eu gostaria que *tivesse acontecido*.

Ela parou de falar e, com as pálpebras meio fechadas, olhou para o brilho do sol à frente. Havia uma tira de estrada negra, e algo brilhava mais adiante à esquerda, um alumínio radiante que se espatifava em fragmentos móveis devido ao calor quase incandescente que subia do asfalto.

— Olhe lá o restaurante — disse ela. — Eles com certeza têm café.

— Seria estranho se não tivessem — comentou ele.

— Tem muita coisa estranha por aqui.

O restaurante ficava ao lado da estrada, numa pequena elevação no centro de uma área de cem metros quadrados de terra batida que servia de estacionamento. Havia uma placa em um poste alto e nenhuma sombra. Duas caminhonetes estavam cuidadosamente estacionadas longe uma da outra.

— Certo — disse ela, de maneira hesitante, assim que começou a diminuir a velocidade. — É agora que você vai fugir. Está pensando que um dos caras de caminhonete pode te dar uma carona.

Miragem em Chamas 49

Ele não disse coisa alguma.

— Se está, faça isso depois, tá? — pediu ela. — Por favor. Não quero ficar sozinha num lugar desses.

Ela diminuiu ainda mais a velocidade e desceu da estrada para a terra. Estacionou bem ao lado do poste com a placa, como se fosse uma árvore que pudesse proteger contra o sol. Sua escassa sombra atravessava o capô como uma barra. Ela colocou a marcha em posição de estacionamento e desligou o carro. O compressor do ar-condicionado assobiava e gorgolejava no repentino silêncio. Reacher abriu a porta. O calor o golpeou como uma fornalha de uma usina. Era tão intenso que ele quase não conseguia respirar. Ficou desorientado por um segundo, esperou por ela e então atravessaram juntos a terra quente. Estava esturricada e dura como concreto. Ao longe, até onde os olhos conseguiam ver, só havia um emaranhado de arbustos e um ofuscante céu esbranquiçado e quente. Reacher deixou que Carmem andasse meio passo à sua frente para que pudesse observá-la. Ela estava com os olhos semicerrados e a cabeça voltada para o chão, como se não quisesse ver nem ser vista. O seu vestido agora tinha um comprimento decoroso, pois ia até os joelhos. Ela se movia com graciosidade, como uma dançarina. A parte de cima do corpo ficava ereta e perfeitamente fixa enquanto as pernas à mostra se movimentavam elegantemente.

O restaurante tinha um pequeno vestíbulo com uma máquina de vender cigarros e um rack cheio de panfletos sobre imobiliárias, troca de óleo, rodeios em cidadezinhas e feiras de armas. Encontraram frio novamente após a segunda porta. Eles ficaram juntos no delicioso friozinho por um momento. Havia uma caixa registradora ao lado da porta e uma garçonete de aspecto cansado sentada de lado em um banquinho perto do balcão. Dava para ver um cozinheiro na cozinha. Dois homens, em mesas separadas. Todas as quatro pessoas levantaram o olhar e pararam o que estavam fazendo, como se houvesse algo que poderiam, mas não iriam falar.

Reacher observou cada um deles por um segundo, virou-se e levou Carmem até uma mesa no final do cômodo. Ele se sentou, deslizou pelo banco de vinil pegajoso, inclinou a cabeça pra trás e pôde sentir um jato

de ar frio que descia de uma abertura no teto. Carmem se sentou do lado oposto, levantou a cabeça, e ele olhou para ela de frente pela primeira vez.

— Minha filha não se parece em nada comigo — comentou a mulher. — Às vezes, acho que essa é a mais cruel ironia em toda essa situação. Aqueles genes safados dos Greer com certeza esmagaram os meus.

Ela tinha olhos escuros espetaculares, com cílios longos que se curvavam ligeiramente sobre eles, e um nariz reto que se abria em formato de Y nas sobrancelhas. As elevadas maçãs do rosto eram emolduradas por densos cabelos negros que emanavam um brilho azul-marinho. A boca era um botão de rosa com um delicado rastro de batom vermelho. Sua pele era suave e sem manchas, tinha cor de chá fraco ou de mel escuro e guardava por baixo de si um brilho translúcido. Na verdade, ela era muito mais clara que os antebraços de Reacher queimados de sol, mesmo sendo ele branco e ela, não.

— Então com quem a Ellie parece?

— Com eles.

A garçonete trouxe água gelada, um bloquinho de notas, um lápis, um queixo arrebatado e nenhuma conversa. Carmem pediu café gelado e Reacher, café puro.

— Não parece que ela é minha de jeito nenhum — afirmou Carmem. — Pele rosada, cabelo louro, meio gordinha. Mas tem os meus olhos.

— Sorte dela — disse Reacher.

Ela deu um sorriso rápido.

— Obrigada. O plano é mantê-la com sorte.

Ela segurou seu copo de água no nível do rosto. Em seguida usou um guardanapo para secar a mesa. A garçonete trouxe as bebidas. O café gelado estava em um copo alto e ela derramou um pouco ao abaixá-lo. O de Reacher estava em uma garrafa térmica de plástico. Ela empurrou uma caneca de porcelana para ele e deixou a conta na metade do caminho entre as duas bebidas, saindo sem dizer uma palavra.

— Você precisa entender que eu já amei Sloop — disse Carmem.

Reacher não respondeu e ela olhava diretamente para ele.

— Te incomoda ouvir esse tipo de coisa? — perguntou ela.

Miragem em Chamas 51

Ele negou com a cabeça, apesar de, na verdade, aquilo incomodá-lo um pouco. Lobos solitários não se sentem necessariamente confortáveis com as intimidades de estranhos.

— Você falou pra eu começar do início — argumentou ela.

— É, falei.

— Então, é isso que estou fazendo. — Eu já o amei. Você precisa entender isso. E precisa entender que não era difícil. Ele era grande, bonito, sorria muito, era descontraído e relaxado. E nós estávamos na faculdade, éramos jovens, e Los Angeles é um lugar muito especial, onde tudo parece possível e nada parece ter muita importância.

Ela retirou um canudo da vasilha sobre a mesa e o desembrulhou.

— E você tem que saber de onde eu vinha — continuou ela. — A verdade é que pra mim era tudo ao contrário. Eu não era uma mexicana preocupada se a família branca me aceitaria. Eu me preocupava se a *minha* família aceitaria esse gringo. Era assim que eu via a situação. Minha família possuía mil acres em Napa; passamos a vida ali e sempre fomos as pessoas mais ricas que eu conhecia. E as mais cultas. Conhecíamos arte, história, cultura. Fazíamos doações a museus. Empregávamos pessoas brancas. Por isso eu ficava preocupada sobre o que minha gente diria sobre eu me casar fora dali.

Ele deu um golinho de café. Estava gosmento e velho, mas teria de servir.

— E o que eles disseram? — perguntou ele.

— Ficaram loucos. Achei que eles estavam sendo insensatos. Agora eu sei que não.

— O que aconteceu?

Ela deu uma chupadinha no canudo. Pegou um guardanapo da vasilha sobre a mesa e limpou os lábios com leves batidinhas. Ele ficou sujo de batom.

— Bom, eu estava grávida — comentou —, o que, é claro, fez com que tudo ficasse um milhão de vezes pior. Meus pais são muito religiosos, muito tradicionais e basicamente cortaram relações comigo. Eles me renegaram. Foi meio parecido com aquela história vitoriana: expulsa aos degraus da

porta de casa cobertos de neve com uma trouxa de farrapos, só que, é claro, não estava nevando e a trouxa de farrapos era uma mala Louis Vuitton.

— E o que você fez?

— A gente se casou. Ninguém foi, só alguns amigos da escola. Moramos alguns meses em LA, nos formamos, ficamos lá até faltar um mês para o parto. Pra dizer a verdade, foi legal. Nós éramos jovens e estávamos apaixonados.

Ele serviu uma segunda caneca de café.

— Mas? — interrogou.

— Mas Sloop não conseguia achar emprego. E eu comecei a perceber que ele não estava se esforçando muito. Conseguir um emprego não estava nos planos dele. A faculdade significava quatro anos de diversão para ele, depois era voltar para casa e assumir os negócios do papai. O pai dele estava pronto para se aposentar naquela época. Eu não gostava dessa ideia. Eu achava que estávamos começando algo novo, por conta própria, sabe? Uma geração nova de ambos os lados. Eu tinha desistido de algumas coisas e achava que ele também deveria. Por isso, nós discutíamos muito. Por estar grávida, eu não podia trabalhar e não tinha meu próprio dinheiro. Então, no final, não tivemos como arcar com o aluguel, ele ganhou a discussão, voltamos aqui pro Texas, fomos morar no antigo casarão com a família dele, o irmão e os primos por todo lado. E eu ainda estou lá.

O tom de profundo desapontamento voltou a tomar conta de sua voz. O dia em que sua vida mudara para sempre.

— E? — perguntou Reacher.

Ela olhou diretamente para ele.

— E foi como se o chão se abrisse e eu tivesse caído direto no inferno. Foi um choque tão grande. Eu não tive nem reação. Eles me trataram de maneira estranha e, de repente, no segundo dia, eu me dei conta do que estava acontecendo. Eu tinha sido uma princesa durante toda a minha vida, sabe, e então eu era só mais uma menina bacana como centenas de outras em LA, mas agora eu não passo de uma feijoeira nojenta. Nunca falaram isso diretamente, mas era *tão* evidente. Eles me odiaram porque eu era a nojenta da chicana piranha que tinha fisgado o garotinho querido deles.

Miragem em Chamas 53

Eles foram sofridamente educados, mas eu acho que era porque a estratégia deles era esperar que o Sloop voltasse a si e me dispensasse. Aqui no Texas, você sabe, isso acontece. Os garotões, quando jovens e imprudentes, gostam de uma carne escurinha. Às vezes é como um rito de passagem. Depois eles caem em si e se endireitam. Sei que era isso o que eles estavam pensando. E esperando. E foi um choque, pode acreditar em mim. Eu nunca tinha pensado em mim dessa maneira. Nunca. Nunca precisei. Nunca tive que enfrentar isso. Em um instante, o mundo todo tinha ficado de cabeça para baixo. Foi como se eu tivesse caído num lago gelado. Não conseguia respirar nem pensar nem me mexer.

— Mas ele não te dispensou, evidentemente.

Ela baixou o olhar para a mesa.

— Não — respondeu —, ele não me dispensou. Em vez disso, começou a me bater. Na primeira vez me deu um soco no rosto. Ellie nasceu no dia seguinte.

Atrás de um amontoado de árvores a pouco menos de quinze quilômetros de distância da rodovia, na metade do caminho entre Abilene e Big Spring, o Crown Victoria foi novamente transformado em um carro normal alugado pela Hertz. A placa de Virginia foi substituída pela do Texas. As calotas foram recolocadas. As antenas celulares foram desgrudadas do vidro traseiro e colocadas de volta na bolsa. As antenas CB também foram descoladas da lataria e guardadas junto às outras. Os bonés foram colocados um dentro do outro e guardados juntamente com as armas. O telefone celular de Eugene foi destruído com uma pedra e os pedaços arremessados no fundo do matagal. Uma pouco da terra do acostamento da estrada foi salpicado no banco do passageiro para que o pessoal da locadora de carros tivesse que aspirá-lo, o que limparia também qualquer fio de cabelo e vestígio de Eugene.

Depois disso, o sedan arrancou, subiu no asfalto e partiu de volta para a rodovia. Seguiu tranquilamente para o oeste, um veículo fácil de ser esquecido, carregando pessoas com essa mesma característica. Eles pararam mais uma vez, em um lugar cujo nome era uma homenagem ao Rio Colorado,

onde tomaram refrigerantes e fizeram uma ligação telefônica de um telefone impossível de ser rastreado. A ligação era para Las Vegas, de onde foi redirecionada para Dallas, de onde, novamente, foi redirecionada para uma cidadezinha no Texas. Ela informava sobre o completo sucesso até o momento, uma mensagem que foi recebida com gratidão.

— Ele rasgou meu lábio e deixou meus dentes moles — disse Carmem Greer.

Reacher olhou para o rosto dela.

— Essa foi a primeira vez — continuou ela. — Ele simplesmente perdeu o controle. Mas, logo em seguida, sentiu muito remorso. Ele me levou de carro para o hospital. É muito, muito longe de casa, a horas e horas de lá, e durante todo o caminho ele ficou implorando para que o perdoasse. Depois para que eu não contasse a verdade sobre o que tinha acontecido. Ele parecia envergonhado de verdade e então eu concordei. De qualquer maneira, eu não tive que falar nada mesmo porque, assim que chegamos, entrei em trabalho de parto e eles me levaram para a maternidade no andar superior. A Ellie nasceu no dia seguinte.

— E depois?

— Depois ficou tudo bem — disse ela. — Por uma semana, pelo menos. Aí ele começou a me bater de novo. Eu estava fazendo tudo errado. Estava dando muita atenção ao bebê e não queria fazer sexo, pois estava dolorida dos pontos. Ele dizia que a gravidez tinha me deixado gorda e feia.

Reacher ficou calado.

— Ele me fez acreditar nisso — continuou ela — por muito tempo. Isso acontece, sabe? Você tem que ser muito autoconfiante para resistir. E, naquela situação, eu não era. Ele acabou com toda a minha autoestima. Durante dois ou três anos, eu pensei que a culpa era minha e tentava melhorar.

— O que a família fez?

Ela empurrou o copo para longe. Deixou o café gelado pela metade.

— Eles não sabiam de nada — respondeu. — E aí o pai dele morreu, o que fez as coisas piorarem. Era o único razoável, na dele. E agora ficaram a mãe e o irmão. Ela é uma bruxa e ele, terrível. Além disso, eles não sabem de nada. Tudo acontece em segredo. A casa é muito grande. É um complexo, na verdade. Os cômodos não são todos um sobre os outros. E é muito complicado. Sloop é muito teimoso e orgulhoso pra algum dia admitir que cometeu um erro. Então, quanto mais eles me atormentam, mais ele finge que me ama. E os engana. Compra coisas pra mim. Me deu este anel.

Ela levantou a mão, dobrou o pulso delicadamente e mostrou o anel de platina com o diamante grande. Parecia uma joia e tanto. Reacher nunca tinha comprado um anel de diamante. Não tinha nem ideia de quanto custavam. Caro, supôs.

— Até comprou cavalos pra mim. Eles sabiam que eu queria cavalos e ele os comprou pra mim para passar uma boa imagem. Mas na verdade eram uma explicação para os hematomas. Era a parte genial. Uma desculpa permanente. Sloop me fazia dizer que tinha caído. Eles sabiam que eu ainda estava aprendendo a cavalgar. E, em terra de rodeio, essa é a explicação para muitos hematomas e ossos quebrados. É algo que nem se discute.

— Ele quebrou ossos seus?

Ela confirmou com um gesto de cabeça e, virando-se e revirando nos confins daquele espaço entre a mesa e seu assento, começou a tocar em partes do corpo, recontando silenciosamente suas lesões, hesitando um pouco vez e outra, como se não conseguisse se lembrar de todas elas.

— Primeiro, acho que foram as minhas costelas — disse ela. — Ele me chuta quando eu estou no chão. Ele faz isso direto quando está muito nervoso. Depois foi meu braço esquerdo, ao torcê-lo. Minha clavícula. Meu maxilar. Já reimplantei três dentes.

Ele a encarou.

Ela deu de ombros.

— O pessoal da emergência do hospital deve achar que eu sou a pior amazona da história do oeste.

— Eles acreditam nisso?

— Talvez eles escolham acreditar.

— E a mãe e o irmão dele?

— Também — respondeu ela. — É óbvio que eu não vou ter o benefício da dúvida.

— E por que diabos você continua lá? Por que simplesmente não foi embora da primeira vez?

Ela suspirou, fechou os olhos e virou a cabeça para o lado. Colocou as mãos abertas em cima da mesa com as palmas para baixo e depois as virou pra cima.

— Eu não consigo explicar isso — sussurrou. — Ninguém nunca vai conseguir explicar. Você tem que saber qual é a situação. Eu não tinha confiança em mim. Eu tinha um recém-nascido e nenhum dinheiro. Nenhum centavo. Não tinha amigos. Era vigiada o tempo todo. Nem um telefonema eu conseguia dar em particular.

Ele ficou calado. Ela abriu os olhos e os apontou diretamente em sua direção.

— E o pior de tudo, eu não tinha pra onde ir — concluiu.

— Para casa?

Balançando a cabeça, ela falou:

— Eu nunca nem cogitei isso. Apanhar era melhor que rastejar para a minha família com um bebê branco e louro nos braços.

Ele ficou calado.

— E, depois que você deixa a primeira chance passar, já era — disse ela. — É assim que as coisas são. Só pioram. Sempre que eu pensava nisso, a situação era a mesma, eu continuava sem dinheiro, continuava com um bebê, e aí ele fez um ano, depois dois, depois três. Nunca é a hora certa. Ficar quando acontece a primeira vez significa ficar preso pra sempre. E eu fiquei quando aconteceu a primeira vez. Eu gostaria de não ter ficado, mas fiquei.

Ele ficou calado. Ela olhou para ele, suplicando por algo.

— Você tem que acreditar — pediu. — Você não sabe como é. Você é homem, é grande e forte; se alguém te bate, você bate de volta. Está sozinho; se não gostou de um lugar, você sai fora. Pra mim é diferente. Mesmo que você não entenda, tem que acreditar.

Ele ficou calado.

— Eu podia ter ido se largasse a Ellie — disse ela. — Sloop disse que se eu deixasse o bebê com ele pagaria a passagem para onde eu quisesse ir.

Miragem em Chamas

Primeira classe. Falou que na mesma hora chamaria uma limusine lá de Dallas para me levar direto para o aeroporto.

Ele ficou calado.

— Mas eu não faria isso — continuou ela em voz baixa. — Quer dizer, como eu poderia fazer isso? Então Sloop falou que aquela era a minha *opção*. Como se eu estivesse concordando com aquilo. Como se eu *quisesse* aquilo. E continuou me batendo. Me dando socos, me chutando, me dando tapas. Me humilhando sexualmente. Todo dia, mesmo sem estar bravo comigo. E quando *está* bravo comigo, ele simplesmente pira.

Houve silêncio. Apenas a corrente de ar saindo do ar-condicionado no teto do restaurante. Um barulho indefinido da cozinha. A respiração lenta de Carmem Greer. O estalo dos gelos rachando no copo abandonado. Do outro lado da mesa, ele a observava, passando o olhar por suas mãos, seus braços, seu pescoço e rosto. O decote do vestido tinha virado para a esquerda e ele conseguiu ver um calombo na clavícula dela. Uma fratura curada, sem dúvida. Mas ela estava sentada completamente ereta, com a cabeça levantada, os olhos confiantes e essa postura lhe dizia alguma coisa.

— Ele bate em você *todo* dia? — perguntou ele.

Ela fechou os olhos.

— Bem, quase todo dia. Não exatamente. Mas geralmente umas três ou quatro vezes na semana. Às vezes mais. É como se fosse todo dia.

Encarando-a, ele ficou em silêncio por um bom tempo.

E demonstrando negação com um movimento de cabeça disse:

— Isso é invenção sua.

As sentinelas estavam firmes em seus postos, mesmo que não houvesse muita coisa para se observar. A casa vermelha esturricava sob o sol e continuava quieta. A empregada saiu, pegou um carro e desapareceu, deixando uma nuvem de poeira. Provavelmente ia ao mercado. Estavam trabalhando com cavalos perto do celeiro. Dois desatentos funcionários do rancho levavam os cavalos para fora, os escovavam e levavam de volta para dentro. Havia um alojamento atrás do estábulo. Ele tinha a mesma arquitetura e, nos lados, a mesma cor vermelho-sangue. Parecia quase sempre vazio, assim como o estábulo. Talvez uns cinco cavalos no total, sendo um deles o pônei da menina, a maioria descansando em suas baias por causa do terrível calor.

A empregada voltou e levou pacotes para a cozinha. O garoto tomou nota em seu caderno. A poeira das rodas flutuava e vagarosamente fazia seu caminho de volta para a terra. Os homens com os telescópios a observavam, e seus bonés com estampa de trator estavam virados para trás, protegendo suas nucas do sol.

— Você está mentindo pra mim — afirmou Reacher.

Carmem se virou para a janela. Manchas vermelhas do tamanho de moedas de 25 centavos surgiram em suas bochechas. Raiva, pensou ele. Ou constrangimento, talvez.

— Por que você acha isso? — perguntou ela calmamente.

— Evidência física — respondeu. — Não há um hematoma visível em você. Sua pele está limpinha. Maquiagem leve, leve demais para estar escondendo alguma coisa. Não está escondendo nem o fato de você estar muito corada. Parece que você acabou de sair do salão de beleza. E está se movendo com facilidade. Atravessou o estacionamento como uma bailarina, ou seja, você não está machucada. Não está dolorida nem ferida. Se está batendo em você quase todo dia, está fazendo isso com uma pena.

Ela ficou em silêncio por um momento. Depois concordou com um gesto de cabeça e disse:

— Há mais a lhe contar.

Ele parou de olhar para ela.

— A parte crucial — continuou. — O ponto principal.

— E por que eu deveria ouvir?

Carmem pegou outro canudo e o desembrulhou. Achatou o papel que o envolvia e, usando o indicador e o polegar, começou a enrolá-lo, fazendo uma espiral.

— Desculpe — disse. — Mas eu tinha que conquistar a sua atenção de algum jeito.

Miragem em Chamas

Reacher virou a cabeça e também olhou pela janela. O sol estava movendo a barra de sombra pelo capô do carro como o ponteiro de um relógio. A atenção dele? Ele se lembrou de quando abriu a porta do quarto do motel naquela manhã. Um dia novinho em folha pronto para ser preenchido com o que quer que fosse. Ele se lembrou do reflexo do policial no espelho e do sussurro pegajoso dos pneus do Cadillac no asfalto quente enquanto perdiam velocidade até parar ao seu lado.

— Está bem, você conquistou minha atenção — disse ele, olhando para o carro do lado de fora.

— Isso aconteceu durante cinco anos inteirinhos — continuou ela. — Exatamente do jeito que eu te falei, juro. Quase todo dia. Mas depois, há um ano e meio, parou. Mas eu tive que te contar de trás pra frente, porque preciso que você me escute.

Ele ficou calado.

— Não é fácil — começou ela. — Contar essas coisas a um estranho.

Ele se virou, encarou-a e disse:

— Não é fácil escutar.

Ela respirou fundo.

— Você vai me abandonar? — perguntou.

Ele deu de ombros.

— Quase fiz isso há um minuto.

Ela ficou em silêncio novamente antes de pedir:

— Por favor, não faça isso. Pelo menos, não aqui. Por favor. Me escuta só mais um pouquinho.

Ele a encarou e respondeu:

— Está bem, estou escutando.

— Mas você ainda vai me ajudar?

— Com o quê?

Ela não respondeu.

— Como você se sentia? — interrogou ele. — Quando era espancada?

— Como me sentia?

— Fisicamente — acrescentou ele.

Ela desviou o olhar. Pensou um pouco a respeito.

— Depende de onde me batia.

Ele apenas fez um gesto afirmativo com a cabeça. Ela sabia que as sensações eram diferentes dependendo de onde os golpes eram dados.

— No estômago — disse ele.

— Eu vomitava muito. Ficava preocupada porque tinha sangue.

Novamente ele só movimentou a cabeça. Ela sabia o que era ser golpeada no estômago.

— Eu juro que é verdade. Cinco anos inteirinhos. Por que eu inventaria?

— E depois, o que aconteceu? Por que ele parou?

Ela ficou em silêncio, como se tivesse tomado consciência de que as pessoas a pudessem estar olhando. Reacher olhou para o lado e viu rostos se virando. O cozinheiro, a garçonete, os dois caras às mesas mais distantes. O movimento do cozinheiro e da garçonete foi mais rápido que o dos outros caras, que se viraram mais vagarosamente de propósito. Havia hostilidade em seus rostos.

— Vamos embora? — pediu ela. — A gente tem que voltar. A viagem é longa.

— Eu vou com você?

— Esse é o ponto principal de tudo isto aqui — disse ela.

Novamente ele olhou pela janela.

— Por favor, Reacher — pediu ela. — Pelo menos escute o resto da história e depois você decide. Posso te deixar em Pecos se não quiser ir até Echo. Você pode ir ao museu. Pode visitar o túmulo do Clay Allison.

Ele viu a barra de sombra tocar o para-brisa. O carro devia estar um forno.

— Se você está explorando o Texas, deveria visitá-lo de qualquer maneira.

— Está bem — concordou ele.

— Obrigada.

Ele não respondeu.

Miragem em Chamas 61

— Me espere — pediu ela. — Preciso ir ao banheiro. A viagem é longa.

Ela saiu da mesa com uma graça ilesa e atravessou todo o lugar com a cabeça baixa, sem olhar nem para a direita nem para a esquerda. Os dois caras às outras mesas a fitaram até que ela quase passasse por eles e depois viraram seus olhares inexpressivos de volta para Reacher. Ele os ignorou, virou a conta, tirou algumas moedas do bolso e as jogou sobre ela. O valor exato, nenhuma gorjeta. Deduzia que uma garçonete que não falava não queria gorjeta. Então se levantou e caminhou até a porta. Os dois caras o observaram o tempo todo. Parou em frente ao vidro e olhou para além do estacionamento. Observou a terra plana esturricando sob o sol por um ou dois minutos até que ouviu os passos dela se aproximando por trás. Seu cabelo estava penteado e tinha feito alguma coisa com o batom.

— Acho que também vou ao banheiro — disse ele.

Ela olhou para a direita, para a metade do caminho entre os dois caras.

— Espera até eu chegar ao carro — pediu. — Não quero ficar sozinha aqui.

Pra falar a verdade, eu não deveria nem ter vindo aqui.

Ela empurrou a porta, saiu e ele a observou chegar ao carro. Entrou e ele viu o veículo dar uma balançada quando ela o ligou para fazer o ar-con-dicionado funcionar. Então se virou e seguiu para o banheiro dos homens. Era razoavelmete espaçoso, com dois urinóis e um cubículo com uma pri-vada. Uma pia lascada com uma torneira de água gelada. Um rolo grosso de papel-toalha em cima da máquina em que deveria ter sido colocado. Não era a mais limpa das instalações que já tinha visto.

Ele baixou o zíper e usou o urinol à esquerda. Ouviu passos do lado de fora e olhou para o registro cromado das descargas acima dele. Estava sujo, porém era arredondado e refletia o que estava atrás como um pequeno espelho de segurança convexo. Viu a porta se abrir e um homem entrar. Viu a porta se fechar e o homem ficar de costas para ela. Era um dos fre-gueses. Provavelmente, o dono de uma das caminhonetes. O registro cro-mado distorcia um pouco a imagem, mas dava para ver que a cabeça do cara estava perto do alto da porta. Não era uma pessoa pequena. E com as mãos escondidas atrás das costas, sem olhar, ele tentava nervosamente fazer alguma coisa. Reacher ouviu o clique da porta sendo trancada. Então o cara deixou os braços penderem ao lado do corpo. Ele estava com uma camisa preta. Havia algo escrito nela, mas, de trás para a frente, Reacher não conseguia ler. Algum tipo de insígnia. Possivelmente de uma companhia de petróleo.

— Você é novo por aqui? — perguntou o cara.

Reacher não respondeu. Só continuou a olhar o reflexo.

— Eu te fiz uma pergunta — disse o cara.

Reacher o ignorou.

— Eu estou falando com você — insistiu ele.

— Bom, você está cometendo um erro — respondeu Reacher. — Que você saiba, eu posso ser uma pessoa educada. Posso me sentir na obrigação de me virar para escutá-lo e, em consequência, mijaria nos seus sapatos.

Pego de surpresa, o cara se remexeu, sem sair do lugar. Ele obviamente tinha um discurso preparado, e Reacher contava com isso. Uma interrupção improvisada poderia atrasá-lo um pouco. Quem sabe o suficiente para fechar o zíper e se ajeitar. Ainda decidindo se reagia, o cara continuou se movendo sem levantar os pés do chão.

— Então acho que eu é que vou ter que te contar — disse ele. — Alguém precisa fazer isso.

Ele não estava reagindo. Não tinha talento para réplicas.

— Contar o quê? — perguntou Reacher.

— Como são as coisas por aqui.

Reacher ficou parado por um tempinho. O único problema do café era o seu efeito diurético.

— E como é que são as coisas por aqui? — perguntou.

— Por aqui não pode levar feijoeiros a lugares de gente decente.

— O quê? — questionou Reacher.

— Que parte você não entendeu?

Reacher esvaziou os pulmões. Só lhe restavam uns dez segundos.

— Eu não entendi nada — respondeu.

Miragem em Chamas 63

— Não pode trazer feijoeiros a lugares como este.

— O que é feijoeiro?

O cara deu um passo à frente. Seu reflexo aumentou desproporcionalmente.

— Latinos — disse. — Comem feijão o tempo todo.

— Latina — corrigiu Reacher. — Com *a*. É necessário considerar o gênero em línguas flexionais. E ela tomou café. Não a vi comer feijão o dia inteiro.

— Tá querendo dar uma de espertinho?

Reacher terminou e, dando um suspiro, fechou o zíper. Não deu descarga. Num lugar daquele, não parecia procedimento padrão. Ele simplesmente se virou para a pia e abriu a torneira.

— Bom, eu sou mais esperto do que você. Com certeza absoluta. Mas isso não é dizer muita coisa. Esse rolo de toalha de papel é mais esperto que você. Muito mais. Cada folha dele, sozinha, é um gênio em comparação a você. Elas poderiam passar em Harvard, uma a uma, todas com bolsa de estudo, enquanto você ainda estaria pelejando com o Supletivo.

Era como provocar um dinossauro. Tipo um brontossauro, que tem o cérebro bem afastado de qualquer outro órgão. O som entrava e algum tempo depois ele era recebido e entendido. Uns quatro ou cinco segundos depois ele reverberava na cara do sujeito. Mais quatro ou cinco depois ele deu um gancho com a direita. Era um gancho pesado e lento, com um punho grande fechado na ponta de um braço grande e gordo, que objetivava acertar em cheio a cabeça de Reacher. Poderia ter feito algum estrago se acertasse. Mas não acertou. Reacher pegou o pulso do cara com a palma da mão esquerda e aniquilou o gancho. Um estalo úmido ecoou nos azulejos do banheiro.

— As bactérias no chão deste banheiro são mais espertas do que você — afirmou.

Ele girou os quadris noventa graus para que sua virilha estivesse protegida e apertou o pulso do cara com a mão. Houve uma época em que seu aperto era capaz de quebrar ossos. Era mais uma questão de determinação cega do que de mera força.

Mas, naquele momento, ele não a sentia.

— É seu dia de sorte — comentou. — Como existe a possibilidade de você ser um policial, vou te deixar ir embora.

O cara olhava desesperadamente para o pulso sendo esmagado. A carne pegajosa estava inchando e ficando vermelha.

— Depois de você pedir desculpas — alertou Reacher.

O cara ficou olhando por uns quatro ou cinco segundos. Como um dinossauro.

— Desculpa — disse ele. — Me desculpa.

— Pra mim, não, seu cuzão — respondeu Reacher. — Para a senhora.

O cara não disse nada. Reacher aumentou a pressão. Sentiu o polegar ficar escorregadio por causa do suor e deslizar até a ponta do dedo indicador. Ele sentiu os ossos do pulso do cara estalarem e se moverem. Sentiu o rádio e a ulna se aproximarem mais do que a natureza tinha planejado.

— Tá bom — cedeu o cara, quase sem voz. — Chega.

Reacher soltou o pulso dele. Ofegante, o cara o aconchegou na outra mão, olhando ora pra cima, ora pra baixo.

— Me dê as chaves do seu carro — ordenou Reacher.

O cara se contorceu desajeitadamente para pegá-la, com a mão esquerda, no bolso direito. Ele retirou um grande molho de chaves.

— Agora vá para o estacionamento e me espere lá.

O cara destrancou a porta com a mão esquerda e saiu arrastando os pés. Reacher jogou as chaves no urinol sujo e lavou as mãos novamente. Secou-as cuidadosamente com as toalhas de papel e saiu do banheiro. Ele se encontrou com o cara no estacionamento do lado de fora, a meio caminho entre a porta do restaurante e o Cadillac.

— Seja muito gentil agora — orientou Reacher. — Quem sabe você não se oferece pra dar uma lavada no carro dela ou algo assim. Ela vai falar que não precisa, mas é a intenção que conta, concorda? Se você for bem criativo, eu devolvo as suas chaves. Do contrário, você vai voltar pra casa a pé.

Pelo vidro escurecido, ele via que, sem entender nada, Carmem os observava se aproximando. Reacher gesticulou com a mão para que ela abrisse a janela. Um movimento circular, como se estivesse girando uma maçaneta. Ela baixou o vidro só uns cinco centímetros, o suficiente para enquadrar seus olhos. Eles estavam arregalados e preocupados.

— Este cara tem um negócio pra falar com você — disse Reacher.

Ele deu um passo atrás. O cara deu um passo à frente. Olhou para o chão e, depois, para Reacher, como um cachorro com o rabinho entre as pernas. Reacher o encorajou com um gesto de cabeça. O cara colocou a mão no peito como um tenor de ópera ou um *maître* chique. Curvou-se de leve para chegar à abertura de cinco centímetros no vidro.

— Madame — disse ele. — Gostaria apenas de dizer que a gente ia ficar realmente lisonjeado se vocês voltassem em breve e queria saber também se quer que eu lave o seu carro, já que tá aqui.

— O quê?

Separadamente, os dois se viraram para Reacher, o cara suplicando e Carmem pasma.

— Se manda — disse Reacher. — Deixei suas chaves no banheiro.

Quatro ou cinco segundos depois, o cara começou a voltar para o restaurante. Reacher deu a volta pela frente do carro, chegou até a porta e a abriu.

— Achei que estivesse me abandonando — disse Carmem. — Achei que tivesse pedido carona para aquele cara.

— Prefiro pegar carona com você.

O Crown Victoria seguiu para o sul até um vilarejo isolado numa encruzilhada. Havia um restaurante antigo à direita e um lote vago à esquerda. O sinal de pare na estrada estava quase desaparecendo. Havia ainda um posto de gasolina decrépito e, no lado oposto, uma escola de uma sala de aula apenas. Poeira e calor brilhavam por todo o lugar. O carro tinha diminuído a velocidade e se movia lentamente pelo entroncamento próximo à calçada. Ele passou em frente ao portão da escola e, de repente, acelerou e foi embora.

A pequena Ellie Greer o observou se afastar. Ela estava em uma cadeira de madeira à janela da sala de aula, quase terminando de abrir sua grande lancheira azul. Escutou o curto canto dos pneus quando o carro acelerou. Virou a cabeça e ficou olhando para ele. Ela era uma criança séria e pensativa, que apreciava muito a observação silenciosa. Manteve seus grandes olhos escuros na estrada até que a poeira baixasse. Em seguida se voltou para o que estava fazendo, inspecionou seu almoço e desejou que a mãe tivesse estado em casa para prepará-lo, em vez da empregada que, além de ser funcionária dos Greer, era má.

3

 QUE ACONTECEU HÁ UM ANO E meio? — perguntou Reacher.

Carmem não respondeu. Eles estavam em uma longa e deserta estrada, o sol espetado no meio do céu. Em direção ao sul e quase meio-dia, pensou ele. Apesar de o asfalto ser todo remendado, era razoavelmente liso, porém o acostamento era esburacado. Vez e outra passavam por outdoors que faziam propaganda de postos de gasolina, hospedagem e mercadinhos muitos quilômetros à frente. Em ambos os lados da estrada, a paisagem era plana, ressecada e uniforme, salpicada aqui e ali por moinhos silenciosos no plano médio. Havia motores de carros montados sobre blocos de concreto à beira da estrada. Enormes motores V-8, como os que podem ser vistos debaixo do capô de antigos veículos da Chevrolet

ou da Chrysler, pintados de amarelo e riscados de ferrugem, com grossos canos de descarga pretos despontando verticalmente.

— Bombas d'água — comentou Carmem. — Para irrigar as plantações. Havia agricultura aqui nos velhos tempos. Nessa época, a gasolina era mais barata que água e aquelas coisas ali ficavam ligadas dia e noite. Não sobrou água, e agora a gasolina está muito cara.

Cheia de arbustos secos, a terra definhava por todo o lugar. No longínquo horizonte a sudoeste da estrada sem fim, talvez houvesse montanhas a uns cento e cinquenta quilômetros de distância. Ou talvez fosse apenas um embuste do calor.

— Você está com fome? — perguntou ela. — Se não estiver, podemos pegar a Ellie na escola, e eu queria muito fazer isso. Não a vejo desde ontem.

— O que quiser — respondeu Reacher.

Ela acelerou até que o grande Cadillac estivesse rodando pesadamente a cento e trinta por hora e sobre as ondulações da estrada. Reacher se endireitou no banco e conferiu o cinto de segurança. Ela olhou para ele.

— Você já acredita em mim? — perguntou.

Ele olhou de volta. Tinha sido investigador por treze anos e seu instinto natural era o de não acreditar em absolutamente nada.

— O que aconteceu há um ano e meio? — perguntou. — Por que ele parou?

Ela endireitou as mãos no volante. Abriu-as, esticou os dedos e os fechou segurando com força a direção.

— Ele foi preso — respondeu ela.

— Por bater em você?

— No *Texas*? — Carmem soltou uma gargalhada curtinha, como um curto gemido de dor. — Dá pra ver que você é novo por aqui.

Ele ficou calado. Apenas observou o incandescente e amarelo Texas ser engolido pelo para-brisa à sua frente.

— Isso simplesmente não acontece — comentou ela. — No Texas, um cavalheiro jamais levantaria a sua mão para uma senhora. Todo mundo sabe disso. Especialmente cavalheiros *brancos* cujas famílias estão aqui há

Miragem em Chamas

mais de cem anos. Então, se uma puta de uma chicana nojenta ousar alegar uma coisa dessas, eles *a* trancafiam, provavelmente em um manicômio.

O dia em que sua vida mudara para sempre.

— Então o que foi que ele fez?

— Sonegou impostos federais — declarou ela. — Fez muito dinheiro negociando arrendamentos de campos de petróleo e vendendo equipamentos de perfuração no México. Não declarou à Receita Federal. Na verdade, ele não declarou nada à Receita. Um dia eles o pegaram.

— Ele foi pra cadeia por isso?

Ela fez uma careta.

— Na verdade, eles se esforçaram para não precisar prendê-lo. Como tinha sido a primeira vez, estavam dispostos a deixá-lo pagar, sabe? Fizeram propostas e tal. Uma confissão e um parcelamento da dívida era o que eles queriam. Mas Sloop era muito teimoso pra isso. Ele os fez vasculhar tudo. Ficou escondendo as coisas até o julgamento. Recusou-se a pagar qualquer coisa. Ele até questionou se devia mesmo alguma coisa a eles, o que era ridículo. Todo o dinheiro estava em nome de familiares para que eles não pudessem simplesmente reavê-lo. Acho que isso os deixou furiosos.

— E eles o processaram?

— Com vontade. Transformaram um caso regional em federal. O maior alvoroço que já se viu. Uma verdadeira peleja, os bonzinhos locais contra o Departamento do Tesouro. O advogado do Sloop é o melhor amigo dele desde o ensino médio, assim como o promotor público do Condado de Pecos, que os estava orientando e tal, mas a Receita Federal simplesmente passou por cima de todos eles. Foi um massacre. Ele pegou de três a cinco anos. O juiz estabeleceu um mínimo de trinta meses de cadeia. E acabou me dando um tempo.

Reacher ficou calado. Ela acelerou e ultrapassou um caminhão, o primeiro veículo que viam em mais de trinta quilômetros.

— Fiquei tão feliz — disse ela. — Nunca vou esquecer. Um negócio tão colarinho branco como aquele. Depois que deram o veredito, disseram a ele para se apresentar no presídio federal no dia seguinte. Não o arrastaram para fora dali algemado. Ele veio pra casa e fez uma pequena mala.

Fizemos uma refeição em família e ficamos acordados até um pouquinho mais tarde. Subimos e aquela foi a última vez que me bateu. Na manhã seguinte, os amigos dele o levaram até a cadeia em algum lugar perto de Abilene. O que chamam de *Club Fed*. Segurança mínima. Deve ser confortável. Ouvi falar que dá até pra jogar tênis lá.

— Você já o visitou?

Ela negou com um movimento de cabeça.

— Estou fingindo que ele está morto.

Carmem ficou em silêncio e acelerou o carro em direção ao embaçado horizonte. Visíveis a sudoeste, *havia* montanhas inimaginavelmente distantes.

— A Trans-Pecos — comentou. — Preste atenção na mudança de cor da luz. É muito bonito.

Ele olhou para a frente, mas a luz era tão brilhante que não tinha cor alguma.

— Mínimo de trinta meses são dois anos e meio — falou ela. — Achei mais seguro apostar nesse mínimo. Ele provavelmente está se comportando bem lá.

Reacher concordou.

— É, dois anos e meio — continuou Carmem —, e eu desperdicei o primeiro ano e meio.

— Você ainda tem doze meses. Dá tempo de fazer qualquer coisa.

Ela ficou em silêncio novamente.

— Vamos discutir — disse. — Temos que chegar a um acordo sobre o que tem que ser feito. Isso é importante. Assim você vai ver as coisas exatamente como eu.

Reacher ficou calado.

— Me ajude — pediu ela. — Por favor. Pelo menos teoricamente, por enquanto.

Ele deu de ombros. Em seguida pensou no assunto pelo ponto de vista dela. Pelo dele, era muito fácil. Desaparecer e viver invisivelmente era sua segunda natureza.

— Você tem que fugir — disse ele. — Em um casamento violento, é a única coisa que alguém pode fazer. Depois, um lugar para morar e uma renda. É disso que você precisa.

— Não parece muito difícil quando você fala.

— Qualquer cidade grande tem abrigos. Todo tipo de organização.

— Mas e Ellie?

— Os abrigos têm babás — argumentou. — Cuidarão dela enquanto estiver trabalhando. Esses lugares estão cheios de crianças. Ela vai fazer amigos. E, depois de um tempo, você consegue um lugar para vocês.

— Que emprego eu ia conseguir?

— Qualquer um — disse ele. — Você consegue ler e escrever. Fez faculdade.

— Como vou pra lá?

— De avião, de trem, ônibus. Duas passagens só de ida.

— Eu não tenho dinheiro.

— Nada?

— O pouco que eu tinha acabou há uma semana.

Ele desviou o olhar.

— O quê? — indagou ela.

— Você se veste muito bem para uma pessoa que não tem dinheiro.

— Compro pelo correio — justificou. — Eu tenho que pedir permissão para o advogado do Sloop. Ele assina os cheques. Por isso eu tenho roupas. Se tem uma coisa que eu não tenho, é dinheiro vivo.

— Você pode vender o anel de diamante.

— Eu tentei — argumentou ela. — É falso. Ele me disse que era verdadeiro, mas não passa de aço inoxidável e zircônia cúbica. O joalheiro riu de mim. Vale no máximo uns trinta paus.

Reacher ficou em silêncio por um tempinho.

— Deve ter dinheiro na casa — disse. — Você pode roubar um pouco.

Durante os próximos rápidos dois quilômetros, ela ficou em silêncio novamente.

— Aí eu viro fugitiva por dois motivos — disse. — Você está se esquecendo da situação legal de Ellie. Esse é o maior problema. Sempre foi. Ela é filha do Sloop também. Se eu atravessar a fronteira do estado sem o consentimento dele, vou ser considerada uma sequestradora. Vão colocar a foto dela em caixas de leite, vão me achar, tirá-la de mim e eu vou pra cadeia. São muito rigorosos nesses casos. Tirar crianças de um casamento falido é a razão número um por que se sequestra hoje em dia. Todos os advogados me advertiram. Todos disseram que preciso do consentimento do Sloop. E isso eu não vou conseguir, vou? Como é que eu posso pensar em ir lá e pedir o consentimento dele para desaparecer pra sempre com seu bebê? Pra levá-la para um lugar onde ele nunca vai achar nenhuma de nós.

— Então não atravesse a fronteira estadual. Vá pra Dallas.

— No Texas eu não fico.

Ela disse isso com determinação. Reacher não respondeu.

— Não é fácil — argumentou Carmem. — A mãe dele fica me vigiando. Foi por isso que eu não fui em frente e vendi o anel, mesmo que pudesse ter usado os trinta paus. Ela ia notar e teria ficado de olho. Saberia o que eu estava planejando. É esperta, ou seja, se um dia algum dinheiro e a Ellie sumirem, eu provavelmente terei somente algumas horas de vantagem antes de ela ligar pro delegado e de ele chamar o FBI. Mas algumas horas não são suficientes, porque o Texas é grande demais e os ônibus, muito lentos. Eu não ia conseguir sair.

— Tem que ter um jeito — disse Reacher.

Ela deu uma olhada para a maleta no banco de trás. A papelada jurídica.

— Há muitas maneiras de fazer isso — disse. — Processos, ordens judiciais, guarda determinada judicialmente, um monte de coisas. Mas os advogados são lentos, muito caros e eu não tenho dinheiro. Existem os advogados *pro bono*, que fazem isso de graça, mas eles estão sempre muito ocupados. É muito complicado. Complicado demais.

— Acho que é mesmo — concordou.

— Mas um ano deve ser suficiente — disse ela. — Um ano é muito tempo, não é não?

— E?

Miragem em Chamas

— E eu preciso que você me perdoe por eu ter desperdiçado um ano e meio. Preciso que você entenda o porquê. Eu ficava tão amedrontada com tudo que ficava protelando. E estava a salvo. Falava para mim mesma que tinha muito tempo pela frente. Você acabou de concordar que dá pra fazer muita coisa em doze meses. Então, mesmo que eu agora estivesse começando do zero, eu poderia ser perdoada, certo? Ninguém pode falar que eu deixei pra última hora, pode?

Um bipe discreto começou a soar de algum lugar dentro do painel e, bem ao lado do velocímetro, uma luz alaranjada em forma de bomba de gasolina passou a piscar.

— A gasolina está acabando — comentou ela.

— Tem um posto Exxon mais à frente — disse Reacher. — Vi um outdoor. Uns vinte e cinco quilômetros talvez.

— Tem que ser posto Mobil — disse ela. — Tem um cartão Mobil no porta-luvas. Não tenho como pagar num posto Exxon.

— Você não tem dinheiro nem pra gasolina?

— Acabou. Agora estou colocando tudo no cartão Mobil da minha sogra. Ela só vai receber a fatura daqui a um mês.

Carmem tirou uma mão do volante e tateou o banco de trás à procura da bolsa. Puxou-a para a frente e a jogou no colo dele.

— Pode conferir — disse ela.

Ele ficou parado com a bolsa nas pernas.

— Eu não posso ficar fuxicando na bolsa de uma mulher.

— Eu quero que olhe — disse ela. — Preciso que você me entenda.

Ele ficou parado por um tempinho, abriu-a e um aroma suave subiu. Perfume e maquiagem. Havia uma escova de cabelo lotada de fios negros. Um cortador de unhas. E uma carteira fina.

— Pode conferir — insistiu ela.

Havia uma nota de um dólar gasta no compartimento de dinheiro. Isso era tudo. Uma nota solitária. Nenhum cartão de crédito. Uma carteira de motorista do Texas que tinha uma foto dela com a cara assustada. Em uma janela de plástico dava pra ver foto de uma garotinha. Ela era um pouco gordinha e tinha uma pele rosada perfeita. Cabelos louros brilhantes e olhos claros vívidos. Um sorriso radiante ornado com pequeninos dentes alinhados.

— Ellie — falou ela.

— Ela é muito bonitinha.

— É, não é?

— Onde você dormiu ontem à noite?

— No carro — respondeu ela. — Um motel custa quarenta pratas.

— O meu não era nem vinte — argumentou ele.

Carmem deu de ombros e disse:

— Eu não tinha nada além de um dólar; então só sobrou o carro pra mim. Até que é confortável. Depois esperei até a hora do café da manhã e lavei as mãos e o rosto no banheiro de um restaurante que estava muito cheio para que eu fosse notada.

— E o que você comeu?

— Nada.

Ela estava diminuindo a velocidade, possivelmente para tentar economizar o resto de gasolina.

— Vou pagar a gasolina -- disse Reacher. — Você está me dando carona.

Passaram por outro outdoor no acostamento à direita: *Posto Exxon a quinze quilômetros*.

— Está bem — concordou ela. — Vou deixar você pagar. Mas só para que eu possa buscar Ellie.

Ela acelerou de novo, confiante de que o tanque duraria os quinze quilômetros restantes. Menos de cinco litros, pensou Reacher, mesmo com um motor potente como aquele. Mesmo que o motorista enfiasse o pé. Ele se encostou e ficou observando o horizonte se desvelar. De súbito, percebeu o que tinha que fazer.

— Pare o carro — disse ele.

— Por quê?

— Só pare o carro, tá?

Ela o fitou, intrigada, e parou no acostamento esburacado. Deixou duas rodas no asfalto, o motor ligado e o ar funcionando.

Miragem em Chamas   75

— Agora espere — falou ele.

Eles ficaram esperando no frio até que o caminhão que tinham ultrapassado passou por eles.

— Continue sentada aí.

Ele tirou o cinto de segurança, olhou para baixo e arrancou o bolso da própria camisa. Como era de material barato e tinha uma costura vagabunda, saiu sem o menor problema.

— O que você está vestindo? — perguntou ele.

— O quê? O que você está fazendo?

— Me diga exatamente o que você está vestindo.

Carmem corou. Mexendo-se com nervosismo, respondeu:

— Este vestido. E roupas íntimas. E sapatos.

— Me mostre os seus sapatos.

Ela ficou parada por um segundo, depois se abaixou e tirou os sapatos com esforço. Entregou-os a Reacher, um de cada vez. Ele os verificou com cuidado. Nada neles. Devolveu-os. Em seguida, inclinou-se para a frente e desabotoou a camisa. Tirou-a. Passou-a para ela.

— Vou sair agora — disse ele. Vou virar de costas. Tire toda a sua roupa e vista a camisa. Deixe as suas roupas no banco e depois saia também.

— Por quê?

— Se quer que eu a ajude, faça isso. A roupa toda, ok?

Então saiu do carro e se afastou. Virou-se e olhou para a estrada, para o caminho de onde tinham vindo. Estava muito quente. Sentia o sol queimar a pele dos ombros. Então ouviu a porta do carro se abrir. Ele se virou e a viu sair descalça, vestindo sua camisa. Ficava enorme nela. Carmem estava saltitando de um pé para o outro porque a estrada queimava seus pés.

— Pode calçar os sapatos — autorizou ele.

Ela se inclinou para dentro do carro, pegou-os e os calçou.

— Agora se afaste e espere.

Novamente ela hesitou e então se afastou três metros. Ele se aproximou do carro. As roupas dela estavam impecavelmente dobradas no banco. Ele as ignorou. Pegou a bolsa dela, verificou-a novamente, depois fez o mesmo com a maleta. Nada. Ele pegou as roupas e as sacudiu. Estavam com o calor do corpo dela. O vestido, sutiã, calcinha. Nada escondido neles. Ele as colocou no teto do carro e vasculhou o resto. Levou vinte minutos. Procurou no carro inteiro. Debaixo do capô, no interior, debaixo dos tapetes, dentro e debaixo dos bancos, no porta-malas, nos para-lamas, em todos os lugares. Não achou absolutamente nada, e ele apostaria a própria vida que nenhum civil conseguiria ocultar alguma coisa dele em um automóvel.

— Certo — chamou. — Pode se vestir agora. Mesmo procedimento.

Ele esperou de costas até que a ouviu atrás dele. Ela estava segurando sua camisa. Ele a pegou e vestiu de volta.

— O que foi isso? — perguntou ela.

— Agora vou te ajudar — disse ele. — Porque agora acredito em você.

— Por quê?

— Porque você realmente não tem dinheiro nenhum. Nem cartão de crédito. Nem na sua carteira nem escondido em outro lugar qualquer. E ninguém viaja quinhentos quilômetros pra longe de casa, não à noite, sem absolutamente nenhum dinheiro. A não ser que realmente tenha um problema muito grande. E uma pessoa com problemas muito grandes merece algum tipo de ajuda.

Ela ficou calada. Apenas baixou a cabeça um pouco, como se estivesse aceitando um elogio. Ou oferecendo. Eles entraram no carro e fecharam as portas. Ficaram sentados no ar fresco por um minuto, e então ela manobrou de volta para a estrada.

— Então você tem um ano — comentou ele. — É muito tempo. Daqui a um ano, você pode estar a quinhentos mil quilômetros de distância. Um novo começo, nova vida. É pra isso que você me quer? Para te ajudar a fugir?

Ela não falou nada durante os dois minutos seguintes. Durante os dois quilômetros seguintes. Chegaram a uma parte da estrada que era uma pequena descida, que depois se transformava numa subida. No alto e ao longe, havia edificações. Provavelmente o posto de gasolina. Ao lado dele, parecia que um caminhão rebocava outro.

Miragem em Chamas

— Agora só preciso que você concorde comigo — disse ela. — Um ano é o suficiente. Não tem problema eu ter esperado.

— É claro — concordou ele. — Um ano é o suficiente. Tudo bem você ter esperado.

Ela não disse mais nada. Apenas continuou dirigindo até o posto de gasolina, como se sua vida dependesse disso.

O primeiro estabelecimento era um ferro-velho. Havia um galpão baixo e comprido feito de alumínio ondulado, com a frente coberta de calotas. Atrás dele, estendia-se um pátio repleto de carros destruídos. Cada pilha continha uns cinco ou seis, os modelos mais antigos no fundo, como estratos geológicos. A entrada para o posto de gasolina ficava logo após o galpão baixo. Era tão antigo que as bombas de gasolina ainda eram de ponteiros, e havia quatro banheiros em vez de dois. Tão antigo que um cara taciturno caminhava pelo calor e vinha encher o tanque para as pessoas.

Foram necessários mais de setenta litros para encher o tanque do Cadillac, o que custou para Reacher o equivalente a um pernoite num motel. Ele entregou as notas pela janela e mais um dólar trocado. Achou que o cara devia ficar com ela. O painel do carro marcava que a temperatura do lado de fora era de quarenta e quatro graus. Não era de estranhar que o cara não falasse. Mas depois Reacher se pegou imaginando se era porque o sujeito não tinha gostado de ver uma feijoeira carregando por aí um homem branco num Cadillac.

— *Gracias, señor* — agradeceu Carmem. — Obrigada.

— Foi um prazer — respondeu Reacher. — *De nada, señorita.*

— Fala espanhol?

— Não muito. Servi em tudo quanto é lugar; por isso falo algumas palavras em um monte de línguas. Mas é só isso. A não ser francês. Falo francês muito bem. Minha mãe era francesa.

— Da Louisiana ou do Canadá?

— De Paris, na França.

— Então você é meio estrangeiro — disse ela.

— Às vezes sinto que sou muito mais que meio estrangeiro.

Ela sorriu como se não acreditasse nele e voltou para a estrada. O ponteiro da gasolina tinha dado um salto e mostrava que o tanque estava cheio, o que pareceu tranquilizá-la. Carmem endireitou o carro na pista e acelerou até estabilizar a velocidade.

— Mas você devia me chamar de *señora* — disse ela —, não de *señorita*. Sou uma mulher casada.

— É, acho que é mesmo.

Ela ficou em silêncio por um quilômetro. Recostou-se no banco e apoiou levemente as mãos na parte de baixo do volante. E suspirou profundamente.

— Ok, o problema é o seguinte — disse —, eu não tenho um ano.

— Por que não?

— Porque há um mês o amigo advogado dele foi lá em casa. Disse que havia um acordo sendo esquematizado.

— Que acordo?

— Não tenho certeza. Ninguém me disse exatamente, mas suponho que ele vá dedurar parceiros de negócios em troca de uma redução da pena. Acho que o outro amigo dele está intermediando algo através da promotoria pública.

— Que bosta — disse Reacher.

— Que bosta mesmo — concordou ela. — Eles estão trabalhando pra cacete pra conseguir isso. Eu tive que ficar toda sorridente e falar como se estivesse "ai, o Sloop vai voltar pra casa logo."

Reacher ficou calado.

— Mas por dentro eu estou aos berros. Esperei demais, entende? Em um ano e meio eu não fiz absolutamente nada. Pensei que estivesse segura. Estava errada. Fui uma estúpida. Sem saber, estava sentada dentro de uma armadilha, que agora está se fechando. Eu ainda estou no meio dela.

Reacher apenas movimentou lentamente a cabeça. *Espere o melhor, se planeje para o pior.* Esse era o princípio que o guiava.

— Mas a quantas anda o acordo? — perguntou ele.

O carro acelerou em direção ao sul.

— Está pronto — respondeu ela em voz baixa.

Miragem em Chamas

— E quando ele sai?

— Hoje é sexta-feira — disse ela. — Acho que não podem soltá-lo no fim de semana. Então vai ser na segunda-feira, assim espero. Só tenho alguns dias.

— Entendi — disse Reacher.

— Por isso eu estou com medo — afirmou ela. — Ele está voltando pra casa.

— Entendi — repetiu Reacher.

— Entendeu?

Ele ficou calado.

— Segunda à noite — disse ela. — Ele vai começar tudo de novo. Vai ser pior do que nunca.

— Talvez ele tenha mudado — disse Reacher. — A prisão pode mudar as pessoas.

Era algo inútil de se dizer. Ele podia ver no rosto dela. E, em sua experiência, a prisão não mudava as pessoas para melhor.

— Não, vai ser pior do que nunca — disse ela. — Eu sei que vai. Tenho certeza disso. Estou muito encrencada, Reacher. Eu juro pra você.

Algo na voz dela.

— Por quê?

Ela moveu as mãos pelo volante. Fechou os olhos com força, mesmo estando a cento e vinte quilômetros por hora.

— Porque fui eu que o denunciei pra Receita — respondeu ela.

O Crown Victoria seguiu para o sul, depois para o oeste, em seguida fez uma longa curva e retomou o rumo para o norte. Pegou um desvio próximo à rodovia para que enchessem o tanque em um movimentado posto de gasolina self-service. O motorista usou um cartão Amex roubado, depois limpou suas digitais dele e o jogou em uma lata de lixo ao lado da bomba de gasolina, cheia de garrafas de óleo vazias, latinhas de refrigerante e toalhas de papel cobertas de poeira de para-brisas. A mulher se ocupou com o mapa e selecionou o próximo destino. Manteve seu dedo no lugar até que o motorista voltasse e se virasse para dar uma olhada.

— Agora? — perguntou ele.

— Só pra darmos uma sacada — respondeu ela. — Pra mais tarde.

— Me pareceu um plano tão bom — comentou Carmem. — Infalível. Eu sabia o quanto ele era teimoso e ganancioso, que não ia cooperar com eles e que seria preso, pelo menos por um tempinho. Mesmo que ele, por acaso, não fosse, pensei que aquilo o preocuparia por um tempo. E, sabe como é, achei que poderia sobrar uma grana pra mim, já que ele estava escondendo tudo. E funcionou muito bem, a não ser a parte do dinheiro. Mas isso pareceu uma coisa tão pequena na época.

— Como você fez isso?

— Eu só liguei pra eles. Estão na lista telefônica. Eles têm um departamento só pra pegar informações de esposas. É uma das maneiras mais eficazes que têm de pegar as pessoas. Normalmente, acontece durante os divórcios, quando as pessoas estão furiosas umas com as outras. Mas eu já estava furiosa com ele.

— Por que você não foi em frente e *se divorciou?* A prisão do marido é um pretexto, não é? Uma espécie de deserção.

Pelo espelho, ela deu uma olhada na maleta no banco de trás.

— Não resolve o problema com Ellie — disse ela. — Na verdade, faz com que fique muito pior. Alerta todo mundo para a possibilidade de eu sair do estado. Legalmente, Sloop podia exigir que eu registrasse o paradeiro dela, o que eu tenho certeza que ele faria.

— Você podia ficar no Texas.

— Eu sei, eu sei. Mas não dá. Eu simplesmente não consigo. Sei que estou sendo irracional, mas não consigo ficar aqui, Reacher. É um estado lindo, *existem* pessoas legais aqui e é muito grande; por isso eu poderia ficar bem longe, mas é um *símbolo*. Aconteceram coisas comigo aqui das quais eu tenho que me livrar. Não só com Sloop.

— A decisão é sua. — Reacher deu de ombros.

Carmem ficou quieta e se concentrou na direção. A estrada era engolida pelo carro. Ela se estendia por uma ampla meseta que parecia ter o tamanho de Rhode Island.

Miragem em Chamas 81

— A rocha de cobertura — disse. — É calcário ou algo assim. Toda a água evaporou há mais ou menos um milhão de anos e largou a rocha pra trás. São depósitos geológicos ou algo assim.

Ela soava distraída. Suas explicações de guia turística estavam piores que de costume.

— Então o que você quer que eu faça? — perguntou ele.

— Eu não sei — respondeu ela, mas Reacher tinha certeza de que ela sabia.

— Ajudar você a fugir? Acho que posso fazer isso.

Ela ficou calada.

— Você me escolheu — disse ele. — Deve ter alguma coisa em mente.

Carmem ficou calada. Ele começou a pensar em que grupo-alvo potencial ela o tinha enquadrado. Peões de rodeio, desempregados e valentões. Homens de muitos talentos, mas ele não tinha certeza se escapar de uma perseguição federal estaria entre eles. Então ela tinha escolhido bem. Ou dado muita sorte.

— Você precisa andar rápido — disse. — Com dois dias, você precisa começar agora. Temos que pegar a Ellie, mudar o rumo e sair fora. Como primeiro destino, talvez Vegas seja uma boa.

— E fazer o que lá?

— Arranjar uma identidade. Num lugar como Vegas a gente acha alguma coisa, mesmo que temporária. Eu tenho algum dinheiro. Posso conseguir mais se precisar.

— Eu não posso usar o seu dinheiro — disse ela. — Isso não seria justo.

— Justo ou não, você vai precisar de dinheiro. Você pode me pagar depois. Talvez depois você devesse voltar para Los Angeles. Lá você pode começar a procurar uma nova papelada.

Novamente, ela ficou um quilômetro em silêncio.

— Não, eu não posso fugir — disse ela. — Não posso ser uma fugitiva. Não posso ser uma *ilegal*. Eu posso ser um monte de outras coisas, mas nunca fui uma ilegal. Não vou me transformar numa agora. E nem Ellie. Ela merece mais que isso.

— Vocês duas merecem mais que isso — disse ele. — Mas você tem que fazer alguma coisa.

— Sou uma cidadã — respondeu ela. — Pense no que isso significa para uma pessoa como eu. Não vou abrir mão disso. Não vou fingir ser outra pessoa.

— Então qual é o seu plano?

— Você é o meu plano.

Peões de rodeio, valentões, um ex-policial do Exército de quase dois metros e cento e treze quilos.

— Você quer que eu seja seu *guarda-costas*?

Ela não respondeu.

— Carmem, sinto muito pela sua situação — disse ele. — Acredite em mim, sinto mesmo.

Nenhuma resposta.

— Mas não posso ser seu guarda-costas.

Nenhuma resposta.

— Não posso — insistiu. — É ridículo. O que você acha que vai acontecer? Acha que vou ficar com você vinte e quatro horas por dia? Sete dias por semana? Garantindo que ele não bata em você?

Nenhuma resposta. Um enorme trevo na estrada se esparramava por quilômetros na embaçada paisagem vazia.

— É ridículo — insistiu ele. — Eu até acho que podia dar um chega pra lá nele. Podia assustá-lo. Dar umas estapeadas nele de leve pra conferir se entendeu o recado. Mas o que vai acontecer quando eu for embora? Porque mais cedo ou mais tarde eu vou ter ido embora, Carmem. Não vou ficar por lá. Não gosto de ficar em lugar nenhum. E não sou só eu. Encare a situação: *ninguém* vai ficar lá. Não o tempo todo. Não dez anos. Ou vinte ou trinta ou quanto tempo levar até que um dia ele subitamente morra de velhice.

Nenhuma resposta. Nenhum efeito. Não era como se o que ele estava falando fosse um grande desapontamento para Carmem. Ela apenas ouvia e dirigia, veloz e suave e silenciosamente, como se estivesse esperando o melhor momento para falar. À medida que se aproximavam, o trevo ficava maior, até que entraram rapidamente nele, contornaram-no e seguiram em direção ao oeste após uma grande placa verde que dizia: *Pecos 120 quilômetros.*

— Eu não quero um guarda-costas — disse Carmem. — Concordo, isso seria ridículo.

— Eu vou servir pra que, então?

Ela pegou a rodovia, na pista do meio, com mais velocidade que antes. Ele olhou para o rosto dela. Estava completamente sem expressão.

— Eu não consigo falar — disse de maneira hesitante.

— Falar o quê?

Ela abriu a boca. Fechou-a novamente. Engoliu em seco e não disse nada. Ele a encarou. *Peões de rodeio, valentões, um ex-PE. O túmulo de Clay Allison, a inscrição extravagantes, o obituário no jornal da cidade do Kansas.*

— Você *está* doida — disse.

— Estou?

Ela voltou a corar, manchas vermelhas do tamanho de moedas de vinte e cinco centavos em seu rosto, queimando a parte de cima de suas bochechas.

— Completamente doida — disse ele. — Pode esquecer.

— Não *tenho* como esquecer.

Ele ficou calado.

— Eu quero que ele morra, Reacher — disse ela. — Quero mesmo. É, literalmente, a minha única saída. E ele merece.

— Diga que você está de brincadeira.

— Não estou de brincadeira — disse ela. — Eu o quero morto.

Ele abanou a cabeça. Olhou pela janela.

— Esquece — disse ele. — É absurdo. Isto aqui não é mais o Velho Oeste.

— Não é, não? Não é mais certo matar um homem que merece morrer?

Ela parou de falar e ficou apenas dirigindo, como se estivesse esperando que ele fizesse alguma coisa. Ele observava a paisagem passando à sua frente em alta velocidade. Eles estavam seguindo em direção às montanhas ao longe. O sol escaldante da tarde as coloria de vermelho e roxo, alternando a cor do ar. Carmem tinha chamado de Trans-Pecos.

— Por favor, Reacher — disse ela. — Por favor. Pelo menos pense no assunto.

Ele ficou calado. *Por favor? Pelo menos pense no assunto?* Ele estava sem reação. Tirou os olhos das montanhas e os voltou para a rodovia. O trânsito estava carregado. Um rio de carros e caminhões rastejando pela vastidão. Ela ultrapassava todos eles, um após o outro. Estava acelerando demais.

— Eu não sou doida — disse ela. — Por favor, eu tentei fazer isso direito. Tentei mesmo. Assim que o advogado dele me contou sobre o acordo, eu também procurei um advogado, depois mais três, e nenhum deles podia fazer algo por mim em um mês. A única coisa que faziam era me dizer que Ellie me prende exatamente onde estou. Então, eu procurei proteção. Fui aos detetives particulares. Não fariam nada por mim. Fui a uma firma de segurança em Austin e eles disseram sim, que podiam tomar conta de mim dia e noite, mas seriam seis homens e quase dez mil dólares por semana. O que é o mesmo que falar que não podiam fazer nada. O que quero dizer, Reacher, é que eu tentei. Tentei fazer a coisa direito. Mas é impossível.

Reacher ficou calado.

— Então eu comprei uma arma — disse ela.

— Que maravilha.

— E balas. Gastei todo o dinheiro que eu tinha.

— Você escolheu o cara errado — disse ele.

— Mas por quê? Você já matou outras pessoas. No Exército. Você me contou.

— Isto é diferente.

— Como?

— Isto seria assassinato. Assassinato a sangue frio. Isto seria homicídio.

— Não. Seria a mesma coisa. Igualzinho ao Exército.

Ele balançou a cabeça.

— Carmem, não seria a mesma coisa.

— Você não fez um juramento ou algo assim? Para proteger as pessoas?

Miragem em Chamas

— Não é a mesma coisa — repetiu ele.

Ela ultrapassou uma carreta enorme com destino à costa, e o Cadillac sacudiu e trepidou através do ar superaquecido e turbulento.

— Vá mais devagar — disse ele.

— Não posso ir mais devagar. Eu quero ver Ellie.

Ele se apoiou no painel à frente para conseguir se firmar. O vento gelado do ar-condicionado soprou contra seu peito.

— Não se preocupe — disse ela. — Não vou bater. Ellie precisa de mim. Se não fosse por ela, já teria batido há muito tempo, pode acreditar.

Mas mesmo assim ela diminuiu um pouco a velocidade. A enorme carreta voltou a rastejar ao seu lado.

— Sei que esta é uma conversa difícil — falou.

— Você acha?

— Mas você tem que olhar para a situação do meu ponto de vista. Por favor, Reacher. Já remoí isso milhões de vezes. Fico pensando e repensando. Já fui de A a B, de C a D, percorri o caminho todo até o Z. E depois de novo e de novo. E de novo. Examinei todas as opções. Por isso é tudo muito lógico pra mim. Essa é a única maneira. Eu *sei* que é. Mas é difícil falar sobre isso porque é uma novidade pra você. Não pensou nisso antes. Surgiu pra você do nada. Por isso acaba parecendo que sou doida, que tenho sangue frio. Eu sei disso. E compreendo isso. Mas eu não sou uma doida nem tenho sangue frio. É que tive tempo suficiente para chegar a uma conclusão e você, não. E essa é a única conclusão, eu te prometo.

— Que seja, mas não vou matar um cara que eu nunca vi antes.

— Ele me bate, Reacher — afirmou ela. — Ele me bate, e bate feio. Me soca, me chuta, me machuca. Ele gosta. Dá gargalhadas enquanto faz isso. Vivo com medo, o tempo todo.

— Então fale com os policiais.

— O policial. Só existe um. Ele não acreditaria em mim. E mesmo que acreditasse não faria nada a respeito. Eles são todos camaradas uns dos outros. Você não sabe como são as coisas por aqui.

Reacher ficou calado.

— Sloop está voltando pra casa — disse ela. — Você consegue *imaginar* o que ele vai fazer comigo?

Reacher ficou calado.

— Eu estou *presa*, Reacher. Estou encurralada por causa da Ellie. Você consegue ver isso?

Ele ficou calado.

— Por que você não vai me ajudar? É por causa de dinheiro? É porque eu não posso te pagar?

Ele ficou calado.

— Estou desesperada. Você é a minha única chance. Estou implorando. Por que você não vai me ajudar? É porque eu sou mexicana?

Ele ficou calado.

— É porque sou uma chicana, né? Uma feijoeira? Você faria isso para uma mulher branca? Como a sua namorada? Tenho certeza de que ela é branca. Provavelmente loura, né?

— Ela é loura, sim — disse ele.

— Se um cara estivesse batendo nela, você o mataria.

Mataria mesmo, pensou Reacher.

— E *ela* foi embora pra Europa sem você. Não queria que fosse com ela. Mas você faria isso por ela e não por mim.

— Não é a mesma coisa — repetiu Reacher pela terceira vez.

— Eu sei — disse ela. — Porque eu sou só um lixo de uma chicana. Não valho a pena.

Ele ficou calado.

— Qual é o nome dela? — perguntou Carmem. — Da sua namorada?

— Jodie.

— Ok, imagina a Jodie lá na Europa. Ela está encurralada numa situação difícil, apanhando todo dia de um maníaco sádico. Ela conta isso pra você. Desnuda a alma. Cada horrível detalhe humilhante. O que você faz?

Mato o cara, pensou ele.

Como se pudesse ler a mente dele, ela concordou com um gesto de cabeça.

— Mas você não vai fazer isso pra mim. Você faria pela gringa, mas não por mim.

Ele ficou parado um tempinho com a boca entreaberta. Era verdade. Ele faria isso por Jodie Garber, mas não por Carmem Greer. *Por que não?* Porque isso acontece de supetão. Não dá pra forçar. É uma coisa feita quando o sangue ferve; como quando, com droga nas veias, uma pessoa se deixa levar. Se não estiver ali, a pessoa não se deixa levar. Simples assim. Reacher já se deixara levar antes na vida, muitas vezes. Pessoas que se metiam com ele recebiam o que mereciam. Mexer com a Jodie é o mesmo que mexer com ele. Porque a Jodie *era* ele. Ou pelo menos costumava ser. De uma maneira que Carmem não era. E nunca seria, ou seja, essa fervura simplesmente não estava *ali*.

— Não tem nada a ver com gringas e latinas — disse ele tranquilamente.

Ela ficou calada.

— Por favor, Carmem. Você tem que entender isso.

— Então tem a ver com o *quê*?

— Tem a ver com eu a conhecer e não conhecer você.

— E isso faz diferença?

— É claro que faz.

— Então comece a me conhecer — afirmou ela. — Temos dois dias. Você está prestes a conhecer minha filha. Vai conhecer nós duas.

Ele ficou calado. Ela continuou dirigindo. *Pecos 90 quilômetros.*

— Você era um policial — insistiu ela. — Você deve ter vontade de ajudar as pessoas. Ou você está com medo? É isso? Você é covarde?

Ele ficou calado.

— Você consegue — continuou Carmem. — Você já fez isso antes. Você sabe como. Você consegue fazer isso e ir embora sem que ninguém perceba. Você consegue dispensar o corpo dele onde ninguém o encontraria. No meio do deserto. Ninguém nunca saberia. Não vai dar nada pra você se for cuidadoso. Nunca vai ser pego. Você é muito competente.

Ele ficou calado.

— Você é competente? É ou não é? Você sabe como fazer isso?

— É claro que sei — disse ele. — Mas não vou fazer.
— Por que não?
— Já te falei por que não. Por que não sou um assassino.
— Mas eu estou desesperada — disse ela. — Preciso que você faça isso. Estou te implorando. Faço qualquer coisa se você ajudar.

Ele ficou calado.

— O que você quer, Reacher? Quer sexo? Podemos fazer sexo.
— Pare o carro — ordenou ele.
— Por quê?
— Porque já estou cheio desse papo.

Ela meteu o pé no acelerador. O carro respondeu na hora. Reacher deu uma olhada para o trânsito, inclinou-se para o lado dela e, com um golpe, colocou a marcha em ponto-morto. O carro esgoelou e o começou a perder velocidade. Com a mão esquerda, ele virou o volante, puxando-o para vencer a força desesperada que ela fazia, e conduziu o carro até o acostamento. Ele sacolejou para fora do asfalto, e o cascalho contra os pneus consumiu a velocidade. Reacher colocou o câmbio em posição de estacionamento e abriu a porta, tudo num único movimento. Com a transmissão travada, o carro derrapou até parar. Ele saiu do carro e ficou em pé, cambaleando. Sentiu o calor golpeá-lo como uma martelada, bateu a porta e começou a se afastar de Carmem.

4

QUINZE METROS APÓS TER SAÍDO DO CARRO Reacher já suava em bicas. E já se arrependia de sua decisão. Estava no meio do nada, a pé em uma rodovia enorme, onde os carros mais lentos andavam a cem por hora. Ninguém ia querer parar para ele. Mesmo que quisessem, considerando o tempo para reagirem, o tempo para olharem no retrovisor e o tempo para frearem, quando percebessem, já estariam a mais de um quilômetro. Então, dariam de ombros, acelerariam de novo e seguiriam em frente. *Lugar desastroso para se pegar uma carona*, pensariam.

Era mais que desastroso. Era suicida. O sol estava apavorante e a temperatura, fácil nos quarenta e quatro graus. O deslocamento de ar pela passagem dos carros era como uma tempestade de calor, e a sucção causada pela passagem dos gigantescos caminhões não estava longe de tirar seus pés do chão. Ele não tinha água. Mal podia respirar. Havia um fluxo constante de pessoas a cinco metros de distância, mas ele estava tão sozinho quanto se cambaleasse cego pelo deserto. Se um policial não passasse por ali e o prendesse por andar pela rodovia sem a devida atenção, poderia morrer.

Reacher se virou e viu o Cadillac ainda inerte no acostamento. Mas continuou caminhando para longe dele. Andou uns quarenta metros e parou. Ele se virou para ficar de frente para o leste e esticou o polegar. Mas era uma causa perdida, ele sabia disso. Cinco minutos depois, mais de cem carros já haviam passado e o máximo que tinha conseguido fora o som alto e grave emitido pela buzina de ar comprimido de um caminhoneiro, rosnando ao passar, juntamente com a lamúria dos pneus sob pressão e um furacão de poeira e areia. Reacher estava sufocando e praticamente em chamas.

Ele se virou novamente. Viu o Cadillac balançar e começar a percorrer de ré o acostamento em direção a ele. Ela controlava o carro com imprecisão. A traseira dele ocupava todo o espaço, prestes a entrar na estrada. Reacher começou a voltar. O carro vinha em direção a ele, balançando descontroladamente a traseira. Ele começou a correr e parou ao lado do veículo quando ela freou bruscamente. A suspensão sacolejou. Ela baixou o vidro do lado do passageiro.

— Desculpe — disse.

Envolto pelo barulho, ele não escutou, mas entendeu o que dizia aquele movimento labial.

— Entre — pediu ela.

A camisa dele estava colada nas costas. Havia areia em seus olhos. O uivo barulhento da estrada o estava ensurdecendo.

— Entre — insistia ela, falando sem som. — Desculpe.

Ele entrou. Teve exatamente a mesma sensação da primeira vez. O ar roncando, o banco de couro gelado. A pequena mulher assustada ao volante.

— Peço desculpas — disse ela. — Me perdoe. Eu falei muita besteira.

Ele bateu a porta. Houve um silêncio repentino. Colocou a mão na corrente fria que saía do painel.

— Não estava falando sério — disse ela.

— Não interessa.

— É verdade, eu não estava falando sério. É que estou tão desesperada que não consigo distinguir bem o certo do errado. E sinto muito pelo negócio do sexo. Foi uma coisa muito grosseira de dizer.

Em seguida, em voz baixa, falou:

— Foi porque imaginei que era isso o que teria que acontecer com alguns caras pra quem dei carona.

— Você ia fazer sexo com eles para que matassem seu marido?

Ela respondeu afirmativamente com um gesto de cabeça.

— Eu te falei, estou presa e estou com medo e estou desesperada. E não tenho mais nada pra oferecer.

Ele ficou calado.

— E já vi filmes em que isso acontece — comentou ela.

Ele concordou e comentou:

— Também vi esses filmes. Quem faz isso, nunca se dá bem.

Ela ficou em silêncio por um longo momento.

— Então você não vai fazer — disse ela, como se atestasse um fato.

— Não, não vou.

Ela ficou em silêncio novamente, por mais tempo.

— Ok, vou deixar você em Pecos — disse ela. — Você não pode ficar andando aí fora. Pode morrer num calor desses.

Ele também ficou em silêncio e por muito mais tempo que ela. Então abanou a cabeça. Porque ele tinha que estar em *algum lugar*. Quando se mora na estrada, aprende-se muito rápido que qualquer lugar é tão bom quanto outro lugar qualquer.

— Não, eu vou com você — falou. — Vou passar uns dias lá. Porque lamento a sua situação, Carmem. Sinto muito mesmo. Não vou chegar lá e atirar no cara, mas isso não quer dizer que não quero te ajudar de alguma outra maneira. Se eu puder. Isto é, se você ainda quiser minha ajuda.

Ela ficou em silêncio por um tempinho.

— Eu ainda quero a sua ajuda, sim — disse enfim.

— E eu quero conhecer a Ellie. Pela foto ela me parece ser uma menina muito bacana.

— Ela é uma menina muito bacana.
— Mas não vou matar o pai dela.
Ela ficou calada.
— Isso está bem claro? — perguntou ele.
— Entendi. Desculpa por ter te pedido isso.
— Não sou só eu, Carmem — continuou Reacher. — Ninguém faria isso. Você estava se enganando. Não era um bom plano.
Ela se sentiu pequena e perdida.
— Achei que ninguém conseguiria recusar — disse. — Se soubessem.
Ela se virou e olhou o trânsito que vinha atrás. Esperou por uma brecha. Seis carros depois, atirou o Cadillac na rodovia e acelerou. Em um minuto estava a cento e trinta de novo e ultrapassava um carro depois do outro. Demorou sete minutos para que alcançasse o caminhoneiro que tinha buzinado ao deixar Reacher na poeira.

O Crown Victoria chegou ao destino que a mulher tinha selecionado em oitenta minutos. No mapa, era uma mancha marrom vazia de dois centímetros e, na realidade, uma mancha marrom vazia de sessenta e cinco quilômetros. Uma estrada protegida do vento por montanhas distantes a atravessava, contorcendo-se grosseiramente pelo noroeste. Um território quente, desolado, sem valor. Mas possuía todas as características que ela tinha previsto. Serviria aos seus propósitos. Ela sorriu para si mesma. Tinha instinto para encontrar locais adequados.
— Ok — disse ela. — Primeira coisa amanhã. Bem aqui.
O carrão virou e seguiu para o sul. A terra levantada pelos pneus pairou no ar por longos minutos e então pousou no chão empoeirado.

Carmem saiu da rodovia pouco antes de Pecos e avançou para o sul por uma pequena estrada rural que levava para o vazio total. Os oito quilômetros seguintes foram como percorrer a superfície da lua.
— Me fale um pouco de Pecos — pediu Reacher.
Ela suspendeu os ombros e disse:

Miragem em Chamas 93

— Falar o quê? Não é nada. Na primeira vez que mapearam o Texas há cem anos, o Serviço de Recenseamento só considerava um lugar povoado se tivesse mais de seis pessoas por 1,5 quilômetro quadrado, e nós *até hoje* não nos qualificamos. Ainda somos a fronteira.

— Mas é muito bonito — disse ele.

E era. A estrada serpenteava e mergulhava por contornos intermináveis, com cânions de rochas vermelhas em ambos os lados, altos e nobres a oeste, fraturados e esburacados a leste, onde antigos córregos tinham procurado as margens do Rio Grande. Altas e ressecadas montanhas se erguiam adiante, sob um imenso céu multicolorido, e até mesmo no carro em velocidade ele podia sentir o estonteante silêncio das centenas de quilômetros quadrados de absoluto vazio.

— Eu odeio — disse ela.

— Onde vou ficar? — perguntou ele.

— Na propriedade. No alojamento, eu acho. Eles vão contratar você para trabalhar com os cavalos. Sempre estamos com uma pessoa a menos. Você se apresenta com firmeza, e eles vão se interessar. Você pode dizer que é um vaqueiro. Será um bom disfarce. Vai te manter por perto.

— Eu não sei nada sobre cavalos.

Ela deu de ombro.

— Pode ser que nem notem. Eles não notam muita coisa. Tipo eu sendo espancada quase até a morte.

Uma hora depois, eles estavam quase atrasados. Ela dirigia tão rápido que o canto dos pneus nas curvas era mais ou menos contínuo. Eles percorreram uma subida íngreme e viraram entre dois pilares rochosos num pico. De repente, surgiu abaixo deles um território plano a perder de vista. A estrada despencava como um laço bege retorcido e era atravessada trinta quilômetros à frente por outra que, visível apenas através do calor que a embaçava, parecia uma desbotada linha em um mapa. A distante encruzilhada estava cravejada com um punhado de pequeninos prédios e, com exceção deles e das duas estradas, não havia evidência de que humanos tinham algum dia habitado o planeta.

— O Condado de Echo — disse ela. — Tudo o que vê e muito mais. Mil e seiscentos quilômetros quadrados e cento e cinquenta pessoas. Bem, cento e quarenta e oito, porque uma delas está sentada bem aqui com você e outra ainda está na prisão.

O humor dela tinha melhorado, pois disse isso com um sorriso zombeteiro. Mas ela estava olhando para uma nuvenzinha de poeira na estrada muito abaixo deles. Dissipando-se, parecia o rabo e um esquilo e, a um quarto do caminho até do cruzamento, rastejava-se lentamente para o sul.

— Aquele deve ser o ônibus escolar — comentou ela. — *Temos* que chegar antes dele à cidade ou a Ellie vai pegá-lo e não vamos encontrá-la.

— Cidade? — questionou Reacher.

Ela deu um pequeno sorriso e respondeu:

— Você está olhando para ela: a área residencial de Echo.

Carmem acelerou estrada abaixo, e a poeira levantada pelo Cadillac redemoinhou e pairou atrás deles. O cenário era tão vasto que a velocidade parecia reduzida ao absurdo. Reacher calculou que o ônibus deveria estar a meia hora da encruzilhada, e o Cadillac se movia duas vezes mais rápido. Portanto, eles o alcançariam em quinze minutos, mesmo que a altura e o ar limpo do deserto fizessem com que o ônibus parecesse tão próximo que, se estendesse a mão, seria possível pegá-lo, como um brinquedo de criança no chão de um quarto.

— É bondade sua estar vindo — disse ela. — Obrigada. De verdade.

— *No hay de qué, señorita* — respondeu ele.

— Então você sabe mais do que só algumas palavras.

Ele deu de ombros.

— Havia muitas pessoas que falavam espanhol no Exército. A maioria da nova geração, na verdade. Alguns dos melhores.

— Como no beisebol — comentou ela.

— Isso, como no beisebol.

— Mas você deveria me chamar de *señora*. *Señorita* me deixa feliz demais.

Ela acelerou novamente quando a estrada ficou plana e, mais ou menos dois quilômetros antes de alcançarem o ônibus, foi para a contramão

Miragem em Chamas

e se preparou para ultrapassá-lo. Suficientemente seguro, calculou ele. As chances de haver trânsito vindo em sentido contrário naquela parte do mundo eram menores do que as de ganhar na loteria. Ela se aproximou do ônibus, avançou através do rastro de poeira, fez a ultrapassagem ruidosamente e ainda ficou na esquerda por mais dois quilômetros. Então voltou para a direita e cinco minutos depois eles estavam diminuindo a velocidade ao chegarem à encruzilhada.

Do nível do solo, o vilarejo parecia esfarrapado e destroçado, assim como ficam os lugares pequenos sob o calor do sol. Muitos lotes com fins comerciais que nunca prosperaram eram cercados por muros de tijolos sem reboco. Havia um restaurante à direita, na esquina a noroeste, que não passava de um barraco de madeira comprido e baixo, cujas cores desapareceram esturricadas pelo sol. Na diagonal oposta ficava a escola, um prédio de um cômodo, como algo retirado de um livro de História. *Os primórdios da educação rural.* Em frente, na esquina a sudoeste, havia um posto de gasolina com duas bombas e um pequeno terreno cheio de carros estragados. Na diagonal oposta ao posto de gasolina, do outro lado da rua onde ficava a escola, a esquina a nordeste era um lote vago com blocos de concreto esparramados ali de qualquer maneira, como se uma nova empreitada otimista tivesse sido planejada e depois abandonada, possivelmente ainda quando Lyndon B. Johnson era presidente, nos anos 1960. Havia quatro outras construções, todas de um andar, todas de concreto simples, todas localizadas na parte de trás do lote e com entradas para veículos estreitas e irregulares. Casas, imaginou Reacher. Os terrenos estavam repletos de lixo, bicicletas de criança, automóveis detonados sobre tijolos e mobília velha de sala de estar. Eram esturricados, ressecados e havia cercas de arame baixas, possivelmente para impedir a entrada de cobras.

A encruzilhada em si não tinha placas de *pare*, apenas linhas espessas no asfalto derretidas pelo calor. Carmem passou direto pela escola e fez o retorno usando toda a largura da estrada, esbarrando o carro nas valas de drenagem no acostamento dos dois lados. Ela retornou e parou quando o portão da escola estava próximo à janela de Reacher. Como um canil, o terreno da escola era rodeado por uma cerca de arame, e o portão era um retângulo irregular com tranca, feito de canos galvanizados e preenchido pelo mesmo arame.

Ela olhou para além dele, para a porta da escola. Com esforço, o ônibus veio do norte e parou do outro lado da estrada, paralelamente ao Cadillac e com a frente na direção contrária. A porta da escola foi aberta e uma mulher saiu. Ela se movia devagar e parecia cansada. A professora, chutou Reacher, pronta para finalizar o dia. Ela viu o ônibus e acenou para as crianças. Elas saíram, esparramando-se num longo fluxo. Dezessete delas, nove meninas e oito meninos, contou. Ellie Greer era a décima-sétima da fila. Ela estava de vestido azul. Parecia suada e com calor. Ele a reconheceu por causa da fotografia e da maneira com que Carmem se mexeu ao lado dele. Viu-a tomar fôlego e abrir a porta.

Quase aos pulos, deu a volta no capô e se encontrou com a filha do lado de fora do carro, na faixa de terra batida que servia de calçada. Levantou-a com um abraço tempestuoso. Ela a rodopiou e rodopiou. Seus pezinhos cataventavam e sua lancheira azul balançou e acertou as costas da mãe. Reacher pôde ver a garota dando gargalhadas e lágrimas nos olhos da mãe. Elas passaram por trás do carro agarradinhas uma à outra. Carmem abriu a porta, Ellie se apressou para subir no banco do motorista e se imobilizou quando o viu. Imediatamente ela ficou em silêncio e arregalou os olhos.

— Ele é o sr. Reacher — disse Carmem.

Ellie se virou e olhou para a mãe.

— Ele é meu amigo — continuou ela. — Fala oi pra ele.

Ellie se virou novamente e disse:

— Oi.

— Ei, Ellie — cumprimentou Reacher. — Como foi na escola?

— Tudo bem — respondeu ela depois de um tempo.

— Aprendeu alguma coisa?

— A soletrar algumas palavras.

Ela hesitou por um momento e ergueu um pouco o queixo antes de dizer:

— Não eram das fáceis. Bala e mala.

— Quatro letras. É muito difícil — disse ele com o semblante sério.

— Aposto que você consegue soletrar as duas.

— B, A, L, A — disse Reacher — M, A, L, A. É assim mesmo?

— Você já é grande — disse Ellie, como se ele tivesse passado num teste. — Mas quer saber de uma coisa? A professora disse que são quatro letras, mas são só três, porque o A aparece duas vezes em cada uma delas.

— Você é uma criança muito esperta — afirmou Reacher. — Agora pule lá pra trás e deixe sua mãe entrar e sair do calor.

Ela passou por cima do ombro esquerdo dele, que sentiu o cheiro de escola primária. Ele tinha estudado em uns quinze lugares diferentes, a maioria deles em países e continentes distintos, e todos tinham o mesmo cheiro. Já fazia mais de trinta anos desde que estivera em um pela última vez, mas ainda se lembrava perfeitamente.

— Mãe? — chamou Ellie.

Carmem entrou e fechou a porta. Ela estava vermelha. Calor? Esforço repentino? Felicidade repentina? Reacher não sabia.

— Mãe, está calor — disse Ellie. — A gente podia tomar uma vaca-preta. Lá no restaurante.

Reacher percebeu que Carmem quase sorri e concorda, mas depois a viu olhar para a bolsa e se lembrar do dólar solitário guardado dentro dela.

— Lá no restaurante, mãe — disse Ellie. — Vacas-pretas. É a melhor coisa que tem quando está calor. Antes da gente ir pra casa.

O semblante de Carmem fechou, em seguida fechou um pouquinho mais quando foi arrebatada pelo final da frase de Ellie. *Casa.* Reacher quebrou o silêncio.

— Boa ideia — disse ele. — Vamos tomar vaca-preta. É por minha conta.

Carmem o olhou, dependente dele e triste por isso. Mesmo assim, engatou a marcha, voltou a passar pela encruzilhada e entrou à direita no lote onde ficava o restaurante. Ela deu a volta e estacionou à sombra, bem perto da parede da frente, ao lado do único carro no lugar, um Crown

Victoria azul metálico novo e lustrado. Devia ser uma viatura sem identificação de um policial estadual ou um carro alugado, pensou Reacher.

Dentro do restaurante fazia frio por causa de um grande e antigo ar condicionado que soprava do teto. E estava vazio, a não ser pelo grupo que Reacher considerou ser os ocupantes do Crown Victoria, um trio composto por três tipos comuns perto de uma janela, dois homens e uma mulher. Ela era loira e de aparência agradável. Um cara era baixo e moreno, e o outro, mais alto e mais claro, ou seja, o Crown Vic era alugado, não uma viatura policial, e aqueles sujeitos possivelmente eram uma espécie de equipe de vendas viajando entre San Antonio e El Paso. Eles provavelmente tinham algumas amostras pesadas no porta-malas que os impedia de voar. Ele desviou o olhar e deixou que Ellie o levasse a uma mesa no extremo oposto do restaurante.

— Esta é a melhor mesa — disse ela. — Os bancos de todas as outras estão rasgados, e foram costurados com uma linha meio grossa que pode machucar a parte de trás da perna.

— Acho que você já veio aqui antes — afirmou Reacher.

— É claro que já. — Ela deu uma risadinha, como se ele fosse maluco. Fileiras de pequeninos dentes alinhados reluziram. — Já vim aqui um monte de vezes.

Então ela pulou no banco de vinil e se arrastou para o lado.

— Mamãe, senta do meu lado — disse ela.

Carmem sorriu e respondeu:

— Vou ao banheiro primeiro. Volto rapidinho. Fica aqui com o sr. Reacher, tá?

Ela concordou com um expressão séria. O sr. Reacher se sentou do lado oposto ao dela e eles se entreolharam bem abertamente. Ele não sabia com certeza o que ela estava vendo, mas ele via a versão viva da fotografia na carteira da mãe dela. Volumosos cabelos cor de milho presos em um rabo de cavalo, incongruentes olhos escuros arregalados que o encaravam em vez de a uma câmera, um narizinho arrebitado, uma boca fechada com determinação e de maneira bem séria. Tinha uma pele inacreditavelmente perfeita, como um veludo rosa úmido.

Miragem em Chamas

— Onde você estudou? — perguntou ela. — Foi aqui também?

— Não, estudei em muitos lugares diferentes — respondeu ele. — Eu me mudei um monte de vezes.

— Você não estudou na mesma escola o tempo todo?

Ele balançou a cabeça.

— Eu só ficava alguns meses em uma escola, depois trocava.

Ela ficou bastante concentrada. Não perguntou o porquê. Apenas avaliava as vantagens e desvantagens.

— Como você conseguia lembrar onde as coisas ficavam? Tipo os banheiros? Você não esquecia o nome do professor? Não o chamava pelo nome errado?

Ele negou com um gesto de cabeça e disse:

— Quando a gente é jovem, consegue lembrar as coisas muito bem. É quando ficamos velhos que começamos a esquecer.

— Eu esqueço coisas — disse ela. — Esqueci como é o meu pai. Ele está preso. Mas acho que está quase voltando pra casa.

— É, acho que está mesmo.

— Onde você estudou quando tinha seis anos e meio, como eu?

Escola, o centro do universo dela. Ele pensou nisso. Quando tinha seis anos e meio, a guerra no Vietnã ainda estava bem longe do auge, mas já era suficientemente grande para que seu pai estivesse lá ou nas proximidades. Então ele presumiu que teria passado aquele ano dividido entre Guam e Manila. Principalmente em Manila, pensou, julgando pelas memórias que tinha dos prédios e da vegetação, dos lugares onde se escondia e brincava.

— Nas Filipinas — disse ele.

— Esse lugar também é aqui no Texas? — perguntou ela.

— Não, são um monte de ilhas entre o Pacífico e o Mar da China Meridional. Lá longe no oceano, muito distante daqui.

— No oceano — repetiu ela, como se não tivesse certeza. — O oceano é na América?

— Tem um mapa na parede na sua escola?

— Tem, sim. Um mapa do mundo todo.

— Então, os oceanos são todas as partes azuis.

— Tem um montão de partes azuis.

— Com certeza.

— Minha mãe estudou na Califórnia.

— Ela também está no mapa. Ache o Texas, então olhe para a esquerda.

Ele a viu olhando para as mãos e tentando se lembrar de qual era a esquerda e qual a direita. Depois percebeu que ela levantou a cabeça e olhou por cima do ombro dele. Ele se virou e viu Carmem com seu caminho de volta temporariamente bloqueado pelos vendedores, que se levantaram para sair da mesa. Ela esperou que fossem até a porta e liberassem o corredor, em seguida continuou seu caminho e se sentou, tudo em um mesmo movimento gracioso. Ela grudou em Ellie, abraçou-a com um braço e lhe fez cócegas, que respondeu com um gritinho agudo. No caixa, a garçonete terminou de atender os vendedores e se dirigiu a eles com o bloquinho e o lápis a postos.

— Três vacas-pretas, por favor — pediu Ellie em alto e bom tom.

A garçonete anotou o pedido e disse antes de sair:

— Num minutinho, querida.

— Pode ser? — perguntou Carmem.

Ele concordou com um gesto de cabeça. Como do cheiro da escola primária, ele também se lembrava do gosto de vaca-preta. A primeira vez que tomou uma foi numa cantina do Exército em Berlim, num grande barracão Quonset da época da ocupação das Quatro Potências. Tinha sido um dia quente de verão na Europa, sem ar-condicionado, e ele se lembrava do calor na sua pele e das bolhas no seu nariz.

— Nada a ver — disse Ellie. — Não é a vaca que é preta. Preta é a coca. O sorvete, que é a vaca, é branco. O nome devia ser vaca branca.

Reacher sorriu. Ele lembrou que pensava o mesmo tipo de coisa quando era da idade dela. Perplexidade indignada em relação às ilogicidades do mundo do qual estava sendo convidado a participar.

Miragem em Chamas

— Como escola primária — disse ele. — Eu descobri que primário significa simples. Então escola primária significa escola simples. Eu me lembro de pensar, bem, parece muito complicada pra mim. Escola complicada seria um nome melhor.

Ellie olhou para ele com seriedade.

— Não acho complicada — disse ela. — Mas talvez seja mais complicada no oceano.

— Ou talvez você seja mais inteligente que eu.

Ela pensou naquilo com convicção.

— Eu sou mais inteligente que algumas pessoas — afirmou ela. — Tipo a Peggy. Ela ainda está nas palavras de três letras. Ela ainda acha que luz é com Z.

Reacher não tinha resposta para ela. Ele esperou que Carmem assumisse, mas antes disso a garçonete chegou com uma bandeja de alumínio e três copos altos sobre ela. Ela os colocou na mesa com bastante cerimônia, sussurrou "saboreie" para Ellie e foi embora. Mas os copos tinham quase trinta centímetros de altura, os canudos o aumentavam ainda mais e o queixo de Ellie estava mais ou menos no nível da mesa, o que fazia com que sua boca estivesse bem longe de onde deveria.

— Você quer que eu o abaixe? — perguntou Carmem. — Ou prefere ficar de joelhos?

Ela pensou no assunto. Reacher estava começando a se perguntar se aquela criança alguma vez já tinha tomado uma decisão de maneira rápida e fácil. Percebeu um pouquinho de si nela. Ele levava as coisas muito a sério. As crianças de todas as escolas o zoavam por causa disso. Mas, geralmente, só uma vez.

— Vou ficar de joelhos — decidiu ela.

Era mais que se ajoelhar. Ela se postou no banco de vinil como se fizesse um agachamento, com as palmas das mãos plantadas na mesa ao lado da base do copo e o pescoço esticado para alcançar o canudo. Um método tão bom quanto qualquer outro, pensou Reacher. Ellie começou a chupar e ele se virou e olhou para a própria bebida. Havia uma colherada redonda de sorvete gorduroso. Ele achou a coca muito doce, como se a mistura tivesse levado xarope na proporção errada. As bolhas eram grandes e artificiais. O gosto era horrível. Bem distante de um dia de verão da infância passado na Alemanha.

— Você não gostou? — perguntou Ellie.

Ela estava com a boca cheia, e algumas gotas da mistura caíram na manga dele.

— Eu não falei nada.

— Você está fazendo uma cara esquisita.

— Muito doce — admitiu. — Vai estragar os meus dentes. Os seus também.

Ela fez uma careta enorme, como se estivesse mostrando os dentes para um dentista.

— Não importa — disse ela. — Todos eles vão cair mesmo. A Peggy já perdeu dois.

Em seguida se inclinou até o canudo e sugou o resto da bebida. Com o canudo, cutucou o que sobrou do sorvete no fundo do copo até que ficasse suficientemente líquido para chupar.

— Eu tomo o seu restinho também se você quiser — disse Ellie.

— Não — repreendeu Carmem. — Você vai vomitar no carro.

— Vou, não. Eu prometo.

— Não — repetiu a mãe. — Agora você vai ao banheiro, está bem? Ainda falta muito pra chegar em casa.

— Eu já fui — disse Ellie. — É sempre a última coisa que a gente faz na escola. A gente faz uma fila. A gente é obrigado a ir. O motorista do ônibus odeia quando alguém faz xixi no banco.

E deu uma risada alegre.

— Ellie — disse Carmem.

— Desculpa, mamãe. Mas só os meninos é que fazem isso. Eu não faria uma coisa dessas.

— De qualquer maneira, vá de novo, ok?

Ellie revirou os olhos dramaticamente, passou por cima do colo da mãe e correu para a parte de trás do restaurante. Reacher colocou uma nota de cinco sobre a conta.

Miragem em Chamas

— Que menina bacana — comentou.

— Também acho — respondeu Carmem. — Bom, a maior parte do tempo.

— Esperta demais.

— Mais esperta que eu, com certeza.

Ele não comentou. Apenas ficou em silêncio observando os olhos dela se anuviarem.

— Obrigada pelos refrigerantes — agradeceu Carmem.

— O prazer foi meu. E também uma nova experiência. Nunca tinha pagado um refrigerante para uma criança antes.

— Então você obviamente não tem filhos.

— Nunca cheguei nem perto de ter.

— Nem sobrinhas ou sobrinhos? Ou um priminho?

Ele abanou a cabeça e disse:

— Eu já fui uma criança. Uma vez e há muito tempo. Além do que me lembro dessa época, não sei quase nada sobre o assunto.

— Fique por perto um ou dois dias que a Ellie vai te ensinar mais do que você sempre quis saber. Como você provavelmente já notou.

Nesse momento ela olhou por sobre os ombros dele, que ouviu os passos da Ellie atrás de si. O chão era velho e obviamente havia bolsas de ar agarradas sob o linóleo deformado porque os sapatos dela faziam sons estalados e ocos.

— Mãe, vamos *nessa* — disse ela.

— O Sr. Reacher vai também — respondeu Carmem. — Ele vai cuidar dos cavalos.

Ele se levantou e viu que Ellie o estava observando.

— Tudo bem. Mas vamos *nessa*.

Eles abriram a porta, e o calor os atingiu. O dia já tinha consumido mais da metade da tarde e estava mais quente do que nunca. O Crown Victoria tinha ido embora. Eles deram a volta no carro e Ellie entrou e se sentou no banco de trás. Sentada, Carmem ficou parada por um longo momento com a mão na chave. Ela fechou os olhos. Em seguida os reabriu e ligou o carro.

Ela voltou, atravessou a encruzilhada, passou pela escola novamente, e seguiu por mais cem quilômetros direto para o sul. Dirigia bem devagar. Provavelmente com a metade da velocidade de antes. Ellie não reclamou. Reacher supôs que ela achasse aquilo normal. Presumiu que Carmem nunca dirigia muito rápido na volta para casa.

Não havia muita coisa por onde passavam. À esquerda, linhas de transmissão de energia embarrigavam ritmicamente entre postes castigados pelo clima. Ao longe, havia moinhos de vento e bombas de óleo aqui e ali, alguns deles em funcionamento, a maioria emperrada e imóvel. No lado ocidental da estrada, nas margens dos antigos campos, havia mais equipamentos V-8 de irrigação, mas estavam silenciosos e empoeirados porque o vento tinha limpado a superfície da terra. Alguns lugares estavam tão limpos que eram visíveis as secas saliências de caliche. Não havia mais nada a irrigar. O lado oriental estava melhor. Havia quilômetros quadrados inteiros de algarobeiras, e às vezes amplas porções de pasto razoável espalhando-se em formas lineares irregulares, como se houvesse água no subsolo.

A cada quinze ou trinta quilômetros, surgia um isolado portão de rancho ao lado da estrada. Com seus ângulos retos, tinham formatos simples, uns cinco metros tanto de comprimento quanto de altura e através deles estradas de terra batida se estendiam ao longe. Alguns tinham nomes feitos em tiras de madeira talhadas em forma de letras. Outros nomes eram moldados em ferro, com letras sofisticadas trabalhadas à mão. Havia aqueles que tinham, fixados no centro, velhos crânios esbranquiçados de gado, com longos chifres curvados para fora como asas de abutres. Outros ainda eram complementados por fios velhos de arame farpado que, sem rumo, não se estendiam muito, delineando a localização de fronteiras muito antigas. O arame estava em mourões de madeira tão retorcidos pela ação do tempo que tinham o formato de saca-rolhas e aparentemente virariam pó se alguém encostasse neles.

Dependendo do relevo do terreno, algumas das casas dos ranchos eram visíveis. Nas partes planas, Reacher conseguia ver algumas construções aglomeradas ao longe. As casas tinham dois andares, a maioria era

Miragem em Chamas

pintada de branco, e ficavam em meio a amontoados de celeiros e galpões. Elas tinham moinhos de vento e antenas parabólicas, nos fundos pareciam silenciosas e atordoadas no calor. O Sol estava baixando no oeste, e a temperatura do lado de fora continuava em quarenta e quatro graus.

— Acho que é por causa da estrada — disse Carmem. — Ela absorve o sol o dia todo e o devolve mais tarde.

Esparramada no banco de trás, Ellie tinha pegado no sono. A maleta lhe servia de travesseiro. Sua bochecha estava encostada na ponta dos documentos que esboçavam como sua mãe poderia fugir de seu pai.

— A propriedade do Greer começa aqui — comentou Carmem —, à esquerda. A próxima área é nossa e tem uns treze quilômetros.

Era um terreno plano que se elevava levemente à direita até uma meseta fragmentada cerca de dois quilômetros a oeste. À esquerda, o arame farpado da cerca da propriedade dos Greer era melhor do que o da maioria. Parecia que ele tinha sido trocado havia menos de cinquenta anos. Mantinha-se razoavelmente esticado em direção ao leste e cercava um pasto irregular, cujas cores verde e marrom o compunham em partes iguais. Quilômetros ao longe havia uma floresta de torres de petróleo visível contra a linha do horizonte, rodeada por alojamentos e equipamentos abandonados.

— Greer Three — disse Carmem. — Um campo grande. O avô do Sloop ganhou muito dinheiro com ele no passado. Secou há uns quarenta anos. Mas a maneira como conseguiram esse poço de petróleo é uma história de família famosa.

Claramente relutante em percorrer os quilômetros finais, ela diminuiu a velocidade um pouquinho mais. Bem ao longe, a estrada se elevava, transformando-se numa paisagem que, escaldante, tremulava, e Reacher pôde ver o arame farpado ser substituído por uma estacada absurda. Era firmemente cravada no acostamento, similar ao que se veria na Nova Inglaterra, mas pintada com um vermelho fosco. Ela se estendia por cerca de dois quilômetros até um portão de rancho, que também era vermelho, e continuava seu caminho até ficar fora de vista. As construções atrás do portão eram bem mais perto da estrada do que aquelas que tinham visto antes. Havia um casarão antigo de dois andares, com uma chaminé alta e que se esparramava em anexos de um andar. Rodeavam-lhe celeiros e galpões. Cercas enclausuravam arbitrariamente territórios quadrangulares. Tudo era pintado de um vermelho fosco, todas as construções e cercas. O Sol laranja baixo reluzia contra elas e as fazia encandecer e brilhar, dividindo-as horizontalmente em uma miragem listrada.

Carmem diminuiu ainda mais a velocidade quando se aproximou da cerca vermelha. Deixou o carro seguir, tirou o pé do acelerador, até que virou em uma estrada de terra batida que atravessava o portão. Bem acima de suas cabeças, em madeira pintada de vermelho sobre madeira pintada de vermelho, havia um nome no portão: *Red House*. Ela deu uma olhada nele ao entrar.

— Bem-vindo ao inferno — disse.

A casa vermelha era a principal construção em um complexo de quatro edificações impressionantes. Ela tinha uma varanda de tábua corrida com colunas de madeira e um banco pendurado por correntes. Mais de setenta metros adiante havia um galpão-garagem, mas Carmem não tinha como chegar até ele porque uma viatura policial estava parada de tal maneira no caminho que bloqueava completamente a passagem. Era um Chevy Caprice preto e branco modelo antigo, com *Xerife do Condado de Echo* pintado em uma parte da porta onde já houvera outra coisa escrita. O condado o comprou usado, pensou Reacher, possivelmente de Dallas ou Huston, o pintou e reformou para serviços tranquilos aqui na roça. Ele estava vazio, e a porta do motorista, aberta. A sirene retangular piscava luzes vermelha e azul, chicoteando horizontalmente com cores a varanda e toda a frente da casa.

— Que negócio é esse? — indagou Carmem.

Em seguida ela colocou a mão na boca.

— Meu Deus, não é possível que ele. — Por favor, não.

— Policiais não levam os ex-detentos pra casa — disse Reacher. — Não são uma empresa de aluguel de limusines.

Atrás deles, Ellie estava acordando. Tinha acabado o zumbido do motor, tinha acabado o balanço da suspensão. Com os olhos arregalados, ela se levantou com esforço e deu uma olhada para fora.

— O que é aquilo? — disse ela.

— É o xerife — falou Carmem.

— Por que *ele* está aqui? — perguntou Ellie.

— Não sei.

— Por que a sirene está piscando?

— Não sei.

— Alguém ligou pra a polícia? Um ladrão pode ter entrado aqui. Quem sabe ele usou uma máscara e roubou alguma coisa.

Ela se arrastou e ajoelhou no encosto de braço entre os bancos da frente. Reacher sentiu o cheiro da escola de novo e viu no rosto dela uma curiosidade imensa que, em seguida, se transformou em pânico extremo.

— Ele pode ter roubado um cavalo — disse ela. — Pode ter roubado meu pônei, mamãe.

Com dificuldade, Ellie subiu no colo de Carmem e puxou a maçaneta da porta. Pulou do carro e, com os braços firmes ao lado do corpo e o rabo de cavalo saltitando, correu pelo terreno o mais rápido que suas pernas conseguiam.

— Não acho que alguém tenha roubado um cavalo — disse Carmem. — Acho que Sloop voltou pra casa.

— Com a sirene ligada? — falou Reacher.

Ela tirou o cinto, virou-se para o lado e colocou o pé na poeira do terreno. Levantou-se, olhou para a casa e manteve as mãos na parte de cima da porta, como se fosse um escudo a lhe proteger de algo. Reacher fez o mesmo do seu lado. O calor escaldante o envolveu. Ele ouvia pedaços de conversas irromperem do rádio no carro do delegado.

— Talvez estejam te procurando — sugeriu ele. — Você ficou fora a noite toda. Podem ter dado queixa do seu desaparecimento.

Do outro lado do teto do Cadillac, negando com a cabeça, Carmem disse:

— A Ellie estava aqui, e contanto que saibam onde ela está, não estão nem aí pra mim.

Ela ficou parada por mais um tempo, depois deu um passo para o lado e fechou a porta. Reacher fez o mesmo. A uns cinco metros de distância, a porta da casa se abriu e um homem uniformizado saiu para a varanda. O xerife, obviamente. Tinha uns sessenta anos, sobrepeso, pele escura bronzeada e finos cabelos grisalhos grudados na cabeça. Ele andava meio de costas, despedindo-se da escuridão no interior. Estava de calça preta e uma camisa de uniforme branca, com dragonas e bordados nos ombros. Em um cinto largo havia um revólver de empunhadura de madeira preso em um coldre por uma alça de couro. A porta foi fechada, ele se virou em direção à viatura e parou abruptamente ao ver Carmem. Encostou o dedo indicador na testa, prestando uma falsa e preguiçosa continência.

— Sra. Greer — disse ele, como se estivesse sugerindo que ela era culpada de alguma coisa.

— O que aconteceu? — perguntou Carmem.

— O pessoal aí dentro vai te falar — respondeu o xerife. — Está quente demais da conta pra eu ficar repetindo tudo duas vezes.

Em seguida seu olhar saltou o teto do Cadillac e recaiu sobre Reacher.

— E quem é você? — indagou ele.

Reacher ficou calado.

— Quem é você? — perguntou o sujeito novamente.

— Vou falar pro pessoal aí dentro — respondeu Reacher. — Está quente demais da conta pra eu ficar repetindo tudo duas vezes.

O cara o olhou longa e calmamente e então fez um lento gesto com a cabeça, como se já tivesse visto tudo aquilo antes. Ele se jogou dentro da sua viatura de segunda mão, ligou-a, e voltou para a estrada. Reacher deixou a poeira levantada pousar em seus sapatos e observou Carmem dirigir o Cadillac até o galpão-garagem. Era um galpão de fazenda longo, baixo e vermelho, como todo o resto. Havia duas caminhonetes e um Jeep Cherokee lá dentro. Uma das caminhonetes era nova, a outra estava com os pneus furados e parecia estar parada ali havia uma década. Atrás dessa construção, uma estrada estreita se contorcia em uma distância infinita e

Miragem em Chamas

deserta. Carmem estacionou o Cadillac ao lado do Jeep, saiu e foi envolvida pelo sol. Ela parecia pequena e fora de lugar naquele terreno, como uma orquídea numa pilha de lixo.

— E então, onde é o alojamento? — perguntou ele.

— Fique comigo — disse ela. — Você vai ter que conhecê-los mesmo. Precisa ser contratado. Não pode simplesmente aparecer no alojamento.

— Certo.

Ela o conduziu lentamente até os primeiros degraus que levavam à varanda. Cautelosamente, subiu um de cada vez. Ao chegar em frente à porta, bateu.

— Você tem que bater na porta? — perguntou Reacher.

— Tenho. Eles nunca me deram a chave — respondeu ela.

Enquanto esperavam, Reacher se posicionou um passo atrás dela, o que seria apropriado para alguém que queria ser contratado. Ele ouviu passos no interior da casa. Em seguida a porta foi aberta. Havia um cara parado ali, segurando a maçaneta. Ele aparentava ter uns 25 anos. Tinha uma cara quadrada manchada de vermelho. Era corpulento, seus músculos de playboy de faculdade se transformando em gordura. Estava de calça jeans e vestia uma camisa branca suja com as mangas apertadas dobradas por cima do que restava de seus bíceps. Fedia a suor e cerveja. Na cabeça, virado para trás, ele usava um boné vermelho de beisebol. Um semicírculo da sua testa estava à mostra acima da tira de plástico. Na parte de trás, um emaranhado de cabelos, exatamente da mesma cor e com a mesma textura dos de Ellie, se revelava por baixo da aba.

— É você — disse ele, olhando para Carmem e logo em seguida desviando o olhar.

— Bobby — cumprimentou ela.

Então seu olhar pousou em Reacher.

— Quem é o seu amigo?

— O nome dele é Reacher. Está procurando emprego.

O cara ficou em silêncio por um momento.

— Bem, entra aí, então — disse ele. — Vocês dois. E fecha a porta. Está quente.

Ele voltou para a penumbra e Reacher viu a letra T no boné. *Texas Rangers*, pensou ele, *um bom time, mas nem tanto*. Carmem seguiu o cara a três passos de distância, entrando naquela que tinha sido sua casa nos últimos sete anos como se fosse uma convidada. Reacher ficou ao lado dela.

— Irmão do Sloop — sussurrou ela.

O cômodo na entrada estava escuro. Ele percebeu que tudo ali também era vermelho: as paredes de madeira, o chão, o teto. Na maioria dos lugares, a pintura estava muito ou completamente desgastada, deixando para trás apenas vestígios de pigmento que mais pareciam manchas. Um ar-condicionado arcaico funcionava em algum lugar da casa e forçava a temperatura para baixo alguns graus. Ele funcionava devagar, trepidando e zumbindo com paciência. Ressoava tranquilamente, como o lento tique-taque de um relógio. O cômodo era do tamanho de uma suíte de motel e estava repleto de coisas caras, mas era tudo velho, como se tivessem ficado sem dinheiro décadas antes. Ou então eles sempre haviam sido tão ricos que o entusiasmo em gastar se perdera havia gerações. Na parede, havia um espelho enorme cuja moldura ornamentada era pintada de vermelho. Do lado oposto, seis rifles *bolt-action* de caça ficavam em um rack. O espelho refletia esse rack e fazia com que o cômodo parecesse lotado de armas.

— O que o xerife queria? — perguntou Carmem.

— Entra — respondeu Bobby.

Nós já estamos do lado de dentro, pensou Reacher. Mas então ele entendeu que ele queria dizer, *entrem na sala de estar*. Tratava-se de uma sala vermelha grande na parte de trás da casa. Ela havia sido reformada. Devia ter sido uma cozinha no passado. A cozinha substituta, que certamente tinha mais de cinquenta anos, era um cômodo localizado depois de uma abertura na parede original da casa. A sala de estar e sua mobília tinham a mesma pintura desgastada dos outros lugares. Nela havia uma grande mesa de fazenda e cadeiras com encosto arredondado, tudo feito de

Miragem em Chamas

111

pinho, tudo pintado de vermelho, tudo desgastado, o que deixava a madeira completamente visível nas partes em que houvera contato humano.

Uma das cadeiras estava ocupada por uma mulher. Ela parecia estar ali pela metade dos 50 anos. Era o tipo de pessoa que não muda a maneira de se vestir apesar da idade avançada. Estava usando calça jeans apertada, um cinto e uma blusa com franjas. O cabelo tinha o penteado de uma mulher jovem, era tingido com um tom alaranjado claro e se projetava do couro cabeludo sobre seu rosto magro. Ela parecia alguém de 20 anos prematuramente envelhecido por alguma condição médica rara. Ou por um choque. Talvez o xerife a tivesse sentado ali e dado uma notícia desagradável. Parecia preocupada e um pouco confusa. Mas também demonstrava certa vitalidade. Certa autoridade. Ainda havia vigor ali. Ela parecia aquela parte do Texas que era propriedade sua, comprida e poderosa, mas temporariamente abatida, com os bons tempos já para trás.

— O que o xerife queria? — perguntou Carmem de novo.

— Aconteceu um negócio — disse a mulher, com um tom que denunciava que não era algo bom.

Reacher viu uma centelha de esperança atrás dos olhos de Carmem. Em seguida a sala ficou em silêncio e ela olhou na direção dele.

— O nome dele é Reacher — falou Carmem. — Está procurando emprego.

— De onde ele é?

A voz dela era como um açoite de chicote de couro cru. Seu tom dizia: *sou eu que mando aqui.*

— Eu o encontrei na estrada.

— O que ele sabe fazer?

— Já trabalhou com cavalos. Pode trabalhar na ferraria.

Reacher olhava pela janela enquanto ela mentia sobre suas habilidades. As únicas ocasiões em que tinha chegado perto de cavalos era quando passava pelos estábulos nas bases militares mais antigas, que ainda os tinham. A princípio, sabia que o ferreiro fazia ferraduras, que eram coisas de ferro pregadas às patas deles. Ou aos cascos deles. Ele sabia que aquilo envolvia um braseiro de carvão, um fole e um monte de ritmadas marteladas. Eram necessárias uma bigorna e uma gamela com água. Mas, na verdade, ele nunca tinha encostado em uma ferradura. De vez em quando as via pregadas sobre as portas por superstição. Sabia que algumas culturas as pregavam virada para cima e outras, para baixo, sempre para ter sorte. Mas isso era tudo o que sabia sobre elas.

— Bem, vamos conversar sobre ele depois — disse a mulher. — Precisamos discutir outras coisas antes.

Então ela se lembrou de ser educada e, do outro lado da mesa, esboçou um cumprimento com a mão.

— Sou Rusty Greer.

— Igual ao jogador de beisebol? — perguntou Reacher.

— Eu já era Rusty Greer antes de ele nascer.

Ela apontou para Bobby e disse:

— Já conheceu meu garoto, Robert Greer. Bem-vindo ao Rancho Red House, sr. Reacher. Pode ser que a gente arrume trabalho pra você. Se tiver disposição e for honesto.

— O que o xerife queria? — perguntou Carmem pela terceira vez.

Rusty Greer se virou e olhou diretamente para ela.

— O advogado do Sloop está desaparecido — afirmou.

— O quê?

— Ele estava a caminho da cadeia federal para se encontrar com Sloop. Jamais chegou lá. A polícia estadual encontrou o carro dele abandonado na estrada, ao sul de Albilene. Parado lá, vazio, a quilômetros de qualquer lugar e ainda com as chaves. Parece que a situação não é boa.

— Al Eugene?

— Quantos advogados você acha que Sloop tinha?

O tom dela adicionava à frase: *sua idiota*. A sala ficou totalmente silenciosa, Carmem ficou pálida e a mão dela saltou direto para a boca, os dedos rígidos e estendidos cobrindo seus lábios.

— O carro pode ter enguiçado — sugeriu ela.

— Os policiais verificaram — disse Rusty. — Funcionava normalmente.

— Então onde ele está?

— Está desaparecido. Acabei de falar.

Miragem em Chamas

— Já o procuraram?

— É claro que já. Mas não estão achando.

Carmem respirou fundo duas vezes.

— Isso muda alguma coisa? — perguntou ela.

— Você quer saber se mesmo assim Sloop volta pra casa, não é?

Carmem respondeu com um débil gesto de cabeça, como se estivesse com um medo terrível da resposta

— Não precisa se preocupar nem um tiquinho — respondeu Rusty, sorrindo. — Sloop vai estar de volta na segunda-feira, do jeitinho que estava planejado. O desaparecimento do Al não muda nada. O xerife deixou isso claro. O acordo já estava feito.

Com os olhos fechados e a mão sobre os lábios, Carmem ficou quieta por um longo momento. Depois se esforçou para baixar a mão e para que seus lábios dessem um sorriso trêmulo.

— Que bom — disse.

— Bom mesmo — confirmou a sogra.

Carmem concordou com um vago gesto de cabeça. Reacher achou que ela fosse desmaiar.

— O que você acha que aconteceu com ele? — perguntou ela.

— Como é que eu vou saber? Algum tipo de encrenca, eu suponho.

— Mas quem ia criar encrenca pro Al?

O sorriso dela diminuiu até se transformar numa expressão de escárnio.

— Bem, dê o seu palpite, querida — disse ela.

Carmem abriu os olhos.

— O que você quer dizer com isso?

— Quero dizer: quem ia querer encrenca com advogados?

— Não sei.

— Pois eu sei — disse Rusty. — Alguém que compra um mercedão antigo pra eles e é preso do mesmo jeito, esse alguém.

— Mas quem fez isso?

— Pode ter sido qualquer um. Al Eugene aceitava qualquer um como cliente. Ele não tinha *critério* nenhum. Ele está a meio caminho de ser um pilantra. Pelo que sei, é possível mesmo que seja um completo pilantra. Três quartos dos clientes dele eram da espécie errada.

Ainda pálida, Carmem perguntou:

— Da espécie errada?

— Você sabe o que eu quero dizer.

— Você quer dizer mexicano? Por que você simplesmente não abre o jogo e fala o que pensa?

Rusty ainda estava sorrindo.

— Ah, fala que não é? — questionou ela. — Quando um garoto mexicano é condenado, ele não age como a gente e simplesmente aceita a punição. Não, ele culpa o advogado e atiça todos os irmãos e primos e, é claro, manda um monte deles subir pra cá, todos imigrantes ilegais, todos *cholos*, todos de gangues, e agora você vê no que isso dá. Do jeitinho que é lá embaixo no México. Você, mais do que ninguém, deveria saber como é.

— Por que eu mais do que ninguém? Eu nunca fui ao México.

Ninguém respondeu. Reacher a observava, tremendo, orgulhosa e de pé ali, como um prisioneiro no acampamento inimigo. A sala estava em silêncio. Apenas os solavancos e estalos do velho ar-condicionado funcionando em algum outro lugar.

— Você tem uma opinião sobre isso, sr. Reacher? — perguntou Rusty Greer.

Pareceu uma daquelas perguntas maldosas de entrevista de emprego. Ele gostaria de conseguir pensar em algo inteligente para falar. Algo que a desconcertasse. Mas comprar briga e ser expulso da propriedade nos primeiros dez minutos não ajudaria em nada.

— Só estou aqui por causa do emprego, senhora — disse ele.

— Mesmo assim eu gostaria de saber a sua opinião.

Igual a uma entrevista de emprego. Uma consulta ao meu caráter. Era óbvio que ela queria escolher bem o tipo de pessoa que limparia merda de cavalo para ela.

— O sr. Reacher era um policial — disse Carmem. — No Exército.

— Então o que você pensa a respeito, ex-policial do Exército?

Suspendendo os ombros, Reacher falou:

Miragem em Chamas   115

— Talvez haja uma explicação simples. Quem sabe ele teve um colapso nervoso e saiu perambulando.

— Não me parece muito provável. Agora estou entendendo por que você não é mais um policial.

Houve um longo silêncio.

— Bem, se foi alguma encrenca, quem sabe não foram os caras brancos que a causaram? — alfinetou Reacher.

— Esse não vai ser um ponto de vista popular por aqui, filho.

— Não é uma questão de popularidade. É uma questão de certo ou errado. Três quartos da população do Texas é branca. Daí supor que a probabilidade de gente branca estar envolvidas nisso é de três para um, presumindo que todas as pessoas são iguais.

— Você está sendo presunçoso demais.

— Não de acordo com a minha experiência.

Rusty retirou o olhar da mesa e o cravou em Carmem.

— Bem, sem dúvida de que você concorda com seu novo amigo aqui — disse ela.

Carmem deu um suspiro.

— Nunca me julguei melhor do que ninguém — disse. — Então não sei por que deveria concordar que sou pior

A sala ficou silenciosa.

— Bem, acho que isso só o tempo vai dizer — disse Rusty. — Um de nós vai ter que engolir sapo.

Ela pronunciou *sapooo*. A última palavra se arrastou até se transformar em silêncio.

— Cadê a filhinha do Sloop? — perguntou ela com uma animação artificial na voz, como se aquela conversa não tivesse acontecido. — Você a trouxe da escola?

Carmem se conteve e a encarou.

— Acho que está no estábulo. Ela ficou preocupada porque viu o xerife e achou que alguém podia ter roubado o pônei dela.

— Isso é ridículo. Quem ia roubar aquela droga daquele pônei?

— Ela é criança — disse Carmem.

— Bem, a empregada está pronta para dar a janta pra criança. Então leve-a para a cozinha e, no caminho, mostre ao sr. Reacher onde fica o alojamento.

Carmem concordou sem dizer uma palavra, como uma servente que acabava de receber novas instruções. Reacher a seguiu e saíram da sala de estar pelo mesmo lugar que chegaram. Depois saíram da casa e, novamente no calor, ficaram parados na sombra da varanda.

— Ellie come na cozinha? — perguntou Reacher.

Carmem fez que sim com a cabeça.

— Rusty a odeia — explicou.

— Por quê? Ela é neta dela.

Carmem desviou o olhar.

— O sangue dela é contaminado — explicou. — Não me peça para explicar. Não é racional. Só sei que ela a odeia.

— Então pra que tanto estardalhaço se você a levar embora?

— Porque Sloop a quer aqui. Ela é a arma dele contra mim. Seu instrumento de tortura. E a mãe dele faz o que ele quer.

— Ela faz você comer na cozinha também?

— Não. Rusty me faz comer com ela, porque sabe que isso é algo que eu prefiro não fazer.

Ele parou no finalzinho da sombra.

— Você devia ter ido embora — disse ele. — A esta hora a gente já estaria em Vegas.

— Por um segundo eu fiquei esperançosa — respondeu ela. — Com a história do Al Eugene, achei que pudesse haver um adiamento.

— Eu também. Teria sido útil.

— Eu sei. — Carmem tinha lágrimas nos olhos. — Bom demais pra ser verdade.

— Então você ainda deve considerar fugir.

Ela secou os olhos com as costas da mão.

— Não vou fugir. Não vou virar uma fugitiva.

Ele ficou calado.

— E você devia ter concordado com ela sobre os mexicanos. Eu ia entender que você estava blefando. Preciso que ela mantenha você por perto.

Miragem em Chamas 117

— Não consegui.

— Foi muito arriscado.

Ela o conduziu para o sol e através do terreno. Depois do galpão-garagem havia um estábulo. Ele era vermelho como todo o resto, grande como um hangar de aeronaves e com clerestórios no telhado. Havia uma porta grande aberta uns trinta centímetros. Um cheiro forte saía do interior.

— Eu não sou muito de roça — disse ele.

— Você vai se acostumar — encorajou ela.

Atrás do estábulo havia quatro currais delimitados por cercas vermelhas. Dois deles estavam cobertos por pastos raquíticos e os outros dois tinham uma camada de areia do deserto de trinta centímetros. Estacas listradas ficavam sobre tambores e funcionavam como um circuito de saltos. Atrás dos currais, havia outra edificação vermelha, comprida e baixa, com pequenas janelas na parte de cima, bem abaixo do beiral.

— O alojamento — disse Carmem.

Ela ficou parada por um momento, perdida em seus pensamentos. Em seguida estremeceu com o calor, voltou a si e retomou o assunto.

— A porta fica do outro lado — explicou. — Você vai encontrar dois sujeitos lá, Joshua e Billy. Não confie em nenhum deles. Eles sempre moraram aqui e são fiéis aos Greer. A empregada vai trazer uma refeição para você em mais ou menos uma hora, depois do jantar da Ellie e antes do nosso.

— Ok — disse ele.

— E, mais cedo ou mais tarde, o Bobby vai vir te avaliar. Tome muito cuidado com ele, Reacher, porque ele é uma cobra.

— Ok — repetiu ele.

— A gente se vê mais tarde — disse ela.

— Vai ficar tudo bem com você?

Ela respondeu que sim com único gesto de cabeça e foi embora caminhando. Ele a observou até que chegasse ao estábulo, em seguida deu a volta e encontrou a porta do alojamento.

5

O GAROTO VOLTOU A PREENCHER MAIS UMA página inteira do caderno. Os homens com os telescópios bradaram descrições e a exata sequência dos acontecimentos. A chegada do xerife, o retorno da feijoeira com a criança e o cara novo que as acompanhava, a criança correndo para o estábulo, o delegado indo embora, a feijoeira e o cara novo entrando na casa, um longo período sem acontecer nada, o reaparecimento da feijoeira e do cara novo na varanda, a caminhada dos dois juntos até o alojamento, a volta dela sozinha.

— Quem é ele? — perguntou o garoto.

— Como diabos a gente vai saber? — respondeu um dos homens.

Muito alto, forte, vestido sem muito asseio, camisa e calça, não dá para dizer a idade, escreveu o garoto. Depois completou: *não é um vaqueiro, sapatos errados. Problema?*

* * *

Miragem em Chamas

O terreno declinava atrás do alojamento, que ali tinha dois andares. O de baixo tinha enormes portas de correr, que estavam abertas e emperradas sobre trilhos estragados. Havia outra caminhonete ali dentro e dois tratores verdes. Na extremidade direita uma escada de madeira sem corrimão levava à parte de cima através de um buraco retangular no teto. Reacher ficou um minuto no térreo observando os veículos. A caminhonete tinha um cabide de armas na janela de trás. O ar era quente, pesado e cheirava a gasolina e óleo de motor.

Reacher usou as escadas e chegou ao segundo nível. Toda a carpintaria interior era pintada de vermelho, assim como as paredes, o chão e o suporte do telhado. Ali o ar continuava quente e estava rançoso. Nada de ar-condicionado e pouca ventilação. Havia uma área fechada no fundo que ele supôs ser o banheiro. Com exceção disso, todo o piso era um grande espaço aberto, com dezesseis camas, oito de cada lado, feitas de ferro, com colchões listrados finos, criados-mudos e baús.

As duas camas mais próximas do banheiro estavam ocupadas. Em cada uma delas havia um homem pequeno, magro, rijo e semidespido deitado por cima dos lençóis. Ambos usavam calça jeans, botas trabalhadas extravagantes e estavam sem camisa. Ambos estavam com as mãos cruzadas atrás da cabeça. Ambos se viraram para a escada quando Reacher entrou. Ambos descruzaram um dos braços para vê-lo melhor.

Reacher tinha feito quatro anos de West Point, depois serviu por mais treze, e por isso tinha um total de dezessete anos de experiência em entrar em novos alojamentos e ser encarado por seus ocupantes. Não era uma sensação que o incomodava. Existia uma técnica para lidar com essa situação. Uma etiqueta. O negócio era simplesmente entrar, escolher uma cama desocupada e não dizer absolutamente nada. Fazer alguém falar antes. Dessa maneira, era possível mensurar o temperamento deles antes de ser forçado a revelar o seu próprio.

Ele caminhou até a terceira cama contada a partir da escada, contra a parede ao norte, pois julgou que ali seria mais fresco que a que ficava ao sul. No Exército, ele teria uma mochila militar de lona para jogar sobre a cama e simbolizar a posse. Seu nome e sua patente estariam estampados na mochila, e a quantidade de estampas pregressas nela ofereceria uma rudimentar biografia sua. Mas o melhor que podia fazer naquela nova situação era tirar do bolso sua escova de dentes dobrável e colocá-la no criado-mudo. Como gesto substituto, deixava a desejar no quesito impacto físico. Mas tinha a mesma finalidade. Dizia: *Moro aqui agora, assim como vocês. Têm algum comentário a fazer sobre isso?*

Ambos os homens continuaram a encará-lo sem dizer nada. Com eles deitados, era difícil dizer algo sobre seu físico com algum grau de certeza, mas os dois eram pequenos. Um metro e sessenta, um metro e setenta cada, possivelmente uns setenta quilos. Mas eram magros e musculosos, como boxeadores peso médio. Tinham o bronzeado de fazendeiros, os braços, o rosto e o pescoço muito morenos e as partes cobertas pela camisa brancas como leite. Alguns calombos e antigos inchaços se espalhavam pelas costelas, braços e clavícula. Reacher já tinha visto marcas como aquelas antes. Carmem tinha uma. Ele também tinha uma ou duas. Eram fraturas antigas curadas.

Ele passou pelos dois homens em direção ao banheiro, que tinha uma porta, mas era comunitário. Havia quatro de tudo e nenhuma divisão interna. Quatro privadas, quatro pias, quatro chuveiros em um único cômodo comprido. Estava razoavelmente limpo e cheirava a água morna e sabonete barato, como se os dois caras tivessem tomado banho recentemente, talvez se aprontando para a noite de sexta-feira. Havia uma janela alta sem vidro, com uma tela anti-insetos completamente obstruída. De pé, era possível ver todo o caminho entre a ponta do estábulo e a casa. Metade da varanda e um pedacinho da porta da frente eram visíveis.

Ele voltou para o dormitório. Um dos caras tinha mudado de posição; estava sentado e, com a cabeça virada, observava a porta do banheiro. As costas dele eram tão brancas quanto o resto do tronco e tinham mais fraturas curadas aparentes através da pele. Nas costelas, na escápula direita. Ou esse cara havia passado um bom tempo sendo atropelado por caminhões ou era um peão de rodeio aposentado que não havia chegado muito perto de ser o melhor em sua carreira.

— Vai cair uma tempestade — disse o cara.

Miragem em Chamas   121

— Ouvi falar — respondeu Reacher.

— Inevitável com uma temperatura desta.

Reacher ficou calado.

— Você foi admitido? — perguntou o cara.

— Acho que fui.

— Então você vai trabalhar pra gente.

Reacher ficou calado.

— Sou Billy — disse o cara.

O outro cara se ergueu, apoiando-se nos cotovelos, e disse:

— Josh.

Reacher os cumprimentou com um movimento de cabeça.

— Sou Reacher. Prazer em conhecê-los.

— Você vai fazer o trabalho sujo pra nós — disse o cara chamado Billy. — Limpar bosta e carregar fardos.

— Tanto faz.

— Porque você com certeza não me parece um cavaleiro.

— Não?

Negando com a cabeça, Billy respondeu:

— Muito alto. Muito pesado. Centro da gravidade muito elevado. Não, você não é um cavaleiro de jeito nenhum, eu aposto.

— Foi a mexicana que te trouxe? — perguntou Josh.

— A sra. Greer — disse Reacher.

— A sra. Greer é a Rusty — disse Billy. — Ela não te trouxe.

— A sra. Carmem Greer — disse Reacher.

Billy ficou calado. O cara chamado Josh apenas sorriu.

— A gente vai sair fora depois do jantar — disse Billy. — Vamos pra um bar a umas duas horas daqui. Você podia vir com a gente. Um esquema do tipo vamos nos conhecer.

— Quem sabe outra hora, quando eu obtiver algum ganho. Gosto de pagar pelas minhas paradas numa situação dessas.

Billy pensou no que ele disse.

— Essa é uma atitude íntegra. Acho que vai se adaptar bem.

O cara chamado Josh apenas sorriu.

Reacher caminhou de volta para a sua cama, espreguiçou-se, e então ficou quieto, lutando contra o calor. Fitou as vigas vermelhas por um minuto e depois fechou os olhos.

A empregada trouxe a janta quarenta minutos depois. Era uma mulher branca de meia-idade que poderia ser parente de Billy. Ela o cumprimentou com familiaridade. Possivelmente uma prima. Ela com certeza se parecia um pouco com ele. Falava como ele. Os mesmo genes em algum lugar ali dentro. Ela cumprimentou Josh com naturalidade e Reacher, com frieza. O jantar era um balde de carne de porco e feijão que ela servia em tigelas de metal com uma concha retirada do bolso do avental. Distribuiu garfos, colheres e canecas vazias de metal.

— Água na pia da torneira — disse, para que Reacher ficasse sabendo.

Em seguida ela desceu as escadas e Reacher voltou sua atenção para a comida. Era a primeira refeição que via no dia. Ele se sentou na cama com a tigela nos joelhos e comeu com a colher. O feijão era escuro, parecia uma sopa e estava misturado com generosas colheradas de melado. A carne de porco estava macia e a gordura, crocante. Devia ter sido frita antes e misturada ao feijão depois.

— Ô, Reacher — chamou Billy. — E aí, o que você achou?

— Acho que está bom — disse ele.

— Bosta nenhuma — falou Josh. — Mais de quarenta graus o dia todo e ela traz comida quente? Já tomei banho e agora estou suando igual a um porco de novo.

— É de graça — disse Billy.

— De graça bosta nenhuma. É parte do nosso salário.

Reacher os ignorou. Queixas sobre comida eram comuns em alojamentos. E essa não era ruim. Melhor que algumas que ele já tinha comido. Melhor do que a maior parte do que era servido nos ranchos dos quartéis. Ele jogou a tigela no criado-mudo ao lado da sua escova de dentes, deitou-se e sentiu o estômago começar a trabalhar nos açúcares e gorduras. Do outro lado do quarto, Billy e Josh terminaram, limparam a boca com o antebraço e pegaram camisas limpas nos seus baús. Vestiram-nas, abotoaram-nas correndo e pentearam os cabelos com os dedos.

— A gente se vê mais tarde — gritou Billy.

Desceram ruidosamente as escadas, e um momento depois Reacher escutou o barulho de um motor a gasolina ser ligado logo embaixo. A caminhonete, pensou. Ouviu-a passar pela porta dando ré e ir embora. Foi até o banheiro, viu-a surgir na esquina, contornar o estábulo e sacolejar através do terreno além da casa.

Ele voltou para o dormitório, empilhou as tigelas e colocou os talheres por cima. Enfiou o dedo indicador na alça das três canecas, desceu as escadas e saiu. O sol já estava quase abaixo do horizonte, mas o calor não tinha recuado nem um pouco. O ar estava inacreditavelmente quente. Quase sufocante. E estava ficando úmido. Uma brisa abafada vinha de algum lugar. Ele passou pelos currais, pelo celeiro e atravessou o terreno. Contornou a varanda e procurou a porta da cozinha. Encontrou-a e bateu. A empregada a abriu.

— Trouxe isto aqui de volta — disse ele, levantando as tigelas e canecas.

— Que gentileza a sua — falou ela. — Mas eu ia buscar.

— Uma caminhada muito longa. Noite quente.

Ela concordou com um gesto de cabeça.

— Eu agradeço — disse. — Comeu bem?

— Bastante — respondeu ele. — Estava muito bom.

Meio encabulada, ela deu de ombros e disse:

— É só comida de vaqueiro.

Ela pegou as vasilhas sujas e entrou.

— Obrigada de novo — gritou ela lá de dentro.

Essas palavras soaram como uma dispensa. Então ele se virou e, com o sol batendo em cheio em seu rosto, caminhou em direção à estrada. Parou embaixo do arco de madeira. À frente dele, não havia nada a oeste a não ser a meseta vazia e corroída pela erosão que ele tinha visto quando chegara. À direita e ao norte, havia uma estrada de cem quilômetros com algumas poucas construções no final. Um vizinho a vinte e cinco quilômetros de

distância. Ele não tinha ideia do que havia à esquerda e ao sul. Billy tinha falado de um bar a duas horas dali. Podia ser a uns cento e cinquenta quilômetros. Ele virou para o outro lado. A leste, espalhava-se a terra dos Greer, depois a de outras pessoas, e depois a de outras pessoas novamente, imaginou. Poços secos, caliche ressecado e nada além disso nos mais de seiscentos quilômetros dali até Austin.

O cara novo vai até o portão e olha diretamente para nós, escreveu o garoto. *Depois observa todos os lados. Sabe que estamos aqui? Encrenca?*

Ele fechou seu caderno novamente e pressionou com mais força o corpo contra o chão.

— Reacher — chamou uma voz.

Sem se virar muito, Reacher deu uma olhada para a direita e viu Bobby Greer nas sombras da varanda. Ele estava sentado no banco suspenso por correntes. Mesma calça jeans, mesma camisa suja. Mesmo boné virado para trás.

— Vem cá — chamou ele.

Reacher ficou parado por um momento. Então passou novamente em frente à cozinha e parou aos degraus da varanda.

— Eu quero um cavalo — disse Bobby. — A égua grande. Põe a sela nela e traz pra mim.

Reacher ficou parado novamente.

— Você quer isso agora?

— O que você acha? Quero dar uma cavalgada noturna.

Reacher ficou calado.

— E precisamos de uma demonstração — disse Bobby.

— De quê?

— Você quer um emprego; então precisa mostrar que sabe o que está fazendo.

Reacher ficou parado novamente, por mais tempo.

— Tudo bem — disse.

— Cinco minutos — estabeleceu Bobby.

Miragem em Chamas

125

Ele se levantou e voltou para dentro da casa. Fechou a porta. Com o calor nas costas, Reacher ficou imóvel por um momento e depois desceu para o estábulo. Em direção à porta grande. Aquela da qual saía o mau cheiro. *Uma demonstração. Agora você está na merda,* pensou ele, *e bota merda nisso.*

Dentro de uma caixa de metal parafusada na parede de madeira após a entrada, havia um interruptor de luz. Ele o ligou e lâmpadas amareladas fracas iluminaram o estábulo enorme. O chão era de terra batida e havia palha suja por todo o lugar. O centro era dividido em baias para cavalos, umas de costas para as outras, com um caminho delimitado por fardos de feno do chão até o teto nas paredes externas. Ele deu a volta nas baias. Cinco delas estavam ocupadas. Cinco cavalos. Estavam presos às paredes de suas baias por cordas amarradas de um jeito complexo e que se ajustavam impecavelmente às suas cabeças.

Ele observou atentamente cada um deles. Um era muito pequeno. Um pônei. De Ellie, provavelmente. *Ok, este está descartado.* Faltavam quatro. Deles, dois eram um pouco maiores. Reacher se abaixou bem e, de baixo pra cima, olhou atentamente para cada um deles de uma vez. A princípio, sabia que aparência uma égua deveria ter, por baixo. Deveria ser relativamente fácil identificar uma. Mas, na prática, não era assim. As baias eram escuras e os rabos ocultavam os detalhes. Por fim, decidiu que o primeiro que olhou não era égua. Também não era um garanhão. Estavam faltando algumas partes. *Um capão. Tente o próximo.* Ele se arrastou um pouco e olhou o seguinte. *Ok, esta é uma égua. Bom.* O seguinte também era égua. O último, outro capão.

Ele voltou para o lugar de onde conseguia ver as duas éguas de uma vez. Eram animais marrons, lustrados e enormes, que bufavam e se moviam um pouco, emitindo sons opacos ao baterem os pés na palha. *Não, patas. Cascos?* Seus pescoços estavam virados; por isso cada uma conseguia vê-lo com apenas um olho. Qual delas era maior? A da esquerda, decidiu. Um pouco maior, um pouco mais pesada, com ombros um pouco mais largos. *Ok, esta é a égua grande. Até aqui, tudo bem.*

Agora, a sela. Cada uma das baias possuía uma barra grossa que, horizontalmente, saía da parede do lado de fora, bem ao lado do portão, estavam com um monte de equipamento amontoados nela. Com certeza, uma sela, mas também um monte de complexas tiras e cobertores e itens de metal. As tiras são as rédeas, supôs. O negócio de metal deve ser o freio. Ele fica na boca do cavalo. *Antigamente as pessoas não usavam aquele aparelho de dentes de metal chamado freio de burro?* Retirou a sela da barra. Era muito pesada. Ele a carregou equilibrando-a no antebraço esquerdo. *Uma sensação legal.* Igualzinho a um vaqueiro de verdade. *Morra de inveja, Roy Rogers!*

Ele ficou em frente ao portão da baia. A égua grande o encarava com um olho. Dobrados para trás, seus beiços pareciam dois rolos grossos de borracha que deixavam à mostra dentes alinhados. Eram amarelos. *Ok, pense. Noções primitivas.* Com dentes assim, essa coisa não é carnívora. Não é um animal que fica mordendo. Bom, pode tentar dar umas bocadas, mas não é um leão ou um tigre. Ele come grama. É herbívoro. Os herbívoros geralmente são tímidos. Como um antílope ou um gnu lá nas vastas planícies da África. Então, o mecanismo de defesa desta coisa é fugir correndo, e não atacar. Ela fica com medo e foge. Mas também é um animal de carga. Portanto, está procurando por um líder. Vai se submeter a uma demonstração de autoridade. *Então, seja firme, mas não a assuste.*

Reacher abriu o portão. O cavalo se mexeu. Moveu as orelhas para trás e a cabeça pra cima. Depois pra baixo. Pra cima e pra baixo, forçando a corda. Mexeu as patas traseiras e balançou sua enorme bunda na direção dele.

— Ei — disse ele, alto, claro e firme.

Ela continuou vindo. Reacher deu uma batidinha na lateral do animal. Continuava vindo. *Não fique atrás dela. Não deixe que ela te dê um coice.* Isso era o que ele sabia. Como era mesmo a frase? *Ela é delicada como coice de mula?* Tinha que significar alguma coisa.

— Fique parado — disse ele.

Estava balançando para o lado em direção a ele. Ele se opôs ao flanco do animal com seu ombro esquerdo. Deu nele um empurrão bem firme, como se estivesse tentando derrubar uma porta. A égua se aquietou. Ficou

Miragem em Chamas

parada, bufando gentilmente. Ele sorriu. *Eu é que mando aqui, ok?* Colocou as costas da mão no nariz dela. Era algo que tinha visto em filmes. *Você esfrega as costas das mãos no nariz dela e ela passa a conhecê-lo. Tem a ver com o cheiro.* A pele do nariz era macia e seca. Sua respiração era forte e quente. O animal separou os beiços e colocou a língua pra fora. Era enorme e molhada.

— Ok, boa menina — sussurrou Reacher.

Ele levantou as selas com as duas mãos e a jogou nas costas dela. Ajeitou-a até que ficou firme. Não foi fácil. *Será que está na posição certa?* Tinha que estar. Tinha mais ou menos o formato de uma cadeira. Definitivamente, havia uma parte da frente e uma de trás. Tinha largas tiras penduradas nos dois lados. Duas longas e duas curtas. Duas tinham fivelas e duas, buracos. Para que *elas* serviam? Supostamente para prender a sela. Dá-se a volta nas que estão mais longe, que são afiveladas do lado, debaixo de onde fica a coxa do cavaleiro. Ele se abaixou e tentou pegar as tiras mais distantes por baixo da barriga do cavalo. Mal conseguia alcançá-las. Aquele era, com certeza, um animal largo. Ele se esticou, conseguiu pegar a ponta de uma das tiras e a sela escorregou para o lado.

— Merda.

Ele se levantou e suspendeu a sela novamente. Abaixou-se e tentou pegar as tiras mais distantes. O cavalo se moveu e as colocou fora de alcance.

— *Merda.*

Aproximou-se e pressionou o cavalo contra a parede, que não gostou e se inclinou sobre ele. Reacher pesava cento e dez quilos. O cavalo pesava meia tonelada. Ele cambaleou para trás. A sela escorregou. O cavalo parou de se mover. Reacher endireitou a sela novamente e manteve sua mão direita nela enquanto tateava com a esquerda em busca das tiras.

— Não é *assim* — disse uma voz bem acima dele.

Ele se virou e olhou para cima. Ellie estava deitada no alto da pilha de fardos de feno, bem perto do teto e, com o queixo sobre as mãos, o observava.

— Primeiro você tem que colocar o *cobertor*.

— Que cobertor?

— O pano de sela — respondeu ela.

O cavalo se moveu de novo e se inclinou com força sobre ele. Reacher o empurrou. O animal virou a cabeça e olhou para ele. Reacher também o encarou. Tinha enormes olhos negros. Longos cílios. Reacher o encarou com ferocidade. *Não tenho medo você, colega. Fique parado ou empurro você de novo.*

— Ellie, alguém sabe que você está aqui? — gritou ele.

Ela negou com um solene movimento de cabeça.

— Estou escondida — disse ela. — Sou boa em me esconder.

— Mas alguém sabe que você se esconde aqui?

— Acho que a mamãe sabe que de vez em quando eu venho pra cá, mas os Greer, não.

— Você sabe como mexer com estes negócios de cavalo?

— É claro que sei. Eu preparo o meu pônei sozinha.

— Então pode me ajudar aqui? — Venha cá e faça essa parte.

— É fácil — afirmou ela.

— Só me mostre, está bem?

Ela ficou parada por um segundo, tomando sua habitual demorada decisão, e em seguida desceu da pilha de fenos com dificuldade, pulou no chão e se juntou a ele na baia.

— Tira a sela de novo — disse Ellie.

Ela pegou um pano da barra de equipamentos, sacudiu-o e jogou sobre as costas da égua. Ela era muito baixinha e Reacher teve que ajeitá-lo com uma mão.

— Agora coloca a sela.

Ele pôs a sela sobre o pano. Ellie se abaixou sob a barriga do cavalo e pegou as tiras. Mal precisou se inclinar. Ela afivelou as duas pontas e puxou.

— Você faz isto — disse ela. — Eles são duros.

Ele alinhou as fivelas e puxou com força.

— Não tão apertado — advertiu ela. — Ainda não. Espera ela inchar.

— Ela vai *inchar*?

Miragem em Chamas

— Eles não gostam disto. Incham o estômago para tentar fazer você parar. Mas não conseguem segurar e o desincham de novo.

Ele observou o estômago do cavalo. Já era do tamanho de um tambor de óleo. Depois, lutando conta as tiras, ele começou a crescer e crescer. Então diminuiu novamente. Uma longa lufada de ar saiu pelo seu nariz. Ela se debateu um pouco e desistiu.

— Agora pode apertar — informou Ellie.

Reacher as apertou o máximo que conseguiu. A égua se contorceu, mas ficou no mesmo lugar. As rédeas estavam na mão da Ellie, que dava a elas um formato coerente.

— Tira a corda dela. É só puxar pra baixo.

Ele a puxou. As orelhas da égua se dobraram para a frente, a corda passou por elas, pelo nariz e saiu.

— Agora segura isto pra cima.

Ela entregou um emaranhado de tiras e falou:

— O nome disso é cabresto.

Ele ficou virando aquilo na mão até que o formato fizesse algum sentido. Segurou-o próximo à cabeça do cavalo até que estivesse na posição correta. Depois pressionou a parte de metal contra os beiços da égua. *O freio.* Ela manteve a boca fechada com força. Ele tentou de novo. Sem resultado.

— Como, Ellie? — perguntou.

— Enfia o seu polegar.

— Meu polegar? Onde?

— Onde acabam os dentes dela. Do lado. Tem um buraco.

Com a ponta do polegar, examinou os lados ao longo dos beiços da égua. Ele pôde sentir os dentes por baixo, um a um, como se os estivesse contando. Então eles acabaram e só restou gengiva.

— Enfia aí — disse Ellie.

— Meu *polegar*?

Ela concordou com a cabeça. Ele enfiou, os beiços se separaram e seu polegar escorregou para dentro de uma cavidade morna, pegajosa e oleosa. E, de fato, a égua abriu a boca.

— Rápido, coloca o freio aí dentro — disse Ellie.

Ele enfiou o metal dentro daquela boca. A égua usou a sua enorme língua para ajeitá-lo, como se também o estivesse ajudando.

— Agora levanta o cabresto e o afivela.

Ele passou as tiras de couro por sobre as orelhas e encontrou as fivelas. Havia três delas. Uma estava fixa no osso malar. Uma passava sobre o nariz. A terceira estava pendurada debaixo do pescoço.

— Não pode ser muito apertado — disse Ellie. — Ela tem que respirar.

Ele viu uma parte desgastada na tira que supôs que indicasse o comprimento habitual.

— Agora joga as rédeas por cima dos cepilhos.

Uma longa tira de couro saía dos dois lados do freio, formando uma meia-lua. Ele presumiu que aquelas eram as rédeas. Presumiu ainda que o cepilho era a coisa vertical na ponta dianteira da sela. Como uma maçaneta para se segurar. Ellie estava ocupada baixando os estribos e os colocando no lugar, passando debaixo da barriga da égua de um lado para outro.

— Agora me levanta — disse ela. — Preciso conferir tudo.

Ele a segurou por baixo dos braços e a levantou até a sela. Ela era leve e pequena, como se não pesasse nada. O cavalo era grande demais para ela, e suas pernas ficavam mais ou menos retas para os lados. Ellie se inclinou para a frente e esticou os braços para verificar as fivelas. Prendeu de novo algumas delas. Arrumou as pontas soltas. Tirou a crina de debaixo das tiras e a arrumou impecavelmente. Agarrou a sela entre as pernas e se sacudiu de um lado para o outro para checar se havia algo solto.

— Está ok — disse ela. — Você fez tudo certinho.

Ela abriu os braços para eles, que a abaixou. Estava quente e suada.

— Agora leva a égua pra fora — disse. — Você vai segurar pelo lado da boca. Se ela não andar, dá um puxão.

— Um milhão de obrigados, garota — disse ele. — Agora vá se esconder de novo, está bem?

Ellie escalou a pilha de fardos de feno e Reacher puxou uma tira que saía de um anel de metal ao lado da boca. A égua não se mexeu. Ele estalou a língua e a puxou novamente. A égua deu uma guinada para a frente. Ele deu um pulo adiante e ela assumiu um tipo de ritmo. *Pocotó, pocotó, pocotó.* Ele a conduziu para fora da baia, virou-a e seguiu para a porta. Deixou que ela se adiantasse, ficasse emparelhada com seu ombro, e saíram. A égua andava sossegadamente. Ele acompanhou o ritmo dela. Seu cotovelo estava bem dobrado, a cabeça da égua estava balançando para cima e para baixo e o ombro dela roçava suavemente no dele. Ele a conduziu pelo terreno como se tivesse feito aquilo todos os dias da sua vida. *Não falei que era para você morrer de inveja, Roy Rogers?*

Bobby Greer estava esperando nos degraus da varanda. A égua andou até ele e parou. Reacher segurou a pequena tira de couro enquanto Bobby conferia as mesmas coisas que Ellie checara.

— Nada mau — comentou, acenando com a cabeça.

Reacher ficou calado.

— Mas demorou mais do que eu esperava.

Reacher deu de ombros.

— Eles não me conhecem. Na minha opinião, é sempre bom ir devagar na primeira vez. Até que se familiarizem comigo.

— Você me surpreendeu. Eu apostaria a fazenda que ver a *Preakness* na TV a cabo era o mais próximo que você já tinha chegado de um cavalo.

— Visto o quê?

— *Preakness.* É uma corrida de cavalo.

— Sei que é. Estava brincando.

— Talvez seja uma dupla surpresa — disse Bobby. — Quem sabe minha cunhada estava falando a verdade pela primeira vez.

Reacher o fitou e perguntou:

— Por que ela não estaria?

— Não sei por quê, mas ela quase nunca fala a verdade. Você tem que ter isso em mente.

Reacher ficou calado. Apenas esperou.

— Você pode ir agora — disse Bobby. — Eu a coloco de volta quando terminar.

Reacher concordou e saiu. Ele escutou um rangido de couro atrás de si, o que presumiu ser Bobby montando na sela. Mas não olhou para trás.

Apenas atravessou o terreno, passou pelo estábulo, pelos currais, deu a volta no alojamento e foi até o pé da escada. Pretendia subir e tomar um longo banho para se livrar daquele cheiro de animal terrível com que estava impregnado. Mas quando chegou ao segundo andar encontrou Carmem sentada na sua cama com um conjunto de lençóis dobrados no colo. Ainda estava com seu vestido de algodão, e o branco dos lençóis brilhava em contraste à pele de suas pernas nuas.

— Trouxe isto para você — disse ela. — É do roupeiro no banheiro. Você vai precisar deles. Achei que poderia não saber onde encontrá-los.

Ele parou no alto da escada, com um pé dentro do dormitório e o outro ainda no último degrau.

— Carmem, isso é loucura — disse ele. — Você tem que sair daqui agora. Eles vão perceber que eu sou um impostor. Não vou durar nem um dia. Eu posso nem estar aqui na segunda-feira.

— Estive pensando — disse ela. — Durante todo o jantar.

— Em quê?

— Em Al Eugene. Suponha que isso tenha a ver com quem Sloop vai dedurar. Suponha que essas pessoas resolveram agir. Suponha que pegaram Al para acabar com o acordo.

— Não pode ser. Por que eles esperariam? Já teriam feito isso há um mês.

— É, mas suponha que todo mundo *achasse* que é isso.

Ele terminou de entrar no dormitório.

— Não estou entendendo — disse ele, apesar de estar.

— Suponha que você desapareça com Sloop — explicou. — Exatamente do mesmo jeito que alguém desapareceu com Al. Eles vão pensar que tudo está conectado de alguma maneira. Não vão conectá-lo a você. Estará livre de qualquer suspeita.

— Já discutimos isso. Não sou um assassino — negou ele.

Ela ficou em silêncio. Olhando para os lençóis no colo, começou a enrolar na ponta dos dedos uma linha solta da costura. Eles eram velhos e estavam puídos. Refugo do casarão, imaginou Reacher. Talvez Rusty e seu

Miragem em Chamas

falecido marido tivessem dormido nesses mesmos lençóis. Talvez Bobby. Talvez Sloop. Talvez Sloop e Carmem, juntos.

— Você tem que sair daqui agora mesmo — insistiu ele.

— Não posso.

— Você deveria ficar em algum lugar no interior do Texas, só temporariamente. Lute legalmente. Nestas circunstâncias, você vai ficar com a custódia.

— Eu não tenho dinheiro. Isso pode custar cem mil dólares.

— Carmem, você tem que fazer *alguma coisa*.

— Eu sei o que eu vou fazer. Vou levar uma surra na segunda à noite. E na terça de manhã. Vou encontrar você onde quer que esteja. Aí você vai *ver* e quem sabe vai mudar de ideia.

Ele ficou calado. Ela inclinou a cabeça na direção da luz enfraquecida que entrava pelas janelas altas. Seus cabelos escorriam pelos ombros.

— Dê uma boa olhada — disse. — Chegue mais perto.

Ele se aproximou.

— Vou ficar machucada — disse ela. — Talvez meu nariz esteja quebrado. Talvez meus lábios estejam rasgados. Talvez eu tenha perdido alguns dentes.

Ele ficou calado.

— Toque a minha pele — pediu ela. — Sinta.

Ele tocou a parte de trás do dedo indicador na bochecha dela. A pele era macia e suave como seda acalorada. Ele o deslizou pela maçã de seu rosto.

— Lembre-se disto — disse ela. — Compare com o que você vai sentir na terça de manhã. Talvez isso faça você mudar de ideia.

Ele retirou o dedo. Talvez aquilo *poderia* fazer com que mudasse de ideia. Era com isso que ela estava contando, e era disso que ele tinha medo. A diferença entre sangue frio e sangue quente. A diferença era grande. Para ele, uma diferença crucial.

— Me abrace — pediu ela. — Não me lembro da sensação de ser abraçada.

Ele se sentou ao lado dela e a tomou em seus braços. Ela deslizou os seus ao redor da cintura dele e enterrou a cabeça no peito de Reacher.

— Estou com medo — disse ela.

Ficaram sentados assim por vinte minutos. Talvez trinta. Reacher perdeu toda a noção de tempo. Carmem estava quente, perfumada e respirava ritmadamente. Então ela se afastou e levantou com uma expressão desolada no rosto.

— Preciso encontrar a Ellie — disse. — Está na hora de ela ir dormir.

— Ela está no estábulo. Me mostrou como se coloca toda aquela merda no cavalo.

— Ela é uma menina bacana — disse ela.

— Com certeza. Tirou o meu da reta.

Ela entregou os lençóis a ele.

— Você que dar uma cavalgada amanhã? — perguntou.

— Mas eu não sei andar a cavalo.

— Eu vou te ensinar.

— Pode ser um processo demorado.

— Não pode, não. Teremos que chegar ao topo da meseta.

— Por quê?

Ela desviou o olhar.

— Por causa de uma coisa que você tem que *me* ensinar — disse ela. — Para o caso de a terça-feira não fazer você mudar de ideia. Preciso aprender a manusear a minha arma corretamente.

Ele ficou calado.

— Você não pode me negar o direito de me defender.

Ele ficou calado. Ela desceu as escadas silenciosamente, deixando-o sentado na cama com os lençóis no colo, exatamente como ele a tinha encontrado.

Ele fez a cama. Os lençóis velhos eram finos e estavam desgastados, o que ele achou tranquilo considerando a situação. A temperatura ainda estava em uns trinta e tantos. No meio da noite deveria esfriar e chegar a uns trinta graus. Reacher não precisaria se esquentar muito.

Miragem em Chamas

Desceu novamente as escadas e saiu. A leste havia um horizonte negro. Deu a volta no alojamento e deu de cara com o pôr do Sol a oeste. Ele flamejava diante das construções vermelhas. Reacher ficou parado de pé e o observou. Tão ao sul, o Sol despencaria muito rápido. Como uma bola vermelha gigante. O astro resplandeceu brevemente na borda da meseta e desapareceu, iluminando de vermelho o céu acima.

Ouviu passos na areia à sua frente. Semicerrou os olhos contra o brilho do Sol e viu Ellie descer em sua direção. Passinhos pequenininhos, braços rígidos e o vestido azul de frente única salpicado de palha. A parte de trás de seu cabelo estava iluminada e, como um anjo, emitia um brilho vermelho e dourado.

— Eu vim dar boa-noite — disse ela.

Ele recordou tempos passados, quando era entretido em áreas familiares numa base em algum lugar e as notas melancólicas de torneiras pingando ecoavam quase silenciosamente ao longe. Nesse momento, polidos garotos do Exército davam um adeus formal aos oficiais companheiros de seus pais. Lembrava-se bem disso. Você apertava as mãozinhas deles e eles iam e embora. Ele sorriu para ela.

— Ok, boa noite, Ellie — disse.

— Eu gosto de você — afirmou ela.

— Bem, eu gosto de você também — respondeu ele.

— Você está com calor?

— Muito.

— Vai cair uma tempestade daqui a pouco.

— Todo mundo fala isso.

— Estou feliz por você ser amigo da minha mãe.

Ele ficou calado. Apenas estendeu a mão. Ellie olhou.

— Você deveria me dar um beijo de boa-noite — disse ela.

— Deveria?

— É *claro* que deveria.

— Então está bem.

O rosto dela ficava mais ou menos na altura de sua coxa. Ele começou a se abaixar.

— Não, me levanta — pediu ela.

Ela levantou os braços, que ficaram mais ou menos na vertical. Ele hesitou por um tempinho e então a balançou no ar e a assentou na dobra do seu cotovelo. Beijou-lhe a bochecha gentilmente.

— Boa noite — repetiu ele.

— Me carrega — pediu ela. — Estou cansada.

Carregando-a, ele passou pelos currais, pelo estábulo, atravessou o terreno e chegou à casa. Carmem estava esperando na varanda, apoiada em uma coluna, observando-os se aproximar.

— Aí está você — disse ela.

— Mamãe, quero que o sr. Reacher entre pra dar boa-noite — disse Ellie.

— Bom, não sei se ele pode.

— Só trabalho, não moro aqui — disse Reacher.

— Ninguém vai ficar *sabendo* — argumentou Ellie. — Você entra pela cozinha. Só a empregada está lá. Ela trabalha aqui também. E ela pode ficar dentro de casa.

Carmem ficou parada ali, indecisa.

— Por favor, *mamãe* — pediu Ellie.

— Talvez se todos nós entrarmos juntos — ponderou Carmem.

— Pela cozinha — sugeriu Ellie, que em seguida transformou sua voz num feroz sussurro, provavelmente mais alto que sua fala. — A gente não quer que os *Greer* nos vejam.

Então ela deu uma risadinha e uma balançadinha nos braços de Reacher, mergulhando a cabeça no pescoço dele. Carmem o olhou com uma interrogação no rosto. Ele deu de ombros. *Qual a pior coisa que pode acontecer?* Colocou Ellie no chão e ela segurou a mão da mãe. Eles andaram juntos até a porta da cozinha e Carmem a abriu.

Pôr do Sol, o garoto escreveu e anotou o horário. Os dois homens se afastaram da borda da erosão, colocaram-se de joelhos e se espreguiçaram. *Fim do serviço*, o garoto escreveu e anotou o horário. Em seguida todos os três se arrastaram de joelhos e tiraram as pedras das pontas da lona que escondia

Miragem em Chamas

a caminhonete. Dobraram-na o melhor que puderam sem se levantar e a guardaram no carroceria. Recolocaram as coisas no cooler, desmontaram os telescópios e entraram, os três em fila, na cabine. Saíram pelo lado oposto da erosão, seguiram para o oeste por uma terra dura e ressecada em direção ao horizonte vermelho.

Dentro da cozinha, a empregada estava enchendo uma enorme máquina de lavar louça. Ela era esmaltada de verde e provavelmente devia ser muito moderna na época em que o homem pisara na lua. Ela olhou para cima e não disse coisa alguma. Simplesmente continuou a empilhar pratos. Reacher viu as três tigelas que tinha trazido para ela. Estavam lavadas e secas.

— Por aqui — sussurrou Ellie.

Ela os conduziu por uma porta que levava a um corredor nos fundos. Não tinha uma janela sequer e o ar era sufocante. Havia uma escada simples, cuja pintura vermelha estava desgastada, deixando à mostra partes cada vez maiores da madeira em cada um dos degraus. Ela os levou para cima. A escada rangeu sob o peso de Reacher.

Acabaram chegando a uma espécie de quartinho no segundo andar. Ellie abriu a porta, atravessou uma entrada e virou à esquerda em um corredor estreito. Tudo era de madeira: as paredes, o chão, o teto. Tudo era vermelho. O quarto de Ellie ficava no final do corredor. Devia ter uns quatro metros quadrados, e era vermelho. E muito quente. Ficava virado para o sul e devia ter assado sob o sol a tarde toda. As cortinas estavam fechadas, e Reacher supôs que permaneceram assim o dia todo para dar uma escassa proteção conta o calor.

— Vamos lavar as mãos e o rosto — disse Carmem. — O sr. Reacher vai esperar aqui, está bem?

Ellie observou até ter certeza de que ele ficaria. Reacher se sentou na ponta da cama para confirmar. Para ajudá-la a chegar a uma conclusão. Ela se virou devagar e seguiu a mãe até o banheiro.

A cama era estreita, com uns oitenta centímetros de largura. E pequena, apropriada para uma criança. Estava coberta com lençóis de algodão com estampas de animais coloridos de gêneros indeterminados. Havia uma

mesa de cabeceira, uma estante de livros e um pequeno guarda-roupa. Essa mobília parecia razoavelmente nova. Era de madeira clara, a princípio clareada e depois pintada à mão com desenhos alegres. Era bonita. Provavelmente comprada em uma boutique bonitinha e transportada de Austin até ali, imaginou. Ou talvez lá de Santa Fé. Algumas das prateleiras tinham livros, e outras, bichos de pelúcia, todos desordenados e enfiados à força nos espaços.

Dava para ouvir o velho ar-condicionado funcionando. Ele dava solavancos e chacoalhava pacientemente. Era mais alto ali. Deve ficar no sótão, pensou Reacher. Ele emitia um som reconfortante. Mas não era muito eficiente em resfriar a casa. Ali em cima, no ar aprisionado do segundo andar, a sensação era de que fazia uns cinquenta graus.

Ellie e Carmem voltaram para o quarto. De repente, Ellie tinha ficado quieta e acanhada, talvez por já estar de pijama. Pareciam um short e uma camisa de algodão comuns, mas eram estampados com coisinhas que deviam ter sido coelhos. Seu cabelo estava úmido, e sua pele, rosada. As costas de uma das mãos estavam pressionadas contra a boca. Ela subiu na cama e, próxima, mas tomando cuidado para não encostar nele, foi se acomodando perto do travesseiro, usando metade do espaço do colchão disponível para ela.

— Ok, boa noite, garota — disse ele. — Durma bem.

— Me dá um beijo — pediu ela.

Ele ficou parado por um segundo, e então se inclinou e a beijou na testa. Estava quente, úmida e cheirava a sabonete. Ela foi se acomodando melhor e se aconchegou no travesseiro.

— Obrigada por ser nosso amigo — disse.

Ele se levantou e andou em direção à porta. Olhou para Carmem. *Você pediu para ela falar isso? Ou isso é de verdade?*

— Consegue achar o caminho de volta? — perguntou ela.

Ele fez que sim.

— Te vejo amanhã — despediu-se Carmem.

Ela ficou com Ellie, e ele achou o quartinho onde ficavam as escadas. Desceu até o corredor e passou pela cozinha. A empregada tinha ido

Miragem em Chamas

embora. A máquina de lavar louça estava zunindo. Ele saiu na noite e parou na escuridão e no silêncio do terreno. Estava mais quente do que nunca. Caminhou em direção ao portão. À sua frente o Sol já tinha se posto. O horizonte estava negro. Havia uma pressão no ar. Ele via tênues relâmpagos a cento e cinquenta quilômetros a sudoeste dali. Fracos relâmpagos intranuvem e raios de eletricidade seca descarregados aleatoriamente, como uma gigantesca câmera celestial tirando fotos. Ele olhou bem pra cima. Nada de chuva. Nada de nuvens. Ele se virou e viu relances de branco na escuridão à sua direita. Uma camisa. Um rosto. Uma testa exposta em semicírculo pela parte de trás de um boné. Bobby Greer, de novo.

— Bobby — disse ele. — Gostou da cavalgada?

Bobby ignorou a indagação.

— Eu estava te esperando.

— Por quê?

— Só pra ter certeza de que você ia voltar aqui pra fora.

— Por que eu não voltaria?

— Você é que me diz. Em primeiro lugar, por que diabos você entraria lá? Vocês três, como uma pequena família?

— Você nos viu?

Ele respondeu afirmativamente com a cabeça:

— Eu vejo tudo.

— Tudo? — repetiu Reacher.

— Tudo que eu preciso.

Reacher deu de ombros.

— Dei um beijo de boa-noite na criança — disse ele. — Isso tem algum problema para você?

Bobby ficou quieto por um tempinho.

— Vamos andar até o alojamento — disse ele. — Preciso conversar com você.

Ele não disse nada durante toda a travessia do terreno. Simplesmente caminhou. Reacher mantinha o passo e observava em frente o céu noturno no leste. Era vasto, negro e repleto de estrelas. A não ser algumas janelas turvas em certas edificações dos Greer, todo o lugar estava na mais absoluta escuridão. Ela jogava as estrelas num contraste vívido, pontos de luz inexplicavelmente pequeninos e numerosos empoeirando bilhões de quilômetros cúbicos de espaço. Reacher gostava de perscrutar o universo. Gostava de pensar sobre ele. Usava-o para colocar as coisas em perspectiva. Ele era apenas um pontículo temporariamente agraciado com a vida no meio do nada. Então o que realmente importava? Talvez absolutamente nada. Então quem sabe ele devesse simplesmente ir em frente, estourar a cabeça de Sloop Greer e acabar com aquilo. *Por que não?* Considerando o universo todo, como isso seria tão diferente de não estourá-la?

— Meu irmão teve um problema — disse Bobby, meio sem jeito. — Acho que você sabe disso.

— Ouvi falar que ele deu o cano nos impostos — disse Reacher.

Bobby fez que sim com a cabeça.

— Os bisbilhoteiros da Receita Federal estão em tudo quanto é lugar.

— Foi assim que o encontraram? Bisbilhotando?

— De que outra forma o achariam?

Ele ficou em silêncio. Deu alguns passos à frente e disse:

— Seja como for, ele foi preso.

— Ouvi falar que vai sair na segunda-feira.

— Isso mesmo. Então ele não vai ficar muito feliz ao te encontrar aqui beijando a filha e ficando amiguinho da esposa dele.

Reacher deu de ombros enquanto andava.

— Estou aqui simplesmente pra trabalhar.

— Isso mesmo, como um vaqueiro. Não como babá.

— Eu tenho folga, não tenho?

— Mas você precisa tomar cuidado com o que faz nesse horário.

Reacher sorriu.

— Você quer dizer que eu tenho que saber qual é o meu lugar?

— Isso — respondeu Bobby. — E o seu lugar não é ao lado da esposa do meu irmão nem se aproximando da filha dele.

— Um homem não pode escolher seus amigos?

— Sloop não vai ficar feliz se chegar em casa e descobrir que um forasteiro escolheu como amigas a sua esposa e filha.

Miragem em Chamas 141

Reacher parou de andar. Ficou parado na escuridão.

— O negócio é o seguinte, Bobby, por que eu daria a mínima para o que faz o seu irmão feliz?

Bobby parou também.

— Porque somos uma família. Podem surgir rumores. Você tem que colocar isso na cabeça. Ou não vai trabalhar aqui por muito tempo. Pode ser enxotado daqui.

— Você acha?

— Acho, sim.

Reacher sorriu novamente.

— Quem você vai chamar? O xerife com o carro de segunda mão? Um cara daqueles pode ter um ataque cardíaco só de pensar nisso.

Abanando negativamente a cabeça, Bobby disse:

— Aqui no oeste do Texas, resolvemos as coisas pessoalmente. É uma tradição. Nunca tivemos muito este negócio de protetores das leis por aqui, então a gente acabou se acostumando.

Reacher deu um passo e se aproximou dele.

— Então é você que vai fazer isso? — disse ele. — Quer fazer agora?

Bobby ficou calado. Balançando de leve a cabeça, Reacher o encarou.

— Quem sabe você vai querer mandar a empregada dar um jeito em mim — continuou. — Ela pode vir atrás de mim com uma frigideira.

— Josh e Billy vão fazer tudo que mandarmos.

— Aqueles nanicos? A empregada se sairia melhor. Ou, quem sabe, até você.

— Josh e Billy encaram touros de uma tonelada e meia na arena. Não vão ficar com medo de você.

Reacher começou a andar novamente.

— Tanto faz, Bobby. Só dei boa-noite pra criança. Isso não é motivo pra começar a Terceira Guerra Mundial. Ela está carente por companhia. Assim como a mãe dela. O que que eu posso fazer?

— Você pode ficar esperto, é isso que pode fazer — disse Bobby. — Eu já te falei isto, ela mente o tempo todo, ou seja, qualquer que seja a história que ela anda te contando, só pode ser papo furado. Não vai dar uma de otário e cair na dela. Você não vai ser o primeiro.

Eles viraram depois dos currais e seguiram para o alojamento.

— O que você quer dizer com isso? — perguntou Reacher.

— Você acha que eu sou idiota? Durante a maior parte do mês, todo dia ela saía e ficava fora o dia inteiro, e a noite toda sempre que conseguia se safar, deixando a criança aqui pra gente tomar conta. E pra onde ela ia? Pra algum motel em Pecos, era pra onde ia, e trepava até morrer com qualquer cara que ela conseguia que acreditasse nessas histórias furadas sobre como o marido dela não a entende. O que é um problema dela, mas vira *meu* problema se ela acha que pode ir em frente e trazer o cara pra cá. Dois dias antes de o marido dela chegar em casa? Fazendo você se passar por um estranho querendo um emprego num rancho? Mas que merda é essa?

— O que você quis dizer quando falou que eu não seria o primeiro?

— Exatamente o que eu disse. Converse com o Josh e o Billy sobre isso. Eles enxotaram o cara.

Reacher ficou calado. Bobby sorriu para ele.

— Não acredite nela — disse. — Tem coisas que ela não te contou, e quase tudo que contou é mentira.

— Por que ela não tem a chave de casa?

— Ela tinha a chave da merda da casa. Ela perdeu, só isso. Mas nunca está trancada mesmo. Por que diabos ela ia ficar trancada? A gente está a cem quilômetros do cruzamento mais próximo.

— Então por que ela tem que bater?

— Ela não tem que bater. Pode simplesmente entrar. Mas fica simulando toda essa coisa de como nós a excluímos. O que é mentira. Tipo, como a gente vai excluir a mulher? Sloop *casou* com ela, não casou?

Reacher ficou calado.

— Então, você trabalha se quiser — concluiu Bobby. — Mas fica longe dela e da menina. E eu estou falando isso para o seu próprio bem, ok?

— Posso te perguntar uma coisa? — disse Reacher.

— O quê?

— Você sabia que seu boné está virado pra trás?

— Meu o quê?

Miragem em Chamas 143

— Seu boné — disse Reacher. — Está pra trás. Queria saber se você sabia disso. Ou se por acaso ele simplesmente virou acidentalmente.

Bobby o encarou.

— Eu gosto dele assim — disse.

— Bom, acho que ele não deixa o sol bater no seu pescoço. Evita que ele fique mais vermelho, que mostre que você é um caipira.

— Cuidado com essa boca — alertou Bobby. — Fique longe da família do meu irmão e tome cuidado com essa merda dessa boca.

Em seguida ele se virou para a escuridão e saiu em direção à casa. Reacher ficou parado e o observou se distanciar. Além dele, o relampejar ainda dançava no distante horizonte sudoeste. Então ele desapareceu atrás do estábulo, e Reacher ouviu o som de suas botas na poeira, até que se transformou em nada.

6

REACHER FOI DIRETO PARA A CAMA, EMBORA ainda fosse cedo. *Durma quando pode para que não precise, quando não puder.* Essa era sua regra. Nunca tinha seguido um horário de trabalho convencional. Para ele, não existia muita diferença entre terça e domingo, segunda e sexta ou entre noite e dia. Ele ficava satisfeito quando dormia doze horas e trabalhava as 36 seguintes. E se não tivesse que trabalhar as próximas trinta e seis horas, então ele dormia doze de novo, e de novo, sempre que podia, até que surgisse alguma coisa.

A cama era pequena, e o colchão, grumoso. O ar no quarto, como uma sopa densa e quente, tinha se assentado sobre o fino lençol que o cobria. Ele ouvia os insetos do lado de fora tinindo e lamuriando bem alto. Devia haver um bilhão deles e, se ele se concentrasse o bastante, eram audíveis separadamente; caso contrário, fundiam-se em um grito único. O som da

Miragem em Chamas 145

noite, longe de qualquer outro lugar. Guturais e solitários uivos de pumas e coiotes ecoavam muito longe dali. Os cavalos também os ouviam, e ele percebia movimentos inquietos no estábulo, que se acalmavam depois de um tempo e recomeçavam após mais um fantasmagórico e plangente uivo. Ouvia o sussurro do vento e parecia sentir mudanças de pressão quando colônias de morcegos alçavam voo. Imaginava sentir suas asas rígidas baterem em seu rosto. Dormiu vendo as estrelas através de uma pequena janela bem acima dele.

A estrada de Pecos até El Paso tem mais de trezentos e vinte quilômetros e é salpicada dos dois lados por conjuntos de motéis, postos de gasolina e restaurantes *fast-food*. O comboio da matança seguiu uma hora na direção oeste, percorreu cento e dez quilômetros e parou no segundo lugar que viu. Esse era o hábito da mulher. Nunca no primeiro lugar. Sempre no segundo. E chegue sempre muito tarde. Era quase uma superstição, mas ela o explicava como uma boa medida de segurança.

O segundo lugar tinha um posto de gasolina grande o bastante para carretas enormes estacionarem, um motel de dois andares e um restaurante vinte e quatro horas. O homem alto e louro entrou na recepção e pagou em dinheiro por dois quartos. Não eram adjacentes. Um era no primeiro andar e longe da recepção, e o outro, na parte de cima, no meio do corredor. A mulher ficou com o da parte de cima.

— Durmam um pouco — disse ela aos parceiros. — Ainda temos trabalho a fazer.

Reacher ouviu Josh e Billy voltarem às duas da manhã. O ar ainda estava quente. Os insetos ainda faziam barulho. Ele ouviu a caminhonete alguns quilômetros ao sul, ruidosa, em seguida cada vez mais próxima e diminuindo a velocidade e virando para entrar pelo portão. Ouviu as molas guincharem na medida em que ela sacolejava pelo terreno. Ele a ouviu entrar na parte de baixo do galpão e escutou o motor ser desligado. Depois sobraram apenas tinidos e estalidos enquanto ele esfriava, além de passos na escada. Estes eram barulhentos e desengonçados. Ele se manteve o mais profundamente adormecido que conseguiu e acompanhou os sons deles passando por onde estava, seguindo para o banheiro e depois voltando para suas beliches. Ao se jogarem nelas, as molas de suas camas rangeram. Então não sobrou nada além dos insetos e da ritmada respiração úmida de homens que trabalharam duro o dia inteiro e beberam muito a noite toda. Era um som com o qual Reacher estava familiarizado. Tinha passado dezessete anos em dormitórios, intermitentemente.

O barulho dos insetos tinha desaparecido completamente quando acordou. Assim como as estrelas. No lugar delas, a janela do alto expunha luminosos feixes do amanhecer. Era verão naquela região tão ao sul e ele calculou que deveriam ser umas seis da manhã. Já fazia calor. Levantou o braço e olhou para o relógio. Seis e dez, sábado de manhã. Pensou em Jodie, que estava em Londres. Era meio-dia e dez em Londres. Seis horas a mais. Ela já deveria estar acordada havia muito tempo. Possivelmente em um museu, vendo quadros. Quem sabe pensando em almoçar em uma casa de chá inglesa. Em seguida pensou em Carmem Greer, que estava no casarão, a quarenta e oito horas de acordar no dia em que Sloop voltaria para casa. Depois em Ellie, possivelmente com calor e inquieta em seu minúsculo catre, rolando inocentemente em direção ao dia em que sua pequena vida mudaria novamente.

Ele tirou o lençol amarrotado e caminhou pelado para o banheiro carregando suas roupas emboladas no braço. Josh e Billy ainda dormiam profundamente. Ambos continuavam vestidos. Josh ainda estava de botas. Roncavam desanimadamente, esparramados e inertes. Havia um vago cheiro de cerveja velha no ar. O cheiro de ressaca.

Ele manteve o chuveiro no morno até se ensaboar e retirar o suor do corpo. Aí mudou para frio para se despertar. A água fria estava quase tão quente quanto a morna. Pensou nela sendo bombeada para fora do solo esturricado, capturando calor durante todo o percurso até ali. Encheu uma pia com água e encharcou suas roupas. Era um macete que ele tinha aprendido quando criança, muito tempo antes, em algum lugar do Pacífico, com sentinelas que ficavam de guarda ao meio-dia. Vestir-se com roupas

Miragem em Chamas 147

molhadas cria um ar-condicionado interno que mantém a temperatura baixa até que elas sequem. Um princípio evaporativo, como um climatizador por evaporação. Ele se vestiu, o algodão frio e úmido grudando em sua pele, desceu as escadas, saiu do alojamento e foi envolvido pelo amanhecer. O Sol estava no horizonte à frente. Por cima, o céu púrpura arqueava. Nem sinal de nuvem. A poeira sob seus pés ainda estava quente do dia anterior.

As sentinelas se reuniram gradativamente, como já tinham feito cinco vezes. Àquela altura, a rotina já lhes era familiar. Um dos homens foi de caminhonete até a casa do garoto e o encontrou esperando do lado de fora. Juntos, eles foram até a casa do segundo homem, mas lá descobriram que a rotina tinha mudado.

— Ele acabou de me ligar — explicou o segundo homem. — O plano mudou. Temos que ir a um lugar na parte alta do Coyanosa Draw para recebermos novas instruções, cara a cara.

— Cara a cara com quem? — perguntou o primeiro homem. — Não com ele, né?

— Não, com umas pessoas novas com quem vamos trabalhar.

O garoto ficou calado. O primeiro homem apenas deu de ombros.

— Por mim, tudo bem — disse ele.

— Além disso, vamos receber nosso pagamento — acrescentou o segundo homem.

— Melhor ainda — falou o primeiro.

O segundo homem se espremeu no banco, fechou a porta, e a caminhonete virou e seguiu para o norte.

Reacher deu a volta no alojamento, passou pelos currais e seguiu para o estábulo. Não ouvia um som sequer. O lugar todo parecia atordoado pelo calor. Subitamente ele ficou curioso sobre os cavalos. Eles se deitavam para dormir? Reacher se abaixou, olhou pela porta grande e descobriu que a resposta era não, eles não se deitavam. Estavam dormindo em pé, com as cabeças abaixadas e os joelhos travados para sustentar o peso. A grande égua velha com quem tinha se estranhado na noite anterior o farejou e abriu um olho. Olhou para ele fixamente, moveu um dos cascos dianteiros com indiferença e fechou o olho novamente.

Reacher deu uma olhada geral no estábulo, deduzindo o trabalho que teria que executar. Presumivelmente, os cavalos precisariam ser alimentados. Portanto deveria haver um depósito de comida em algum lugar. O que eles comiam? Feno, supôs. Havia fardos deles por todo o lugar. Ou seria aquilo palha para colocar no chão? Em um canto, encontrou um cômodo separado repleto de um tipo de suplemento alimentar. Eram grandes pacotes de papel-manteiga de um fornecedor de rações especializado lá de San Angelo. Então os cavalos comiam principalmente feno, com algum suplemento para completar as vitaminas. Eles precisariam de água também. Em um canto havia uma torneira com uma longa mangueira presa a ela. Cada baia tinha um cocho.

Ele saiu do estábulo e caminhou pela trilha até a casa. Deu uma espreitada pela janela da cozinha. Não havia ninguém. Nenhuma atividade. Estava do mesmo jeito que na noite anterior quando saíra dali. Continuou andando até a estrada. Ouviu a porta da frente se abrir às suas costas, virou-se e viu Bobby Greer sair para a varanda. Estava usando a mesma camisa e o mesmo boné, dessa vez virado da maneira correta. A aba estava um pouco acima dos olhos. Ele estava carregando um rifle na mão direita. Um dos que ficavam na antessala de entrada. Um belo *bolt-action* .22, moderno e em boas condições. Bobby o colocou no ombro e parou abruptamente.

— Estava indo te acordar — disse. — Estou precisando de um motorista.

— Por quê? Aonde você está indo?

— Caçar — disse Bobby. — Vou de caminhonete.

— Não sabe dirigir?

— É claro que sei. Mas são necessárias duas pessoas. Você dirige enquanto eu atiro.

— Você atira de uma caminhonete?

— Vou te mostrar — disse Bobby.

Miragem em Chamas 149

Ele foi até o galpão-garagem. Parou ao lado da caminhonete nova. Ela tinha um santo-antônio na carroceria.

— Você dirige lá nas cadeias de montanhas — disse ele. — Eu fico aqui atrás apoiado no santo-antônio. Isso me dá trezentos e sessenta graus de linha de fogo.

— Com o carro andando?

— Essa é a parte que exige habilidade. É legal. Sloop que inventou. Ele era muito bom.

— O que você vai caçar?

— Tatu — respondeu Bobby.

Ele se moveu para o lado e apontou para o caminho que levava para o deserto. Era uma estrada de terra que se arrastava para dentro da paisagem e serpenteava para a direita e para a esquerda, desviando das formações rochosas para escolher o caminho que oferecia menos resistência.

— Para a área de caça — disse ele. — Ela é muito boa. Fica no sul. E é lá que estão os tatus gordos. Tatu apimentado, não existe almoço melhor.

Reacher ficou calado.

— Você já comeu tatu? — perguntou Bobby.

Reacher respondeu que não com a cabeça.

— É bom de comer — comentou Bobby. — Quando meu vovô era criança, nos tempos da depressão, era praticamente só isso que tinham pra comer. Eles o chamavam de Peru do Texas. Porco do Hoover. Mantinha as pessoas vivas. Agora os ecochatos conseguiram que eles fossem protegidos. Mas, se estão na nossa terra, são nossos e podemos atirar neles. É assim que vejo a coisa.

— Eu não acho — disse Reacher. — Não gosto de caçar.

— Por que não? É um desafio.

— Pra você, talvez. Eu já sei que sou mais esperto do que um tatu.

— Você trabalha aqui, Reacher. Vai fazer o que mandarem você fazer.

— Precisamos discutir algumas formalidades antes de eu trabalhar aqui.

— Tipo o quê?

— Tipo o salário.

— Duzentos por semana — disse Bobby. — Cama e três boias pra dentro do bucho por dia.

Reacher ficou calado.

— Ok? — perguntou Bobby. — Você queria trabalho, certo? Ou é só a Carmem que você quer?

Reacher deu de ombros. *Duzentos por semana?* Já fazia muito tempo que tinha trabalhado por duzentos por semana. Por outro lado, ele não estava ali pelo dinheiro.

— Ok — respondeu ele.

— E você vai fazer tudo o que Josh e Billy mandarem.

— Ok — disse Reacher novamente. — Mas não vou te lavar pra caçar. Nem agora, nem nunca. Chame isso de questão de consciência.

Bobby ficou calado por um tempão.

— Eu vou encontrar maneiras de te manter longe dela, sabe? Todo dia, eu vou inventar alguma coisa.

— Estarei no estábulo — disse Reacher, e se afastou.

Ellie levou o café da manhã dele até lá. Vestia um macacão jeans miniatura. O cabelo estava molhado e solto. Ela carregava um prato com ovos mexidos. Os talheres estavam no bolso do peito, como se fossem caneta. Ela se concentrava para se lembrar de uma mensagem.

— A mamãe disse: não esquece a aula de cavalgada — relatou. — Ela quer que vocês se encontrem aqui no estábulo depois do almoço.

Depois correu de volta para a casa sem dizer nem uma palavra mais. Reacher se sentou numa baia e comeu os ovos. Levou o prato vazio de volta para a cozinha e seguiu para o alojamento. Josh e Billy não estavam lá para dizer-lhe o que fazer. *Bom pra mim,* pensou. Ele não foi procurá-los. Simplesmente se deitou e tirou uma soneca no calor.

O Coyanosa Draw era um riacho fundo o bastante para suportar o escoamento que vinha das Davis Mountains em direção ao rio Pecos, que a levava para o Rio Grande, percorrendo todo o caminho até a fronteira com o México. Mas o escoamento era sazonal e pouco confiável; portanto, a região era pouco populosa. Perto do leito seco do rio havia fazendas abandonadas, todas distantes umas das outras e de tudo. Uma delas tinha uma casa com o teto envergado e cinza de tão castigado pelo sol. Em frente a ela havia um celeiro vazio. Ele não tinha portas, apenas uma parede aberta virada para o oeste e de frente para a casa. Devido à maneira como as edificações estavam dispostas na paisagem, o interior do celeiro era invisível e só se via o terreno em frente a ele.

O Crown Victoria estava aguardando dentro do celeiro, com o motor ligado para manter o ar funcionando. Esse celeiro tinha uma escadaria exterior que levava até um palheiro, com uma pequena plataforma no topo, do lado de fora da porta. A mulher estava no calor, sobre a plataforma, de onde podia vistoriar a sinuosa via de acesso até aquele lugar. Ela viu a caminhonete das sentinelas a três quilômetros de distância, em alta velocidade, e espalhando uma nuvem de poeira. Ela esperou até ter certeza de que estavam sozinhos e então se virou e desceu as escadas. Sinalizou para os outros.

Eles saíram do carro e ficaram esperando no calor. Ouviam a caminhonete na estrada, que em seguida virou no canto do celeiro e diminuiu a velocidade no terreno em frente a ele. Eles a direcionaram com sinais de mão, como policiais de trânsito. Apontaram para dentro do celeiro. Um deles caminhou para guiar a caminhonete gesticulando, como aqueles sujeitos em pistas de aeroportos. Gesticulando o tempo todo, ele a levou até bem próximo da parede do fundo e levantou os polegares sinalizando para que parassem. Ele se postou ao lado da janela do motorista, e seu colega, ao lado da porta do carona.

O motorista desligou o carro e relaxou. Natureza humana. Fim de uma viagem em alta velocidade até um encontro secreto, curiosidade em relação às novas instruções, expectativa de um grande dia de pagamento. Ele baixou a janela. No lado do passageiro, o segundo homem fez a mesma coisa. Os dois morreram com tiros no lado da cabeça com balas de nove milímetros. O garoto no meio viveu exatamente um segundo a mais, com os dois lados da cabeça respingados de sangue e tecido cerebral e o caderno agarrado nas mãos. O baixinho moreno se inclinou para dentro e atirou duas vezes em seu peito. A mulher o empurrou e girou as manivelas do vidro das duas portas, deixando apenas uma fresta de dois centímetros em cada janela. Seriam suficientes para que os insetos entrassem e manteria os carniceiros do lado de fora. Os insetos ajudariam na decomposição, mas os carniceiros poderiam carregar partes do corpo para longe, o que geraria risco de serem encontrados.

Reacher cochilou umas duas horas antes de Josh e Billy voltarem. Eles não lhe deram instrução alguma. Apenas arrumaram para o almoço. Disseram que tinham sido convidados para almoçar na casa, mas que ele não poderia ir porque tinha se recusado a dirigir.

— Bobby me disse que vocês enxotaram um cara daqui — comentou ele.

Joshua apenas sorriu.

— Que cara? — perguntou Billy

— Um cara que veio pra cá com a Carmem.

— Com a mexicana?

— Algum amigo dela.

— Não sei nada sobre isso. Nunca enxotamos nenhum cara — negou Billy, abanando a cabeça. — Por acaso a gente é policial?

— Você é o policial aqui — disse Joshua.

— Sou?

— Bobby disse que é. Você foi policial do Exército.

— Andaram conversando sobre mim?

Joshua deu de ombros e ficou calado.

— A gente tem que ir — disse Billy.

Vinte minutos depois a própria Carmem trouxe tatu para ele comer. Estava em um prato coberto e com um cheiro forte de chili. Nervosa, ela saiu apressada e sem dizer uma palavra. Ele experimentou a comida. A carne era um pouco doce e um pouco normal. Ela tinha sido picada, desfiada e misturada com feijão e molho de pimenta. Em seguida fora assada, mas tinha passado um pouquinho do ponto. Reacher já comera piores, e estava com fome, o que ajudava. Almoçou sem pressa e depois levou seu prato de volta para a cozinha. Bobby estava em pé nos degraus da varanda como uma sentinela.

— Os cavalos precisam de mais suplemento alimentar -- afirmou ele.

— Vai com Josh e Bobby pegar. Depois da sesta. Peguem quantos pacotes couberem na caminhonete.

Reacher concordou e andou para a cozinha. Deu o prato sujo para a empregada e lhe agradeceu pela refeição. Depois desceu para o estábulo, entrou e se sentou em um fardo de palha para esperar. Os cavalos se viraram para olhá-lo. Estavam pacientes e apáticos por causa do calor. Um deles mastigava vagarosamente. Tinha pedaços de feno presos nos beiços.

Carmem entrou dez minutos depois. Ela tinha trocado de roupa; estava com uma calça jeans desbotada e uma camisa xadrez de algodão sem mangas. Carregava um chapéu de palha e sua bolsa. Parecia pequena e amedrontada.

— Bobby não sabe que você ligou para a Receita Federal. — disse Reacher. —Ele acha que foi bisbilhotice aleatória. Pode ser que Sloop ache a mesma coisa.

Ela abanou a cabeça e disse:

— Sloop sabe.

— Como?

Ela deu uma levantada nos ombros e começou a responder:

— Na verdade, ele não *sabe*. Mas se convenceu de que fui eu. Estava procurando alguém pra culpar e quem mais ele ia escolher? Não tem evidência nem nada, mas, ao que parece, ele está certo. Irônico, né?

— Mas ele não contou pro Bobby.

— Ele não faria isso. É muito teimoso para concordar com eles. Eles me odeiam, ele me odeia, ele mantém segredo, eles mantêm segredo. Digo, mantêm segredo com ele. Fazem questão que *eu* saiba.

— Você devia fugir. Ainda tem quarenta e oito horas.

— Exatamente quarenta e oito horas, eu acho. Sloop vai ser solto às sete da manhã. Eles vão viajar a noite toda para chegar lá na hora e dar apoio a ele. São aproximadamente sete horas de viagem, ou seja, ele vai chegar em casa a esta hora na segunda. Logo depois do almoço.

— Então fuja, agora.

— Não posso.

— Você devia — disse ele. — Este lugar é irreal. É como se o mundo lá fora não existisse.

Ela deu um sorriso amargo.

— Nem me fale. Moro aqui há quase sete anos. Toda a minha vida adulta, praticamente.

Ela pendurou o chapéu e a bolsa em um prego na parede. Selou os cavalos sozinha, rápido e com eficiência. Era ágil e tinha muita habilidade. Os músculos magros nos seus braços se contraíam e relaxavam à medida que levantava as selas. Os dedos eram precisos ao manusearem fivelas. Ela preparou dois cavalos em um quarto do tempo que ele levara para preparar um.

— Você é muito boa nisso aí — elogiou ele.

— *Gracias, señor* — agradeceu. — Pratico muito.

— Como eles podem acreditar que você continua levando tombos com a regularidade de um relógio?

— Acham que sou desajeitada.

Ele a observou levar o cavalo para fora da baia. Era um dos capões. Ela ficava pequenininha ao lado dele. Com a calça jeans, ele conseguiria pegar a cintura dela com uma mão.

— Você com certeza não parece desajeitada — disse ele.

Ela deu de ombros.

— As pessoas acreditam no que querem.

Reacher pegou as rédeas dela. O cavalo bufou pelo nariz e os pés de apoio. Mexeu a cabeça para cima e para baixo, para cima e para baixo. A mão dele acompanhou o movimento.

— Leve o cavalo pra fora — disse ela.

— Não devíamos usar calça de couro? E luvas pra cavalgar?

— Você está brincando? Nunca usamos essas coisas aqui. É quente demais.

Miragem em Chamas

Ele a esperou. Carmem estava com a égua menor. Pressionou o chapéu na cabeça, tirou a bolsa do prego e a colocou em um alforje. Depois o seguiu e, confiante, levou sua égua para o calor e o sol do lado de fora.

— Ok, deste jeito — disse ela.

Ela ficou do lado esquerdo da égua e colocou o pé esquerdo no estribo. Agarrou o cepilho com a mão esquerda, balançou duas vezes apoiada na perna direita e se içou suavemente para a sela. Ele tentou fazer o mesmo. Colocou o pé esquerdo no estribo, agarrou o cepilho, colocou todo o seu peso no pé que estava no estribo, esticou a perna e puxou com a mão. Inclinou seu peso para a frente e para a direita e de repente, lá estava ele no assento. O cavalo lhe pareceu muito largo e alto. Era mais ou menos o mesmo que andar em um veículo blindado de transporte de pessoal.

— Enfie o pé direito — disse ela.

Ele enfiou o pé no outro estribo e se remexeu até ficar o mais confortável possível. O cavalo esperou pacientemente.

— Agora junte as rédeas no cepilho em sua mão esquerda.

Essa parte era fácil. Simplesmente uma questão de imitar os filmes. Ele deixou sua mão direita balançar livremente, como se estivesse carregando um rifle de repetição Winchester ou um rolo de corda.

— Certo, agora relaxe e chute de leve com o calcanhar.

Ele deu um chute e o cavalo balançou e começou a andar. Com a mão esquerda, Reacher segurou no cepilho para se manter firme. Depois de alguns passos começou a entender o ritmo. O cavalo o carregava para a esquerda, a direita, para a frente e para trás, sempre com passos alternados. Segurou firme no cepilho e usou a pressão dos pés para manter o corpo firme.

— Bom — disse ela. — Agora eu vou na frente e ele vai seguir. É muito dócil.

Eu também seria — pensou ele — *com quarenta e quatro graus e com cento e quinze quilos nas costas.* Carmem estalou a língua, chutou com o calcanhar, e seu cavalo se moveu suavemente ao redor do dele, indicou o caminho pelo terreno, passando pela casa. Ela balançava sossegadamente na sela e contraía e relaxava os músculos das coxas para manter o equilíbrio. O chapéu dela estava sobre os olhos. Segurava as rédeas com a mão esquerda, e a direita estava solta ao seu lado. Ele viu o brilho azul do diamante falso ao sol.

Conduzindo-o para fora, ela passou pelo portão, chegou à estrada e seguiu em frente sem olhar ou parar. Ele olhou para a direita e para a esquerda, para o sul e para o norte, e não viu absolutamente nada a não ser o calor tremulante e miragens prateadas ao longe. Do outro lado da estrada havia um degrau de aproximadamente trinta centímetros, que levava a uma camada elevada de calcário. Ele se inclinou para a frente e deixou que o cavalo embaixo de si o subisse. A meia distância, a rocha se elevava suavemente, mantendo-se em uns quinze metros durante boa parte do caminho. Havia fissuras profundas cortando o solo de leste a oeste e erosões tão grandes que pareciam crateras deixadas por explosões de granadas. Os cavalos escolhiam o caminho entre elas. Pareciam muito seguros de seus passos. Até então, ele não teve que fazer nenhum movimento consciente para guiar o animal. O que o deixava feliz porque não tinha muita certeza sobre como faria isso.

— Cuidado com as cascavéis — gritou Carmem.

— Que ótimo — gritou ele de volta.

— Os cavalos ficam com medo de qualquer coisa que se move. Ficam assustados e correm. Se isso acontecer, segure firme e puxe as rédeas.

— Que ótimo — repetiu ele.

Plantas raquíticas se enraizavam desesperadamente em rachaduras nas pedras. Havia buracos menores, de sessenta a noventa centímetros de um lado ao outro, alguns deles com as bordas desgastadas. *Perfeito para uma cobra,* pensou. Ele os observava cuidadosamente no início. Depois desistiu porque as sombras eram muito densas para que conseguisse ver alguma coisa. E a sela estava começando a cansá-lo.

— Vamos para muito longe? — gritou ele.

Ela se virou, como se estivesse esperando por essa pergunta.

Miragem em Chamas **157**

— Precisamos ir até o fim da subida e descer até as ravinas — respondeu.

O calcário ficou mais liso, deixando o caminho mais uniforme, e ela diminuiu o passo para que o cavalo dele ficasse ao lado do dela. Mas ele ficou num nível um pouco mais baixo, o que o manteve atrás e o impedia de lhe ver o rosto.

— O Bobby me falou que você tinha a chave — comentou ele.

— Falou?

— Falou que você a perdeu.

— Não, isso não é verdade. Eles nunca me deram a chave.

Ele ficou calado.

— Eles fizeram questão de não me dar uma chave. Como se fosse algo simbólico.

— Então ele estava mentindo?

Longe dele, ela confirmou com um gesto de cabeça.

— Eu te falei, não acredite em nada que ele fale.

— Seja como for, ele disse que a porta nunca está trancada mesmo.

— Às vezes está, às vezes, não.

— Ele também disse que você não tem que bater na porta.

— Também é mentira — retrucou ela. — Desde que Sloop foi preso, se eu não bater, eles correm e pegam um rifle. Aí falam: *Ah, desculpa, mas estranhos rondando a casa deixam a gente nervoso.* Fazem um grande espetáculo.

Ele ficou calado.

— Bobby é um mentiroso, Reacher — disse ela. — Eu te falei isso.

— Acho que é. Porque também me falou que você trouxe outro cara pra cá, que ele fez o Josh e o Billy enxotarem daqui. Mas Josh e o Billy não sabiam de nada sobre cara nenhum.

Ela ficou em silêncio por um tempão.

— Não, isso é verdade — disse. — Conheci um homem lá em Pecos há mais ou menos um ano. Tivemos um caso. Primeiro foi só lá na casa dele. Mas ele queria mais.

— Aí você trouxe o cara pra cá?

— Foi ideia dele. Achou que assim ia conseguir emprego e ficar perto de mim. Achei que era loucura, mas fui em frente com o negócio. Foi daí que eu tirei a ideia de pedir pra você vir. Porque funcionou de verdade por um tempo. Duas ou três semanas. Aí Bobby flagrou a gente.

— E o que aconteceu?

— Aí acabou. Meu amigo foi embora.

— Por que então Josh e Billy negariam isso pra mim?

— Talvez ele não tenha sido enxotado pelo Josh e pelo Billy. Pode ser que eles nem soubessem de nada. Talvez o próprio Bobby tenha feito isso. Meu amigo não era tão grande quanto você. Era um professor desempregado.

— E ele simplesmente desapareceu?

— Eu o vi de novo, só uma vez, lá em Pecos. Estava com medo. Não quis falar comigo.

— Bobby contou pro Sloop?

— Jurou que não ia contar. Fizemos um acordo.

— Que tipo de acordo?

Ela ficou em silêncio de novo. Sentada relaxadamente sobre o cavalo a balançar, apenas continuou cavalgando.

— O do tipo comum — disse ela. — Se eu fizesse uma coisa, ele ia ficar em silêncio.

— Que tipo de coisa?

Novamente ela demorou pra responder.

— Uma coisa da qual eu não gostaria de falar com você.

— Entendi.

— É, entendeu.

— E ele ficou em silêncio?

— Eu não tenho a menor ideia. Bobby me fez fazer isso duas vezes. Foi nojento. *Ele* é nojento. Mas prometeu fielmente. Só que ele é um mentiroso; então presumo que ele tenha contado pro Sloop mesmo assim. Durante uma de suas visitas carinhosa. Sempre soube que era um jogo de perde-perde, mas o que eu podia fazer? Que escolha eu tinha?

Miragem em Chamas 159

— Bobby acha que é por isso que estou aqui. Ele acha que nós também estamos tendo um caso.

— Este seria o meu palpite. Ele não sabe que o Sloop me bate. Mesmo se soubesse, não ia esperar que eu fizesse alguma coisa em relação a isso.

Reacher ficou em silêncio por um período. Percorreram outros vinte ou trinta metros no lento e paciente passo de um cavalo a passeio.

— Você tem que ir embora — disse ele. — Quantas vezes você precisa ouvir isso?

— Não vou fugir.

Eles chegaram ao topo da subida, ela fez um barulhinho e o cavalo parou. O dele parou também, ao lado dela, mas em um nível um pouco mais baixo. Estavam aproximadamente quinze metros acima da planície. Em frente a eles, a oeste, o caliche declinava levemente de novo e era coberto de ravinas do tamanho de estádios de beisebol. Atrás, a leste, a casa vermelha e as outras edificações da área se estendiam horizontalmente a aproximadamente dois quilômetros de distância na terra esturricada como uma maquete. De norte a sul, a estrada se estendia como uma fita cinza. Atrás do pequenino galpão-garagem a trilha empoeirada se lançava entre sul e leste através do deserto, como uma cicatriz numa pele queimada e esburacada. O ar estava seco e extraordinariamente limpo de um horizonte ao outro, onde se desmanchava em um embaçado trêmulo. O calor era um pesadelo. O sol era aterrorizante. Reacher sentia o rosto queimar.

— Tome cuidado quando descermos — disse Carmem. — Mantenha o equilíbrio.

Ela se precipitou à frente dele, deixando o cavalo encontrar o próprio caminho no declive. Ele cutucou com os calcanhares e a seguiu. Quando o cavalo diminuiu o passo, Reacher começou a balançar desconfortavelmente e perdeu o ritmo.

— Siga-me — gritou Carmem.

Ela estava se movendo para a direita, em direção a uma ravina seca com um fundo plano de pedra e areia. Ele tentava descobrir qual rédea deveria puxar, mas o cavalo se virou mesmo assim. Suas patas esmagavam o cascalho e escorregavam de vez em quando. Em seguida o animal entrou direto na erosão, o que o sacudiu violentamente para trás e para a frente. Adiante, Carmem estava descendo da sela. Depois ficou em pé, alongando-se e esperando por Reacher. O cavalo dele parou ao lado do dela, ele tirou o pé do estribo e desceu fazendo exatamente o oposto do que fizera meia hora antes para subir.

— E aí, o que achou? — perguntou Carmem.

— Bem, agora eu sei por que o John Wayne andava engraçado.

Ela deu um sorriso rápido, levou os dois cavalos juntos para a borda da ravina e colocou uma pedra grande sobre as pontas das rédeas dos dois animais. Reacher ouvia o completo silêncio, absolutamente nada além do zumbido e do brilho do calor. Carmem levantou a aba do alforje e pegou a bolsa. Abriu-a, enfiou a mão e a retirou juntamente com uma pequena arma cromada.

— Você prometeu que ia me ensinar — disse ela.

— Espere — falou ele.

— O que foi?

Ele ficou calado. Deu um passo para a esquerda, outro para a direita, agachou, levantou-se. Movimentando-se pelo lugar e com a ajuda das sombras do sol, analisou o chão da ravina.

— O que foi? — repetiu ela.

— Tinha gente aqui — disse ele. — Encontrei rastros. Três pessoas e um veículo que entrou pelo oeste.

— Rastros? — disse ela. — Onde?

Ele apontou.

— Marcas de pneu, algum tipo de caminhonete. Parou aqui. Três pessoas. Arrastaram-se de joelhos até a borda.

Ele foi até a margem da ravina, onde os rastros terminavam. Deitou-se na areia quente e, apoiando-se nos cotovelos, se arrastou para a frente. Levantou a cabeça.

— Tinha alguém vigiando a casa — disse ele.

— Como você sabe?

— Não há mais nada para ser visto daqui.

Com a arma na mão, ela se ajoelhou ao lado dele.

Miragem em Chamas 161

— É longe demais — comentou.

— Devem ter usado binóculos. Quem sabe até telescópios.

— Tem certeza?

— Você já viu reflexos? O sol no vidro? Durante as manhãs, quando o Sol está no leste?

— Não — respondeu ela, suspendendo os ombros. — Nunca.

— Os rastros são recentes. Não têm mais de um ou dois dias.

Ela suspendeu novamente os ombros.

— Sloop. Ele acha que vou levar a Ellie daqui. Agora eu sei que ele está saindo. Ele mandou me vigiar.

Reacher se levantou e caminhou de volta para o centro do bojo.

— Olha os rastros dos pneus — disse. — Estiveram aqui quatro ou cinco vezes.

Ele apontou pra baixo. Havia vários rastros sobrepostos formando uma rede complexa. Pelo menos quatro, talvez cinco. As marcas dos pneus estavam claramente visíveis na areia fina. Havia muitos detalhes. A parte de fora do pneu dianteiro direito estava quase careca.

— Mas eles não estão aqui hoje — disse Carmem. — Por que não?

— Não sei — respondeu Reacher.

Carmem desviou o olhar. Estendeu a arma para ele.

— Por favor, me mostre como usar isto — disse.

Ele retirou o olhar dos rastros na areia e olhou para a arma. Era uma Lorcin L-22 semiautomática, cano de duas polegadas e meia, armação cromada, empunhadura plástica moldada para que tivesse a aparência de madrepérola. Feita em Mira Lona, na Califórnia, não muito tempo antes, e provavelmente nunca usada desde que saíra da fábrica.

— É boa? — perguntou ela.

— Quanto você pagou por ela?

— Em torno de oitenta dólares.

— Onde?

— Em uma loja de armas lá em Pecos.

— Está legalizada?

Ela concordou com a cabeça.

— Agilizei toda a documentação necessária. Ela é boa?

— Eu acho — disse ele. — Tão boa quanto possível gastando oitenta dólares.

— O homem da loja disse que era ideal.

— Pra quê?

— Para uma senhora. Não falei pra ele porque precisava dela.

Reacher avaliou o peso dela com a mão. Era pequenininha, mas tinha um peso razoável. Nem leve nem pesada. Muito leve para estar carregada.

— Onde estão as balas? — perguntou ele.

Ela foi até os cavalos novamente. Tirou uma pequena caixa da bolsa. Voltou e lhe entregou. Os pequeninos cartuchos .22 estavam impecavelmente organizados dentro dela. Possivelmente uns cinquenta.

— Me mostre como carregá-la — pediu ela.

Ele negou com um gesto de cabeça e sugeriu:

— Você tem que deixá-la aqui. Simplesmente se livre dela e esqueça toda essa história.

— Mas por quê?

— Porque esse negócio todo é uma loucura. Armas são perigosas, Carmem. Não devia deixar uma perto da Ellie. Pode acontecer um acidente.

— Vou ser muito cuidadosa. Além disso, a casa está cheia de armas mesmo.

— Rifles são diferentes. Ela é pequena demais para alcançar o gatilho ao mesmo tempo em que a aponta para si mesma.

— Eu a mantenho escondida. Até hoje ela não a encontrou.

— É só uma questão de tempo.

Carmem negou com um gesto de cabeça e disse:

— Minha decisão. Ele é minha filha.

Reacher ficou calado.

— Ela não vai encontrá-la. Eu a mantenho debaixo da cama e ela não entra lá.

— O que acontece com ela se você decidir usá-la?

— Eu sei. Penso nisso o tempo todo. Só espero que ela seja muito jovem para entender. E, quando for adulta o bastante, talvez perceba que foi o menor dos males.

— Não, o que *acontece* com ela? Aqui e agora? Enquanto você estiver na cadeia?

— As pessoas não vão para a cadeia por legítima defesa.

— Quem disse que será legítima defesa?

— Você *sabe* que seria legítima defesa.

— Não importa o que eu sei. Não sou o xerife. Não sou o promotor público, não sou o juiz nem o júri.

Ela ficou em silêncio.

— Pense nisso, Carmem — orientou ele. — Vão te prender e você será acusada de homicídio qualificado. Você não tem dinheiro para fiança. Também não tem dinheiro para advogado; por isso vai ter um defensor público. Vai ser indiciada e vai a julgamento. O que pode durar de seis a nove meses. Quem sabe um ano. Digamos então que a partir daí tudo aconteça exatamente da sua maneira. O defensor público alega legítima defesa, o júri se convence, o juiz se desculpa por uma mulher injustiçada ter passado por tudo aquilo e você é libertada. Mas isso daqui a um ano. Pelo menos. O que Ellie vai ter feito durante todo esse tempo?

Ela ficou calada.

— Ela vai ter ficado um ano com Rusty — disse ele. — Sozinha. Porque é onde a corte vai deixá-la. Com a avó? Solução ideal.

— Não quando entenderem como os Greer são.

— Ok, então em algum momento nesse ano o Conselho Tutelar vai levá-la para um lar adotivo. É isso que você quer para ela?

Ela estremeceu e disse:

— Rusty ia fazer isso de qualquer jeito. Ela se recusaria a ficar com ela se Sloop não estivesse mais lá.

— Então deixe esta arma aqui no deserto. Não é uma boa ideia.

Ele a devolveu para Carmem. Ela a pegou e segurou com carinho nas mãos, como se fosse um objeto precioso. Ficou deixando-a cair de uma mão para a outra, como numa brincadeira de criança. A falsa madrepérola da empunhadura brilhava sob o sol.

— Não — disse ela. — Quero aprender a usá-la. Para autoconfiança. E essa é uma decisão que sou eu que tomo. Você não pode decidir por mim.

Ele ficou em silêncio por um tempinho. Depois deu de ombros.

— Tudo bem — disse ele. — Sua vida, sua filha, sua decisão. Mas armas são um negócio sério. Então preste atenção.

Ela a devolveu para Reacher. Ele a deitou na palma da mão esquerda. A arma ia da ponta do seu polegar até o segundo nó do dedo médio.

— Duas advertências — disse. — Este cano é muito, muito curto. Olha isto aqui.

Ele passou o dedo indicador do cão até a boca do cano.

— Só tem duas polegadas e meia. Eles te explicaram isso na loja?

— O cara disse que ia caber direitinho na minha bolsa — afirmou ela.

— Faz com que seja uma arma muito imprecisa — disse ele. — Quanto mais longo o cano, mais em linha reta ele atira. Por isso os rifles têm noventa centímetros de comprimento. Se for usar esta coisa, precisa chegar muito, muito perto, ok? Centímetros de distância seria o melhor. Bem perto do alvo. *Encostada* no alvo, se possível. Tente usá-la de um lado ao outro de uma sala e vai errar por quilômetros.

— Ok — disse Carmem.

— Segunda advertência.

Ele retirou uma bala da caixa e a levantou.

— Esta coisa é pequenininha. E lenta. A parte pontuda é a bala e o resto é a pólvora de cartucho. Não é uma bala muito grande e não há muita pólvora atrás dela, ou seja, não vai necessariamente fazer muito estrago. Pior do que uma picada de abelha, mas um tiro não será suficiente. Então você precisa chegar muito perto e ficar apertando o gatilho até que a pistola esteja vazia.

— Ok — repetiu ela.

— Agora observe.

Ele retirou o carregador e inseriu nove balas nele. Enfiou-o novamente e fez o primeiro cartucho subir para a câmara. Retirou de novo o carregador e recarregou o espaço vazio na extremidade inferior. Colocou-o de volta, armou a pistola e deixou o registro de segurança acionado.

Miragem em Chamas

— Armada e travada — disse ele. — Você faz duas coisas. Empurra o registro de segurança e aperta o gatilho dez vezes. Vai dar dez tiros até ficar vazia, porque já tem uma no mecanismo e mais nove no carregador.

Ele entregou a pistola a ela.

— Não aponte pra mim. Nunca aponte uma arma carregada para qualquer coisa que você não queira *definitivamente* matar.

Cuidadosamente, ela a pegou e levou para longe dele.

— Experimente — disse ele. — O registro e o gatilho.

Ela usou a mão esquerda para empurrar o registro de segurança. Depois, com a direita, apontou, fechou os olhos e puxou o gatilho. A pistola retorceu na mão dela e ficou apontada para baixo. A explosão do tiro soou silenciosa no vazio. Uma lasca de pedra e um jato de poeira foram expelidos do chão a três metros de distância. Houve um barulho metálico de ricochete e um retinir baixinho ficou no ar quando o cartucho foi ejetado. Os cavalos se moveram um pouco sem sair do lugar e então o silêncio se apoderou novamente dali.

— É, funciona — disse Carmem.

— Acione o registro de segurança de novo — pediu Reacher.

Ela travou e ele se virou para dar uma olhada nos cavalos. Não queria que fugissem, gastar tempo perseguindo-os no calor. Mas eles estavam satisfeitos, parados com tranquilidade e observando cautelosamente. Ele se virou de volta, desabotoou o botão de cima e tirou a camisa pela cabeça. Andou cinco metros para o sul e deixou a camisa na margem da ravina, pendurada e esticada para que representasse o dorso de um homem. Então voltou e ficou atrás dela.

— Agora atire na minha camisa — disse. — Tenha sempre como objetivo o tronco porque ele é o maior alvo e o mais vulnerável.

Ela levantou a arma e depois a baixou novamente.

— Não posso fazer isso — disse ela. — Você não vai querer que sua camisa fique cheia de buracos.

— Acho que não há muito risco de isso acontecer — disse ele. — Atire.

Ela se esqueceu de tirar o registro de segurança. Simplesmente puxou o gatilho inflexível. Duas vezes, intrigada com o porquê de ele não funcionar.

Então se lembrou e a destravou. Apontou a arma, fechou os olhos e atirou. Reacher imaginou que ela tinha errado por seis metros, tanto para o alto quanto para o lado.

— Mantenha os olhos abertos — disse ele. — Finja que está furiosa com a camisa, que está em pé aí metendo o dedo na cara dela, como se estivesse gritando.

Ela manteve os olhos abertos. Endireitou os ombros e apontou com seu braço direito suspenso. Atirou e errou novamente, aproximadamente dois metros para a direita e um pouquinho pra baixo.

— Deixe eu tentar — disse ele.

Ela entregou a pistola para ele. Ficava pequena em sua mão. O guarda-mato era tão pequeno que seu dedo quase não cabia nele. Fechou um olho e mirou.

— Estou mirando no lugar onde estava o bolso — avisou.

Disparou um *double-tap*, isto é, dois tiros em uma rápida sucessão, com a mão firme como um rocha. O primeiro atingiu a axila, no lado oposto ao do bolso rasgado. O segundo acertou o centro, mas bem embaixo. Ele relaxou a postura e devolveu a pistola.

— Sua vez de novo — disse ele.

Ela deu mais três tiros, todos eles erros desanimadores. Muito alto à direita, muito à esquerda. O terceiro acertou a terra a uns dois metros abaixo do alvo. Ela olhou para a camisa e, desapontada, baixou a arma.

— E então, o que você aprendeu?

— Preciso chegar perto — respondeu ela.

— Exatamente — disse ele. — E a culpa não é toda sua. Uma pistola com cano curto é uma arma para ser usada de perto. Viu o que eu fiz? Errei por trinta centímetros a menos de cinco metros de distância. Uma bala foi para a esquerda e a outra foi pra baixo. Nem mesmo o erro é consistente. E eu sei atirar. No Exército, ganhei competições de tiro com pistola. Durante alguns anos fui o melhor de todos.

— Certo.

Ele pegou a arma, agachou-se na poeira, e a recarregou. Uma no cano e nove no carregador. Armou, travou e colocou a pistola no chão.

Miragem em Chamas 167

— Deixe essa arma aqui — sugeriu. — A não ser que tenha muita, muita certeza. Você conseguiria fazer isso?

— Acho que sim — disse ela.

— Achar não é suficiente. Você tem que *ter certeza*. Tem que estar preparada para chegar muito perto, apertá-la contra as entranhas dele e atirar dez vezes. Se não estiver ou se hesitar, ele vai tomá-la, possivelmente apontá-la para você, possivelmente atirar desenfreadamente e acertar Ellie, que vai estar correndo pra onde vocês estiverem.

Ela fez que sim com a cabeça e disse:

— Último recurso.

— Acredite. A partir do momento em que você sacar a arma, vai ser tudo ou nada.

Ela repetiu o gesto com a cabeça.

— A decisão é sua — disse ele. — Mas eu sugiro que a deixe aqui.

Ela ficou parada por muito, muito tempo. Depois se abaixou e pegou a arma. Colocou-a novamente na bolsa. Ele foi até onde estava a camisa, pegou-a e a vestiu pela cabeça. Nenhum buraco de bala era visível. Um estava debaixo do braço e o outro, dobrado debaixo do cós da calça. Em seguida, ele vasculhou a ravina e catou todos os oito cartuchos usados. Era um hábito antigo, e questão de uma boa faxina. Elas tiniram como moedinhas quando Reacher as juntou na mão e colocou no bolso da calça.

Conversaram sobre medo durante a cavalgada pra casa. Carmem ficou em silêncio enquanto percorriam de volta a subida e novamente ela parou na parte mais alta. A fazenda Red House se esparramava abaixo deles na distante paisagem embaçada, e ela se manteve sentada, olhando para lá, ambas as mãos entrelaçadas no cepilho da sela, sem dizer nada, o olhar perdido. Como de costume, o cavalo de Reacher parou um pouco atrás do dela, então ele teve a mesma visão, mas emoldurada pela curva entre o pescoço e o ombro dela.

— Você nunca sente medo? — perguntou Carmem.

— Não.

Novamente ela ficou em silêncio por um tempo.

— Mas como isso é possível? — perguntou ela.

Ele olhou para o céu.

— Aprendi isso quando era bem pequeno.

— Como?

Ele olhou para o chão.

— Eu tinha um irmão, mais velho do que eu. Por isso ele estava sempre à minha frente. Mas eu queria fazer as mesmas coisas que ele. Ele tinha revistinhas assustadoras e, em qualquer lugar que estivéssemos, tínhamos canais de televisão americanos que ele podia ver. Então eu lia as mesmas revistinhas e via os mesmos programas. Tinha um programa sobre aventuras espaciais. Não lembro o nome. A gente o via em preto e branco em algum lugar. Talvez na Europa. Eles tinham uma nave espacial que parecia um pequeno submarino com pernas de aranhas. Pousavam em um lugar e saíam para explorar. Lembro que uma noite eles foram perseguidos por uma criatura assustadora. Era peluda como um macaco. Como o Pé-Grande. Longos braços cabeludos e um rosnado muito forte. Ele os perseguiu até a espaçonave, eles pularam pra dentro e fecharam a escotilha quando a raiva estava quase os alcançando.

— E você ficou com medo?

Mesmo estando atrás dela, ele fez que sim com um gesto de cabeça.

— Acho que eu tinha uns quatro anos. Fiquei aterrorizado. Naquela noite, tive certeza de que tinha alguma coisa debaixo da minha cama. Minha cama era velha e alta e eu tinha certeza de que a coisa estava morando debaixo dela. Que ia sair e me pegar. Eu quase podia sentir a pata se aproximando de mim. Não conseguia dormir. Se eu dormisse, com certeza ela iria sair e me pegar. Então fiquei acordado por horas. Eu chamava meu pai, mas, quando ele chegava, eu tinha vergonha de falar. Foi assim, durante dias e dias.

— E o que aconteceu?

— Fiquei furioso. Não comigo, por estar com medo, porque pra mim a coisa era totalmente real e eu *tinha* sim que ficar com medo. Fiquei com raiva da coisa por ela me *deixar* com medo. Por me ameaçar. Uma noite eu simplesmente explodi de raiva e gritei: "Então está bem, pode sair daí e me encarar! Pode vir! Vou te arregaçar todo!" Eu encarei a coisa. Transformei o medo em agressividade.

Miragem em Chamas

— E funcionou?

— Desde então nunca mais senti medo. É um hábito. Aqueles exploradores espaciais não deveriam ter se virado e corrido, Carmem. Eles deviam ter ficado lá e encarado a criatura. Deviam ter ficado e lutado. Quando vemos alguma coisa assustadora, devemos nos levantar e dar um passo *na direção* e não para longe dela. Instintiva e automaticamente, numa explosão de fúria.

— É isso o que você faz?

— Sempre.

— É isso o que tenho que fazer? Com Sloop?

— Acho que é o que todo mundo tem que fazer.

Ela ficou em silêncio por um momento. Apenas encarava a casa e levantava os olhos para o horizonte além dela. Então estalou a língua e ambos os cavalos partiram juntos, começando a descer o longo declive em direção à estrada. Ela se ajeitou na sela para manter o equilíbrio. Reacher imitou a postura e ficou montado em segurança. Porém não estava confortável. Ele concluiu que cavalgar seria uma das coisas que ele experimentaria uma vez e não repetiria.

— Então, o que foi que Bobby disse? — perguntou ela. — Sobre nós?

— Falou que você ficou fora a maioria dos dias durante um mês, algumas noites também, e concluiu que a gente estava tendo um caso em algum motel de Pecos. Agora ele está indignado por você ter me trazido pra cá tão perto do dia que Sloop vai voltar.

— Gostaria que tivéssemos estado em um motel — disse ela. — Tendo um caso. Gostaria que fosse apenas isso.

Ele ficou calado. Ela parou de falar por um tempinho.

— Você também gostaria que fosse isso? — perguntou.

Ele a olhou na sela. Ágil, magra, com os quadris balançando com suavidade ao paciente passo do cavalo. A escura pele melificada dos braços brilhava ao sol. Seus cabelos escorriam até o meio das costas.

— Consigo imaginar coisas piores — disse ele.

* * *

Já era o fim da tarde quando chegaram. Josh e Billy o esperavam. Estavam recostados na parede do estábulo um ao lado do outro, sob a densa sombra embaixo dos beirais. A caminhonete estava preparada para irem buscar a ração. Estava estacionada no terreno.

— Vocês três têm que ir? — sussurrou Carmem.

— Bobby — respondeu Reacher. — Ele está tentando me manter longe de você. Tentando estragar a diversão que supostamente estamos tendo.

Ela revirou os olhos antes de dizer:

— Eu guardo os cavalos. Tenho que escová-los antes.

Eles desmontaram juntos em frente à porta do estábulo. Com evidente impaciência na expressão corporal, Josh e Billy se desencostaram da parede.

— Está pronto? — gritou Billy.

— Ele devia estar pronto há meia hora — disse Josh.

Por causa disso, Reacher os fez esperar. Desceu até o alojamento, muito lentamente, pois não deixaria que o apressassem e porque estava dolorido por causa da sela. Usou o banheiro e lavou a poeira do rosto. Salpicou água fria sobre sua camisa. Voltou caminhando vagarosamente. A caminhonete estava ligada e com a frente virada para o portão. Carmem escovava o cavalo dele. Rarefeitas nuvens de poeira saíam de seu pelo castanho. *Cabelo? Pele?* Josh estava sentado de lado no banco do motorista da caminhonete. Billy estava em pé ao lado da porta do passageiro.

— E aí, vamos nessa — gritou.

Ele colocou Reacher no assento do meio. Josh pôs os pés pra dentro e bateu a porta. Billy se amontoou do outro lado e Josh arrancou em direção ao portão. Parou antes da estrada e depois virou à esquerda, momento em que Reacher soube que a situação era muito pior do que ele imaginava.

7

ELE TINHA VISTO OS EMBORNAIS NO DEPÓSITO. Havia um monte deles, talvez uns quarenta, em pilhas da sua altura. Grandes pacotes de papel-manteiga, provavelmente com capacidade para doze quilos cada. Todos juntos, quatrocentos e oitenta quilos de ração. Quase meia tonelada. Em quanto tempo quatro cavalos e um pônei comeriam tudo aquilo?

Mas ele sempre soube que essa tarefa era uma manobra de Bobby. Buscar mais ração antes que fosse realmente necessário era um jeito tão bom quanto qualquer outro para tirá-lo da vida de Carmem por um período. Mas não estavam buscando mais ração. Porque tinham virado à esquerda. Todos os pacotes tinham impressos a marca, as vantagens nutricionais, o nome e o endereço do fornecedor de ração. Ele ficava em San Angelo. Reacher os vira repetidamente quarenta vezes, uma em cada pacote, em letras bem grandes. *San Angelo, San Angelo, San Angelo.* E San Angelo era ao norte e leste do Condado de Echo. Não a ao sul e a oeste. Eles deveriam ter virado à direita.

Ou seja, Bobby estava pensando em tirá-lo da vida de Carmem *permanentemente*. Josh e Billy tinha sido instruídos a se livrar dele. E *Josh e Billy vão fazer tudo que mandarmos*, Bobby tinha dito. Ele sorriu para o retrovisor. *O homem prevenido vale por dois.* Eles não sabiam que Reacher tinha visto o depósito, não sabiam que tinha lido o que estava impresso nos pacotes e não sabiam que esteve observando mapas do Texas por boa parte da semana anterior. Não sabiam que uma curva à esquerda em vez de à direita teria significado para ele.

Como pretendiam fazer aquilo? Carmem tinha dito que eles fizeram seu professor desempregado ficar amedrontado. Extremamente amedrontado, já que não queria sequer falar com ela depois, nem na relativa segurança de Pecos. Será que eles iriam tentar amedrontar *Reacher*? Se era essa a intenção, só podiam estar de brincadeira. Sentiu a agressão aumentar por dentro. Ele a usava e controlava da maneira como tinha aprendido. Utilizou o fluxo de adrenalina para amenizar a rigidez nas pernas. Deixou que ela o estimulasse. Ele abriu os braços e colocou um atrás de Josh e o outro atrás de Billy.

— É muito longe? — perguntou inocentemente.

— Umas duas horas — respondeu Billy.

Estavam a uns cem quilômetros por hora, seguindo para o sul naquela estrada absolutamente reta. A paisagem era imutável. Pasto seco e raquítico à esquerda, caliche escuro à direita dividido em camadas e estratos. Todos esturricando sob o sol implacável. Não havia trânsito algum. Parecia que aquela estrada via apenas um ou dois carros por dia. Talvez a única coisa que tinham que fazer era ir suficientemente longe, encostar o carro, jogá-lo para fora e ele morreria lentamente de sede antes que alguém o visse. Ou de exaustão ao tentar caminhar de volta. Ou de picadas de cascavéis.

— Não, menos de duas horas — retrucou Josh. — Só uns cento e cinquenta quilômetros.

Então talvez eles estivessem indo para o bar que mencionaram no dia anterior. Talvez tivessem amigos lá. *É melhor que tenham,* pensou Reacher.

Uma dupla de vaqueiros de quinta categoria não vai dar conta de mim. Ele soltou o ar novamente. Relaxou. Esforçou-se para tomar uma decisão. O problema com a pura e furiosa agressão que tinha descrito para Carmem era que, uma vez liberada, era tudo ou nada. Ele se lembrou do primeiro dia no ensino médio. No verão após ter terminado o ensino fundamental, a família se mudara de volta para os Estados Unidos por um período de seis meses. Ele estava matriculado em uma grande escola de ensino médio, fora da base militar, em algum lugar em Nova Jérsei, em algum lugar perto de Fort Dix. E estava preparado para ela. Com seu jeito costumeiramente sério e determinado, calculara que, em todos os sentidos, a escola de ensino médio seria maior e melhor do que a escola de ensino fundamental, inclusive a seriedade das brigas de vestiário. Ele, então, colocara em prática seu plano de primeiro dia de escola, que consistia em atacar o primeiríssimo cara que tentasse alguma coisa. Isso sempre tinha funcionado bem para ele. Bata com força, bata antes, vingue-se antecipadamente. Isso causava uma boa impressão. Mas, daquela vez, a impressão tinha que ser ainda melhor; tinha que bater mais forte do que nunca, porque evidentemente no ensino médio a parada seria totalmente nova.

E é claro que um garoto machão lhe dera um empurrão na primeira manhã e dez minutos depois esse mesmo garoto estava a caminho do hospital para ficar internado por três semanas. Mas logo Reacher descobrira que a escola era muito refinada, ficava em um bom bairro, que ele tinha reagido muito mais energicamente do que o necessário e que todos ficavam olhando para ele como se fosse um tipo de bárbaro. E ele se sentia um. Sentia-se um pouco envergonhado. A partir de então, ficara um pouco mais calmo. Aprendera a se certificar sobre a situação em que estava metido antes de fazer alguma coisa. E aprendera a dar alertas, às vezes, em certas circunstâncias.

— A gente está indo direto pra lá? — perguntou ele.

Era uma pergunta tática inteligente. Eles não podiam responder *não* sem alertá-lo. Não podiam responder *sim* se não estivessem indo para a loja para começo de conversa.

— Antes a gente vai ali tomar umas cervejas — disse Billy.

— Onde?

— Onde a gente foi ontem.

— Estou sem grana — disse Reacher. — Ainda não recebi meu pagamento.

— A gente paga — falou Josh.

— A loja de ração fica aberta até tarde? No sábado?

— Compra grande, vão fazer um favor pra gente — disse Billy.

Talvez fosse um novo fornecedor. Talvez eles tivessem mudado a fonte.

— Imagino que vocês a usem muito — disse ele.

— Sempre, desde que chegamos aqui — disse Josh.

— E depois a gente vai embora direto?

— É claro — disse Billy. — Você vai estar de volta a tempo do seu sono de beleza.

— Que bom — disse Reacher.

Ele ficou em silêncio.

— Porque é assim que eu gosto — disse ele.

Mexe comigo agora e vai ver só.

Billy ficou calado. Josh simplesmente sorriu e continuou dirigindo.

O cenário se aplainava muito gradativamente à medida que seguiam para o sul. Por causa do tempo que passou analisando os mapas, sabia que o Rio Grande se enroscava do oeste em direção a eles. Estavam entrando na bacia do rio, onde volumosas águas pré-históricas tinham escorrido pela terra. Josh mantinha a velocidade fixa em cem. Billy olhava preguiçosamente pela janela. A estrada continuava reta e uniforme. Reacher encostou a cabeça no cabide de armas atrás dele e ficou esperando. Esperar era algo com que estava acostumado. Muitas vezes na sua carreira, ações frenéticas tinham sido precedidas por longas viagens de carro. Geralmente acontecia desse jeito. A paciente acumulação de evidências, a chegada a uma conclusão, a identificação de um suspeito, a viagem de carro para dar um jeito nele. No âmbito militar, a espera era uma habilidade que se aprendia rápido.

Miragem em Chamas 175

Quanto mais longe iam para o sul, mais a estrada piorava. A caminhonete penava sobre ela. A carroceria estava vazia; por isso as rodas de trás pulavam e quicavam. Havia abutres em alguns dos postes de telefone. O Sol estava baixo no oeste. Havia uma placa no acostamento. Dizia *Echo 8 quilômetros*. Estava salpicada de buracos de bala.

— Eu achava que Echo ficava no norte — disse Reacher. — Lá onde é a escola da Ellie.

— Ela é dividida — disse Billy. — Metade fica lá em cima e metade, aqui embaixo. No meio, duzentos e sessenta quilômetros de nada.

— De uma extremidade à outra, é a maior cidade do mundo — comentou Josh. — Maior do que Los Angeles.

Ele desacelerou numa longa e demorada curva, e um aglomerado de pequenas edificações surgiu ao longe, todas construídas no nível do solo, todas iluminadas por trás pelo sol. Durante os cinco quilômetros seguintes, vários outdoors de latão anunciavam com muita antecedência o que eram aquelas edificações. Haveria outro posto de gasolina e uma venda. E um bar chamado Longhorn Lounge, cujo dono e administrador era um cara chamado Harley. O último anúncio era desse bar, mas ele era o primeiro estabelecimento a que chegaram. Ficava trinta metros a leste do acostamento e era uma construção feita de placas de alcatrão sob um teto de ferro que se esparramava meio de lado entre dois acres de terra ressecada. Dez ou doze caminhonetes estavam estacionadas com a frente para o bar, como aeronaves em um terminal. O carro mais próximo da porta era a viatura de segunda mão do xerife, largada lá como se estivesse abandonada.

Josh entrou aos solavancos no estacionamento e parou a caminhonete alinhada com as outras. Nas janelas do bar, aprisionadas entre vidros sujos e cortinas, havia placas de neon. Josh desligou o carro. Colocou as chaves no bolso. No repentino silêncio, Reacher pôde ouvir barulhos do bar, o ruído de exaustores e ares-condicionados. O som grave de um amplificador desgastado de uma *jukebox*, o murmúrio de conversas, o tinir de copos e garrafas, o estalo de bolas de sinuca. Parecia haver uma quantidade razoável de gente ali dentro.

Josh e Billy abriram a porta ao mesmo tempo e desceram. Reacher se arrastou para o lado da porta do passageiro, desceu e ficou de costas para o Sol. Ainda estava quente. Ele podia sentir o calor em todo o corpo, da nuca ao calcanhar.

— Ok — disse Billy. — É por nossa conta.

No interior havia um saguão com um telefone público antigo, cujas proteções laterais estavam cheias de números e mensagens rabiscados. Depois uma segunda porta, com uma janela de vidro amarela, dava no bar propriamente dito. Billy a abriu com um empurrão.

Entrar em um bar para um policial do Exército é o mesmo que caminhar para a base do rebatedor para um jogador de beisebol. Ali ele se sentia em casa. Uns noventa por cento dos problemas pequenos no serviço militar acontecem em bares. Junte um monte de homens jovens treinados para serem agressivos e reativos e uma ilimitada oferta de álcool, adicione rivalidade entre tropas, inclua a presença de mulheres civis e seus maridos e namorados civis, e a coisa fica inevitável. Então, assim como um rebatedor caminha cautelosamente para a base da casa observando o campo interno, avaliando o campo externo, calculando ângulos e distâncias, o policial do Exército é todo olhos ao entrar em um bar. Primeiro ele conta as saídas. Geralmente são três. A porta da frente, a porta dos fundos depois dos banheiros e a porta privativa do escritório na parte de trás do bar. Reacher viu que o Longhorn Lounge tinha todas essas três. A janela era pequena demais para que alguém pudesse usá-la.

Em seguida o PE observa as pessoas. Procura os pontos problemáticos. Quem se cala e encara? Onde estão os provocadores? Em lugar algum no Longhorn. O bar, um espaço comprido e baixo, devia ter umas vinte ou vinte e cinco pessoas, todos homens, todos bronzeados, magros, usando calça jeans, e a única atenção que receberam foram olhadas casuais e gestos de cabeça que cumprimentavam Billy e Josh. O xerife não estava em nenhum lugar visível. Mas em frente a um banquinho no balcão do bar havia uma garrafa cheia em cima de um guardanapo. Possivelmente o lugar de honra.

Miragem em Chamas

Depois o PE procura armas. Preso por um arame em uma placa de madeira acima do balcão do bar, havia um revólver antigo. Nela, a seguinte mensagem estava marcada a ferro quente: *não ligamos para o 911*. Naquele lugar, deveria haver uma arma moderna aqui, outra ali. Garrafas *long neck* estavam espalhadas por todos os cantos, mas Reacher não estava preocupado com elas. Garrafas não são muito úteis como armas. A não ser em filmes, em que são feitas de algodão doce e os rótulos são impressos em papel crepom. Não se quebra uma garrafa em uma mesa. O vidro é grosso demais. Elas apenas fazem um barulhão estridente. Têm uma utilidade marginal como porretes, mas a mesa de sinuca o preocupava mais. Ficava no meio do bar, estava coberta de bolas de celuloide, quatro caras com quatro tacos a estavam usando, e, na parede mais próxima, havia uma taqueira com mais uns doze tacos pendurados na vertical. Fora a espingarda, o taco de sinuca é a melhor arma de boteco já inventada. Curto o bastante para ser manipulado, suficientemente longo para ser útil, feito com madeira dura de qualidade, e ainda conta com um sutil peso extra de chumbo.

O ar estava extraordinariamente frio e denso com gás de cerveja, fumaça e barulho. *A jukebox* ficava perto da mesa de sinuca e depois dele havia uma área com pequenas mesas redondas rodeadas de poltronas encapadas com vinil vermelho. Billy levantou três dedos para o barman e recebeu três cervejas em troca. Ele as carregou entre os dedos e seguiu na frente em direção às mesas. Reacher o ultrapassou e chegou a elas primeiro. Queria escolher o seu lugar. *De costas para a parede* era a regra dele. *Se possível, com todas as três saídas visíveis.* Ele foi costurando seu caminho e se sentou. Josh se sentou à direita e Billy, à esquerda. Ele empurrou uma garrafa pela superfície detonada da mesa. Pessoas tinham apagado cigarros na madeira. Pela parte de trás onde ficavam os banheiros, o xerife entrou no recinto verificando se seu zíper estava fechado. Ficou parado por um segundo quando viu Reacher, sem nenhuma reação no rosto, depois foi para o bar, sentou-se no banquinho desocupado e ficou curvado e com as costas viradas para as pessoas.

Billy levantou sua garrafa como se brindasse.

— Boa sorte — disse ele.

Você vai precisar dela, amigo, pensou Reacher. Ele deu um longo gole. A cerveja estava gelada e com gás. Tinha um gosto forte de lúpulo.

— Tenho que dar uma ligada — disse Billy.

Ele se apoiou na mesa e levantou novamente. Josh se inclinou para a direita para tentar ocupar o novo espaço vago em frente a Reacher. Desviando-se das pessoas, Billy foi para o saguão. Reacher deu mais um golinho de cerveja e calculou o tempo. E contou as pessoas no lugar. Havia vinte e três, excluindo ele mesmo e incluindo o barman, quem ele supôs ser Harley. Billy entrou novamente em dois minutos e quarenta segundos. Ele se curvou e falou no ouvido do xerife. O xerife fez um gesto afirmativo com a cabeça. Billy falou mais alguma coisa. O xerife repetiu o movimento. Esvaziou sua garrafa, apoiou-se no balcão e levantou. Virou-se para dar uma observada no lugar. Olhou uma vez na direção de Reacher, saiu andando e abriu a porta com um empurrão. Billy ficou parado em pé, olhou-o sair e depois costurou seu caminho de volta até a mesa.

— O xerife está indo embora — disse. — Lembrou que tem um negócio urgente pra resolver em outro lugar.

Reacher ficou calado.

— Fez a sua ligação? — perguntou Josh, como se tivesse ensaiado.

— Fiz, sim. Fiz a ligação — respondeu Billy.

Em seguida sentou no banco e pegou sua garrafa.

— Não quer saber pra quem eu liguei? — disse ele, olhando para Reacher em frente.

— Por que eu daria a mínima pra quem você ligou?

— Liguei pra uma ambulância. Melhor fazer isso com antecedência porque ela vem lá de Presidio. Pode demorar horas pra chegar aqui.

— Olha só, temos uma confissão pra fazer — falou Josh. — A gente mentiu pra você antes. A gente enxotou um cara, sim. Ele estava plantando a mandioca na mulher mexicana. Por causa das circunstâncias, com Sloop preso e tudo mais, Bobby não achou aquele um comportamento apropriado. Então a gente foi chamado pra dar um jeito no negócio. A gente trouxe o cara pra cá.

— Quer saber o que fizemos? — perguntou Billy.

Miragem em Chamas 179

— Achei que a gente ia à loja de ração — falou Reacher.

— A loja de ração é lá em San Angelo.

— Então o que a gente veio fazer aqui?

— A gente está te falando. Foi pra cá que a gente trouxe o outro cara.

— O que esse outro cara tem a ver comigo?

— Bobby acha que você está na mesma categoria.

— Ele acha que estou plantando a mandioca nela também?

— Com certeza ele acha — confirmou Josh.

— O que vocês acham?

— A gente concorda com ele. Por que mais você ia vir pra cá? Você não é cavaleiro de jeito maneira.

— Suponha que eu te diga que somos só amigos.

— Bobby acha que vocês são mais que isso.

— E vocês acreditam nele?

— É claro que a gente acredita. Ela deu em cima *dele*. Ele mesmo disse isso pra gente. Então por que com você ia ser diferente? E, olha só, a gente não te culpa. Ela é gata e tem um rabo e tanto. Eu mesmo pegava se não fosse do Sloop. A família tem que ser respeitada, mesmo com feijoeiros. Essa é a regra por aqui.

Reacher ficou calado.

— O outro cara dela era um professor de colégio — disse Billy. — Saiu da linha. Aí a gente trouxe ele pra cá, depois levou lá pra trás, pegou uma faca de açougue, arrumou dois caras pra segurar o sujeito, abaixou a calça dele e falou que a gente ia cortar fora o danado. Ele foi logo chorar e gemer, ficou desorientado. Implorava e choramingava. Prometia que ia desaparecer. Suplicava pra gente não cortar. Mesmo assim a gente cortou um pouquinho. Pela diversão. Foi sangue pra todo lado. Depois a gente deixou o cara ir embora. Mas falamos que, se a gente visse a cara dele por aqui de novo, a gente ia cortar tudo mesmo. E quer saber de uma coisa? Nunca mais a gente viu a cara dele.

— Então funcionou — comentou Josh. — Funcionou bem demais. O único problema foi que ele perdeu muito sangue por causa da ferida. A gente devia ter ligado com antecedência para a ambulância. Concluímos

que devia se lembrar disso na próxima vez. Vivendo e aprendendo, é o que a gente sempre diz. Por isso, desta vez ligamos com antecedência. Especialmente pra você. Então você devia ficar agradecido.

— Vocês cortaram o cara? — perguntou Reacher.

— Com certeza a gente cortou.

— Parece que vocês estão muito orgulhosos do que fizeram.

— A gente faz o que pode. A gente cuida da família.

— E vocês estão admitindo isso pra mim?

— Por que não? Tipo, quem diabos é você?

Reacher deu de ombros e disse:

— Bom, eu não sou um professor de colégio.

— O que isso quer dizer?

— Quer dizer que, se você tentar me cortar, é você que vai sair daqui numa ambulância.

— Você acha?

Reacher fez que sim com um gesto de cabeça e disse:

— Aquele cavalo em que eu estava caga mais encrenca pra mim que vocês dois juntos.

Ele olhou para um deles de cada vez, franca e calmamente. Autoconfiança serena faz maravilhas em situações como aquela. E ele se sentia confiante. Era confiança nascida da experiência. Havia muito, muito tempo, ele não perdia uma briga de dois contra um em um bar.

— Sua escolha — disse ele. — Desistam agora ou vão para o hospital.

— Bom, quer saber? — disse Josh sorrindo. — Acho que vamos continuar com o planejado. Porque independentemente de que diabos de sujeito você acha que é, é a gente que tem um monte de amigos aqui. E você, não.

— Não investiguei a situação social de vocês — disse Reacher.

Mas era nitidamente verdade. Tinham amigos lá. Algum tipo de vibração subliminar estava silenciando o lugar, deixando as pessoas inquietas e alertas. Elas olhavam para eles, depois, umas para as outras. A atmosfera estava se formando. O jogo de sinuca estava ficando mais lento. Reacher sentia tensão no ar. O silêncio estava começando. Os desafios. É possível que fosse pior do que dois contra um. Talvez muito pior.

Miragem em Chamas 181

Billy sorriu.

— A gente não fica com medo fácil — disse. — Pode chamar de coisa de profissional.

Eles encaram touros de uma tonelada e meia na arena, Bobby tinha dito. *Não vão ficar com medo de você.* Reacher nunca tinha ido a um rodeio. Não sabia coisa alguma sobre eles, exceto por algumas impressões ocasionais colhidas em programas de televisão ou filmes. Ele supunha que sentavam em um tipo de cerca, perto de onde ficava o animal, e pulavam sobre ele assim que era lançado para dentro da arena. Tinham que ficar montados. Quanto tempo? Oito segundos? E se não conseguissem poderiam ficar arregaçados por causa dos coices. Poderiam ser pisoteados. Ou perfurados pelos chifres. Então aqueles caras tinham um tipo de coragem idiota. E força. E resiliência. E estavam acostumados com dores e ferimentos. Mas também estavam acostumados com um tipo de *padrão*. Um tipo de desen- volvimento estruturado. Um tipo de contagem regressiva cadenciada antes que a ação repentinamente começasse. Ele não sabia realmente como ela era. Talvez *três, dois, um, já*. Talvez *dez, nove, oito*. De qualquer jeito, estavam acostumados a esperar, contar os segundos, deixar a tensão aumentar, res- pirar fundo e se preparar para a ação.

— Então vamos acabar com isso — disse Reacher. — Agora mesmo, no terreno lá atrás.

Ele saiu de trás da mesa e passou por Josh antes que pudesse reagir. Seguiu em frente, afastando-se da *jukebox*, pela direita da mesa de sinuca, em direção à saída dos banheiros. Grupos de pessoas o bloqueavam e depois se separavam para deixá-lo passar. Ele ouviu Josh e Billy seguindo-o logo atrás. Sentiu-os fazendo a contagem regressiva, deixando a tensão aumentar, respirando fundo, preparando-se. Talvez vinte passos até a porta, talvez trinta segundos até o terreno. *Vinte e nove, vinte e oito.* Manteve a regularidade dos seus passos para estabelecer o ritmo. *Vinte e cinco, vinte e quatro.*

Agarrou o último taco da taqueira, virou-o ao contrário nas mãos, ceifou um giro de cento e oitenta graus completos e acertou o lado da cabeça de Billy o mais forte que pôde, *um*. Um barulho alto de osso esmigalhado se sobrepôs nitidamente ao som da *jukebox* e, esparramando um jato pulverizado de sangue, Billy caiu no chão como se tivesse tomado um tiro. Reacher se virou de novo e, como um rebatedor de beisebol tentando isolar a bola o mais longe possível, golpeou Josh com toda força, *dois*. Josh levantou a mão para boquear o impacto, e seu antebraço foi quebrado bem no meio. Ele gritou e Reacher deu mais um golpe, dessa vez na cabeça, *três*, imediatamente, espancando-o lateralmente. Esmurrou sua cara e arrancou alguns dentes no soco, *quatro*. Usando o taco, golpeou obliquamente com toda força a parte de cima do braço e estraçalhou o osso, *cinco*. Josh desmoronou assim como Billy, Reacher ficou em pé sobre eles e bateu mais quatro vezes, rápido e com força, *seis, sete, oito, nove*, nas costelas, clavículas, joelhos e crânios. Um total de nove golpes, talvez uns seis ou sete segundos de furiosa força explosiva. *Bata com força, bata antes, vingue-se antecipadamente*. Enquanto eles ainda estão esperando pela campainha do rodeio.

Os outros homens no bar tinham se afastado da briga e agora estavam se amontoando de novo, vagarosa e cautelosamente. Reacher girou ameaçadoramente com o taco a postos. Ele se abaixou e pegou a chave da caminhonete no bolso de Josh. Em seguida largou o taco, que caiu ruidosamente no chão, e, respirando fundo e empurrando as pessoas, abriu caminho pela multidão até chegar à porta. Ninguém tentou impedi-lo de verdade. Estava claro que a amizade tinha seus limites ali no Condado de Echo. Ainda respirando pesado, ele chegou ao lado de fora. O calor fez com que se encharcasse de suor instantaneamente. Reacher foi até a caminhonete. Entrou, ligou-a, deu ré para se afastar do bar e fez seu caminho para o norte. A porta do bar ficou imóvel. Ninguém veio atrás dele.

Uma hora depois, o Sol se pôs no longínquo oeste e estava completamente escuro quando Reacher fez a curva para entrar pelo portão do rancho. Mas todas as luzes da Red House estavam acesas. E havia dois carros estacionados no terreno. Um era a viatura de segunda mão do xerife, o outro, um Lincoln verde-limão. O carro do xerife estava com as luzes vermelhas e azuis piscando. O Lincoln era iluminado pela luz quente e amarela que vazava da varanda e fazia com que ele ficasse com a cor da pele de um homem morto. Havia nuvens de mariposas por todo o lugar, grandes insetos finíssimos se aglomerando nas lâmpadas da varanda como pequeninas tempestades de neve individuais, que se formavam e reformavam à medida que flutuavam de uma para a outra. Atrás delas, o cântico dos insetos noturnos já estava ritmado e insistente.

A porta da frente da casa estava arreganhada e havia barulho na antessala. Um pequeno grupo de pessoas conversava alta e entusiasmadamente. Reacher subiu, olhou para dentro e viu o xerife, Rusty Greer, Bobby e Carmem, a qual estava em pé sozinha perto do rack com rifles. Havia trocado a calça jeans e a camisa. Estava de vestido. Era vermelho e preto e não tinha mangas, indo até os joelhos. Parecia estarrecida. Emoções conflitantes em seu rosto o deixavam vazio e inexpressivo. Havia um homem de terno do outro lado da sala, perto do espelho com moldura vermelha, permitindo que Reacher conseguisse ver a frente e as costas dele ao mesmo tempo. Obviamente, o dono do Lincoln. Era elegante, estava um pouquinho acima do peso, não era baixo nem alto e usava um terno de linho listrado. Provavelmente uns trinta anos, cabelos claros cuidadosamente penteados a partir de uma testa arredondada. Seu rosto tinha a palidez das pessoas que não saem muito, mas as partes que ficavam expostas ao sol estavam vermelhas, como se jogasse golfe à tarde. Seu semblante estava recortado por um enorme sorriso de político. Era como se estivesse recebendo elogios exagerados e fingindo que eram completamente desnecessários.

Reacher ficou parado na varanda e decidiu não entrar. Mas seu peso fez uma tábua ranger alto e Bobby ouviu. Ele olhou para a noite do lado de fora e não acreditou no que viu. Ficou completamente imóvel por um segundo e depois veio depressa até a porta. Pegou o cotovelo de Reacher, empurrou-o para a parede ao lado da entrada e fora da vista da antessala.

— O que você está fazendo aqui? — perguntou ele.

— Eu trabalho aqui — disse Reacher. — Lembra?

— Cadê Josh e Billy?

— Eles desistiram.

Bobby o encarou e perguntou:

— Eles o quê?

— Eles desistiram — repetiu Reacher.

— O que isso quer dizer?

— Quer dizer que eles decidiram que não queriam mais trabalhar aqui.

— Por que eles iam fazer isso?

Reacher deu de ombros e respondeu:

— Como é que eu vou saber? Talvez eles só estejam exercendo sua prerrogativa dentro de um mercado de trabalho livre.

— O quê?

Reacher ficou calado. A ausência de Bobby e as vozes na varanda atraíram as pessoas até a porta. Rusty Greer foi a primeira a sair, seguida pelo xerife e pelo cara de terno de linho listrado. Carmem ficou do lado de dentro, perto dos rifles e continuava estarrecida. Todos ficaram em silêncio, olhando para Reacher: Rusty, como se tivesse uma dificuldade social com a qual lidar; o xerife, perplexo; o cara de terno, imaginando quem diabos era aquele estranho.

— O que está acontecendo? — perguntou Rusty.

— Esse cara está falando que Billy e Josh desistiram de trabalhar pra nós.

— Eles não fariam isso — disse Rusty. — Por que eles fariam isso?

O cara de terno estava se aproximando devagar, como se esperasse para ser apresentado.

— Eles deram alguma justificativa? — perguntou Rusty.

Com o semblante inexpressivo, o xerife olhava diretamente para Reacher, que não respondeu. Apenas ficou ali, esperando.

— Bom, eu sou Hack Walker — disse o cara de terno, com uma voz franca e cheia e estendendo a mão. — Sou o promotor público de Pecos e um amigo da família.

— É o amigo mais antigo do Sloop — disse Rusty desatentamente.

Reacher o cumprimentou com um gesto de cabeça e apertou sua mão.

— Jack Reacher — disse ele. — Trabalho aqui.

Miragem em Chamas   185

O sujeito colocou a mão de Reacher entre as suas e abriu um discreto sorriso, que era parte genuína. A outra parte dizia ironicamente *você sabe como são as coisas*. Um perfeito sorriso de político.

— Você já se registrou para votar aqui? — perguntou ele. — Porque, se já, queria lhe dizer que estou concorrendo para juiz em novembro e adoraria contar com o seu apoio.

Em seguida ele deu uma risada autodepreciativa, um homem seguro entre amigos e entretido como as exigências da democracia podem interferir com as boas maneiras. *Você sabe como são as coisas*. Reacher puxou a mão e fez um gesto com a cabeça sem falar nada.

— Hack tem trabalhado tanto pra nós — disse Rusty. — E ele acabou de nos dar uma notícia agradabilíssima.

— Al Eugene apareceu? — perguntou Reacher.

— Não, ainda não — disse Rusty. — Outra coisa totalmente diferente.

— E não tem nada a ver com a eleição — disse Hack. — Todos vocês, meus parceiros, entendem isso, não é? Concordo que o mês de novembro nos faz querer ajudar todo mundo, mas vocês *sabem* que eu teria feito isso por vocês de qualquer jeito.

— E *você* sabe que a gente ia votar em você de qualquer jeito, Hack — disse Rusty.

E todos ficaram sorrindo alegremente uns para os outros. Reacher olhou para Carmem sozinha na sala. Ela não estava sorrindo.

— Você vai conseguir soltar Sloop mais cedo — intuiu ele. — Amanhã, suponho.

— É isso aí. Eles ficaram o tempo todo dizendo que não podiam realizar tarefas administrativas no fim de semana, mas eu consegui que mudassem de ideia. Falaram que essa seria a primeira libertação num domingo na história do sistema, mas eu falei assim: ei, pra tudo tem uma primeira vez.

— Hack vai levar a gente lá — disse Rusty. — Sairemos daqui a pouco. Vamos viajar a noite inteira.

— A gente vai estar esperando na calçada, bem em frente ao portão da prisão, às sete horas da manhã — disse Hack. — O velho Sloop vai ter uma recepção e tanto.

— Todo mundo vai? — perguntou Reacher.

— Eu, não — disse Carmem.

Ela tinha saído para a varanda, silenciosamente como uma alma penada. Estava em pé com as pernas juntas, ambas as mãos no parapeito, com a parte acima da cintura inclinada para baixo, os braços esticados, olhando para o horizonte negro ao norte.

— Tenho que ficar e tomar conta da Ellie — disse ela.

— Há muito espaço no carro — disse Hack. — Dá pra Ellie vir também.

Carmem negou com um gesto de cabeça e disse:

— Não quero que ela veja o pai saindo de uma prisão.

— Bom, fica à vontade — disse Rusty. — Afinal de contas, ele é só seu marido.

Carmem não respondeu. Apenas sentiu um leve calafrio, como se o ar da noite fosse de zero e não de trinta graus.

— Então acho que vou ficar também — disse Bobby. — Pra tomar conta das coisas. Sloop vai entender.

Reacher o fitou. Carmem se virou abruptamente e entrou na casa. Rusty e Hack Walker seguiram depois dela. O xerife e Bobby ficaram na varanda, cada um dando um passinho em direção ao outro para estabelecer uma barreira humana subliminar entre Reacher e a porta.

— E então, por que eles desistiram? — perguntou Bobby.

Reacher olhou para os dois, deu de ombros e respondeu:

— Bom, na verdade eles não desistiram — respondeu ele. — Eu estava tentando dourar a pílula para a família, só isso. A verdade é que a gente estava em um bar e eles arrumaram briga com um cara. Você viu a gente no bar, não viu, xerife?

Cautelosamente o xerife concordou com um gesto de cabeça.

— Foi depois que você saiu — disse Reacher. — Eles arrumaram briga e perderam.

— Com quem? — perguntou Bobby. — Com que cara?

— Com o cara errado.

— Mas quem era ele?

Miragem em Chamas

— Um cara grande — disse Reacher. — Ele desceu a porrada neles por um ou dois minutos. Acho que alguém chamou a ambulância para eles. Provavelmente estão no hospital agora. Pelo que sei, podem até estar mortos. Eles tomaram porrada, e não foi pouca, não.

Bobby o encarou.

— Quem era o cara?

— Um cara qualquer, cuidando da própria vida.

— Quem?

— Um desconhecido, eu acho.

Bobby ficou em silêncio e depois perguntou:

— Foi você?

— Eu? — disse Reacher. — Por que eles iam arrumar briga comigo?

Bobby ficou calado.

— Por que eles arrumariam briga comigo, Bobby? — insistiu Reacher. — Que motivo eles teriam para querer brigar comigo?

Bobby não respondeu. Simplesmente o encarou, virou-se e entrou em casa pisando forte. Bateu a porta. O xerife ficou parado onde estava.

— Então eles ficaram muito machucados — disse.

— Parece que ficaram. Acho que você devia fazer umas ligações, procurar saber o que aconteceu. E depois começar a espalhar a notícia. Falar para as pessoas que é isso que acontece quando se arruma briga com os desconhecidos errados.

Ainda cauteloso, o xerife novamente concordou com um gesto de cabeça.

— Talvez isso seja algo que você também deva ter em mente — disse Reacher. — Bobby me falou que por aqui as pessoas resolvem as próprias diferenças. Me falou que relutam em envolver as pessoas que fazem a lei ser cumprida. Ele deu a entender que os policiais ficam fora das rixas particulares. Disse que é algum tipo de grande tradição do Texas.

O xerife ficou calado por um momento.

— Acho que pode ser — cedeu ele.
— Bobby disse que é com certeza. Que é uma tradição definitiva.
O xerife desviou o olhar e disse:
— Bom, você pode entender dessa maneira. E eu sou um cara bem tradicional.
— Fico muito feliz em ouvir isso — respondeu Reacher.
O xerife parou nos degraus da escada, depois andou novamente sem olhar para trás. Entrou no carro, desligou as luzes que piscavam e o ligou. Manobrou cuidadosamente para passar o Lincoln verde-limão, seguiu pelo caminho que levava até o portão e foi embora. Seu motor estava funcionando que era uma beleza. Reacher sentiu cheiro de gasolina e conseguiu ouvir o silencioso do carro detonar pequeninas explosões. Depois o carro acelerou, distanciou-se, e ele passou a não ouvir mais nada além dos gafanhotos estalando e zumbindo.

Ele desceu da varanda e deu a volta até a porta da cozinha. Estava entreaberta, para ventilar ou para que a empregada pudesse escutar às escondidas a agitação. Ela estava em pé ali dentro, na entrada, perto de uma tela contra insetos feita de tiras de plástico penduradas

— Oi — cumprimentou Reacher.
Fazia muito tempo que ele tinha aprendido a fazer amizade com o pessoal da cozinha. Dessa maneira, come-se melhor. Mas ela não respondeu. Simplesmente ficou ali parada, com cautela.
— Deixe-me adivinhar — disse ele. — Você só preparou duas refeições para o alojamento.
Ela ficou calada, o que era o mesmo que *sim*.
— Te passaram a informação errada — disse ele. — Foi o Bobby?
— Foi. Ele me disse que você não ia voltar.
— Ele se enganou. Foram Josh e Billy que não voltaram. Então eu acho que vou comer o jantar deles. Os dois. Estou com fome.
Ela hesitou. Depois deu de ombros.
— Vou levar lá embaixo — disse ela. — Em um minuto.
— Vou comer aqui mesmo. Aí você não precisa andar até lá.

Miragem em Chamas   189

Ele afastou as tiras de plástico com as costas das mãos e entrou na cozinha. Estava cheirando a chili que sobrara do almoço.

— O que você fez? — perguntou ele.

— Bife — respondeu ela.

— Bom. Gosto mais de bovinos que de edentados.

— O quê?

— Gosto mais de carne de boi do que de tatu.

— Eu também — disse ela.

Ela usou pegadores de panela para retirar dois pratos de dentro de um forno aquecido. Cada um deles tinha um bife médio, um monte grande de purê de batata e um menor de cebola frita. Ela os colocou um ao lado do outro na mesa da cozinha, com um garfo ao lado do prato à esquerda e uma faca ao lado do outro prato à direita. Parecia uma refeição de cano duplo.

— Billy era meu primo — disse ela.

— Provavelmente ele ainda é — disse Reacher. — Josh levou a pior.

— Josh também era meu primo.

— Bom, eu sinto muito.

— De um ramo diferente da família — explicou ela. — Mais distante. E eram dois burros.

— Não eram os mais inteligentes da turma.

— Mas os Greer são inteligentes — avisou ela. — O que quer que esteja fazendo com a mulher mexicana, tem que se lembrar disso.

E o deixou sozinho para comer.

Reacher passou água nos dois pratos quando terminou e os deixou sobrepostos na pia. Desceu até o estábulo e se sentou para esperar no asqueroso calor ali de dentro, pois queria ficar perto da casa. Acomodou-se em um fardo de feno e ficou de costas para os cavalos. Eles ficaram inquietos por um tempo, depois se acostumaram com a sua presença. Um por um, ele os escutou cair no sono. As patas pararam de se arrastar e Reacher os ouviu bufar preguiçosamente.

Então ouviu passos sobre as tábuas da varanda, depois nos degraus, depois o ruído da terra seca sob pés à medida que atravessavam o terreno. Ele escutou a porta do Lincoln se abrir e ser fechada em seguida. Ouviu o motor ser ligado e a marcha, engatada. Levantou-se, foi até a porta do estábulo e viu o Lincoln fazer a curva em frente à casa. Estava com a traseira iluminada pelas luzes da varanda e as silhuetas de Hack Walker ao volante e Rusty Greer ao lado dele eram visíveis. As luzes da varanda transformavam seu cabelo avolumado em algodão-doce. Dava para ver o formato de seu crânio abaixo dele.

O carrão atravessou o portão, desceu para a direita sem parar e acelerou estrada afora. Através da estacada, ele observou o brilho cônico dos faróis irrompendo a escuridão da esquerda para a direita. Depois que ele se foi, os sons dos insetos da noite retornaram e as grandes mariposas em volta das luzes eram as únicas coisas a se movimentar.

Ele ficou esperando bem atrás da porta do estábulo tentando adivinhar quem o procuraria primeiro. Provavelmente Carmem, pensou, mas foi Bobby que saiu até a varanda, uns cinco minutos após sua mãe ter partido para trazer o irmão dele de volta pra casa. Desceu as escadas sem parar, atravessou o terreno e desceu em direção ao caminho que levava ao alojamento. Novamente ele estava usando o boné virado para trás. Reacher saiu do estábulo e o interceptou.

— Tem que colocar água para os cavalos — disse Bobby. — E eu quero as baias limpas.

— Você dá um jeito nisso — falou Reacher.

— O quê?

— Você ouviu.

Bobby ficou parado.

— Eu não vou fazer isso — disse ele.

— Então vou te obrigar a fazer.

— Mas que diabo é isso?

— Uma mudança — esclareceu Reacher. — As coisas acabaram de mudar pra você, Bobby, em grande escala, pode acreditar. No momento em que mandou Josh e Billy me atacarem, cruzou um limite. Você se colocou numa situação completamente diferente. Numa em que você faz exatamente o que eu mando.

Bobby ficou calado. Reacher olhou diretamente para ele.

— Eu falo *pula*, e você nem pergunta a altura. Você simplesmente começa a pular. Ficou claro? Eu sou seu dono agora.

Bobby ficou parado. Com a mão direita, Reacher lentamente simulou que daria nele um forte tapa de lado. Bobby se esquivou direto para a mão esquerda de Reacher, que tirou o boné da cabeça dele.

— Agora vai cuidar dos cavalos — ordenou Reacher. — Depois você pode dormir lá com eles. Se eu te vir de novo antes do café da manhã, quebro suas pernas.

Bobby ficou parado.

— Quem você vai chamar, irmãozinho? — perguntou Reacher. — A empregada ou o xerife?

Bobby ficou calado. A vastidão da noite o oprimia. Condado de Echo, cento e cinquenta pessoas, a maioria delas a pelo menos cem ou cento e cinquenta quilômetros além do horizonte negro. A perfeita definição de isolamento.

— Tudo bem — disse Bobby, em voz baixa.

Ele andou vagarosamente para o estábulo. Reacher largou o boné na poeira e caminhou tranquilamente para a casa, com as luzes da varanda brilhando em seus olhos e as mariposas finíssimas enxameando para cumprimentá-lo.

Dois terços do comboio da matança o viram caminhar. Eles estavam fazendo um trabalho melhor do que o das sentinelas. A mulher tinha analisado o mapa e rejeitado a tática de entrar pelo oeste. Primeiro porque o Crown Vic não conseguiria passar pelo terreno do deserto. Em segundo lugar, esconder-se a dois quilômetros de distância não fazia o menor sentido. Principalmente durante o período escuro. Era muito melhor descer pela estrada e parar a cem metros da casa, distância suficiente para dois dos membros da equipe saírem, então virar o carro e seguir novamente para o

norte, enquanto os dois a pé se abaixavam atrás da fileira de pedras mais próxima, davam um jeito de ir para o sul em direção ao portão vermelho e se escondiam nas pequenas crateras a dez metros do asfalto.

Eram os dois homens a pé. Eles tinham dispositivos de visão noturna. Nada sofisticado, nada militar, simples equipamentos comerciais comprados em um catálogo de produtos esportivos e transportados com todo o resto dentro da bolsa preta de náilon. Eles eram binoculares e tinham um aprimoramento eletrônico. Um tipo de recurso infravermelho. Captavam o calor da noite que subia do chão e faziam com que Reacher parecesse tremular e cintilar enquanto caminhava.

8

EACHER SE ENCONTROU COM CARMEM NA sala de estar. A luz estava opaca e o ar, quente e pesado. Ela estava sentada sozinha à mesa vermelha. Suas costas perfeitamente eretas, seus braços apoiados levemente sobre a superfície de madeira e seu olhar vazio e absolutamente inabalável, fixo em um ponto da parede em que não havia coisa alguma a ser vista.

— Duas vezes — disse ela. — Me sinto duas vezes enganada. Primeiro, era um ano e depois, nada. Depois eram quarenta e oito horas, mas na verdade eram só vinte e quatro.

— Você ainda pode ir embora — disse ele.

— Agora são menos de vinte e quatro — disse ela. — Umas dezesseis horas. Vou tomar café sozinha, mas ele vai estar de volta para o almoço.

— Dezesseis horas são suficientes — disse ele. — Em dezesseis horas você pode chegar a qualquer lugar.

— Ellie está dormindo profundamente. Não posso acordá-la, enfiá-la num carro, fugir e ser caçada pela polícia para sempre.

Reacher ficou calado.

— Vou tentar encarar — disse ela. — Um recomeço. Estou planejando dizer pra ele que já chega. Estou planejando dizer a ele que, se colocar a mão em mim, me divorcio dele. Custe o que custar. Não importa quanto tempo demore

— Muito bem — disse ele.

— Você acha que eu consigo?

— Acredito que qualquer pessoa pode fazer o que quiser. Se realmente quiser.

— Eu quero — afirmou Carmem. — Pode acreditar em mim, eu quero.

Ela ficou em silêncio. Reacher deu uma olhada na sala silenciosa.

— Por que pintaram tudo aqui de vermelho? — perguntou ele.

— Por que era barato — respondeu ela. — Nos anos cinquenta, ninguém aqui queria nada vermelho por causa dos comunistas. Por isso era a cor mais barata na loja de tinta.

— Eu achei que eles fossem ricos nessa época. Por causa do petróleo.

— Eles eram ricos. Ainda são ricos. Mais ricos do que você pode imaginar. Mas também são mesquinhos.

Ele olhou para as partes em que a tinta vermelha de cinquenta anos já tinha se desgastado e a madeira estava à mostra novamente.

— Isso é evidente — disse ele.

Ela simplesmente concordou com um gesto de cabeça. Sem dizer nada.

— Última chance, Carmem — insistiu Reacher. — Podemos ir embora, agora mesmo. Não tem ninguém aqui pra chamar a polícia. Quando chegarem aqui, podemos estar em qualquer lugar que você quiser.

— Bobby está aqui.

— Ele vai ficar no estábulo

— Ele ouviria o carro.

Miragem em Chamas

— Podemos arrancar os fios dos telefones.

— Ele nos seguiria. Conseguiria alcançar o xerife em duas horas.

— Podemos dar um jeito para que os outros carros não funcionem.

— Ele nos ouviria fazendo isso.

— Podemos amarrá-lo. Eu posso afogá-lo no cocho de um dos cavalos.

Ela deu um sorriso amargo e disse:

— Mas Sloop você não pode afogar.

Ele fez que sim e disse:

— Figura de linguagem, acho.

Ela ficou em silêncio por um tempinho. Depois arrastou a cadeira para trás e se levantou.

— Venha ver Ellie — convidou. — É linda quando está dormindo.

Passou perto dele e pegou sua mão. Atravessou com ele a cozinha, entraram na sala da parte de trás da casa e subiram as escadas ao fundo, em direção ao barulho do ventilador funcionando lentamente. Percorreram o longo e quente corredor até a porta do quarto da Ellie. Ela a abriu vagarosamente com o pé e posicionou Reacher para que pudesse ver dentro do quarto.

Havia uma luz noturna em uma tomada na parte de baixo da parede, e seu brilho alaranjado suave deixava à mostra a criança esparramada de costas com os braços jogados ao redor da cabeça. Ela tinha retirado o lençol com os pés, e a camisa de coelhinhos estava enrolada e deixava à vista uma faixa rechonchuda da pele rosada de sua cintura. Seu cabelo se espalhava pelo travesseiro. Como um leque, seus longos e escuros cílios repousavam em sua face. Sua boca estava um pouquinho aberta.

— Ela tem seis anos e meio — sussurrou Carmem. — Precisa disto. Precisa de uma cama que seja dela, em um lugar que seja dela. Não posso fazer com que viva como uma fugitiva.

Ele ficou calado.

— Você entende? — sussurrou ela.

Ele deu de ombros. Na verdade, não entendia. Aos seis anos e meio, ele vivia exatamente como um fugitivo. Tinha vivido assim desde sempre, do dia do seu nascimento até ontem. Ele tinha mudado de uma base militar para outra, por todo o mundo, frequentemente sem um aviso sequer. Lembrava-se de dias em que acordava para ir para a escola e em vez disso o levavam de carro para uma pista de decolagem e ele acabava do outro lado do planeta trinta horas depois. Recordava-se de cambalear cansado e desnorteado até quartos úmidos em bangalôs e dormir em camas desfeitas. Na manhã seguinte, a mãe dele contava em que país estavam. Em que continente. Se já soubesse. Às vezes não sabia. Isso não lhe tinha causado dano algum.

Ou talvez tivesse.

— A decisão é sua — disse ele.

Ela o puxou novamente para o corredor e fechou vagarosamente a porta do quarto de Ellie.

— Agora eu vou te mostrar onde escondi a arma — disse. — Aí você me fala se aprova.

Ela andou na frente dele pelo corredor. O barulho do ar-condicionado estava alto. Ele passou debaixo de um respiradouro, e uma lufada de ar o acertou. Estava quente. O vestido de Carmem balançava a cada passo. Estava de salto alto, o que tencionava os músculos das pernas. Os tendões na parte de trás dos joelhos dela estavam visíveis. O cabelo escorria pelas costas e se mesclava com a estampa preta no tecido vermelho do vestido. Ela se virou para a esquerda, depois para a direita e atravessou uma arcada. Outra escadaria levava para baixo.

— Aonde estamos indo? — perguntou ele.

— A uma ala separada — respondeu ela. — Foi adicionada depois. Pelo avô do Sloop, eu acho.

A escadaria descia até um comprido e estreito corredor que levava para fora da casa principal e dava em uma suíte máster. Era tão grande quanto uma casa pequena. Havia um closet, um banheiro espaçoso e uma sala de estar com um sofá e duas poltronas. Além da sala de estar, via-se uma ampla arcada. Depois dela ficava o quarto.

— Aqui dentro — disse ela.

Ela passou direto pela sala de estar e o levou para o quarto.

— Agora você está me entendendo? — disse ela. — Estamos muito longe de qualquer lugar. Ninguém ouve nada. De qualquer maneira, eu tento ficar quieta. Se eu grito, ele me bate mais.

Ele fez que sim com um gesto de cabeça e olhou ao redor. Havia uma janela virada para o leste, com insetos barulhentos atrás da tela. Perto dela ficava uma cama *king-size*, com criados-mudos na cabeceira e, ao pé, um móvel da altura do peito cheio de gavetas. Parecia ter sido feito cem anos antes com a madeira de algum tipo de carvalho.

— Pau-ferro texano — disse ela. — Fica assim se deixar a algarobeira crescer bastante.

— Você devia ter sido professora — disse ele. — Está sempre explicando as coisas.

Ela deu um sorriso vago.

— Pensei nisso quando estava na faculdade. Era uma possibilidade, naquela época. Na minha outra vida.

Ela abriu a gaveta na parte superior direita.

— Troquei a arma de lugar. Escutei o seu conselho. O criado-mudo é muito baixo. Ellie podia achá-la. Aqui é muito alto pra ela.

Novamente ele concordou com um gesto de cabeça e se aproximou. A gaveta tinha mais ou menos sessenta centímetros de largura e quarenta de profundidade. Era a gaveta de calcinhas dela. A pistola estava sobre suas coisas, perfeitamente dobradas, sedosas, insubstanciais e perfumadas. O plástico madrepérola da empunhadura parecia estar totalmente em casa ali.

— Você podia ter me falado onde ela estava — disse Reacher. — Não precisava me mostrar.

Ela ficou em silêncio por um tempinho.

— Ele vai querer sexo, não vai? — perguntou ela.

Reacher não respondeu.

— Está preso há um ano e meio — disse ela. — Mas eu vou recusar.

Reacher ficou calado.

— É um direito da mulher, não é? — indagou ela. — Falar não?

— É claro que é — respondeu ele.

— Mesmo que a mulher seja casada?

— Na maioria dos lugares.

Mais uma pausa.

— E também é direito dela falar sim, não é? — perguntou ela.

— Igualmente — respondeu ele.

— Eu falaria sim pra você.

— Eu não estou pedindo.

Carmem ficou parada.

— Então está tudo bem se eu pedir a você?

Ele olhou diretamente para ela.

— Acho que vai depender do porquê.

— Porque eu quero. Quero ir pra cama com você

— Por quê?

— Honestamente? — disse ela. — Só porque eu quero

— E?

Ela deu de ombros.

— E acho que quero magoar Sloop um pouquinho, em segredo. No meu coração.

Reacher ficou calado.

— Antes dele chegar em casa — continuou ela

Ele ficou calado.

— E porque Bobby já acha que a gente está fazendo isso. Aí eu pensei, por que levar a culpa sem me divertir?

Ele ficou calado.

— Só quero um pouco de diversão — disse ela. — Antes que comece tudo de novo.

Ele ficou calado.

— Sem amarras — disse ela. — Não estou fazendo isso pra mudar alguma coisa. Sobre a sua decisão. Sobre Sloop.

Miragem em Chamas 199

— Não mudaria coisa alguma — disse ele.

Ela desviou o olhar.

— Então qual é a sua resposta? — perguntou ela.

Ele observou o perfil dela. Seu rosto estava sem expressão. Era como se todas as outras possibilidades tivessem sido eliminadas para ela, e tudo o que sobrou foi instinto. No início da sua carreira, quando a ameaça ainda era plausível, as pessoas conversavam sobre o que fariam quando os mísseis inimigos tivessem sendo aerotransportados e lançados. Esta era definitivamente a escolha número um, e ganhava por uma margem muito, muito grande. Um instinto universal. E ele o via nela. Ela tinha escutado o aviso de quatro minutos e as sirenes ecoavam, ruidosas, em sua mente.

— Não — disse ele.

Ela ficou em silêncio por um tempão.

— Você pode pelo menos ficar comigo?

O comboio da matança se mudou para um lugar oitenta quilômetros mais perto de Pecos no meio da noite. Fizeram isso secretamente, algumas horas depois de se registrarem para a segunda noite no primeiro lugar. Era o método preferido da mulher. Seis nomes falsos, dois conjuntos sobrepostos de registros em motéis. Uma confusão criada suficientemente rápido para mantê-los seguros.

Eles pegaram a estrada I-10 no sentido leste até passarem pelo trevo da I-20. Desceram em direção a Fort Stockton até avistarem as placas dos primeiros motéis da área recreativa do Parque Estadual Balmorhea. Eram suficientemente distantes da verdadeira atração turística, portanto baratos e anônimos. Não teriam muita decoração baranga nem serviço personalizado. Mas seriam limpos e decentes. E estariam cheios de pessoas exatamente como eles. Era isso o que a mulher queria. Ela era um camaleão. Tinha um instinto para encontrar o lugar certo. Escolheu o segundo estabelecimento em que ficariam e mandou o homem moreno pagar em dinheiro por dois quartos.

* * *

Reacher acordou no sofá de Sloop Greer ao amanhecer do domingo. À sua frente, a janela do quarto dava vista para o leste, os insetos tinham ido embora e o céu estava claro. O lençol da cama estava úmido e embolado. Carmem não estava debaixo dele. Ele ouvia o chuveiro ligado no banheiro. E sentia cheiro de café.

Levantou-se do sofá e espreguiçou. Passou devagar pela arcada em direção ao banheiro. Viu o vestido de Carmem no chão. Foi até a janela para verificar o clima. Nenhuma mudança. O céu estava embaçado por causa do calor. Ele voltou lentamente para a sala de estar. Sobre um aparador num dos cantos, havia uma cafeteira. Ao lado, duas canecas viradas para cima e duas colheres, como em um hotel. A porta do banheiro estava fechada. O barulho do chuveiro atrás estava alto. Reacher encheu uma caneca de café e foi para o closet. Era composto de dois armários paralelos, um de cada lado. Não eram do tipo em que se entra, apenas longas e fundas alcovas com portas de correr feitas de vidro espelhado.

Ele abriu o armário da esquerda. Era o dela. Havia uma barra cheia de vestidos e calças em cabides. E blusas. Havia também uma prateleira de sapatos. Ele o fechou novamente, virou-se e abriu o outro. Era o de Sloop. Havia uns doze ternos e fileiras e fileiras de calças chino e jeans. Prateleiras de cedro lotadas de camisas de malha e sociais embaladas com plástico. Uma barra com gravatas. Cintos com fivelas extravagantes. Uma longa fileira de sapatos empoeirados no chão. Eles pareciam ser de tamanho quarenta e três. Ele trocou a caneca de café de mão e abriu um blazer par ver a marca. Era número quarenta e quatro. Servia em um cara de um metro e oitenta e seis, oitenta e sete, de mais ou menos oitenta e cinco, noventa quilos. Portanto, Sloop não era um cara especialmente grande. Nenhum gigante. Mas era trinta centímetros mais alto e pesava o dobro do peso de sua mulher. Não era a combinação mais justa do mundo.

Sobre uma pilha de camisas, um porta-retratos estava com a frente para baixo. Ele o virou. Havia uma foto a treze por dezoito, impressa em papel fotográfico, sob um vidro com uma moldura de madeira laqueada. A foto exibia três caras jovens, nem meninos nem adultos. Uns 17, 18 anos.

Miragem em Chamas

Estavam em pé, próximos uns dos outros, apoiados no para-lama de uma caminhonete antiga. Olhavam com expectativa para a câmera, como se ela tivesse sido colocada em cima de uma pedra e eles estivessem aguardando o disparador automático tirar a foto. Pareciam cheios de energia juvenil e entusiasmo. A vida toda pela frente, cheia de infinitas possibilidades. Um deles era Hack Walker, um pouco mais magro, um pouco mais musculoso, muito mais cabelo. Deduziu que os outros dois eram Al Eugene e o próprio Sloop Greer. Amigos adolescentes. Eugene era um palmo mais baixo que Sloop e gordinho. Sloop parecia uma versão mais jovem de Bobby.

Ele ouviu o chuveiro ser desligado, colocou a fotografia no lugar e fechou o closet. Voltou para a sala de estar. Um momento depois a porta do banheiro foi aberta e Carmem saiu em uma nuvem de vapor. Estava enrolada em duas toalhas brancas, uma pelo corpo, outra como um turbante em volta do cabelo.

— Bom dia — disse ela no silêncio.

— Pra você também — cumprimentou ele.

Ela desenrolou o turbante e balançou o cabelo, que pendeu molhado e liso.

— Só que não vai ser, né? — disse ela. — Um bom dia. Vai ser um dia ruim.

— Acho que sim.

— Ele pode estar saindo pelo portão neste exato minuto.

Ele olhou seu relógio. Eram quase sete.

— A qualquer momento — disse.

— Tome um banho, se quiser — ofereceu ela. — Tenho que ir ver Ellie

— Tudo bem.

Ele entrou no banheiro. Era enorme e feito de um tipo de mármore reconstituído com tons dourados. Parecia um lugar onde tinha ficado uma vez em Las Vegas. Usou a privada, lavou a boca na pia, tirou suas roupas gastas e entrou no chuveiro. O boxe era de vidro fumê bronze e enorme. Sobre ele havia um chuveiro do tamanho de uma calota e canos altos em cada um dos cantos, com jatos de água adicionais apontando diretamente para ele. Um barulho estrondoso teve início quando ele girou a torneira. Em seguida um dilúvio de água quente o atingiu por todos os lados. Era como estar sob as Cataratas do Niágara. Os jatos laterais começaram a pulsar entre água quente e fria e ele não conseguia ouvir os próprios pensamentos. Limpou-se o mais rápido que pôde, ensaboou o cabelo, enxaguou-se e desligou o chuveiro.

Ele pegou uma toalha em uma pilha e se enxugou o melhor que pôde na umidade. Enrolou-se na toalha e saiu novamente para a sala de estar. Carmem estava abotoando a blusa. Era branca assim como sua calça. Joias douradas. Sua pele parecia escura com o contraste, e seu cabelo brilhava, já começando a se enrolar devido ao calor.

— Que rápido — disse ela.

— Chuveirão da pesada — comentou ele.

— Foi Sloop que escolheu. Eu odeio. É agua demais, mal consigo respirar ali dentro.

Ela fechou a porta de correr do armário e se virou para a esquerda e para a direita para examinar seu reflexo no espelho.

— Você está bonita — comentou ele.

— Estou parecendo bem mexicana? Com essas roupas brancas?

Ele ficou calado.

— Nada de calça jeans hoje — continuou ela. — Estou de saco cheio de tentar ficar parecida com uma Vaqueira de Amarillo.

— Você está bonita — repetiu ele.

— Sete horas — falou ela. — Seis e meia se o Hack dirigir rápido.

Ele concordou com um gesto de cabeça e disse:

— Vou procurar Bobby.

Ela ficou na ponta dos pés e o beijou na bochecha.

— Obrigada por ficar — disse. — Me ajudou.

Ele ficou calado.

— Vem tomar café com a gente — convidou ela. — Vinte minutos.

Em seguida saiu lentamente do quarto para ir acordar a filha.

* * *

Ele se vestiu e encontrou outro caminho que levava até a casa. Aquele lugar era um aglomerado. Ele saiu em uma sala de estar que ainda não tinha visto e a atravessou até a antessala onde ficavam o espelho e os rifles. Ele abriu a porta da frente e foi para a varanda. Já estava quente. O Sol estava subindo à sua direita e projetava ásperas sombras matinais. Essas sombras faziam com que o terreno parecesse esburacado e irregular.

Ele desceu até o estábulo e passou pela porta. Estava quente e fedorento como sempre e os cavalos, acordados e inquietos. Mas limpos. Tinham água. Seus cochos tinham sido enchidos. Bobby estava dormindo em uma baia desocupada, em uma cama de palha limpa.

— Bom dia, flor do dia — gritou ele.

Bobby se remexeu e assentou, confuso em relação a onde estava e o porquê. Então se lembrou e ficou indignado. Suas roupas estavam sujas e tinham muito feno pendurado nelas.

— Dormiu bem? — perguntou Reacher.

— Eles vão estar de volta daqui a pouco — disse Bobby. — Aí o que você acha que vai acontecer?

Reacher sorriu.

— Como assim? Você acha que eu vou contar a eles que fiz você limpar o estábulo e dormir na palha?

— Você não pode contar pra eles.

— Não, acho que não — falou Reacher. — E *você* vai contar pra eles?

Bobby ficou calado. Reacher sorriu novamente.

— Não, achei que não — disse ele. — Então fique aqui até o meio-dia que depois eu deixo você entrar em casa pra se arrumar pro grande evento.

— E o café da manhã?

— Você não vai comer nada.

— Mas estou com fome.

— Então coma a comida dos cavalos. Afinal de contas, tem pacotes e pacotes disso aqui.

* * *

Ele voltou para a cozinha, onde a empregada estava passando café e esquentando a frigideira.

— Panquecas — disse ela. — E é só o que vai ter. Eles querem um almoço e tanto e vou gastar a manhã toda com isso.

— Panqueca está bom demais.

Ele foi até a silenciosa sala de estar e tentou escutar os sons da parte de cima. Carmem e Ellie deviam estar perambulando em algum lugar. Mas ele não conseguia ouvir nada. Tentou mapear a casa na cabeça, mas a planta era bizarra demais. Era evidente que tinha começado com uma ampla casa de rancho e, depois, puxadinhos aleatórios foram sendo adicionados sempre que necessário. O todo não tinha coerência alguma.

A empregada entrou com uma pilha de pratos. Eram quatro, com quatro conjuntos de talheres e quatro guardanapos de papel empilhados por cima.

— Eu presumo que você vá comer aqui — disse ela.

Ele fez que sim com a cabeça e completou:

— Mas o Bobby, não. Ele vai ficar no estábulo.

— Por quê?

— Acho que um cavalo está doente.

A empregada soltou a pilha de pratos e puxou um de volta, deixando ali três de cada coisa.

— Então eu suponho que vou ter que levar lá embaixo pra ele — disse ela, irritada.

— Eu levo — ofereceu Reacher. — Você está muito atarefada.

Ele a seguiu de volta até a cozinha e ela tirou as quatro primeiras panquecas da frigideira e as empilhou no prato. Colocou um pouco de manteiga e xarope de bordo. Reacher enrolou uma faca e um garfo em um guardanapo, pegou o prato e caminhou novamente em direção ao calor do lado de fora. Bobby continuava onde ele o tinha deixado. Estava sentado sem fazer nada.

— O que é isso? — perguntou ele.

Miragem em Chamas

— Café da manhã — respondeu Reacher. — Mudei de ideia. Porque você vai fazer uma coisa pra mim.

— É? O quê?

— Vai rolar meio que um banquete por causa da volta do Sloop.

— Assim espero.

— Você vai me convidar. Vou ser seu convidado. Como se eu fosse seu chegadão.

— Vou?

— Vai, com certeza. Se quiser estas panquecas. E se quiser andar sem muletas pelo resto da vida.

Bobby ficou em silêncio.

— Pro jantar também — disse Reacher. — Você entendeu?

— Pelo amor de Deus, o *marido* dela está voltando pra casa. *Acabou,* entendeu?

— Você está tirando conclusões precipitadas, Bobby. Não tenho nenhum interesse particular na Carmem. Só quero chegar perto do Sloop. Preciso falar com ele.

— Sobre o quê?

— Só faz o que eu mandei, ok?

Bobby deu de ombros.

— Por mim... — disse ele.

Reacher lhe deu o prato de panquecas e subiu para a casa novamente.

Carmem e Ellie estavam sentadas lado a lado à mesa. A menina tinha tomado banho, estava com o cabelo molhado e usava um vestido amarelo de linho listrado.

— O papai vem pra casa hoje — disse ela. — Já está vindo pra cá agora.

— Ouvi falar — confirmou Reacher.

— Achei que fosse amanhã, mas vai ser hoje.

Carmem estava olhando para a parede e não falava nada. A empregada trouxe panquecas em uma bandeja. Ela os serviu, duas para a garota, três para a mãe e quatro para Reacher. Em seguida, levou a bandeja embora de volta para a cozinha.

— Eu não ia pra escola amanhã — disse Ellie. — Eu posso continuar sem ir?

Carmem ficou calada.

— Mãe. Posso continuar sem ir?

Carmem se virou e olhou para Reacher, como se ele tivesse falado. O rosto dela estava sem expressão. Ele o lembrou de um cara que conhecera e que tinha ido ao oftalmologista. Ele estava tendo dificuldade para ler letras pequenas. O médico encontrou um tumor na retina. Na mesma hora ele agendou a remoção do olho para o dia seguinte. Então o cara ficou sentado ali sem fazer nada, sabendo que no dia seguinte chegaria ao hospital com dois olhos e sairia de lá com um. A certeza o consumiu. A antecipação. O pavor. Muito pior do que um acidente em uma fração de segundo com o mesmo resultado.

— Mamãe? Posso? — perguntou Ellie novamente.

— Acho que pode — disse Carmem. — O quê?

— Mamãe, você não está *escutando*. Você também está entusiasmada?

— Estou.

— Então, posso?

— Pode.

Ellie se virou para a comida e comeu como se estivesse esfomeada. Olhando para Carmem, Reacher beliscou suas panquecas. Ela não comeu nada.

— Agora eu vou ver meu pônei — afirmou Ellie.

Ela arrastou sua cadeira e saiu do quarto correndo como um furacão miniatura. Reacher escutou a porta da frente ser aberta e fechada e os golpes dos sapatos dela nos degraus da varanda. Ele terminou de comer enquanto Carmem segurava seu garfo no ar, como se não soubesse o que fazer com ele, como se nunca tivesse visto um antes.

— Você vai falar com ele? — perguntou ela.

Miragem em Chamas

— É claro — disse ele.

— Acho que ele precisa saber que não se trata mais de um segredo.

— Concordo.

— Você vai olhar pra ele? Quando estiver falando?

— Acho que vou.

— Bom. Devia mesmo. Porque você tem olhos de pistoleiro. Talvez como os que Clay Allison tinha. Você deveria deixar que ele os visse. Deixar que veja o que vem por aí.

— A gente já conversou sobre isso — disse ele.

— Eu sei — respondeu ela.

Em seguida ela foi embora sozinha e Reacher ficou esperando o tempo passar. Era como aguardar um ataque aéreo. Ele saiu para a varanda e olhou do outro lado do terreno, para a estrada que vinha do norte. Seguiu-a com os olhos até onde a estacada vermelha terminava e, depois dela, até onde a estrada desaparecia na curva da Terra. Por ainda ser manhã, o ar ainda estava nítido, e não havia nenhuma miragem sobre o asfalto. Era somente uma faixa de poeira emoldurada por uma camada elevada de calcário a oeste e pelas linhas de transmissão de energia a leste.

Ele voltou e assentou no banco suspenso. As correntes rangeram sob seu peso. Ficou de lado, olhando para o portão do rancho, com uma perna sobre o banco a outra no chão. E então fez o que a maioria dos soldados faz quando está esperando pela ação. Dormiu.

Carmem o acordou mais ou menos uma hora depois. Ela o tocou no ombro, ele abriu os olhos e a viu de pé à sua frente. Tinha trocado de roupa. Estava de calça jeans apertada e camisa xadrez. Tinha calçado botas de pele de lagarto. Um cinto combinava com elas. O cabelo estava preso e tinha se maquiado com pó compacto e sombra azul.

— Mudei de ideia — disse ela. — Não quero que você fale com ele. Ainda não.

— Por que não?

— Pode fazer com que ele exploda. Se ele souber que mais alguém sabe.

— Você não pensava assim antes.

— Pensei melhor. Acho que pode ser pior se a gente começar assim. É melhor que venha de mim. Pelo menos a primeira conversa.

— Tem certeza?

Ela confirmou com um gesto de cabeça e disse:

— Deixe eu falar com ele primeiro.

— Quando?

— Hoje à noite. Amanhã eu falo com você como foi.

Ele se endireitou e colocou os dois pés no chão.

— Você tinha certeza de que amanhã iria estar com o nariz arrebentado — disse.

— Acho que assim é melhor — argumentou ela.

— Por que você trocou de roupa?

— Esta é melhor — disse ela. — Não quero provocá-lo.

— Você está parecendo uma vaqueira de Amarillo.

— Ele gosta de mim assim.

— E se vestir como quem você realmente é o provocaria?

Ela fez uma careta. Uma careta de derrota, pensou ele.

— Não amarele, Carmem — disse ele. — Em vez disso, levante e lute.

— Eu vou — afirmou ela. — Hoje. Vou falar pra ele que não vou mais tolerar isso.

Ele ficou calado.

— Então não fale nada com ele hoje, tá? — pediu ela.

Ele desviou o olhar e falou:

— A decisão é sua.

— É melhor assim.

Ela voltou pra dentro da casa. Reacher olhou para a estrada ao norte. Sentado, dava pra ver dois quilômetros a menos dela. O calor estava aumentando e a paisagem começava a tremular.

* * *

Ela o acordou novamente depois de mais uma hora. As roupas eram as mesmas, mas ela tinha tirado a maquiagem.

— Você acha que eu estou fazendo isso errado — afirmou ela.

Ele se sentou e esfregou as duas mãos no rosto, como se o estivesse lavando.

— Acho que ia ser melhor do lado de fora — disse. — Ele deveria saber que mais alguém sabe. Se não eu, a família dele, talvez.

— Não posso contar pra eles.

— É, acho que não.

— Então o que eu devo fazer?

— Devia deixar que eu fale com ele.

— Não de imediato. Seria pior. Me prometia que não vai fazer isso.

— É você que decide — concordou ele. — Mas *me* prometa uma coisa, ok? Fale com ele hoje à noite. Não deixe passar de hoje. E se ele começar a fazer alguma coisa, saia do quarto e grite que nem uma doida até que todo mundo chegue. Grite até jogar a casa no chão. Exija a polícia. Grite socorro. Isso vai constrangê-lo. Vai mudar a dinâmica.

— Você acha?

— Ele não pode fingir que não está acontecendo, não se todo mundo estiver te ouvindo.

— Ele vai negar. Vai falar que eu só estava tendo um pesadelo.

— Mas no fundo, ele vai saber que sabemos.

Ela ficou calada.

— Me prometa, Carmem — pediu ele. — Ou eu vou falar com ele primeiro.

Ela ficou em silêncio por um tempinho.

— Está bom, eu prometo.

Ele se recostou no banco suspenso e tentou cochilar mais uma hora. Mas seu relógio interno dizia que o momento estava chegando. Pelo que se lembrava dos mapas do Texas, Abilene devia ficar a menos de sete horas do Condado de Echo. Provavelmente umas seis para um motorista que era promotor público; portanto, parte do grupo que aplica as leis, por isso despreocupado com multas de excesso de velocidade. Se Sloop tivesse saído sem atraso às sete, eles poderiam estar em casa à uma da tarde. E ele provavelmente tinha saído sem atraso porque uma penitenciária federal de segurança mínima não deveria adotar um monte de procedimentos complicados. Eles somente marcariam um X num formulário e o libertariam.

Calculou que já deveria ser quase meio-dia e olhou o relógio para conferir. Era meio-dia e um. Viu Bobby sair do estábulo e começar a subir o caminho depois do galpão-garagem. Estava carregando o prato do café da manhã, piscando por causa do sol, andando como se seus membros estivessem enrijecidos. Atravessou o terreno e subiu na varanda. Não disse nada. Apenas entrou em casa e fechou a porta.

Mais ou menos meio-dia e meio, Ellie veio da direção dos currais caminhando devagar. Seu vestido amarelo estava coberto de poeira e areia. Seu cabelo estava fosco, também por causa da sujeira, e sua pele, corada pelo calor.

— Eu estava pulando — disse ela. — Finjo que sou um cavalo e fico pulando e pulando os obstáculos o mais rápido que consigo.

— Vem cá — disse Reacher.

Ela se aproximou e ele a espanou, jogando a areia e a poeira no chão com a palma da mão.

— Talvez você deva tomar outro banho? — disse ele — Lavar o seu cabelo.

— Por quê?

— Pra você ficar arrumada pra quando seu papai chegar em casa.

Ela pensou na sugestão com intensa concentração.

— Está bem.

— Não demore.

Ela olhou para ele por um momento, depois se virou e correu para dentro da casa.

* * *

Miragem em Chamas

Às quinze para a uma, Bobby saiu. Tinha tomado banho e estava vestido com uma calça jeans limpa e uma camisa nova. Nos pés, botas de jacaré. Elas tinham detalhes prateados no bico. Estava com outro boné vermelho. Estava virado para trás e, na parte do lado, estava escrito *Quartas de Final de 1999*.

— Eles perderam, né? — disse Reacher.

— Quem?

— O Texas Rangers. Nas quartas de final de 1999. Para os Yankees.

— E?

— E nada, Bobby.

Depois a porta foi aberta e Carmem e Ellie saíram juntas. Carmem ainda estava com o modelito de vaqueira. Tinha se maquiado novamente. Ellie ainda estava com o vestido amarelo de linho listrado. Alguém a tinha limpado melhor. Seu cabelo estava molhado e com um rabo de cavalo preso por uma fita. Carmem segurava sua mão e cambaleava um pouquinho, como se seus joelhos estivessem fraquejando.

Reacher se levantou e gesticulou para que ela se sentasse. Ellie subiu e se sentou ao lado dela. Ninguém falava. Reacher subiu no parapeito da varanda e olhou para a estrada. Ele conseguia visualizar tudo até onde as linhas de transmissão de energia desapareciam na paisagem embaçada. Uns dez quilômetros ao norte. Talvez vinte. Era difícil ter certeza.

Ele estava no fundo da sombra da varanda, e o mundo à sua frente era quente e claro. Viu a nuvem de poeira bem na extremidade de sua visão. Ela borrava a paisagem embaçada, ficava suspensa e flutuava para o leste, como se uma tímida brisa do deserto a capturasse e empurrasse para as terras dos Greer. Ela cresceu até que ele pôde decifrar seu formato. Era uma longa e amarela lágrima de poeira, que se elevava e baixava, evadindo-se à esquerda e à direita nas curvas da estrada. Chegou a ter dois quilômetros de comprimento, e muitas gerações dela floresceram e se dissiparam antes que se aproximasse o suficiente para que ele pudesse ver o Lincoln verde-limão em sua ponta. Ele subiu por um contorno na estrada, tremulou através da paisagem embaçada e diminuiu a velocidade onde a cerca de arame farpado dava lugar à estacada vermelha. Parecia empoeirado, desgastado e imundo. Ele freou de uma vez quando se aproximou do portão e a parte da frente abaixou, comprimindo a suspensão. O veículo entrou abruptamente. O cone de poeira atrás flutuou diretamente para o sul, como se tivesse sido tapeado por uma repentina mudança de direção.

Terra e cascalho foram triturados, o sol refletiu uma vez no para-brisa quando o carro fez a curva e então três figuras ficaram perfeitamente visíveis no interior do carro. Hack Walker estava ao volante. Rusty Greer, no banco de trás. E havia um homem alto e pálido no banco na frente. Seu cabelo era curto e loiro, e ele vestia uma camisa azul clara. Estava de cabeça erguida, olhando ao redor exibindo um largo sorriso. Sloop Greer chegava em casa.

9

LINCOLN PAROU AO LADO DA VARANDA, a suspensão estabilizou e o carro foi desligado. Por um momento, ninguém dentro do veículo se moveu. Em seguida três portas se abriram, todas as três pessoas saíram, e Bobby e Ellie desceram ruidosamente a escada em direção a eles. Reacher se afastou do parapeito. Carmem se levantou devagar, seguiu em frente e tomou o lugar dele ali.

Sloop Greer deixou sua porta aberta e se espreguiçou ao sol, da mesma maneira que qualquer pessoa faria depois de um ano e meio em uma cela e seis horas na estrada. Seu rosto e suas mãos estavam brancos, com uma palidez de cadeia, e estava com sobrepeso por causa da comida rica em amido, mas ele era irmão de Bobby. Não havia dúvida quanto a isso. O cabelo, o rosto, os ossos, a postura eram iguais. Bobby ficou bem em frente a ele, abriu os braços e o abraçou com força. Sloop também o abraçou e eles balançavam e gritavam e batiam nas costas um do outro, como se estivessem em um gramado em frente a uma república estudantil e alguém tivesse feito algo importante em um campeonato universitário de futebol.

Ellie ficou paralisada e se afastou um pouquinho, repentinamente confusa com o barulho e a comoção. Sloop soltou Bobby, agachou-se e abriu os braços para ela. Reacher se virou e olhou para o rosto de Carmem. Ela estava com a cara fechada. Ellie ficou em pé na terra, envergonhada e imóvel, com os dedos na boca, e então fez algum tipo de conexão mental e se lançou para o abraço do pai. Ele a rodopiou no ar e a abraçou. Beijou sua bochecha. Dançou e dançou com ela em círculos. Carmem emitiu um pequeno ruído com a garganta e desviou o olhar.

Sloop colocou Ellie no chão, olhou para a varanda acima e sorriu triunfantemente. Atrás dele, Bobby falava com a mãe e Hack Walker. Estavam reunidos atrás do carro. Sloop estendeu a mão e acenava para a esposa. Ela se afastou do parapeito, recolhendo-se nas sombras.

— Pra dizer a verdade, acho que você devia falar com ele — sussurrou ela.

— Você tem que se decidir — disse ele, também sussurrando.

— Deixe-me ver como as coisas vão rolar.

Ela respirou fundo, forçou um sorriso e desceu saltitando os degraus da escada. Segurou nas mãos de Sloop e se deixou abraçar. Beijaram-se tempo suficiente para que ninguém pensasse que eram irmão e irmã, mas não para que alguém pudesse dizer que havia paixão verdadeira ali. Atrás do carro, Bobby e sua mãe tinham se separado de Hack e estavam dando a volta pelo capô e seguindo em direção à varanda. Bobby tinha o semblante preocupado, Rusty se abanava com a mão e mantinha o olhar firme na direção de Reacher enquanto subia os degraus.

— Ouvi dizer que Bobby te convidou pro almoço — disse ela baixinho quando terminou de subir.

— Muita bondade da parte dele — disse Reacher.

— É, foi sim. Muita bondade. Mas a coisa hoje é puramente familiar.

— É?

Miragem em Chamas   215

— Nem Hack vai ficar — acrescentou ela, como se fosse a prova final de alguma coisa.

Reacher ficou calado.

— Então eu sinto muito — disse ela. — Mas a empregada vai levar suas refeições lá embaixo no alojamento, como de costume. E vocês garotos podem se juntar amanhã de novo.

Reacher ficou em silêncio por um longo instante. Depois fez que sim com a cabeça e disse:

— Tudo bem. Eu não ia querer me intrometer.

Rusty sorriu e Bobby evitou os olhos dele. Eles entraram na casa, Reacher desceu os degraus até o terreno e enfrentou o calor do meio-dia. Parecia uma fornalha. Hack Walker estava sozinho ao lado do Lincoln e se preparava para ir embora.

— Quente demais pra você? — perguntou ele com seu sorriso de político.

— Vou sobreviver — respondeu Reacher.

— Uma tempestade está a caminho.

— É o que as pessoas andam falando.

Walker fez que sim com a cabeça e disse:

— Reacher, né?

Também confirmando com um gesto de cabeça, Reacher falou:

— Então correu tudo bem lá em Abilene, não é mesmo?

— Como um relógio — disse Hack. — Mas estou cansado, pode acreditar. O Texas é um lugar muito, muito grande. As pessoas se esquecem disso de vez em quando. Dá pra dirigir eternamente. Então vou deixar meus amigos comemorando e descansar o esqueleto. E me deixe te falar, vou fazer isso com gosto.

— Então a gente se vê por aí — despediu-se Reacher.

— Não se esqueça de votar em novembro — disse Hack. — Em mim, de preferência.

Ele fez mesma expressão modesta que tinha usado na noite anterior. Depois ficou parado à porta do carro e deu tchau para Sloop. Sloop imitou um revólver com os dedos, apontou-o para Hack e fez beicinho, como se estivesse fazendo o barulho do tiro. Hack entrou no carro, ligou-o, fez uma curva de ré e seguiu para o portão. Parou um segundo, virou à direita, saiu acelerando e, um pouco depois, Reacher estava olhando um novo cone de poeira flutuar para o norte ao longo da estrada.

Em seguida ele se virou e viu Sloop caminhando pelo terreno, com Ellie segurando sua mão direita, e Carmem, a esquerda. Seus olhos estavam bem apertados por causa do sol. Carmem não falava coisa alguma e Ellie tagarelava. Todos passaram direto por Reacher, subiram as escadas, um ao lado do outro. Pararam diante da porta e Sloop virou seu ombro direito para deixar Ellie entrar antes dele. Ele a seguiu, virou o ombro para o lado contrário e puxou Carmem para dentro atrás de si. Depois que entraram, a porta se fechou com força suficiente para levantar tufos de poeira das tábuas do assoalho da varanda.

Reacher não viu ninguém além da empregada por aproximadamente três horas. Ficou dentro do alojamento. Ela lhe trouxe o almoço e voltou uma hora depois para recolher o prato. De vez em quando, da janela alta no banheiro, ele dava uma olhada na casa, mas ela estava bem fechada e ele não via absolutamente nada. Um tempo depois, no fim da tarde, ele ouviu vozes atrás do estábulo, caminhou até lá e viu Sloop, Carmem e Ellie dando uma volta ao ar livre. Ainda estava muito quente. Talvez aquele fosse o dia mais quente de todos os tempos. Sloop parecia agitado. Estava suando. Arrastava os pés pela terra. Carmem aparentava muito nervosismo. Seu rosto estava levemente vermelho. Talvez por estar tensa, talvez pelo esforço. Talvez pelo terrível calor. Mas também não era impossível que tivesse sido estapeada algumas vezes.

— Ellie, vamos ver o seu pônei — disse ela.

— Eu já vi meu pônei hoje de manhã, mamãe — disse Ellie.

Carmem esticou a mão.

— Mas eu não vi. Então vamos lá ver de novo.

Ellie a olhou, perplexa, por um segundo, depois pegou a mão de Carmem. Elas passaram por trás do Sloop e caminharam devagar para a parte da frente do estábulo. Carmem virou a cabeça e disse *fale com ele*

Miragem em Chamas 217

apenas movimentando os lábios, sem emitir som. Sloop se virou e as viu indo embora. Virou-se novamente e olhou para Reacher como se o estivesse vendo pela primeira vez.

— Sloop Greer — apresentou-se esticando a mão.

De perto, ele era uma versão mais velha e esperta de Bobby. Um pouco mais velho, talvez bem mais esperto. Havia inteligência em seus olhos. Não necessariamente um tipo agradável de inteligência. Não era difícil imaginar alguma crueldade ali. Reacher apertou sua mão. Tinha ossos grandes, mas era macia. Era a mão de um encrenqueiro, não de um lutador.

— Jack Reacher — cumprimentou ele. — Como foi na cadeia?

Seus olhos deixaram transparecer um lampejo de surpresa com duração de uma fração de segundo. Ele foi substituído por uma calma imediata. *Bom autocontrole,* pensou Reacher.

— Foi ruim demais — disse Sloop. — Você já ficou preso?

E rápido, também.

— Do outro lado das grades — respondeu Reacher.

— Bobby me falou que você era policial. Agora você é trabalhador itinerante.

— Tenho que ser. Meu papai não era rico.

Sloop ficou imóvel por um tempinho.

— Você era militar, né? Do Exército?

— Isso, do Exército.

— Eu mesmo nunca dei muita importância para as Forças Armadas.

— Imaginei.

— É? Como?

— Bom, soube que você pagou para sair.

Outro lampejo nos olhos que rapidamente se foi. *Não é fácil irritá-lo,* pensou Reacher. *Mas um período na prisão ensina qualquer um a dissimular as coisas.*

— Uma vergonha você ter conseguido isso pedindo arrego e saindo antes da hora.

— Você acha?

Reacher fez que sim com a cabeça e disse:

— Se não aguenta a sentença, não cometa o crime.

— Você saiu do Exército. Provavelmente você também não aguenta o tranco.

Reacher sorriu. *Obrigado pela abertura,* pensou.

— Eu não tive escolha — disse ele. — O fato é que eles me expulsaram.

— É? Por quê?

— Também infringi a lei.

— É? Como?

— Um escroto de um coronel estava batendo na esposa. Uma mulher legal. Ele era um cara dissimulado. Fazia tudo em segredo. Então não consegui provar. Mas eu não estava disposto a deixar o cara se safar. Isso não seria correto. Porque eu não gosto de homens que batem em mulheres. Aí uma noite eu o peguei sozinho. Nenhuma testemunha. Ele está em uma cadeira de rodas agora. Ingere líquido por um canudinho. Usa babador porque baba o tempo todo.

Sloop ficou calado. O silêncio dele era tamanho que a pele nos cantos laterais de seus olhos ficou roxo-escura. *Vá embora agora,* pensou Reacher, *e você estará confessando pra mim.* Mas Sloop ficou exatamente onde estava, imóvel, olhando o vazio, sem ver nada. Depois se recuperou. Os olhos recuperaram o foco. Não muito rápido, mas não muito devagar também. Um cara esperto.

— Bom, isso me faz sentir melhor — disse ele. — Por eu ter sonegado meus impostos. Eles poderiam ter acabado no seu bolso.

— Você não aprova?

— Não, não aprovo, não — disse Sloop.

— A atitude de quem?

— De nenhum dos dois. Nem a sua nem a do outro cara.

Em seguida ele se virou e foi embora.

Reacher voltou para o alojamento. A empregada trouxe o jantar e voltou para pegar o prato. A escuridão completa se apoderou do lado de fora e os insetos da noite começaram seu cântico decrépito. Ele deitou na cama

Miragem em Chamas

e suou. A temperatura estava cravada perto dos quarenta graus. Ele novamente escutava uivos isolados de coiotes, rugidos de pumas e o bater invisível das asas dos morcegos.

Então ele ouviu um barulho baixinho de passo na escada do alojamento. Sentou-se a tempo de ver Carmem entrar no dormitório. Uma de suas mãos estava aberta e pressionada contra o peito, como se estivesse sem ar, ou em pânico, ou as duas coisas.

— Sloop conversou com Bobby um tempão — disse ela.

— Ele bateu em você? — perguntou Reacher.

Ela levou a mão à bochecha antes de responder:

— Não.

— Bateu?

Ela desviou o olhar.

— Bom, uma vez só — admitiu. — Não foi com força.

— Eu devia ir lá quebrar os braços dele.

— Ele ligou pro xerife.

— Quem?

— Sloop.

— Quando?

— Acabou de ligar. Ele conversou com Bobby e depois ligou.

— Sobre mim?

Ela confirmou com um gesto de cabeça.

— Ele quer você fora daqui.

— Está tudo bem — disse Reacher. — O xerife não vai fazer nada.

— Você acha?

— Eu o dispensei mais cedo.

Ela ficou em silêncio por um tempinho.

— Tenho que voltar agora. Ele acha que estou com a Ellie.

— Quer que eu vá com você?

— Ainda não. Deixe eu falar com ele antes.

— Não deixe ele te bater de novo, Carmem. Venha me buscar assim que precisar de mim. Ou faça barulho, ok? Grite, berre.

Ela começou a descer as escadas.

— Vou fazer isso — disse ela. — Eu prometo. Tem certeza quanto ao xerife?

— Não se preocupe — disse ele. — O xerife não vai fazer nada.

Mas o xerife fez uma coisa. Passou o problema para a polícia estadual. Reacher descobriu isso noventa minutos mais tarde, quando uma viatura dos Texas Rangers atravessou o portão, procurando por ele. Alguém a conduziu, pelas edificações até a traseira do alojamento. Ele ouviu o motor e o som dos pneus triturando a terra do caminho. Levantou da cama, desceu as escadas e quando chegou à parte de baixo foi iluminado por um refletor montado em frente ao para-brisa. Ele iluminou além dos tratores ali estacionados e um cone brilhante de luz o encontrou. As portas dos carros foram abertas e dois policiais saíram.

Não eram parecidos com o xerife. De maneira nenhuma. Eram de um nível completamente diferente. Eram profissionais, jovens e estavam em forma. Os dois tinham estatura mediana e não eram nem magros nem musculosos. Ambos tinham cabelo estilo militar cortado a máquina. Seus uniformes eram imaculados. Um era sargento e o outro, soldado. O soldado era hispânico. Estava segurando uma arma.

— O quê? — gritou Reacher.

— Venha até o capô do carro — gritou de volta o sargento.

Reacher manteve as mãos à vista e andou até o carro.

— Se vire, fique quieto e mantenha as mãos visíveis — ordenou o sargento.

Reacher colocou as palmas das mãos no para-lama e se inclinou. A lataria estava quente por causa do motor. O soldado fez a cobertura com a arma e o sargento o revistou.

— Ok, entre no carro — disse ele.

Reacher não se moveu.

— Mas do que se trata? — perguntou ele.

— Uma solicitação de um proprietário para que um invasor fosse retirado.

— Não sou um invasor. Trabalho aqui.

Miragem em Chamas

— Bom, acho que eles acabaram de te demitir. Então agora você é um invasor. E nós vamos retirá-lo daqui.

— E esse tipo de serviço é de responsabilidade da polícia estadual?

— Em uma comunidade pequena como esta, ficamos à disposição para ajudar o pessoal local, cobrindo os dias de folga ou lidando com crimes sérios.

— Invasão é um crime sério?

— Não, domingo é o dia de folga do xerife de Echo.

As mariposas tinham encontrado o refletor. Amontoavam-se na lente, pousavam nela e voavam novamente quando o calor da lâmpada as atingia. Elas batiam no braço direito de Reacher. Secas, pareciam de papel e eram surpreendentemente pesadas.

— Ok, eu vou embora — disse ele. — Vou para a estrada.

— Aí você vai ser um andarilho numa estrada de condado. Aqui, isso é contra a lei também, especialmente durante o período escuro.

— Então para onde vamos?

— Você tem que sair do condado. Vamos deixá-lo em Pecos.

— Eles me devem dinheiro. Não recebi meu pagamento.

— Então entre no carro. Pararemos perto da casa.

Reacher olhou o soldado à esquerda e a arma. Ambos pareciam eficientes. Olhou para o sargento à direita. Estava com a mão na coronha da sua arma. Visualizou em sua mente os dois Greer, duas versões da mesma cara, os dois dando gargalhadas, satisfeitos e triunfantes. Mas foi Rusty que ele viu mexendo os lábios e dizendo *xeque-mate* para ele, sem emitir som.

— Tem um problema aqui — disse ele. — A nora está sendo espancada pelo marido. É algo que acontece continuamente. Ele acabou de sair da cadeia.

— Ela deu queixa?

— Ela tem medo. O xerife é um branquelo reacionário das antigas e ela é uma hispânica da Califórnia.

— Não podemos fazer nada sem uma queixa.

Reacher olhou para o soldado do outro lado, que simplesmente deu de ombros e disse:

— Como ele disse, não podemos fazer nada sem termos escutado alguma coisa.

— Vocês estão escutando agora — argumentou Reacher. — Estou contando pra vocês.

O soldado abanou a cabeça.

— Precisa vir da vítima.

— Entre no carro — insistiu o sargento.

— Vocês não têm que fazer isso.

— Temos, sim.

— Tenho que ficar aqui. Pelo bem da mulher.

— Escute, amigo, fomos informados de que você é um invasor. Então a questão é se você é bem-vindo aqui ou não. E, aparentemente, você não é.

— A mulher quer que eu fique aqui como guarda-costas dela.

— Ela é a dona da propriedade?

— Não.

— Você é empregado dela? Tipo, oficialmente?

Reacher levantou os ombros e respondeu:

— Mais ou menos.

— Ela está te pagando? Você tem um contrato pra nos mostrar?

Reacher ficou calado.

— Então entre no carro.

— Ela está em perigo.

— Se recebermos uma ligação, viremos correndo.

— Ela não consegue ligar. E, se conseguir, o xerife não vai transmitir a queixa.

— Então não há nada que possamos fazer. Agora entre no carro.

Reacher ficou calado. O sargento abriu a porta de trás. Depois ficou parado.

— Você pode voltar amanhã — confidenciou em voz baixa. — Nenhuma lei diz que um homem não pode tentar ser recontratado.

Reacher olhou para a arma uma segunda vez. Era uma bela Ithaca com a boca do cano tão grande que cabia o polegar. Olhou novamente para

Miragem em Chamas   223

a arma do sargento. Era uma Glock, estava dentro de um coldre de couro oleado e presa por uma alça que não demoraria meio segundo para ser solta.

— Mas, neste momento, entre no carro.

Xeque-mate.

— Está bem — disse Reacher. — Mas não estou feliz.

— Pouquíssimos dos nossos passageiros estão — retrucou o sargento.

Ele colocou a mão no alto da cabeça de Reacher e o fez assentar-se no banco de trás. Estava frio ali dentro. Havia uma barreira de arame resistente em frente dele. Dos dois lados, as maçanetas para abrir a porta e as manivelas dos vidros tinham sido retiradas. Quadradinhos de alumínio tinham sido rebitados nos buracos. O assento era de vinil. Tinha cheiro de desinfetante e fedia muito por causa de um aromatizador em forma de pinheiro que ficava pendurado no retrovisor. Havia um radar montado na parte superior do painel e, de um rádio abaixo dele, saía um falatório baixinho.

O sargento e o soldado entraram juntos na frente e o levaram até a casa. Todos os Greer, com exceção de Ellie, estavam na varanda para vê-lo ir embora. Estavam em linha perto do parapeito: primeiro Rusty, depois Bobby, Sloop e Carmem. Estavam todos sorrindo. Todos menos Carmem. O sargento parou o carro ao pé da escada, baixou o vidro e disse:

— Este sujeito está falando que vocês têm que pagar o salário dele.

Houve um silêncio de um segundo. Somente o som dos insetos.

— Então diz a ele para nos processar.

Reacher se inclinou, aproximou-se da grade de metal e gritou:

— *¡Carmem! ¡Si hay un problema, llama directamente a estos hombres!*

— O quê? — perguntou o sargento, virando a cabeça pra trás.

— Nada.

— E então, o que você quer fazer? Em relação ao seu dinheiro?

— Esquece isso — disse Reacher.

O sargento fechou a janela novamente e arrancou em direção ao portão. Reacher esticou o pescoço e viu todos eles se virarem para vê-lo ir embora, todos menos Carmem, que ficou absolutamente imóvel e olhava fixamente para frente, para o local onde o carro estava. O sargento entrou à direita na estrada, Reacher virou a cabeça para o outro lado e viu todos eles voltarem em fila para dentro de casa. Em seguida, o sargento acelerou fundo e eles ficaram fora de vista.

— O que foi aquilo que você gritou pra eles? — perguntou ele.

Reacher ficou calado. O soldado respondeu por ele:

— Era espanhol. Para a mulher. Significava *Carmem, se tiver algum problema, ligue diretamente para estes caras.* Sotaque horroroso.

Reacher ficou calado.

Eles passaram pelos mesmos cem quilômetros que ele tinha percorrido em sentido contrário no Cadillac branco, em direção ao vilarejo na encruzilhada, onde ficavam a escola de Ellie, o posto de gasolina e o restaurante antigo. Durante todo o caminho, o sargento empacou em preguiçosos noventa quilômetros por hora, e a viagem durou uma hora e cinco minutos. Quando chegaram lá, tudo estava fechado. Luzes queimavam em duas casas, e nada mais. Em seguida passaram pelo trecho em que Carmem tinha perseguido o ônibus escolar. Ninguém falava. Reacher estava esparramado de lado no banco de vinil e observava a escuridão. Depois de vinte minutos seguindo para o norte, ele viu a curva por onde Carmem tinha descido das montanhas. Eles não a pegaram. Apenas continuaram em direção à rodovia principal, a que levava a Pecos.

Não chegaram lá. Receberam um chamado pelo rádio a dois quilômetros da fronteira do condado. Uma hora e trinta e cinco minutos de viagem. A chamada era aborrecida, lacônica e chiava muito. A voz era de uma mulher.

— *Azul cinco, azul cinco* — dizia ela.

O soldado pegou o microfone, esticou o fio e mexeu num interruptor.

— Azul cinco, na escuta, câmbio — disse ele.

— *Requisitados no Rancho Red House imediatamente, cem quilômetros ao sul da encruzilhada norte de Echo, denúncia de distúrbio doméstico, câmbio.*

Miragem em Chamas 225

— Copiado, natureza do incidente? Câmbio.

— *Sem detalhes no momento, acredita-se que violento, câmbio.*

— Que merda — disse o sargento.

— Copiado, a caminho, desligo — disse o soldado.

Ele colocou o microfone de volta. Virou-se.

— Então ela entendeu seu espanhol. Acho que seu sotaque não era assim tão ruim, no fim das contas.

Reacher ficou calado. O sargento virou a cabeça.

— Olhe pelo lado bom, amigo — disse ele. — Agora a gente pode fazer alguma coisa.

— Eu avisei vocês — disse Reacher. — Podiam muito bem ter me ouvido. Então, se ela estiver muito machucada agora, a culpa é sua. Amigo.

O sargento não respondeu coisa alguma. Apenas pisou no freio e lentamente fez uma curva aberta usando toda a pista, de um acostamento a outro. Deixou o carro de novo virado diretamente para o sul e acelerou. Ele chegava a cento e sessenta em retas longas e mantinha cento e quarenta nas curvas. Não ligou as luzes nem a sirene. Nem mesmo nos cruzamentos ele diminuiu a velocidade. Não precisava. As chances de encontrar trânsito naquela estrada eram menores do que as de ganhar na loteria.

Estavam de volta exatamente duas horas e trinta minutos depois de terem ido embora. Noventa e cinco minutos em direção ao norte, cinquenta e cinco para o sul. A primeira coisa que viram foi a viatura de segunda mão largada de lado no terreno, com a porta aberta e as luzes de emergência piscando. O sargento passou pela terra, freou e parou bem atrás dela.

— Mas o que diabos ele está fazendo aqui? — disse o sargento. — É o dia de folga dele.

Ninguém estava à vista. O soldado abriu a porta. O sargento desligou o carro e fez o mesmo.

— Deixem-me sair — pediu Reacher.

— Sem chance, amigo — respondeu o sargento. — Você fica bem aí.

Eles saíram e caminharam juntos até a escada da varanda. Subiram. Caminharam pelas tábuas do assoalho. Empurraram a porta. Estava aberta.

Entraram. A porta bateu atrás deles. Reacher esperou. Cinco minutos. Sete. Dez. O carro ficou morno. Então quente. Imperava o silêncio. Nenhum som além de chiados aleatórios do rádio e barulho dos insetos.

O soldado saiu sozinho depois de aproximadamente doze minutos. Caminhou lentamente até o seu lado no carro, abriu a porta e se inclinou para pegar o microfone.

— Ela está bem? — perguntou Reacher.

Ele fez que sim, com uma cara não muito amigável.

— Está bem — disse ele. — Pelo menos fisicamente. Mas ela está na bosta.

— Por quê?

— Porque o chamado não é sobre *ele* atacar *a mulher*. Foi exatamente o contrário. Ela atirou nele. O cara está morto. Acabamos de prendê-la.

10

 SOLDADO LIGOU O MICROFONE E PEDIU REFORÇO e uma ambulância. Em seguida ditou um relatório provisório para o expedidor. Ele usou as palavras *ferimentos de bala* duas vezes e *homicídio*, três.

— Ei — chamou Reacher. — Pare de ficar falando pelo rádio que o acontecido foi um homicídio.

— Por quê?

— Porque foi legítima defesa. Ele estava batendo nela. Todos nós precisamos entender bem isso, desde o começo.

— Não sou eu quem vai dizer isso. Nem você.

Reacher abanou a cabeça.

— *É* você sim quem tem que dizer isso. Porque o que você fala agora vale alguma coisa depois. Se você coloca na cabeça das pessoas que foi homicídio, dificulta pra ela. É melhor deixar claro pra todo mundo desde o começo o que foi que aconteceu.

— Não tenho esse tipo de influência.

— Tem, sim.

— E como *você* sabe que tipo de influência eu tenho?

— Porque, há muito tempo, eu *fui* você. Eu era um policial das Forças Armadas. Eu relatava os acontecimentos. Sei como funciona.

O soldado ficou calado.

— Ela tem uma filha — disse Reacher. — Você tem que se lembrar disso. Ela precisa que a fiança estipulada seja a mínima e precisa disso esta noite. Você pode influenciar em favor dela no que se refere a esse assunto.

— Ela atirou nele — argumentou o soldado. — Deveria ter pensado nisso tudo antes.

— O cara a estava espancando. Foi legítima defesa.

O soldado ficou calado.

— Alivie o lado dela. Não a transforme numa vítima duas vezes seguidas.

— *Ela* é que é a vítima? O marido dela é que está morto lá.

— Você tem que ter compaixão. Deve saber como é pra ela.

— Por quê? Qual é a conexão entre mim e ela?

Reacher foi quem ficou calado dessa vez.

— Você acha que tenho que aliviar o lado dela porque sou hispânico e ela também?

— Você não estaria aliviando o lado dela — argumentou Reacher. — Você estaria sendo correto, só isso. Ela precisa da sua ajuda.

O soldado levantou o microfone.

— Agora você está me ofendendo — disse.

Ele saiu do carro de novo e bateu a porta. Afastou-se em direção à casa novamente. Reacher olhou através da janela à direita, para a terra rochosa a oeste da cerca, completamente arrependido. *Eu sabia como isso ia acabar,* pensou. *Eu devia tê-la convencido a deixar a merda da arma lá na meseta. Ou devia ter resolvido eu mesmo a coisa toda.*

* * *

Os policiais estaduais ficaram dentro da casa e Reacher não viu nada até o reforço chegar, mais de uma hora depois. Era uma viatura idêntica, com outro soldado dirigindo e outro sargento ao lado dele. Dessa vez, o soldado era branco, e o sargento, hispânico. Eles saíram do carro e foram direto para a casa. O calor e o silêncio voltaram. Havia uivos de animais ao longe, e murmúrios de insetos e o batido de asas invisíveis. Luzes eram acesas em algumas das janelas da casa, mas depois eram apagadas novamente. Vinte minutos mais tarde, o xerife de Echo foi embora. Com as pernas bambas, ele saiu da casa, desceu os degraus da varanda e foi até seu carro. Parecia cansado e desorientado. Sua camisa estava escura e suada. Ele manobrou a viatura para tirá-la de trás do emaranhado de viaturas e foi embora.

Depois de mais uma hora, a ambulância chegou. As luzes de emergência estavam ligadas. Reacher percebeu a noite pulsar vermelha bem longe ao sul, depois viu luzes de faróis, e um veículo vermelho, dourado e branco, grande e fechado, sacolejou pelo portão. *Corpo de Bombeiros de Presidio* estava escrito nele. Talvez fosse o mesmo carro que Billy tinha chamado na noite anterior. Ele fez uma pequena curva no terreno e se aproximou da escada da varanda de ré. Espreguiçando-se e bocejando na escuridão, a equipe saiu preguiçosamente do carro. Sabiam que não tinham sido chamados para exercer suas habilidades paramédicas.

Abriram as portas de trás, tiraram uma maca com rodinhas, e o sargento que chegou depois se encontrou com eles na escada, conduzindo-os para dentro. Reacher suava dentro do carro. Estava abafado e quente. Em sua mente, ele acompanhou a equipe da ambulância percorrendo os cômodos até o quarto. Cuidando do cadáver. Colocando-o em cima da maca. Empurrando a maca pra fora. Seria uma tarefa difícil. Havia escadas estreitas e cantos apertados.

Mas a equipe voltou o mais rápido possível e levantou a maca para descer as escadas da varanda. Sloop Greer era apenas uma massa grande e pesada sobre ela, envolta por um lençol branco. A maca foi alinhada com a traseira da ambulância e empurrada. As rodas se dobraram para cima, ela escorregou para dentro e a porta foi fechada.

Depois eles ficaram por ali em um grupo com três dos policiais. O soldado a quem Reacher tinha ofendido não estava presente. Devia estar vigiando Carmem em algum lugar dentro da casa. Os três policiais do lado de fora da casa estavam despreocupados e relaxados. A agitação tinha acabado. A parada já estava feita. Por isso eles estavam ali meio murchos, talvez um pouco desapontados, do jeito que os policiais frequentemente ficam, como se tivesse ocorrido algo que eles deveriam evitar que acontecesse. Reacher sabia exatamente como se sentiam.

Eles conversaram alguns minutos, então a equipe da ambulância entrou no carro e o veículo sacolejou pelo terreno até chegar ao portão. Ficou parado ali por um segundo, virou à direita e seguiu lentamente para o norte. Os policiais a observaram até que desaparecesse, depois se viraram juntos e entraram novamente na casa. Cinco minutos depois, saíram de novo, todos os quatro, e dessa vez traziam Carmem com eles.

Estava vestida com as mesmas calça jeans e camisa. O cabelo dela estava encharcado. As mãos foram algemadas atrás das costas. A cabeça estava abaixada, o rosto pálido, coberto de suor, e seus olhos, vazios. Cada um dos policiais de reforço segurava um cotovelo. Lenta e desajeitadamente, eles a fizeram descer os degraus, três pessoas se movendo descompassadamente. Pararam, reagruparam-se na terra e a levaram para a viatura. O soldado abriu a porta de trás, o sargento colocou a mão no alto da cabeça de Carmem e a fez entrar. Ela não ofereceu resistência. Estava completamente passiva. Reacher a viu se ajeitar de um lado para outro, parecendo incomodada e desconfortável com as mãos presas atrás das costas. Em seguida, esticando a ponta dos pés, puxou-os para dentro, ficando repentinamente elegante de novo. O soldado esperou um pouquinho, fechou a porta, e Rusty e Bobby saíram até a varanda para vê-la partir.

Rusty estava descabelada, como se tivesse ido dormir e acordado novamente. Usava um robe de cetim curto que brilhava às luzes da varanda. Era branco e embaixo dele suas pernas eram tão pálidas quanto o tecido. Bobby estava atrás dela. Usava calça jeans, camisa e estava descalço. Apoiaram-se no parapeito. Ambos os rostos estavam pálidos e atordoados. Seus olhos estavam arregalados, vazios e fixos.

Miragem em Chamas

Os policiais de reforço entraram na viatura e a ligaram. Os outros dois entraram na parte da frente do carro em que Reacher estava e fizeram o mesmo. Eles esperaram o reforço ir na frente e o seguiram até saírem pelo portão. Reacher virou a cabeça e viu Rusty e Bobby esticarem o pescoço para vê-los partir. Os carros pararam, viraram juntos para a direita e aceleraram em direção ao norte. Reacher virou a cabeça para o outro lado e a última coisa que viu foi Ellie chegar cambaleando na varanda. Vestia seu pijama de coelho, carregava um ursinho na mão esquerda e os nós dos dedos da direita estavam bem enfiados dentro da boca.

O interior do carro de polícia resfriou depois de aproximadamente dois quilômetros. Havia uma abertura na grade de arame em frente a ele e, se ficasse no meio do banco e inclinasse a cabeça, conseguiria obter uma visão do para-brisa que ia da parte de cima do radar até a parte de baixo do retrovisor. Era como ver um filme se desenrolar à sua frente. O carro enviado como reforço se movimentava sol os feixes de luz dos faróis, próximo, nítido e irreal no negrume empoeirado ao redor. Reacher não conseguia ver Carmem. Talvez estivesse abaixada no banco, com a cabeça escondida atrás das luzes de emergência amontoadas na prateleira traseira, atrás do vidro.

— Pra onde a estão levando? — perguntou ele.

O sargento se ajeitou no banco. Respondeu cem metros depois.

— Pecos — disse ele. — Cadeia do Condado.

— Mas aqui é Echo — disse Reacher. — Não Pecos.

— O Condado de Echo tem cento e cinquenta pessoas. Você acha que eles têm uma jurisdição só deles? Com cadeia e tudo mais? Com tribunais?

— Então como é que funciona?

— Pecos fica com tudo, é assim que funciona. Todos os pequenos condados, tudo quanto é lugar. Todas as funções administrativas.

Reacher ficou em silêncio por um tempinho.

— Bom, isso vai ser um problemão daqueles — disse ele.

— Por quê?

— Porque Hack Walker é o promotor público de Pecos. E ele era o melhor amigo do Sloop Greer, ou seja, ele vai promover a ação penal contra a pessoa que matou o amigo dele.

— Preocupado com um conflito de interesse?

— Você não está?

— Não muito — respondeu o sargento. — Conhecemos Hack. Ele não é bobo. Se ele vir um advogado de defesa prestes a enquadrá-lo por isso, ele vai passar a bola. Vai ter que passar. Qual é mesmo a palavra, suspensão?

— Suspeição — corrigiu Reacher.

— Tanto faz. Ela vai passar para um assistente. E acho que os dois promotores públicos assistentes de Pecos são mulheres. Aí a coisa da legítima defesa vai ganhar mais empatia.

— Não há necessidade de empatia — disse Reacher. — Está claro como o dia.

— E Hack está concorrendo pra juiz em novembro — disse o sargento. — Lembre-se disso. Muitos mexicanos votam no Condado de Pecos. Não vai deixar ninguém fazer alguma coisa que dê ao advogado dela a chance de fazer com que saia algo de ruim sobre ele nos jornais. Então, na verdade, ela está com sorte. Uma mulher mexicana atira em um homem branco em Echo e é levada a juízo por uma promotora pública assistente mulher. Não poderia ser melhor pra ela.

— Ela é da Califórnia — disse Reacher. — Não é mexicana.

— Mas parece mexicana — disse o sargento. — É isso que importa para um cara que precisa de votos no Condado de Pecos.

As duas viaturas da polícia estadual viajaram em comboio. Alcançaram e ultrapassaram a ambulância bem perto da escola, do posto de gasolina e do restaurante na encruzilhada. Deixaram-na para trás com seu movimento lento e pesado.

— O necrotério também é em Pecos — afirmou o sargento. — Acho que é uma das instituições mais antigas da cidade. Precisaram dele desde o comecinho da cidade. Pecos era esse tipo de lugar.

Miragem em Chamas 233

— Carmem me falou — disse Reacher. — Era o verdadeiro Velho Oeste.

— Vai ficar por aqui?

— Acho que vou. Preciso saber se está bem. Ela me falou que a cidade tem um museu. Coisas pra ver. O túmulo de alguém.

— Do Clay Allison — comentou o sargento. — Um antigo pistoleiro.

— Nunca matou um homem que não merecesse ser morto.

Olhando pelo retrovisor, o sargento concordou com um gesto de cabeça.

— Essa poderia ser a posição dela, né? Ela poderia chamá-la de defesa Clay Allison.

— Por que não? — indagou Reacher. — Foi legítima defesa, seja qual for o ângulo de que se aborde o caso.

O sargento não disse nada sobre isso.

— Deveria ser o suficiente pelo menos para que ela tivesse direito a fiança — disse Reacher. — Ela tem uma filha lá no rancho. Precisa ter direito a fiança, tipo amanhã.

O sargento olhou novamente pelo retrovisor.

— Amanhã vai ser difícil — disse ele. — Afinal de contas, tem um cara morto na parada. Quem é o advogado dela?

— Não tem.

— Tem dinheiro pra contratar um?

— Não.

— Que merda — disse o sargento.

— O quê? — perguntou Reacher.

— Quantos anos tem a criança?

— Seis e meio.

O sargento ficou em silêncio.

— O quê? — perguntou Reacher novamente.

— Não ter advogado, isso sim é um problemão. A criança vai ter sete anos e meio antes que a mãe dela tenha uma *audiência* sobre fiança.

— Ela vai ter um advogado, né?

— É claro, assim determina a Constituição. Mas a questão é: quando? Isto aqui é o Texas.

— Quando alguém solicita um advogado, ele não chega imediatamente?

— Imediatamente, não. A pessoa espera muito, muito tempo. Só consegue um quando a acusação retorna. E é assim que o velho Hack Walker vai evitar o conflitozinho dele, não é mesmo? Ele vai simplesmente trancafiá-la e se esquecer dela. Vai ser um trouxa se não fizer isso. Ela não tem advogado, quem é que vai saber? O Natal pode chegar antes que a acusação dela seja feita. Muito provavelmente, nessa época o velho Hack vai ser o juiz, não o promotor. Vai ter ido embora há muito tempo. Nenhum conflito de interesse mais. A não ser que por acaso ele abra o caso mais tarde, mas, em consequência disso, teria que alegar suspensão de qualquer maneira.

— Suspeição.

— Tanto faz. Não ter o próprio advogado muda tudo.

O soldado no banco do passageiro se virou e falou pela primeira vez em uma hora.

— Viu? — disse ele. — Não tem nada a ver com o nome que eu dei pelo rádio pro que ocorreu.

— Então não perca tempo no museu — disse o sargento. — Se quer ajudar a moça, vá encontrar um advogado pra ela. Você tem que arranjar um de qualquer maneira, implorando, financiando ou roubando.

Ninguém falou mais nada até o Condado de Pecos. Eles passaram por baixo da Interestadual 10 e, atravessando um negrume vazio, seguiram o carro enviado como reforço até a Interestadual 20, aproximadamente cento e sessenta quilômetros a oeste de onde Reacher tinha tentado abandonar o Cadillac de Carmem sessenta horas antes. O sargento diminuiu a velocidade e deixou a outra viatura desaparecer na escuridão. Ele freou e parou no acostamento a cem metros do trevo.

— A partir daqui, a gente volta a fazer ronda — disse ele. — Hora de você descer.

— Você não pode me levar pra cadeia?

Miragem em Chamas

— Você não está indo pra cadeia. Não fez nada. E nós não somos táxi.

— Então onde é que eu estou?

O sargento apontou pra frente e disse:

— Centro de Pecos. Pouco mais de um quilômetro naquela direção.

— Onde é a cadeia?

— Cruzamento antes da linha de trem. No porão do tribunal.

O sargento abriu a porta, saiu e se espreguiçou. Deu um passo para trás e abriu a porta de trás com um floreio. Reacher colocou os pés para fora e se levantou. Ainda estava quente. A bruma escondia as estrelas. Carros solitários lamuriavam sobre a ponte rodoviária, tão poucos que o silêncio absoluto aterrissava entre um e outro. O acostamento era arenoso, de raquítica algaroba aveludada, e uma anileira selvagem pelejava à sua margem. Os faróis da viatura iluminavam velhas latas de cerveja amassadas jogadas no meio dos galhos.

— Se cuida — disse o sargento.

Entrou novamente no carro e bateu a porta. Quebrando as rochas no solo, o carro voltou para o asfalto, virou à direita no trevo e subiu em direção à rodovia. Reacher ficou de pé observando os faroletes traseiros desaparecerem no leste. Em seguida começou a andar para o norte e passou por baixo do viaduto em direção ao brilho neon de Pecos.

Ele deixava para trás um poste de luz depois do outro, juntamente com vários motéis, que ficavam cada vez mais vistosos e caros à medida que se afastava da rodovia. Mais à frente e afastada da rua, havia uma arena de rodeio que ainda ostentava pôsteres de um grande evento ocorrido um mês antes. *Acontece um rodeio lá em julho,* tinha dito Carmem, *mas você já perdeu o deste ano.* Ele andou pela rua porque as calçadas tinham longas mesas montadas sobre elas, como barraquinhas de mercado ao ar livre. Estavam todas vazias. Mas ele sentia cheiro de cantalupo no ar quente da noite. *Os mais doces de todo o Texas,* ela tinha comentado. *Por isso mesmo, na opinião deles, os mais doces do mundo todo.* Ele supôs que uma hora antes de amanhecer caminhonetes velhas iriam transitar carregadas com frutas maduras vindas dos campos, possivelmente molhadas com água de irrigação para que ficassem com uma aparência úmida, fresca e atraente. Essas caminhonetes velhas provavelmente teriam famílias inteiras espremidas dentro de suas cabines, prontas para descarregar, vender o dia todo e descobrir se teriam um inverno bom ou ruim, magro ou próspero. Mas a verdade é que ele não sabia absolutamente nada sobre agricultura. Todas as ideias que tinha vinham de filmes. Talvez a realidade fosse completamente diferente. Subsídios do governo e corporações gigantescas podiam estar envolvidos no negócio.

Atrás do mercado de cantalupos havia dois estabelecimentos comerciais. Uma loja de rosquinhas e uma pizzaria. Ambos estavam escuros e fechados. Domingo, meio da noite, a quilômetros de qualquer lugar. No final desse pequeno centro comercial havia um cruzamento, onde uma placa informava que o museu ficava bem do outro lado. Mas antes da curva, à direita, estava o tribunal. Era um prédio razoável, mas Reacher não perdeu tempo algum observando-o. Apenas deu uma olhada pela lateral para a parte de trás do prédio. Nunca tinha visto uma cadeia que tivesse a entrada na rua. Na parede de trás havia uma porta iluminada que ficava em um nível um pouco acima do porão e dois degraus de cimento que desciam a partir de um estacionamento. Um Chevrolet de quatro cilindros estava parado em um canto. O lote era cercado com arame farpado e havia placas grandes alertando as pessoas que não tinham autorização para estacionar ali que seus carros seriam rebocados. Os mourões das cercas tinham lâmpadas amarelas. Nuvens de insetos se aglomeravam em cada uma. O asfalto sob seus pés ainda estava quente. Nada de brisas refrescantes por ali. A porta da cadeia era de aço, estava manchada e com a tinta bem desgastada. Tinha o aviso *Entrada Proibida* pintado sobre ela com estêncil. Acima dela havia uma pequena câmera de vídeo virada para baixo, com um diodo vermelho brilhando no alto das lentes.

Reacher desceu os degraus e bateu na porta com força. Deu um passo atrás para que a câmera pudesse pegá-lo. Nada aconteceu durante um bom tempo. Ele deu um passo à frente e bateu novamente. A fechadura emitiu um barulho, e uma mulher abriu a porta. Estava vestida com um uniforme de bailio. Branca, tinha uns cinquenta anos e o cabelo grisalho era tingido

Miragem em Chamas 237

de cor de areia. Usava um cinto largo carregado com uma arma, um cassetete e uma lata de spray de pimenta. Era pesada e lenta, mas parecia desperta e competente.

— Pois não — disse ela.

— Carmem Greer está aqui?

— Está.

— Posso vê-la?

— Não.

— Nem um minutinho?

— Não.

— E quando eu vou poder vê-la?

— É da família?

— Sou amigo.

— Não é advogado, né?

— Não.

— Então no sábado — afirmou a mulher. — As visitas são no sábado, das duas às quatro.

Quase uma semana.

— Você pode anotar pra mim? — pediu ele, pois queria entrar. — E talvez me dar uma lista do que eu posso trazer pra ela?

A bailia deu de ombros, virou-se e entrou. Reacher a seguiu e o frio seco do ar-condicionado ligado no máximo o envolveu. Havia uma antessala. A bailia tinha uma mesa alta parecida com um atril. Como se fosse uma barreira. A parede preta atrás dela era coberta por um escaninho. Ele viu o cinto de pele de lagarto enrolado em um dos cubículos. O anel falso estava dentro de um saquinho plástico lacrado. Do lado direito do escaninho havia uma porta de grade. Um corredor ladrilhado se estendia atrás dela.

— Como ela está? — perguntou ele.

— Não está feliz — respondeu a bailia, dando de ombros novamente.

— Com quê?

— Principalmente com a revista de cavidades corpóreas. Ela quase explodiu de tanto gritar. Mas regras são regras. E qual é a dela? Acha que gosto daquilo?

Ela pegou uma folha mimeografada em uma pilha. Arrastou-a pela mesa.

— Sábado, das duas às quatro — disse ela. — Como eu te falei. E não traga nada pra ela que não esteja na lista, ou a gente não deixa você entrar.

— Onde é o gabinete do promotor público?

Ela apontou para o teto.

— Segundo andar. A entrada é pela frente.

— Que horas abre?

— Lá pelas oito e meia.

— Vocês têm aqui perto financeiras que fazem empréstimo para pagamento de fiança?

Ela sorriu.

— Já viu um tribunal que não tem? Vira à esquerda no cruzamento.

— E advogados?

— Advogados baratos ou caros?

— Advogados de graça.

Ela sorriu novamente.

— Na mesma rua — disse. — Lá só tem isso, financeiras desse tipo e advogados gratuitos.

— Tem certeza de que não posso vê-la?

— No sábado você pode ver a moça o quanto quiser.

— E agora, nem um minutinho?

— Não.

— Ele tem uma filha — disse Reacher, irrelevantemente.

— Parte o meu coração — respondeu a mulher.

— Quando você vai vê-la de novo?

— A cada quinze minutos, quer ela goste ou não. Vigilância por causa da possibilidade de suicídio, apesar de eu não achar que sua amiga seja desse tipo. É muito fácil perceber isso. Ela é osso duro de roer. Essa é a minha avaliação. Mas regras são regras, né?

— Fale pra ela que o Reacher esteve aqui.

— Quem?

— Reacher. Fale pra ela que vou ficar por aqui.

A mulher concordou com um gesto de cabeça, como se já tivesse visto tudo aquilo, e provavelmente já tinha mesmo.

Miragem em Chamas

— Tenho certeza de que ela vai ficar muito emocionada — disse ela.

Depois Reacher voltou para onde ficavam os motéis, relembrando todos os serviços que prestou em cadeias no início da carreira, desejando que pudesse colocar a mão no coração e dizer que tinha agido muito melhor do que a mulher que acabara de conhecer.

Ele caminhou de volta até quase a rodovia, onde os preços chegavam a menos de trinta pratas. Escolheu um lugar, acordou o recepcionista, alugou a chave e foi para um quarto na extremidade lateral do prédio. Estar desgastado, desbotado e tinha uma crosta de sujeira que indicava que os funcionários dali não estavam tão comprometidos assim com a excelência. A cama estava malfeita e o ar estava úmido e quente, como se desligassem o ar-condicionado para economizar energia quando o quarto não estava alugado. Mas dava para o gasto. Uma das vantagens de se ser um ex-militar era que quase todo lugar dava. Sempre havia um lugar pior para usar como comparação.

Teve um sono agitado até as sete da manhã, tomou banho com água tépida, saiu para tomar café na loja de rosquinhas a meio caminho do tribunal. Ela abria cedo e fazia propaganda dizendo que as rosquinhas dali eram do tamanho do Texas. Eram maiores que as normais e mais caras. Ele comeu duas e tomou três xícaras de café. Em seguida foi comprar roupas. Desde que desistira de sua breve tentativa de ser proprietário de uma casa, tinha voltado para o seu sistema de preferência: comprar roupas baratas e jogá-las fora em vez de lavá-las. Funcionava bem pra ele. Isso, literalmente, tirava-lhe um peso dos ombros.

Encontrou uma loja barata que já estava aberta havia uma hora. Ela vendia um pouquinho de tudo, de rolo de papel higiênico barato a botas. Ele encontrou uma prateleira de calças chino com as etiquetas arrancadas. Podiam estar com defeito. Podiam ser roubadas. Achou o seu número e encontrou uma camisa cáqui para fazer par com ela. Era fina e larga, como algo do Havaí, mas era lisa e custava menos que uma rosquinha do tamanho do Texas. Encontrou cuecas brancas. A loja não tinha provadores. Não era esse tipo de lugar. Ele pediu ao atendente para deixá-lo usar o banheiro dos funcionários. Vestiu as roupas novas e transferiu suas coisas de bolso para bolso. Ainda possuía os oito cartuchos usados da Lorcin da Carmem, que chacoalhavam como moedas soltas. Ele os pesou na mão e enfiou no bolso da calça nova.

Ele embolou as roupas velhas e as enfiou no lixo do banheiro. Foi até o caixa e pagou trinta pratas em dinheiro. Devia dar para usá-las uns três dias. Gastar dez dólares por dia só com roupas não faz o menor sentido até o dia em que se percebe que uma máquina de lavar custa quatrocentos dólares, e uma secadora, outros trezentos, e uma lavanderia para colocá-las implicaria uma casa que custaria pelo menos cem mil, e dezenas de milhares de dólares por ano em impostos, e manutenção, e seguro, e bobagens associadas. Aí um gasto de dez dólares por dia com roupas passa a fazer todo o sentido do mundo.

Encostado em um muro debaixo de um toldo para se proteger do sol, ele esperou na calçada até as oito horas. Calculou que os bailios trocariam de turno às oito. Geralmente é assim. Como previra, às oito e cinco viu a mulher séria sair do estacionamento dirigindo o seu Chevrolet quatro cilindros empoeirado. Ela virou à esquerda e passou por ele sem parar. Reacher atravessou a rua e caminhou do lado do tribunal novamente. *Se não conseguiu ajuda no turno da noite, talvez consiga no do dia.* O pessoal da noite é sempre mais rigoroso. Contato menos frequente com o público e menos supervisão imediata os fazem pensar que são os reis do castelo.

Mas o cara do turno do dia era tão ruim quanto a outra. Era um homem, um pouco mais jovem, um pouco mais magro, mas, tirando isso, o equivalente exato de sua parceira. A conversa foi exatamente a mesma. *Posso vê-la? Não. Quando, então? Sábado. Ela está bem? Tão bem quanto se pode esperar nessas condições.* Soava como algo dito em um hospital por um porta-voz cauteloso. O sujeito confirmou que somente advogados tinham acesso irrestrito aos prisioneiros. Então Reacher subiu os degraus e saiu para procurar um advogado.

Obviamente os acontecimentos da noite anterior tinham deixado o casarão vermelho atordoado e quieto. E despovoado, o que era perfeito para o comboio

Miragem em Chamas

da matança. Os vaqueiros não estavam lá e o grandalhão desconhecido tinha ido embora, assim como Carmem Greer. O marido dela, também, obviamente. Sobraram apenas a velha, o segundo filho e a neta. Três deles, todos em casa. Era segunda-feira, mas a menina não tinha ido para a escola. O ônibus passou, mas foi embora sem levá-la. Ela ficou o tempo todo andando à toa dentro e fora do estábulo. Parecia confusa e lânguida. Todos eles pareciam. O que fazia com que ficasse mais fácil observá-los. Alvos melhores.

Os dois homens estavam atrás de uma pedra, do lado oposto ao portão do rancho, bem escondidos e uns seis metros acima do declive. A visão deles era boa. A mulher os tinha deixado uns duzentos e cinquenta metros ao norte e voltara de carro para Pecos.

— Quando a gente acaba com isso? — tinham perguntado a ela.

— Quando eu disser — fora a resposta.

Reacher virou à esquerda no cruzamento no centro de Pecos e seguiu por uma rua paralela aos trilhos do trem. Ele passou pelo terminal rodoviário e chegou a um centro comercial que devia ter iniciado bem suas atividades, mas que passou a ser composto apenas de estabelecimentos simples que atendiam a população do tribunal, financeiras que faziam empréstimo para pagamento de fiança e escritórios de advocacia gratuitos, bem como a mulher do turno da noite tinha dito. Todos esses escritórios tinham fileiras de mesas de frente para as vitrines, com cadeiras para os clientes em frente a elas e áreas de espera dentro dos estabelecimentos. Eram todos encardidos, bagunçados e despidos de decoração. Havia pilhas de processos espalhadas por todo canto, e anotações e memorandos pregados nas paredes perto das mesas com fita adesiva e tachinhas. Às oito e vinte da manhã, estavam todos movimentados. Tinham amontoados de pessoas esperando do lado de dentro e clientes aflitos empoleirados nas cadeiras. Alguns desses clientes estavam sozinhos, mas a maioria vinha em grupos familiares, alguns com um monte de crianças. Todos eram hispânicos. Alguns dos advogados também, mas, no geral, esse era um grupo misto. Homens, mulheres, jovens, velhos, animados, derrotados. A única coisa que tinham em comum era que todos pareciam atormentados a ponto de entrar em colapso.

Ele escolheu o único estabelecimento que tinha uma cadeira vazia em frente a um advogado. Ficava na metade da rua e a cadeira estava no fundo do estabelecimento. A advogada era jovem e branca, de mais ou menos 25 anos, e tinha cabelos volumosos curtos. Estava bronzeada e usava um top esportivo branco em vez de uma camisa. Havia uma jaqueta de couro pendurada no encosto da cadeira. A advogada estava praticamente escondida atrás de duas pilhas altas de processos. Falava ao telefone e estava à beira das lágrimas.

Ele se aproximou da mesa dela e esperou por um gesto de *sente-se*. Isso não aconteceu, mas Reacher se sentou mesmo assim. Ela olhou para ele e em seguida desviou o olhar. Continuou a falar ao telefone. Tinha olhos escuros e dentes brancos. Conversava em espanhol lentamente, com um sotaque da Costa Leste e hesitava tanto que ele conseguia entender quase tudo. Ela dizia *sim, nós ganhamos*. Depois *mas ele não vai pagar. Simplesmente não vai. Ele se recusa*. De tempos em tempos ela parava e escutava quem quer que estivesse do outro lado. Então se repetia. *Nós ganhamos, mesmo assim ele não vai pagar*. Em seguida parou novamente para escutar. Obviamente a pergunta deve ter sido *então o que é que a gente faz agora?*, porque ela disse *voltamos ao tribunal para forçar a execução da sentença*. Depois a pergunta só pode ter sido *quanto tempo vai levar?*, porque ela ficou em silêncio antes de responder *um ano. Talvez dois*. Reacher percebeu claramente o silêncio do outro lado da linha e olhou para o rosto da mulher. Estava chateada, constrangida e humilhada. Piscava para conter as lágrimas de amarga frustração. Disse *llamaré de nuevo más tarde* e desligou. *Ligarei novamente mais tarde*.

Então ela olhou para frente, fechou os olhos, respirou fundo pelo nariz, para dentro e para fora, para dentro e para fora. Apoiou as palmas das mãos na mesa. Respirou um pouco mais. Talvez fosse uma técnica de relaxamento que ensinavam nas faculdades de direito. Mas não parecia estar funcionando. Ela abriu os olhos, jogou um processo em uma gaveta e, entre as pilhas de papel, olhou para Reacher do outro lado da mesa.

— Algum problema? — perguntou ele.

Ela deu de ombros e gesticulou negativamente com a cabeça ao mesmo tempo. Uma expressão de amargura que servia para muitas finalidades.

— Ganhar a causa é só a metade da batalha — disse ela. — Às vezes, bem menos que a metade, acredite.

— Mas o que aconteceu?

— Não precisamos falar sobre isso.

— Algum cara não quer pagar o que deve? — perguntou Reacher.

Novamente, ela deu de ombros e fez que não com a cabeça ao mesmo tempo.

— Um fazendeiro bateu o carro na caminhonete do meu cliente — disse. — Machucou meu cliente, a esposa e dois filhos deles. Era de manhã, bem cedo. Ele estava voltando de uma festa, bêbado. Eles, indo para o mercado. Era época de colheita, não puderam trabalhar e perderam toda a safra.

— Cantalupo?

— Pimentão, na verdade. Apodreceram no pé. Nós processamos e ganhamos vinte mil dólares. Mas o cara não vai pagar. Simplesmente se recusa. Está esperando que eles vão embora. Ele planeja deixá-los famintos para que tenham que voltar para o México, e vai conseguir, porque se tivermos que voltar ao tribunal vai demorar pelo menos mais um ano, e eles não podem viver mais um ano inteiro de brisa, podem?

— Eles não tinham seguro?

— São caros demais. Essas pessoas quase vendem o almoço pra comprar a janta. Tudo o que pudemos fazer foi processar o fazendeiro. Uma causa firme, bem apresentada, e nós ganhamos. Mas o velho está sentado de perninhas pro ar, com um grande sorriso naquela cara sacana.

— Parada difícil — disse Reacher.

— Inacreditável — disse ela. — Você não acreditaria nas coisas pelos quais esse pessoal passa. A Patrulha da Fronteira matou o filho mais velho dessa mesma família de que estou te falando.

— Matou?

— Há doze anos — confirmou ela. — Eles eram ilegais. Pagaram as economias da vida toda para um guia trazê-los pra cá, e ele simplesmente os abandonou no deserto. Sem comida, sem água, eles se entocavam durante o dia, caminhavam para o norte à noite e uma patrulha com rifles os perseguiu no escuro e matou o filho mais velho. Eles enterraram o garoto e continuaram a caminhada.

— Alguma coisa foi feita com relação a isso?

— Você está de brincadeira? Eram ilegais. Não podiam fazer nada. Acontece o tempo todo. Todo mundo tem uma história como essa. Eu me sinto tão idiota. Agora que eles estão estabelecidos e receberam a anistia da imigração, tentamos fazer com que acreditem na lei e aí uma coisa dessas acontece.

— A culpa não é sua.

— A culpa é minha. Eu já devia saber com são as coisas. *Confie em nós*, falei pra eles.

Ela ficou em silêncio e Reacher a observou tentar se recuperar.

— Enfim — disse ela, sem completar a frase.

Ela desviou o olhar. Era uma mulher bonita. Estava muito quente. Havia um único ar-condicionado enfiado na claraboia sobre a porta, uma coisa grande e muito, muito velha. Estava fazendo o seu melhor.

— Enfim — repetiu ela.

Olhou para ele.

— Como posso te ajudar?

— Eu, não — disse Reacher. — Uma mulher que conheço.

— Ela precisa de um advogado?

—Atirou no marido. Ela sofria maus-tratos.

— Quando?

— Ontem à noite. Ela está na cadeia do outro lado da rua.

— Ele está morto?

— Mortinho da silva — confirmou Reacher.

Ela deixou os ombros caírem. Abriu uma gaveta e pegou um bloco amarelo.

— Qual é o seu nome? — perguntou.

Miragem em Chamas   **245**

— Meu nome?

— É você que está conversando comigo.

— Reacher — disse ele. — Qual é o seu?

Ela escreveu *Reacher* na primeira linha do bloco amarelo.

— Alice — respondeu ela. — Alice Amanda Aaron.

— Você devia ser advogada particular. Seria a primeira da lista telefônica.

Ela deu um pequeno sorriso.

— Um dia eu vou ser. Isto aqui é um acordo de cinco anos com a minha consciência.

— Pagando suas dívidas?

— Fazendo uma reparação — disse ela. — Por ter sido tão afortunada. Por ter feito Direito em Harvard. Por vir de uma família pra qual vinte mil dólares é um custo mensal normal por um superapartamento na Park Avenue, em vez da diferença entre a vida e a morte durante o inverno no Texas.

— Meus parabéns, Alice — disse ele.

— Então, me fala sobre a sua amiga.

— Ela tem descendência mexicana e o marido era branco. O nome dela é Carmem Greer e o do esposo, Sloop Greer.

— Sloop?

— Isso mesmo, tipo o barco, a corveta.

— Certo — falou Alice e tomou nota.

— Os maus-tratos pararam no último ano e meio porque ele estava preso por sonegação de impostos. Foi solto ontem, começou tudo de novo e ela atirou nele.

— Certo.

— Não será fácil encontrar evidências e testemunhas. O abuso era escondido.

— Ferimentos?

— Um tanto graves. Mas ela sempre dizia que eram acidentais, que tinham a ver com cavalos.

— Cavalos?

— Como se tivesse caído deles.
— Por quê?
— Não sei. — Ele deu de ombros. — Dinâmica familiar, coerção, vergonha, medo, constrangimento, quem sabe.
— Mas não há dúvida de que os maus-tratos aconteciam?
— Não na minha cabeça.

Alice parou de escrever. Ficou olhando para o papel amarelo abaixo de si.

— Bem, não vai ser fácil — disse ela. — As leis do Texas não são *muito* atrasadas em relação a maus-tratos conjugais, mas seria bom que eu apresentasse muitas evidências claras. Entretanto, o período que ele passou na prisão nos ajuda. Não era um cidadão-modelo, não é? Poderíamos alegar homicídio culposo. Tentaríamos tempo já cumprido com liberdade condicional. Se trabalharmos muito, temos chance.

— Foi legítima defesa, não homicídio culposo.

— Tenho certeza que foi, mas é uma questão do que dará ou não resultado.

— E ela precisa ter direito a fiança — disse Reacher. — Hoje.

Alice tirou os olhos do papel e o encarou.

— Fiança? — indagou ela, como se aquela fosse uma palavra estrangeira. — Pode esquecer.

— Ela tem uma filha. Uma criancinha de seis anos e meio.

Ela tomou nota.

— Não ajuda — disse. — Todo mundo tem filhos.

Ela passou os dedos de cima a baixo nas pilhas de processos e disse:

— Todos eles têm filhos — continuou. — Seis anos e meio, um e meio, dois filhos, seis, sete, dez.

— O nome dela é Ellie — falou Reacher. — Ela precisa da mãe.

Alice escreveu *Ellie* no bloco e a conectou com uma seta a *Carmem Greer*.

— Há apenas duas maneiras de se conseguir uma fiança num caso como este — disse ela. — A primeira é focar exclusivamente na audiência para fixar a fiança, encerrando praticamente todo o processo. E não estamos

Miragem em Chamas

preparados para fazer isso. Vai demorar meses até que eu possa *começar* a trabalhar nisso. Minha agenda está completamente cheia. Mesmo assim, quando eu *puder* começar, serão necessários meses para preparar a defesa, nessas circunstâncias.

— Que circunstâncias?

— A palavra dela contra a reputação de um homem morto. Se não temos testemunhas oculares, teremos que solicitar judicialmente seus registros médicos e encontrar especialistas que possam atestar que seus ferimentos não foram causados por quedas de cavalo. E é claro que ela não tem dinheiro, ou você não estaria aqui em nome dela. Por isso teremos que encontrar especialistas que compareçam de graça. O que não é impossível, mas não pode ser feito de uma hora pra outra?

— Então o que pode ser feito de uma hora pra outra?

— Posso ir até a delegacia e dizer *oi, sou sua advogada, te vejo de novo em um ano*. É a única coisa que pode ser feita de uma hora pra outra.

Reacher deu uma olhada ao redor. A sala estava abarrotada de gente.

— Ninguém vai ser mais rápido — disse Alice. — Sou relativamente nova aqui. Sou a que tem menos coisas acumuladas.

Parecia ser verdade. Ela tinha apenas duas pilhas de processos na altura da cabeça. Todos os outros tinham três, quatro ou cinco.

— Qual é a segunda maneira?

— De quê?

— Conseguir a fiança. Você disse que havia duas maneiras.

Ela confirmou com um gesto de cabeça e disse:

— A segunda maneira é conven ermos o promotor público a não se opor. Se nós nos pronunciarmos e pedirmos a fiança, e ele se pronunciar dizendo que não faz objeção, então só dependerá do juiz achar que é apropriado. E o juiz provavelmente será influenciado pela posição do promotor público.

— Hack Walker era o amigo mais antigo do Sloop Greer.

Alice deixou os ombros caírem novamente.

— Ótimo. Ele obviamente vai alegar suspeição. Mas a equipe vai defender os interesses dele, ou seja, esquece a fiança. Não vamos conseguir.

— Mas você vai aceitar o caso?

— É claro que vou. É o que fazemos aqui. Aceitamos casos. Vou ligar para o gabinete do Hack e vou ver a Carmem. Mas isso é tudo o que posso fazer agora. Você entendeu? Tirando isso, neste momento, aceitar o caso é o mesmo que não aceitar.

Reacher ficou parado por um segundo. Depois abanou a cabeça e disse:

— Não é o suficiente, Alice — disse ele. — Quero que você comece a trabalhar nele agora. Faça alguma coisa acontecer.

— Não posso — disse ela. — Não posso trabalhar nisso nos próximos meses. Já te falei isso.

Ela ficou em silêncio e ele a olhou por um segundo mais.

— Está interessada em fazer um acordo? — perguntou ele.

— Um acordo?

— Tipo eu te ajudo, você me ajuda.

— Como você pode me ajudar?

— Posso fazer algumas coisas pra você. Tipo recuperar os vinte mil para os seus produtores de pimentão. Hoje. E aí você começa a trabalhar para Carmem Greer. Hoje.

— O que você faz? É um cobrador de dívidas?

— Não, mas eu aprendo rápido. Não deve ser nenhum bicho de sete cabeças.

— Não posso deixar você fazer isso. Provavelmente é ilegal. A não ser que tenha algum tipo de registro?

— Apenas suponha que, na próxima vez que você me vir entrar aqui, estarei com um cheque de vinte mil no bolso.

— E como você faria isso?

— Simplesmente iria lá pedir ao sujeito que pagasse — respondeu ele, dando de ombros.

— E isso funcionaria?

— É possível — respondeu ele.

— Não seria ético — negou ela.

— Em contraposição a quê?

Miragem em Chamas 249

Ela ficou sem responder durante muito tempo. Estava com o olhar perdido em alguma coisa atrás da cabeça dele. Então ele viu os olhos dela recaírem sobre o telefone. Percebeu que ela ensaiava mentalmente a ligação de boas-novas.

— Quem é o fazendeiro? — perguntou ele.

Ela olhou para a gaveta.

— Não posso te falar. Estou preocupada com a ética.

— Sou eu que estou oferecendo. Você não está pedindo nada.

Ela ficou imóvel.

— Estou me voluntariando — insistiu Reacher. — Tipo um assistente jurídico.

Ela olhou diretamente para ele.

— Tenho que ir ao banheiro — disse ela.

Ela se levantou de repente e saiu andando. Estava de short jeans e era mais alta do que ele tinha imaginado. Short curto, pernas longas. Um belo bronzeado. Enquanto andava, deu para ver que era linda de costas. Ela entrou em uma porta na parede de trás daquele velho estabelecimento. Ele levantou, inclinou-se sobre a mesa e abriu a gaveta. Pegou o processo que estava por cima e o virou para conseguir lê-lo. Estava cheio de documentos. Procurou algum tipo de depoimento impresso em uma única folha. Havia um nome e um endereço digitados caprichosamente em um quadro intitulado *Réu*. Ele dobrou o papel em quatro e o colocou no bolso da camisa. Fechou a pasta com o processo e a colocou de volta na gaveta. Forçou para fechar a gaveta e se sentou novamente. Um tempo depois, Alice Amanda Aaron surgiu da porta na parte de trás do estabelecimento e voltou para a mesa. Também era linda de frente.

— Existe algum lugar por aqui onde eu possa conseguir um carro emprestado? — perguntou a ela.

— Você não tem carro?

Ele negou com um gesto de cabeça.

— Bom, pode pegar o meu — autorizou ela. — Está no lote atrás do prédio.

Alice remexeu no bolso da jaqueta atrás de si. Tirou um molho de chaves.

— É um VW — informou.

Reacher pegou as chaves.

— Há mapas no porta-luvas — disse ela. — Você sabe, né? Pro caso de alguém não estar familiarizado com a região.

Ele arrastou a cadeira distanciando-a da mesa e disse:

— Quem sabe a gente se vê mais tarde.

Ela ficou calada. Ele se levantou, caminhou através do silencioso aglomerado de pessoas e saiu para o sol do lado de fora.

11

O CARRO DE ALICE ERA O ÚNICO VW NO LOTE ATRÁS do prédio. Estava bem no centro e assava sob o sol, um New Beetle amarelo-cheguei, placa de Nova Iorque, tinha mais ou menos um ano e meio de fabricação e havia mais que um monte de mapas no porta-luvas. Havia também uma pistola.

Era uma bela Heckler & Koch P7M10 niquelada, cano de quatro polegadas, dez cartuchos calibre .40. Na época de Reacher, o Exército quis a mesma arma na versão de aço azulado de 9mm, mas o Departamento de Defesa tinha rejeitado o custo, que deveria ser umas dezesseis vezes os oitenta dólares que Carmem Greer pagara por sua Lorcin. Era uma peça muito, muito refinada. Uma das melhores que existem. Podia ter sido um presente da família lá da Park Avenue. Talvez o carro também fosse. Era fácil de imaginar. O VW era uma escolha fácil. O presente de formatura perfeito. Mas a arma deve ter causado alguma consternação. Os pais deviam ter ficado sentados lá no seu superapartamento em Nova Iorque, preocupando-se. *Ela vai trabalhar onde? Com pessoas pobres?* Então devem ter pesquisado a fundo o assunto, saído e comprado para Alice a melhor no mercado, assim como comprariam um Rolex caso ela precisasse de um relógio.

Por força do hábito, ele a desmontou, checou se estava funcionando e a remontou. Era nova, mas tinha sido usada e limpa umas quatro ou cinco vezes. Deixava transparecer horas conscienciosas gastas em treino de tiro. Possivelmente em algum porão exclusivo em Manhattan. Ele sorriu. Colocou-a de volta no porta-luvas, debaixo dos mapas. Em seguida arredou o banco todo para trás, demorou um pouco para achar a posição correta de enfiar a chave, ligou o carro e o ar-condicionado. Tirou os mapas do porta-luvas e os espalhou no banco vazio ao seu lado. Pegou o papel dobrado no bolso de sua camisa e procurou nos mapas o endereço do fazendeiro. Parecia que era em algum lugar a nordeste da cidade, provavelmente a uma hora de distância se acelerasse bem.

O VW tinha um câmbio manual e a embreagem estava dura. O carro morreu umas duas vezes antes de Reacher pegar o jeito de dirigi-lo. Sentiu-se incomodado e conspícuo. A direção era firme e, dentro de uma espécie de vasinho grudado no painel, uma florzinha rosa se enrijecia à medida que o carro esfriava. Havia um delicado perfume no ar. Ele tinha apendido a dirigir aproximadamente vinte e cinco anos antes, menor de idade e ilegalmente, em um caminhão de carga do Corpo de Fuzileiros Navais dos Estados Unidos, que tinha o banco do motorista a uns dois metros do chão. Sentia-se naquele momento o mais longe possível daquela experiência.

O mapa mostrava sete caminhos para se sair de Pecos. Ele tinha chegado pelo mais ao sul, e esse caminho não tinha o que ele estava procurando. Restaram-lhe seis. Seu instinto o levou para o oeste. O centro de gravidade da cidade parecia se aglomerar a leste dos cruzamentos. De modo que o leste com certeza estaria errado. Então ele se distanciou dos advogados e das financeiras em direção a El Paso, fazendo uma ligeira curva à direita e

Miragem em Chamas

encontrou exatamente o que queria, ao longe, tudo completamente aberto à sua frente. Toda cidade, qualquer que seja o seu tamanho, possui um conjunto de revendedoras de carro agrupadas em uma de suas entradas, e Pecos não era diferente.

Ele passou em frente às lojas, deu a volta e, em busca do tipo certo de lugar, passou em frente a elas novamente. Havia duas possibilidades. As duas tinham placas berrantes oferecendo *Consertamos Carros Estrangeiros*. Ambas ofereciam *Empréstimo de carro gratuito*. Ele escolheu o lugar mais afastado da cidade. Havia uma revenda de carros na frente com uma dúzia de latas-velhas enfeitadas com bandeiras e preços baixos escritos nos para--brisas. O escritório era em um trailer. Atrás do pátio de vendas, havia um galpão comprido e baixo com elevadores hidráulicos. O chão do galpão era de terra manchada de óleo. Havia quatro mecânicos à vista. Um deles estava com metade do corpo debaixo de um carro esportivo britânico. Os outros três estavam desocupados. A quente manhã de segunda tinha começado devagar.

Ele entrou com o VW amarelo direto no galpão. Os três mecânicos desocupados se deslocaram preguiçosamente até ele. Um deles parecia ser o chefe. Reacher pediu a ele que ajustasse a embreagem do VW para que ficasse mais macia. O cara pareceu feliz de ser escolhido para fazer o serviço. Disse que custaria quarenta dólares. Reacher concordou com o preço e pediu um carro emprestado. O cara o levou para trás do galpão e apontou para um Chrysler LeBraron conversível. Tinha sido branco um dia, mas agora era cáqui devido à ação do tempo e do sol. Reacher levou a arma de Alice embrulhada nos mapas, como se fosse um pacote de compras qualquer. Ele a colocou no banco do passageiro do Chrysler. Em seguida pediu ao mecânico uma corda de reboque.

— O que você quer rebocar? — perguntou o cara.

— Nada — respondeu Reacher. — Simplesmente quero uma corda, só isso.

O cara deu de ombros e saiu. Voltou com um rolo de corda. Reacher o colocou no assoalho do lado do passageiro. Depois partiu com o LeBaron, voltou para a cidade e saiu dela novamente na direção sudeste, sentindo-se bem melhor em relação àquele dia. Somente um idiota tentaria fazer uma cobrança ilícita nos confins do Texas em um carro amarelo-cheguei com placa de Nova Iorque e um vaso de flores no painel.

Ele parou em uma região despovoada para desparafusar as placas com uma moeda de seu bolso. Colocou-as no chão no lado do passageiro, ao lado do rolo de corda. Guardou os parafusos no porta-luvas. Só então seguiu em frente à procura de seu destino. Ficava possivelmente a três horas da propriedade dos Greer e os terrenos eram praticamente iguais, com a diferença de que os de onde estava agora eram mais bem irrigados. O capim estava crescendo. As algarobeiras tinham sido queimadas. Havia acres cultivados, cheios de arbustos verdes. Provavelmente pimenta. Ou cantalupo. Não tinha ideia. Havia anileiras selvagens nos acostamentos da estrada. Vez ou outra, uma figueira-da-índia. Nenhuma pessoa. O Sol estava alto e o horizonte tremulava.

O nome do fazendeiro de acordo com o documento era Lyndon J Brewer. O endereço dele era apenas a numeração de uma rodovia, cujo mapa de Alice mostrava ser o trecho de uma estrada que tinha uns sessenta quilômetros antes de desaparecer dentro do Novo México. Era uma estrada igual à que se arrastava em direção ao sul a partir de Echo até a propriedade dos Greer, uma faixa de asfalto negro empoeirado e uma série de linhas de transmissão de energia penduradas, entremeadas por grandes portões de rancho a cada vinte e cinco quilômetros mais ou menos. Os ranchos tinham nomes que não eram necessariamente os mesmos dos proprietários, assim como não havia o nome Greer em lugar algum do Red House Sendo assim, encontrar Lyndon J. Brewer em pessoa não seria uma tarefa necessariamente fácil.

Mas até que foi, porque a estrada era atravessada por outra e o cruzamento possuía várias caixas de correio enfileiradas em um suporte de madeira cinzento e desgastado pelo tempo, e elas exibiam os nomes das pessoas e de seus respectivos ranchos. *Brewer* estava pintado de preto à mão em uma caixa de correio branca, e *Racho Big Hat* estava escrito logo abaixo.

Ele encontrou a entrada para o Rancho Big Hat vinte e cinco quilômetros ao norte. Havia um arco de ferro extravagante pintado de branco, como algo que se veria em destaque sobre o telhado de um conservatório em Charleston ou Nova Orleans. Ele passou direto e parou o carro no acostamento da estrada ao pé do próximo poste de energia elétrica. Saiu do carro e olhou para cima. Havia um enorme transformador no topo, no qual um cabo se dividia em forma de T e se distanciava perpendicularmente em direção ao local onde provavelmente ficava a casa do rancho. E, embarrigando-se abaixo dele a uma distância de uns trinta centímetros, o fio do telefone o acompanhava.

Ele pegou a arma de Alice debaixo dos mapas no banco do passageiro e a corda no assoalho. Amarrou uma ponta da corda no guarda-mato da arma com um nó bem dado. Pendurou seis metros de corda na mão e deixou a arma balançando como se fosse um peso. Depois segurou a corda com a mão esquerda e arremessou a arma com a direita, tentando jogá-la no vão entre os fios de telefone e de energia. Na primeira vez, errou. A arma caiu a uns trinta centímetros de distância e ele a pegou antes que batesse no chão. Na segunda tentativa, jogou um pouco mais forte e acertou em cheio. A arma passou direitinho pelo espaço entre os fios, caiu e prendeu a corda. Ele cedeu um pouco do rolo com a mão esquerda, baixando a arma novamente. Desamarrou-a, jogou-a de volta no carro, agarrou a corda com as duas mãos e puxou com força. O fio de telefone se rompeu na caixa de junção e caiu serpenteando até o outro poste a cem metros de distância.

Enrolou a corda novamente e a jogou de volta no assoalho. Entrou no carro, deu ré, virou e passou pelo portão branco. Desceu pouco menos de dois quilômetros por uma estradinha particular e chegou a uma casa branca que deve ter feito parte de algum filme de época. Na parte da frente, ela tinha quatro colunas imponentes que sustentavam uma varanda no segundo andar. Uma escada ampla levava a uma porta dupla. O gramado era bem-cuidado. A área para se estacionar, de cascalho

Ele parou o carro no cascalho ao pé da escada e desligou o carro. Enfiou bem a camisa para dentro da calça. Uma garota que trabalhava como *personal trainer* lhe tinha dito que isso fazia seu tronco parecer mais triangular. Enfiou a arma no bolso do lado direito. O formato da arma ficava bem visível. Depois enrolou as mangas de sua camisa nova até os ombros. Agarrou o volante do LeBaron e começou a forçá-lo até que começou a ceder e as veias dos seus bíceps começaram crescer e ficar estufadas. Quando se tem braços maiores de que as pernas da maioria das pessoas, é preciso explorar esse presente da natureza.

Ele saiu do carro e subiu a escada. Tocou a campainha que ficava à direita da porta. Escutou-a tocar em algum lugar bem ao fundo da mansão. E esperou. Estava prestes a tocar novamente quando a porta do lado esquerdo foi aberta por uma empregada. Ela tinha mais ou menos metade da altura da porta. Estava de uniforme cinza e parecia vinda das Filipinas.

— Gostaria de falar com Lyndon Brewer — disse Reacher.

— Tem hora marcada? — questionou a empregada. O inglês dela era muito bom.

— Tenho, sim.

— Ele não falou comigo.

— Provavelmente ele esqueceu — respondeu Reacher. — Ouvi dizer que ele é meio cuzão.

O rosto dela ficou tenso. Não porque estava chocada. Estava lutando contra um sorriso.

— Quem devo anunciar?

— Rutherford B. Hayes — disse Reacher.

A empregada ficou quieta e depois sorriu.

— Ele foi o décimo nono presidente — disse ela. — O que assumiu depois de Ulysses S. Grant. Nasceu em 1822 em Ohio. Serviu de 1877 a 1881. Um dos sete presidentes de Ohio. Dos três de lá que governaram consecutivamente, foi o segundo.

Miragem em Chamas 257

— Ele é meu ancestral — argumentou Reacher. — Também sou de Ohio. Mas não me interesso por política. Diga ao sr. Brewer que trabalho em um banco em San Antonio e que acabamos de descobrir ações no nome do avô dele que valem aproximadamente um milhão de dólares.

— Ele vai ficar entusiasmado com essa notícia — falou a empregada.

Ela saiu e Reacher entrou pela porta a tempo de vê-la subir uma larga escadaria no fundo da antessala da entrada. Era do tamanho de uma quadra de basquete, silenciosa e fresca, revestido por uma madeira de lei dourada muito bem lustrada por gerações de empregadas. Havia um relógio de pé mais alto do que Reacher, emitindo suavemente seu tique-taque a cada segundo. Uma *chaise-longue* antiga como aquelas em que mulheres da sociedade ficam empoleiradas em pinturas a óleo. Reacher ficou imaginando se não se partiria ao meio caso ele colocasse seu peso sobre ela. Ele pressionou o veludo com a mão. Sentiu que o enchimento do estofado era de pelo de cavalo. A empregada desceu as escadas da mesma maneira que tinha subido, deslizando, com o corpo perfeitamente imóvel e a mão roçando levemente o corrimão.

— Ele o verá agora — disse ela. — Está na varanda, na parte de trás casa.

Acima da escada havia outra antessala com as mesmas dimensões e a mesma decoração. Portas francesas levavam à varanda na parte de trás da casa, que ia de uma extremidade à outra da casa e dava vista para acres de pastos. Ela era coberta e ventiladores giravam lentamente próximos ao teto. Havia mobílias de vime pesadas, pintadas de branco e organizadas em conjunto. Um homem estava sentado em uma cadeira com uma mesinha à direita. Sobre ela havia uma jarra e um copo cheios com o que parecia limonada, mas podia ser qualquer coisa. O homem tinha um pescoço gigantesco e era um sujeito de uns sessenta anos. Ele estava flácido e enfraquecido, mas devia ter sido impressionante no seu auge, vinte anos antes. Tinha muito cabelo branco e um rosto vermelho cujo sol marcara com rugas e buracos. Estava todo de branco. Calça branca, camisa branca, sapato branco. Parecia que estava pronto para ir jogar *lawn bowls* em algum clube campestre chique.

— Sr. Hayes? — disse ele.

Reacher se aproximou e se sentou sem esperar pelo convite.

— Você tem filhos? — perguntou.

— Tenho três filhos — respondeu Brewer.

— Algum deles está em casa?

— Estão todos fora, trabalhando.

— Sua mulher?

— Está em Houston, passeando.

— Então hoje estão aqui só você e a empregada?

— Por que você está perguntando?

Estava impaciente e intrigado, mas educado, como as pessoas ficam quando estão prestes a ganhar um milhão de dólares.

— Sou um banqueiro — respondeu Reacher. — Tenho que perguntar.

— Fale sobre as ações — pediu Brewer.

— Não tem ação nenhuma. Falei mentira.

Brewer ficou surpreso. Então desapontado. Então irritado.

— Então por que você está aqui? — perguntou ele.

— É uma técnica que usamos — explicou Reacher. — Na verdade, sou um analista de crédito. Às vezes, quando uma pessoa precisa pegar dinheiro emprestado, não quer que os empregados saibam.

— Mas eu não preciso pegar dinheiro emprestado.

— Tem certeza disso?

— Muita.

— Não foi o que ouvimos.

— Sou um homem rico. Empresto. Não pego emprestado.

— É mesmo? Ouvimos dizer que está tendo problemas para saldar seus compromissos.

Brewer fez a conexão lentamente. Um choque percorreu seu corpo até chegar ao rosto. Ele enrijeceu, ficou mais vermelho ainda, baixou o olhar e viu o formato da arma no bolso de Reacher, como se estivesse reparando nela pela primeira vez. Em seguida ele levou a mão à mesa e a levantou com um sininho de prata. Balançou-o com força e ele tilintou baixinho.

Miragem em Chamas

— Maria! — gritou ele, balançando o sino. — Maria!

A empregada surgiu da mesma porta que Reacher tinha usado. Ela caminhou silenciosamente pelas tábuas da varanda.

— Chame a polícia — ordenou Brewer. — Ligue para a emergência. Quero este homem preso.

Ela hesitou.

— Vá em frente — disse Reacher. — Ligue.

Ela passou por eles com a cabeça baixa e entrou na sala logo atrás da cadeira de Brewer. Era um tipo de escritório particular escuro, com uma decoração bem masculina. Reacher ouviu o som de um telefone sendo pego. Em seguida o som de batidinhas, como se ela estivesse tentando fazer com que funcionasse.

— Os telefones não estão funcionando — gritou ela.

— Vá lá pra baixo — gritou Reacher de volta.

— O que você quer? — perguntou Brewer.

— Quero que você cumpra sua obrigação legal.

— Você não é um banqueiro.

— Nossa, essa é uma dedução e tanto.

— Então quem é você?

— Um cara que quer um cheque de vinte mil dólares — respondeu Reacher.

— Você representa aquelas... *pessoas*?

Ele começou a se levantar. Reacher sacou a arma de uma vez e o fez voltar para a cadeira com um empurrão forte o bastante para doer.

— Quietinho aí.

— Por que você está fazendo isso?

— Porque sou um cara compassivo — respondeu Reacher. — É por isso. Há uma família com problemas aqui. Eles vão ficar transtornados e preocupados o inverno todo. A desgraça os encarando de frente. Sem saber que dia vai trazer a implosão total de tudo que está ao redor deles. Não gosto de ver pessoas vivendo desse jeito, quem quer que sejam.

— Se não gostam disso, deveriam voltar para o México, que é o lugar deles.

Reacher o encarou, surpreso.

— Não estou falando *deles* — disse ele. — Estou falando de *você*. Da sua família.

— Minha família?

Reacher confirmou com um gesto de cabeça e disse:

— Se eu fico puto com você, todos eles vão sofrer. Um carro destruído aqui, um assalto ali. Você pode cair da escada, quebrar a perna. Ou quem sabe a sua mulher. Pode ser que a sua casa pegue fogo. Muitos acidentes, um depois do outro. Você nunca vai saber quando será o próximo. Isso vai te deixar louco.

— Você nunca vai se safar.

— Estou me safando agora mesmo. Posso começar hoje. Com você.

Brewer ficou calado.

— Me dê a jarra — pediu Reacher.

Brewer hesitou por um momento. Depois a levantou e ficou segurando como um autômato. Reacher a pegou. Era de um cristal sofisticado, moldado, talvez da Waterford, provavelmente importado da Irlanda. Era uma jarra de um litro e devia ter custado uns cem dólares. Ele a equilibrou na palma da mão e cheirou o seu conteúdo. Limonada. Em seguida a arremessou para fora da varanda. Um líquido amarelo fez um arco no ar e um segundo depois a ouviram se espatifar no pátio lá embaixo.

— Opa — disse ele.

— Vou colocar você na cadeia — afirmou Brewer. — Isso é crime contra o patrimônio privado.

— Talvez eu comece por um dos seus filhos — ameaçou Reacher. — Escolho um aleatoriamente e jogo pela varanda desse jeitinho aí.

— Vou colocar você na cadeia — repetiu Brewer.

— Por quê? De acordo com você, o que o sistema legal diz não significa nada. Ou será que isso só se aplica a você? Talvez se ache especial demais.

Brewer ficou calado. Reacher se levantou, pegou sua cadeira e a arremessou por cima do parapeito. Ela despencou e se estilhaçou na pedra lá embaixo.

Miragem em Chamas

— Me dê o cheque — disse Reacher. — Você pode pagar. É rico. Acabou de falar isso pra mim.

— É uma questão de princípios — argumentou Brewer. — Eles não deveriam estar aqui.

— E você deveria? Por quê? Eles estavam aqui antes.

— Eles perderam. Pra nós.

— E agora você está perdendo. Pra mim. Tudo que vai, volta.

Ele se inclinou e pegou o sino de prata na mesa. Era provavelmente uma antiguidade. Talvez francês. A parte de fora possuía adornos de filigrana. Devia ter uns seis centímetros de diâmetro. Ele o segurou com o polegar em um lado e todos os outros quatro dedos no outro. Apertou com força e o amassou. Depois ele o colocou na palma da mão e esmagou até que o metal ficasse achatado. Inclinou-se e o empurrou para dentro do bolso da camisa de Brewer.

— Eu poderia fazer isso com a sua cabeça — ameaçou.

Brewer não respondeu.

— Me dê o cheque — disse Reacher, a voz baixa. — Antes que eu comece a ficar puto.

Brewer ficou calado. Cinco segundos. Dez. Depois suspirou.

— Ok.

Foi até o escritório e se aproximou da mesa. Reacher ficou atrás dele. Não queria revólver algum surgindo de repente de dentro de alguma gaveta.

— Não cruze o cheque para que possa ser sacado.

Brewer o preencheu. A data estava correta, o valor também, e ele o assinou.

— É melhor que não seja um cheque voador — disse Reacher.

— Não é — afirmou Brewer.

— Se voltar, eu também volto. Aí é você que vai voar até o pátio lá embaixo.

— Quero que você apodreça no inferno.

Reacher dobrou o cheque, colocou-o no bolso e achou o caminho para a antessala no alto da escada. Desceu e foi até o relógio de pé. Inclinou pra frente até desequilibrá-lo. Caiu como uma árvore, espatifou no chão e parou de fazer tique-taque.

Os dois homens partiram em retirada depois de quase três horas. O calor estava brutal demais pra que continuassem ali. E, na verdade, não precisavam ficar mais. Ninguém ali iria a lugar algum. Isso estava claro. A velha e o filho passavam a maior parte do tempo dentro de casa. A menina passava o tempo no estábulo e saía de vez em quando, até o sol a mandar de volta pra dentro. Além disso, caminhava lentamente para casa quando a empregada a chamava para comer. Então eles resolveram ir embora, engatinharam para o norte protegidos pelas pedras e saíram para esperar no acostamento empoeirado assim que não podiam mais ser vistos da casa. A mulher chegou com o Crown Vic bem na hora. O ar-condicionado estava no máximo e ela tinha garrafas de água. Eles beberam a água e fizeram o relatório.

— Certo — disse a mulher. — Então eu acho que estamos prontos para agir.

— Acho que estamos — confirmou o homem moreno.

— Quanto antes melhor — sugeriu o homem louro. — Vamos acabar com isso.

Reacher colocou as placas de volta no velho LeBaron assim que não podia ser mais visto da casa de Brewer. Em seguida foi direto para Pecos e pegou o VW de Alice Aaron no mecânico. Pagou os quarenta dólares sem reclamar, porém mais tarde ficou em dúvida se tinham realmente feito alguma coisa no carro. A embreagem estava tão dura quanto antes. A marcha agarrou duas vezes no caminho de volta até os escritórios de advocacia gratuitos.

Ele o deixou no lote atrás do prédio com os mapas e a arma no porta-luvas, onde os tinha encontrado. Entrou no velho escritório pela frente e viu Alice à sua mesa na parte do fundo. Estava no telefone e ocupada com clientes. Havia uma família inteira em frente a ela. Três gerações de gente calada e ansiosa. Ela tinha trocado de roupa. Estava usando calça preta

Miragem em Chamas

de cintura alta feita de algum tipo de algodão fino ou linho e um paletó preto para combinar. O paletó fazia com que o top esportivo parecesse uma camisa. O conjunto todo parecia bem formal. Advogado instantâneo.

Ela o viu, tampou o telefone com a mão e pediu licença para os clientes. Virou-se na cadeira e ele se inclinou para o lado dela.

— Estamos cheios de problemas — disse Alice, sem alarde. — Hack Walker quer ver você.

— Eu? — indagou ele. — Por quê?

— É melhor você ouvir dele.

— Ouvir o quê? Você se encontrou com ele?

— Fui lá. Conversamos uma meia-hora.

— E? O que ele falou?

— É melhor você ouvir dele — repetiu ela. — Podemos conversar sobre isso depois, tá?

Havia preocupação na voz dela. Ele a olhou. Ela voltou ao telefone. A família em frente se curvou para a frente para escutar o que Alicie dizia. Ele tirou o cheque de vinte mil dólares do bolso, desdobrou-o e o deslizou sobre a mesa. Ela o viu e parou de falar. Tampou o telefone com a mão novamente. Respirou fundo.

— Obrigada — disse ela.

Agora havia constrangimento em sua voz. Como se tivesse reconsiderado sua parte no acordo. Ele deixou as chaves do carro sobre a mesa e voltou para a calçada. Virou para a direita e seguiu para o tribunal.

O gabinete do promotor público do Condado de Pecos ocupava todo o segundo andar do tribunal. Havia uma porta de entrada no fim de uma escadaria que levava a uma passagem estreita que, depois de uma porta de madeira, dava em uma área aberta usada como secretaria. Atrás dela, havia portas de três escritórios, uma para o promotor público e uma para cada um dos assistentes. Todas as paredes interiores que separavam os escritórios uns dos outros e esses da secretaria eram de vidro da cintura para cima. Elas tinham venezianas antiquadas cobrindo o vidro, com largas ripas de madeira e fitas de algodão. O lugar parecia apertado e ultrapassado. Todas as janelas externas tinham ar-condicionado. Estavam todos no máximo e seus motores faziam com que as paredes emitissem um grave e baixo ruído.

A secretaria possuía duas mesas bagunçadas, ambas ocupadas, a mais distante por uma mulher de meia-idade que parecia fazer parte do lugar, a mais próxima por um homem jovem que poderia ser um estagiário trabalhando nas férias da faculdade. Evidentemente ele também exercia a função de recepcionista do escritório, pois olhou para cima com uma expressão do tipo *como posso ajudá-lo* estampada no rosto.

— Hack Walker quer falar comigo — disse Reacher.

— Sr. Reacher? — perguntou o garoto.

Ele confirmou com um gesto de cabeça e o garoto apontou para o escritório do canto.

— Ele o está aguardando.

Desviando da bagunça, Reacher seguiu para o escritório do canto. A porta tinha uma janela com uma placa de acetato abaixo dela. Nela estava escrito *Henry F. W. Walker, Promotor Público*. A janela estava coberta por dentro com uma persiana fechada. Reacher bateu uma vez e entrou sem esperar por uma resposta.

O escritório tinha uma janela em cada parede, uma montoeira de fichários, uma mesa grande cheia de papéis empilhados, um computador e três telefones. Walker estava em sua cadeira atrás dela, inclinado para trás, segurando um porta-retratos com as duas mãos. Era um treco pequeno de madeira com uma lingueta de fibra plástica na parte de trás que o escoraria e manteria em pé em uma mesa ou prateleira. Ele estava olhando para a foto. No rosto, um tipo de mágoa grave.

— O que posso fazer por você? — perguntou Reacher.

Walker parou de olhar para a foto.

— Sente-se, por favor — disse ele.

O tom amigável de político tinha desaparecido de sua voz. Ele soava cansado sem nada de especial. Havia uma cadeira para clientes em frente à mesa. Reacher a levantou e a virou de lado para que tivesse espaço para esticar as pernas

Miragem em Chamas

— O que posso fazer por você? — perguntou novamente.

— Sua vida já virou de cabeça pra baixo do dia pra noite?

— Uma vez ou outra — disse Reacher.

Walker apoiou a foto em cima da mesa, de lado, para que ficasse visível para os dois. Era a mesma foto colorida que ele tinha visto no armário de Sloop Greer. Os três jovens encostados no para-lama de uma caminhonete velha, bons amigos, intoxicados pela juventude, na cúspide das infinitas possibilidades.

— Eu, Sloop e Al Eugene — disse ele. — Agora Al está desaparecido e Sloop, morto.

— Nenhuma notícia de Eugene?

— Nada.

Reacher ficou calado.

— Éramos um trio e tanto — disse Walker. — E você sabe como é. Num lugar isolado como este, a gente acaba virando mais que amigo. Éramos nós contra o mundo.

— Sloop era o nome verdadeiro dele?

Walker levantou o olhar.

— Por que pergunta isso?

— Porque eu pensei que o seu fosse Hack. Mas vi na placa da porta que é Henry.

Walker confirmou com um gesto de cabeça e sorriu um sorriso cansado.

— É Henry na minha certidão de nascimento. Minha família me chama de Hank. Sempre chamaram. Mas eu não conseguia pronunciar isso quando era criança, quando estava aprendendo a falar. Só saía *Hack*. Meio que pegou.

— Mas Sloop é de verdade?

Walker confirmou novamente com um gesto de cabeça.

— Era Sloop Greer, despretensioso e simples.

— Então, o que posso fazer por você? — perguntou Reacher pela terceira vez

— Na verdade, não sei — disse Walker. — Talvez escutar por algum tempo, talvez esclarecer algumas coisas pra mim.

— Que tipo de coisas?

— Na verdade, não sei — repetiu Walker. — Tipo, quando você olha pra mim, o que vê?

— Um promotor público.

— E?

— Não tenho certeza.

Walker ficou em silêncio por um tempo.

— Você gosta do que vê? — perguntou ele.

Reacher deu de ombros e respondeu:

— Cada vez menos, pra ser honesto.

— Por quê?

— Porque eu entro aqui e vejo você ficando com os olhos marejados por causa de uma amizade de infância com um advogado pilantra e um sujeito que espancava a mulher.

Walker desviou o olhar.

— Você é bem direto.

— A vida é curta demais pra não sermos.

Houve um segundo de silêncio. Apenas o ruído de todos os ares-condicionados aumentando e diminuindo à medida que passavam de uma potência para outra.

— Na verdade, eu sou três coisas — disse Walker. — Sou um homem, sou promotor público, e sou candidato a juiz.

— E?

— Al Eugene não é um advogado pilantra. Longe disso. É um bom homem. É um ativista. E tem que ser. O fato é que, estruturalmente, o estado do Texas não é bom em proteger os direitos do acusado. Do acusado *indigente*, pior ainda. Você sabe disso, pois você mesmo teve que encontrar um advogado pra Carmem e isso porque lhe disseram que ela não teria um advogado nomeado em meses. E a advogada que você encontrou deve ter te falado que ela ainda está lidando com meses e meses de atraso. O sistema é

Miragem em Chamas

267

ruim, eu tenho conhecimento disso e Al tem conhecimento disso também. A Constituição garante acesso a um advogado, e o Al encara esse direito com muita seriedade. Ele se coloca à disposição de qualquer um que bate à porta dele. Representa-os com justiça, quem quer que eles sejam. É inevitável que alguns deles sejam bandidos, mas não se esqueça de que a Constituição se aplica a bandidos também. Mas a maioria dos clientes dele é correta. A maior parte deles é apenas pobre, só isso, negros ou brancos ou hispânicos.

Reacher ficou calado.

— Então me deixe dar um palpite — disse Walker. — Não sei onde ouviu Al ser chamado de pilantra, mas aposto dez contra um que foi de uma pessoa branca mais velha com dinheiro ou posição.

Foi Rusty Greer, pensou Reacher.

— Não me diga quem — pediu Walker. — Mas aposto cem contra dez que estou certo. Uma pessoa dessas encara um advogado defendendo gente pobre ou de cor como um transtorno ou um aborrecimento e também como algum tipo de traição contra sua raça ou sua classe e, a partir daí, chamá-lo de pilantra é um pulo.

— Tudo bem. Talvez eu esteja errado em relação a Eugene.

— Eu garanto que está errado em relação a ele. Garanto que podemos voltar ao dia em que ele passou no exame da ordem e vasculhar de lá pra cá que não encontraremos um comportamento inescrupuloso sequer.

Ele colocou a unha sobre a fotografia, logo abaixo do queixo de Al Eugene.

— Ele é meu amigo. E sou feliz por isso. Como homem e como promotor público.

— E Sloop Greer?

— A gente vai chegar lá. Mas antes me deixe te contar sobre como é ser um promotor público.

— Contar o quê?

— Mais ou menos a mesma coisa. Sou como Al. Acredito na Constituição, no estado de direito, na imparcialidade, na justeza. Garanto que se você virar este escritório de cabeça pra baixo não vai encontrar um caso sequer em que eu não tenha sido completamente justo e imparcial. Tenho sido rígido, claro, mandei muitas pessoas para a prisão, condenei outras à pena de morte, mas nunca fiz nada que não tivesse absolutamente convencido de que era o correto.

— Parece um discurso político. — disse Reacher. — Mas não voto aqui.

— Eu sei — disse Walker. — Eu verifiquei. É por isso que estou falando desse jeito. É um discurso sentimentaloide demais para ser político. Mas isso é real. Eu quero ser juiz porque posso fazer algo de bom. Você está familiarizado em razão de como as coisas funcionam no Texas?

— Não muito.

— Todos os juízes do Texas têm que ser eleitos. Eles têm muito poder. E é um estado esquisito. Muita gente rica, mas muitas pessoas pobres também. As pessoas pobres precisam de advogados nomeados pelo tribunal, obviamente. Mas não há um sistema de defensoria pública no Texas. Então o juiz escolhe os advogados das pessoas pobres para elas. Simplesmente escolhem, de qualquer firma de advocacia que queiram. Estão no controle do processo todo. Estabelecem os honorários também. É patronagem, pura e simples. Então quem o juiz vai nomear? Alguém que contribuiu com a sua companha eleitoral. É uma questão de compadrio, não de aptidão ou talento. O juiz entrega dez mil dólares do dinheiro de contribuintes para uma firma de advocacia de sua preferência. A firma de advocacia designa um lacaio incompetente, que executa um serviço que vale cem dólares, o resultado líquido é de nove mil e novecentos dólares de lucro imerecido para a firma de advocacia e um sujeito pobre na cadeia por algo que ele talvez nem tenha feito. Muitos advogados de defesa se encontram com seus clientes pela primeira vez no início do julgamento, lá dentro da sala do tribunal. Há advogados bêbados e outros que dormem na mesa. Não trabalham. Não analisam nada. Quando eu cheguei aqui, um sujeito estava sendo julgado pelo estupro de uma criança. Foi condenado e pegou prisão perpétua. Depois uma ação *pro bono* como a que você procurou acabou provando que o sujeito, na verdade, estava na cadeia na época em que o

Miragem em Chamas

estupro aconteceu. Na *cadeia*, Reacher. A oitenta quilômetros de distância. Aguardando ser julgado por roubo de carro. Havia documentos em toda parte, tudo com registro público, que provavam isso sem deixar margem para dúvidas. O primeiro advogado nem tinha verificado.

— Não é muito bom — comentou Reacher.

— Então eu faço duas coisas — disse Walker. — Primeiro, eu almejo me tornar juiz para que possa ajudar a corrigir as coisas no futuro. Segundo, neste momento, aqui neste escritório da promotoria de justiça, atuamos em ambos os lados. Todas as vezes, um de nós monta a acusação e outro faz o trabalho da defesa e tenta derrubá-la. Trabalhamos muito duro nela, pois sabemos que ninguém mais fará isso. E eu não conseguiria dormir à noite se não o fizéssemos.

— A defesa de Carmem Greer está sólida como uma rocha — disse Reacher.

Hack Walker baixou o olhar para a mesa.

— Não, a situação é um pesadelo — discordou ele. — É um desastre total, seja de qual ponto de vista a observemos. Para mim pessoalmente, como homem, como promotor público e como candidato à magistratura.

— Você tem que pedir a sua suspeição e se afastar do caso.

Walker levantou o olhar.

— É claro que vou pedir minha suspeição. Não há dúvida sobre isso. Mesmo assim, trata-se ainda de uma questão pessoal pra mim. Além disso, sou o responsável geral. Aconteça o que acontecer, é o meu *gabinete*. E vai haver repercussão pra mim.

— Você quer me dizer qual é o problema?

— Você não enxerga? Sloop era meu amigo. E eu sou um promotor honesto, ou seja, no meu coração e na minha cabeça eu quero que a justiça seja feita. Estou analisando a possibilidade de condenar uma *mulher hispânica* à *pena de morte*. Se faço isso, posso esquecer a eleição, não é? Este condado é expressivamente hispânico. Mas eu quero ser juiz. Porque posso fazer algo de bom. E pedir a pena de morte para uma mulher das minorias *agora* é eliminar essa possibilidade. A repercussão não será apenas aqui. Isso será manchete *em tudo quanto é lugar*. Você já imaginou? O que o *New York Times* vai dizer? Eles já pensam que somos uns caipiras bárbaros idiotas que casamos com os próprios primos. Isso vai me perseguir pelo resto da vida.

— Então não instaure o processo. Não seria justiça, de qualquer maneira. Porque foi pura e simples legítima defesa.

— Ela te convenceu disso?

— É óbvio.

— Eu adoraria que *fosse* óbvio. Eu daria meu braço direito. Pela primeira vez na minha carreira, eu faria vista grossa para acabar isso.

Reacher o encarou.

— Você não precisa fazer vista grossa. Precisa?

— Vamos detalhar o caso — disse Walker. — Passo a passo, desde o início. Maus-tratos conjugais como defesa podem funcionar, mas tem que ser uma fúria repentina, algo feito no calor do momento. Entende? Essa é a lei. Não pode ser premeditado. E a Carmem premeditou feito doida. Isso é fato e não pode ser desconsiderado. Quando ela soube que ele voltaria pra casa, quase imediatamente comprou a arma. Toda documentação acaba passando por este escritório. Então eu sei que isso é verdade. Ela estava preparada e esperando para emboscá-lo.

Reacher ficou calado.

— Eu a conheço — continuou Walker. — É óbvio que conheço. Sloop era meu amigo. Então eu a conheço praticamente há tanto tempo quanto ele.

— E?

Walker suspendeu os ombros de maneira aflita antes de responder:

— Havia problemas.

— Quais problemas?

Ele abanou a cabeça.

Miragem em Chamas

271

— Não sei o quanto devo afirmar, legitimamente. Então eu vou apenas fazer algumas suposições, ok? E não quero que responda de jeito nenhum. Nenhuma palavra. Se o fizer, você pode ficar numa situação difícil.

— Difícil como?

— Você vai ver mais tarde. Ela provavelmente te falou que vem de uma família rica produtora de vinho do norte de São Francisco, certo?

Reacher ficou calado.

— Ela falou que se conheceram na UCLA, onde estudaram juntos.

Reacher ficou calado.

— Ela falou que Sloop a engravidou. Então eles tiveram que se casar e como consequência a família rompeu relações com ela.

Reacher ficou calado.

— Ela falou que Sloop batia nela enquanto estava grávida. Falou que ficava gravemente ferida e que Sloop a obrigava a fingir que os machucados eram decorrentes de acidentes a cavalo.

Reacher ficou calado.

— Alegou que foi ela que avisou a Receita Federal, o que a fez ficar muito mais desnorteada com a volta dele pra casa.

Reacher ficou calado.

— Certo — disse Walker. — Agora, a rigor, qualquer coisa que ela lhe tenha dito não passa de rumor e é inadmissível no tribunal, mesmo que fossem declarações espontâneas que indicassem o quanto sua aflição era aguda. De modo que, em uma situação dessas, o advogado dela se esforçaria muito para que o rumor fosse aceito porque ele contribui para compor o estado de espírito dela. E *há* preceitos legais que permitiriam isso. Obviamente, muito promotores públicos iriam se opor, mas este gabinete aqui, não. Temos a tendência de permitir, pois sabemos que maus-tratos no casamento podem acontecer de maneira velada. Meu instinto seria o de permitir *qualquer coisa* que nos levasse o mais próximo da verdade. Portanto, digamos que você ou uma pessoa como você tivesse permissão para testemunhar. Você descreveria uma situação horrível e, nas circunstâncias, com a volta dele pra casa a assombrando e tudo mais, o júri tenderia a ser compreensivo. Eles provavelmente negligenciariam o elemento da premeditação. Ela poderia receber o veredito de inocente.

— E onde está o problema?
— O problema é que, se você testemunhasse, seria interrogado também.
— E?
Walker baixou o olhar para a mesa novamente.
— Deixe-me fazer mais algumas suposições. Não responda. E, por favor, se eu estiver supondo incorretamente, não se sinta ofendido. Se estiver errado, de antemão, peço sinceras desculpas. Tudo bem?
— Sim.
— Minha suposição é que a premeditação foi sistemática. Minha suposição é que ela pensou nisso e depois tentou recrutar você para fazer o serviço.

Reacher ficou calado.

— Minha suposição é a de que ela não pegou você por acaso. De alguma maneira, ela te selecionou e tentou persuadi-lo enfaticamente.

Reacher ficou calado. Walker engoliu em seco antes de continuar.

— Outra suposição. Ela te ofereceu sexo como pagamento.

Reacher ficou calado.

— Outra suposição — disse Walker. — Ela não desistiu. Em algum momento, tentou te levar pra cama de novo.

Reacher ficou calado.

— Está vendo? — continuou Walker. — Se eu estiver certo, e eu acho que estou, pois *conheço* essa mulher, tudo isso também viria à tona no interrogatório. Evidência de minuciosa preparação. A não ser que você minta quando testemunhar. Ou caso nós não façamos as perguntas certas. Mas, considerando que façamos as perguntas certas e que você diga a verdade, essa história toda de premeditação faria um estrago enorme. Muito sério. Provavelmente fatal.

Reacher ficou calado.

— E ainda fica pior, creio eu — continuou Walker. — Muito pior. Porque, se ela tiver dito coisas a você, o que importa é a *credibilidade* dela, concorda? Para ser mais específico, ela estava contando a verdade sobre os

Miragem em Chamas

maus-tratos ou não? Verificaríamos isso fazendo perguntas a você para as quais nós *sabemos* as respostas. Portanto, sob interrogatório, o perguntaríamos coisas inocentes primeiro, como quem é ela, de onde ela é, e você vai nos contar o que ela lhe disse.

— E?

— E a credibilidade dela iria se desintegrar. Próxima parada, morte por injeção letal.

— Por quê?

— Porque eu *conheço* essa mulher e ela inventa coisas.

— Que coisas?

— Tudo. Eu tenho escutado as histórias várias e várias vezes. Ela de fato falou a você que é de uma família rica produtora de vinho?

— Mais ou menos. Ela disse que a família possuía mil acres em Napa Valley. Não é verdade?

— Ela é de algum bairro hispânico no centro-sul de Los Angeles. Ninguém sabe coisa alguma sobre os pais dela. Provavelmente nem ela mesma.

Reacher ficou em silêncio por um momento. Depois deu de ombros.

— Disfarçar uma origem humilde não é crime.

— Ela nunca estudou na UCLA. Ela era stripper. Ela era uma prostituta, Reacher. Ela atendia as festas das repúblicas da UCLA, entre outras coisas. Sloop a conheceu quando ela estava fazendo uma performance. Parte do repertório era um interessante truquezinho com uma garrafa long neck de cerveja. Por alguma razão, ele se apaixonou por ela. Você sabe, aquela coisa de vou te tirar desta vida. Acho que consigo entender. Ela é bonita hoje. Na época era atordoante. E esperta. Olhou para Sloop e viu o filho de um homem rico do Texas com uma carteira bem gorda. Viu um bilhete de loteria premiado. Foi morar com ele. Parou de tomar pílula, mentiu para ele e ficou grávida. Em consequência disso, Sloop fez a coisa mais decente, pois ele era assim, cavalheiresco. Ela o fez de trouxa e ele deixou.

— Eu não acredito em você.

Walker deu de ombros.

— Não interessa se você acredita ou não, e eu vou te falar o porquê daqui a pouco. Mas é tudo verdade. Infelizmente. Ela tem cabeça. Sabe o que acontece com prostitutas quando ficam velhas. A coisa fica feia, e olha que nem começa muito bonita, não é mesmo? Carmem queria arranjar uma saída e Sloop era a tal. Ela o sugou por anos, diamantes, cavalos, tudo.

— Não acredito em você — repetiu Reacher.

— Ela é muito convincente. Não tenho como negar isso — disse Walker, movimentando afirmativamente a cabeça.

— *Mesmo* que seja verdade, isso justifica que ele a espanque?

Walker ficou quieto por um tempinho.

— Não, é claro que não — disse ele. — Mas é aí que está o grande problema. O negócio é: ele não batia nela. Nunca, Reacher. Não foi violento com ela. Nunca. Eu *conhecia* Sloop. Ele era muita coisa e, pra ser absolutamente honesto, nem todas eram boas. Ele era preguiçoso. Era um pouco desleixado com os negócios. Um pouco desonesto, pra ser sincero. Eu não estou tampando o sol com a peneira. Mas todas essas falhas tinham origem no fato de ele se sentir um verdadeiro cavalheiro texano. Tenho plena consciência disso, porque eu, ao contrário, era o garoto pobre. Praticamente lixo. Ele tinha a fazendona e o dinheiro. Isso o tornava meio arrogante e superior, consequentemente, a preguiça e a impaciência com princípios rígidos. Mas *nunca, nunca* bater em uma mulher é parte do que significa ser cavalheiro no Texas. Quem quer que seja a mulher. Nunca. Ou seja, ela está inventando tudo isso também. Eu sei. Ele nunca bateu nela. Eu te prometo isso.

Reacher negou com um movimento de cabeça e disse:

— O que *você* promete pra mim não prova porcaria nenhuma. Afinal de contas, o que mais você iria falar? Ele era seu amigo.

Novamente ele moveu a cabeça afirmativamente e disse:

— Aceito a sua consideração. Mas não preciso acrescentar mais nada. Simplesmente não existe coisa alguma. Absolutamente nenhuma evidência, nenhuma testemunha, nada. Éramos próximos. Estive com eles milhares de vezes. Ficava sabendo dos acidentes a cavalo assim que aconteciam. Não foram *tantos* assim e pareciam verdadeiros. Vamos pedir os laudos médicos, é claro, mas não tenho muita esperança de que serão ambíguos.

— Você mesmo disse que maus-tratos podem ser velados.

Miragem em Chamas

— *Tão* velado assim? Sou um promotor público, Reacher. Já vi de tudo. Um casal sozinho num trailer, talvez. Mas Sloop e Carmem moravam com família e se encontravam com amigos todos os dias. E, antes de você contar a história para Alice Aaron, não havia em todo o Texas alguém que tivesse ouvido uma palavrinha sequer sobre violência entre os dois. Nem eu, nem Al, ninguém. Você está entendo o que eu quero dizer? Não há evidência. A única coisa que temos é a palavra dela. E você é a *única outra pessoa* que já ouviu falar nisso. Mas, se resolver apoiá-la, aí o julgamento estará acabado antes mesmo de ter começado, porque as *outras* coisas que você terá que dizer provarão que é ela é uma mentirosa patológica. Por exemplo, ela *falou* que tinha avisado a Receita Federal?

— Falou, sim. Disse que ligou pra eles. Pra algum departamento especial.

Walker abanou a cabeça.

— Eles o pegaram por meio de registros bancários. Foi puro subproduto de uma auditoria feita em outra pessoa. Ela não sabia de nada. Eu tenho *certeza* disso, é fato absoluto, porque Sloop procurou Al na hora, e Al me procurou pra pedir conselho. Eu vi a acusação. Preto no branco. Carmem é uma mentirosa, Reacher, pura e simplesmente. Ou talvez não tão pura e simplesmente. É possível que existam outras razões bem complicadas por trás disso tudo.

Reacher ficou refletindo durante um bom tempo.

— Talvez ela seja uma mentirosa — disse ele. — Mas mesmo os mentirosos podem sofrer maus-tratos, assim como qualquer outra pessoa. E maus-tratos podem ser velados. Você não *sabe* se eles estavam acontecendo.

— Concordo. Eu não *sei*. Mas eu apostaria a minha vida que não estavam.

— Ela me convenceu.

— Ela provavelmente convenceu a si mesma. Vive num mundo de fantasia. Eu a *conheço*, Reacher. É uma mentirosa, só isso, e é culpada por homicídio qualificado.

— Então por que estamos conversando?

Walker ficou em silêncio antes de perguntar:

— Posso confiar em você?

— E isso tem alguma importância? — disse Reacher.

Walker ficou muito comedido. Ficou simplesmente olhando para a parede do escritório por um minuto inteiro, depois outro. Depois outro. O ruído dos ares-condicionados encheu o silêncio.

— Tem, tem importância, sim — respondeu ele. — Tem muita importância. Para Carmem, e para mim. Porque, neste momento, você está fazendo uma leitura completamente equivocada de mim. Não sou um amigo furioso tentando proteger a reputação do antigo camarada. Na realidade, *quero* encontrar uma defesa pra Carmem, você não percebe isso? Até mesmo *inventar* uma. Talvez até fingir que os maus-tratos aconteciam e recusar que nem um doido a questão da premeditação. Estou seriamente tentado. Porque aí eu não nem preciso acusá-la e provavelmente salvo minha chance de chegar à magistratura.

O silêncio retornou. Nada além dos ares-condicionados e dos telefones tocando baixinho do outro lado da porta do escritório. O barulho distante de um fax.

— Eu quero vê-la — disse Reacher.

— Não posso fazer isso. Você não é o advogado dela.

— Você pode dar uma amaciada nas regras.

Walker suspirou e apoiou a cabeça entre as mãos.

— Por favor, não me incentive. Agora mesmo estou pensando em jogar as regras do alto do prédio.

Reacher ficou calado. Walker estava com o olhar perdido, os olhos cansados.

— Quero descobrir o verdadeiro motivo — disse ele finalmente. — Porque se foi algo realmente frio, como dinheiro, não tenho escolha. Ela vai ter que pagar.

Reacher ficou calado.

Miragem em Chamas 277

— Mas, se não foi, quero que você me ajude — disse Walker. — Se os laudos médicos forem remotamente plausíveis, vou querer salvá-la com o negócio dos maus-tratos.

Reacher ficou calado.

— Ok, o que eu estou querendo dizer de verdade é que eu quero me salvar — afirmou Walker. — Tentar salvar as minhas chances na eleição. Ou as duas coisas, entendeu? Ela *e* eu. E Ellie também. Ela é uma ótima menina. Sloop a amava.

— Mas o que você iria querer de mim?

— Se a gente optar por esse caminho.

— Se — concordou Reacher.

— Queria que você mentisse quando testemunhar — disse Walker. — Queria que você repetisse o que ela disse sobre os espancamentos e modificasse todo o resto das coisas que ela falou, a fim de preservar a credibilidade dela.

Reacher ficou calado.

— É por isso que preciso confiar em você — disse Walker. — E é por isso que eu tenho que esquematizar tudo. Assim você vai saber exatamente no que está se envolvendo juntamente com ela.

— Nunca fiz esse tipo de coisa.

— Nem eu — disse Walker. — Me sinto péssimo só de falar nisso.

Reacher ficou em silêncio por muito tempo.

— Por que você supõe que eu toparia fazer isso? — perguntou ele.

— Acho que você gosta dela — disse Walker. — Que tem pena dela. Acho que quer ajudá-la. Como consequência, indiretamente, você pode me ajudar.

— Como você esquematizaria isso?

Walker levantou os ombros e começou a explicar:

— Vou me retirar do caso desde o início e um dos meus assistentes o assumirá. Vou descobrir exatamente o que ela pode provar com certeza e vou te instruir para que não te passem uma rasteira. É por isso que não posso deixar você ver Carmem agora. Eles mantêm um registro lá embaixo. Pareceria acordo prévio.

— Não sei, não — disse Reacher.

— Nem eu. Mas é possível que não seja necessário chegarmos até o julgamento. Caso a evidência médica seja um pouco flexível e se conseguirmos um depoimento escrito da Carmem e outro seu, talvez seja justificável a retirada de todas as acusações.

— Mentir em um depoimento escrito também seria muito ruim.

— Pense na Ellie.

— E na sua magistratura.

— Não estou escondendo isso de você. Quero ser eleito, não há dúvida quanto a isso. Mas é por uma razão honesta. Quero melhorar as coisas, Reacher. Essa sempre foi a minha ambição. Progredir e poder melhorar as coisas de dentro. É o único jeito. Pelo menos para uma pessoa como eu. Não tenho influência alguma como lobista. Não sou um político de verdade. Acho essa coisa toda meio constrangedora. Não tenho as habilidades necessárias.

Reacher ficou calado.

— Me deixe pensar sobre isso — disse Walker. — Um dia ou dois. Aí decido o que fazer.

— Tem certeza?

Walker suspirou novamente.

— Não, é claro que não tenho *certeza*. Odeio essa coisa toda. Mas que inferno, Sloop está morto. Nada vai mudar isso. Nada vai trazê-lo de volta. Vou jogar a memória dele na lata do lixo, é claro. Mas isso vai salvar Carmem. E ele a amava, Reacher. De um jeito que ninguém mais conseguiria entender. A desaprovação que ele jogou nos próprios ombros foi inacreditável. Da família, da alta sociedade. Ele ficaria feliz em trocar a própria reputação pela vida dela, creio eu. A vida *dele* pela vida *dela*, efetivamente. Ele trocaria a minha, ou a do Al, provavelmente. Ele a amava.

Houve silêncio novamente.

— Ela precisa ter direito a fiança — falou Reacher.

— Por favor — disse Walker. — Isso está fora de questão.

— Ellie precisa dela.

— Isso é mais importante que a fiança — argumentou Walker. —

Miragem em Chamas

Ellie pode ficar uns dias com a avó. É com o resto da vida dela que temos que nos preocupar. Me dê tempo para planejar isso.

Reacher deu de ombros e se levantou.

— Isto aqui é totalmente confidencial, está bem? — alertou Walker. — Acho que devia ter deixado isso claro desde o início.

Reacher concordou com um gesto de cabeça e disse:

— Fico esperando seu contato.

Em seguida se virou e saiu da sala.

12

MA PERGUNTA SIMPLES — DISSE ALICE. — É plausível que a violência doméstica seja tão velada que nem mesmo os amigos mais íntimos percebem alguma coisa?

— Eu não sei — respondeu Reacher. — Não tenho muita experiência.

— Nem eu.

Eles estavam em lados opostos da mesa de Alice no fundo do escritório. O dia estava na metade e o calor era tão brutal que impunha uma sesta *de facto* a toda a cidade. Ninguém estava do lado de fora a não ser aqueles que precisavam desesperadamente estar. O escritório estava quase deserto. Apenas Alice, Reacher e outro advogado a seis metros de distância. A temperatura ali de dentro chegava fácil aos trinta e oito graus. A umidade estava aumentando. O ar-condicionado antigo sobre a porta não

Miragem em Chamas 281

fazia a menor diferença. Alice tinha colocado short novamente. Estava inclinada pra trás na cadeira com os braços acima da cabeça e as costas arqueadas para fora do vinil pegajoso. Estava melada de suor da cabeça aos pés. Com aquele bronzeado, parecia oleosa. A camisa de Reacher estava ensopada. Ele reconsiderou a expectativa de vida dela planejada para três dias.

— É um ardil 22 — disse Alice. — Maus-tratos de que se *sabe* não são velados. Entretanto, pode-se presumir que não estão acontecendo aqueles maus-tratos *realmente* velados. Por exemplo, eu presumo que meu pai não está batendo na minha mãe. Mas talvez esteja. Quem saberia? E o seu?

Reacher sorriu.

— Duvido. Ele era um fuzileiro naval dos Estados Unidos. Era um cara grande, não particularmente gentil. Por outro lado, você devia ter visto a minha mãe. Provavelmente *ela* estava batendo nele.

— E então, sim ou não em relação a Carmem e Sloop?

— Ela me convenceu — disse Reacher. — Não tenho dúvida quanto a isso.

— Apesar de tudo?

— Ela me convenceu — repetiu ele. — Talvez ela tenha contado todo tipo de mentira sobre outras coisas, mas ele estava batendo nela. É nisso que acredito.

Alice olhou para ele, uma pergunta de advogado nos olhos.

— Nem uma dúvida sequer?

— Nem uma dúvida sequer.

— Ok, mas um caso difícil acabou de ficar pior ainda. E odeio quando isso acontece.

— Eu também — disse ele. — Mas difícil não é a mesma coisa que impossível.

— Você entendeu exatamente as legalidades aqui?

Reacher confirmou com um gesto de cabeça.

— Não é nenhum bicho de sete cabeças. Seja qual for o caminho adotado, ela está na maior merda. Se *houve* maus-tratos, ela estragou tudo

ao premeditar tanto. Se *não* houve, então foi assassinato, puro e simples. Mesmo assim, tanto faz, a credibilidade dela é zero porque mente e exagera. Fim de jogo caso o Walker não quisesse tanto ser juiz.

— Exatamente — disse Alice.

— Está feliz em ter tido essa sorte?

— Não.

— Nem eu.

— Nem do ponto de vista moral nem do prático — disse Alice. — Qualquer coisa pode acontecer aqui. Talvez o Hack tenha um filho ilegítimo em algum lugar; isso vem a público e ele tem que se retirar de qualquer maneira. Talvez ele goste de fazer sexo com tatus. Falta muito tempo até novembro. Contar unicamente com o fato de ele continuar elegível seria burrice. O problema tático dele com a Carmem pode desaparecer a qualquer momento. Por isso ela precisa de uma defesa devidamente estruturada.

Reacher sorriu novamente.

— Você é ainda mais inteligente do que eu imaginei.

— Achei que você fosse dizer *do que parece.*

— Acho que mais advogados deveriam se vestir assim.

— Você não pode testemunhar — disse ela. — Muito mais seguro pra ela. Nada de depoimento escrito também. Sem você, a arma é a única coisa que sugere premeditação. E temos como argumentar que *comprar* a arma e acabar a *usando* não são coisas necessariamente conectadas. Ela poderia ter comprado a pistola por outra razão.

Reacher ficou calado.

— Eles a estão analisando agora — disse ela. — Lá no laboratório. Balística e impressões digitais. Disseram que há impressões de duas pessoas. As dela e, suponho, as dele também. Talvez eles tenham lutado pra tentar pegá-la. Talvez a coisa toda tenha sido um acidente.

Reacher abanou a cabeça.

— As outras impressões devem ser minhas. Ela me pediu para ensiná-la a atirar. A gente foi até o alto da meseta pra praticar.

— Quando?

— Sábado. Um dia antes dele chegar em casa.

Miragem em Chamas 283

Ela o encarou.

— Meu Deus, Reacher. Você *definitivamente* não pode testemunhar, está bem?

— É o que estou planejando.

— Mas e se as coisas mudarem e eles te intimarem?

— Aí eu acho que vou mentir.

— Você consegue?

— Eu fui meio que um policial durante treze anos. Não seria uma ideia totalmente radical.

— O que você diria sobre as suas digitais na arma?

— Diria que a encontrei jogada em algum lugar e a devolvi pra ela. Faz parecer que ela reconsiderou depois que a comprou.

— Você fica à vontade falando coisas assim?

— Se os fins justificam os meios, fico, sim. E acho que neste caso eles justificam. Ela está com problemas pra provar a coisa toda, só isso. E você?

— Num caso como este, acho que fico também. Não me preocupo com as mentiras sobre a origem dela. As pessoas fazem esse tipo de coisa o tempo todo, por uma infinidade de razões. Então só o que resta é o negócio da premeditação. E, na maioria dos outros estados, a premeditação não seria um problema. Eles reconhecem a realidade. Uma mulher espancada nem sempre consegue agir no calor do momento. Às vezes ela tem que esperar até que ele esteja bêbado ou dormindo. Você sabe, esperar o momento propício. Há muitos casos assim em outras jurisdições.

— Então, por onde a gente começa?

— Por onde somos forçados a começar — respondeu Alice. — Que é um lugar muito ruim. A evidência circunstancial é claríssima. *Res ipsa loquitur*, é como chamam. A coisa fala por si só. O quarto dela, a arma dela, o corpo do marido morto no chão. Isso é assassinato. Deixamos assim e eles certamente a condenarão.

— Mas e aí?

— Aí a gente recusa a questão da premeditação e provamos os maus-
-tratos por meio dos laudos médicos. Já comecei a trabalhar na papelada. Nós nos juntamos com a promotoria e fizemos uma intimação conjunta.

Para todos os hospitais do Texas e dos estados vizinhos. Quando se trata de violência doméstica, esse é o procedimento padrão, pois às vezes as pessoas viajam pra longe para escondê-la. Os hospitais geralmente respondem muito rápido. Então a gente deve receber os relatórios de um dia pro outro. Aí é *res ipsa loquitur* de novo. Se os ferimentos *foram* causados por violência, os relatórios vão mostrar ao menos que eles *poderiam* ter sido causados por violência. Isso é simplesmente senso comum. Depois ela relata os maus-tratos quando testemunhar. Vai ter que fazer isso se sobrepor à conversa fiada sobre o passado dela. Mas se fizermos a apresentação direito, ela pode até ficar com uma imagem muito boa. Não há vergonha nenhuma em ser uma ex-prostituta tentando melhorar. Dá para construirmos alguma empatia com isso.

— Você me parece uma advogada muito boa.

Ela sorriu e completou:

— Para alguém tão jovem.

— Bem, você deve ter o quê? Uns dois anos de formada?

— Seis meses — disse ela. — Mas apendemos rápido aqui embaixo.

— Evidentemente.

— Mas vamos lá, com uma seleção cuidadosa do corpo de jurados, teremos cinquenta por cento de "não sei" e cinquenta por cento de "inocente". O pessoal do "inocente" vai vencer o do "não sei" por persistência dentro de uns dois dias. Principalmente se estiver quente assim.

Reacher desgrudou da pele o tecido ensopado de sua camisa.

— Não é possível que fique quente assim por muito mais tempo, é?

— Ei, eu estou falando do *próximo* verão — disse Alice. — Isso se ela tiver sorte. Pode ser no outro verão ainda.

Ele a encarou.

— Você está brincando?

Ela abanou a cabeça e respondeu:

— A tradição por aqui é de quatro anos de prisão entre ser preso e ir a julgamento.

Miragem em Chamas

— Mas e Ellie?

— Reza pra que os relatórios médicos sejam muito bons — sugeriu ela com os ombros levantados. — Se forem, temos a chance de fazer com que Hack retire todas as acusações. Ele tem muita margem de manobra.

— Ele não vai precisar de muito incentivo — disse Reacher. — Está numa disposição danada.

— Então olhe pelo lado bom. Essa coisa toda pode acabar em uns dois dias.

— Quando você vai ver Carmem?

— Hoje à tarde. Primeiro vou ao banco sacar um cheque de vinte mil dólares. Depois vou colocar o dinheiro num saco de papel e ir de carro entregá-lo a algumas pessoas bem felizardas.

— Tudo bem — falou Reacher.

— Não quero saber o que você fez para conseguir o cheque.

— Só pedi pra ele.

— Não quero saber — repetiu ela. — Mas você devia vir comigo e conhecê-los. E ser meu guarda-costas. Não é todo dia que eu carrego vinte mil dólares pelo Velho Oeste em um saco de papel. Além disso, vai estar fresquinho dentro do carro.

— Tudo bem — repetiu Reacher.

O banco não mostrou exaltação alguma em pagar vinte mil dólares em notas sortidas. A caixa tratou o saque como uma parte completamente rotineira do seu dia. Ela apenas contou o dinheiro três vezes e o empilhou cuidadosamente em um saco de papel pardo que Alice tinha providenciado para esse fim. Mas ela não precisava dele. Não havia perigo de serem assaltados. O terrível calor tinha praticamente limpado a rua, e as pessoas que sobraram se moviam lenta e indiferentemente.

O interior do VW tinha esquentado tanto que eles não conseguiram entrar nele imediatamente. Alice ligou o ar e deixou as portas abertas até que a temperatura tivesse baixado dez graus. Provavelmente ainda estava fazendo mais de quarenta quando entraram. Mas a sensação era refrescante. Tudo é relativo. Alice seguiu na direção nordeste. Ela era boa. Melhor que ele. A marcha não agarrou uma única vez.

— Vai cair uma tempestade — disse ela.

— Todo mundo me fala isso, mas eu não consigo percebê-la chegando.

— Você já sentiu calor deste jeito?

— Talvez — respondeu ele. — Uma ou duas vezes. Na Arábia Saudita, no Pacífico. Mas a Arábia é mais seca, e o Pacífico, mais úmido. Então, não exatamente.

O céu à frente deles estava azul-claro e tão quente que parecia branco. O Sol era um clarão difuso, como se estivesse localizado em todos os lugares. Não havia uma nuvem sequer. Ele forçava tanto para manter os olhos entreabertos que os músculos do rosto estavam doendo.

— É novo pra mim — disse ela. — Com certeza. Sabia que ia ser quente aqui, mas isto é completamente inacreditável.

Em seguida ela perguntou a ele quando tinha estado no Oriente Médio e nas Ilhas do Pacífico, e ele respondeu com a versão estendida de dez minutos da sua autobiografia porque estava gostando da companhia dela. Os primeiros trinta e seis anos foram fáceis, como sempre. Eles compunham uma narrativa bem linear da infância à vida adulta, de realização e progresso, pontuada e sublinhada à moda militar por promoções e medalhas. Os últimos anos foram mais difíceis, como é de costume. A falta de objetivo, a vida errante. Ele os via como o triunfo do desapego, mas sabia que outras pessoas não encaravam da mesma maneira. Então, como sempre, simplesmente contou a história, respondeu às perguntas desagradáveis e a deixou pensar o que quisesse.

Depois ela, por sua vez, respondeu com a própria autobiografia. Era mais ou menos a mesma que a dele, de um jeito oblíquo. Ele era filho de um soldado, ela era filha de um advogado. Nunca tinha, na verdade, considerado se desgarrar do ofício da família, assim como ele. Durante toda a vida, ela tinha visto as pessoas fazerem aquilo que falavam e então decidira seguir os passos deles, assim como ele. Ela passara sete anos em Harvard enquanto ele passara quatro em West Point. Ela tinha vinte e cinco anos e a aspereza, no campo do direito, equivalente à de um tenente ambicioso. Ele tinha sido um tenente ambicioso aos vinte e cinco e se lembrava exatamente de qual era a sensação.

— E depois? — perguntou ele.

— Depois disto aqui? Acho que vou voltar pra Nova Iorque. Talvez Washington D.C. Estou ficando interessada em política.

— Não vai sentir falta de lidar com esse tipo de trabalho daqui?

— Provavelmente, vou. E não vou desistir disso completamente. Talvez eu me voluntarie algumas semanas por ano. Com certeza, vou tentar ajudar financeiramente. É daí que todo o nosso dinheiro vem, sabe? Grandes empresas das grandes cidades, com consciência.

— Fico feliz em ouvir isso. Alguém precisa fazer alguma coisa.

— Com certeza.

— E Hack Walker? — perguntou ele. — Ele vai fazer alguma diferença?

Segurando o volante, ela deu de ombros e disse:

— Não o conheço muito bem. Mas a reputação dele é boa. E ele não tem como piorar as coisas, tem? É um sistema muito fodido. Quero dizer, sou democrata, com D maiúsculo *e* d minúsculo; portanto, teoricamente, estou perfeitamente de acordo com a eleição de juízes. Teoricamente. Mas na prática é incontrolável. Digo, quanto custa uma campanha por aqui?

— Não tenho ideia.

— Bem, vamos calcular. Estamos falando basicamente do Condado de Pecos, porque é onde está a maior parte do eleitorado. Um monte de pôsteres, alguns anúncios em jornal, meia dúzia de comerciais caseiros exibidos nos canais de TV locais. Em um mercado como esse, uma pessoa tem que ralar demais pra gastar mais de cinco dígitos. Mas esses caras estão sempre levantando contribuições de centenas e centenas e *centenas* de milhares de dólares. Milhões, talvez. E a lei diz que o que não for gasto não precisa ser devolvido. Simplesmente se fica com ele para gastar com o que quiser no futuro. Isso quer dizer, então, que eles todos estão recebendo suas propinas antecipadamente. As firmas de advocacia, o pessoal do petróleo e os grupos de interesses especiais estão pagando *agora* pela ajuda futura. Dá pra ficar muito rico concorrendo pra juiz no Texas. E se a pessoa é eleita e faz as coisas certas todos durante os anos de seu exercício, se torna sócia de uma grande firma de advocacia assim que se aposenta, além de ser chamada para fazer parte do conselho de meia dúzia de grandes empresas. Então não é bem uma questão de tentar eleger um *juiz*. É uma questão de tentar eleger um *príncipe*. É como se tornar realeza da noite pro dia.

— E Walker vai fazer alguma diferença, então? — perguntou novamente.

— Vai, se quiser. Simples assim. E neste momento ele vai fazer diferença pra Carmem Greer. É nisso que a gente tem que focar.

Ele concordou com um gesto de cabeça. Ela diminuiu a velocidade do carro à procura de uma curva. Estavam novamente na área dos ranchos. Em algum lugar próximo à casa de Brewer, ele imaginou, apesar de não reconhecer nenhuma característica específica da paisagem. Ela se estendia à sua frente, tão seca e tão quente que a vegetação crestada poderia incendiar-se a qualquer momento.

— Você fica incomodado com o fato de ela ter te contado esse monte de mentiras?

Ele deu de ombros.

— Sim e não. Acho que ninguém gosta de ser enganado. Mas veja a situação do ponto de vista dela. Ela chegou à conclusão de que ele tinha que sair do caminho dela então ela tomou as providências pra atingir seu objetivo.

— Então *houve* premeditação extensiva?

— Eu deveria estar te falando isso?

— Estou do lado dela.

Ele concordou com um aceno de cabeça.

— Ela tinha tudo planejado. Disse que examinou uns cem caras e sondou uns doze antes de me escolher.

Ela acenou de volta.

-- De alguma maneira, isso me faz sentir um pouco melhor, sabe? Meio que prova o quanto a situação era ruim. Com certeza, *ninguém* faria isso sem algum tipo de necessidade realmente urgente.

Miragem em Chamas

— Eu também — disse ele. — Me sinto do mesmo jeito.

Ela diminuiu a velocidade novamente e virou numa estradinha de propriedade rural. Depois de três metros, a trilha passava por baixo de uma imitação pobre dos antigos portões de rancho que ele tinha visto nos outros lugares. Era apenas um retângulo de tábuas estreitas sem pintar, pregadas umas às outras, meio tombado para a esquerda. Havia um nome escrito na tábua horizontal da parte superior. Era indecifrável, ressecado e apagado pelo sol. Além dele havia alguns acres de terra cultivada. Eram fileiras retas de terra, com um sistema de irrigação montado por partes improvisadas. Pedregulhos estavam empilhados aqui e ali. Armações de madeira bem-construídas sustentavam arames em que se apoiariam arbustos que não mais cresciam. Tudo estava seco, tostado e sem cultivo. A imagem remetia a agonizantes meses de labuta manual extenuante sob o terrível calor seguidos de trágico desapontamento.

Havia uma casa a cem metros da última fileira de terra virada. Não era um lugar ruim. Era pequena e baixa, com estrutura de madeira, pintada de branco fosco, e o acabamento estava rachado e cheio de fissuras por causa do sol. Atrás dela ficava um moinho de vento. Havia um celeiro, com uma bomba de irrigação que saía pelo telhado, e uma caminhonete parada. A porta da frente da casa estava fechada. Alice estacionou o VW bem perto dela.

— São os García — disse ela. — Tenho certeza de que estão em casa.

Vinte mil dólares em um saco de papel exerciam um efeito que ele nunca vira antes. Tinham literalmente o dom da vida. Os García eram cinco, duas gerações: dois da mais velha, três da mais jovem. Todos pequenos e destroçados. Os pais já deviam ter quase cinquenta anos e a garota mais velha, uns vinte e quatro. Os descendentes mais jovens eram ambos homens e deviam ter vinte e dois e vinte anos. Todos ficaram silenciosamente juntos à porta. Alice soltou um oi radiante, passou direto por eles e espalhou o dinheiro sobre a mesa da cozinha.

— Ele mudou de ideia — disse ela em espanhol. — No fim das contas, decidiu pagar.

Os García fizeram um semicírculo ao redor da mesa, silenciosos, olhando para o dinheiro, como se ele representasse uma inversão tão formidável no destino que reação alguma era possível. Não fizeram pergunta nenhuma. Simplesmente aceitaram que tinha finalmente acontecido. Em seguida ficaram imóveis por um segundo e dispararam a fazer uma longa lista de planos. Primeiro, eles mandariam religar o telefone para que não precisassem andar treze quilômetros até o vizinho. Depois, a eletricidade. Então, pagariam o que pegaram emprestado com os amigos. Comprariam combustível para que a bomba de irrigação pudesse funcionar novamente. Consertariam a caminhonete e iriam à cidade comprar sementes e fertilizantes. Ficaram em silêncio novamente quanto se deram conta de que poderiam ter uma plantação cultivada, colhida e vendida antes da chegada do inverno.

Reacher se retirou e deu uma olhada no cômodo. Era uma cozinha aberta que dava em uma sala de estar. A sala era quente e abafada, tinha uma coleção enciclopédica de um metro e um monte de estatuetas religiosas em uma prateleira baixa. Um único quadro na parede. Era a fotografia de um menino. Um retrato tirado em estúdio. O garoto devia ter uns quatorze anos e possuía um precoce quase-bigode sobre os lábios. Estava usando uma túnica para a celebração da crisma e sorria timidamente. A foto tinha uma moldura preta e um quadrado empoeirado de tecido da mesma cor pendia ao seu redor.

— Meu filho mais velho — disse uma voz. — Essa foto foi tirada logo antes de ele sair da nossa aldeia no México.

Reacher se virou e viu a mãe em pé atrás dele.

— Ele foi morto na travessia pra cá — disse ela.

— Eu sei. Ouvi falar. A Patrulha da Fronteira — falou Reacher. — Sinto muito.

— Foi há vinte anos. O nome dele era Raoul García.

A maneira como ela falou o nome dele foi como um pequeno ato de recordação.

— O que aconteceu? — perguntou Reacher.

A mulher ficou em silêncio por um segundo e então respondeu:

Miragem em Chamas 291

— Foi horrível. Perseguiram a gente por três horas durante a noite. A gente andava e corria, eles tinham uma caminhonete cheia de luzes. Nos separamos. Divididos, no escuro. Raoul estava com a irmã. Ele a estava protegendo. Ela tinha doze anos. Ele a mandou ir para um lado e andou para o outro, na direção das luzes. Sabia que seria pior se capturassem meninas. Ele se entregou para salvar a irmã. Mas não tentaram prendê-lo ou outra coisa qualquer. Nem perguntaram nada. Simplesmente atiraram nele e foram embora. Vieram pra perto de onde eu me escondia. Estavam dando gargalhadas. Eu escutava. Como se fosse um esporte.

— Eu sinto muito — repetiu Reacher.

A mulher suspendeu os ombros e depois continuou:

— Era muito comum naquele tempo. Era uma época ruim e uma área ruim. Descobrimos isso mais tarde. Nosso guia não sabia, ou não se importava. Ficamos sabendo que mais de vinte pessoas foram mortas naquela rota em um ano. Por diversão. Algumas delas de maneiras horríveis. Raoul teve sorte de só ter levado um tiro. Os gritos de algumas podiam ser ouvidos a quilômetros, através do deserto, na escuridão. Algumas meninas foram levadas e nunca mais apareceram.

Reacher ficou calado. A mulher olhou para a foto por um momento mais. Em seguida se virou, saiu fazendo um imenso esforço físico, forçou um sorriso e gesticulou para que ele voltasse para a festa na cozinha.

— Temos tequila — disse discretamente. — Estava guardada especialmente para este dia.

Havia copinhos de dose sobre a mesa e a garota os estava enchendo com o líquido da garrafa. A garota que Raoul tinha salvado, uma adulta. O filho mais novo distribuiu os copos. Reacher pegou o seu e esperou. O pai da família García fez sinal para que ficassem em silêncio, ergueu seu drinque em direção a Alice para que brindassem.

— À nossa advogada — disse ele. — Por ter provado que o grande francês Honoré de Balzac estava errado quando escreveu: "As leis são teias de aranha que prendem as moscas pequenas, mas não podem prender as grandes."

Alice ficou um pouquinho vermelha. García sorriu para ela e se virou para Reacher.

— E a você, senhor, por seu generoso auxílio nessa nossa hora de necessidade.

— *De nada* — agradeceu Reacher. — *No hay de qué.*

A tequila era forte e a memória de Raoul estava em todo lugar. Então eles recusaram uma segunda dose e deixaram os García sozinhos com sua celebração. Tiveram que esperar novamente até que o ar-condicionado deixasse o interior do VW tolerável. Em seguida tomaram o caminho de volta para Pecos.

— Gostei daquilo — disse Alice. — Senti que finalmente fiz alguma diferença.

— Você fez diferença, sim.

— Mesmo que tenha sido você quem fez a coisa acontecer.

— Você fez o trabalho especializado — disse Reacher.

— Mesmo assim, obrigada.

— Alguma vez a Patrulha de Fronteira foi investigada? — perguntou ele.

Ela fez que sim com a cabeça.

— Minuciosamente, de acordo com os registros. Fizeram barulho demais a respeito. Nada específico, é claro, mas rumores vagos suficientes para que isso fosse inevitável.

— E?

— E nada. Foi como uma farsa. Ninguém foi sequer indiciado.

— Mas aquelas coisas pararam de acontecer?

Novamente ela fez que sim com a cabeça.

— Tão de repente quanto começaram. Então eles obviamente entenderam a mensagem.

— É assim que as coisas funcionam — disse ele. — Já vi isso antes, em lugares diferentes, em situações diferentes. A investigação não é uma investigação de verdade, como deveria ser. É mais como uma mensagem. Como um aviso codificado. Como se dissesse: você não vai mais se safar com isso; então é melhor parar, quem quer que você seja.

— Mas a justiça não foi feita, Reacher. Vinte e tantas pessoas morreram, algumas de maneira pavorosa. Foi tipo um *pogrom* com duração de um ano. Alguém tinha que ter pagado.

— Você conhecia a citação do Balzac? — perguntou ele.

— É claro — disse ela. — Afinal de contas, estudei em Harvard.

— Lembra-se do Herbert Marcuse também?

— Ele é mais recente, certo? Um filósofo, não um romancista.

Ele confirmou com um gesto de cabeça.

— Nasceu noventa e nove anos depois de Balzac. Um filósofo social e político. Ele disse: "A lei e a ordem são sempre e em toda parte a lei e a ordem que protegem a hierarquia estabelecida."

— Isso é nojento demais.

— É claro que é — disse ele. — Mas é assim que as coisas são.

Eles chegaram a Pecos dentro de uma hora. Ela estacionou na rua bem em frente ao escritório de advocacia gratuito para que tivessem que atravessar somente três metros de calor. Mas três metros eram o suficiente. Era como andar três metros dentro de uma fornalha com uma toalha quente enrolada na cabeça. Ao chegarem do lado de dentro, viram a mesa de Alice coberta de bilhetinhos escritos à mão grudados ali aleatoriamente. Ela os descolou, levantou e leu, um por um. Depois jogou todos eles em uma gaveta.

— Vou à cadeia me encontrar com Carmem — disse ela. — Mas o laboratório já mandou as digitais e o resultado da balística. Hack Walker quer falar com você sobre elas. Parece que ele está com um problema.

— Tenho certeza de que está — disse Reacher.

Eles caminharam até a porta e pararam antes de enfrentar a calçada novamente. Depois eles se separaram em frente ao tribunal. Alice seguiu em direção à entrada da cadeia e Reacher subiu os degraus da entrada e entrou. As áreas públicas e as escadas não tinham ar-condicionado. Subir apenas um andar o deixou ensopado de suor. O estagiário à mesa apontou silenciosamente para a porta de Walker. Reacher entrou sem bater e se deparou com Walker analisando um relatório técnico. Ele tinha a aparência de um homem que acha que se ler uma coisa várias e várias vezes consegue mudar o que está escrito.

— Ela o matou — afirmou ele. — Tudo se encaixa. A balística está perfeita.

Reacher se sentou em frente à mesa.

— Suas digitais estavam na arma também — falou Walker.

Reacher não respondeu. Se fosse mentir, guardaria para quando fosse servir para alguma coisa.

— Você está no banco de dados nacional de impressões digitais — disse Walker. — Sabia disso?

— Todos os militares estão.

— Então talvez você tenha encontrado a arma jogada em algum lugar — disse ele. — Talvez você a tenha manuseado porque ficou preocupado com o fato de uma família com uma criança ter uma arma de fogo por ali. Talvez você a tenha pegado e colocado em um lugar mais seguro.

— Talvez — disse Reacher.

Walker virou uma página do documento.

— Mas é pior do que isso, não é?

— É?

— Você costuma rezar?

— Não — respondeu Reacher.

— Porra, então você devia começar agora. Devia se ajoelhar e agradecer a alguém.

— A quem, por exemplo?

— Aos policiais estaduais, talvez. Ao próprio Sloop por chamar o xerife.

— Por quê?

— Porque eles simplesmente salvaram a sua vida.

— Como?

— Porque você estava na estrada em uma viatura quando essa porcaria aconteceu. Se tivessem te deixado no alojamento, você seria o suspeito número um.

— Por quê?

Walker virou mais uma página.

— Suas digitais estavam na arma — repetiu ele. — *E* em todos os cartuchos. *E* no carregador. *E* na caixa de munição. Você carregou aquela arma, Reacher. Provavelmente a testou também, eles acham, depois a recarregou e deixou pronta pra ação. Ela a comprou, portanto, tecnicamente, era propriedade *dela*, mas o que parece é que, de acordo com as impressões digitais, efetivamente a arma era *sua*.

Reacher ficou calado.

— Entendeu agora? — perguntou Walker. — Você devia construir um pequeno santuário para a polícia estadual e agradecer toda manhã por ter acordado vivo e em liberdade. Porque a coisa mais óbvia pra mim seria ir atrás de *você*. Você poderia ter ido do alojamento para o quarto sem ninguém te ver, fácil, fácil. Porque você sabia onde era o quarto, não sabia? Falei com Bobby. Ele me disse que você passou a noite anterior lá. Você achou mesmo que ele ia ficar sentadinho no estábulo? Pela janela, ele provavelmente viu você dois mandando ver.

— Eu não dormi com ela — disse Reacher. — Fiquei no sofá.

Walker sorriu.

— Acha que um juiz acreditaria em você? Ou em uma ex-prostituta? Eu não. Sendo assim, poderíamos facilmente provar que o motivo estava relacionado a algum tipo de ciúme sexual. Na noite seguinte você poderia ter entrado lá sorrateiramente, pegado a arma na gaveta e atirado em Sloop, depois saído, também sorrateiramente. Só você é que não pode ter feito isso, porque estava no banco de trás de um carro de polícia nessa hora, ou seja, você é um homem de sorte, Reacher. Porque, agora, um atirador masculino branco valeria ouro pra mim. Você seria condenado à pena de morte por unanimidade. Com essa cara de WASP, você sabe, branco, anglo-saxão e protestante, em meio a todos os negros e hispânicos, eu pareceria o promotor mais justo do Texas. A eleição estaria terminada antes mesmo de começar.

Reacher ficou calado. Walker suspirou.

— Mas infelizmente não foi você — disse ele. — Foi ela. Então, *agora*, o que é que eu tenho? A coisa da premeditação está indo de mal a pior. Está tudo prestes a ir pro inferno. Obviamente ela planejou, e planejou a ponto de se ligar a um cara que já foi do Exército para que ele lhe desse treinamento com armas. Checamos a sua ficha depois que soubemos das suas digitais. Você foi campeão de tiro de pistola dois anos seguidos. Durante um período você foi instrutor, pelo amor de Deus. Você carregou a arma pra ela. O que diabos eu vou fazer?

— O que você planejou — falou Reacher. — Espere os relatórios médicos.

Walker ficou em silêncio. Depois suspirou novamente.

— Eles vão estar aqui amanhã — disse ele. — E sabe o que eu fiz? Contratei um advogado de defesa especialista para dar uma olhada neles. Você sabia que há especialistas que só se colocam à disposição da defesa? Normalmente nem chegamos perto deles. Geralmente queremos saber o *máximo* possível que podemos extrair de uma coisa, não o mínimo. Mas eu contratei um cara desses, exatamente o cara que a Alice Aaron contrataria se pudesse pagar. Porque quero alguém que me convença de que existe uma possibilidade mínima de Carmem estar falando a verdade para que eu possa libertá-la sem ficar parecendo um doido.

— Então relaxa — disse Reacher. — Isso vai acabar amanhã.

— Assim espero — disse Walker — E tem que acabar mesmo. O escritório de Al Eugene está mandando umas coisas relacionadas a questões financeiras. Tudo relacionado a esse tipo de trabalho era Al que fazia pra ele. Então, se não houver um motivo financeiro, e os relatórios médicos forem favoráveis, *quem sabe* eu vou poder relaxar.

— Ela não tinha dinheiro nenhum — disse Reacher. — Esse era um dos problemas dela.

— Bom — disse ele. — Porque os problemas *dela* resolvem os *meus* problemas.

O escritório ficou silencioso sob o ronco dos ares-condicionados. A parte de trás do pescoço de Reacher estava fria e molhada.

Miragem em Chamas

— Você devia ser mais proativo em relação à eleição — sugeriu Reacher.

— É? Como?

— Faça alguma coisa com apelo popular.

— Como o quê?

— Como reabrir algum caso sobre a Patrulha da Fronteira. As pessoas gostariam disso. Acabei de conhecer uma família cujo filho foi morto por eles.

Walker ficou em silêncio novamente por um segundo, depois abanou a cabeça.

— História antiga — disse ele.

— Não para aquelas famílias — argumentou Reacher. — Aconteceram vinte e tantos homicídios em um ano. A maioria dos sobreviventes mora por aqui, provavelmente. E a maior parte deve ser agora de eleitor.

— A Patrulha da Fronteira foi investigada antes de eu assumir — disse Walker. — E o processo foi bem meticuloso. Eu verifiquei os arquivos há alguns anos.

— Você tem os arquivos?

— É claro. A maior parte aconteceu aqui em Echo e todo aquele material veio pra cá. Ficou claro que foi um bando de patrulheiros safados que agia por conta própria, e muito provavelmente a investigação serviu para alertá-los. Eles provavelmente se demitiram. A rotatividade de pessoal na Patrulha da Fronteira era bem grande. Os bandidos podem estar em qualquer lugar agora, literalmente. Provavelmente saíram todos do estado juntos. Não são apenas os imigrantes que escoam para o norte.

— Seria bom para a sua imagem.

— Tenho certeza que seria — disse Walker, dando de ombros. — Muitas coisas seriam boas para a minha imagem. Mas eu sigo *alguns* critérios, Reacher. Seria puro desperdício de dinheiro público. Puro e simples exibicionismo com o claro intuito de ganhar votos. Não chegaria a lugar nenhum com isso. A lugar nenhum mesmo. Já se foram há muito tempo. É história antiga.

— Doze anos atrás não é história antiga.

— Para os lados de cá é. As coisas mudam rápido. Neste momento estou me concentrando no que aconteceu em Echo na noite passada, não há doze anos atrás.

— Tudo bem — disse Reacher. — Sua decisão.

— Vou ligar pra Alice de manhã. Quando o material do qual precisamos chegar. Até a hora do almoço já deve estar tudo aqui.

— Tomara que sim.

— É, tomara — disse Walker.

Reacher atravessou o ar quente estagnado nas escadas e chegou ao lado de fora. Na calçada estava ainda mais quente. Tão quente que era difícil respirar direito. Era como se todas as moléculas de oxigênio do ar tivessem queimado. Ele atravessou a rua e desceu em direção ao escritório de advocacia gratuito com suor escorrendo para dentro dos olhos. Empurrou a porta, entrou e viu Alice sentada sozinha à sua mesa.

— Já voltou? — perguntou ele, surpreso.

Ela confirmou com um gesto de cabeça.

— Você se encontrou com ela?

Confirmou novamente.

— O que ela falou?

— Praticamente nada — disse Alice. — A não ser que ela não quer que eu a represente.

— Como assim?

— Isso mesmo que eu falei. Literalmente as únicas palavras que consegui dela, e eu cito: Eu me recuso a ser representada por você.

— Por quê?

— Ela não falou. Não falou nada mesmo. Acabei de te contar isso. A não ser que ela não me quer no caso.

— Por que diabos não?

Alice não disse nada, simplesmente deu de ombros.

— Esse tipo de coisa já aconteceu antes?

— Comigo não — disse Alice abanando a cabeça. — Nem com ninguém dentro da memória viva deste lugar. Normalmente eles não conseguem se decidir entre arrancar nossa mão na mordida ou nos sufocar com abraços e beijos.

— Mas o que diabos aconteceu, então?

— Não sei. Ela estava completamente calma, totalmente racional.

— Você tentou persuadi-la?

— É claro que tentei. Até certo ponto. Mas eu queria sair de lá antes que ela perdesse a calma e começasse a gritar. Se uma testemunha a escuta, eu perco o caso. Aí ela está verdadeiramente encrencada. Minha intenção é voltar lá e tentar de novo mais tarde.

— Você falou pra ela que fui eu que te mandei lá?

— É claro. Usei o seu nome. Reacher isso, Reacher aquilo. Não fez diferença. A única coisa que ela falou foi que recusava minha representação. Uma vez atrás da outra, umas três ou quatro vezes. Depois ela ficou muda.

— Você consegue pensar numa razão para isso?

— Na verdade, não nessas circunstâncias. Quer dizer, eu não sou nenhum Perry Mason. Talvez eu não inspire muita confiança. Chego lá seminua e suando igual a um porco, mas se isto aqui fosse Wall Street ou outro lugar eu até entenderia alguém me dar uma olhada e dizer *nossa, tipo, pode esquecer*. Mas isto aqui não é Wall Street. Isto aqui é a cadeia do Condado de Pecos, ela é hispânica, e eu sou uma advogada de pulso. Então ela deveria dançar de alegria quando eu cheguei.

— Então por quê?

— É inexplicável.

— O que acontece agora?

— Agora é uma questão de delicadeza. Tenho que fazer com que ela aceite minha representação antes que alguém a ouça recusar.

— E se ela continuar a se recusar?

— Aí eu volto a fazer as minhas coisas e ela fica completamente sozinha. Até daqui a seis meses, quando a acusação chegar e um dos comparsas do juiz mandar um imbecil inútil para falar com ela.

Reacher ficou em silêncio por um momento.

— Desculpe, Alice. Eu não tinha a menor ideia que isso podia acontecer.

— Não é sua culpa.

— Volte lá por volta das sete, ok? — pediu ele. — Nesse horário os escritórios no andar de cima vão estar vazios e a mulher do turno da noite ainda não vai ter chegado. Ela me pareceu mais intrometida que o cara do dia. Ele provavelmente não vai prestar muita atenção. Aí dá pra você pressionar a Carmem um pouco. Deixa ela gritar, se quiser.

— Ok — disse ela — Sete horas, então. Que dia do cão. Parecido com uma montanha-russa, um sobe e desce danado.

— Como a própria vida — comparou Reacher.

Ela deu um sorriso curto.

— Onde eu te encontro?

— Estou no último motel antes da rodovia.

— Você gosta do barulho do trânsito?

— Gosto do que é barato. Quarto onze, em nome de Millard Fillmore.

— Por quê?

— Hábito — respondeu ele. — Gosto de pseudônimos. Gosto de anonimato.

— E quem é Millard Fillmore?

— Presidente, dois antes de Abraham Lincoln. De Nova Iorque.

Ela ficou em silêncio por um momento.

— Devo me vestir como uma advogada para ela? Acha que isso vai fazer alguma diferença?

— Duvido — disse Reacher, dando de ombros. — Olhe pra mim. Pareço um espantalho, e ela nunca falou nada a esse respeito.

Alice sorriu novamente.

— Sabe que você parece um pouquinho mesmo? Quando o vi entrar esta manhã, pensei que *você* fosse o cliente. Algum sem-teto com problema.

— Este modelito aqui é novinho — disse Reacher. — Comprei hoje de manhã.

Ela o olhou mais uma vez e não falou nada. Ele a deixou trabalhando com a documentação e andou até a pizzaria ao sul do tribunal. Estava

Miragem em Chamas

praticamente cheia e tinha um enorme ar-condicionado sobre a porta, de onde escorria um fluxo contínuo e pequeno de água até a calçada. Evidentemente, aquele era o estabelecimento mais frio da cidade, e, consequentemente, o mais popular. Ele entrou, pegou a última mesa e bebeu água gelada tão rápido quanto o ajudante de garçom conseguia encher o copo. Depois pediu uma pizza de anchova e mandou caprichar no peixe. Sentia que precisava repor o sal.

Enquanto comia, uma nova descrição estava sendo passada ao comboio da matança por telefone. A ligação foi cuidadosamente redirecionada, através de Dallas e Las Vegas, para um quarto de motel a cento e cinquenta quilômetros de Pecos. O telefonema era feito por um homem, que falava baixo, porém claro. Ele passava a identificação detalhada de um novo alvo, um homem. Mas, primeiro, informou o nome completo e a idade, seguidos de uma descrição exata da aparência física e todos os seus possíveis destinos nas próximas quarenta e oito horas.

A informação foi colhida pela mulher, porque ela tinha mandado seus parceiros irem jantar. Ela não fez anotações. Era naturalmente cautelosa em relação a deixar evidência escrita, além de ter uma memória excelente. Tinha sido afiada por uma prática constante. Ela escutou cuidadosamente até que a pessoa que ligou parou de falar. Então decidiu o preço do comboio da matança. Ela não relutava em conversar por telefone. Falava através de um equipamento eletrônico, comprado no Vale, que fazia com que ela soasse como um robô com congestão nasal. Depois de estabelecer o preço, ouviu silêncio do outro lado da linha. Escutou o sujeito decidindo se negociaria o custo. Mas não negociou. Apenas concordou e desligou. A mulher sorriu. *Sujeito esperto*, pensou. Seu comboio não trabalhava para mãos de vaca. Uma atitude avarenta em relação ao dinheiro denunciava todos os outros tipos de possibilidade negativa.

Reacher tomou sorvete depois da pizza, mais água e então café. Ficou fazendo hora ali um tempo que julgou razoável, depois pagou a conta e voltou para o motel. O calor era ainda pior depois de ter ficado frio e seco por uma hora. Tomou um banho morno demorado e molhou suas roupas na pia. Sacudiu-as com força para desamarrotá-las e as pendurou em uma cadeira para secar. Em seguida ligou o ar do quarto no máximo e se deitou na cama para esperar por Alice. Conferiu as horas. Sabia que seria bom sinal se ela chegasse ali qualquer horário depois das oito, pois, se Carmem decidisse levar a coisa a sério, elas precisariam conversar por pelo menos uma hora. Ele fechou os olhos e tentou dormir.

13

ELA CHEGOU LÁ ÀS SETE E VINTE. ELE ACORDOU de um cochilo superaquecido e desassossegado e ouviu uma batida hesitante na porta. Rolou para fora da cama, enrolou uma toalha ensopada na cintura, andou descalço pelo carpete sujo e a abriu. Era Alice. Ele a olhou. Ela apenas abanou a cabeça. Reacher olhou para a luz do crepúsculo do lado de fora por um segundo. O carro amarelo de Alice estava no estacionamento. Ele se virou e voltou para dentro do quarto. Ela o seguiu.

— Tentei de tudo — afirmou.

Ela tinha trocado de roupa, estava com seu traje de advogada. A calça preta e o paletó. A calça tinha a cintura muito alta, tão alta que quase encostava no top esportivo. Pouco mais de dois centímetros de sua barriga bronzeada estavam à vista. Com exceção disso, parecia a advogada em pessoa.

E ele não conseguia entender como três centímetros de pele poderiam ser significativos para uma mulher na situação de Carmem.

— Perguntei a ela se o problema era eu — disse Alice. — Se ela queria outra pessoa. Alguém mais velho. Um homem. Um hispânico.

— O que ela respondeu?

— Ela respondeu que não queria absolutamente ninguém.

— Isso é loucura.

— É mesmo — concordou Alice. — Expliquei para ela a situação difícil em que se encontra. Você sabe, né? Pro caso de ela não estar entendendo as coisas com clareza. Não fez diferença.

— Me conte tudo que ela falou.

— Já contei.

Reacher se sentia desconfortável com a toalha. Era pequena demais.

— Vou só colocar minha calça — disse ele.

Ele a pegou na cadeira e abaixou um pouco a cabeça para entrar no banheiro. A calça estava molhada e pegajosa. Vestiu-a e fechou o zíper. Voltou para o quarto. Alice tinha tirado o paletó e o colocado em uma cadeira ao lado da camisa molhada de Reacher. Ela estava sentada na cama com os cotovelos nos joelhos.

—Tentei de tudo — repetiu. — Falei, me mostre o seu braço. Ela perguntou, pra quê? Eu respondi, quero ver o estado das suas veias. Porque é numa delas que será dada a injeção letal. Disse que seria amarrada à maca, descrevi as drogas que injetariam. Falei das pessoas presentes atrás do vidro para vê-la morrer.

— E?

— Não fez a menor diferença. Foi como falar com uma parede.

— Com que intensidade você a pressionou?

— Eu gritei um pouquinho. Mas ela me esperou terminar e repetiu o que já tinha dito. Ela está recusando representação, Reacher. É melhor encararmos isso.

— E pode isso?

— É claro que pode. Nenhuma lei diz que a pessoa *tem* que ter um advogado. Apenas que a ela deve ser *oferecido* um advogado.

Miragem em Chamas

— Isso não é evidência de insanidade ou alguma coisa do tipo?

Ela abanou a cabeça.

— A recusa em si, não — explicou ela. — Senão todo assassino se recusaria a ter um advogado e automaticamente se safaria por insanidade.

— Ela não é uma assassina.

— Mas não parece muito empenhada em provar isso.

— Alguém a escutou?

— Ainda não. Mas estou preocupada. Pela lógica, o próximo passo é ela colocar isso no papel. Aí não vou poder nem passar pela porta. Nem eu, nem ninguém.

— Então o que fazemos?

— Agora temos que passar a perna nela. É única coisa que *podemos* fazer. Simplesmente ignorá-la por completo e continuar a lidar com Walker sem que ela saiba. Para o bem dela. Se conseguirmos que ele retire as acusações, aí a colocamos em liberdade quer ela nos queira, quer não.

Ele deu de ombros.

— Então é isso que faremos. Mas é muito bizarro, né não?

— Com certeza — concordou Alice. — Nunca ouvi uma história dessas antes.

A cento e cinquenta quilômetros de distância, os dois membros masculinos do comboio da matança voltaram para o motel depois de jantarem. Também tinham pedido pizza, mas beberam jarros de cerveja gelada em vez de água e café. Dentro do quarto deles a mulher aguardava. Estava alerta e andando de um lado para outro, o que eles reconheceram como sinal de que havia novidade.

— O quê? — perguntou o homem alto.

— Um serviço adicional — respondeu ela.

— Onde?

— Pecos.

— Não é perigoso?

Ela fez que não com a cabeça e disse:

— Pecos ainda é suficientemente seguro.

— Você acha? — perguntou o homem moreno.
— Espere até escutar quanto estão pagando.
— Quando?
— Depende do compromisso anterior.
— Certo — disse o homem alto. — Quem é o alvo?
— Um cara qualquer. Vou passar os detalhes pra vocês quando terminarmos a outra coisa.

Ela caminhou até a porta.
— Não saiam mais, está bem? — disse. — Vão se deitar e dormir um pouco. Temos um dia muito cheio pela frente.

— Este quarto é bem chulé — comentou Alice.

Reacher deu uma olhada ao redor.
— Você acha?
— É horrível.
— Já fiquei em piores.

Ela ficou em silêncio por um tempinho e disse:
— Você quer jantar?

Ele estava lotado de pizza e sorvete, mas os centímetros de barriga à vista eram atraentes. Assim como os centímetros correspondentes de costas. Havia uma abertura secreta ali. A cintura da calça a atravessava como uma pequenina ponte.

— Claro — falou ele. — Onde?

Ela ficou em silêncio novamente antes de dizer:
— Lá em casa? É difícil pra mim comer fora aqui. Sou vegetariana. Por isso geralmente faço minha comida.

— Uma vegetariana no Texas — comentou ele. — Você está bem longe de casa.

— É assim mesmo que eu me sinto — concordou. — Então, o que acha? Meu ar-condicionado é melhor que este, hein?

Ele sorriu.

Miragem em Chamas 307

— Comida caseira *e* ar-condicionado melhor? Está bom demais pra mim.

— Você gosta de comida vegetariana?

— Eu como qualquer coisa.

— Então vamos.

Teve que sacudir os ombros para conseguir colocar a camisa encharcada. Ela pegou o paletó. Ele achou os sapatos. Trancou o quarto e a seguiu até o carro.

Ela seguiu uns três quilômetros para o oeste até chegar a um complexo residencial de casas baixas construídas em um terreno ressecado e com pouca vegetação, preso entre duas estradas de pista dupla. As paredes das casas eram de estuque, tinham cor de areia e vigas de madeira manchada à mostra. Havia aproximadamente quarenta casas para locação e todas eram sem graça, castigadas pelo calor. A dela ficava no centro, como uma casa geminada prensada entre duas outras. Estacionou do lado de fora, em uma entradinha de concreto toda rachada. Crestadas plantinhas do deserto definhavam nas rachaduras.

Mas dentro da casa a temperatura era esplendidamente fresca. Um ar-condicionado central funcionava no máximo. Reacher conseguia sentir a pressão que ele estava criando. A sala de estar era estreita e a cozinha ficava no fundo. Uma escada à esquerda. Mobília bara a alugada e muitos livros. Nada de televisão.

— Vou tomar banho — disse ela. — Fique à vontade.

Ela subiu as escadas e desapareceu. Ele deu uma olhada ao redor. A maior parte dos livros era de direito. Os códigos civil e criminal do Texas. Alguns tratados sobre a Constituição. Sobre uma mesinha, havia um telefone com quatro etiquetas que mostravam programações de discagem rápida. Na primeira delas estava escrito *Trabalho*. Na segunda, *Casa de J*. Na terceira, *Trabalho de J*. Na quarta, *M & P*. Em uma das prateleiras, em um porta-retratos prateado, havia uma foto de um bonito casal que devia ter os seus cinquenta e poucos anos. Era uma foto casual tirada ao ar livre, em uma cidade grande, provavelmente Nova Iorque. O homem era grisalho e tinha um rosto aristocrático comprido. A mulher parecia uma versão mais velha da própria Alice. O mesmo cabelo, mas sem a cor e vivacidade da juventude. Os pais lá de Park Avenue, sem dúvida. Mamãe e Papai, M & P. Pareciam gente boa. Ele deduziu que J. fosse provavelmente um namorado. Procurou, mas não havia foto dele. Talvez ela estivesse no andar de cima, ao lado da cama.

Ele se sentou em uma cadeira e ela voltou em dez minutos. Com o cabelo molhado e penteado, ela estava de short de novo e vestia uma camisa de malha em que provavelmente estivera escrito *Harvard Soccer*, mas que tinha sido lavada tantas vezes que os dizeres estavam praticamente ilegíveis. O short era curto e a camisa, fina e apertada. Ela tinha dispensado o top esportivo. Isso era nítido. Estava descalça e o todo era sensacional.

— Você jogava futebol? — perguntou ele.

— A pessoa com quem me relaciono jogava — disse ela.

Ele sorriu por causa do aviso e perguntou:

— Ele ainda joga?

— Ele é ela. Judith. Sou gay. E, sim, ela ainda joga.

— É boa?

— Companheira?

— Jogadora de futebol.

— É muito boa. Isso te incomoda?

— Ela jogar futebol muito bem?

— Não, eu ser gay?

— Por que incomodaria?

Alice deu de ombros.

— Incomoda algumas pessoas — disse.

— Não esta aqui.

— Eu também sou judia.

Reacher sorriu.

— Seus pais compraram a arma pra você?

Ela olhou para ele.

— Você encontrou aquilo?

— É claro — respondeu ele. — Uma peça e tanto.

Miragem em Chamas 309

— Uma mulher judia gay vegetariana de Nova Iorque; eles acharam que eu devia ter uma.

Reacher sorriu de novo.

— Me surpreende eles não terem te dado uma metralhadora ou um lançador de granadas.

Ela sorriu de volta.

— Tenho certeza de que pensaram nisso.

— Você obviamente leva sua reparação muito a sério. Você deve se sentir como eu andando pelo Líbano.

Ela deu uma gargalhada.

— Na verdade, aqui não é tão ruim assim. No geral, o Texas é um lugar bem legal. Muitas pessoas bacanas, de verdade.

— O que Judith faz?

— Ela é advogada também. Está no Mississipi agora.

— Pelas mesmas razões?

Alice confirmou com um gesto de cabeça e completou:

— Um plano de cinco anos.

— Ainda há esperança para a profissão de advogado.

— Então isso não te incomoda? — questionou ela. — Que isto aqui seja só uma refeição com uma amiga e depois você volta pro motel sozinho?

— Nunca pensei que seria outra coisa além disso — mentiu ele.

A comida era excelente. Tinha que ser, porque ele não estava com fome. Era um tipo de massa caseira escura e difícil de mastigar, feita com nozes trituradas misturadas com queijo e cebola. Provavelmente cheia de proteína. E com algumas vitaminas também. Beberam um pouco de vinho e muita água. Ele a ajudou a limpar tudo e depois conversaram até às onze horas.

— Vou te levar de volta — disse ela.

Mas estava descalça e confortável; então ele fez que não com a cabeça.

— Vou a pé — afirmou ele. — Alguns poucos quilômetros vão me fazer bem.

— Ainda está quente — alertou ela.

— Não se preocupe. Está tranquilo.

Ela não insistiu muito. Ele combinou de encontrá-la no escritório na manhã seguinte e deu boa-noite. O ar do lado de fora estava pesado e denso. A caminhada durou quarenta minutos e sua camisa estava encharcada de novo quando chegou ao motel.

Ele acordou cedo, molhou suas roupas e as vestiu assim. Já estavam secas quando chegou aos escritórios de advocacia. Não tinham mais umidade e o ar quente do deserto tinha sugado completamente a água, deixando-as duras como lonas novas. O céu estava azul e completamente vazio.

Alice já estava à sua mesa habitual e usava um vestido rodado sem mangas. Um sujeito mexicano ocupava uma das cadeiras de clientes. Falava calmamente. Ela escrevia em um bloco amarelo. O jovem estagiário do escritório de Hack Walker aguardava pacientemente atrás do cliente. Estava segurando nas mãos um envelope fino, laranja e azul da FedEx. Reacher se posicionou logo atrás dele. Repentinamente, Alice se deu conta da aglomeração que se formava e olhou para cima. Esboçou no ar um surpreso gesto de *só um minutinho* e se voltou para o cliente. No fim, largou o lápis e falou calmamente em espanhol. O sujeito respondeu com uma paciência expressa em seu rosto estoico e inexpressivo, levantou-se e foi embora andando desanimadamente. O estagiário se adiantou e colocou o envelope sobre a mesa.

— Os relatórios médicos de Carmem Greer — disse ele. — Estes são os originais. O sr. Walker tirou cópias. Ele quer uma reunião às nove e meia.

— Estaremos lá — disse Alice.

Ela puxou o envelope vagarosamente. O estagiário saiu logo depois do sujeito mexicano. Reacher se sentou na cadeira de cliente. Alice o olhava, seus dedos parados sobre o envelope, uma expressão intrigada no rosto. Ele deu de ombros. O envelope também era bem mais fino do que imaginava.

Miragem em Chamas

Ela desdobrou a aba e pressionou as extremidades do envelope para que ele se abrisse como uma boca. Segurou-o no alto e derramou seu conteúdo sobre a mesa. Havia quatro relatórios separados, soltos dentro de pastas verdes individuais. Cada pasta tinha o nome de Carmem, seu número de seguridade social e uma referência ao paciente. Todas tinham datas. Elas retrocediam até seis anos atrás. Quanto mais antiga a data, mas desbotada a pasta, como se a cor verde tivesse empalidecido com a idade. Reacher arrastou sua cadeira em volta da mesa e a colocou ao lado da de Alice. Ela empilhou os quatro relatórios em ordem de data, deixando o mais antigo no topo da pilha. Abriu-o e empurrou para a esquerda para que ficasse exatamente entre eles. Depois moveu sua cadeira um pouquinho e seu corpo ficou encostado no dele.

— Certo — disse ela. — Vamos dar uma olhada, então.

O primeiro relatório era sobre o nascimento de Ellie. A coisa toda estava cronometrada em horas e minutos. Havia muita informação ginecológica sobre dilatação e contração. Monitores fetais acompanhavam o relatório. Uma anestesia epidural tinha sido aplicada às quatro e treze da manhã. Seu efeito total fora constatado às quatro e vinte. Houvera uma mudança de turno na sala de parto às seis. O trabalho de parto continuara até a hora do almoço. Medicamentos para acelerar o parto tinham sido usados. Uma episiotomia fora executada à uma hora. Ellie nascera vinte e cinco minutos depois. Nenhuma complicação. A placenta fora expelida normalmente. A episiotomia, costurada imediatamente. O bebê foi declarado saudável em todos os aspectos.

Não havia menção alguma a ferimentos faciais, a lábio cortado ou dente bambo.

O segundo relatório dizia respeito a duas costelas quebradas. Era datado de quinze meses após o nascimento da criança durante a primavera. Havia um raio X anexo. Ele mostrava todo o lado esquerdo superior do torso dela. As costelas eram de um branco-claro. Duas delas tinham pequeninas rachaduras cinza. Seu seio esquerdo era uma mancha bem escura. O clínico tinha anotado que a paciente relatou ter sido jogada de um cavalo e caído com força em um cerca de madeira. Como de costume com ferimentos

na costela, não havia muito a se fazer, a não ser enfaixar apertado e recomendar repouso absoluto.

— O que você acha? — perguntou Alice.

— Pode ser alguma coisa — disse Reacher.

O terceiro relatório era datado de seis meses depois, e era o fim do verão. Dizia respeito a um ferimento grave na parte inferior da perna direita de Carmem. O mesmo clínico geral anotou que a paciente relatou ter caído de um cavalo ao dar um salto e que, na queda, bateu a canela na trave que servia de obstáculo para o cavalo pular. Havia uma longa descrição técnica da contusão, com medidas verticais e laterais. A área afetada tinha uma forma oval inclinada de dez centímetros de largura e treze de comprimento. Foram tirados raios X. O osso não estava fraturado. Receitaram analgésicos e os medicamentos para o primeiro dia foram providenciados pela farmácia do hospital.

O quarto relatório era datado de dois anos e meio depois, possivelmente nove meses antes de Sloop ir para a prisão. Dizia respeito à fratura da clavícula do lado direito. Todos os nomes no arquivo eram novos. Era como se toda a equipe da emergência tivesse sido trocada. O nome do clínico que a atendeu era outro, e a médica não fez comentário algum sobre Carmem ter dito que caíra de seu cavalo nas rochas da meseta. As anotações sobre a lesão eram extensas e abrangentes. Muito meticulosas. Havia um raios X. Ele mostrava a curva do pescoço e o ombro. Era nítido que a clavícula estava quebrada ao meio.

Alice juntou e organizou os quatro relatórios de cabeça para baixo sobre a mesa.

— E então? — perguntou ela.

Reacher não respondeu. Apenas abanou a cabeça.

— E então? — insistiu ela.

— Talvez ela tenha ido para outro hospital algumas vezes — sugeriu ele.

— Não, nós teríamos recebido o relatório. Eu te falei solicitamos a todos eles. É um procedimento de rotina.

— Quem sabe eles foram para fora do estado.

Miragem em Chamas

— Nós verificamos — disse ela. — Quando o assunto é violência doméstica, englobam todos os estados vizinhos. Eu te falei isso também. Procedimento padrão.

— Podem ter usado outro nome.

— São registrados pelo número da seguridade social.

Ele demonstrou que entendeu com um gesto de cabeça e disse:

— Não é só isso, Alice. Ela me contou mais do que isso. Sabemos das costelas e da clavícula, mas ela alegou que ele quebrou-lhe o braço também. E o maxilar. Disse que três de seus dentes foram reimplantados.

Alice ficou calada. Ele fechou os olhos. Tentou pensar naquilo como nos velhos tempos, como um investigador experiente, com uma mente desconfiada e treze anos barras-pesadas nas costas.

— Duas possibilidades — conjecturou. — Uma, o sistema de relatórios do hospital é uma merda.

— Pouco provável — comentou Alice.

— De acordo — disse ele, fazendo que sim com a cabeça. — Então, dois, ela *estava* mentindo.

Alice ficou em silêncio por um tempão.

— Exagerando, talvez — disse ela. — Você sabe, pra tentar te fisgar. Pra ter certeza de que você ia ajudar.

Novamente ele fez que sim com a cabeça, desta vez vagamente. Olhou as horas em seu relógio. Eram nove e vinte. Ele se inclinou para o lado e enfiou os relatórios de volta no envelope da FedEx.

— Vamos ver o que Hack acha.

Dois terços do comboio da matança vazaram de Pecos no sentido sul, atipicamente silenciosos. O terceiro membro esperava no quarto do motel, pensativo. Estavam se arriscando. Doze anos no ramo e nunca tinham trabalhado tanto tempo em uma área. Isso sempre pareceu perigoso demais. Entrar e sair, rápido e limpo, esse tinha sido o método preferido deles. Mas nesse momento estavam desviando dele. Radicalmente. Por isso não havia conversa naquela manhã. Nenhuma piada, nenhuma gracinha. Nenhum entusiasmo pré-missão. Apenas muito nervosismo e preocupações pessoais.

Mas eles tinham preparado o carro como planejado e ajeitado as coisas de que precisariam. Depois tomaram metade do café da manhã, sentaram-se em silêncio e ficaram checando seus relógios.

— Nove e vinte — disse a mulher, finalmente. — Está na hora.

Já havia um visitante sentado no gabinete de Walker. Era um homem de aproximadamente setenta anos, acima do peso, rosado e que parecia sofrer demais com o calor. Os ares-condicionados estavam tão fortes que a corrente de ar era mais audível do que o ruído dos motores, e os papéis sobre a mesa quase alçavam voo. Mas a temperatura ali dentro ainda estava por volta dos trinta e tantos graus. O visitante esfregava sua testa com um enorme lenço. Walker tinha tirado o blazer e, completamente imóvel, estava sentado em sua cadeira com a cabeça apoiada nas mãos. As cópias dos relatórios médicos jaziam uma do lado da outra sobre sua mesa e ele as olhava como se estivessem escritas em uma língua estrangeira. Ele olhou para cima com um semblante confuso e, em seguida, fez um gesto vago para o estranho.

— Este é Cowan Black — apresentou ele. — Célebre professor de Medicina Forense e muitas outras coisas também. O renomado especialista da defesa. Esta é provavelmente a primeira vez que ele entra no gabinete de um promotor público.

Alice se aproximou e apertou a mão do sujeito.

— É um enorme prazer conhecê-lo, senhor — cumprimentou ela. — Já ouvi falar muito do senhor.

Cowan Black ficou calado. Alice apresentou Reacher, e todos eles arrastaram suas cadeiras para fazer um semicírculo ao redor da mesa.

— A primeira coisa que chegou hoje de manhã foram os relatórios — disse Walker. Todos os arquivos que chegaram são do Texas, de um hospital apenas. Não há absolutamente nada do Novo México, de Oklahoma, do Arkansas ou da Louisiana. Eu mesmo fiz cópia de tudo e mandei os originais imediatamente para vocês. O dr. Black chegou há meia hora e

Miragem em Chamas 315

estudou as cópias. Ele quer dar uma olhada nos raios X. Não tive como copiá-los.

Reacher passou o envelope da FedEx para Black, que espalhou o conteúdo da mesma maneira que Alice tinha feito e pegou os raios X. As costelas, a perna, a clavícula. Ele os levantou contra a luz da janela e os estudou, um por um, durante minutos cada. Em seguida, guardou-os de novo nas respectivas pastas, organizadamente, como se fosse um homem acostumado com a ordem e a precisão.

Walker tomou a iniciativa:

— Então, dr. Black, está apto a nos dar uma opinião preliminar?

Ele parecia tenso e agia com formalidade, como se já estivesse no tribunal. Black pegou a primeira pasta, a mais antiga, a mais pálida, aquela sobre o nascimento de Ellie.

— Isto aqui não é absolutamente nada — disse ele.

Sua voz era grave e rotunda, como a de um tio bacana em um filme antigo. Uma voz perfeita para uma testemunha no tribunal.

— Isto é pura rotina obstétrica. Interessante apenas pelo fato de um hospital rural do Texas estar operando em um nível que deveria ser considerado de ponta uma década antes ou mais — continuou Black.

— Nada adverso?

— Absolutamente nada. Presume-se que o marido tenha causado a gravidez; entretanto, além disso, não há evidência alguma de que ele tenha feito algo a ela.

— Os outros?

Black trocou a pasta pela que tratava das costelas quebradas. Puxou o raios X novamente e o ficou segurando.

— As costelas estão ali com um propósito — disse ele. — Elas formam uma jaula dura e óssea que protege contra danos os vulneráveis órgãos internos. Não se trata de uma jaula *rígida*. Isso seria estupidez, e a evolução não é um processo estúpido. Não, a caixa torácica é uma estrutura sofisticada. Se ela *fosse* rígida, os ossos se despedaçariam sob qualquer tipo de pancada forte. Mas há uma complexa organização de ligamentos em cada uma das terminações ósseas; por isso, a primeira resposta dessa jaula é ceder e torcer com o intuito de dispersar a força do impacto.

Ele levantou o raio X e apontou nele aqui e ali.

— E foi exatamente isso que aconteceu aqui — afirmou ele. — É óbvio que houve distensão e rompimento dos ligamentos por toda a estrutura. Esse foi um golpe forte e difuso, com um instrumento largo e obtuso. A força foi dissipada pela flexibilidade da caixa torácica, porém, mesmo assim, foi suficiente para quebrar dois dos ossos.

— Que tipo de instrumento obtuso? — perguntou Walker.

— Algo longo, duro e arredondado, de doze a quinze centímetros de diâmetro aproximadamente. Exatamente como uma tora de cerca de fazenda, eu diria.

— Não poderia ter sido um chute?

Black negou com um gesto de cabeça.

— Definitivamente, não. Um chute transfere muita energia para uma área de contato bem pequena. O vergão causado pela ponta de uma bota tem o quê? Provavelmente quatro por meio centímetros? Na verdade, um objeto *afiado*, não obtuso. Seria muito abrupto e muito concentrado para que o efeito de cessão operasse. Teríamos os ossos quebrados, com certeza, mas definitivamente não os estiramentos dos ligamentos.

— E se fosse uma joelhada?

— Uma joelhada nas costelas? Isso é similar a um soco. Obtuso, mas o local do impacto seria completamente circular. O estiramento teria uma configuração completamente diferente.

Walker tamborilou na mesa com os dedos. Estava começando a suar.

— Alguma chance de uma pessoa ter feito isso? — perguntou ele.

— Se fosse algum tipo de contorcionista, talvez — respondeu Black, dando de ombros. — Se pudesse manter a perna inteira completamente rígida e de alguma maneira pular e bater com ela na parte lateral do corpo da mulher. Como se fosse a tora de uma cerca de fazenda. Eu diria que é completamente impossível.

Walker ficou em silêncio por um segundo.

— E quanto ao ferimento na canela? — perguntou ele.

Miragem em Chamas 317

Black pegou a terceira pasta. Abriu-a e leu a descrição da contusão novamente. Em seguida abanou a cabeça.

— O formato do ferimento é crucial — afirmou ele. — De novo, é isso que se obtém com o impacto de um objeto longo, duro e arredondado. De novo, como a tora de uma cerca de fazenda ou talvez como um cano de esgoto golpeado na parte da frente da canela a um ângulo oblíquo.

— Será que ele pode ter batido nela com um pedaço de cano?

Black negou novamente com um gesto de cabeça.

— Teoricamente, creio que sim — disse ele. — Se estivesse em pé praticamente atrás da garota e de alguma maneira conseguisse passar por cima dela, golpear com força de cima pra baixo e acertar a perna dela de maneira quase, mas não totalmente, vertical. Ele teria que ter feito isso com as mãos, pois ninguém é capaz de segurar um cano de quinze centímetros de diâmetro com uma só. Provavelmente teria que ter ficado em pé em uma cadeira e posicioná-la muito cuidadosamente em frente a ela. Não muito provável, é?

— Mas é possível?

— Não — sentenciou Black. — Não é possível. Digo isso agora e certamente teria de dizer o mesmo sob juramento.

Walker ficou em silêncio novamente.

— E a clavícula?

Black pegou o último relatório.

— Essas anotações são bem detalhadas — comentou ele. — Evidentemente um excelente clínico geral.

— Mas o que elas lhe dizem?

— Trata-se de uma lesão clássica — disse Black. — A clavícula é como um fusível. Quando uma pessoa cai, ela tenta se proteger colocando as mãos para a frente. Todo o peso do corpo se transforma em um severo impacto físico, que é transmitido para cima como uma onda de choque ao longo do braço rígido, da articulação do ombro e segue em frente. Agora, se não fosse pela clavícula, essa força viajaria até o pescoço e provavelmente o quebraria, causando paralisia. Ou até a caixa craniana, o que deixaria a pessoa inconsciente e talvez causasse um estado comatoso crônico. Mas

a evolução é inteligente e escolhe o menor dos males. A clavícula se quebra, dessa maneira, dissipa a força. Inconveniente e doloroso, com certeza, mas sem risco de vida. Um fusível mecânico e gerações de ciclistas, patinadores e cavaleiros têm razões muito boas para serem gratos por ele.

— Tombos podem não ser a única causa — comentou Walker.

— É a *principal* causa — disse Black. — E quase sempre é a única. Mas já vi acontecer de outras maneiras algumas vezes. Um golpe de cima pra baixo com um taco de beisebol mirado na cabeça pode acertar o lugar errado e pegar a clavícula. Vigas caindo de prédios em chamas podem se chocar contra a parte superior do ombro. Já vi acontecer com bombeiros.

— Carmem Greer não era um bombeiro — disse Walker. — E não há evidência de que um taco de beisebol esteve envolvido em algum momento.

Ninguém falou. O ruído dos ares-condicionados preencheu o silêncio.

— Certo — disse Walker. — Deixe-me colocar da seguinte maneira: eu preciso de evidências de que houve maus-tratos físicos violentos contra essa mulher. Há alguma?

Black ficou calado por um tempo. Em seguida, simplesmente abanou a cabeça e disse:

— Não. Não dentro dos limites das probabilidades racionais.

— Absolutamente nenhuma? Nem um vestígio?

— Não, creio que não.

— Nem alargando os limites das probabilidades racionais?

— Não há nada aqui.

— Nem alargando os limites até que se rompam?

— Nem assim. Ela teve uma gravidez normal e foi uma amazona azarada. É só o que vejo aqui.

— Nem uma dúvida cabível? — indagou Walker. — É só do que eu preciso. Um vestígio serve.

— Aí não há nada.

Walker ficou pensativo por um momento.

— Doutor, por favor, deixe-me dizer-lhe algo com o maior respeito possível, ok? Do ponto de vista do promotor público, o senhor foi, mais

Miragem em Chamas

vezes do que consigo me lembrar, uma pedra no meu sapato e no dos meus colegas em diversos lugares neste estado. Às vezes ficávamos nos perguntando o que o senhor tinha fumado. Sempre foi capaz de apresentar as explicações mais bizarras para praticamente qualquer coisa. Então estou lhe perguntando. Por favor. Existe alguma maneira, *qualquer* maneira de o senhor interpretar esta coisa de maneira diferente?

Black não respondeu.

— Desculpe — disse Walker. — Eu o ofendi.

— Não do jeito que o senhor imagina que ofendeu — disse Black. — O fato é que eu nunca ofereci explicação bizarra para nada. Se vejo uma possibilidade de absolvição, é claro que eu dou meu depoimento no tribunal. Mas o que o senhor nitidamente falhou em entender é que, se eu *não* vejo possibilidade de absolvição, eu *não* deponho. Os conflitos que seus colegas e eu enfrentamos no passado são simplesmente a ponta do iceberg. Casos que não têm chance de absolvição não vão a julgamento, porque aconselho a defesa a se afastar do caso e rezar por misericórdia. E vejo muitos e muitos casos que não têm chance de absolvição.

— Casos como este aqui?

— Creio que sim — afirmou ele. — Se eu tivesse sido contratado diretamente pela srta. Aaron, eu diria a ela que a palavra de sua cliente não é confiável. E você tem razão, digo isso com relutância, com um longo e honroso histórico de preferir tomar o lado da defesa. Um histórico que sempre preservei, apesar do risco inerente de aborrecer os nossos promotores de justiça. E um histórico que planejo sustentar enquanto tiver disposição. O que não deve durar muito, se continuar fazendo este maldito calor.

Ele ficou calado por um segundo e olhou ao redor.

— Razão pela qual me despeço dos senhores agora — continuou ele. — Sinto muito não ter sido capaz de ajudá-lo, sr. Walker. Sinceramente. Teria sido extremamente gratificante.

Ele juntou os relatórios e os enfiou de volta no envelope da FedEx. Entregou-o a Reacher, que estava mais perto. Em seguida levantou e se dirigiu à porta.

— Mas deve haver alguma coisa — insistiu Walker. — Não acredito nisso. A única vez na vida que *quero* que Cowan Black me apareça com alguma coisa, ele não consegue.

Black abanou a cabeça antes de dizer:

— Aprendi há muito tempo: às vezes eles simplesmente são culpados.

Ele esboçou um gesto que não era nem um adeus nem um cumprimento e caminhou lentamente para fora do gabinete. O vento dos ares-condicionados empurrou a porta e a fez bater ruidosamente depois que ele saiu. Walker deixou a cabeça cair nas mãos e fechou os olhos.

— Que inferno! Vão embora. Saiam daqui e me deixem sozinho.

O ar nas escadas estava quente, e na calçada do lado de fora, ainda pior. Reacher passou o envelope da FedEx para a mão esquerda e segurou o braço direito da Alice com a direita. Pararam no meio-fio.

— Tem um bom joalheiro na cidade? — perguntou ele.

— Acho que sim — respondeu ela. — Por quê?

— Quero que você retire os pertences pessoais de Carmem. Pra todo mundo, você ainda é a advogada dela. Vamos pedir para avaliarem o anel dela. Aí vamos saber se ela está falando *alguma* verdade.

— Você ainda tem dúvida?

— Sou do Exército. Primeiro confirmamos. Depois confirmamos uma segunda vez.

— Está bem. Se você quer.

Eles se viraram, desceram a rua estreita e Alice tomou posse do cinto de pele de lagarto e do anel por meio da assinatura em um formulário que especificava que ambos os itens eram evidência material. Em seguida, foram procurar um joalheiro. Afastaram-se das ruas mais pobres e encontraram um dez minutos depois em um local que tinha uma série de boutiques de luxo. A vitrine estava cheia demais para ser chamada de elegante, mas, julgando pelos preços nas etiquetas, o dono tinha uma quedinha por qualidade. Ou um otimismo cego.

— Então, como faremos? — perguntou Alice.

Miragem em Chamas 321

— Finja que é seu e que quer vender — disse Reacher. — Você pode falar que pertenceu à sua avó.

O cara da loja era velho e encurvado. Devia ter sido muito perspicaz quarenta anos antes. Mas ainda agia com perspicácia. Reacher percebeu um brilho nos olhos dele. *Policiais?* Depois percebeu que ele tinha respondido negativamente à própria pergunta. Alice não parecia uma policial. Nem Reacher, o que era uma impressão equivocada da qual ele tinha tirado proveito por anos. Em seguida o cara começou a avaliar o quanto esses novos clientes deveriam ser espertos. Era transparente, pelo menos para Reacher. Estava acostumado a ver pessoas fazerem cálculos furtivos. Percebeu o cara decidir que procederia com cautela. Alice exibiu o anel e disse a ele que o tinha herdado da família. Falou que estava pensando em vendê-lo, se o preço fosse justo.

O cara o segurou embaixo de uma luminária de mesa e colocou uma lupa no olho.

— Cor, pureza, lapidação e peso — disse ele. — Os quatro itens que avaliamos.

Ele virou a pedra para a esquerda e para a direita. Ela brilhou sob a luz. Pegou um cartãozinho duro todo furado com buracos circulares. Começavam pequenos e iam aumentando. Ele encaixou a pedra nos buracos até encontrar um em que ela se encaixava perfeitamente.

— Ela tem dois e vinte e cinco quilates — disse ele. — A lapidação é muito bonita. A cor é boa, provavelmente a um triz da verdadeira excelência. A pureza não é impecável, mas não está muito longe disso. Esta pedra não é ruim. Não mesmo. Quanto você quer por ela?

— O que ela valer — disse Alice.

— Posso dar vinte — afirmou o cara.

— Vinte o quê?

— Mil dólares — respondeu ele.

— Mil dólares?

O cara levantou os braços, com as mãos abertas, na defensiva.

— Eu sei, eu sei — disse ele. — Alguém te disse que vale mais. E pode valer mesmo, no varejo, em alguma loja chique de Dallas ou outro lugar qualquer. Mas isto aqui é Pecos, e você está vendendo, não comprando. E tenho que ter o meu lucro.

— Vou pensar — disse Alice.

— Vinte e cinco — ofereceu o cara.

— Vinte e *cinco* mil dólares?

— É o máximo que posso oferecer pra valer a pena. Afinal de contas, tenho que comer.

— Vou pensar um pouco — disse Alice.

— Bom, não pense muito — sugeriu o cara. — O mercado pode mudar. E eu sou o único negócio na cidade. Uma peça dessas vai assustar todo o resto do pessoal.

Eles pararam juntos na calçada do lado de fora da loja. Alice segurava o anel como se estivesse em brasa. Ela abriu a bolsa e o colocou em um compartimento com zíper. Usou as pontas dos dedos para colocá-lo bem no fundo.

— Se uma cara desses fala que dá vinte e cinco é porque vale uns sessenta — disse Reacher. — Talvez mais. Talvez muito mais. Meu palpite é que ele não é o melhor garoto propaganda da honestidade.

— De todo jeito, muito mais do que trinta dólares — afirmou Alice. — Falso? Zircônia cúbica? Ela está fazendo a gente de trouxa.

Ele fez que sim com a cabeça de maneira quase imperceptível. Sabia que ela queria dizer *fazendo você de trouxa*. Sabia que era educada demais para fazer isso.

— Vamos — disse ele.

Caminharam para o oeste através do calor, passaram pela parte pobre da cidade novamente, pelo tribunal, até chegarem ao lado dos trilhos de trem. Foram aproximadamente dois quilômetros e eles demoram trinta minutos no trajeto. Estava quente demais para que acelerassem o passo. Ele não falou nada o caminho inteiro. Apenas lutou sua habitual batalha interna sobre quando exatamente desistir de uma causa perdida.

Ele a parou novamente à porta do escritório de advocacia gratuito.

— Quero tentar uma última coisa — disse ele.

Miragem em Chamas

— Por quê? — indagou ela.

— Porque eu sou do Exército — respondeu ele. — Primeiro confirmamos uma segunda vez, depois, uma terceira.

Ela suspirou. Um pouco de impaciência.

— O que você quer fazer?

— Você precisa me dar uma carona.

— Pra onde?

— Existe uma testemunha ocular com quem podemos falar.

— Uma *testemunha ocular*? Onde?

— Na escola, lá em Echo.

— A *menina*?

Ele confirmou com um gesto de cabeça.

— Ellie. Ela é bem esperta.

— Ela tem seis anos de idade.

— Se estava acontecendo, aposto que ela sabe.

Alice ficou completamente imóvel por um segundo. Então olhou para dentro através da janela. O lugar estava lotado de clientes. Pareciam desanimados por causa do calor e derrotados pela vida.

— Não é justo com *eles* — disse ela. — Preciso seguir em frente.

— É a última coisa que te peço.

— Eu te empresto o carro de novo. Você vai sozinho.

Ele negou com um gesto de cabeça.

— Preciso da sua opinião. Você é a advogada. E não vou conseguir entrar na escola sem você. Você tem status, eu, não.

— Não posso fazer isso. Vai me tomar o dia todo.

— Quanto tempo teria levado para conseguir o dinheiro do fazendeiro? Quantas horas usaria para calcular seus honorários?

— Não calculamos honorários.

— Você entendeu o que eu quis dizer.

Ela ficou em silêncio por um momento.

— Tá — falou ela. — Afinal, um acordo é um acordo.

— Esta é a última coisa, eu prometo.

* * *

— Por que, exatamente? — perguntou ela.

Eles estavam no VW, seguindo em direção ao sul na vazia estrada por onde se saía de Pecos. Ele não reconheceu nenhum ponto de referência. Estava escuro quando ele a percorrera no sentido contrário no banco de trás da viatura de polícia.

— Porque eu era um investigador — disse ele.

— Tudo bem — disse ela. — Investigadores investigam. Até aí tudo bem. Mas eles não *param* de investigar? Nunca? Nem quando já *sabem*?

— Investigadores nunca sabem — disse ele. — Eles sentem e eles supõem.

— Achei que eles lidassem com fatos.

— Na verdade, não. Quer dizer, às vezes lidam, eu suponho. Mas noventa e nove por cento do tempo é noventa e nove por cento o que se *sente*. O investigador é um sujeito com uma sensibilidade em relação às pessoas.

— Sensibilidade não transforma preto em branco.

— Não, não transforma — concordou ele.

— Você nunca se enganou antes?

— É claro que me enganei. Muitas vezes.

— Mas?

— Mas não acho que esteja errado agora.

— Mas por que, exatamente? — perguntou ela de novo.

— Porque eu sei coisas sobre as pessoas, Alice.

— Eu também — disse ela. — Tipo que Carmem Greer te fez de trouxa também.

Ele não disse mais nada. Apenas a observou dirigindo e olhando para a paisagem à frente. Dava para ver as montanhas ao longe, onde Carmem tinha perseguido o ônibus escolar. O envelope da FedEx estava no seu colo. Ele o usou para se abanar. Equilibrou-o nos dedos. Virou-o de um lado para o outro, à toa. Olhou para a parte da frente e a de trás, para o desenho laranja e azul, para a etiqueta e as palavrinhas insignificantes espalhadas por ela, remetente, destinatário, *extremamente urgente*, descrição da mercadoria, dimensões em centímetros, trinta por vinte e três, peso em gramas, mil cento e sessenta e dois, pagamento, informações de contato do destinatário, entrega em vinte e quatro horas, sem número de caixa postal,

Miragem em Chamas

expedidor deve verificar: *esta remessa não contém produtos perigosos.* Ele abanou a cabeça e jogou o envelope no banco de trás.

— Ela não tinha nenhum dinheiro — comentou.

Alice não disse nada. Apenas continuou dirigindo o pequenino carro amarelo rápida e economicamente. Ele sentia que ela estava com pena dele. O sentimento repentinamente começava a se desprender dela em ondas.

— O que foi? — perguntou ele.

— Devíamos voltar — disse ela. — Isto aqui é pura perda de tempo.

— Por quê?

— Porque o que exatamente Ellie vai nos falar? Olha só, consigo entender o que você está pensando. Se a Carmem *realmente* quebrou o braço, ela deve ter usado gesso por seis semanas. E Ellie é uma menina esperta e vai se lembrar disso. Mesma coisa com o negócio do maxilar. Com ele quebrado, a pessoa fica cheia de arame por um tempo. Uma criança certamente se lembraria *disso*. Isso *se* alguma dessas coisas realmente aconteceu, e *se* aconteceu há não muito tempo para que ela possa se lembrar disso.

— Mas?

— Mas nós *sabemos* que ela nunca usou gesso. Sabemos que ela nunca ficou com o maxilar cheio de arame. Temos os relatórios médicos, lembra? Estão bem aqui no carro com a gente. Todos os motivos pelos quais ela já foi parar no hospital. Ou você acha que colar ossos é uma atividade do tipo faça-você-mesmo? Acha que o ferreiro fez isso no celeiro? Ou seja, o melhor que Ellie pode fazer por nós é confirmar o que já sabemos. E o mais provável mesmo é que ela não se lembre de nada, porque é só uma criança. Por isso esta viagem é uma perda de tempo *dupla*.

— De qualquer maneira, vamos continuar — disse ele. — Já estamos na metade do caminho. Ela pode se lembrar de alguma coisa útil. E eu quero vê-la de novo. É uma menina muito bacana.

— Tenho certeza que é — disse Alice. — Mas se poupe, tá? Afinal, o que você vai fazer? Adotá-la? Ela é a mais prejudicada nessa história toda, e você também deveria aceitar isso e esquecê-la.

Eles não falaram mais até chegarem à encruzilhada onde ficavam o restaurante, a escola e o posto de gasolina. Alice estacionou exatamente onde Carmem tinha parado e juntos eles saíram e foram envolvidos pelo calor.

— É melhor eu ir com você — disse Reacher. — Ela me conhece. Podemos trazê-la pra fora e conversar com ela no carro.

Eles passaram pelo portão de arame e entraram no terreno. Depois, na casa, que tinha aquele cheiro de escola. Saíram novamente um minuto depois. Ellie Greer não estava lá. E não tinha ido à aula no dia anterior também.

— É compreensível — falou Alice. — É um período traumático pra ela.

Reacher fez que sim com a cabeça e disse:
— Então vamos nessa. É só mais uma hora no sentido sul.
— Que maravilha — disse Alice.

Eles voltaram para o VW. Os cem quilômetros de vazio esturricado do percurso foram percorridos sem que conversassem. Levaram pouco menos de uma hora, pois Alice acelerava mais do que Carmem, que não tinha a menor vontade de chegar. Reacher reconhecia os pontos de referência. Viu o antigo campo de petróleo no distante horizonte à esquerda. Greer Three.

— Está chegando — disse ele.

Alice diminuiu a velocidade. A estacada pintada de vermelho substituiu a cerca de arame e o portão flutuou na paisagem embaçada pelo calor. Alice freou, virou e passou por ele. O pequeno carro sacolejou desconfortavelmente pelo terreno. Ela parou frente ao início da familiar escada da varanda e desligou o carro. O lugar estava silencioso. Nenhuma atividade. Mas as pessoas estavam em casa, pois todos os carros estavam alinhados no galpão-garagem. O Cadillac branco estava lá, assim como o Jeep Cherokee, a caminhonete nova e a velha. Todos ali à sombra.

Eles saíram do carro e ficaram parados por um segundo atrás das portas abertas, como se elas oferecessem proteção contra algo. O ar estava completamente parado e mais quente do que nunca. Uns quarenta e três graus fácil, talvez mais. Ele a conduziu pela escada da varanda,

Miragem em Chamas 327

chegaram à sombra do telhado e bateram na porta. Ela foi aberta quase imediatamente. Era Rusty Greer. Segurava um rifle .22 em uma das mãos. Ficou em silêncio por um longo momento, apenas o observando. Depois falou:

— É você. Achei que fosse o Bobby.

— Não sabe onde ele está?

— Ele saiu. Não voltou ainda — disse ela, dando de ombros.

Reacher olhou para o galpão-garagem.

— Todos os carros estão ali — apontou.

— Alguém veio aqui pegá-lo — explicou Rusty. — Eu estava lá em cima. Não vi quem era. Só ouvi.

Reacher ficou calado.

— Enfim, não esperava te ver nunca mais — disse Rusty.

— Esta é a advogada da Carmem — apresentou Reacher.

Rusty se virou e olhou para Alice.

— Isso aí é o melhor que ela conseguiu?

— Precisamos falar com Ellie.

— Pra quê?

— Estamos entrevistando testemunhas.

— Uma criança não pode ser testemunha.

— Eu vou decidir isso — disse Alice.

Rusty apenas sorriu para ela.

— Ellie não está aqui — afirmou ela.

— E onde ela está? — perguntou Reacher. — Não está na escola.

Rusty ficou calada.

— Sra. Greer, precisamos saber onde Ellie está — afirmou Alice.

Rusty sorriu novamente.

— Não sei onde ela está, advogadinha.

— Como assim não sabe?

— O Conselho Tutelar a levou, é por isso que eu não sei.

— Quando?

— Hoje de manhã. Vieram aqui buscá-la.

— E você deixou que eles a levassem? — indagou Reacher.

— E por que não ia deixar? Não quero essa menina. Agora que Sloop se foi.

Reacher a encarou e falou:

— Mas ela é sua neta.

Rusty fez um gesto desdenhoso. O rifle se moveu em sua mão.

— Esse é um fato que nunca me entusiasmou — disse ela.

— Pra onde a levaram?

— Pra um orfanato, eu acho — respondeu Rusty. — E depois ela vai ser adotada se alguém a quiser. O que eu acho pouco provável. Pelo que eu sei, é muito difícil arrumar um lugar pra raça misturada. Pessoas decentes geralmente não querem feijoeiros nojentos.

Fez-se silêncio. Apenas os ruídos da terra seca esturricando sob o calor.

— Espero que você tenha um tumor — disse Reacher.

Ele se virou e voltou para o carro sem esperar por Alice. Entrou, bateu a porta com força, sentou-se, ficou olhando para a frente com o rosto queimando e abrindo e fechando suas enormes mãos. Ela entrou ao lado dele e ligou o carro.

— Me leve embora daqui — pediu ele.

Alice arrancou, deixando uma nuvem de poeira. Nenhum deles falou uma palavra enquanto seguiam para o norte em direção a Pecos.

Eram três da tarde quando chegaram ao escritório, que estava meio vazio devido ao calor. A mesa de Alice estava coberta com o usual emaranhado de bilhetes. Cinco eram de Hack Walker. Estavam numa sequência organizada, cada um deles com mais urgência do que o anterior.

— Devemos ir? — perguntou Alice.

— Não fale nada sobre o diamante — instruiu Reacher.

— Está tudo acabado agora, você não percebeu?

E estava. Reacher percebeu no momento em que viu o rosto de Walker. Havia um relaxamento ali. Um tipo de finalização. Encerramento. Uma espécie de paz. Estava sentado atrás da mesa. Ela estava coberta de papéis. Estavam organizados em duas pilhas. Uma mais alta de que a outra.

Miragem em Chamas 329

— O quê? — perguntou Reacher.

Walker o ignorou e entregou uma folha de papel para Alice.

— Renúncia aos Direitos de Miranda — disse ele. — Leia-o com cuidado. Ela está rejeitando representação legal e declara que é um ato inteiramente voluntário. E alega que recusou *sua* representação desde o começo.

— Duvidei da sanidade dela — disse Alice.

— Eu lhe concedo o benefício da dúvida. Mas não há dúvida agora. Por isso vocês estão aqui neste momento puramente por cortesia minha, ok?

Em seguida ele lhes entregou a pilha mais baixa de papéis. Alice os pegou, espalhou-os em forma de leque e Reacher se inclinou para a direita para conseguir vê-los. Eram documentos impressos. Estavam cheios de números e datas. Relatórios de bancos. Balanços patrimoniais e listas de transações. Créditos e débitos. Parecia que eram cinco contas separadas. Duas contas-correntes normais, aplicações no mercado monetário chamadas de *Carteira Não Discricionária Greer #1 a # 5*. Os saldos eram robustos. Muito robustos. O total acumulado chegava a algo em torno dos dois milhões de dólares.

— O pessoal do Al Eugene contratou um mensageiro para entregá-los — disse Walker. — Agora vejam as folhas de baixo.

Alice as folheou. As de baixo estavam juntas num clipe. Reacher as olhou por cima do ombro de Carmem. Havia muitos textos jurídicos. Adicionavam ao contrato convencional uma declaração de fideicomisso. Havia um documento registrado em cartório anexado à papelada. Em linguagem relativamente clara, dizia que, até segunda ordem, um único fideicomissário tinha absoluto e exclusivo controle sobre os fundos de Sloop Greer. Esse fideicomissário único estava identificado como a esposa legítima de Sloop Greer, Carmem Greer.

— Ela tinha dois milhões de dólares no banco — afirmou Walker. — Todinhos dela, efetivamente.

Reacher olhou para Alice. Ela concordou com um gesto de cabeça.

— Ele tem razão — disse ela.

— Agora olhem a última cláusula do contrato — disse Walker.

Alice virou a página. A última cláusula dizia respeito à reversão. As carteiras se tornariam discricionárias novamente e retornariam os fundos para o controle do próprio Sloop em uma data futura a ser especificada por ele. A não ser que antes disso ele ficasse incapacitado mentalmente de maneira irreversível. Ou morresse. Em consequência do que todos os saldos existentes se tornariam, em primeira instância, propriedade exclusiva de Carmem, devido a acordo prévio, e, em segunda, por motivo de herança.

— Ficou claro? — perguntou Walker.

Reacher ficou calado, mas Alice assentiu com um gesto de cabeça.

Então Walker passou a ela a pilha mais alta.

— Agora leia isso — solicitou ele.

— O que é isto? — perguntou ela.

— Uma transcrição — respondeu Walker. — Da confissão dela.

Houve silêncio.

— Ela confessou?

— Nós filmamos.

— Quando?

— Hoje ao meio-dia. Meu assistente foi vê-la assim que a documentação financeira chegou. Nós tentamos falar com você antes, mas não conseguimos. Depois ela nos disse que não queria mesmo um advogado. Então pedimos a ela que assinasse a renúncia. Aí ela botou a boca no trombone. Nós a trouxemos pra cá e gravamos em vídeo a coisa toda de novo. Não é nada agradável.

Reacher estava ouvindo e lendo ao mesmo tempo. Não era agradável. Com certeza, não. Começava com todas as declarações usuais sobre estar fazendo aquilo por livre e espontânea vontade e com absoluta ausência de coerção. Ela disse o nome. Começou lá atrás, pelos seus dias em LA. Era uma filha ilegítima. Tinha sido uma prostituta. *Street stroller*, foi o que ela disse. Em inglês, uma esquisita expressão de subúrbio hispânico, presumiu Reacher. Depois saiu das ruas, começou a fazer *strip-tease* e passou a se intitular *profissional do sexo*. Tinha fisgado Sloop exatamente como

Walker alegara. *Meu bilhete de loteria premiado*, foi como ela o chamou. Em seguida, a declaração se tornou uma história de impaciência. Sentiu um desajuizado tédio no Texas. Queria ir embora, mas também queria dinheiro no bolso. Quanto mais dinheiro melhor. O problema do Sloop com a Receita Federal foi um presente de Deus. As carteiras eram tentadoras. Ela tentou conseguir alguém para matá-lo na cadeia, o que soube ser possível por meio de seus pares, mas descobriu que uma penitenciária federal de segurança mínima não era esse tipo de lugar. Então esperou. Assim que recebeu a notícia de que ele sairia, comprou uma arma e saiu para o recrutamento. Planejou relacionar suas marcas a histórias inventadas sobre violência doméstica. O nome de Reacher foi mencionado como a última escolha. Ele tinha se recusado; então ela mesma fizera o serviço. Já tendo fabricado as alegações de maus-tratos, pretendia usá-las para se safar alegando legítima defesa, culpabilidade diminuída ou outra coisa qualquer que pudesse lograr. Depois percebeu que seus relatórios hospitalares viriam vazios; por isso estava confessando e se entregando à clemência do promotor de justiça. Sua assinatura estava rabiscada no fim de cada página.

Alice lia devagar. Terminou um minuto depois dele.

— Sinto muito, Reacher — disse ela.

Houve silêncio por um momento.

— Como fica a eleição? — perguntou Reacher. A última esperança.

Walker deu de ombros.

— O código do Texas diz que é um crime capital. Assassinato mediante pagamento. Até um cego consegue enxergar estas evidências. E eu não posso ignorar uma confissão, posso? Por isso, há algumas horas eu estava bem pra baixo. Mas depois eu comecei a pensar a respeito. O fato é que uma confissão voluntária acaba me ajudando. Uma confissão e o reconhecimento da culpa economizam para o contribuinte o custo de um julgamento. Da maneira como vejo, uma história como essa vai soar muito, muito mal pra quem quer que seja. Então se eu recusar a pena de morte, em comparação, vou parecer magnânimo. Generoso, até. Os brancos vão me atormentar um pouquinho, mas os mexicanos vão engolir tudo facinho. Entenderam o que estou dizendo? A coisa toda foi revertida agora. Ela era a boazinha e eu, a mão pesada. Mas agora ela é a mão pesada e eu, o bonzinho. Então acho que estou tranquilo.

Ninguém falou durante mais um minuto. Havia apenas o onipresente ruído dos ares-condicionados.

— Estou com os pertences dela — disse Alice. — Um cinto e um anel.

— Leve-os para o depósito — disse Walker. — Vamos transferi-la mais tarde.

— Onde?

— Pra penitenciária. Não podemos mantê-la mais aqui.

— Não, quis dizer onde é o depósito.

— No mesmo prédio do necrotério. Não se esqueça de pegar um recibo.

Reacher a acompanhou até o necrotério. Ele não se dava conta de seus passos. Não se dava conta do calor, ou da poeira, ou do barulho, ou do trânsito, ou dos cheiros da rua. Sentia como se estivesse flutuando a alguns centímetros da calçada, isolado dentro de uma espécie de traje de privação sensorial. Alice falava com ele de tempos em tempos, mas ele não escutava nada do que era dito. Tudo o que conseguia ouvir era uma vozinha dentro de sua cabeça dizendo *você estava errado. Completamente errado.* Era uma voz que ele já tinha ouvido antes, mas isso não fazia com que ouvi-la novamente ficasse mais fácil, porque ele tinha construído toda a sua carreira com base em escutá-la a menor quantidade de vezes possível. Era como uma ficha técnica de basebol na cabeça, e sua média tinha acabado de sofrer uma perda grave. O que o perturbava. Não por vaidade. Aquilo o transtornava porque ele era um profissional que supostamente deveria entender as coisas corretamente.

— Reacher? — chamava Alice. — Você não está me ouvindo, está?

— O quê? — disse ele.

— Eu te perguntei se quer comer alguma coisa.

— Não — respondeu ele. — Quero uma carona.

Ela parou de andar.

— O que foi, agora? Quer fazer uma quarta confirmação?

Miragem em Chamas 333

— Não, uma carona pra fora daqui. Pra outro lugar. Pra bem longe. Ouvi falar que a Antártica é ótima nesta época do ano.

— O terminal rodoviário é no caminho de volta pro escritório.

— Bom. Vou pegar um ônibus. Porque pra mim chega de pegar carona. Você nunca sabe quem vai te pegar.

O necrotério era um galpão industrial baixo em um terreno pavimentado atrás da rua. Podia ter sido uma oficina mecânica ou um depósito de pneus. Tinha a lateral de metal e uma porta de enrolar. Havia uma entrada de serviço bem ao fundo do galpão. Ela tinha dois degraus cercados lateralmente por corrimãos feitos de tubos de aço. O interior era muito frio. Ares-condicionados industriais potentes funcionavam no máximo. Parecia um frigorífico. O que, de certa maneira, era mesmo. À esquerda da entrada ficava uma porta dupla que dava acesso direto à parte em que as atividades do necrotério aconteciam. Estava aberta e Reacher pôde ver as mesas de autópsia. Ali havia muito aço inoxidável, azulejo branco e luz fluorescente.

Alice colocou o cinto de pele de lagarto no balcão de recepção e enfiou a mão na bolsa para pegar o anel. Ela disse ao atendente que eram do caso *Texas contra Carmem Greer*. Ele saiu e voltou com a caixa de evidências.

— Não, são pertences pessoais — disse ela. — Não são evidências. Desculpe.

O cara fez cara de *por que você não disse antes* e se virou.

— Espera aí — gritou Reacher. — Me deixe dar uma olhada nisso.

O cara parou, virou-se novamente e arrastou a caixa pelo balcão. Ela não tinha tampa, era realmente apenas uma caixa de papelão de aproximadamente oito centímetros de profundidade. Alguém tinha escrito *Greer* na parte da frente com um pincel atômico. A Lorcin estava em uma sacola plástica com o número da evidência. Dois cartuchos de metal, em uma sacola separada. Duas pequeninas balas .22, cada uma em uma sacola. Eram cinza e levemente retorcidas. Em uma sacola estava escrito *Intracraniano #1* e, na outra, *Intracraniano #2*. Tinham números de referência e assinaturas.

— O patologista está aqui? — perguntou Reacher.

— É claro — respondeu o atendente. — Ele está sempre aqui.

— Preciso falar com ele — disse Reacher. — Agora.

Ele esperava objeções, mas o cara simplesmente apontou para a porta dupla.

— Lá dentro — falou ele.

Alice hesitou, mas Reacher seguiu em frente. Primeiro achou que a sala estivesse vazia, mas depois viu uma porta de vidro num canto ao fundo. Atrás dela havia um escritório e lá, um homem de jaleco verde a uma mesa. Estava preenchendo uma papelada. Reacher bateu no vidro. Leu nos lábios do sujeito *Pode entrar*. Entrou.

— Posso ajudar? — perguntou o sujeito.

— Só havia duas balas em Sloop Greer? — questionou Reacher.

— Quem é você?

— Estou com a advogada da perpetradora. Ela está lá fora.

— A perpetradora?

— Não, a advogada.

— Está bem — disse o sujeito. — Qual o problema com as balas?

— Quantas eram?

— Duas — respondeu. — Demorei tempo pra cacete pra tirá-las de lá.

— Posso ver o corpo?

— Por quê?

— Receio que possa ocorrer um erro judicial.

Era uma fala que geralmente funcionava com patologistas. Eles logo pensam que haverá um julgamento, que serão chamados devido às evidências, e a última coisa que eles querem é ser humilhados pela defesa num interrogatório rigoroso. Isso é ruim para a reputação científica deles. E para seus egos. Então eles preferem, de antemão, acabar com qualquer dúvida.

— Tudo bem — disse ele. — Está no freezer.

No fundo do escritório havia outra porta que levava a um corredor sombrio. Ele terminava em uma porta de aço com isolamento, como uma câmara frigorífica.

— É frio aqui dentro — disse o sujeito.

— Ainda bem que pelo menos um lugar por aqui é.

Miragem em Chamas

O cara manuseou a maçaneta e eles entraram. A luz era clara. Lâmpadas fluorescentes estavam espalhadas por todo o teto. Havia uma barreira de vinte e sete gavetas de aço inoxidável, nove fileiras na vertical, três na horizontal. Oito delas estavam ocupadas. Tinham, na parte da frente, etiquetas enfiadas em pequenos quadradinhos plásticos, como aqueles em arquivos de escritório. O ar na sala era congelante. A respiração de Reacher virava fumaça à sua frente. O patologista conferiu as etiquetas e puxou uma gaveta. Deslizando, ela se abriu com facilidade.

— Tive que arrancar a parte de trás da cabeça — disse o patologista. — Tive que praticamente cavoucar o cérebro com uma concha de sopa para encontrá-las.

Sloop Greer estava nu e de costas. Parecia pequeno e arruinado na morte. Sua pele era cinza como argila crua. Estava gelado e duro. Os olhos abertos, vazios, parados. Tinha dois buracos de bala na testa, com uma distância de aproximadamente sete centímetros entre eles. Eram buracos perfeitos, azuis e rígidos nas bordas, como se tivessem sido cuidadosamente perfurados ali por um artesão.

— Clássicos ferimentos de .22 — disse o patologista. — As balas entram com facilidade, mas não saem. Muito lentas. Não têm força suficiente. Ficam chacoalhando lá dentro. Mas dão conta do recado.

Reacher fechou os olhos. Depois sorriu. Exibiu os dentes com vontade.

— Com certeza — concordou Reacher. — Elas dão conta do recado.

Bateram na porta, que estava aberta. Um som alto de juntas de dedos no aço duro. Reacher reabriu os olhos. Alice estava em pé lá, trêmula.

— O que você está fazendo? — perguntou ela em voz alta.

— O que vem depois da quarta confirmação? — perguntou ele de volta, também em voz alta.

O ar da boca dele pendeu no ar como uma nuvem.

— Quinta confirmação — falou ela. — Por quê?

— E depois?

— Sexta — disse ela. — Por quê?

— Porque vamos fazer um monte de confirmações agora.
— Por quê?
— Porque tem algo muito errado por aqui, Alice. Vem cá dar uma olhada.

14

LICE CAMINHOU LENTAMENTE PELOS AZULEJOS.

— Qual é o problema? — perguntou ela.

— Diga o que é que você vê — pediu Reacher.

Ela baixou os olhos para o cadáver como se isso lhe requeresse um esforço físico.

— Tiros na cabeça — disse ela. — Dois.

— Qual é a distância entre eles?

— Uns sete centímetros, talvez.

— O que mais você vê?

— Nada — afirmou ela.

— Exatamente — concordou ele.

— E?

— Olhe mais de perto. Os buracos estão limpos, não é?

Ela deu um passo para se aproximar da gaveta. Inclinou-se um pouquinho.

— Parece que estão limpos — disse.

— Isso tem implicações — afirmou ele. — Significa que não são ferimentos de contato. Um ferimento de contato é quando o cano da arma é colocado diretamente contra a testa. Sabe o que acontece quando se faz isso?

Sem dizer nada, ela fez que não com a cabeça.

— A primeira coisa que sai do cano de uma arma é uma explosão de gás quente. Se o cano estava pressionado contra a testa, o gás entra perfurando a pele e não tem pra onde ir por causa do osso. Então ele volta perfurando de novo no sentido contrário. O resultado é um grande buraco em forma de estrela. Parece uma estrela-do-mar, certo, doutor?

— É o que chamamos de orifício estrelado — confirmou o patologista.

— Não é o que temos aqui — disse Reacher. — Ou seja, não foi um tiro à queima-roupa. A segunda coisa a sair do cano é a chama. Se o tiro tivesse sido dado bem de perto, a cinco ou oito centímetros de distância, veríamos a pele queimada. Uma queimadura à queima-roupa em forma de anelzinho.

— Zona de queimadura — nomeou o patologista.

— Também não é o que temos aqui — disse Reacher. — A próxima coisa a sair é a fuligem. Um borrão preto e suave. Sendo assim, se fosse um tiro a quinze ou vinte centímetros, veríamos mancha de fuligem na testa. Uma mancha de uns cinco centímetros, talvez. Não há isso aqui também.

— E? — perguntou Alice.

— A próxima coisa a sair são partículas de pólvora — continuou Reacher. — Pedacinhos bem pequenos de carbono que não foram queimados. Nenhuma pólvora é perfeita. Parte dela não queima. É simplesmente expelida, como um spray. Fica cravada debaixo da pele. Pequeninos pontos pretos. Halo de tatuagem, como é chamado. Se fosse um tiro a uma distância de trinta centímetros, quem sabe cinquenta, conseguiríamos vê-la. Você está vendo isso aqui?

— Não — respondeu Alice.

Miragem em Chamas

— Certo. A única coisa que vemos aqui são os buracos das balas. Mais nada. Nenhuma evidência sequer que sugere que foram dados à queima-roupa. Isso depende da quantidade exata de pólvora nos cartuchos, mas, pra mim, eles certamente foram disparados a um metro ou um metro e vinte de distância, no mínimo.

— Dois metros e cinquenta e cinco centímetros — disse o patologista. — Essa é a minha estimativa.

Reacher o olhou.

— Você testou a pólvora?

Ele negou com um gesto de cabeça e disse:

— Criminalística. Ele estava na ponta da cama. A cama estava perto da janela, o que dava um corredor de setenta e cinco centímetros. Ele foi encontrado perto do criado-mudo, ao lado da cabeceira, contra a parede da janela. Sabemos que ela não estava perto dele, senão teríamos encontrado todas as coisas que você acabou de mencionar. Sendo assim, o mais próximo que ela *poderia* estar dele era do outro lado da cama. Provavelmente perto da extremidade. Atirou de um lado da cama ao outro, diagonalmente, de acordo com as trajetórias. Ele provavelmente estava se afastando o máximo que conseguia. Era uma cama *king-size*; por isso minha melhor estimativa é de dois metros e cinquenta e cinco centímetros, considerando a diagonal.

— Excelente — elogiou Reacher. — Está preparado para falar isso sob juramento?

— Claro. E isso não passa do mínimo teórico. Pode haver muito mais.

— Mas o que isso quer dizer? — perguntou Alice.

— Quer dizer que não foi Carmem — afirmou Reacher.

— Por que não?

— Qual é o tamanho da testa de um homem? Treze centímetros de um lado ao outro e cinco de altura?

— E?

— De jeito nenhum ela conseguiria acertar um alvo desses a mais de dois metros e meio.

— Como você sabe?

— Eu a vi atirar um dia antes. Primeira vez que ela apertava um gatilho na vida. Ela era péssima. Péssima mesmo. Não conseguiria acertar a parede lateral de um celeiro a mais de dois metros e meio. Eu falei pra ela que teria que enfiar a arma nas entranhas dele e esvaziar o carregador.

— Você está cavando a cova dela — disse Alice. — Esse tipo de testemunho não deve ser apresentado.

— Não foi ela, Alice. Carmem não tinha como fazer isso.

— Ela pode ter dado sorte.

— É claro, uma vez. Não duas. Duas vezes quer dizer que foram tiros mirados. E eles estão muito próximos, horizontalmente. Sloop tinha começado a cair depois do primeiro tiro. O que significa que foi um rápido *double-tap. Bang bang*, assim mesmo, sem hesitação. Esse é um tiro de profissional.

Alice ficou em silêncio por um segundo.

— Ela podia estar fingindo — argumentou. — Antes, quando disse que precisava aprender. Ela mentiu sobre todo o resto. Talvez atirasse perfeitamente bem, mas tenha alegado o contrário. Porque queria que você fizesse o serviço pra ela. Por outras razões.

Reacher negou com um gesto de cabeça.

— Ela não estava fingindo — afirmou. — Vi pessoas atirando a vida toda. Ou você sabe ou não sabe atirar. E, se você sabe, é visível. Não tem como esconder. Não dá pra desaprender.

Alice ficou calada.

— Não foi Carmem — reafirmou Reacher. — Nem *eu* conseguiria ter feito isso. Não com aquele lixo que ela comprou. Não dessa distância. Um rápido *double-tap* na cabeça? Quem quer que tenha feito isso, é um atirador melhor do que eu.

— E isso é raro? — perguntou ela com um sorriso amarelo.

— Muito — respondeu ele, sem rodeio.

— Mas ela confessou. Por que faria isso?

— Não tenho ideia.

Miragem em Chamas

* * *

Ellie não tinha certeza se entendera tudo. Tinha se escondido na escada acima da antessala enquanto a avó dela conversava com os estranhos. Tinha escutado as palavras *família nova*. Entendia o que elas significavam. E ela já sabia que *precisava* de outra família. Os Greer já tinham contado que o papai morrera e a mamãe tinha ido para muito longe e nunca mais voltaria. Também tinham dito que não queriam que ela ficasse com eles. O que não tinha problema para ela. Também não queria ficar com eles. Eram maus. Já tinham vendido o seu pônei e todos os outros cavalos. Um caminhão grande tinha vindo buscá-los bem cedo naquela manhã. Ela não chorou. De alguma maneira, simplesmente sabia que tudo tinha acontecido de uma só vez. Não tinha mais papai, não tinha mais mamãe, não tinha mais pônei, não tinha mais cavalos. Tudo tinha mudado. Então ela acabou indo embora com os estranhos, pois não sabia mais o que fazer.

Mas os estranhos a deixaram falar com a mamãe pelo telefone. Sua mamãe chorou e no final disse *seja feliz com sua nova família*. Mas, na verdade, ela não sabia se aqueles estranhos eram a nova família ou se eles estavam apenas *a levando* para a sua nova família. E ela estava com medo de perguntar. Então simplesmente ficou em silêncio. As costas de sua mão, que ela apertava contra a boca, estavam doendo.

— Isso é uma caixa de Pandora — afirmou Hack Walker. — Vocês estão me entendendo? É melhor não abri-la de jeito nenhum. As coisas podem sair do controle muito rapidamente.

Eles tinham voltado ao gabinete de Walker. Certamente ele estava pelo menos vinte graus mais quente do que o interior do necrotério. Ambos suavam muito.

— Vocês entenderam? — indagou Walker. — Vai piorar as coisas de novo.

— Você acha? — disse Alice.

Walker fez que sim.

— Vai embaçar tudo. Digamos que Reacher esteja certo, o que, francamente, é forçar a barra, porque tudo o que ele tem é uma opinião altamente subjetiva. Basicamente, está supondo. E a suposição dele é baseada em exatamente o quê? Numa impressão que ela escolheu passar a ele de antemão, a de que não sabia atirar, e nós já sabemos que todas as *outras* impressões que ela escolheu passar a ele de antemão foram conversa pra boi dormir do início ao fim. Mas digamos que ele esteja certo, apenas para fins de argumento. O que isso nos dá?

— O quê?

— Um conluio, isso sim. Sabemos que ela tentou aliciar Reacher. Agora vocês a vêm aliciando outra pessoa. Ela consegue outras pessoas, diz a eles para irem até a casa, diz a eles quando e como, diz onde a arma está escondida. Eles chegam, pegam a arma, executam o serviço. Se aconteceu dessa maneira, ela fomentou um conluio para cometer assassinato mediante pagamento. Contratar um matador, um sangue-frio dos infernos. Se seguirmos esse raciocínio, ela está de volta ao caminho da injeção letal. Porque *isso* é muito pior do que ela ter atirado sozinha. Em comparação, ter atirado sozinha soa até benigno. Fica parecendo um crime espontâneo, uma coisa de momento, sabe? Deixamos tudo exatamente do jeito que está, juntamente com o reconhecimento de culpa, e fico satisfeito em pedir prisão perpétua. Mas se começarmos a falar em conluio, isso é maldade de verdade, e aí estaremos de volta no caminho da pena de morte.

Alice ficou calada.

— Então vocês entenderam o que eu quero dizer? — questionou Walker. — Não há benefício. O efeito é absolutamente o contrário. Faz com que as coisas fiquem muito pior para Carmem. Além disso, ela já falou que foi ela mesma que o matou. O que eu acho que é verdade. Mas, se não for, então a confissão foi uma mentira calculada, arquitetada para salvar a própria pele, pois sabia que um conluio seria pior para a sua imagem. E teríamos que reagir a isso. Não poderíamos deixá-la se safar. Nós teríamos feito papel de otários.

Alice ficou calada. Reacher apenas deu de ombros.

— Então vamos deixar quieto — disse Walker. — Essa é a minha sugestão. Se fosse algo que a ajudaria, eu até consideraria. Mas não vai. Então larguemos isso pra lá. Para o bem dela.

Miragem em Chamas

343

— E para o bem da sua magistratura — alfinetou Reacher.

Walker concordou com um gesto de cabeça e respondeu:

— Não estou escondendo isso.

— Você está satisfeito em deixar isso pra lá? — perguntou Alice. — Como promotor? Alguém pode estar se safando.

Walker abanou a cabeça.

— *Se* aconteceu do jeito que Reacher propõe. Se, se, se. Se é uma palavra muito grande. Tenho que dizer que me parece altamente improvável. Acredite em mim, sou um promotor muito entusiástico, mas não erigiria um caso e faria um júri perder tempo com base na opinião puramente subjetiva de uma pessoa sobre o quão bem alguém sabe atirar. Especialmente quando esse alguém é uma exímia mentirosa como Carmem. Nós não sabemos, mas ela pode ter treinado tiro todo dia desde que era uma criança. Uma menina barra-pesada de algum bairro hispânico de LA, um júri rural do Texas não teria problema algum em engolir isso.

Reacher ficou calado. Novamente, Alice concordou com em gesto de cabeça.

— Tudo bem. De qualquer maneira, eu não sou a advogada dela.

— O que você faria se fosse?

— Eu deixaria pra lá, provavelmente. Como você disse, transformar o negócio em uma condenação por conluio não a ajudaria em nada.

Ela se levantou, lentamente, como se fizesse força contra o calor. Deu um tapinha no ombro de Reacher. Olhou-o com uma cara de *o-que-é-que-a-gente-pode-fazer?* e seguiu em direção à porta. Ele se levantou e a seguiu. Walker ficou calado. Apenas os observou caminhar porta afora e então deixou seus olhos caírem sobre a antiga foto dos três garotos encostados no para-lama da caminhonete.

Atravessaram a rua juntos e caminharam até o terminal rodoviário. Ficava a cinquenta metros do tribunal e cinquenta metros do escritório de advogados gratuito. Era um terminal pequeno e modorrento. Não havia nenhum ônibus nele. Apenas um vão com asfalto manchado de óleo diesel, rodeado de bancos sombreados pelo sol da tarde que atravessava um telhado branco de fibra de vidro. Havia um pequeno guichê coberto de papéis impressos com os horários dos ônibus. Um ar-condicionado atravessado na parede funcionava no máximo. Lá dentro, uma mulher sentada num banco alto lia uma revista.

— Walker está certo, sabe? — disse Alice. — Ele está fazendo um favor a ela. É uma causa perdida.

Reacher ficou calado.

— E aí, pra onde você vai? — perguntou ela.

— Vou pegar o primeiro ônibus que sair daqui — disse ele. — Essa é a minha regra.

Em pé, juntos, eles leram os horários. O próximo ônibus era para Topeka, no Kansas, via Oklahoma City. Chegaria de Phoenix, Arizona, em meia-hora. Ele estava dando uma longa e lenta volta no sentido inverso ao dos ponteiros do relógio.

— Conhece Topeka? — perguntou Alice.

— Já fui a Leavenworth — respondeu. — Não é longe.

Ele deu uma batidinha no vidro e a mulher o vendeu uma passagem só de ida. Ele a colocou no bolso.

— Boa sorte, Alice — falou. — Daqui a quatro anos e meio eu te procuro nas Páginas Amarelas.

Ela sorriu.

— Se cuida, Reacher.

Ficou imóvel por um segundo, como se estivesse decidindo se o abraçava, beijava na bochecha ou simplesmente ia embora. Então ela sorriu de novo e simplesmente foi embora. Ele a observou caminhar até perdê-la de vista. Depois procurou o banco com mais sombra e se sentou para esperar.

Ela ainda não tinha certeza. Tinham-na levado para um lugar muito bacana, tipo uma casa, com camas e tudo mais. Então talvez aquela *realmente fosse* a sua nova família. Mas não *pareciam* uma família. Eram muito atarefados. Ela achou que se pareciam um pouquinho com médicos. Eram gentis, mas também atarefados com coisas que ela não entendia. Talvez *fossem*

Miragem em Chamas 345

médicos. Talvez soubessem que ela estava triste e a fariam se sentir melhor. Ela pensou sobre isso durante muito tempo e depois perguntou:

— Você são médicos?

— Não — responderam.

— São minha nova família?

— Não — disseram. — Você vai para a sua nova família em breve.

— Quando?

— Em alguns dias, está bem? Mas, por enquanto, vai ficar com a gente.

Ela achou que todos eles pareciam atarefados demais.

O ônibus entrou no terminal rodoviário mais ou menos no horário. Era um ônibus da Greyhound, sujo da estrada e envolvido por uma nuvem de diesel. O calor que saía das grades do ar-condicionado fazia com que a imagem naquele pedacinho ficasse trêmula. Parou a seis metros dele e o motorista manteve o motor, que fazia um barulhão em marcha lenta, ligado. A porta foi aberta e três pessoas desceram. Reacher levantou, aproximou-se e entrou. Era o único passageiro partindo. O motorista pegou a passagem.

— Dois minutos, ok? — disse o sujeito. — Preciso tirar a água do joelho.

Reacher fez que sim com um gesto de cabeça e não falou nada. Apenas andou desanimadamente pelo corredor e encontrou um lugar com as duas poltronas vazias. Era à esquerda, o que faria com que ficasse exposto ao sol do fim da tarde, depois de Abilene, quando seguiriam no sentido norte. Mas o vidro era azul-escuro e o ar estava frio. Então ele decidiu que ficaria bem. Sentou-se de lado. Esticou-se e encostou a cabeça no vidro. Os oito cartuchos usados no bolso da sua calça estavam incomodando o músculo da coxa. Enfiou a mão no bolso e os pegou. Tirou-os e ficou olhando para eles na palma da mão. Sacudiu como dados. Estavam quentes e emitiam um som metálico abafado.

Abilene, pensou ele.

O motorista subiu de volta, colocou a cabeça para fora e olhou para os dois lados como um maquinista das antigas. Depois se sentou e a porta se fechou ruidosamente.

— Espere — gritou Reacher.

Ele se levantou e voltou pelo corredor até a parte da frente do ônibus.

— Mudei de ideia — falou ele. — Vou descer.

— Já dei baixa na sua passagem — disse o motorista. — Se quiser reembolso, vai ter que mandar uma solicitação pelo correio.

— Não quero reembolso — afirmou Reacher. — Só me deixe sair, está bom?

O motorista fez cara de quem não entendeu, mas moveu um mecanismo mesmo assim e as portas se abriram ruidosamente de novo. Reacher desceu do ônibus e se afastou. Escutou-o partir às suas costas. O veículo virou à direita no mesmo lugar em que tinha virado à esquerda e Reacher escutou seu barulho diminuir até morrer ao longe. Caminhou até o escritório de advocacia. O dia útil já tinha terminado e o local estava novamente lotado de silenciosos grupos de pessoas preocupadas, algumas delas falando com os advogados, outras esperando. Alice estava à sua mesa no fundo, falando com uma mulher com um bebê no colo. Ela olhou para cima, surpresa.

— O ônibus não passou? — perguntou.

— Preciso te fazer uma pergunta sobre uma questão jurídica — disse ele.

— É rápido?

Ele fez que sim com um gesto de cabeça.

— Se um sujeito conta um crime para um advogado, que pressão os policiais podem exercer sobre esse advogado para descobrir detalhes?

— Essa seria uma informação privilegiada — respondeu Alice. — Entre cliente e advogado. Os policiais não podem fazer pressão alguma.

— Posso usar seu telefone?

Ela ficou parada por um momento, intrigada. Depois disse:

— É claro. Mande ver.

Ele pegou uma cadeira de cliente vazia e a colocou ao lado da dela, atrás da mesa.

— Tem a lista telefônica de Abilene? — perguntou ele.

— Na gaveta de baixo. Do Texas todo.

Miragem em Chamas 347

Ela se voltou para a mulher com o bebê e retomou a conversa em espanhol. Ele abriu a gaveta e achou a lista que queria. Bem no início havia uma página de informações com todos os serviços de emergência impressos em letras grandes. Ligou para a polícia estadual de Abilene. Uma mulher atendeu e perguntou como poderia ajudá-lo.

— Tenho informações — disse ele. — Sobre um crime.

A mulher o colocou em espera. Uns trinta segundos depois a ligação foi atendida em outro lugar. Parecia ser onde ficava o pessoal de serviço. Dava para ouvir outros telefones tocando ao fundo e barulho de pessoas conversando ao redor.

— Sargento Rodriguez — disse uma voz.

— Tenho informações sobre um crime — repetiu Reacher.

— Seu nome, senhor.

— Chester A. Arthur — disse Reacher. — Sou advogado no Condado de Pecos.

— Ok, senhor Arthur, prossiga.

— Vocês encontraram um automóvel abandonado ao sul de Abilene na sexta-feira. Um Mercedes Benz pertencente a um advogado chamado Al Eugene. No momento, ele está considerado desaparecido.

Ouvia-se o som de teclado sendo digitado.

— Certo — disse Rodriguez. — O que você tem pra me dizer?

— Tenho um cliente aqui que alega que Eugene foi retirado de seu carro à força e morto bem perto do local.

— Qual é o nome do seu cliente, senhor?

— Não posso lhe dizer isso — afirmou Reacher. — Informação privilegiada. E o fato é que ainda não sei se acredito nele. Preciso que vocês chequem a história dele. Se fizer sentido, então posso persuadi-lo a se revelar.

— O que é que ele está te contando?

— Ele diz que fizeram sinal para Eugene parar e o colocaram em outro carro. Levaram-no nesse carro para o norte, a um local escondido à esquerda da estrada, onde ele foi baleado, e o corpo, escondido.

Alice tinha parado de conversar e o estava encarando de lado.

— Então eu quero que vocês façam uma busca na área — disse Reacher.

— Já fizemos uma busca na área.

— Mas qual foi o raio da busca?

— No entorno imediato.

— Não, meu cliente diz que foi a dois ou três quilômetros ao norte. Vocês têm que procurar sob a vegetação, nas fendas das rochas, barracões, em tudo quanto é lugar. Em algum ponto perto de onde um carro pudesse sair da estrada.

— Entre dois e três quilômetros ao norte de onde estava o carro abandonado?

— Meu cliente diz que não é menos de dois nem mais de três.

— À esquerda?

— Ele tem certeza — disse Reacher.

— Qual é o seu telefone?

— Eu ligo pra você de novo — disse Reacher. — Daqui a uma hora.

Ele desligou. A mulher com o bebê tinha ido embora. Alice ainda o estava encarando.

— O quê? — questionou ela.

— Deveríamos ter focado em Eugene antes.

— Por quê?

— Qual é o único fato concreto que temos aqui?

— Qual?

— Que não foi Carmem que atirou no Sloop, esse.

— Essa é uma opinião, não um fato.

— Não, é um fato, Alice. Acredite em mim, eu *sei* essas coisas.

Ela deu de ombros.

— Tá, e?

— E outra pessoa atirou. O que levanta a seguinte questão: por quê? Sabemos que Eugene está desaparecido e sabemos que Sloop está morto. Eles estavam ligados, advogado e cliente. Então, vamos presumir que Eugene esteja morto também, não apenas desaparecido. Para fins de argumento. Eles estavam trabalhando juntos num acordo que libertaria Sloop

Miragem em Chamas   **349**

da cadeia. Era alguma coisa grande, porque isso não é um negócio fácil. Eles não distribuem remissão por aí como se fosse panfleto, ou seja, deve ter envolvido uma informação da pesada. Algo valioso. Um problemão pra alguém. Suponhamos então que alguém tenha eliminado *os dois* por vingança ou para acabar com o fluxo de informação.

— De onde você tirou essa ideia?

— De Carmem, pra ser sincero — disse ele. — Ela sugeriu que eu agisse dessa forma. Apagar Sloop de maneira a deixar que pensassem que acabar com o acordo era o pretexto.

— Então Carmem colocou em prática a própria sugestão.

— Não, alguém paralelo a ela — disse Reacher. — Carmem o odiava, tinha um motivo e pode ser a mentirosa que for, mas não matou Sloop. Foi outra pessoa.

— Sim, *para* ela.

— Não — retrucou Reacher. — Não aconteceu dessa maneira. Ela simplesmente teve sorte. Foi um acontecimento paralelo. Como se ele tivesse sido atropelado por um caminhão em algum outro lugar. Talvez ela tenha gostado do resultado, mas não o *causou*.

— Você tem certeza?

— Sim, tenho certeza. Qualquer outra conclusão seria ridícula. Pense, Alice. Qualquer um que atira bem daquele jeito é um profissional. Profissionais planejam com uma antecedência de no mínimo alguns dias. E se ela tivesse contratado um profissional há alguns dias, por que ficaria vasculhando o Texas tentando encontrar caras como eu pegando carona? E por que deixaria Sloop ser morto na sua própria cama, o que faria com que ela fosse o suspeito número um? E com a própria arma?

— Então o que você acha que aconteceu?

— Acho que uma equipe de matadores eliminou Eugene na sexta e apagou seu rastro escondendo o corpo, pois assim ele não seria encontrado até que a pista estivesse totalmente fria. Depois eliminou Sloop no domingo e se acobertou fazendo parecer com que Carmem o tivesse matado. No quarto dela, com a arma dela.

— Mas ela estava com ele. Ela não teria *percebido*? Não teria *falado*?

Ele pensou um pouco.

— Talvez estivesse com Ellie. Talvez tenha entrado no quarto e encontrado o serviço pronto. Ou quem sabe estivesse tomando banho. Ela estava com o cabelo molhado quando a prenderam.

— Mas aí ela teria escutado os tiros.

— Não com aquele chuveiro. Ele é como as Cataratas do Niágara. E uma pistola .22 é silenciosa.

— Como você sabe onde eles vão encontrar o corpo de Eugene? Se presumirmos que você está certo.

— Imaginei como eu faria. É óbvio que eles tinham um veículo próprio lá naquele fim de mundo. Possivelmente encenaram que o pneu estava furado ou o carro, estragado. Fizeram sinal pra que Eugene parasse, forçaram-no a entrar no carro, levaram-na pra longe. Mas não iam querer ficar com ele muito tempo. Arriscado demais. Dois ou três minutos no máximo, eu presumo, o que dá dois ou três quilômetros a partir do ponto inicial.

— Por que pro norte? Por que à esquerda?

— Eu teria percorrido o caminho para o norte antes. Depois voltaria e examinaria o acostamento do lado que estivesse mais próximo do carro. Escolheria o lugar, continuaria andando mais uns três quilômetros, viraria o carro de novo, montaria o esquema e esperaria por ele.

— Concebível — disse ela. — Mas a negócio do Sloop? Aquilo é impossível. Eles foram até a casa? Lá em Echo, no meio do nada? Se esconderam do lado de fora e entraram sorrateiramente? Enquanto ela estava tomando banho?

— Eu conseguiria fazer isso — afirmou ele. — E estou presumindo que são tão bons quanto eu. Talvez melhores do que eu. Com certeza atiram melhor.

— Você é doido — disse ela.

— Pode ser — respondeu ele.

— Não, com certeza. Porque Carmem *confessou*. Por que ela faria isso? Se não tivesse realmente nada a ver com isso?

Miragem em Chamas

— Vamos descobrir isso depois. Mas, primeiro, nós vamos esperar uma hora.

Ele deixou Alice trabalhando e voltou para o calor. Decidiu finalmente dar uma olhada no Museu do Velho Oeste. Estava fechado quando ele chegou lá. O horário de funcionamento já tinha terminado. Mas viu um beco que levava a uma área aberta nos fundos. Havia um portão trancado, mas era suficientemente baixo para que ele precisasse apenas levantar a perna para passar por cima. Atrás dos prédios ficava uma coleção de artefatos antigos reconstruídos. Havia uma pequena cadeia de uma cela só, uma réplica do tribunal do Juiz Roy Bean e uma árvore-forca. A disposição dos três constituía uma boa sequência. Prisão, julgamento, sentença. Depois, o túmulo de Clay Allison. Estava bem cuidado, e a lápide era bonita. Clay era o segundo nome dele. O primeiro era Robert. Robert Clay Allison, nascido em 1840, falecido em 1887. *Nunca matou um homem que não merecesse ser morto.* Reacher não tinha segundo nome. Era apenas Jack Reacher, simples e direto. Nascera em 1960, ainda não tinha morrido. Imaginou como seria sua lápide. Provavelmente não teria uma. Não tinha ninguém para providenciá-la.

Sem pressa, percorreu de volta o beco e passou novamente pelo portão. Em frente a ele, havia um prédio de concreto baixo e de dois andares. Lojinhas no primeiro andar, escritórios em cima. Um deles tinha *Albert E. Eugene, Advogado* pintado na janela com letras amarelas antiquadas. Havia duas outras firmas de advocacia no prédio, que dava vista para o tribunal. Esses eram os advogados baratos, supôs Reacher. Separados geograficamente dos escritórios de advocacia gratuitos onde trabalhava Alice e dos advogados caros que deviam ficar em alguma outra rua. Apesar disso, Eugene tinha um Mercedes Benz. Talvez tivesse um grande volume de trabalho. Ou talvez simplesmente fosse vaidoso e estivesse pelejando para pagar prestações altas de um financiamento.

Ele parou no cruzamento. O Sol estava baixo no oeste e nuvens se formavam no horizonte ao sul. Uma brisa morna batia em seu rosto. Ela soprava suficientemente forte para balançar suas roupas e levantar a poeira da calçada. Ficou parado por um momento, deixando o tecido da camisa grudar na barriga. Em seguida a brisa morreu e o calor entorpecente voltou. Mas as nuvens continuavam lá no sul, como manchas escabrosas no céu.

Reacher caminhou de volta até o escritório de Alice. Ela ainda estava à mesa. Continuava lidando com uma fileira sem fim de problemas. Pessoas estavam sentadas nas cadeiras para os clientes. Um casal mexicano de meia--idade. A expressão em seus rostos era calma e confiante. A pilha de documentos tinha crescido. Ela apontou vagamente para a cadeira a seu lado. Ele deu a volta e se sentou. Pegou o telefone e discou os números lá de Abilene de cor. Disse ser Chester Arthur e pediu para falar com Sargento Rodriguez.

Ficou na espera um minuto. Então Rodriguez atendeu e Reacher soube imediatamente que tinham encontrado o corpo de Al Eugene. Havia muita ansiedade na voz do policial.

— Precisamos do nome do seu cliente, sr. Arthur — afirmou Rodriguez.

— O que o seu pessoal encontrou? — perguntou Reacher.

— Exatamente o que o senhor falou. Dois quilômetros e meio ao norte, à esquerda, numa fenda profunda no calcário. Um tiro bem no olho direito.

— Foi de .22?

— Nada disso. Não de acordo com o que estou escutando. Nove milímetros, no mínimo. Um canhão que fez um estrago dos grandes. A maior parte da cabeça dele já era.

— Você tem a hora estimada da morte?

— Pergunta difícil num calor desses. E estão dizendo que os coiotes conseguiram chegar até ele e comeram algumas partes com que os patologistas gostam de trabalhar. Mas se alguém disser sexta, não acredito que contestaríamos alguma coisa.

Reacher ficou calado.

— Preciso de nomes — insistiu Rodrigues.

— Meu cliente não é o executor — afirmou Reacher. — Vou conversar com ele e talvez ele te ligue.

E desligou antes que Rodriguez pudesse começar a argumentar. Alice o estava encarando novamente. Assim como os clientes dela. Obviamente eles falavam inglês suficiente para entender a conversa.

Miragem em Chamas 353

— Qual presidente era Chester Arthur? — perguntou Alice.

— Depois de Garfield, antes de Grover Cleveland — respondeu Reacher. — Um dos dois de Vermont.

— Quem foi o outro?

— Calvin Coolidge.

— Então acharam Eugene — disse ela.

— Com certeza.

— E agora?

— Agora alertamos Hack Walker.

— *Alertar?*

Reacher confirmou com um gesto de cabeça e disse:

— Pense bem, Alice. Talvez o que a gente tenha aqui seja um serviço contratado para eliminar duas pessoas, mas acho que é mais provável que seja para três. Eles eram um trio, Hack, Al e Sloop. Carmem disse que todos os três trabalharam juntos no acordo. Carmem disse que Hack fez a intermediação com os federais. Então Hack sabia o que eles sabiam, com certeza, ou seja, ele pode ser o próximo.

Alice se virou para seus clientes.

— Desculpe, tenho que ir — disse ela, em inglês.

Hack Walker estava juntando suas coisas para ir embora. Em pé, de blazer, trancava sua maleta. Já passava das seis e as janelas do gabinete já estavam escurecendo devido ao anoitecer. Contaram a ele que Eugene estava morto e viram a cor esvair-se de seu rosto. Sua pele literalmente se contraiu e enrugou debaixo de uma máscara de suor. Hack cravava os dedos com força na mesa para conseguir dar a volta nela e se deixou cair na cadeira. Ficou calado por um tempão. Em seguida começou a movimentar levemente a cabeça afirmativamente.

—Acho que sempre soube — disse ele. — Mas eu estava, você sabe, esperançoso.

Virou-se e baixou o olhar para a foto.

— Sinto muito — disse Reacher.

— Eles sabem o porquê? — perguntou Walker. — Ou quem?

— Ainda não.

Walker ficou em silêncio novamente.

— Por que contaram isso pra vocês antes de falarem comigo?

— Reacher descobriu onde eles deveriam procurar — disse Alice. — *Ele* contou a *eles*, na verdade.

Em seguida ela foi direto para a teoria do serviço para eliminar três pessoas. O acordo, o conhecimento perigoso que detinha. O alerta. Walker escutou tudo sentado e imóvel. Sua cor voltou, aos poucos. Ficou em silêncio, muito concentrado. Então abanou a cabeça.

— Não pode ser isso — disse ele. — Porque o acordo não foi nada de mais. Sloop cedeu às exigências e se comprometeu a pagar os impostos e as penalidades. Foi só isso. Nada mais. Ele ficou desesperado; não conseguiu suportar o período na cadeia. Acontece muito. Al entrou em contato com a Receita, fez uma proposta, eles nem pestanejaram. Isso é rotina. O acordo foi firmado em uma agência da Receita. Por pessoal do baixo escalão. Pra vocês terem ideia do quão rotineiro é isso. Era necessária a aprovação de um promotor federal e foi aí que eu entrei. Eu dei um empurrãozinho, só isso, pra que a coisa andasse um pouquinho mais depressa do que sem mim. Vocês sabem, coisa do clube dos parceiros das antigas. Era uma questão rotineira para a Receita Federal. E, acreditem, ninguém é morto por uma questão rotineira da Receita Federal.

Ele abanou a cabeça novamente. Em seguida arregalou os olhos e ficou completamente imóvel.

— Agora eu quero que vocês vão embora — disse.

Alice fez que sim com a cabeça e disse:

— Sentimos muito por sua perda. Sabemos que eram amigos.

Mas Walker parecia confuso, como se não fosse essa sua preocupação.

— O que foi?

— Não devemos nos falar mais, isso sim — disse Walker.

— Por que não?

— Porque estamos andando em círculos e vamos acabar em um lugar onde não queremos estar.

Miragem em Chamas

— Estamos?

— Pensem bem, pessoal. Ninguém é morto por causa de uma questão rotineira da Receita Federal. Ou morre? Sloop e Al providenciavam para tirar da Carmem o dinheiro que estava em seu nome e dar a maior parte dele para o governo. Agora Sloop e Al estão mortos. Dois mais dois é igual a quatro. A motivação dela está ficando cada vez óbvia. Se continuarmos conversando deste jeito, vou *ter* que acusá-la de conluio. Duas mortes, não uma. Sem chance, vou ser obrigado. E eu não quero fazer isso.

— Não há nenhum conluio — disse Reacher. — Se ela já tinha contratado o pessoal, por que me envolveria nisso?

— Pra embolar o caso? Se distanciar? — disse Walker, dando os ombros.

— Ela é *tão* inteligente assim?

— Acho que é.

— Então prova. Mostra pra gente que ela contratou alguém.

— Não tenho como fazer isso.

— Tem, sim. Você tem os dados bancários dela. Mostra pra gente o pagamento.

— O pagamento?

— Você acha que essas pessoas trabalham de graça?

Walker fez uma careta. Tirou algumas chaves do bolso e destrancou uma gaveta de sua mesa. Pegou a pilha de documentos financeiros. *Carteira Não Discricionária Greer #1 a #5*. Reacher prendeu a respiração. Walker folheou os documentos, página por página. Depois os juntou novamente e os virou para o lado de Alice e Reacher. Seu semblante estava vazio.

Alice se inclinou e os pegou. Folheou-os e examinou a quarta coluna da esquerda, que era a dos débitos. Havia muitos débitos. Mas eram todos baixos e aleatórios. O maior deles era de quase trezentos dólares. Vários abaixo de cem.

— Some os débitos do último mês — pediu Reacher.

Ela a examinou de novo.

— Novecentos redondo — disse ela.

— Mesmo que ela tivesse sacado aos poucos, novecentas pratas não compram muita coisa. Certamente não paga alguém que saiba operar da maneira como temos visto.

Walker ficou calado.

— Temos que ir falar com ela — afirmou Reacher.

— Não tem como — disse Walker. — Ela está na estrada a caminho da penitenciária.

— Não foi ela — insistiu Reacher. — Carmem não fez nada. É completamente inocente.

— Então por que ela confessou?

Reacher fechou os olhos. Ficou sentado e imóvel por um momento.

— Foi forçada a confessar — disse ele. — Alguém conseguiu chegar até ela.

— Quem?

Reacher abriu os olhos.

— Não sei quem — falou. — Mas podemos descobrir. Pegue o registro do bailio lá embaixo. Veja quem a visitou.

O rosto de Walker ainda estava confuso e suado. Mas ele pegou o telefone e ligou para um número interno. Pediu que o registro de visitantes fosse levado até ele imediatamente. Eles esperaram em silêncio. Três minutos depois, escutaram passos fortes na secretaria e o bailio entrou pela porta do gabinete. Era o cara do turno do dia. Estava ofegante por ter subido as escadas correndo. Tinha um livro grosso nas mãos.

Walker o pegou e abriu. Examinou-o rapidamente e o deixou sobre a mesa virado para Alice e Reacher. Usou o dedo para apontar. Carmem Greer dera entrada na segunda-feira de manhã. Dera saída duas horas atrás, sob custódia do Departamento de Correções do Texas. Nesse intervalo ela havia recebido um visitante, duas vezes. Nove horas na segunda-feira de manhã e novamente na terça-feira ao meio-dia. O promotor auxiliar fora lá embaixo para vê-la.

— Entrevista preliminar e depois a confissão — explicou Walker.

Não havia nenhum outro registro sequer.

— Isto aqui está certo? — perguntou Reacher.

Miragem em Chamas   357

— Garantido — disse o bailio, confirmando com um gesto de cabeça.

Reacher olhou o registro novamente. A primeira entrevista do promotor auxiliar tinha durado dois minutos. Era óbvio que Carmem tinha se recusado a dizer apenas uma palavra. A segunda tinha durado doze minutos. Depois disso ela fora escoltada até o gabinete para que fizessem o vídeo.

— Mais ninguém? — perguntou ele.

— Ela recebeu telefonemas — disse o bailio.

— Quando?

— Segunda-feira o dia todo, e na terça de manhã.

— Quem estava ligando pra ela?

— O advogado dela.

— O *advogado*? — perguntou Alice.

O sujeito fez que sim com a cabeça e disse:

— Foi chato pra cacete. Toda hora eu tinha que ficar buscando a mulher pra falar no telefone.

— Quem era o advogado?

— Não temos permissão pra perguntar, dona. É um negócio de confidencialidade. As conversas com advogados são secretas.

— Mas era um homem, certo?

— Era, sim.

— Hispânico?

— Acho que não. Parecia um sujeito normal. A voz estava meio abafada. Acho que a linha não estava muito boa.

— O mesmo sujeito todas as vezes?

— Acho que sim.

Fez-se silêncio no gabinete. Walker fez um gesto vago com a cabeça, que o bailio entendeu como dispensa. Eles o escutaram atravessar a secretaria. Ouviram a porta se fechar depois que ele saiu.

— Ela não disse que já tinha advogado — falou Walker. — Disse que não *queria* advogado.

— Ela me falou a mesma coisa.

— Temos que descobrir quem era essa pessoa — falou Reacher. — Temos que fazer com que a companhia telefônica rastreie as ligações.

Walker negou com um gesto de cabeça.

— Não podemos fazer isso. Conversas entre advogado e cliente são confidenciais.

Reacher o encarou e perguntou:

— Você acha mesmo que era um *advogado*?

— Você, não?

— É claro que não. Era algum cara a ameaçando e forçando-a a mentir. Pense bem, Walker. Na primeira vez que o seu assistente foi vê-la, ela não disse uma palavra. Vinte e sete horas depois ela estava confessando. A única coisa que aconteceu nesse intervalo foi um monte de ligações desse cara.

— Mas que tipo de ameaça poderia forçá-la a isso?

O comboio da matança estava desconfortável em seu novo papel de babá Cada um dos membros se sentia exatamente da mesma maneira, devido exatamente às mesmas razões. Fazer uma criança de refém não fazia parte das suas especialidades. Entretanto, capturá-la fazia. Tratava-se de uma operação relativamente padrão, baseada sempre em sedução e dissimulação. A mulher e o homem alto louro foram até a Red House se passando por um casal, pois achavam que assim se encaixariam na percepção pública de como assistentes sociais gostam de trabalhar. Chegaram em um grande sedan com cara de carro oficial e se portaram de maneira profissional e viva. A essa postura tinham misturado uma generosa porção de falsidade baseada numa piedade de bom samaritano, como se estivessem desesperadamente preocupados com o bem-estar da criança acima de qualquer outra coisa. Tinham um grosso bloco de documentos falsificados para mostrar, exatamente como as ordens do Conselho Tutelar e a documentação das agências estaduais. Mas a avó praticamente nem os olhou. Ela não ofereceu nenhuma resistência. Isso lhes pareceu anormal. Ela simplesmente entregou a criança, como se estivesse realmente muito grata por aquilo.

Miragem em Chamas

A criança também não ofereceu resistência alguma. Ela estava muito séria, silenciosa e contemplativa perante toda aquela situação. Como se estivesse tentando mostrar o seu melhor comportamento. Como se estivesse tentando agradar aqueles novos adultos. Então eles simplesmente a colocaram no carro e foram embora. Nenhuma lágrima, nenhum grito ou acesso de fúria. Considerando o todo, o negócio correu bem. Muito bem. Demandou quase tão pouco esforço quanto a operação Al Eugene.

Mas depois a normalidade se foi. Radicalmente. A prática-padrão teria sido ir de carro diretamente para um local escolhido previamente e puxar os gatilhos. Ocultar o corpo e sair fora. Mas aquela tarefa era diferente. Tinham que mantê-la escondida. E viva, ilesa. Pelo menos por um período. Talvez por dias e dias. Era algo que nunca tinham feito antes. E profissionais ficam desconfortáveis com coisas que nunca fizeram antes. Sempre ficam. Essa é a natureza do profissionalismo. Profissionais se sentem melhor quando fazem o que sabem.

— Ligue pro Conselho Tutelar — disse Reacher. — Agora

Hack Walker apenas o encarou.

— Você fez a pergunta — disse Reacher. — Que tipo de ameaça poderia ter feito com que ela confessasse algo que não fez? Você não vê? Eles devem ter pegado a filha dela.

Walker continuou encarando-o por mais um tempinho, paralisado. Depois se esforçou para agir, destrancou outra gaveta e a sacudiu para que abrisse. Tirou dela um fichário preto pesado. Abriu-o, folheou, agarrou o telefone e discou um número. Não atenderam. Ele deu uma pancadinha no gancho do telefone e discou outro número. Algum tipo de telefone para contatos noturnos de emergência. Alguém atendeu e ele fez a pergunta usando o nome completo de Ellie, Mary Ellen Greer. Houve um longo momento de silêncio. Depois uma resposta. Walker escutou. Não disse nada. Apenas colocou o telefone de volta no gancho, muito lenta e cuidadosamente, como se ele fosse feito de vidro.

— Nunca ouviram falar nela — relatou

Silêncio. Walker fechou os olhos e depois os abriu novamente.

— Certo — disse o promotor. — Os recursos vão ser um problema. Polícia estadual, é claro. E o FBI, porque isso é sequestro. Mas temos que nos mover imediatamente. A velocidade é absolutamente soberana neste caso. Sempre é, em caso de sequestro. Podem estar levando a criança pra qualquer lugar. Então quero que vocês dois vão até Echo neste exato momento e colham a história toda de Rusty. Descrições e tudo mais.

— Rusty não vai falar com a gente — disse Reacher. — Ela é muito hostil. O que acha do xerife de Echo?

— Aquele cara é um inútil. Provavelmente está bêbado agora. Vocês terão que fazer isso.

— Perda de tempo — contestou Reacher.

Walker abriu outra gaveta e pegou duas estrelas cromadas em uma caixa. Jogou-as em cima da mesa.

— Levantem a mão direita — disse ele. — Repitam comigo.

Ele resmungou uma espécie de juramento. Reacher a Alice o repetiram até onde conseguiram se lembrar. Walker fez um gesto afirmativo com a cabeça.

— Agora vocês são auxiliares do xerife — disse ele. — Podem atuar em todo o Condado de Echo. Rusty vai *ter* que falar com vocês.

Reacher ficou olhando para ele.

— O que foi? — perguntou Walker.

— Vocês ainda podem fazer isso aqui? Nomear pessoas?

— É claro que podemos — disse Walker. — Exatamente como no Velho Oeste. Agora vão, ok? Tenho um milhão de ligações pra fazer.

Reacher pegou sua estrela cromada e se levantou, novamente um oficial da lei credenciado depois de quatro anos e três meses. Alice ficou em pé ao lado dele.

— Depois venham direto pra cá me encontrar — disse Walker. — E boa sorte.

Oito minutos depois eles estavam de volta ao VW amarelo, seguindo para o sul em direção à Red House pela segunda vez naquele dia.

* * *

Miragem em Chamas

A mulher atendeu a ligação. Ela deixou o telefone tocar quatro vezes enquanto tirava da bolsa o equipamento de alteração de voz e o ligava. Mas não precisou dele. Não precisou falar nada. Apenas escutou, pois era uma mensagem, longa e complexa, mas clara, concisa e sem ambiguidade, e que foi repetida duas vezes. Quando terminou, desligou o telefone e colocou os equipamentos eletrônicos de volta na bolsa.

— É hoje à noite — disse ela.

— O quê? — perguntou o homem alto.

— O serviço adicional — respondeu ela. — O negócio em Pecos. Parece que a coisa lá está desandando um pouco. Acharam o corpo do Eugene.

— Já?

— Merda — falou o homem moreno.

— É, merda mesmo — concordou a mulher. — Então executamos o serviço adicional de uma vez, hoje à noite, antes que as coisas piorem.

— Quem é o alvo? — perguntou o homem alto.

— O nome dele é Jack Reacher. Um andarilho, ex-militar. Tenho a descrição. Tem uma garota na parada também, uma advogada. Vamos ter que cuidar dela também.

— Vamos fazer isso simultaneamente a essa gracinha de ficar dando uma de babá?

— Como sempre dissemos, a gente mantém esse negócio de tomar conta da menina enquanto for possível, mas nos reservamos o direito de concluir o serviço quando for necessário.

Os homens se entreolharam. Da cama, Ellie os observava

15

EACHER NÃO FOI UMA BOA COMPANHIA DURANTE a carona para o sul. Não falou nada durante a primeira hora e meia. A escuridão da noite tinha caído rápido e ele manteve a luz do interior do carro acesa e analisou os mapas que ficavam no porta-luvas. Em particular, concentrou-se em uma carta topográfica em escala grande, que reproduzia a parte sul do Condado de Echo. A fronteira do condado era uma linha completamente reta de leste a oeste. Em seu ponto mais próximo, ficava a oitenta quilômetros do Rio Grande. Aquilo não fazia sentido para ele.

— Eu não entendo por que ela mentiu sobre o anel — disse ele.

Alice deu de ombros. Estava andando o mais rápido que o carro aguentava.

— Ela mentiu sobre tudo — afirmou ela.

— O anel era diferente — comentou ele.

— Diferente como?

— Um tipo diferente de mentira. Do mesmo jeito que as maçãs são diferentes das laranjas.

— Não estou te entendendo.

— Só para o anel eu não consegui achar uma explicação.

— *Só* para o anel?

— Todo o resto é coerente, mas o anel é um problema.

Ela continuou acelerando por mais dois quilômetros. Os postes de energia vinham e iam, cada um deles iluminado pelos faróis por uma fração de segundo.

— Você sabe o que está acontecendo, não sabe? — perguntou ela.

— Você já fez desenho assistido por computador? — indagou ele.

— Não.

— Nem eu.

— E?

— Você sabe do que se trata?

Ela deu de ombros novamente e disse:

— Vagamente, eu acho.

— Eles conseguem construir uma casa inteira, um carro ou qualquer outra coisa na tela do computador. Podem decorar, pintar e olhar para o que construíram. Se for uma casa, é possível *entrar* nela, andar lá dentro. Dá pra girá-la, ver a frente, a parte de trás. Se for um carro, eles conseguem ver a aparência dele à luz do dia e no escuro. E é possível virá-lo pra cima e pra baixo, girar e examiná-lo de qualquer ângulo. Podem batê-lo e ver se ele aguenta. É como se fosse de verdade, só que não é. Acho que é uma coisa *virtual*.

— E? — indagou ela novamente.

— Posso ver toda essa situação na minha cabeça, como num desenho no computador. Dentro e fora, a parte de cima e a de baixo. De todos os ângulos. A não ser o anel. O anel estraga tudo.

— Você quer explicar isso?

— Não tenho como — disse ele. — Até conseguir descobrir.

— Ellie vai ficar bem?

— Espero que sim. É por isso que estamos fazendo esta viagem.

— Você acha que a avó pode nos ajudar?

— Duvido — disse ele, dando de ombros.

— Então como esta viagem vai ajudar a Ellie?

Ele ficou calado. Apenas abriu o porta-luvas e guardou os mapas de novo. Pegou a arma Heckler & Koch. Retirou o carregador e conferiu se estava carregada. *Nunca pressuponha.* Mas ela ainda estava carregada com dez balas. Colocou o carregador de volta e engatilhou a primeira bala. Em seguida inclinou a arma e a travou. Deu uma levantada no banco para que conseguisse enfiá-la no bolso.

— Você acha que vamos precisar disso? — perguntou ela.

— Mais cedo ou mais tarde — disse ele. — Você tem mais munição na bolsa?

Alice negou com um gesto de cabeça.

— Nunca imaginei que fosse realmente *usar* isso aí.

Ele ficou calado.

— Você está bem? — perguntou ela.

— Estou me sentido bem — respondeu ele. — Talvez como você estava durante aquele importante julgamento antes do cara se recusar a fazer o pagamento.

— Era uma sensação boa — comentou ela ao volante.

— Naquela situação você se sentia em casa, né?

— Acho que sim.

— Nesta aqui, eu me sinto em casa — explicou ele. — É pra isto que fui treinado. A excitação da perseguição. Sou um investigador, Alice, sempre fui, sempre vou ser. Sou um *caçador*. E, quando Walker me deu este distintivo, minha cabeça começou a funcionar.

— Você sabe o que está acontecendo, não sabe? — perguntou ela de novo.

— Com exceção do anel de diamante.

Miragem em Chamas

— Me conte.

Ele ficou calado.

— Me conte — insistiu Alice.

— Você já andou a cavalo?

— Não — respondeu ela. — Sou uma garota da cidade. O espaço mais aberto que eu já vi foi o canteiro central no meio do Park Avenue.

— Andei a cavalo com Carmem. Foi minha primeira vez.

— E?

— Eles são muito altos. Você fica bem lá em cima.

— E? — fez ela novamente.

— Já andou de bicicleta?

— Em Nova Iorque?

— Patins em linha?

— Um pouquinho, quando isso ainda era maneiro.

— Já caiu?

— Uma vez, machuquei feio.

— Me conte uma coisa sobre o jantar que você fez pra mim.

— O quê?

— Caseiro, não foi?

— Lógico.

— Você pesou os ingredientes?

— Tem que pesar.

— Então você tem uma balança na sua cozinha, não tem?

— Lógico — repetiu ela.

— A balança da justiça — disse ele.

— Reacher, mas do que diabos você está falando?

Ele olhou para a esquerda. A estacada vermelha ia ficando para trás, iluminada pelos feixes de luz dos faróis.

— Chegamos — afirmou ele. — Eu termino de te contar depois.

Ela diminuiu a velocidade, passou pelo portão e sacolejou pelo terreno.

— Pare de frente para o galpão-garagem — instruiu ele. — E deixe os faróis acessos. Quero dar uma olhada naquela caminhonete antiga.

— Ok — disse ela.

Virando o volante, ela deixou o carro descer um ou dois metros até que os faróis penetrassem pelo lado direito do galpão. Eles iluminaram metade da caminhonete nova e toda a caminhonete antiga.

— Fique perto de mim — disse ele.

Eles saíram do carro. De repente o ar noturno ficou quente e úmido. Diferente de antes. Estava nublado e havia insetos agitados flutuando por todo o lugar. Mas o terreno estava quieto. Nenhum som. Eles se aproximaram do carro juntos para poderem ver melhor a caminhonete abandonada. Era uma Chevrolet de uns vinte anos antes, ainda assim reconhecível como a ancestral da caminhonete mais nova ao lado. Tinha para-lamas arredondados, uma pintura queimada e um santo-antônio na carroceria. Já devia ter rodado um milhão de quilômetros. Provavelmente não era ligada havia décadas. A suspensão tinha cedido, os pneus estavam murchos e a borracha estava arruinada pelo calor implacável.

— E aí? — perguntou Alice.

— Acho que é a caminhonete da foto — disse Reacher. — Aquela no gabinete do Walker. Ele, Sloop e Eugene encostados no para-lama.

— Todas as caminhonetes são iguais pra mim — comentou ela.

— Sloop tinha a mesma foto.

— E isso é relevante?

— Eram grandes amigos — disse ele dando de ombros.

Eles se viraram e saíram. Alice se abaixou, entrou novamente no VW e desligou os faróis. Em seguida, Reacher a conduziu ao pé da escada da varanda. Subiram até a entrada principal. Ele bateu. Esperou. Bobby Greer abriu a porta. Ficou parado ali, surpreso.

— Então você voltou pra casa — comentou Reacher.

Bobby demonstrou raiva em seu rosto, como se já tivesse ouvido aquilo.

Miragem em Chamas

— Meus amigos me levaram pra dar uma volta — falou Bobby. — Pra ajudar no luto.

Reacher abriu a mão e mostrou a estrela cromada. *A carteirada.* A sensação era boa. Não tão boa quanto mostrar uma credencial da Divisão de Investigação Criminal do Exército dos Estados Unidos, mas aquilo teve um efeito sobre Bobby. Fez com que ele parasse de fechar a porta.

— Polícia — disse Reacher. — Precisamos falar com a sua mãe.

— Polícia? Você?

— Hack Walker acabou de nos nomear. Válido por todo o Condado de Echo. Onde está sua mãe?

Bobby ficou quieto por um tempinho. Inclinou-se para a frente, olhou para o céu noturno acima e literalmente fungou o ar.

— Uma tempestade está se aproximando — disse ele. — Está chegando agora. Do sul.

— Onde está sua mãe, Bobby?

Bobby ficou quieto de novo.

— Lá dentro — respondeu.

Reacher fez Alice passar por Bobby e entrar na antessala vermelha com os rifles e espelhos. A temperatura dentro da casa era um pouquinho mais baixa. O ar-condicionado antigo estava funcionando no máximo. Dava solavancos e chacoalhava pacientemente, em algum lugar no andar de cima. Eles atravessaram a antessala e entraram na sala de estar ao fundo. Rusty Greer estava sentada à mesa na mesma cadeira que da primeira vez em que ele a tinha visto. As roupas eram do mesmo estilo. Calça jeans apertada e blusa de franja. Seu cabelo estava armado com laquê e parecia uma auréola mais dura que um capacete.

— Estamos aqui em missão oficial, sra. Greer — disse Reacher.

Ele abriu a mão e mostrou o distintivo a ela.

— Precisamos de algumas respostas.

— Ou o quê, grandalhão? — ironizou Rusty. — Vai me prender?

Reacher puxou uma cadeira e se sentou do lado oposto ao dela. Apenas a encarou.

— Não fiz nada de errado — defendeu-se.

Reacher abanou a cabeça.

— Pra falar a verdade, você fez tudo errado.

— O quê, por exemplo?

— Por exemplo, minha avó teria morrido antes de deixar que seus netos fossem tirados dela. Literalmente. Por cima do meu cadáver, ela teria dito, e não da boca pra fora.

Silêncio por um segundo. Apenas o incessante estalo do ventilador.

— Foi para o bem da criança — disse Rusty. — E eu não tinha a menor chance. Eles tinham documentos.

— Você já tinha dado netos antes?

— Não.

— Então como você sabia que os documentos eram *legítimos*?

Rusty deu de ombros. Ficou calada.

— Você conferiu?

— Como é que eu ia conferir? — disse Rusty. — E eles pareciam legítimos. Cheios de palavras importantes: supracitado, doravante, o Estado do Texas.

— Eles eram *falsos* — declarou Reacher. — Foi um sequestro, sra. Greer. Foi coerção. Pegaram sua neta para ameaçar sua nora.

Ele observava o rosto dela, procurando ali algum abatimento, alguma culpa, ou vergonha, ou medo, ou remorso. Havia uma expressão nele. Reacher não tinha certeza de quê.

— Por isso, nós precisamos de descrições — disse ele. — Quantos eram?

Ela ficou calada.

— Quantas pessoas, sra. Greer?

— Duas pessoas. Um homem e uma mulher.

— Brancos?

— Sim.

— Como eles eram?

Rusty deu de ombros novamente.

Miragem em Chamas 369

— Comuns — disse ela. — Normais. Do jeito que a gente imagina. Tipo assistentes sociais. Da cidade. Tinham um carro grande.

— Cabelo, olhos, roupas?

— Cabelo louro, eu acho. Os dois. Roupas baratas. A mulher estava de saia. Olhos azuis, eu acho. O homem era alto.

— E o carro deles?

— Não sei nada de carros. Era um sedan grande. Mas meio comum. Não era um Cadillac.

— Cor?

— Cinza ou azul, talvez. Não era escuro.

— Onde ficam os talheres ali na cozinha?

— Por quê?

— Porque eu devia enfiar uma faca no seu peito e deixar você sangrar até vazar toda essa sua idiotice. Esse pessoal branco de cabelo louro e olhos azuis é o mesmo que matou Al Eugene. E você entregou sua própria neta pra eles.

Ela o encarou.

— Morto? Al morreu?

— Dois minutos depois deles o terem tirado do carro.

Ela ficou pálida e sua boca começou a se contorcer. Ela disse *mas*, e parou. Depois novamente, *mas e*. Ela não conseguia completar a frase com a palavra *Ellie*.

— Ainda não — disse Reacher. — Essa é a minha suposição. E minha esperança. Deve ser a *sua* esperança também, porque se eles a machucarem, você sabe o que eu vou fazer?

Ela não respondeu. Apenas cerrou os lábios e virou a cabeça de um lado para o outro.

— Vou voltar aqui e quebrar a sua coluna. Vou te levantar e te rachar como um graveto podre.

Fizeram-na tomar um banho, o que foi péssimo, porque um dos homens a ficou observando. Ele era bem baixo e tinha cabelo preto na cabeça e nos braços. Permaneceu dentro do banheiro e a olhou o tempo todo em que ela ficou na banheira. Mamãe tinha dito, *nunca deixe ninguém te ver sem roupa, principalmente se for homem*. E lá estava ele, bem ali, a olhando. Além disso, ela não tinha pijama para colocar depois. Não tinha trazido nenhum. Não tinha trazido *nada*.

— Você não precisa de pijama — disse o homem. — Está quente demais pra usar pijama.

Ele ficou ao lado da porta, observando. Ela se secou com uma pequena toalha branca. Precisava fazer xixi, mas não deixaria o homem vê-la fazer *aquilo*. Ela teve que passar bem pertinho dele para sair do banheiro. Em seguida os outros dois a observaram caminhar até a cama. O outro homem e a mulher. Eram horrorosos. Eram *todos* horrorosos. Ela se deitou na cama, puxou a coberta, cobriu a cabeça e tentou com muita força não chorar.

— E agora? — perguntou Alice.

— De volta pra Pecos — disse Reacher. — Quero continuar em movimento. E temos uma porrada de coisa pra fazer hoje à noite. Mas vá devagar, ok? Preciso de tempo pra pensar.

Ela saiu pelo portão e virou para a escuridão ao norte. Ligou o ar no máximo para expulsar o calor da noite.

— Pensar sobre o quê? — perguntou Alice.

— Sobre onde Ellie está.

— Por que você acha que são as mesmas pessoas que mataram Eugene?

— É uma questão de posicionamento estratégico — explicou ele. — Não consigo ver alguém usando separadamente uma equipe de matadores e outra de sequestradores. Não neste fim de mundo aqui embaixo. Por isso, acho que é uma equipe só. Ou é uma equipe de matadores fazendo bico de sequestradores, ou uma equipe de sequestradores fazendo bico de matadores. Provavelmente a primeira opção, porque a maneira como cuidaram

Miragem em Chamas 371

de Eugene foi muito profissional. Se isso foi o bico, não quero nem ver os caras fazendo aquilo em que são *realmente* bons.

— A única coisa que fizeram foi atirar nele. Qualquer um pode fazer isso.

— Não, não foi, não. Eles o fizeram parar o carro, o convenceram a entrar no deles. Eles o mantiveram quieto o tempo todo. Isso demanda muita técnica, Alice. É muito mais difícil do que você imagina. Depois atiraram através do olho dele. Isso também tem um significado.

— Qual?

— É um alvo pequeno e, numa situação dessas, o tiro é instantâneo. A pessoa levanta a arma e atira. *Um, dois.* Não há uma razão racional para escolher um alvo tão pequeno. É um tipo de exuberância. Não exatamente um exibicionismo. É mais uma celebração da própria habilidade e precisão. Como que reveladas ali. É uma coisa meio de deleite.

Silêncio no carro. Apenas o zumbido do motor e o canto dos pneus.

— E agora eles estão com a criança — disse Alice.

— E estão desconfortáveis com isso porque estão fazendo um bico. Estão acostumados a ficar sozinhos. Acostumados com seus procedimentos normais. Estar com uma criança viva por perto faz com que fiquem preocupados com a possibilidade de ficarem estáticos e visíveis.

— Eles vão parecer uma família. Um homem, uma mulher, uma criancinha.

— Não, acho que são mais de dois.

— Por quê?

— Porque, se fosse eu, ia querer três. Quando eu servia, usávamos três. Basicamente, um motorista, um atirador e uma pessoa para dar cobertura.

— Vocês atiravam em pessoas? A polícia do Exército?

— Às vezes — disse ele, dando de ombros. — Você sabe, coisas que é melhor não irem a julgamento.

Alice ficou em silêncio por um tempo. Reacher percebeu que ela estava decidindo se se distanciava dele alguns centímetros a mais. Viu que decidiu ficar onde estava.

— Então por que você não fez isso pela Carmem? — perguntou ela. — Já que você já tinha feito isso antes.

— Ela perguntou a mesma coisa. Minha resposta é: eu não sei.

Ela ficou em silêncio novamente durante os dois quilômetros seguintes.

— Por que eles estão com Ellie? — perguntou ela. — Por que *ainda* estão com a menina? Eles já a coagiram a confessar. O que mais poderiam ganhar com isso?

— Você é a advogada — disse ele. — Você vai ter que descobrir isso. Quando é que se bate o martelo? Quando a coisa se torna irrevogável?

— Nunca, na verdade. Uma confissão pode ser retratada a qualquer momento. Mas, na prática, acho que, se ela responder *nolo contendere* à acusação do grande júri, isso seria considerado um marco importante.

— E com que rapidez isso pode acontecer?

— Amanhã, facilmente. O grande júri é mais ou menos permanente. Isso duraria dez minutos, talvez quinze.

— Achei que a justiça era muito lenta no Texas.

— Só se você alegar inocência.

Novamente silêncio, por muitos quilômetros. Eles passaram pelo vilarejo da encruzilhada, que tinha a escola, o posto de gasolina e o restaurante. De uma extremidade à outra, durante três curtos segundos, ele foi açoitado de trás pra frente pelos feixes de luz dos faróis. O céu acima ainda estava limpo. As estrelas ainda estavam visíveis. Mas as nuvens se formavam rápido atrás deles, no sul.

— Então pode ser que amanhã eles a libertem — disse Alice.

— E pode ser que não. Podem estar preocupados com a possibilidade de ela os identificar. Ellie é uma criança inteligente. Fica sentada quietinha, observando e pensando o tempo todo.

— Então o que fazemos?

— Tentamos descobrir onde ela está.

Ele abriu o porta-luvas e pegou os mapas novamente. Encontrou um do Condado de Pecos em escala grande e a abriu no joelho. Levantou a mão e acendeu a luz interna do carro.

Miragem em Chamas 373

— Como? — perguntou Alice. — Por onde começamos?

— Já fiz isso antes — disse Reacher. — Durante anos e anos eu cacei desertores e AWOLs, militares ausentes sem licença oficial. Treinamos pra conseguir pensar como eles e geralmente os encontramos.

— Fácil assim?

— Às vezes — disse ele.

Silêncio no carro em velocidade.

— Mas eles podem estar em qualquer lugar — disse Alice. — Deve ter um milhão de esconderijos. Fazendas abandonadas, prédios em ruínas.

— Não, acho que estão usando motéis — contestou Reacher.

— Por quê?

— Porque a aparência é muito importante para eles. Parte da técnica que usam. Eles enganaram Al Eugene de alguma maneira e pareceram plausíveis para Rusty Greer, não que ela se importasse muito, ou seja, precisam de água encanada, chuveiros, armários e eletricidade para secadores de cabelo e barbeadores elétricos.

— Há centenas de motéis aqui — alegou ela. — Milhares, provavelmente.

Ele concordou com um gesto de cabeça e complementou:

— E é muito provável que estejam se movimentando. Um lugar diferente a cada dia. Segurança básica.

— Então como vamos encontrar o certo hoje?

Ele segurou o mapa onde batia luz.

— Vamos encontrá-los nas nossas cabeças. Pense como eles, imagine como *nós* agiríamos. E essa deve ser a maneira como *eles* agiriam.

— Jogo de azar dos infernos.

— Talvez sim, talvez não.

— E vamos começar agora?

— Não, vamos voltar pro seu escritório agora.

— Por quê?

— Porque não gosto de assaltos frontais. Não contra pessoas boas assim, não com uma criança no fogo cruzado.

— Então o que fazemos?
— Nós dividimos e conquistamos. Atraímos dois deles pro lado de fora. Quem sabe capturamos um língua.
— Um língua? O que é isso?
— Um prisioneiro inimigo que abre o bico.
— E como fazemos isso?
— Atraímos. Eles já sabem que nós descobrimos. E vão vir atrás da gente pra tentar minimizar os problemas.
— Eles *sabem* que nós sabemos? Mas como?
— Simples, alguém falou pra eles.
— Quem?

Reacher não respondeu. Apenas baixou os olhos para o mapa. Observou as desbotadas linhas vermelhas que representavam estradas serpenteando por milhares de quilômetros vazios. Fechou os olhos e se esforçou para imaginar como elas seriam na realidade.

Alice estacionou no lote atrás dos escritórios de advocacia. Ela tinha a chave da porta de trás. Havia muitas sombras, e Reacher se mantinha alerta enquanto caminhavam. Mas entraram sem problemas. A sala antiga estava deserta, empoeirada, silenciosa e quente. O ar-condicionado tinha sido desligado no fim do dia. Reacher ficou imóvel para escutar a inaudível vibração de pessoas à espreita. Era uma sensação primeva, recebida e compreendida na parte bem posterior do cérebro. E não estava ali.

— Ligue pro Walker e o atualize — pediu ele. — Diga pra ele que estamos aqui.

Reacher fez com que ela se sentasse de costas para ele na mesa de outra pessoa no centro da sala, de forma que ele podia vigiar a entrada da frente e ela, a de trás. Pousou a arma destravada em seu colo. Depois ligou para o número do sargento Rodriguez, em Abilene. Ele ainda estava de serviço e não parecia feliz com isso.

— Nós confirmamos com a Associação dos Advogados — disse ele. — Não existe um advogado licenciado no Texas chamado Chester A. Arthur.

Miragem em Chamas

— Sou de Vermont — disse Reacher. — Sou voluntário aqui, *pro bono*.

— É o cacete.

O silêncio tomou conta da ligação.

— Faço um acordo — disse Reacher. — Nomes em troca de conversa.

— Com quem?

— Com você, talvez. Há quanto tempo você é policial?

— Dezessete anos.

— Que conhecimento você tem da Patrulha da Fronteira?

— O suficiente, eu suponho.

— Prepare-se para me responder apenas sim ou não. Sem réplica.

— Qual é a pergunta?

— Você se lembra da investigação na Patrulha de Fronteira doze anos atrás?

— Talvez.

— Foi uma operação de fachada?

Rodriguez ficou um tempão calado e então respondeu com uma única palavra.

— Eu te ligo de volta — disse Reacher.

Ele desligou, virou-se e perguntou para Alice.

— Você falou com Walker?

— Ele já está a par de tudo — disse ela. — Quer que a gente espere por ele aqui, pois vem pra cá quando terminar com o pessoal do FBI.

— Não podemos esperar aqui — disse Reacher, abanando a cabeça. — Óbvio demais. Precisamos nos manter em movimento. Vamos até ele e depois voltamos pra estrada.

Ela ficou quieta por um tempinho.

— Estamos correndo perigo de verdade?

— Nada com que não consigamos lidar.

Ela ficou calada.

— Você está assustada? — perguntou ele.

— Um pouco — respondeu ela. — Muito, pra falar a verdade.

— Não pode ficar. Vou precisar da sua ajuda.

— Por que a mentira sobre o anel era diferente?

— Porque todo o resto era rumor. Mas eu descobri por conta própria que o anel não era falso. Descoberta pessoal direta, não um rumor. A sensação é muito diferente.

— Não consigo ver como isso é importante.

— É importante porque estou desenvolvendo uma teoria completamente nova e a mentira sobre o anel fode com ela.

— Por que você quer tanto acreditar nela?

— Porque ela não tinha dinheiro nenhum.

— Qual é essa grande teoria?

— Lembra a citação do Balzac? E a do Marcuse?

Alice fez que sim com a cabeça.

— Eu tenho mais uma — disse Reacher. — Algo escrito por Ben Franklin.

— Que isso? Você é uma enciclopédia ambulante?

— Lembro coisas que leio, só isso. E também me lembro de um negócio que Bobby Greer falou sobre tatus.

Ela olhou para ele e disse:

— Você é doido.

Reacher confirmou com um gesto de cabeça.

— É só uma teoria. Precisa ser confirmada. Mas dá para fazer isso.

— Como?

— Simplesmente esperamos e vemos quem vem atrás de nós primeiro.

Ela ficou calada.

— Vamos lá falar com Walker — disse ele.

Eles atravessaram o calor até o tribunal. Novamente, havia uma brisa soprando do sul. Era úmida e permanente. Walker, com uma aparência muito cansada, estava sozinho em seu gabinete. Sua mesa era uma bagunça de listas telefônicas e papéis.

Miragem em Chamas 377

— Bem, já começou — disse ele. — A maior coisa que você já viu. O FBI e a polícia estadual, estradas bloqueadas por tudo quanto é lugar, helicópteros no céu, mais de cento e cinquenta pessoas em atividade. Mas uma tempestade está chegando, o que não vai ajudar.

— Reacher acha que eles estão entocados em um motel — disse Alice.

Com a cara fechada, Walker fez que sim com a cabeça.

— Se estiverem, vão encontrá-los. Uma perseguição como esta é implacável.

— Ainda precisa de nós? — perguntou Reacher.

— Devemos deixar com os profissionais agora — negou Walker. — Vou pra casa descansar umas horinhas.

Reacher deu uma olhada no gabinete. A porta, o chão, as janelas, a mesa, os arquivos de escritório.

— Acho que vamos fazer a mesma coisa — disse ele. — Vamos pra casa da Alice. Ligue se precisar de alguma coisa. Ou se tiver alguma novidade, ok?

— Ligo, sim. Prometo.

— Vamos disfarçados de FBI de novo — disse a mulher. — É um serviço que não demanda muita inteligência.

— Todos nós? — perguntou o motorista. — E a criança?

A mulher ficou quieta. Ela tinha que ir, pois era a atiradora. E, se tivesse que separar a equipe em dois e um, ia querer ficar com o cara alto, não com o motorista.

— Você fica com a menina — afirmou ela.

Houve um momento de silêncio.

— Horizonte de retirada? — perguntou o motorista.

Era o procedimento padrão deles. Sempre que a equipe era dividida, a mulher estabelecia um horizonte de retirada. O que significava que esperavam até um determinado momento e, então, se não estivessem juntos novamente, era hora de sair fora, cada um por si.

— Quatro horas, ok? — disse a mulher. — Tudo finalizado.

Ela o encarou um segundo mais, com as sobrancelhas levantadas, para ter certeza de que tinha entendido as implicações do que tinha dito. Em seguida ela se ajoelhou e abriu o zíper da bolsa pesada.

— Então vamos acabar com isso — disse ela.

Fizeram exatamente a mesma coisa que com Al Eugene, porém muito mais rápido porque o Crown Vic estava estacionado em frente ao motel, e não escondido em uma estradinha de terra a quilômetros de qualquer outro lugar. O local era pouco iluminado, ficava quase sempre vazio e não havia ninguém por perto. Mas ainda assim a sensação não era de segurança. Eles tiraram as calotas e as jogaram no porta-malas. Fixaram as antenas de comunicação na janela de trás e na tampa do porta-malas. Vestiram jaquetas azuis sobre suas camisas. Pegaram munição reserva. Acomodaram na cabeça os bonés comprados do vendedor ambulante. Conferiram se suas pistolas nove milímetros estavam carregadas, puxaram o ferrolho, acionaram o registro de segurança e enfiaram as armas dentro dos bolsos. O homem louro e grande entrou e se sentou no banco do motorista. A mulher ficou parada do lado de fora da porta do motel.

— Quatro horas — disse ela de novo. — Tudo finalizado.

O motorista confirmou ter entendido o recado com um gesto de cabeça e fechou a porta. Olhou para a criança na cama. *Tudo finalizado* significava *Não deixe absolutamente nada pra trás, especialmente testemunhas vivas.*

Reacher pegou a Heckler & Koch, os mapas do Texas e o envelope da FedEx no VW e os levou para casa de Alice, passou direto pela sala de estar e foi para a cozinha. Estava sossegada e fresca. E seca. O ar-condicionado central funcionava no máximo. Ele imaginou quanto deveria ser a conta de energia.

— Cadê a balança? — perguntou Reacher.

Ela passou por ele, agachou-se e abriu um armário. Usou as mãos para levantar uma balança de cozinha e colocá-la sobre a bancada. Era um equipamento grande. Novo, mas parecia antigo. Um design retrô. A parte de cima era grande e branca, do tamanho de um prato de porcelana, e parecida

Miragem em Chamas

com o velocímetro de um sedan antigo. A frente tinha uma janela de plástico bulboso com um bisel cromado. Atrás da janela havia um ponteiro vermelho e números grandes ao redor da circunferência. O nome do fabricante e um aviso: *Ilegal para Transações Comerciais.*

— É precisa? — perguntou ele.

Alice deu de ombros e respondeu:

— Acho que é. O assado vegetariano fica bom.

Havia uma tigela de alumínio num apoio sobre o indicador. Ele deu uma batidinha nela com o dedo, e o ponteiro saltou até meio quilo e depois voltou para o zero. Tirou o carregador da Heckler & Koch e colocou a arma vazia na tigela. Ela fez um suave som metálico. O ponteiro girou e chegou a um quilo e setenta e sete gramas. Não era uma arma muito leve. Mais ou menos certo, ele concluiu. Sua memória dizia que o peso anunciado no catálogo era de um quilo duzentos e dezenove gramas com o carregador vazio.

Colocou o carregador de volta na arma e abriu os armários até encontrar a despensa. Pegou um saco de açúcar refinado fechado. Era um pacote amarelo berrante e tinha escrito na lateral *Peso Líquido 2kg.*

— O que você está fazendo? — perguntou Alice.

— Pesando coisas — respondeu.

Ele colocou o pacote em pé na tigela cromada. O ponteiro girou e parou exatamente nos dois quilos. Pôs o açúcar de volta no armário e pesou um pacote de nozes feito com papel celofane. O ponteiro marcou um quilo. Olhou o rótulo do pacote, *1kg.*

— É preciso — afirmou Reacher.

Ele dobrou os mapas e os colocou atravessados em cima da tigela. Pesavam quinhentos e quarenta gramas. Ele os tirou e recolocou as nozes. Um quilo ainda. Pôs as nozes de volta no armário e pesou o envelope da FedEx. Ele pesava quatrocentos e oitenta e um gramas. Colocou os mapas, e o ponteiro avançou para um quilo e vinte gramas. Por cima de tudo, pôs a arma carregada, e o ponteiro pulou para dois quilos, trezentos e cinquenta e três gramas. Se quisesse, poderia ter calculado o peso das balas.

— Ok, vamos nessa — disse ele. — Mas precisamos colocar gasolina. Temos uma longa viagem pela frente. E talvez seja melhor você trocar esse vestido. Tem alguma coisa que te dê mais agilidade?

— Acho que tenho — respondeu ela e seguiu para as escadas.

— Você tem uma chave de fenda? — gritou para ela depois que saiu.

— Debaixo da pia — ela gritou de volta.

Ele se abaixou e achou uma caixa de ferramentas de cores brilhantes no armário. Era feita de plástico e parecia uma lancheira. Ele a destravou e abriu, depois escolheu uma chave de fenda média de cabo amarelo-claro. Um minuto depois Alice desceu as escadas usando uma calça cargo larga e cáqui e uma camisa preta com as mangas arrancadas na altura da costura.

— Ok? — perguntou ela.

— Eu e a Judith — disse ele — temos muito em comum.

Ela sorriu e não disse nada.

— Presumo que seu carro tenha seguro — disse ele. — Ele pode ficar danificado esta noite.

Ela ficou calada. Apenas trancou a porta e, do lado de fora, o seguiu até o VW. Enquanto ela dirigia o carro para fora do seu complexo residencial, Reacher estendia o pescoço e observava as sombras. Abasteceram em um posto vinte e quatro horas iluminado na estrada para El Paso. Reacher pagou.

— Certo, de volta ao tribunal — disse ele. — Quero uma coisa que está lá.

Ela ficou calada. Apenas virou o carro e seguiu para o leste. Estacionou no lote atrás do prédio. Eles deram a volta e foram até a porta da rua. Estava trancada.

— E agora? — perguntou ela.

Estava quente na calçada. Ainda perto dos trinta graus, e úmido. Já não havia mais brisa. Nuvens preenchiam o céu.

— Vou derrubá-la no chute — disse ele.

— Provavelmente tem alarme.

— Com certeza tem alarme. Eu verifiquei.

— E?

— E então ele vai disparar.

Miragem em Chamas

— A polícia virá.

— Estou contando com isso.

— Você está querendo que sejamos presos?

— Eles não vão chegar na mesma hora. Teremos uns três ou quatro minutos.

Ele deu dois passos pra trás, lançou-se pra frente e golpeou a parte da porta acima da maçaneta com a sola do sapato. A madeira lascou e cedeu um centímetro mais ou menos, mas a porta não abriu. Ele chutou novamente e a porta estourou e bateu violentamente na parede do corredor. Uma luz estroboscópica azul bem alta na parte de fora do prédio começou a piscar e uma campainha elétrica passou a tocar continuamente. Era quase tão alta quanto ele tinha imaginado.

— Vá buscar o carro — disse ele. — Deixe-o ligado e me espere no beco.

Ele subiu as escadas de dois em dois degraus e chutou a porta de fora no escritório sem perder o passo. Fintou com agilidade os obstáculos na secretaria como se fosse um atacante de futebol americano, depois se firmou e chutou a porta do gabinete de Walker. Ela explodiu pra trás, as venezianas balançaram de lado, o vidro atrás delas estilhaçou e choveram cacos como gelo no inverno. Ele foi direto para o amontoado de arquivos de escritório. As luzes estavam apagadas, o gabinete, quente e escuro, e ele tinha que se esforçar muito para ler as etiquetas. O sistema de arquivamento era esquisito. Uma parte era organizada por data e a outra, em ordem alfabética. Esse seria um pequeno problema. Localizou o arquivo com a letra *P*, colocou a ponta da chave de fenda na fechadura e martelou com a palma da mão. Girou-a bruscamente com força para quebrar a tranca. Puxou a gaveta e começou a remexer nos arquivos com a ponta dos dedos.

Todos os arquivos tinham etiquetas encaixadas em abas de plástico alinhadas de tal maneira que formavam uma organizada linha diagonal da esquerda para a direita. Todas elas tinham palavras que começavam com a letra P. Mas o conteúdo dos arquivos era muito recente. Nada com mais de quatro anos. Ele deu dois passos para o lado, saltou a próxima gaveta com a letra *P* e abriu a seguinte. O ar estava quente e parado, a campainha tocava alto e o brilho da luz estroboscópica azul cintilante pulsava ali dentro pelas janelas. Estava praticamente no mesmo ritmo que o coração dele.

Ele quebrou a tranca e abriu a gaveta. Checou as etiquetas. Nada. Tudo ali tinha seis ou sete anos. Já estava no prédio havia dois minutos e trinta segundos. Sob o barulho da campainha, ele conseguia ouvir uma sirene ao longe. Deu mais um passo de lado e atacou a próxima gaveta marcada com a letra *P*. Verificou as datas nas abas e foi passando os dedos sobre os arquivos de trás pra frente. Dois minutos e cinquenta segundos. A campainha parecia estar mais alta, a luz, mais brilhante. A sirene, mais próxima. Encontrou o que estava procurando quando já tinha verificado três quartos da gaveta. Era um conjunto de documentos presos por uma tira de papel grosso. Puxou o pacote todo e o enfiou debaixo do braço. Deixou a gaveta completamente aberta e fechou todas as outras no chute. Correu pela secretaria e pelas escadas. Conferiu a rua do corredor de entrada e, quando teve a certeza de que o caminho estava livre, abaixou-se, entrou no beco e foi direto para o VW.

— Vai — disse.

Estava um pouco sem fôlego, o que o surpreendeu.

— Pra onde? — perguntou Alice.

— Pra Red House, no sul — respondeu ele.

— Por quê? O que tem lá?

— Tudo — disse ele.

Ela arrancou rápido, e cinquenta metros depois Reacher avistou luzes vermelhas pulsando longe atrás deles. O Departamento de Polícia de Pecos chegava ao tribunal com apenas um minuto de atraso. Ele sorriu no escuro e virou a cabeça a tempo de pegar de relance um grande sedan virando à esquerda duzentos metros à frente deles, na estrada que levava para a casa de Alice. Ele brilhou sob um feixe amarelo de um poste de luz e desapareceu. Parecia um Crown Victoria usado pela polícia para fazer investigações, rodas de aço sem calota e quatro antenas VHF na parte de trás. Ele olhou para a escuridão que o engoliu e virou a cabeça quando passaram por ali.

— Acelere o máximo que você conseguir — falou para Alice.

Miragem em Chamas 383

Em seguida colocou os documentos que pegou no colo, levantou a mão e acendeu a luz interna para que conseguisse lê-los.

O P era de Patrulha da Fronteira, e o arquivo resumia os crimes por ela cometidos doze anos antes e as medidas tomadas em relação a eles. Era uma leitura desagradável.

A fronteira entre o México e o Texas era muito longa, e em um acumulado total de mais ou menos metade de sua extensão havia estradas e cidadezinhas bem próximas a ela no lado americano, o que fazia com que valesse a pena vigiá-las bem de perto. A teoria era a de que se os ilegais penetrassem por ali poderiam escapulir para o interior do país rápido e fácil. Outros setores não tinham nada a oferecer a não ser oitenta ou cento e sessenta quilômetros de deserto vazio e ressecado. Esses não eram vigiados. A prática padrão era ignorar a fronteira propriamente dita e realizar rondas eventuais com veículos atrás da linha, de dia ou à noite, para pegar os migrantes em algum ponto durante sua desesperada e penosa caminhada por aquela terra inculta. Era uma prática que funcionava bem. Depois dos cinquenta e poucos quilômetros a pé no calor, os migrantes ficavam bem passivos. Geralmente se rendiam voluntariamente. Com frequência as rondas com veículos se transformavam em missões humanitárias de primeiros socorros porque os migrantes estavam doentes, desidratados e exaustos, pois não tinham comida nem água.

Não tinham comida nem água porque tinham sido enganados. Geralmente gastavam todas as suas economias com um operador no lado mexicano, que lhes oferecia uma viagem de ida para o paraíso, com acompanhamento total. Vans e micro-ônibus os levavam de suas vilas até a fronteira, em seguida o guia se abaixava e indicava um caminho por uma passarela deserta que ia até uma duna distante dali, e jurava que mais vans e micro-ônibus estariam esperando atrás dela, cheios de suprimentos e preparados para partir. Os migrantes respiravam fundo e saíam correndo, mas não havia nada atrás da duna. Esperançosos demais ou com medo demais para voltar, simplesmente seguiam em frente caminhando às cegas até a exaustão

Às vezes até *poderia* haver uma veículo à espera, mas o motorista exigia um substancial pagamento extra. Os migrantes não tinham nada mais a oferecer, a não ser algumas coisinhas de valor pessoal. O novo motorista ria e dizia que aquilo não tinha valor nenhum. De qualquer maneira, aceitava tudo e se oferecia para tentar levantar algum dinheiro com aquelas coisas um pouco mais adiante. Ele saía deixando uma nuvem de poeira quente e nunca mais era visto. Por fim, os migrantes percebiam que tinham sido enganados e começavam a vagar a pé em direção ao norte. A partir daí a situação se transformava numa simples questão de resistência. O clima era fundamental. No calor do verão, a taxa de mortalidade era muito alta. Por isso as rondas eventuais da Patrulha da Fronteira eram frequentemente vistas como missões humanitárias.

De repente isso mudou.

Por um ano inteiro, a probabilidade de os veículos que percorriam a região levarem morte súbita, prisão ou ajuda era a mesma. Em intervalos imprevisíveis, sempre à noite, havia tiros de rifle, uma caminhonete rugia, precipitava-se sobre os migrantes e manobrava até que um dos que corriam era desgarrado do grupo. Então esse fugitivo solitário era caçado por aproximadamente dois quilômetros e morto à bala. Depois a caminhonete desaparecia na escuridão novamente, o motor roncava, faróis sacolejavam, uma trilha de poeira pairava, um silêncio atordoante aterrissava.

Às vezes aquilo ficava ainda pior.

Algumas vítimas eram feridas, levadas à força e torturadas. O cadáver de um garoto adolescente foi encontrado amarrado com arame farpado a um toco de cactos. Sua pele tinha sido parcialmente esfolada. Alguns eram queimados vivos, decapitados ou mutilados. Três garotas adolescentes foram capturadas em um período de quatro meses. Os detalhes da autópsia eram repulsivos.

Nenhuma das famílias sobreviventes deu queixa oficial. Todas compartilhavam o medo básico do ilegal de se envolver com a burocracia. Mas histórias começaram a circular na comunidade dos parentes que eram legais no país e em seus grupos de apoio. Advogados e defensores dos direitos começaram

Miragem em Chamas

a compilar arquivos. Por fim o assunto foi trazido à tona. Um inquérito de baixo escalão foi instaurado. Provas foram recolhidas anonimamente. Um número provável de dezessete homicídios foi estabelecido. Adicionada a esse, havia uma estimativa de mais oito, que representava casos em que os corpos nunca foram encontrados ou que foram enterrados pelos próprios sobreviventes. O nome de Raoul García estava incluído nesse segundo total.

Havia um mapa no arquivo. A maioria das emboscadas havia acontecido dentro de um território em forma de pera de aproximadamente cento e sessenta quilômetros quadrados. Estava marcado no mapa como uma mancha. Ela se concentrava num longo eixo norte-sul e a maior extensão da parte mais larga ao sul ficava no Condado de Echo. Isso significava que as vítimas já tinham percorrido oitenta quilômetros ou mais. Àquela altura já estariam fracas, cansadas e sem condições de resistir.

O alto escalão da Patrulha de Fronteira instaurou uma investigação maciça em agosto, onze meses após os primeiros rumores surgirem. Houve mais um ataque no final daquele mês, e depois nada mais. Negada a perícia forense, a investigação não chegou a lugar algum. Foram aplicadas medidas preventivas, como a rigorosa contagem de munição e o aumento da frequência das checagens via rádio. Mas não chegaram a nenhuma conclusão. Foi um trabalho meticuloso, e o alto escalão teve o mérito de dar continuidade a ele, mas uma investigação retrospectiva dentro de um mundo paramilitar fechado, em que as únicas testemunhas, para começar, negavam não ter chegado perto da fronteira, estava fadada ao fracasso. O assunto acabou perdendo força. O tempo passou. Os homicídios tinham parado, os sobreviventes estavam construindo vidas novas, as anistias da imigração tinham isolado a indignação. O ritmo das investigações diminuiu até parar. O caso foi arquivado quatro anos depois.

— E aí? — perguntou Alice.

Reacher juntou os papéis com a mão. Fechou o arquivo. Arremessou-o no banco de trás.

— Agora eu sei por que ela mentiu sobre o anel — disse ele

— Por quê?

— Ela não mentiu. Estava falando a verdade.

— Ela disse que era um anel falso de trinta pratas.

— E ela achava que isso era verdade. Porque algum joalheiro em Pecos riu dela e *disse* que era falso e valia trinta pratas. E ela acreditou. Mas ele estava tentando lhe passar a perna, só isso, queria comprar por trinta dólares e vender por sessenta mil. O golpe mais antigo do mundo. Exatamente a mesma coisa aconteceu com alguns desses imigrantes aqui do arquivo. A primeira experiência na América.

— O *joalheiro* mentiu?

Ele fez que sim com a cabeça.

— Eu devia ter chegado a essa conclusão antes, porque é óbvio. Provavelmente o mesmo cara que procuramos. Eu percebi que ele não parecia ser o vendedor mais honesto do mundo.

— Mas ele não tentou passar a perna em *nós*.

— Não, Alice, não tentou. Porque você é uma advogada branca lindíssima e eu sou um sujeito branco, grande e com cara de poucos amigos. Ela era uma mexicana pequena, completamente sozinha, desesperada e com medo. Ele vislumbrou uma possibilidade com ela e não com a gente.

Alice ficou em silêncio por um segundo.

— E o que isso quer dizer? — perguntou.

Reacher desligou a luz interna do carro. Sorriu no escuro e se esticou. Colocou as mãos no painel em frente de si e o pressionou, arqueando os gigantescos ombros.

— Quer dizer que estamos prontos pra seguir em frente — esclareceu ele. — Quer dizer que todas as peças se encaixaram. E quer dizer que você deve acelerar mais, porque neste momento a gente deve estar uns vinte minutos à frente dos bandidos e eu quero manter isso assim o máximo que puder.

Ela passou voando pela encruzilhada adormecida do vilarejo mais uma vez e fez os últimos cem quilômetros em quarenta e três minutos, o que

Miragem em Chamas 387

Reacher considerou muito bom para um quatro-cilindros amarelo importado com um vaso ao lado do volante. Ela virou, entrou pelo portão, freou com força e parou ao pé da escada. As luzes da varanda estavam acesas e a poeira levantada pelo VW as envolveu com uma nuvem cáqui. Eram quase duas horas da manhã.

— Deixe-o ligado — disse Reacher.

Ele subiu com ela até a porta. Esmurrou-a com força e não obteve resposta. Tentou a maçaneta. Estava destrancada. *Por que ela estaria trancada? A gente está a cem quilômetros do cruzamento mais próximo.* Reacher a abriu e eles entraram direto na antessala vermelha.

— Estique os seus braços pra frente — pediu ele.

Ele pegou todos os seis rifles de caça .22 do rack na parede e os colocou nos braços dela, alternando cano e coronha para que ficassem equilibrados. Ela deu uma cambaleada por causa do peso.

— Coloque-os no carro — disse ele.

Houve sons de passos no andar de cima, depois estalos nas escadas, e Bobby Greer apareceu pela porta da sala de estar, esfregando os olhos para espantar o sono. Estava descalço, de cueca samba-canção, camisa e olhou para o rack de armas vazio.

— Que merda você acha que está fazendo? — perguntou ele.

— Quero os outros — afirmou Reacher. — Estou confiscando suas armas. Em nome do xerife do Condado de Echo. Sou auxiliar, lembra?

— Não tem mais nenhum.

— Tem sim, Bobby. Nenhum caipira que se preza como você está satisfeito com uma monte de espingardinha .22. Onde está o armamento pesado?

Bobby ficou calado.

— Não mexa comigo, Bobby — alertou Reacher. — Está tarde demais pra isso.

Bobby ficou quieto. Depois deu de ombros e disse:

— Certo.

Ele atravessou a antessala descalço e abriu uma porta que levava a um espaço pequeno e escuro que poderia ter sido um escritório. Acendeu uma

luz, e Reacher viu fotos preto e branco de poços de petróleo nas paredes. Havia uma mesa, uma cadeira e outro rack de armas cheio de Winchesters 30-30. Mecanismo de acionamento por alavanca de sete tiros, armas grandes e bonitas, madeira oleada, cano de vinte polegadas, belamente armazenadas. *Wyatt Earp, morra de inveja.*

— Munição? — perguntou Reacher.

Bobby abriu uma gaveta no pedestal do rack. Tirou dali uma caixa de papelão de cartuchos de Winchester.

— Tenho uns cartuchos especiais também — disse ele, pegando outra caixa.

— Como assim especiais?

— Eu mesmo que fiz. Mais potentes.

— Leve tudo pro carro lá fora, está bem?

Ele tirou os quatro rifles do rack e seguiu Bobby para fora da casa. Alice estava sentada no carro. Os seis .22 estavam empilhados no banco detrás. Bobby se abaixou e colocou a munição ao lado deles. Reacher acomodou os Winchesters verticalmente atrás do banco do passageiro. Depois se virou para Bobby.

— Vou pegar seu Jeep emprestado — afirmou.

Descalço na terra quente, Bobby deu de ombros e disse:

— As chaves estão nele.

— Você e sua mãe fiquem em casa agora — disse Reacher. — Qualquer um que for visto andando por aí será considerado hostil, está bem?

Bobby concordou com um gesto de cabeça. Virou-se e caminhou até o pé da escada. Olhou para trás uma vez e entrou em casa. Reacher enfiou a cabeça no VW para falar com Alice.

— O que você está fazendo? — perguntou ela.

— Me preparando.

— Pra quê?

— Para o que tiver que acontecer no nosso encontro.

— Pra quê. Não precisamos de dez rifles?

— A gente não precisa. Só de um. Eu não quero dar aos bandidos os outros nove. Só isso.

— Eles estão vindo pra cá?

Miragem em Chamas

— Eles estão a uns dez minutos atrás da gente.

— Então que fazemos?

— Vamos todos sair para o deserto.

— Vai ter tiroteio?

— Provavelmente.

— E essa é uma boa ideia? Você mesmo falou que eles são bons atiradores.

— Com pistolas. A melhor maneira de se defender contra pistolas é se esconder bem longe e atirar de volta com o maior rifle que puder encontrar.

Ela abanou a cabeça e disse:

— Não posso fazer parte disso, Reacher. Isso não está certo. E eu nunca nem segurei um rifle.

— Você não tem que atirar — disse ele. — Mas tem que ser testemunha. Tem que identificar exatamente quem está vindo atrás de nós. Estou contando com você. Isso é vital.

— Como eu vou ver alguma coisa? Está escuro lá fora.

— Daremos um jeito nisso.

— Vai chover.

— Isso vai ajudar.

— Isso não está certo — repetiu ela. — A polícia devia cuidar disso. Ou o FBI. Você não pode simplesmente atirar nas pessoas.

O ar estava pesado devido à tempestade. A brisa soprava novamente e ele podia sentir a pressão e a tensão aumentando no céu.

— Regras de engajamento, Alice — disse ele. — Vou aguardar por um ato abertamente hostil antes de fazer qualquer coisa. Exatamente como o Exército americano, ok?

— Vamos ser mortos.

— Você vai estar escondida bem longe.

— Então *você* vai ser morto. Você mesmo disse que eles são bons nisso.

— Eles são bons em chegar perto de uma pessoa e atirar na cabeça dela. Como eles agem a céu aberto no escuro sob tiros de rifle é uma incógnita.

— Você é doido.

— Sete minutos — disse ele.

Ela virou a cabeça para trás e olhou para a estrada que vinha do norte. Depois abanou a cabeça, engatou a marcha na primeira e manteve o pé na embreagem. Ele se inclinou pra dentro do carro e apertou o ombro dela.

— Me siga bem de perto.

Ele desceu até o galpão-garagem e entrou no Cherokee da família Greer. Empurrou o banco para trás, ligou o carro e os faróis. Deu ré até o terreno, acertou a direção, deu a volta no galpão-garagem e desceu direto para a estrada de terra que levava para o campo aberto. Olhou no retrovisor e viu o VW bem atrás dele. Olhou para a frente de novo e viu o primeiro pingo de chuva bater no para-brisa. Era tão grande quanto uma moeda de um dólar.

16

EM COMBOIO E ATRAVÉS DA ESCURIDÃO, ELES percorreram oito quilômetros rapidamente. Não havia luar. Nem estrelas. O teto de nuvens estava baixo e denso, mas ele retinha a chuva, nada mais do que gotas ocasionais que caíam com longos intervalos de dez segundos entre cada uma, algo como seis por minuto. Elas explodiam no para-brisa e se transformavam em manchas molhadas do tamanho de pires. Reacher eliminava cada uma delas separadamente com o limpador de para-brisa. Mantinha sessenta quilômetros por hora e seguia o caminho entre os arbustos. Ele era cheio de curvas para a esquerda e para a direita, mas, basicamente, seguia para o sul em direção à tempestade. Era muito esburacado. O Jeep chacoalhava e trepidava. O VW pelejava para conseguir acompanhá-lo. Seus faróis balançavam e saltitavam pelos retrovisores.

A oito quilômetros da casa, a chuva ainda não tinha caído, e as algarobeiras e os desníveis no calcário começaram a estreitar o caminho. O terreno embaixo das rodas estava mudando. Eles tinham começado atravessando uma planície ampla que podia ter sido pasto um século antes. Agora o solo estava se elevando um pouco e se transformando em uma meseta. Iluminados pelos feixes de luz dos faróis, afloramentos rochosos à direita e à esquerda os canalizavam mais ou menos para o sudeste. Aglomerados mais altos de algarobeiras invadiam o caminho, afunilando-o ainda mais. Em pouco tempo não havia nada além de duas trilhas profundas rasgando o solo duro. Saliências, sumidouros e densas porções de arbustos baixos e espinhosos significavam que eles não tinham outra escolha a não ser seguir por ali. Elas curvavam, davam voltas e faziam lembrar o leito de um rio.

Então o caminho se transformou numa subida esburacada e ficou reto novamente, parecido com uma rodovia atravessando uma meseta miniatura. Era uma camada elevada de pedra dura tão grande quanto um campo de futebol, tinha uns cento e dez metros de comprimento, setenta de largura e um formato mais ou menos oval. Não havia vegetação nela. Reacher fez uma curva circular bem aberta com o Jeep e usou o farol alto para checar o perímetro. As bordas de todo o lugar acabavam abruptamente, e, embaixo, o solo rochoso estava a uns sessenta centímetros. Arbustos raquíticos se aglomeravam em qualquer lugar onde conseguiam enfiar suas raízes. Ele fez uma segunda curva circular, ainda mais aberta, e gostou do que viu. A meseta miniatura era lisa como uma tábua. Sorriu. Calculou na cabeça o que tinham que fazer. Gostou da ideia que teve.

Foi com o Jeep até a borda do outro lado da plataforma rochosa e parou onde a estrada esburacada descia até desaparecer. Alice estacionou o VW ao lado dele. Ele saiu do Jeep e se inclinou sobre a janela dela. O ar da noite ainda estava quente. Continuava úmido. A brisa persistente estava de volta. Enormes gotas de chuva caíam preguiçosa e verticalmente. Ele sentiu que podia se esquivar de cada uma delas. Alice apertou um botão e abaixou o vidro.

— Você está bem? — perguntou Reacher.

Miragem em Chamas   393

— Até agora — respondeu.

— Vire e volte pra outra ponta — disse ele. — Bem na outra ponta mesmo. Bloqueie a boca da estrada.

Ela manobrou o carro como se estivesse estacionando na rua de uma cidade e deu ré até que ele estivesse no meio da boca da estrada e as rodas de trás, bem perto do declive. Ela deixou a frente do carro virada exatamente para o norte, o caminho por onde tinham vindo. Ele parou o Jeep ao lado dela e abriu o porta-malas.

— Desligue o carro e apague os faróis — disse ele em voz alta. — Pegue os rifles.

Ela passou os grandes Winchesters para ele, um de cada vez. Ele os colocou de lado no porta-malas do Jeep. Ela passou as .22 para ele, que as arremessou nos arbustos, o mais longe que conseguiu. Ela passou as duas caixas de munição 30-30: a com a original do Winchester e a com as feitas por Bobby Greer. Colocou-as ao lado dos rifles. Deu a volta até a porta do motorista e desligou o motor. O ronco grumoso do seis cilindros em marcha lenta morreu. O silêncio aterrissou. Ele escutou com atenção e examinou o horizonte ao norte. O vento nas algarobeiras suspirava baixinho. Insetos invisíveis zumbiam e chilravam. Gotas infrequentes acertavam seus ombros. Isso era tudo. Nada mais. Negrume absoluto e silêncio em toda parte.

Ele voltou até o porta-malas e abriu as caixas de munição. Em ambas, os cartuchos, armazenados de maneira justa, estavam com o percussor para baixo e as pontas pra cima. As balas de fábrica eram novas e brilhantes. As de Bobby, mais desgastadas. Metal reciclado. Ele tirou uma, levantou-a sob a luz do interior do Jeep e olhou cuidadosamente. *Eu mesmo que fiz,* tinha dito Bobby. *Mais potente.* O que era lógico. Por que mais um mané como Bobby faria seus próprios cartuchos? Não para que ficassem *menos* potentes, com certeza. Afinal, por que as pessoas tunam os motores de *hot rods*? Não para deixá-los mais fracos do que os comuns. Coisa de garoto, ou seja, provavelmente Bobby deve ter colocado e socado uma boa quantidade a mais de pólvora em cada um dos cartuchos, talvez uns trinta ou quarenta grãos a mais. E podia ter usado uma pólvora mais poderosa do que a normal o que daria a eles alguns joules a mais de energia no cano e uns cento e cinquenta quilômetros a mais de velocidade. Além disso, faria com que o clarão na boca da arma fosse infernal, arruinaria as culatras e acabaria com os canos em algumas semanas. Mas, mesmo assim, Reacher sorriu e pegou na caixa mais dez cartuchos. As armas não eram suas, e ele tinha acabado de decidir que o clarão saído do cano era exatamente o que estava procurando.

Carregou o primeiro Winchester com um único cartucho feito à mão por Bobby. O segundo, carregou com mais sete deles. No terceiro, alternou um original, um de Bobby, outro original, até que estivesse com quatro originais e três feitos à mão. O quarto ele carregou somente com munição original. Colocou as armas no porta-malas do Jeep, da esquerda para a direita, em sequência, e o fechou.

— Achei que a gente só precisasse de um — disse Alice.

— Mudei o plano — revelou Reacher.

Ele foi até o banco do motorista e Alice entrou ao lado dele.

— Aonde a gente vai agora? — perguntou ela.

Ele ligou o carro e se afastou de ré do VW estacionado.

— Pense nesta meseta como a frente de um relógio — disse ele. — Nós entramos na posição seis horas. Neste momento seu carro está estacionado no doze, virado pra trás. Você vai se esconder na margem do oito. A pé. Sua função é usar o rifle, dar um tiro e depois correr para o sete.

— Você disse que eu não ia ter que atirar.

— Mudei o plano — repetiu ele.

— Mas eu te falei, não sei atirar com rifle.

— Sabe, sim. É só puxar o gatilho. É fácil. Não se preocupe em mirar nem nada. A única coisa que eu quero é o som e o clarão.

— E depois?

— Depois você corre pro sete e observa. Vou estar ocupado atirando. Preciso que você identifique exatamente as pessoas em quem vou estar atirando.

— Isso não está certo.

— Não está errado também.

Miragem em Chamas

— Você acha?

— Já viu o túmulo de Clay Allison?

Ela revirou os olhos e disse:

— Você precisa ler os livros de história, Reacher. Clay Allison era um psicopata completo. Uma vez matou um cara que estava dormindo em um beliche com ele só porque o sujeito roncava. Era um maníaco anormal, pura e simplesmente. Não tem nada de nobre nisso.

— É, mas não temos como voltar atrás agora — disse Reacher dando de ombros.

— Você sabe que dois erros não fazem um acerto, né?

— É uma escolha, Alice. Ou armamos uma tocaia pra eles, ou *eles* armam pra nós.

— Que ótimo — disse ela, abanando a cabeça.

Ele ficou calado.

— Está escuro — disse Alice. — Como vou conseguir ver alguma coisa?

— Eu vou cuidar disso.

— Como vou saber quando atirar?

— Você vai saber.

Ele parou o Jeep perto da borda da meseta de calcário. Abriu o portamalas e pegou o primeiro rifle. Pensou nas posições que assumiria, correu para onde a meseta acabava e colocou a arma no chão com a coronha suspensa na borda e o cano apontando para o vazio seis metros à frente do distante VW. Ele se abaixou e puxou a alavanca. Ela se moveu com precisão e emitiu um suave som metálico.

— Está pronta pra atirar — afirmou ele. — Esta é a arma da posição oito horas. Fique abaixo dessa beirada, atire e depois vá pra sete. Vá pra lá agachada. E tome muito cuidado. Eles podem atirar na sua direção, mas eu te garanto que vão errar, ok?

Ela ficou calada.

— Eu prometo — disse ele. — Não se preocupe.

— Tem certeza?

— Nem o Super-Homem consegue acertar alguma coisa com uma pistola no escuro e a essa distância.

— Eles podem dar sorte.
— Não, Alice. Hoje à noite eles não vão dar sorte. Acredite em mim.
— Mas quando eu atiro?
— Atire quando estiver pronta — disse ele.

Ele observou Alice descer na beirada da rocha e se esconder, a um braço de distância do rifle.

— Boa sorte — disse ele. — Te vejo mais tarde.
— Ótimo — respondeu ela.

Ele entrou no Jeep novamente e acelerou pela meseta até chegar à posição quatro horas. Girou o volante e deu ré direto para fora da rocha. Despencou pouco mais de meio metro e parou com um solavanco na vegetação rasteira. Ele desligou o carro e apagou os faróis. Escorou o quarto rifle verticalmente na porta do passageiro. Pegou o segundo e o terceiro, subiu novamente na meseta e correu no espaço aberto até onde calculou que seria a posição duas horas. Colocou o terceiro rifle com cuidado na beirada da rocha e correu até o VW estacionado. Inclinou-se para dentro do carro e desatarraxou a luz interna. Empurrou a porta, deixando-a com uma abertura de aproximadamente oito centímetros. Calculou seis metros em sentido horário e deixou no chão ali o segundo rifle, na margem, em algum lugar entre as posições doze e um. Meio-dia e meio mais ou menos. *Não, meio-dia e dezessete, para ser pedante*, pensou. Em seguida rastejou de volta e ficou de bruços no chão, colado ao VW, com seu ombro direito enfiado debaixo do pequeno estribo do carro e o rosto pressionado contra o pneu da frente. Respirava fundo. O pneu tinha cheiro de borracha. Seu ombro esquerdo estava ao relento. Grandes e poderosas gotas de chuva o acertavam a intervalos infrequentes. Ele se arrastou um pouco mais para dentro e se preparou para esperar. *Oito minutos, aproximadamente*, pensou ele. *Talvez nove*.

Onze minutos. Eram um pouco mais lentos do que Reacher imaginava. Ele viu uma claridade ao norte e, a princípio, achou que fossem relâmpagos, mas aconteceu de novo e ele percebeu que eram faróis sacolejando pelo terreno esburacado e iluminando a nuvem cinza acima. Um veículo arfava

Miragem em Chamas 397

e rolava pela escuridão do caminho, pois o terreno não ajudava em nada, a não ser seguir pela trilha. As suas luzes resplandeciam e desapareciam à medida que a frente se levantava e abaixava. Reacher suava. O ar ao redor estava mais quente do que nunca. Ele sentia pressão e eletricidade no céu acima. As gotas de chuva estavam caindo com mais força e um pouco mais rápido. Era como se um pavio estivesse queimando e a tempestade, pronta para explodir. *Ainda não,* pensou. *Por favor, me dê mais cinco minutos.*

Trinta segundos depois ele ouviu um motor. Um motor a gasolina, sendo acelerado com força. Oito cilindros. O som ficava mais alto e mais baixo à medida que as rodas se agarravam à terra e depois quicavam e perdiam tração. *Suspensão dura,* pensou ele. *Suspensão de veículo de carga. Provavelmente a caminhonete do Bobby. A que ele usou para caçar tatus.*

Ele se enfiou ainda mais de baixo do VW. O barulho do motor ficava mais alto. Aumentava e baixava. As luzes saltavam e davam guinadas. Iluminavam o horizonte norte com um brilho opaco. Àquela altura já estavam suficientemente próximas para se passarem por feixes de luz gêmeos atravessando as algarobeiras como lanças. Eles criavam sombras ásperas e fustigavam o ar para a esquerda e a direita à medida que o veículo virava. De repente a caminhonete irrompeu e ficou à vista. Ela saltou para cima da meseta em velocidade. O motor berrou quando as quatro rodas estavam no ar. Os faróis resplandeceram para o alto e depois mergulharam quando ela explodiu de novo na terra. Aterrissou um pouco desestabilizada e as luzes se moveram pelo perímetro durante um segundo antes de ficarem estáveis. Aceleraram pelo terreno plano. O motor fazia muito barulho. Ela se aproximava cada vez mais de onde ele estava. Mais e mais rápido. Sessenta quilômetros por hora, oitenta. Sessenta metros de distância. Cinquenta. Quarenta. Ela seguia diretamente na direção dele até que os faróis chacoalharam pelo VW estacionário exatamente à sua frente. A tinta amarela sobre o ombro de Reacher emitiu um brilho inacreditável. Em seguida a caminhonete foi freada numa tentativa aterrorizada de parar. Todas as quatro rodas derraparam com força nos grãos de calcário, o pneu cantou, a caminhonete virou um pouco para a esquerda e parou de frente para a

posição onze horas, aproximadamente trinta metros em frente a ele. A beiradinha do feixe de luz dos faróis passou por Reacher. Ele forçou para se enfiar ainda mais debaixo do VW.

Sentiu o cheiro das gotas de chuva na poeira.

Nada aconteceu por um segundo.

Em seguida o motorista da caminhonete apagou os faróis. Eles se transformaram em fracos filamentos alaranjados, desapareceram e a total escuridão voltou. Os insetos ficaram em silêncio. Nenhum som além do motor da caminhonete em marcha lenta. Reacher pensou: *Eles me viram?*

Nada aconteceu.

Agora, Alice, pensou Reacher.

Nada aconteceu.

Atire, Alice, pensou ele. *Atira agora, pelo amor de Deus.*

Nada aconteceu.

Cacete, atira logo, Alice. Aperta essa porcaria desse gatilho.

Nada aconteceu.

Ele fechou os olhos e ficou imóvel por mais um interminável segundo e reuniu forças para avançar assim mesmo. Abriu os olhos, respirou e começou a se mover.

Então Alice atirou.

O cano da arma disparou um monstruoso clarão de no mínimo três metros de comprimento bem à direita dele, uma bala supersônica zuniu pelo ar, e, uma fração de segundo depois, um estrondo alto e agudo rasgou o cenário. Ele rolou para sair de baixo do VW, entrou pela porta do motorista e, com um toque, ligou o farol. Pulou para trás na algarobeira, rolou mais dois metros e ficou bem abaixado para observar a caminhonete perfeitamente iluminada pelo cone de luz. Três pessoas estavam nela. Um motorista na cabine. Duas figuras abaixadas na carroceria segurando o santo-antônio com uma das mãos. Todos os três tinham virado abruptamente a cabeça e as mantinham rígidas, paralisadas, olhando para trás, para o local de onde Alice tinha atirado.

Ficaram imóveis durante mais um segundo e então reagiram. O motorista acendeu os faróis novamente. A caminhonete e o VW iluminavam

Miragem em Chamas

um ao outro como se participassem de uma competição. A luz ofuscava a visão de Reacher, mas ele viu que as figuras na carroceria estavam de boné e jaquetas azuis. Uma era menor de que a outra. *Uma mulher*, pensou ele. Memorizou cuidadosamente a posição dela. *Atire primeiro na mulher.* Essa era a doutrina antiterrorista padrão. Os especialistas afirmavam que elas eram mais fanáticas. Repentinamente ele soube que ela era a atiradora. Tinha que ser. Mãos pequenas, dedos hábeis. A Lorcin de Carmem poderia ter sido fabricada para ela. Estava bem abaixada ao lado do parceiro à sua esquerda.

Ambos estavam armados. Os dois continuaram olhando de lado por mais meio segundo, depois viraram rapidamente a cabeça em direção à luz, apoiaram-se no teto da caminhonete e começaram a atirar nos faróis do VW. *Nos bonés estava escrito FBI.* Ele gelou. *Que merda é essa?* Em seguida relaxou. *Muito bonito.* Trajes falsificados, identidades falsificadas, um Crown Vic fantasiado. *Eles acabaram de ir à casa da Alice nele. E foi assim que pararam Al Eugene na sexta-feira.* Atiravam continuamente. Ele ouvia o ruído uniforme e seco de poderosas pistolas nove milímetros atirando rápido. Os cartuchos usados tilintavam sobre o teto da caminhonete. Viu o para-brisa do VW explodir e escutava as balas atravessarem a lataria e os vidros tinirem. As luzes do carro morreram e ele não conseguia ver nada, pois os faróis da caminhonete o ofuscavam. Pressentiu que as armas estavam novamente sendo viradas para o lugar que fixaram na memória como aquele de onde partira o tiro de Alice. Ele viu pequeninas rajadas de fogo oblíquas e ouviu balas zunindo para longe de si. A arma do lado esquerdo parou. *A mulher. Já recarregando. Apenas treze tiros*, avisou seu subconsciente. *Só pode ser uma SIG Sauer P228 ou uma Browning Hi-Power.*

Ele se arrastou para a frente até a borda da meseta e localizou, quatro metros à esquerda, o rifle que tinha deixado na posição meio-dia e dezessete. O Winchester número dois, totalmente carregado com as balas feitas por Bobby Greer. Ele atirou sem mirar e o coice quase o fez tirar os joelhos do chão. Uma chama espantosa se lançou do cano. Era como o flash de uma câmera. Não tinha ideia de onde a bala tinha ido. Puxou a alavanca e se precipitou para a direita em direção ao VW destroçado. Atirou de novo. Dois enormes e notáveis clarões, movendo-se no sentido anti-horário. Da posição privilegiada da caminhonete, pareceria que uma pessoa estava atravessando da direita para a esquerda. Um bom atirador atiraria um pouco à frente do último clarão na esperança de acertar o alvo em movimento. *Tiro de deflexão.* Foi o que fizeram. Ele escutou balas zunindo até a rocha perto do carro. Ouviu uma acertar a lataria.

Mas ele já estava percorrendo o sentido oposto, o sentido horário novamente. Soltou o rifle, abaixou-se bastante e correu para pegar o próximo. Estava na posição duas horas. O terceiro Winchester, aquele carregado com cartuchos alternados. O primeiro tiro era uma bala de fábrica. Demandava algum cuidado. Ele se firmou na beirada da meseta e mirou no negrume dois metros atrás dos faróis da caminhonete e um metro acima deles. Atirou uma vez. *Agora eles acham que há três atiradores aqui, um atrás deles à esquerda, dois na frente à direita.* Seu ouvido estava zunindo e não conseguiu ver onde a bala tinha ido, mas escutou a voz da mulher dando um rápido comando com um grito e os faróis da caminhonete se apagaram imediatamente. Ele atirou novamente na mesma direção com o próximo cartucho, que era feito à mão. A chama em forma de gota foi cuspida, iluminou a meseta, e Reacher se moveu rapidamente um metro e meio para a direita. Imaginou o alvo visual que tinha memorizado e atirou. Era a segunda bala original: simples, direta e precisa. Ouviu um grito agudo. Deu um salto animado para a direita e disparou o próximo cartucho feito à mão. O clarão saído do cano tornou visível para ele um corpo caindo de cabeça para fora da carroceria da caminhonete. Ele foi iluminado ainda no ar completamente sem movimento. *Um já era. Mas o errado.* Muito grande. Era um homem. *A próxima é original.* Ele se concentrou bastante e mirou novamente, um pouquinho à esquerda de onde o cara tinha caído. Puxou a alavanca. Ela se moveu meio centímetro e emperrou no estojo do cartucho feito à mão que tinha acabado de ser usado.

Em seguida duas coisas aconteceram. Primeiro, a caminhonete se moveu. Ela deu uma guinada para a frente e saiu em velocidade fazendo um círculo desesperado e seguindo de volta para o norte, para o caminho de

Miragem em Chamas

401

onde tinha vindo. Em seguida uma pistola começou a disparar perto do VW. *A mulher saiu da caminhonete. Estava a pé no escuro.* Atirava rápido. Uma chuva de balas. Elas estavam passando a um metro, um metro e pouco dele. A caminhonete fugiu acelerando. Os faróis foram acessos novamente. Ele acompanhou as luzes no canto do olho. Elas sacudiam, saltavam, mudavam de direção e ficavam menores. Depois desapareceram no fim da meseta. A caminhonete saltou da borda da plataforma rochosa, bateu contra o chão e continuou se movendo violentamente em direção à Red House. Seu barulho foi se transformando em nada, e suas luzes, esmaecendo até se transformarem em um brilho se movendo pelo distante horizonte negro. Os tiros de pistola cessaram. *Recarregando de novo.* De repente, silêncio total. Escuridão total. Um segundo depois o canto dos insetos voltou a soar soberano. Parecia mais agradável do que de costume. Menos frenético. Ele se deu conta de que a chuva tinha mudado. As gotas grossas davam lugar a um chuvisco contínuo e monótono. Virou a palma da mão para cima e o sentiu aumentar. Era perceptível que ficava mais e mais forte à medida que os segundos se passavam, como se ele estivesse debaixo de um chuveiro e uma mão invisível abrisse mais e mais a torneira.

Limpou a água da testa para evitar que ela entrasse nos olhos e colocou silenciosamente o rifle no chão. Debaixo de seus dedos a terra já estava molhada. Virava barro. Ele se moveu abaixado para a esquerda em direção ao Jeep escondido. Estava a aproximadamente quarenta metros de distância. A chuva engrossava. Aumentava e aumentava como se não fosse haver limite para o seu poder. Ela sibilava e rugia nas algarobeiras baixas ao redor dele. *Boas e más notícias.* A boa era que isso retirava da equação o perigo de se fazer barulho. Ele não conseguiria se movimentar tão silenciosamente quanto a mulher. Não através de vegetação desértica e à noite. Um porte de um metro e noventa e cinco e cento e treze quilos era bom para um monte de coisas, mas não para avançar silenciosamente em meio a plantas espinhosas. O barulho da chuva ajudaria mais a ele do que a ela. Essa era a boa notícia. A má notícia era que a visibilidade em breve estaria pior do que zero. Eles poderiam se esbarrar antes mesmo que um deles soubesse que o outro estava ali.

Portanto uma arma com alavanca de repetição não seria a mais apropriada. Muito lenta para um tiro rápido. Muito pesada para ser manuseada. Além disso, um Winchester ejeta o cartucho usado por cima, não pela lateral. O que significa que, em uma tempestade, a água poderia entrar na janela de ejeção. E aquela seria uma baita tempestade. Reacher sentia isso. Ela tentaria compensar dez anos de seca em uma única noite.

Ele voltou para o Jeep na posição quatro horas. Encontrou o quarto rifle escorado na porta e cheio de balas originais. Já estava ensopado. Ele o sacudiu e mirou obliquamente para a posição onze do outro lado da mesa. Apertou o gatilho. Disparou. Ainda estava funcionando. Disparou mais quatro tiros espaçados nas posições doze, um, dois, três. Tiros aleatórios. *Uma aposta.* O lado positivo era que podia dar sorte e acertar a mulher. O lado negativo era que isso diria a ela que ele estava sozinho. Um cara, mais de um rifle. Isso passou a ser de fácil dedução. E diria a ela onde ele estava. Se ela estivesse contando, essa atitude a teria sugerido que ele aguardava ali com os dois últimos cartuchos no carregador.

Ele empurrou a arma para debaixo do Jeep e seguiu com dificuldade para o oeste pelos arbustos, até estar a doze metros da beira da rocha. Tirou a Heckler & Koch do bolso e o destravou. Ajoelhou-se e esfregou lama nas mãos, nos braços, no rosto e aguardou pelo relâmpago. Tempestades de verão que já testemunhara em partes quentes do mundo sempre tinham relâmpagos. Gigantescos aglomerados de nuvens escuras se friccionando e colidindo no céu faziam com que a eletricidade crescesse a um nível intolerável. Cinco minutos mais, supôs ele. E então relâmpagos e raios explodiriam e a paisagem brilharia. Ele estava de roupa cáqui e tinha esfregado lama cáqui na pele. Duvidava que ela tivesse feito o mesmo.

Ele correu para o sul, afastando-se do Jeep e voltando em direção ao VW destroçado, mantendo-se na vegetação rasteira a doze metros de distância. A escuridão era total. A chuva aumentava implacavelmente. Aumentou até o ponto em que era absolutamente impossível que ela ficasse ainda mais forte, e então continuou crescendo. Os sumidouros de calcário já estavam cheios de água. A chuva açoitava suas superfícies. Riachos corriam ao redor

Miragem em Chamas

de seus pés, gorgolejando em fendas sem fundo por todo o lugar. O barulho era assombroso. A chuva rugia tanto ao espancar o solo que era impossível imaginar um som mais alto. Então ela ficou ainda mais forte e o som ficou ainda mais alto.

Ele percebeu que sua camuflagem de lama tinha sido completamente lavada da pele. Era impossível que isso não acontecesse. O chuveiro de Carmem não passava de pinguinhos preguiçosos em comparação com àquilo. Ele começou a ficar preocupado com a respiração. Como poderia haver ar para respirar com tanta água? Ela escorria pelo seu rosto em fluxos contínuos e entrava direto em sua boca. Colocou a mão sobre o maxilar, puxou ar por entre os dedos e cuspiu a água da chuva.

Estava do lado oposto à posição duas horas e a dez metros da meseta quando os relâmpagos começaram. Bem ao sul, a dez quilômetros dali, um raio errático rasgou o céu e atingiu a terra. Era de um branco puro e intenso e tinha o formato de uma árvore desfolhada arremessada no ar de cabeça para baixo por um furacão. Ele caiu de joelhos e olhou diretamente para a frente, no intuito de conseguir uma visão periférica. Não viu nada. O trovão veio após o raio, cinco segundos depois, um áspero e dilacerante ribombo. *Onde ela está? Será que ela acha que é mais esperta do que acha que eu sou? Neste caso ela vai estar atrás de mim.* Mas ele não se virou. A vida é feita de suposições e apostas, e ele tinha categorizado a mulher como uma profissional eficiente, com certeza. *No mundo dela.* Coloque-a na rua cara a cara com Al Eugene e ela executa o serviço de olhos fechados. *Mas procure colocá-la completamente sozinha em um território de combate, à noite, debaixo de uma tempestade, e aí ela vai penar. Sou bom nisso. Ela, não. Ela está em frente a mim, agarrada à borda da meseta em algum lugar, sentindo um medo que nunca tinha sentido antes. Ela é minha.*

A tempestade estava se movendo. O segundo relâmpago veio três minutos depois, dois quilômetros a nordeste do primeiro. Era um relâmpago intranuvem denteado, que tremeluziu insanamente por oito ou dez segundos antes de deixar a escuridão tomar conta novamente. Reacher se levantou com dificuldade e examinou cuidadosamente o espaço à sua frente e à direita. Não viu nada. Virou-se e examinou o lado esquerdo. Viu a mulher a vinte metros de distância, rastejando na meseta para se proteger. Enxergou o escrito branco no boné dela. *FBI.* Letras grandes. Ela olhava diretamente para ele, sua arma firme na mão e o braço totalmente estendido na altura do ombro. Viu a explosão que saiu do cano da arma quando ela atirou nele. Uma pequenina e insossa faísca completamente sufocada pela tempestade.

A tempestade se arrastava lentamente para o nordeste e empurrava a parte principal da chuva à sua frente. Ela chegou ao motel e foi aumentando de maneira regular e rápida. Começou como um sussurro, virou um murmúrio e se transformou num implacável retumbar no telhado de metal. Em trinta segundos o barulho estava muito alto. Ele acordou Ellie de um sono inquieto e agitado. Ela arregalou os olhos e viu o baixinho moreno de braço cabeludo. Ele estava imóvel em uma cadeira próxima à cama, observando-a.

— Oi, menina — disse ele.

Ellie ficou calada.

— Não está conseguindo dormir?

Ellie olhou para o teto.

— Está chovendo — comentou ela. — Está muito barulhento.

O homem fez que sim com um gesto de cabeça e verificou seu relógio.

Ela errou. Era impossível dizer por quanto. O relâmpago morreu e novamente deixou o mundo soterrado pela escuridão absoluta. Reacher atirou uma vez onde se lembrava de ter visto o alvo e se concentrou muito para ouvir. Nada. *Provavelmente errei. Vinte metros debaixo de uma pancada de chuva, não era um tiro fácil.* Depois veio o trovão. Um estrondo muito grave que abalou o chão e aos poucos se foi. Ele se agachou novamente. Ainda tinha nove balas. Então decidiu arriscar um blefe duplo. *Ela vai pensar que eu vou me movimentar, mas não vou.* Ficou exatamente onde estava. Esperou pelo próximo raio. Ele o diria o quão boa era ela. Um amador se afastaria dele. Um bom profissional se aproximaria. Um profissional *realmente* bom arriscaria um blefe duplo sobre o blefe duplo dele e ficaria exatamente onde estava.

Àquela altura a chuva já estava no auge de sua força. Esse era o palpite dele. Tinha sido pego uma vez por uma tempestade na selva na América Central e ficado molhado mais rápido do que se tivesse caído de roupa no mar. Aquela fora a tempestade mais forte que se podia imaginar, e a que caía ali era facilmente comparável. Estava molhado até os ossos. *Muito mais que ensopado.* A água escorria em torrentes contínuas por baixo da camisa. Não pingava dele, escorria. Ela jorrava pelas casas dos botões de sua camisa. Reacher estava com frio. A temperatura tinha despencado uns oito ou dez graus em menos de vinte minutos. A mesma quantidade de água que subia depois de bater no chão ao redor dele despencava do céu. O barulho era insuportável. Folhas e galhos dos arbustos eram dilacerados. Esse material flutuava, redemoinhava e se transformava em pequeninas represas de castor contra quaisquer rochas no chão. As pedras duras e quentes tinham se transformado num lamaçal de quinze centímetros de profundidade. Seus pés estavam afundando nele. A arma estava ensopada. *Tudo bem. Uma Heckler & Koch vai atirar molhada. Mas uma Browning ou SIG também.*

O próximo relâmpago ainda ocorreu bem ao sul, mas estava mais perto. E mais claro. Foi um raio lateral gigantesco que sibilou e rachou o céu. Ele olhou para a esquerda. A mulher tinha se aproximado. Estava a dezessete metros de distância, ainda pregada à meseta. *Boa, mas não muito boa.* Ela atirou nele e errou por pouco mais de um metro. Foi um tiro apressado, e o braço dela ainda estava sendo movimentado do sul. *Sul? Ela imaginou que eu tinha me movido.* Ele se sentiu ligeiramente insultado, levantou o braço e atirou também. O trovão que irrompeu enterrou o som o tiro. *Provavelmente errei. Restam oito.*

Então ele voltou às conjecturas. *O que ela vai fazer? O que ela acha que eu vou fazer?* Ela estava errada da última vez. *Então desta vez vai fazer uma aposta. Vai supor que eu que vou me aproximar. Então vai se aproximar também. Ela vai atirar pra matar.*

Reacher ficou abaixado exatamente onde estava. *Blefe triplo.* Movimentou a mão com a arma da esquerda para a direita, para onde ela teoricamente estaria indo. Aguardou o precioso relâmpago, que chegou antes do que esperava. A tempestade se aproximava violenta e rapidamente. Ele explodiu a não mais de um quilômetro dali e foi seguido quase imediatamente pelo berro de um trovão. O lampejo era mais claro do que o sol. Reacher apertou os olhos e olhou para frente. *A mulher desapareceu.* Ele virou de uma vez para a esquerda e viu um borrão azul vívido retroceder na direção oposta. Atirou instintivamente logo à frente do borrão, o relâmpago morreu, e a escuridão, o barulho e o caos desmoronaram ao redor dele. *Restam sete.* Sorriu. *Mas agora eu só preciso de mais uma.*

O som do trovão a assustou. Fez com que se lembrasse de quando Joshua e Billy tinham colocado um telhado novo no galpão-garagem. Usaram grandes telhas de alumínio que ribombavam e envergavam ao ser carregadas e faziam um barulho horrível quando martelavam para pregá-las. O trovão era como cem milhões de telhas ribombando e envergando no céu. Ela enfiou a cabeça debaixo do lençol e viu o quarto se iluminar com os inconstantes clarões dos relâmpagos do lado de fora da janela.

— Você está com medo? — perguntou o homem.

Ela fez que sim com a cabeça debaixo do lençol. Isso bagunçava seu cabelo, mas tinha certeza de que o homem estava vendo esse movimento.

— Não precisa ficar com medo — disse ele. — É só uma tempestade. Meninas grandes não têm medo de tempestade.

Ela ficou calada. Ele verificou seu relógio novamente.

A tática dela era transparente. Era boa, mas não o suficiente para ser ilegível. Estava se movimentando na margem da mesa, porque ela oferecia a ilusão de segurança. Operava o movimento *dentro-fora-dentro-dentro*. Blefe duplo, blefe triplo, objetivando ser imprevisível. *Inteligente, mas não o suficiente.* Ela tinha se aproximado e depois se afastado. Agora se aproximaria de novo e depois, na próxima vez, ela não se distanciaria, mas se aproximaria ainda mais. Na sua cabeça imaginava que ele começaria a entender a estratégia dela e antecipar o movimento do ioiô, que seria de afastamento. Mas, ao contrário, ela iria avançar. Para pegá-lo de surpresa. E porque ela

Miragem em Chamas

queria se aproximar. *Gostava* de proximidade. Uma especialista em tiro na cabeça como ela, de acordo com o que ele supunha, iria preferir uma distância de menos de três metros.

Ele se levantou de uma vez e correu o mais rápido que conseguia, como um velocista, para trás e para a esquerda, fazendo uma curva bem aberta. Entrou rasgando nos arbustos como um animal em pânico, avançando aos saltos, saltando as algarobeiras, pisando ruidosamente nas poças, escorregando pela lama. Não se preocupava com o barulho que podia estar fazendo. Seria inaudível a um metro de distância. A única coisa que importava era a sua velocidade. Precisava flanqueá-la antes do próximo relâmpago.

Ele correu desenfreadamente fazendo uma grande curva, reduziu a velocidade e deslizou até parar perto da meseta de calcário, uns cinco metros ao norte de onde ele a tinha visto pela primeira vez. Ela tinha se movimentado para o sul, e depois voltado, e agora estaria indo para o sul novamente. Ela devia estar dez metros à frente agora. Bem em frente a Reacher. Ele caminhou atrás dela rápida e sossegadamente, como se estivesse em uma calçada qualquer. Manteve o passo, tentando adivinhar o ritmo do relâmpago que se preparava para acertar a terra.

O baixinho moreno conferiu seu relógio novamente. Ellie estava escondida debaixo do lençol.

— Mais de três horas — disse o homem.

Ellie ficou calada.

— Sabe ler as horas?

Ellie se endireitou na cama e abaixou o lençol lentamente até debaixo da boca.

— Tenho seis anos e meio — disse ela.

— Veja — disse ele levantando o braço e girando o pulso. — Mais uma hora.

— E depois?

O homem desviou o olhar. Ellie o observou por mais um longo momento. Então colocou o lençol sobre a cabeça de novo. O trovão explodiu e o relâmpago lampejou.

* * *

O clarão iluminou toda a paisagem quilômetros à frente. O estrondo do trovão se apoderou do lugar. Reacher se abaixou e observou atento. *Ela não estava lá.* Não estava em nenhum lugar em frente a ele. O relâmpago morreu, mas o trovão permaneceu. Por um segundo imaginou se ouviria o som da arma dela se sobrepondo a ele. *Ouviria?* Ou a primeira coisa de que tomaria conhecimento seria o nauseante impacto da bala? Ele se jogou na lama e, deitado, ficou imóvel. Sentiu a chuva açoitar seu corpo como mil minúsculos martelos. *Ok, repense.* Será que *ela o* tinha flanqueado? Podia ter empreendido um movimento exatamente espelhado ao dele. E nesse caso cada um deles teria corrido em círculo, em direções opostas e teriam basicamente trocado de posição. Ou ela podia ter encontrado um sumidouro ou uma fenda e se escondido. Podia até ter achado o Jeep. Se tivesse olhado para trás durante um relampejar, ela o teria visto. Era uma conclusão simples que ele teria que voltar ao veículo quando aquilo acabasse. De que outra maneira ele poderia ir embora do deserto? Então talvez ela estivesse esperando lá. Talvez estivesse dentro dele, bem abaixada. Talvez estivesse *debaixo* dele e, nesse caso, Reacher teria acabado de presenteá-la com um rifle Winchester carregado com dois cartuchos originais.

Ele ficou abaixado na lama, muito concentrado. Ignorou completamente o relâmpago seguinte. Apenas se pressionou contra o chão e ficou calculando, decidindo. Rejeitou a possibilidade de ela o ter flanqueado. Esse era um instinto militar. Ele estava lidando com uma atiradora de rua, não com um soldado de infantaria. Nenhum homem de infantaria miraria no olho de um cara. As probabilidades não contavam a favor dessa atitude. Então ela provavelmente tinha ido para o Jeep. Ele se enfiou numa poça de lama circular, levantou a cabeça e esperou.

O clarão seguinte foi de um relâmpago intranuvem, que reverberou insanamente e iluminou a parte de baixo das nuvens como uma explosão num campo de batalha. O Jeep estava bem distante. Muito longe, com certeza. E se ela *tivesse* ido para lá não representava uma ameaça imediata. Não ali, não àquela distância. Então ele deu um giro e rastejou para o sul. *Checagem zona por zona.* Ele se movimentou lentamente apoiado nos joelhos e cotovelos. Três metros, seis, sete. Era exatamente como um

Miragem em Chamas

treinamento básico. Ele seguiu rastejando e rastejando e então sentiu o cheiro de um perfume.

De alguma maneira ele estava intensificado pela chuva. Percebeu que todo o deserto estava com um cheiro diferente. A chuva tinha mudado inteiramente as coisas. Sentia o cheiro das plantas e da terra. Juntas elas tinham um pungente odor natural. Mas misturado a ele havia o perfume de uma mulher. *Era* mesmo perfume? Ou seria algo da natureza, como uma flor noturna repentinamente florescendo sob a tempestade? Não, era perfume. Perfume de mulher. Nenhuma dúvida sobre isso. Ele parou de se mover e ficou deitado.

Ouvia a algarobeira se mexer, mas era apenas o vento. A chuva estava diminuindo, tornando-se torrencial, e uma brisa forte e molhada vinha do sul, provocando-o com o perfume. Estava completamente escuro. Ele levantou sua arma e não conseguiu vê-la na mão. Como se fosse cego.

Pra que lado ela está olhando? Não para o leste. Ela tinha que estar bem abaixada. Por isso não haveria nada no leste para ser visto a não ser a borda da meseta que, dessa posição, era uma parede de sessenta centímetros de altura. Se ela estivesse olhando para o sul ou para o oeste, não haveria problema. *Se ela está olhando para o norte, está olhando direto pra mim, só que não consegue me ver. Escuro demais. Também não pode sentir meu cheiro, porque estou contra o vento.* Ele se apoiou no antebraço esquerdo e apontou sua arma, levantando o braço direito na altura do ombro. Se ela estivesse virada para o sul ou para o oeste, ele teria um alvo fácil nas costas dela. *Mas na pior das hipóteses, ela está olhando para o norte, e estamos nos encarando. Podemos estar a menos de dois metros de distância. A partir de agora o jogo é de azar. Quando relampejar, quem reage primeiro?*

Ele prendeu a respiração. Esperou pelo relâmpago. Foi a espera mais longa de sua vida. A tempestade tinha mudado. Os trovões ribombavam intensa e demoradamente, mas não eram mais tão agudos. A chuva ainda pesava. Ela jogava lama e pequenas pedras em seu rosto. Espancava o matagal. Novos cursos d'água gorgolejavam ao lado de seu corpo debruçado. Metade dele estava submersa. Sentia muito frio.

Então, absolutamente ao mesmo tempo, um som rasgado de uma fração de segundo rompeu o céu, um trovão gigantesco explodiu e um raio caiu. Era de um branco inacreditavelmente intenso e deixou o deserto mais claro do que o dia. A mulher estava um metro à frente dele. Caída de bruços no chão, já espancada pela chuva e coberta de lama. Parecia pequena, desfalecida e vazia. As pernas estavam dobradas e os braços, cruzados embaixo dela. Sua arma tinha caído ao lado do ombro. *Uma Browning Hi-Power.* Metade estava submersa na lama e um emaranhado de galhos já tinha ficado represado num de seus lados. Ele aproveitou o fim do clarão do relâmpago para se arrastar até a arma e arremessá-la longe. Em seguida a luz se foi e ele usou a pós-imagem retida em seus olhos para localizar o pescoço da mulher.

Não havia pulso. Já estava gelada.

Tiro de deflexão. Sua terceira bala, instintivamente mirada à frente da mulher quando tentava fugir dele. Ela tinha pulado bem no seu caminho. Ele manteve os dedos da sua mão esquerda no pescoço da mulher, com receio de perder contato com ela no escuro. Acomodou-se para esperar o próximo relâmpago. Seu braço esquerdo começou a tremer. Ele se convenceu de que era porque o estava forçando numa posição desconfortável. Depois começou a rir. O riso aumentou rapidamente, como a chuva. Tinha passado os últimos vinte minutos perseguindo uma mulher que já havia matado. *Acidentalmente.* Gargalhou de maneira incontrolável até que a chuva encheu sua boca e fez com que ele tossisse e engasgasse desenfreadamente.

O homem se levantou e caminhou até o aparador. Pegou sua arma, que estava sobre a madeira polida. Abaixou-se até a bolsa preta de náilon e pegou um longo silenciador preto. Acoplou-o cuidadosamente ao cano da arma. Caminhou novamente até a cadeira e voltou a se sentar.

— Está na hora — afirmou ele.

Ele colocou a mão no ombro dela. Ela a sentiu através do lençol. Retorceu o corpo para se desencostar. Arrastou-se para a extremidade da cama e se encolheu. Precisava fazer xixi. Estava com muita vontade.

— Está na hora — repetiu o homem.

Miragem em Chamas

Ele puxou o lençol. Ela segurou a outra ponta com força entre as pernas. Olhou diretamente para ele.

— Você disse que faltava uma hora — argumentou ela. — Ainda não passou uma hora. Vou contar para aquela senhora. Ela é sua chefe.

Os olhos do homem ficaram inexpressivos. Ele se virou e olhou para a porta por um breve momento. Depois se voltou.

— Certo — disse ele. — Você me fala quando achar que já passou uma hora.

O homem soltou o lençol e ela se embrulhou nele novamente. Cobriu a cabeça e colocou a mão sobre os ouvidos para bloquear o barulho dos trovões. Depois ela fechou os olhos, mas ainda assim continuava a ver os clarões dos relâmpagos através do lençol e das pálpebras. Eram vermelhos.

O clarão seguinte foi novamente de um relâmpago intranuvens novamente vago, difuso e cintilante: ele rolou o corpo apenas para se certificar. Rasgou violentamente a jaqueta e a blusa dela. Acertara a axila esquerda. O tiro tinha atravessado o corpo dela e saído na outra extremidade do peito. Provavelmente acertara o coração, os dois pulmões e a espinha. Uma bala .40 não era algo sutil. Não era fácil parar uma delas. O ferimento de entrada era pequeno e preciso. O de saída, não. A chuva o tinha limpado. Sangue diluído pingava por todo o lugar e desaparecia instantaneamente. A cavidade em seu peito estava se enchendo de água. Parecia um diagrama médico. Dava para ele enfiar a mão inteira ali dentro.

Ela tinha estatura média. Cabelo louro ensopado e cheio de lama nas partes que saiam de baixo do boné do FBI. Ele levantou a aba para ver o rosto. Os olhos estavam abertos, encarando o céu, e a chuva que os enchia parecia lágrimas. Aquele rosto lhe era um pouco familiar. Ele já o tinha visto antes. *Onde?* O relâmpago morreu e ele ficou com a imagem do rosto dela na cabeça, rígido, branco e invertido, como num negativo de fotografia. *O restaurante. As vacas-pretas. Sexta, depois do horário de aula, um Crown Victoria, três passageiros.* Ele os tinha categorizado como uma equipe de vendas. *Errado de novo.*

— Certo — gritou Reacher. — A brincadeira acabou.

Ele colocou a arma de Alice no bolso e caminhou para o norte em direção ao Jeep. Estava tão escuro e ele tinha tanta chuva nos olhos que bateu do lado do carro antes que soubesse que estava ali. Deu a volta nele com uma mão no capô e achou a porta do motorista. Ele a abriu e fechou e abriu de novo, apenas pelo prazer de acender a luz interior, uma iluminação que ele era capaz de controlar.

Não foi fácil subir o Jeep na meseta novamente. As pedras que deviam estar debaixo das rodas e dar tração tinham se transformado em lama escorregadia. Ele acendeu o farol alto, ligou o limpador de para-brisa no máximo, acionou a tração quatro-por-quatro e ficou derrapando por um tempo até que os pneus da frente conseguiram atrito suficiente para fazer o veículo subir. Em seguida fez uma curva aberta para a esquerda até chegar à posição sete horas. Buzinou duas vezes, Alice saiu da algarobeira e foi iluminada pelos feixes de luz do farol. Estava encharcada até os ossos. A água estava escorrendo por ela. O cabelo, grudado na cabeça. Suas orelhas estavam um pouquinho salientes. Ela deu um passo para a esquerda e correu para a porta do passageiro.

— Acho que esta é a tempestade que as pessoas estavam esperando — disse ele.

Um relâmpago brilhou novamente do lado de fora. Um raio errático bem longe à esquerda deles, acompanhado pela explosão de um trovão. O mau tempo estava se movendo para o norte, e rápido.

Ela negou com um gesto de cabeça e disse:

— Essa chuveirada? Isso é só uma amostra. Espere só até amanhã.

— Amanhã eu já vou ter ido embora.

— Vai?

Ele fez que sim com a cabeça e perguntou:

— Você está bem?

— Eu não sabia quando atirar.

— Mas mandou bem.

— O que aconteceu?

Miragem em Chamas   **413**

Ele arrancou de novo, virando para o sul e ziguezagueando o Jeep para que o farol iluminasse toda a meseta. Dez metros em frente ao VW destroçado, ele encontrou o corpo do primeiro cara morto. Estava encurvado e inerte. Ele posicionou a luz de modo que ela o iluminasse diretamente e saiu na chuva. O cara estava morto. A bala do Winchester o atingira no estômago. Não morrera instantaneamente. O boné tinha desaparecido e ele, rasgado a jaqueta para apertar sua ferida. Tinha se arrastado pelo terreno. Era alto e corpulento. Reacher fechou os olhos e analisou novamente a cena no restaurante. *Perto do caixa. A mulher, dois homens. Um alto e louro, um baixo e moreno.* Em seguida voltou para o Jeep e entrou. O banco estava ensopado.

— Dois mortos — disse ele. — Foi isso que aconteceu. Mas o motorista fugiu. Você o identificou?

— Eles vieram pra matar a gente, não foi?

— Esse era o plano. Você identificou o motorista?

Ela ficou calada.

— É muito importante, Alice — insistiu Reacher. — Pro bem da Ellie. Estamos sem um língua. Essa parte não deu certo. Os dois estão mortos.

Ela ficou calada.

— Você viu quem era?

Ela fez que não com a cabeça.

— Na verdade, não — admitiu. — Eu sinto muito mesmo. Eu estava correndo e as luzes só ficaram acessas por um ou dois segundos.

Para Reacher, parecia que esse tempo tinha sido maior. Muito maior. Mas, na realidade, ela provavelmente estava certa. Podia até estar superestimando. Deviam ter durado apenas uns três quartos de segundo. Eles tinham sido muito ágeis com os gatilhos.

— Eu já tinha visto esse pessoal — afirmou ele. — Sexta-feira, lá na encruzilhada. Deve ter sido depois que eles pegaram Eugene. Deviam estar fazendo o reconhecimento da área. Eram três. Uma mulher. Um cara grande e um baixinho moreno. Eu sei da mulher e do cara grande. E, então, era o baixinho moreno que dirigia a caminhonete hoje à noite?

— Eu não vi direito.

— Instinto? — indagou Reacher. — Primeira impressão? Não conseguiu ver nem de relance? Uma silhueta?

— Você viu?

Ele fez que sim com a cabeça e disse:

— Ele estava com o rosto virado para ó lado contrário ao que eu estava, olhando para o lugar de onde você atirou. Havia muita claridade. Um pouco de chuva no para-brisa. Depois eu estava atirando e ele arrancou. Mas não acho que era baixo.

Ela concordou com um gesto de cabeça e falou:

— Na minha impressão, ele não era baixo. Nem moreno. Era só um borrão, mas eu diria que era bem grande. Possivelmente louro.

— Faz sentido — disse Reacher. — Deixaram um da equipe vigiando Ellie.

— Então quem estava dirigindo?

— O cliente deles. O cara que os contratou. É o meu palite. Porque estavam com pouca mão de obra e precisavam de alguém que conhecesse a região.

— Ele fugiu?

Reacher sorriu.

— Ele pode correr mas não pode se esconder.

Foram dar uma olhada no VW destroçado. Não tinha conserto. Alice não parecia se preocupar com aquilo. Simplesmente deu de ombros e se virou. Reacher pegou os mapas no porta-luvas, virou o Jeep e seguiu para o norte. A viagem de volta para a Red House foi um pesadelo. Atravessar a meseta foi tranquilo. Mas a estrada no deserto estava tão endurecida por causa do calor que não absorvia água alguma. A chuva estava inundando tudo. A parte que lembrava o leito de um rio *era* o leito de um rio. Estava lotada de água, e uma correnteza se movia rápida e violenta, subindo pelos pneus. Arbustos de algaroubeira tinham sido arrancados de suas profundas raízes e removidos das rasas fendas nas rochas, e árvores inteiras se moviam rapidamente para o sul no turbilhão. Elas agarravam na frente do Jeep e ficavam ali até correntezas em sentido contrário quebrá-las, fazendo com que se

Miragem em Chamas

415

soltassem. Sumidouros eram ocultados pela água. Mas a chuva enfraquecia rapidamente. Voltava em chuvisco. O vento tinha soprado o olho da tempestade para o norte.

Chegaram à lateral do galpão-garagem antes mesmo de conseguirem vê-lo. Estava totalmente envolvido pela escuridão. Reacher freou com força, virou o veículo e viu pálidas luzes bruxulearem atrás de algumas das janelas da casa.

— Velas — disse ele.

— A luz deve ter acabado — disse Alice. — Um raio deve ter atingido os cabos de energia.

Ele freou novamente, derrapou na lama e virou o carro de maneira que os faróis iluminassem dentro do galpão-garagem.

— Reconhece alguma coisa? — perguntou ele.

A caminhonete de Bobby estava de volta ao seu lugar, mas toda molhada e suja de lama. Água pingava da carroceria e empoçava no chão.

— Certo — disse Alice. — E agora?

Reacher olhou para o retrovisor. Depois virou a cabeça e olhou para a estrada que vinha do norte.

— Tem alguém vindo aí — disse.

Estilhaçado em centenas de pedaços nas gotas de chuva no vidro do Jeep, um brilho fraco de faróis atrás deles subia e descia a quilômetros de distância.

— Vamos lá dar um oi para os Greer — disse Reacher.

Ele tirou a arma de Alice do bolso e a checou. *Nunca pressuponha.* Mas ela estava em boas condições. *Armada e travada. Restam sete.* Colocou-a de volta no bolso e atravessou de carro o terreno ensopado até chegar ao pé da escada da varanda. A chuva tinha praticamente parado. O chão começava a emitir vapor. Ele se erguia suavemente e redemoinhava nos feixes de luz dos faróis. Eles saíram e sentiram a umidade. A temperatura voltava a aumentar. Assim como o barulho dos insetos. Havia um canto chiado no local. Era suspeito e muito distante.

Ele a conduziu pela escada e abriu a porta. Em todas as superfícies horizontais disponíveis na entrada, havia velas queimando em candelabros. Emitiam um suave brilho laranja que fazia a antessala ficar quente e convidativa. Reacher fez com que Alice fosse para a sala de estar e a acompanhou. Mais velas queimavam ali. Dúzias. Estavam grudadas em pires com cera derretida. Havia um lampião Coleman sobre um aparador encostado na parede do fundo. Ele sibilava baixinho e brilhava com a luz da chama.

Juntos, Bobby e sua mãe estavam sentados à mesa vermelha. As sombras dançavam e bruxuleavam ao redor deles. A luz de velas fazia bem a Rusty. Tirava-lhe vinte anos. Ela vestia calça jeans e camisa. Bobby estava sentado ao seu lado, olhando para nada em particular. As pequeninas chamas iluminavam seu rosto, dando-lhe um aspecto móvel.

— Mas que romântico — disse Reacher.

Rusty se mexeu, sem jeito.

— Tenho medo de escuro — afirmou ela. — Não adianta, sempre tive

— Tem que ter mesmo — encorajou Reacher. — Coisas ruins podem acontecer no escuro.

Ela não fez comentário algum.

— Toalha? — perguntou Reacher.

Ele estava molhando o chão todo. Alice também.

— Na cozinha — disse Rusty.

Havia uma fina toalha listrada em um cabo de madeira. Alice esfregou seu rosto e cabelo, e deu umas batidinhas de leve na camisa. Reacher fez o mesmo e ele voltou para a sala de estar.

— Por que vocês dois estão acordados? — perguntou ele. — São três horas da madrugada.

Nenhum dos dois respondeu.

— Sua caminhonete saiu daqui hoje à noite — afirmou Reacher.

— Mas nós, não — disse Bobby. — Ficamos aqui do jeito que você falou pra gente fazer.

— Nós dois, juntos — complementou Rusty.

Reacher sorriu.

— Um é o álibi do outro — disse ele. — Isso vai fazer as pessoas caírem na gargalhada lá na sala dos jurados.

— A gente não fez nada — afirmou Bobby.

Miragem em Chamas   **417**

Reacher ouviu um carro na estrada. Apenas o fraco som subliminar dos pneus perdendo velocidade no asfalto ensopado. O tímido assobio da correia dentada girando debaixo do capô. Depois que ele virou e entrou pelo portão, passou a emitir também o barulho molhado das rodas amassando a lama. Pedras estalaram sob as rodas à medida que seguiu em direção à varanda. Um rápido rangido do disco de freio e silêncio assim que o carro foi desligado. O barulho de uma porta sendo fechada. Pés nos degraus da escada da varanda. A porta da casa se abrindo, passos cruzando a antessala. Em seguida a porta da sala de estar foi aberta. As chamas das velas bruxulearam. Hack Walker entrou.

— Ótimo — disse Reacher. — Não temos muito tempo.

— Você roubou meu gabinete? — indagou Walker.

Reacher fez que sim com a cabeça e disse:

— Eu estava curioso.

— Com o quê?

— Com detalhes — respondeu Reacher. — Sou um cara detalhista.

— Você não precisava invadir. Eu teria te mostrado os arquivos.

— Você não estava lá.

— E daí? Você não devia ter invadido. Está encrencado pelo que fez. Sabe disso, não sabe? Muito encrencado.

Reacher sorriu. *Má sorte e encrenca, esses têm sido meus únicos amigos.*

— Sente-se, Hack — disse ele.

Walker ficou imóvel por um segundo. Depois foi desviando das cadeiras e se sentou ao lado de Rusty Greer. A luz de vela iluminou seu rosto. O lampião brilhava à sua esquerda.

— Você tem alguma coisa pra mim? — perguntou ele.

Reacher se sentou do lado oposto. Apoiou as mãos sobre a mesa de madeira.

— Fui meio que um policial durante treze anos — disse ele.

— E?

— Aprendi muita coisa.

— Tipo?

— Tipo que as mentiras só dão confusão. Elas saem do controle. Mas a verdade também dá confusão, ou seja, em qualquer situação em que se está, sempre haverá arestas mal aparadas. Toda vez que encontro uma situação muito bem encaixadinha, fico muito desconfiado. E a situação da Carmem era suficientemente bagunçada pra ser verdade.

— Mas?

— Eu acabei percebendo que umas arestas estavam mal aparadas *demais*.

— Quais?

— Ela não tinha nenhum dinheiro. Eu *sei* disso. Dois milhões no banco e ela viaja com um dolarzinho na bolsa? Dorme no carro? Não come? Para de posto de gasolina em posto de gasolina só pra conseguir seguir em frente? Pra mim, não se encaixava.

— Estava encenando. É isso que ela faz.

— Você sabe quem é Nicolau Copérnico?

— Foi — corrigiu Walker. — Um astrônomo antigo. Polonês, eu acho. Provou que a Terra girava em torno do Sol.

Reacher confirmou com um gesto de cabeça antes de dizer:

— E muito mais que isso, por dedução. Ele pediu a todos nós que avaliássemos a probabilidade de sermos o absoluto centro das coisas. Quais seriam as probabilidades? De o que estamos vendo ser de alguma maneira excepcional? O melhor ou o pior? É uma questão filosófica importante.

— E?

— E se Carmem tinha dois milhões de dólares no banco, mas viajava com um dolarzinho só na carteira, apenas pro caso de esbarrar com um cara desconfiado como eu, então ela é indiscutivelmente a impostora mais bem-preparada de todos os tempos. Então o velho Copérnico me faz a pergunta: qual *é* a probabilidade? De eu, por acaso, topar com a maior impostora de todos os tempos? A resposta dele é: na verdade, não muita. Ele diz que a probabilidade é de eu topar com um impostor bem mediano e medíocre, se é que toparei com algum.

— Mas o que você está querendo dizer?

Miragem em Chamas 419

— Estou querendo dizer que pra mim isso não se encaixa. Então eu fiquei pensando no dinheiro. Aí outra coisa passou a não se encaixar também.

— O quê?

— O pessoal do Al Eugene contratou alguém para entregar a papelada financeira do Sloop, certo?

— Esta manhã. Parece que foi há um tempão.

— Só que tem uma coisa: eu vi o escritório do Al. Quando fui ao museu. Ele literalmente dá vista para o tribunal. Dá pra ir de um lugar ao outro com uma caminhada de um minuto, ou seja, qual é a probabilidade de eles *contratarem alguém* para fazer a entrega? Não seria mais fácil simplesmente entregar a pé a papelada? Era um amigo do Al. E era urgente. Só a ligação telefônica para o serviço de entrega demoraria dez vezes mais.

A luz da vela dançava e bruxuleava. O cômodo vermelho incandescia.

— As pessoas contratam esse tipo de serviço o tempo todo — argumentou Walker. — Isso até que é rotineiro. E estava quente demais para andar a pé.

Reacher concordou com um gesto de cabeça e disse:

— Talvez. Não me preocupei muito naquele momento. Mas aí *outra* coisa passou a não se encaixar. A clavícula.

— Como assim?

Reacher virou o rosto para Alice.

— Quando caiu de patins, você quebrou a clavícula?

— Não — respondeu Alice.

— Machucou alguma coisa?

— Arrebentei minha mão. Ficou muito esfolada.

— Você usou as mãos pra se proteger da queda?

— Apenas reflexo — disse ela. — É impossível não usar.

Apenas reflexo concordou com um gesto de cabeça. Virou-se de volta para Walker pela penumbra das chamas.

— Cavalguei com a Carmem no sábado — disse ele. — Foi a minha primeira vez. Minha bunda ficou dolorida, mas a coisa de que eu realmente me lembro é do quanto é *alto*. É assustador lá em cima. E o negócio é o seguinte, se Carmem tivesse caído de uma altura daquela no solo rochoso com força suficiente pra quebrar a clavícula, como é possível ela não ter esfolado completamente as mãos?

— Talvez ela tenha esfolado.

— O hospital não registrou isso.

— Talvez eles tenham esquecido.

— Era um relatório bem-detalhado. Funcionários novos trabalhando duro. Eu percebi isso, e Cowan Black também. Ele disse que eram muito meticulosos. Não teriam negligenciado lacerações na palma da mão.

— Ela podia estar usando luvas pra cavalgar.

— Ela me falou que ninguém usa luvas por aqui. É quente demais. E ela definitivamente não teria dito isso se luvas já a tivessem protegido de escoriações tão sérias na mão. Ela teria se transformado numa superfã de luvas, nesse caso. Certamente *me* teria feito usá-las, já que era a minha primeira vez.

— E?

— E aí eu fiquei imaginando se o negócio da clavícula *poderia* ter sido consequência de alguma porrada que Sloop tivesse dado nela. Cheguei à conclusão de que isso era possível. Quem sabe ela está de joelhos, recebe uma porrada de cima pra baixo, mexe a cabeça. Só que ela alegou que Sloop também tinha quebrado o braço e o maxilar dela, e bambeado seus dentes, e nada disso estava mencionado nos relatórios. Aí eu parei de imaginar as coisas. Principalmente quando descobri que o anel era verdadeiro.

Uma vela na ponta esquerda da mesa morreu. A chama se apagou e um filete de fumaça absolutamente reto subiu até se espirar loucamente.

— Ela é uma mentirosa — afirmou Walker. — Só isso.

— É mesmo, com certeza — concordou Bobby.

— Sloop nunca bateu nela — afirmou Rusty. — Um filho meu nunca ia bater numa mulher, não importa quem ela fosse.

— Um de cada vez, está bem? — disse Reacher tranquilamente.

Miragem em Chamas   421

Ele ficou calado por um tempinho e houve impaciência na sala. Trocas de cotovelos sobre a mesa, pés se movendo pelo chão. Ele se virou primeiro para Bobby.

— Você alega que ela é uma mentirosa — disse ele. — E eu sei por quê. É porque você não gosta dela, porque é um bosta de um racista e porque ela teve um caso com um professor de colégio. Por isso, entre outras coisas, você tomou as dores e depois tentou me afastar dela. Algum tipo de lealdade ao seu irmão.

Em seguida ele se virou para Rusty.

— Nós vamos chegar no que Sloop fez ou deixou de fazer daqui a pouco. Mas agora você fica quieta, está bem? Eu tenho um assunto pra tratar com Hack.

— Que assunto? — perguntou Walker.

— Este assunto — disse Reacher, encostando a coronha da arma de Alice sobre a mesa e apontando o cano direto para o peito do promotor.

— O que diabos você está fazendo? — perguntou Walker.

Reacher destravou a arma com o polegar. O *clique* ressoou alto na sala. Velas bruxuleavam e o lampião assobiava baixinho.

— Eu decifrei a questão do diamante — disse ele. — Aí todo o resto se encaixou perfeitamente. Principalmente o negócio de você nos dar os distintivos e mandar a gente vir falar com Rusty.

— Do que você está falando?

— Era como um truque de mágica. A coisa toda. Você conhecia Carmem muito bem. Por isso sabia o que ela devia ter me contado. O que sempre foi a absoluta verdade. A verdade sobre ela e o que Sloop estava fazendo com ela. Aí você só teve que inverter tudo. Era simples. Um truque muito convincente e bem-organizado. Ela me contou que era de Napa, e você disse *ei, aposto que ela te disse que é de Napa, mas ela não é, sabia?* Ela me contou que ligou para a Receita Federal, e você falou *ei, aposto que ela falou que foi ela que ligou para a Receita Federal, mas, na verdade, não ligou.* Era como se *você* soubesse da verdadeira história e estivesse relutantemente expondo mentiras que ela corriqueiramente contava. Mas era *você* que estava mentindo. O tempo todo. Muito, muito convincente. Como um truque de mágica. E você enfeitou tudo fingindo que queria salvá-la. Você me enganou por um bom tempo.

— Eu *queria* salvá-la. Eu a *estou* salvando.

— Papo furado, Hack. O tempo todo, seu único objetivo era coagi-la a confessar algo que não fez. Esse era o objetivo do plano. Os matadores que você contratou sequestraram Ellie hoje para que você pudesse forçar Carmem a confessar. Eu era o seu único problema. Fiquei aqui, recrutei Alice. Estivemos cara a cara com você de segunda-feira de manhã em diante. Por isso nos desorientou durante vinte e sete horas seguidas. Você nos deixava desapontados lenta e pesarosamente, de pouquinho em pouquinho. Foi muito bem-feito. Quer dizer, quase. Para conseguir que tudo funcionasse, você teria que ser o melhor impostor do mundo. E, como o velho Copérnico diz, quais são as probabilidades de o melhor impostor do mundo estar lá em Pecos?

Houve silêncio. Apenas estalos de cera queimando, o assobio do lampião, cinco pessoas respirando. O antigo ar-condicionado não estava funcionando. Não havia energia.

— Você é doido — disse Walker.

— Não sou, não. Você me engambelou com todo aquele seu pesar sobre como Carmem era mentirosa e o quanto estava desesperado para salvá-la. Você ainda foi bem esperto e inventou uma razão cínica para *querer* salvá-la. Disse que queria ser juiz para que assim eu não pensasse que você era bom demais pra ser verdade. Essa foi uma sacada e tanto, Hack. Mas o tempo todo você estava falando com Carmem pelo telefone, abafando sua voz para enganar o bailio, falando pra ele que era o advogado dela, falando pra *ela* que, se em algum momento ela conversasse com um advogado *de verdade*, você machucaria a Ellie. Por essa razão ela não quis falar com a Alice. Aí você forjou um monte de demonstrações financeiras no seu próprio computador, lá na sua mesa. A impressão de todos os documentos é muito parecida. Você produziu a declaração de fideicomisso falsa. E também falsificou a papelada do Conselho Tutelar. Você sabia como eram os verdadeiros, eu suponho. Então, assim que soube que o seu pessoal tinha pegado a criança, ligou de novo pra Carmem e a orientou sobre como fazer

Miragem em Chamas

a falsa confissão, detalhando pra *ela* todas as mentiras que contou pra *mim*. Depois mandou seu assistente ir lá ouvi-las.

— Isso é um disparate.

— Então vamos provar — disse Reacher, dando de ombros. — Vamos ligar pro FBI e perguntar pra eles como anda a busca por Ellie.

— Os telefones não estão funcionando — disse Bobby. — Tempestade elétrica.

— Tudo bem, não tem problema.

Ele manteve a arma apontada para o peito de Walker e se virou para Rusty.

— Me conte o que foi que os agentes do FBI te perguntaram — pediu ele.

Rusty olhou intrigada e, abanando a cabeça, disse:

— Que agentes do FBI? Não veio nenhum agente do FBI aqui hoje à noite.

Reacher aceitou a resposta dela com um gesto positivo de cabeça e disse:

— *Você* estava fazendo uma encenação, Hack — disse ele. — Nos falou que tinha ligado pro FBI e pra polícia estadual e que havia barreiras nas estradas, helicópteros no céu, e mais de cento e cinquenta em atividade. Mas você não ligou pra ninguém. Porque, se tivesse ligado, a *primeiríssima* coisa que eles teriam feito era vir até aqui. Teriam conversado com Rusty durante horas. Teriam trazido um perito em retrato falado e peritos criminais. Afinal de contas, esta aqui é a cena do crime. E Rusty é a única testemunha.

— Você está errado, Reacher — afirmou Walker.

— *Teve* gente do FBI aqui — disse Bobby. — Vi pessoal no terreno aí fora.

Reacher negou com um gesto de cabeça e disse:

— O pessoal que esteve aqui está *usando* bonés do FBI — falou ele. — Dois deles. Mas não estão mais.

Walker ficou calado.

— Um erro e tanto, Hack — disse Reacher. — Dar aqueles distintivos pra nós e mandar que viéssemos pra cá. Você está envolvido com a aplicação da lei. Você sabia que Rusty era a testemunha essencial. Também sabia que ela não cooperaria inteiramente comigo. Ou seja, um promotor público decidir nos mandar pra cá era algo inexplicável. Não pude acreditar. Depois eu entendi o porquê. Você nos queria fora do caminho. E você queria saber, o tempo todo, onde estaríamos. Assim podia mandar seu pessoal atrás de nós.

— Que pessoal?

— Os pistoleiros, Hack. As pessoas com boné do FBI. As pessoas que você contratou pra matar Al Eugene. As pessoas que você contratou para matar Sloop. Elas eram muito boas. Muito profissionais. Mas o negócio com os profissionais é que eles precisam estar aptos a trabalhar de novo no futuro. Al Eugene não foi problema. Podia ter sido qualquer um, lá no meio do nada. Mas Sloop foi mais difícil. Tinha acabado de chegar em casa da prisão, não ia a lugar nenhum por um período. Então o serviço tinha que ser executado aqui mesmo, o que era arriscado. Fizeram você concordar em salvar a pele deles enquadrando a Carmem. Depois você fez com que *eles* concordassem em te ajudar quebrando o galho como equipe de sequestro.

— Isso é ridículo — disse Walker.

— Você sabia que Carmem tinha comprado uma arma — afirmou Reacher. — Você me falou, a documentação tinha chegado no seu gabinete. E você sabia *por que* ela a tinha comprado. Sabia tudo sobre Sloop e o que ele fazia com ela. Sabia que o quarto deles era uma câmara de tortura. Aí ela quer esconder uma arma lá, onde a coloca? Três opções, na verdade. Prateleira mais alta do armário, no criado-mudo ou na gaveta de calcinhas. Senso comum. Qualquer mulher em qualquer quarto faria a mesma coisa. Eu sei disso. E o seu pessoal sabia disso. Eles provavelmente vigiaram pela janela até que ela fosse tomar banho, colocaram luvas, um minuto depois estão no quarto, ameaçam Sloop com as próprias armas até encontrarem a de Carmem e atiram nele com ela. Estão do lado de fora de novo em trinta segundos. Uma corrida rápida de volta ao local na estrada onde tinham deixado o carro, e já era. Esta casa é um aglomerado. Mas você a conhece

Miragem em Chamas

bem. É amigo da família. Assegurou a eles que podiam entrar e sair sem serem vistos. Provavelmente até desenhou um diagrama pra eles.

Walker fechou os olhos. Ficou calado. Tinha uma aparência velha e estava pálido. As luzes das velas não o ajudavam.

— Mas você cometeu erros, Hack — disse Reacher. — Pessoas como você sempre cometem erros. Os relatórios financeiros eram toscos. Muito dinheiro, mas quase nenhum gasto? Qual a probabilidade de isso acontecer? Além de tudo, ela também é uma avarenta? E o negócio de contratar alguém pra fazer a entrega foi um vacilo dos grandes. Se eles tivessem sido entregues dessa maneira, você os teria deixado no envelope, do jeito que fez com os relatórios médicos, para pelo menos tentar fazer com que parecessem oficiais.

Walker abriu os olhos, desafiador.

— Os relatórios médicos — repetiu ele. — Você os viu. Eles *provam* que ela estava mentindo. Você ouviu Cowan Black dizer isso.

Reacher confirmou com um gesto de cabeça.

— Deixá-los no envelope da FedEx foi perfeito. Pareciam bem urgentes, como se tivessem acabado de ser entregues. Mas você devia ter rasgado a etiqueta na frente. Porque o negócio é o seguinte: a FedEx cobra por peso. E eu pesei o pacote com a balança de cozinha da Alice. Quatrocentos e oitenta e um gramas, mas o peso na etiqueta era de hum mil, cento e sessenta e dois gramas, ou seja, uma das duas coisas deve ter acontecido: ou a FedEx roubou o hospital cobrando a mais pela correspondência, ou você tirou sessenta por cento do conteúdo e o jogou fora. E você quer saber de uma coisa? Voto em você ter verificado o conteúdo antes de mandá-lo pra nós. Já é promotor público há bastante tempo, participou de muitos casos. Sabe identificar muito bem quando as provas são convincentes, ou seja, tudo sobre as surras foi direto pro lixo. Só deixou o que era de acidentes genuínos. Mas o negócio das escoriações na mão passou batido e você cometeu o erro de deixar a história da clavícula lá. Ou talvez você tenha achado que *tinha* que deixá-la ali, porque sabia que ela tinha um calombo bem visível e imaginou que eu já o tivesse notado.

Walker ficou calado. O lampião assobiava.

— O braço quebrado, o maxilar, os dentes — disse Reacher. — Meu palpite é que existem umas cinco ou seis pastas numa caçamba de lixo em algum lugar. Provavelmente não atrás do tribunal. Nem no seu quintal. Acho que você é mais esperto do que isso. Podem estar em uma lata de lixo no terminal rodoviário. Em algum lugar público grande.

Walker ficou calado. As chamas das velas dançavam. Reacher sorria.

— Mas na maior parte do tempo você foi muito bem — disse ele. — Quando concluí que não tinha sido Carmem que atirou, você na hora desviou o caso para uma conspiração *envolvendo* Carmem. Não perdeu o ritmo. Mesmo quando eu fiz a ligação com Eugene, você se manteve na linha. Ficou muito abalado. Pálido e todo suado. Não porque tinha ficado arrasado por Al. Mas porque ele tinha sido encontrado rápido demais. Você não contava com aquilo. Mesmo assim, pensou por dez segundos e inventou o motivo relacionado à Receita Federal. Mas quer saber de uma coisa? Você estava tão ocupado pensando que se esqueceu de ficar com medo. Foi levantada a possibilidade de o serviço ter sido contratado para eliminar três e não dois. Era uma ameaça plausível. Você devia ter ficado muito mais preocupado. Qualquer pessoa teria ficado.

Walker ficou calado.

— Muitos erros, Hack — disse Reacher. — Incluindo mandar pessoas atrás de mim. Como diz o velho Copérnico, quais são as chances de eles serem bons o bastante?

Walker ficou calado. Bobby estava inclinado para a frente e olhava de lado diretamente para ele ao lado de sua mãe. Compreendendo as coisas, lentamente.

— *Você* mandou um pessoal matar meu irmão? — murmurou ele.

— Não — disse Walker. — Reacher está errado.

Mas Bobby o encarava como se a resposta tivesse sido *sim*.

— Mas *por que* você ia fazer uma coisa dessa? — questionou ele. — Você eram amigos.

Foi quando Walker levantou a cabeça, olhou diretamente para Reacher e disse:

— É, *por que* eu faria uma coisa dessa? Que motivo eu poderia ter?

Miragem em Chamas

— Algo que Benjamin Franklin escreveu — disse Reacher.

— O que diabos isso quer dizer?

— Você queria ser juiz. Não porque queria fazer o bem. Essa era a sua balela santimonial. Era porque queria a pompa. Você nasceu pobre e estava ávido por dinheiro e poder. E isso estava bem ali à sua frente. Mas primeiro tinha que se eleger. E que tipo de coisa impede uma pessoa de ser eleita?

Walker apenas deu de ombros.

— Escândalos do passado — disse Reacher. — Entre outras coisas. Segredos antigos se voltando contra você. Sloop, Al e você eram um trio nessa época. Faziam todo tipo de coisa juntos. Eram os três contra o mundo. Você me disse isso. Aí Sloop está lá, preso por sonegar impostos. Ele não suporta ficar lá. Aí pensa, como posso sair daqui? Sem ter que reembolsar o que soneguei? Pensando bem, meu parceiro das antigas, Hack, está se candidatando a juiz este ano. Um prêmio e tanto, todo aquele dinheiro e poder. O que ele está disposto a fazer para consegui-lo? Então ele te liga e diz que pode começar a espalhar um rumor da pesada sobre algumas atividades antigas se você não der um jeito de tirá-lo de lá. Você pensa no assunto cuidadosamente. Conclui que Sloop não vai incriminar *a si mesmo* falando de algo que vocês três fizeram juntos, então; no princípio, você relaxa. Depois percebe que há um grande hiato entre o tipo de *fato* que o condenaria e o tipo de *rumor* que estraçalharia as suas chances de eleição. Nesse momento você decide ceder. Pega parte das doações para a sua campanha e suborna a Receita Federal com ela. Sloop fica feliz. Mas você, não. Na sua cabeça, ele ainda pode dar com a língua nos dentes. Já te ameaçou uma vez. O que pode acontecer quando ele quiser alguma coisa de novo? E Al está envolvido, pois ele é o advogado do Sloop, ou seja, agora a memória de Al também foi refrescada. Suas chances de se tornar juiz estão repentinamente vulneráveis.

Walker ficou calado.

— Você sabe o que Ben Franklin escreveu? — perguntou Reacher.

— O quê?

— Três guardam segredo se dois deles estiverem mortos.

Silêncio na sala. Nenhum movimento. Nenhuma respiração. Apenas o assobio baixinho do lampião e o bruxulear das chamas das velas.

— Qual era o segredo? — sussurrou Alice.

— Três garotos no Texas rural — disse Reacher — crescendo juntos, jogando bola, se divertindo. Eles crescem um pouco e voltam suas atenções para aquilo que os pais estão fazendo. As armas, os rifles, as caçadas. Provavelmente começam com os tatus. O que, na verdade, não deveriam fazer, porque eles são protegidos. Pelos ambientalistas. Mas o raciocínio é que estão na minha terra, então posso caçá-los. Bobby me falou isso. Uma postura arrogante. Uma postura de *superioridade*. Ei, afinal que valor tem um tatu? Mas eles são lentos, é chato de caçar. São presas fáceis demais. Os três garotos estão crescendo. Já são três jovens homens agora. Estão quase terminando o ensino médio. Querem um pouco mais de emoção. Aí, quem sabe, começam a procurar coiotes. Oponentes que tenham mais valor. Eles caçam à noite. Usam uma caminhonete. Percorrem longas e amplas distâncias. E logo encontram um jogo bem mais interessante. Logo encontram uma *verdadeira* emoção.

— O quê?

— Mexicanos — disse Reacher. — Famílias de vadios anônimos, pobres e de pele escura avançando com dificuldade pelo deserto à noite. E, ei, que valor *eles* têm? Será mesmo que são humanos? Mas são presas ótimas. Eles correm e guincham. Quase como caçar gente de verdade, não é mesmo, Hack?

Silêncio na sala.

— Talvez tenham começado com uma garota — disse Reacher. — Talvez não tivessem a intenção de matá-la. Mas mataram mesmo assim. Talvez *tiveram* que matar. Durante alguns dias, estão nervosos. Não respiram direito. Mas nada acontece. Ninguém reage. Ninguém dá a mínima. Então, peraí, de repente a coisa fica *divertida*. Aí eles passam a sair com frequência. O negócio se torna um esporte. A caçada suprema. Melhor que tatu. Pegam aquela caminhonete velha, um na direção, dois na carroceria, e caçam por horas. Bobby disse que Sloop inventou essa técnica. Falou que

Miragem em Chamas

ele era muito bom nela. Eu suponho que era mesmo. Suponho que todos eles eram. Fizeram isso vinte e cinco vezes num ano.

— Quem fez isso foi a Patrulha da Fronteira — disse Bobby.

— Não foi, não. A investigação não foi de fachada. O relatório deixa isso claro. E o pessoal da polícia mostra que a investigação foi legítima. O sargento Rodriguez me disse isso. E pessoas como o sargento Rodriguez *sabem* dessas coisas, pode acreditar. A investigação não deu em nada porque estavam procurando no lugar errado. Não era um bando de policiais vagabundos. Eram três garotos locais chamados Sloop Greer, Al Eugene e Hack Walker. Se divertindo naquela velha caminhonete que ainda está estacionada lá na sua garagem. Os meninos têm que ser machos, não é mesmo?

Silêncio na sala.

— A maioria dos ataques foi no Condado de Echo — afirmou Reacher. — Aquilo me pareceu estranho. Por que a Patrulha de Fronteira iria tão longe em direção ao norte? A verdade é que eles não iam. Em vez disso, três garotos de Echo é que desciam um pouco para o sul.

Silêncio.

— Os ataques cessaram no fim de agosto — disse Reacher. — Por que isso? Não porque a investigação os tinha amedrontado. Eles não *sabiam* da investigação. Foi porque a faculdade começava no início de setembro. Eles foram ser calouros. Nas férias de verão a coisa ficou muito perigosa ou eles perderam o interesse e nunca mais fizeram aquilo. A coisa toda acabou virando história, até que, doze anos depois, Sloop, sentado em sua cela, resgatou tudo porque estava desesperado para sair dali.

Todo mundo encarava Walker. Seus olhos estavam fechados com força e ele, cadavericamente pálido.

— Foi tão injusto, não é mesmo? — falou Reacher para ele. — Tudo aquilo estava lá atrás no passado. Podia ser que você nem estivesse muito a fim de participar no início. Quem sabe os outros dois te fizeram ir à força. E agora está tudo voltando contra você. Um pesadelo. Ia arruinar a sua vida. Tirar de você o grande prêmio. Aí você fez algumas ligações. Tomou algumas decisões. Três guardam segredo se dois deles estiverem mortos.

Outra vela morreu. O pavio fez um barulhinho e a fumaça se emplumou.

— Não — disse Walker. — Não foi assim.

O lampião chamejava atrás dele. Sombras dançavam no teto.

— Então como foi? — perguntou Reacher.

— Eu ia simplesmente pegar Ellie. Temporariamente. Contratei um pessoal local pra fazer isso. Tinha muito dinheiro de campanha. Eles a vigiaram por uma semana. Fui até a cadeia e falei com Sloop: não mexa comigo. Mas ele não estava nem aí. Disse: vai nessa, pode pegar Ellie. Ele não queria a criança. Ele era puro conflito. Casou com Carmem para se punir pelo que tinha feito, eu acho. Por isso que ele batia nela o tempo todo. Ela era um lembrete permanente. Sloop achava que ela podia ler aquilo nele. Como um vodu. Ellie também. Achava que *ela* podia ver aquilo nele, ou seja, pegá-la não era uma ameaça pra ele.

— Aí você contratou mais algumas pessoas.

Walker confirmou com um gesto de cabeça e falou:

— Eles vieram e se livraram das sentinelas pra mim.

— E depois se livraram de Al e Sloop.

— Foi há muito tempo, Reacher. Ele não devia ter resgatado essa história. Éramos crianças na época. Nós todos concordamos que nunca mais mencionaríamos aquilo. Prometemos um pro outro. Nunca, *jamais*. Era a coisa não mencionável. Como se nunca tivesse acontecido. Como se tivesse sido só um pesadelo com duração de um ano.

Houve silêncio.

— Você estava dirigindo a caminhonete hoje à noite — afirmou Reacher.

Walker concordou novamente com um lento gesto de cabeça.

— Vocês dois, e tudo teria acabado. Eu sabia que vocês sabiam. Afinal de contas, por que você roubaria os arquivos e nos levaria para o deserto? Então eu fui dirigindo a caminhonete. Por que não? Eu já tinha dirigido lá à noite, muitas vezes.

E ficou em silêncio. Engoliu em seco, duas vezes. Fechou os olhos.

Miragem em Chamas

431

— Mas eu fiquei com medo — confessou ele. — Fiquei enjoado. Não podia continuar com aquilo. Não de novo. Não sou mais aquela pessoa. Eu mudei.

Silêncio na sala.

— Onde está Ellie? — perguntou Reacher.

Walker deu de ombros e abanou a cabeça. Reacher enfiou a mão dentro do bolso e tirou a estrela cromada.

— Esta coisa é válida? — perguntou ele.

Walker abriu os olhos. Fez que sim e disse:

— Tecnicamente, suponho eu.

— Então eu vou te prender.

Walker abanou a cabeça desordenadamente.

— Não — pediu ele. — Por favor.

— Você está armado? — perguntou Reacher.

— Uma pistola no meu bolso — confirmou ele.

— Pegue pra mim, senhora Greer — disse Reacher.

Rusty se virou na cadeira e se aproximou do bolso de Walker. Ele não ofereceu resistência. Chegou até a se inclinar de lado para facilitar. Ela tirou um pequeno revólver niquelado. Um Colt Detective Special, calibre 38, seis tiros, cano de duas polegadas. Uma arma pequena. Rusty a segurou e ele pareceu em casa na mão de uma mulher.

— Onde está Ellie, Hack? — perguntou Reacher novamente.

— Eu não sei — respondeu Walker. — Não sei mesmo. Eles usam motéis. Não sei qual. Eles não me falavam. Disseram que assim era mais seguro.

— Como você entra em contato com eles?

— Um número em Dallas. Deve ser redirecionado.

— Os telefones não estão funcionando — disse Bobby.

— Onde ela está, Hack? — perguntou Reacher novamente.

— Eu falaria se soubesse.

Reacher levantou a arma de Alice. Mirou-a para o outro lado da mesa. Seus braços eram longos e o cano ficou a sessenta centímetros do rosto de Walker.

— Olhe pro dedo no gatilho, Hack — disse ele.

Apertou até que a pele de seu dedo iluminada pela luz das velas ficasse branca. O gatilho se moveu para trás quatro milímetros, depois cinco.

— Você quer morrer, Hack?

— Quero, por favor — sussurrou ele.

— Primeiro me conte — disse Reacher. — Faça a coisa certa. Onde ela está?

— Eu não *sei* — disse Walker.

Ele encarou o cano. Estava tão perto que seus olhos ficaram vesgos. As chamas das velas reduziam no níquel polido. Reacher suspirou, afrouxou o dedo e baixou a arma até que encostasse na mesa. Ao tocar na madeira ela emitiu um som baixinho. Ninguém falou. Ninguém se moveu, até que a mão de Rusty com o pequenino revólver veio acima. Ela o levantou e ficou balançando sem apontar para ninguém em particular.

— Sloop não ia bater numa mulher — sussurrou ela. — Aqueles machucados foram todos tombos de cavalo.

Reacher abanou a cabeça e afirmou:

— Ele bateu na Carmem por cinco anos, Rusty, quase todos os dias em que estiveram casados, até ir pra cadeia. Quebrou os ossos, rasgou os lábios e esmurrou a carne. E isso foi depois de estuprar, torturar e assassinar vinte e cinco seres humanos, à noite, no deserto, doze anos atrás.

Ela tremia desordenadamente.

— Não — afirmou. — Isso não é verdade.

A arma balançava instavelmente.

— Aponte essa coisa pra mim e eu atiro em você — alertou Reacher. — Acredite em mim, isso seria um enorme prazer.

Ela o encarou por um segundo, depois dobrou o braço e encostou a arma do lado da própria cabeça, logo acima do ouvido. O metal penetrou no seu cabelo laqueado, assim como um graveto atravessa um ninho de passarinho. Ela a manteve ali por um bom tempo, depois a afastou, virou-se e retorceu na cadeira, moveu a arma de novo e a nivelou com a testa de Hack Walker, o cano a não mais que cinco centímetros da pele dele.

Miragem em Chamas

— Você matou meu menino — sussurrou ela.

Walker nem tentou se mexer. Apenas moveu a cabeça bem de leve em concordância.

— Sinto muito — sussurrou.

Nenhum revólver tem mecanismo de segurança. E uma Colt Detective Special é um revólver de dupla ação. O que significa que a primeira metade do curso do gatilho leva o cão da arma pra trás e gira o tambor abaixo dele; então, se a pessoa continua puxando, o cão se solta e a arma dispara.

— Não, Rusty — disse Reacher.

— Mãe — avisou Bobby em voz alta.

O cão retrocedeu.

— *Não* — gritou Alice.

O cão desengatou. A arma disparou. O barulho foi colossal, uma chama saiu do cano, e o cocuruto da cabeça de Walker explodiu pra trás na penumbra à luz de velas. Ele simplesmente se soltou como uma tampa, e os fragmentos se espalharam pelas sombras. *Colt Super Auto com projéteis de ponta oca*, o subconsciente de Reacher o informou. A labareda se apagou abruptamente e ele viu um buraco enegrecido entre os olhos de Walker, seu cabelo pegando fogo devido à chama do cano. Rusty disparou novamente. A segunda bala fez o mesmo caminho que a primeira e acertou direto a cabeça de Walker. Ele caiu. Rusty manteve a arma firme no ar acima e disparou no nada, três, quatro, cinco, seis. O terceiro tiro espatifou a parede, o quarto atingiu o lampião Coleman e estilhaçou seu vidro, o quinto acertou o reservatório de querosene, e a explosão espalhou seu conteúdo por mais de três metros quadrados da parede. Ao se incendiar, produziu um clarão e se alastrou. A sexta bala atingiu o centro exato das chamas. Ela continuou apertando o gatilho mesmo depois que a arma já estava vazia. Reacher via o dedo dela sendo flexionado, o cão se movimentando e o tambor girando obedientemente. Depois ele se virou e olhou para a parede.

O querosene era mais grosso do que a água e tinha mais superfície de tensão. Ele foi arremessado para fora e pingava, escorria e queimava com fúria. Incendiou a parede imediatamente. A madeira velha e seca queimou sem hesitação. Chamas azuis se alastravam para cima e para os lados e a tinta gasta borbulhava e descascava à frente deles. Línguas de fogo encontravam as emendas verticais entre as tábuas e as invadiam como se estivessem famintas. Elas atingiram o teto, pararam momentaneamente, depois ficaram na horizontal e se espalharam. O ar na sala se movimentava para alimentá-las. As velas derretiam nas rajadas repentinas. Em cinco segundos, a parede estava queimando de cima a baixo. Então o fogo começou a rastejar de lado. As chamas eram azuis, macias, onduladas e líquidas, como se fossem esculpidas em algo molhado e mole. Elas emitiam um brilho interior misterioso. Lascas flamejantes de tinta flutuavam ao acaso nas correntes quentes. O fogo rastejava em sentido horário, muito rápido, rodeando todos na sala.

— Pra fora — gritou Reacher.

Alice já estava em pé e Bobby observava o fogo. Rusty estava sentada completamente imóvel, continua apertando o gatilho pacientemente. O barulhinho do mecanismo de disparo tinha se perdido por trás do estalar das chamas.

— Leve Rusty pra fora — gritou Reacher.

— A gente não tem água — gritou Bobby. — A bomba d'água não vai funcionar sem eletricidade.

— Leve a sua mãe pra fora agora — gritou Reacher.

Bobby ficou completamente parado. As chamas tinham encontrado o assoalho. A tinta borbulhava e descascava, fazendo um amplo arco, e o fogo começou uma paciente caçada. Reacher tirou as cadeiras da frente do caminho aos chutes, levantou a mesa e a jogou de cabeça para baixo sobre as chamas. Elas se apagaram, mas voltaram a rodeá-la impecavelmente. O teto estava completamente em chamas. O corpo de Walker, estatelado no chão perto da janela. Seu cabelo ainda pegava fogo por causa da labareda do cano. Ele fumegava e ardia lentamente com chamas de diferentes cores. O fogo tinha encontrado o batente da porta. Reacher deu um passo à frente e puxou Rusty da cadeira. Girou-a, agarrou-a com o braço, atravessou a fumaça e saiu com ela para a sala em frente. Alice já estava na antessala.

Tinha aberto a porta da frente. Reacher sentiu o ar úmido sendo sugado para alimentar o fogo. Estava vindo por baixo, pelos seus pés. Era uma corrente de vento forte.

Alice saiu da casa correndo escadas abaixo e Reacher empurrou Rusty para que fizesse o mesmo. Ela desceu fazendo barulho e cambaleando até chegar à terra molhada e ficar ali, completamente imóvel, ainda segurando a arma com o braço esticado na altura do ombro, ainda apertando o inútil gatilho. O Lincoln de Walker estava estacionado ao lado do Jeep, molhado, sujo e manchado. Reacher se abaixou e entrou novamente na antessala. Estava repleta de fumaça. Ela se aglomerava perto do teto e descia em camadas. O ar estava quente e toda a pintura ardia. Bobby tossia muito perto da sala de estar, que já tinha se transformado numa massa de chamas. Um inferno, o fogo saindo pela porta fazendo curvas. A própria porta estava em chamas, o espelho na moldura vermelha rachou com o calor e, ao se virar, Reacher viu dois de si o encarando. Ele inspirou profunda e ruidosamente, correu em direção às chamas e agarrou Bobby pelo pulso. Torceu o braço dele, agarrou o cinto por trás como se o estivesse prendendo e correu com ele para a escuridão. Forçou-o a descer as escadas e o empurrou para o meio do terreno.

— Está queimando — gritou Bobby. — Ela toda.

Luz amarela avivava as janelas. Chamas dançavam por trás delas. As telas lançavam fumaça no ar e lá de dentro ecoavam estalos muito altos à medida que a madeira se rendia e cedia. O telhado ensopado já fumegava suavemente.

— Está queimando — gritou Bobby novamente. — O que é que a gente vai fazer?

— Vão morar no estábulo — sugeriu Reacher. — O lugar de gente como vocês é lá.

Ele agarrou a mão de Alice e correu para o Jeep.

17

QUANDO A TEMPESTADE SE MOVEU PARA O norte, o motorista soube que seus parceiros não voltariam. Era uma sensação tão forte que ganhou a conotação de fato incontestável. Foi como se a tempestade tivesse deixado um vácuo que nunca mais seria preenchido. Ele se virou na cadeira e olhou para a porta do quarto do motel. Ficou assim por minutos. Depois se levantou, caminhou até ela e a abriu. Olhou para o estacionamento, observou atentamente a esquerda, observou atentamente a direita. Havia uma corrente de água sobre o asfalto. O ar que respirava era frio e limpo.

Ele saiu e deu dez passos no escuro. Água escorria por uma calha em algum lugar, bueiros gorgolejavam e gotas faziam um barulho alto ao caírem das árvores. Nada mais. Absolutamente nada. Ninguém estava vindo.

Miragem em Chamas

Ninguém jamais voltaria. Ele sabia disso. Deu meia-volta. Areia grossa e molhada se movia sob seu sapato. Caminhou de volta. Entrou no quarto e fechou a porta suavemente. Olhou para a cama. Olhou para a criança que dormia nela.

— Você dirige — disse ele. — Pro norte, está bem?

Ele a empurrou em direção à porta do motorista e correu ao redor do capô. Ela puxou o banco para a frente e ele empurrou para trás. Desdobrou os mapas sobre o colo. À esquerda dele, a Red House queimava furiosamente. Todas as janelas ardiam em chamas. Os dois andares agora. A empregada saiu correndo pela porta da cozinha enrolada em um roupão de banho. A luz do fogo atingiu seu rosto. Não havia expressão nele.

— Ok, vamos nessa — disse Reacher.

Ela empurrou com força a marca para a posição *drive* e ligou o carro. A caixa de transferência ainda estava no quatro por quatro; por isso todos os pneus giraram e espalharam pedras molhadas, fazendo com que o carro arrancasse. Ela deu a volta no Lincoln de Walker. Virou à direita e passou direto pelo portão. Acelerou fundo. Ele se virou e viu as primeiras chamas aparecerem nos beirais do telhado. Elas se esticavam para o lado de fora, paravam e corriam horizontalmente em busca de sustento. As telhas ensopadas exalavam vapor, que se misturava à fumaça. Rusty, Bobby e a empregada, hipnotizados, olhavam essa mistura se deixar levar. Ele se virou e não olhou mais pra trás. Olhou para a frente, depois vasculhou os mapas no seu colo e encontrou a folha que tinha o Condado de Pecos inteiro em grande escala. Em seguida ele acendeu a luz interna.

— Mais rápido — disse. — Estou com um péssimo pressentimento.

As quatro horas já tinham se passado há muito tempo, porém, mesmo assim, ele esperava. Sentia-se um pouco relutante. Como poderia não se sentir assim? Não era um monstro. Ele faria o que tinha que fazer, com certeza, mas isso não queria dizer que ia *gostar*.

Ele foi novamente até a porta, abriu e pendurou a plaquinha *Não Perturbe* na maçaneta do lado de fora. Fechou a porta e a trancou pelo lado de dentro. Gostava das fechaduras que os motéis colocavam nas portas. Uma alavanca grande no lado de dentro, sem uma parte igual do lado fora, que, ao ser girada, dava um estalo firme, macio e oleoso, que lhe proporcionava uma certa satisfação. Isso ajudava. Segurança absolutamente imperturbável era algo útil. Ele passou a corrente do fecho de segurança e olhou para o interior do quarto.

Alice acelerava o máximo que se considerava capaz. O Jeep não era um veículo muito bom para estradas asfaltadas. Ele derrapava muito e sacudia violentamente de um lado para o outro. O volante tinha folga. Requeria correção constante. Era um problema. Mas Reacher ignorava isso e apenas segurava o mapa no alto, numa posição em que conseguia capturar a luz do teto. Ele o observava com concentração, checava a escala e, com o indicador e o polegar separados imitando um pequeno compasso, traçou um círculo.

— Você fez algum programa de turista por aqui? — perguntou ele.

— Alguns. Fui ao Observatório McDonald. Foi muito legal.

Ele verificou o mapa. O Observatório McDonald ficava a sudoeste de Pecos, bem no alto das Davis Mountains.

— São cento e trinta quilômetros — disse ele. — Longe demais.

— Pra quê?

— Pra estarem lá hoje. Acho que eles devem estar no máximo a meia hora de Pecos. Quarenta quilômetros, cinquenta, estourando.

— Por quê?

— Pra ficarem perto de Walker. Ele deve ter planejado tirar Carmem de lá clandestinamente, se necessário. Ou quem sabe levar Ellie até ela, pra vê-la. O que fosse preciso pra convencê-la de que a ameaça era real. Por isso acho que eles devem ter se entocado em algum lugar próximo.

— E perto de uma atração turística?

— Definitivamente — disse ele. — Esse é o segredo.

Miragem em Chamas

— Isto tem como dar certo? — perguntou ela. — Achar o lugar na sua cabeça?

— Já funcionou pra mim antes.

— Quantas vezes? Percentualmente?

Ele ignorou a pergunta. Voltou para o mapa. Ela agarrou o volante e acelerou. Baixou os olhos para o velocímetro.

— Meu *Deus* — murmurou ela.

— O quê? — perguntou ele sem levantar o olhar.

— Estamos sem gasolina. Está na reserva. A luz está acesa.

Ele ficou em silêncio por um segundo.

— Pode continuar — disse ele. — Vamos ficar bem.

Ela continuou pisando fundo.

— Como? Você acha que o marcador está quebrado?

Ele levantou a cabeça. Olhou para frente.

— Pode continuar — afirmou.

— A gasolina vai acabar — retrucou ela.

— Não se preocupe.

Alice continuou dirigindo. O carro balançava muito. Os faróis sacolejavam à frente deles. Os pneus cantavam no asfalto encharcado. Ela olhou para baixo novamente.

— Está no *vazio*, Reacher — disse. — *Abaixo* do vazio.

— Não se preocupe — repetiu ele.

— Por que, não?

— Você vai ver.

Ele manteve os olhos no para-brisa. Ela continuou dirigindo o mais rápido que o Jeep permitia. O motor rosnava alto. Um rude e velho seis-canecos bebendo quase meio litro de gasolina por minuto.

— Use tração nas duas rodas — sugeriu ele. — É mais econômico.

Ela lutou com a alavanca do sistema de transmissão e a deslocou violentamente. A parte da frente do carro se aquietou. A direção parou de brigar com Alice. Seguiu em frente. Mais um quilômetro. Depois um quilômetro e meio. Ela baixou os olhos para o marcador novamente.

— Estamos dependendo das sobras — alertou.

— Não se preocupe — falou ele pela terceira vez.

Mais um quilômetro. O motor falhou e engasgou uma vez, ficou rateando por um segundo, depois funcionou normalmente de novo. Ar na mangueira de combustível, pensou ele, ou ferrugem dragada do fundo do tanque.

— Reacher, estamos *sem gasolina* — alertou Alice.

— Não se preocupe com isso.

— Por que não?

Mais um quilômetro.

— Por causa daquilo ali — disse ele de repente.

A extremidade direita do farol passou pelo acostamento de cascalho e iluminou um Ford Crown Victoria azul metálico. Ele tinha quatro antenas VHF na traseira e nenhuma calota. Estava parado ali, inerte e abandonado, de frente para o norte.

— Vamos usar aquilo ali — afirmou ele. — Vai estar com o tanque quase cheio. Eram bem organizados.

Ela freou com força e parou atrás dele.

— Esse carro é deles? Por que está aqui?

— Walker o deixou aqui.

— Como você sabia?

— É bem óbvio. Eles vieram de Pecos em dois carros, neste e no Lincoln. Largaram o Lincoln aqui e usaram o Ford o resto do caminho. Depois Walker fugiu da meseta, colocou a caminhonete de volta no galpão-garagem, veio até aqui de Ford, pegou o Lincoln de novo e voltou com ele, para manter as aparências. Assim faria a gente pensar que era a primeira visita dele, caso ainda estivéssemos vivos e procurando.

— Mas e as chaves?

— Vão estar nele. Walker não estava com cabeça pra ficar se preocupando com a Hertz perder um carro alugado.

Alice desceu e verificou. Fez sinal positivo. As chaves estavam nele. Reacher pegou os mapas e a seguiu. Deixaram o Jeep dos Greer com as portas abertas e o motor em marcha lenta, gastando o restinho de gasolina. Entraram no Crown Vic. Ele arredou o banco pra trás e ela puxou pra

Miragem em Chamas

frente. Ela o ligou e, em trinta segundos, eles estavam na estrada de novo a cem quilômetros por hora.

— Está com três quartos do tanque — disse ela. — E a direção é muito melhor.

Ele concordou com num gesto de cabeça. Era mais baixo, rápido e não balançava tanto. Exatamente como deveria se comportar um sedan grande.

— Estou sentado exatamente onde Al Eugente estava — disse ele.

Ela o olhou. Ele sorriu.

— Acelere — pediu ele. — Ninguém vai te parar. Estamos igualzinho a uma viatura.

Ela chegou cento e dez, depois cento de trinta. Ele localizou a luz interna, acendeu e voltou aos mapas.

— Tá, onde estávamos? — disse ele.

— Observatório McDonald — respondeu ela. — Você não gostou.

Ele assentiu com a cabeça e disse:

— Longe demais.

Inclinou o mapa para pegar a luz. Olhou com atenção. *Concentre-se, Reacher. Dê um jeito. Você consegue.*

— O que é a Área de Lazer Balmorhea? — perguntou.

Também era a sudoeste de Pecos, mas a apenas cinquenta quilômetros de distância.

A distância perfeita.

— É um oásis — respondeu ela. — Tipo um lago enorme, muito cristalino. Dá pra nadar e até mergulhar com escafandros.

Mas não o lugar perfeito.

— Acho que não — disse Reacher.

Ele verificou o nordeste, ainda num raio de cinquenta quilômetros.

— E essa tal de Monahans Sandhills?

— Quatro mil acres de dunas de areia. Parece o Saara.

— Só isso? E as pessoas vão lá?

— É bem impressionante.

Ele ficou em silêncio e checou o mapa todo novamente.

— E Fort Stockton? — perguntou ele.

— É só uma cidadezinha — respondeu ela. — Não muito diferente de Pecos, pra falar a verdade.

Em seguida ela olhou para ele e disse:

— Mas, na minha opinião, vale a pena visitar o Old Fort Stockton.

Ele olhou o mapa. Old Fort Stockton estava marcado como uma ruína histórica, ao norte da cidadezinha. Mais próximo de Pecos. Ele mediu a distância. Uns setenta quilômetros.

É possível.

— O que é esse lugar exatamente? — perguntou ele.

— Monumento nacional — explicou ela. — Um antigo forte militar. Os Buffalo Soldiers estiveram lá. Os confederados destruíram o lugar. Os Buffalo o reconstruíram. Em 1867, eu acho.

Ele verificou novamente. As ruínas ficavam a sudeste de Pecos e eram acessíveis pela Rota 285, que parecia uma estrada decente. Provavelmente de trânsito rápido. Provavelmente uma estrada *típica*. Ele fechou os olhos. Alice acelerava. O Crown Vic era muito silencioso. Quente e confortável. Ele queria dormir. Estava muito cansado. Os pneus borrifavam água na parte de baixo do carro, fazendo um barulhinho.

— Eu gosto da área do Old Fort Stockton — disse ele.

— Você acha que eles estão lá?

Ele ficou em silêncio novamente por mais dois quilômetros.

— *Lá*, não — disse ele. — Mas nas redondezas. Analise a situação pelo ponto de vista deles.

— Não consigo — afirmou ela. — Não sou como eles.

— Então finja — falou ele. — O que eles eram?

— Não sei.

— Eram profissionais. Quietos e discretos. Como camaleões. Instintivamente bons em camuflagem. Bons em não serem notados. Coloque-se no lugar deles, Alice.

— Não consigo — reafirmou ela.

Miragem em Chamas 443

— Pense como eles. Imagine. Incorpore papel. Quem são eles? Eu os vi e achei que eram uma equipe de vendas. Rusty Greer achou que eram assistentes sociais. Ao que tudo indica, Al Eugene pensou que eram agentes do FBI. Então pense como eles. *Transforme-se* neles. Seu ponto forte é que parecem bem normais e comuns. Vocês são brancos, têm uma cara bem classe média e um Crown Victoria como este que, quando não está todo fantasiado com antenas de rádio, parece um *sedan familiar comum*. A decoração tipo FBI ajudava, mas, basicamente, vocês pareciam inofensivos a ponto de Al Eugene se sentir *seguro* para parar, e, ao mesmo tempo, imponentes a ponto de ele achar que *tinha* que parar. *Querer* parar, ou seja, vocês são comuns, mas também respeitáveis e convincentes. E sérios.

— Ok.

— Mas agora estão com uma criança. Então o que vocês são agora?

— O quê?

— Agora são uma família de classe média normal, comum, respeitável e convincente.

— Mas eles eram três.

Ele ficou em silêncio por um tempinho. Manteve os olhos fechados.

— Um dos homens era um tio — disse ele. — Vocês são uma família de classe média passando férias juntos no seu sedan. Mas não uma família do tipo barulhenta e que vai pra Disneylândia. Não estão de short e camisa colorida *cheguei*. Vocês são quietos, talvez um pouco sérios. Quem sabe um pouco nerds. Ou talvez um pouco *estudiosos*. Provavelmente vocês parecem a família de um diretor de escola. Ou de um contador. Obviamente são de fora do estado, então estão viajando. Pra onde? Faça a mesma pergunta que eles provavelmente se fizeram. Onde vocês seriam apenas mais um? Qual é o lugar mais seguro por aqui? Aonde iria uma família séria, estudiosa, de classe média com sua filha de seis anos e meio? Que tipo de lugar seria apropriado, instrutivo, *educacional* para levá-la? Mesmo que ela seja nova demais e não esteja nem aí? Mesmo que as pessoas riam às suas costas por conta do quanto vocês são politicamente corretos e *aplicados* excessivamente?

— Old Fort Stockton — respondeu Alice.

— Exatamente. Vocês mostram à criança a gloriosa história dos soldados afro-americanos, ainda que teriam um ataque cardíaco se ela quisesse namorar com um quando crescer. Mas estão num Ford, não num BMW ou num Cadillac. Vocês são *sensatos*. O que quer dizer, basicamente, que não são ricos. São cuidadosos em relação aos seus gastos. Vocês evitam pagar muito caro por algo. Motéis, assim como carros. Vocês chegam pelo norte e se hospedam em um lugar relativamente distante, pois são moderados. Não nos lixos no meio do nada, mas nos arredores mais distantes da área turística de Fort Stockton. Onde os preços são bons.

Ele abriu os olhos.

— É aí que vocês se hospedariam, Alice — concluiu.

— É?

Ele fez que sim com um gesto de cabeça.

— Um lugar onde haveria muitas famílias de classe média sérias, batalhadoras, não ricas passando férias. O tipo de lugar recomendado por revistas de turismo chatas. Um lugar em que vocês se encaixariam perfeitamente. Um lugar cheio de pessoas exatamente como vocês. Um lugar onde não ficariam na memória de ninguém por mais de um segundo. E um lugar em que ficariam a trinta, trinta e cinco minutos de Pecos por uma estrada de trânsito rápido.

Alice deu de ombros e fez que sim com a cabeça ao mesmo tempo.

— Boa teoria — disse ela. — É lógica. A questão é, eles estavam seguindo a mesma lógica?

— Espero que sim — disse Reacher. — Porque não temos tempo de fazer uma grande busca. Acho que não temos tempo pra nada. Estou com um pressentimento muito ruim. Acho que ela está em grande perigo agora.

Alice ficou calada.

— Os outros podem ter ficado de ligar regularmente — disse ele. — Esse terceiro cara pode estar prestes a entrar em pânico.

— Então este é uma baita de uma aposta.

Ele ficou calado.

Miragem em Chamas

— Faça as contas — disse ela. — Um raio de setenta quilômetros dá um círculo de mais de dez mil quilômetros quadrados de área. E você quer localizar um minúsculo pontinho nela.

Ele ficou em silêncio novamente, por dois quilômetros.

Jogue os dados, Reacher.

— Acho que eram muito inteligentes e cuidadosos — disse ele. — E as prioridades deles eram bem óbvias. Estavam olhando para os mesmos mapas que nós. É por isso que eu acho que foi assim que agiram.

— Mas você tem *certeza*?

— Não existe ter *certeza* — afirmou ele, dando de ombros. — Mas é assim que eu teria feito. Esse é o segredo. Pense como eles. Nunca falha.

— Nunca?

— Só de vez em quando.

O vilarejo adormecido na encruzilhada estava bem à frente. A escola, o posto de gasolina, o restaurante. Para Pecos, seguia-se em frente; para Old Fort Stockton, virava-se à direita.

— E aí? — perguntou ela.

Ele ficou calado.

— E aí? — perguntou ela novamente.

Ele olhou através do para-brisa.

— Uma decisão? — indagou ela.

Ele ficou calado. Alice freou com força e derrapou um metro na estrada encharcada antes de parar exatamente em cima do sinal de pare que estava se apagando.

— E aí?

Jogue os malditos dados, Reacher.

— Faça a curva.

Ele decidiu tomar um banho primeiro. Um atraso perdoável. Tinha tempo. O quarto estava trancado. A criança dormia rápido. Tirou a roupa, dobrou-a cuidadosamente e colocou sobre a cadeira. Entrou no banheiro. Puxou a cortina do box e deixou a água correr.

Em seguida desembrulhou um sabonete. Ele gostava de sabonete de motel. Gostava do papel quebradiço e do cheiro quando era aberto. Ele florescia, forte e limpo. Cheirou o xampu. Estava em uma pequenina garrafa de plástico. Tinha cheiro de morango. Leu o rótulo. *Xampu e condicionador*, dizia. Ele se inclinou, colocou o sabonete na saboneteira de porcelana e equilibrou o xampu na beirada da banheira. Puxou a cortina de lado com o antebraço e entrou debaixo da corrente.

A estrada para fora de Echo no sentido nordeste era estreita, sinuosa e colada a uma saliência íngreme que seguia o curso do Coyanosa Draw. O Ford já não era mais ideal. Era muito grande, frágil e desajeitado. Havia água escorrendo da direita para a esquerda no asfalto. Córregos fortes jogavam lama e cascalho sobre ele em forma de leque. Alice lutava para manter setenta quilômetros por hora. Ela não falava. Apenas virava o sedan por curvas encharcadas que não acabavam mais. Estava pálida apesar de sua pele bronzeada. Como se estivesse gripada.

— Você está bem? — perguntou ele.

— Você está? — retrucou ela.

— Por que não estaria?

— Você acabou de matar duas pessoas. Depois viu uma terceira morrer e uma casa ser incendiada.

Ele desviou o olhar. *Civis.*

— Águas passadas — disse ele. — Não adianta ficar remoendo isso agora.

— Cacete, que bela resposta.

— Por quê?

— Coisas assim não te afetam nem um pouco?

— Sinto muito por não ter conseguido fazer nenhuma pergunta a eles.

— É só por isso que você sente muito?

Ele ficou em silêncio por um segundo.

— Me fala um pouco sobre aquela casa que você está alugando — disse ele.

— O que ela tem a ver?

Miragem em Chamas 447

— Meu palpite é que é um lugar de aluguel temporário. Pessoas chegam e vão embora o tempo todo e a manutenção não é lá essas coisas. Meu palpite é que estava meio suja quando você se mudou pra lá.

— E?

— Estou certo?

Segurando o volante, ela fez que sim com a cabeça.

— Passei a primeira semana fazendo faxina.

— Gordura no forno, chão grudento?

— Isso mesmo.

— Insetos nos armários?

Ela concordou com um gesto de cabeça novamente.

— Baratas na cozinha?

— Uma colônia — disse ela. — Das grandes.

— E você se livrou delas?

— É claro.

— Como?

— Veneno.

— Agora me diga como você se sentiu com *isso*.

Ela olhou de lado.

— Você está comparando aquelas pessoas a baratas?

— Na verdade, não. Gosto mais das baratas. Elas são como pequenos pacotinhos de DNA correndo por aí, fazendo o que devem fazer. Walker e seus comparsas não *tinham* que fazer o que fizeram. Eles tinham escolha. Poderiam ter sido seres humanos honrados. Mas escolheram não ser. Depois escolheram mexer comigo, o que foi a gota d'água, e aí receberam o que receberam. E eu não vou perder sono nenhum por causa disso. Não vou sequer pensar nisso outra vez. E, se você pensar, acho que está errada.

Ela ficou em silêncio por dois tortuosos quilômetros.

— Você é um homem severo, Reacher — disse enfim.

Foi a vez de ele ficar em silêncio antes de dizer:

— Acho que sou realista. E um cara bem decente, no final das contas.

— Você pode descobrir que pessoas normais discordam.

— Sim, muitos de vocês — afirmou ele.

* * *

Ele se demorou na água morna tempo suficiente para ficar completamente encharcado. Depois começou a lavar o cabelo. Esfregou o xampu no couro cabeludo com a ponta dos dedos, e a espuma formou uma grande auréola. Depois enxaguou as mãos e ensaboou o rosto, o pescoço, atrás das orelhas. Fechou os olhos e deixou a água escorrer pelo corpo. Colocou mais xampu no peito, onde o cabelo era grosso. Lavou as axilas, as costas e pernas.

Em seguida, lavou muito bem as mãos e os antebraços como se fosse um cirurgião se preparando para uma cirurgia.

— É muito longe? — perguntou Alice.

Reacher fez os cálculos no mapa e respondeu:

— Quarenta quilômetros. A gente atravessa a I-10 e segue pro norte pele 285 em direção a Pecos.

— Mas as ruínas são em outra estrada. Na que vai pra Monahans.

— Confie em mim, Alice. Eles ficaram na 285. Queriam acesso.

Ela ficou calada.

— Precisamos de um plano — alertou Reacher.

— Pra pegar esse cara? — perguntou ela. — Não tenho a menor ideia.

— Não, pra depois. Pra trazer a Carmem de volta.

— Você está confiante demais.

— Não faz sentido entrar achando que vamos perder.

Alice freou com força por causa de uma curva fechada e a frente derrapou bastante. Depois a estrada ficou reta por cem metros e ela acelerou como se estivesse agradecida por isso.

— *Habeas corpus* — disse ela. — Vamos a um juiz federal e entramos com uma moção de emergência. Contamos a história toda.

— Isso vai funcionar?

— O *habeas corpus* é exatamente pra isso. Tem funcionado nos últimos oitocentos anos. Não há razão para que não funcione desta vez.

— Certo — disse ele.

— Só que há um porém.

— O quê?

Miragem em Chamas 449

— Vamos precisar de uma testemunha, ou seja, você vai precisar manter este vivo. Se não for pedir muito.

Ele terminou de se lavar e ficou em pé ali sob o jato de água quente. Ele a deixava correr pelo corpo. Tinha um pensamento novo na cabeça. Precisaria de dinheiro. Os outros não voltariam. O comboio da matança tinha virado história. Sabia disso. Estava desempregado de novo. E estava infeliz por isso. Não era um líder. Não era bom em sair e criar algo por si mesmo. Trabalho em equipe lhe tinha caído muito bem. Estava por conta própria de novo. Tinha algum dinheiro guardado debaixo do colchão em casa, mas não era muito. Ele iria precisar de mais, e iria precisar muito em breve.

Ele se virou no box, inclinou o pescoço para trás e deixou que a água colasse seu cabelo à cabeça. Talvez devesse levar a criança de volta para LA. Vendê-la por lá. Conhecia pessoas. Pessoas que facilitavam adoções ou que facilitavam outras coisas sobre as quais ele não gostaria de se informar muito. Ela tinha o quê? Seis e meio? E branca? Valia muita grana para alguém, especialmente com todo aquele cabelo louro. Os olhos azuis dariam uma aumentada no preço, mas, mesmo sem isso, ela era um pacotezinho bem bonito. Com a garota, dava para arrancar uma boa grana das pessoas que ele conhecia.

Mas como chegaria lá? O Crown Vic já era, mas poderia alugar outro carro. Já tinha feito isso várias vezes antes. Podia ligar para Pecos ou Fort Stockton e pedir que trouxessem um para ele até ali o mais cedo possível na parte da manhã. Tinha documentação falsa à vontade. Mas isso significava que a pessoa que fosse entregar o carro veria seu rosto. *E o da menina.* Não, poderia escondê-la no quarto vazio da mulher e levar o cara da locadora para o dele. Ainda assim havia um risco.

Ou ele poderia roubar um carro. Já tinha feito *isso* também, muito tempo antes, na juventude. Poderia roubar um ali mesmo no estacionamento do motel. Ele puxou a cortina do banheiro para o lado e se inclinou para fora para dar uma segunda checada em seu relógio, pousado sobre a penteadeira. *Quatro e meia da manhã.* Eles poderiam estar na estrada às cinco. No mínimo duas horas antes de algum cidadão sair do quarto e descobrir que seu carro havia sumido. Já estariam a cento e cinquenta quilômetros de distância. E ele tinha placas sobressalentes. As da Califórnia, as originais do carro alugado que estava no estacionamento do aeroporto, e as do Texas, que eram do Crown Vic.

Ele voltou para debaixo do chuveiro e fechou a cortina novamente. Tinha se decidido. Se houvesse um sedan branco do lado de fora, iria pegá-lo. Os sedans eram o tipo de carro mais comum no sudoeste, e o branco, era a cor mais comum, por causa do sol. Além disso, poderia deixar a garota no porta-malas. Nenhum problema. O ideal seria um Corolla fabricado havia uns dois anos. Bem genérico. Facilmente confundido com um Geo Prizm ou com uma dúzia de outros importados baratos. Até mesmo os policiais de trânsito tinham dificuldade em reconhecer Corollas. Ele também poderia vendê-lo, assim como a criança, e fazer uma graninha a *mais*. Com um gesto de cabeça, concordou consigo mesmo. Sorriu e levantou os braços para se enxaguar novamente.

Quinze quilômetros a sudoeste de Fort Stockton, a estrada fazia um curva à direita e ziguezagueava pelo topo de uma cordilheira, depois se transformava numa descida comprida e seguia paralela ao Big Canyon Draw por um período. Mais à frente, ficava plana e se lançava direto para o trevo da I-10, que era representado no mapa por uma aranha, com oito estradas que chegavam todas a um único lugar. A perna a noroeste era a Rota 285 para Pecos, impressa no papel como uma curva de noventa graus à esquerda. Depois havia uns trinta quilômetros dela entre o limite municipal de Fort Stockton e um viaduto rodoviário que reatravessava o Coyanosa Draw.

— Esta é a área-alvo — afirmou Reacher. — Em algum lugar destes trinta quilômetros. Vamos pela ponte no sentido norte, então virar e voltar no sentido sul. Veja como eles viram.

Silenciosa, Alice fez que sim com a cabeça e acelerou pela descida. Os pneus batiam de leve no asfalto irregular, e o carro grande e frágil seguia ondulando.

Ela acordou por causa do barulho do chuveiro. A água retumbava nos ladrilhos do outro lado da parede e parecia que a chuva estava caindo no telhado novamente. Ela puxou o lençol e cobriu a cabeça, depois o abaixou de novo. Olhou para a janela. Ouviu com atenção. Não escutou mais trovão algum. Em seguida reconheceu o som. O chuveiro estava ligado. No banheiro. Era mais alto do que o dela em casa, porém mais baixo do que o da mãe.

O homem estava tomando banho.

Ela baixou o lençol até a cintura. Levantou-se com esforço e ficou sentada. Não havia nenhuma luz acesa no quarto, mas as cortinas não estavam fechadas e um brilho amarelo do exterior penetrava por ali. Estava molhado lá fora. Ela via gotas de chuva e reflexos na janela.

O quarto estava vazio.

É claro que está, sua boba, disse para si mesma. *O homem está tomando banho.*

Ela baixou o lençol até o tornozelo. Suas roupas estavam dobradas sobre a mesa à janela. Engatinhou pela cama, desceu, andou na ponta dos pés, esticou a mão e pegou sua calcinha na pilha. Levantou as pernas e a vestiu. Passou a camisa pela cabeça. Enfiou os braços nas mangas. Depois pegou o short, verificou se estava do lado certo e o colocou. Pôs o cós por cima da camisa e se sentou no chão de pernas cruzadas para afivelar os sapatos.

O chuveiro ainda estava ligado.

Ela se levantou, mas resolveu passar em frente à porta do banheiro engatinhando, pois estava preocupada com a possibilidade de seus sapatos fazerem barulho. Onde conseguia, mantinha-se no tapete. Afastada do linóleo. Ficou imóvel e escutou.

O chuveiro ainda estava ligado.

Ela engatinhou pelo quarto pequeno, passou pelo armário e chegou à porta. Estava escuro ali. Levantou-se e olhou para a porta. Viu uma maçaneta, um negócio tipo uma alavanca e outro com uma corrente. Ela se concentrou. A maçaneta era uma maçaneta mesmo, e a alavanca provavelmente seria uma tranca. Não sabia para que servia o negócio com a corrente. Havia uma fenda estreita com um buraco mais aberto numa das pontas. Ela imaginou a porta se abrindo. Abriria um tiquinho, depois a corrente a pararia.

O chuveiro ainda estava ligado.

Tinha que tirar o negócio com a corrente. Provavelmente deslizaria ao longo do objeto. Talvez a fenda estreita fosse para isso. Ela estudou o objeto. Era muito alto. Esticou-se, mas não conseguiu alcançá-lo. Esticou-se mais ainda e encostou a pontinha dos dedos nele. Desse jeito dava para deslizar a corrente. Conseguiu movimentá-la por toda a fenda até ela cair no buraco. Mas não conseguiu tirá-la.

O chuveiro ainda estava ligado.

Ela apoiou a outra mão aberta na porta e forçou os dedos do pé até estar completamente na ponta dos sapatos. Esticou-se até que as costas começaram a doer e pegou a corrente com a pontinha dos dedos. Não saía. Estava enganchada. Ellie abaixou os pés e escutou.

O chuveiro ainda estava ligado.

Voltou a ficar na ponta dos pés, forçou as pernas sobre eles até doerem e alcançou o objeto com as mãos. O final da corrente era um circulozinho. Sacudiu-o. Ele se moveu para cima um pouquinho. Ela o deixou abaixar novamente. Empurrou-o para cima e puxou ao mesmo tempo, e ele saiu. Caiu chacoalhando, balançou e bateu na porta fazendo um barulho que lhe pareceu muito alto. Ela prendeu a respiração e escutou.

O chuveiro ainda estava ligado.

Abaixou os pés e se concentrou na alavanca. Colocou o polegar de um lado, o indicador no outro e girou. Não se movia de jeito nenhum. Tentou o sentido inverso. Ela se moveu um pouquinho. Era bem firme. Ellie fechou a boca para o caso de sua respiração estar muito barulhenta e usou as duas mãos para girar com mais força. A alavanca se moveu um pouco mais, como se metal estivesse esfregando em metal. Fez força. Suas mãos doeram. A alavanca se moveu um pouco mais. Então de repente ela estalou e fez o giro todo.

Um estalo alto.

Ela ficou parada e escutou.

O chuveiro ainda estava ligado.

Pegou a maçaneta. Moveu com facilidade. Ela olhou para a porta. Era muito alta e parecia bem grossa e pesada. Tinha um negócio no alto que

Miragem em Chamas 453

a faria se fechar automaticamente assim que saísse. Era feito de metal. Já tinha visto um negócio daquele. Eles faziam muito barulho. O restaurante em frente à escola dela tinha um.

O chuveiro tinha sido desligado.

Ela gelou. Ficou imóvel, estupefata e em pânico. *A porta vai fazer um barulho. Ele vai ouvir. Vai sair. Vai me perseguir.* Ela se virou depressa e ficou de frente para o quarto.

O trevo da I-10 era uma enorme construção de concreto que se estendia como uma cicatriz na paisagem. Era tão grande quanto um estádio e, além dele, a opaca iluminação laranjada da rua em Fort Stockton inflamava as nuvens, agora ralas. Fort Stockton ainda tinha eletricidade. Cabos de energia melhores. Alice manteve o pé fundo, e o carro esgoelou durante três quartos do trevo e se lançou a noroeste pela 285. Atravessou o limite da cidade a cento e cinquenta. Havia uma placa: *Pecos 77 quilômetros*. Reacher se inclinou para a frente e, movendo sua cabeça rapidamente de um lado para o outro, examinou os dois lados do acostamento ao mesmo tempo. Construções baixas reluziam. Algumas delas eram motéis.

— Podemos estar no lugar completamente errado — disse Alice.

— Vamos saber em breve — respondeu ele.

Ele fechou a torneira, abriu a cortina com força e saiu da banheira. Enrolou uma toalha ao redor da cintura e usou outra para enxugar o rosto. Olhou-se no espelho embaçado e ajeitou o cabelo com os dedos. Prendeu o relógio no pulso. Jogou as duas toalhas no chão do banheiro e pegou duas limpas no pequeno rack de metal cromado. Enrolou uma ao redor da cintura e jogou a outra sobre o ombro como uma toga.

Saiu do banheiro. A partir de suas costas, a luz se esparramou. Como uma barra amarela larga, ela se lançou pelo quarto. Ele ficou paralisado. Encarou a cama vazia.

Em três minutos eles tinham passado por três motéis e Reacher achou que nenhum deles era o que procuravam. Era uma questão de suposição e pressentimento agora, de habitar uma zona onde ele se esvaziava de tudo exceto dos minúsculos murmúrios de seu subconsciente. Uma análise minuciosa arruinaria tudo. Ele poderia construir um longo argumento a favor ou contra cada um dos lugares. Poderia paralisar a si mesmo. Então não escutava nada além dos silenciosos sussurros das profundezas do seu cérebro. E eles estavam dizendo *este, não. Não. Não.*

Ele deu um passo involuntário e estupefato em direção à cama, como se vê-la de um ângulo diferente pudesse colocar a garota ali de volta. Mas nada mudou. Apenas o lençol embolado. Metade dele para baixo, metade para a lateral. O travesseiro, um pouco de lado, tinha o sulco da cabeça dela. Ele se virou e olhou para a janela. Estava bem fechada e trancada por dentro. Em seguida correu para a porta. Passos curtos desesperados se esquivando da mobília no caminho. A corrente estava dependurada. A tranca, destravada.

O quê?

Ele abaixou a maçaneta. Abriu a porta. A plaquinha *Não Perturbe* estava caída na calçada de concreto, a um metro da porta.

Ela saiu.

Ele prendeu a porta para que não se fechasse e correu noite adentro, descalço, usando apenas as toalhas, uma em volta da cintura e a outra como uma toga. Deu dez passos no estacionamento e parou. Ofegava. Choque, medo, esforço repentino. Estava quente de novo. Havia um forte fedor vegetal no ar, terra molhada, flores e folhas. As árvores estavam pingando. Ele fez um giro completo. *Aonde diabos ela foi? Aonde?* Uma criança daquela idade devia simplesmente ter saído correndo. O mais rápido que conseguia. Provavelmente em direção à estrada. Deu um único passo no intuito de ir atrás dela e depois se virou. Seguiu em direção à porta. Precisaria de suas roupas. Não podia persegui-la vestindo somente duas toalhas.

* * *

Os conjuntos de construções baixas se extinguiram uns nove ou dez quilômetros antes de chegarem à ponte. Simplesmente deixaram de estar ali. Só havia deserto. Ele olhou para o espaço vazio através do para-brisa, pensou em todas as estradas que já tinha visto e se perguntou: *Haverá mais estabelecimentos à frente? Ou nada mais de agora até chegarmos aos arredores de Pecos daqui a cinquenta quilômetros.*

— Volte? — disse ele.

— Agora?

— Já vimos tudo o que tinha pra ver.

Ela freou e virou violentamente usando os dois acostamentos da estrada.

Derrapou um pouco no cascalho molhado, endireitou-se e seguiu de volta para o sul.

— Mais devagar agora — disse ele. — Agora nós somos eles. Estamos olhando para isto aqui com os olhos deles.

Completamente imóvel, Ellie estava deitada na prateleira mais alta do armário. Ela era boa em se esconder. Todo mundo falava isso. Era boa em escalar também; por isso gostava de se esconder bem alto. Como no estábulo. O lugar preferido dela era o topo dos fardos de palha. A prateleira do armário não era tão confortável. Era estreita e estava cheia de tufos de poeira. Um cabide de arame e uma sacola de plástico com uma palavra muito longa para ser lida. Mas ela conseguia se deitar e esconder. Era um bom lugar, pensou. Difícil de subir. Tinha escalado pelas prateleiras laterais menores. Eram como uma escada de mão. Muito alta. Mas estava empoeirada. Podia espirrar. Sabia que não devia. *Será que ali era alto o bastante?* Ele não era um homem muito grande. Ela prendeu a respiração.

Alice manteve a velocidade estável em cem. O primeiro motel ao qual passaram de volta ficava à esquerda da estrada. Ele tinha uma cerca baixa com uns cem metros de comprimento para delinear o estacionamento. Havia uma recepção central e duas fileiras de um andar, com seis quartos cada. A recepção estava escura. Uma máquina de refrigerante ao lado dela brilhava em vermelho. Cinco carros no estacionamento.

— Não — disse Reacher. — Não paramos no primeiro lugar que vemos. Estaríamos mais propensos a parar no segundo lugar.

O segundo lugar ficava quatrocentos metros ao sul.

E ele era uma possibilidade.

Fazia um ângulo reto com a estrada. A recepção ficava de frente para a rodovia, mas os quartos se estendiam para trás dela, o que fazia com que tivesse o formato de um U. E era escondido. Havia árvores plantadas em todo o entorno, molhadas e pingando por causa da chuva.

Possível.

Alice diminuiu a velocidade até que o carro estava apenas rastejando.

— Entre — disse ele.

Ela virou, entrou no lote e seguiu paralelamente à fileira de quartos. Eram oito. Três carros estavam estacionados. Ela chegou ao fim do percurso, deu a volta e seguiu do outro lado. Mais oito quartos. Outros três carros. Ela parou ao lado da porta da recepção.

— E aí? — perguntou.

— Não — disse Reacher, abanando a cabeça.

— Por que não?

— A taxa de ocupação está errada. Dezesseis quartos, seis carros. Preciso ver pelo menos oito carros.

— Por quê?

— Eles não queriam um lugar que estivesse muito vazio. A probabilidade de serem lembrados era grande. Estavam procurando por um lugar com uma taxa de ocupação em torno de dois terços, o que daria dez ou onze carros para dezesseis quartos. Eles tinham dois quartos, mas, neste momento, nenhum carro, ou seja, oito ou nove carros para dezesseis quartos. Essa é a relação de que precisamos. Dois terços menos dois. Aproximadamente.

Ela olhou para ele no banco ao lado e deu de ombros. Voltou para a estrada e continuou em direção ao sul.

* * *

Miragem em Chamas

Ele deu dois passos em direção à porta e parou abruptamente. Havia uma luz amarela de um lado do lote arremessando um brilho fraco sobre o asfalto encharcado. Ela iluminava as pegadas dele. Elas formavam uma linha de curiosas marcas fluidas borrando a umidade. Ele distinguia seus calcanhares, dedos e peitos dos pés. Principalmente os dedos, pois tinha corrido. As pegadas eram turvas e molhadas. Não iriam secar e desaparecer tão cedo.

Mas ele não via as pegadas *dela*.

Havia apenas um conjunto de pegadas, e eram as dele. Sem dúvida. *Ela não tinha saído*. A não ser que pudesse levitar e voar. O que era impossível. Ele sorriu.

Ela estava escondida no quarto.

Correu os oito passos finais em direção à porta e entrou. Fechou-a suavemente, passou a corrente e a trancou.

— Pode sair — disse gentilmente.

Nada, mas não estava mesmo esperando que ela respondesse.

— Eu vou te pegar — falou ele em voz alta.

Começou pela janela, onde havia uma cadeira acolchoada de lado no canto do quarto com um espaço atrás dela largo o suficiente para uma criança se esconder. Mas ela não estava lá. Ele se ajoelhou, curvou-se e conferiu debaixo das camas. Não estava ali também.

— Ei, garota — chamou ele. — Já chega.

Havia um armário entre as camas com uma porta pequena. Ela não estava lá dentro. Ele se levantou e ajeitou as toalhas. Ela não estava no banheiro, ele sabia disso. Então onde estava? Deu uma olhada geral no quarto. *O armário. É claro.* Sorriu para si mesmo e seguiu, feliz, em direção a ele.

— Aqui vou eu, querida — alertou ele em voz alta.

Deslizou a porta e olhou para o chão. Uma bolsa dobrada e nada mais. À direita, não havia nada sobre um conjunto vertical de prateleiras. Outra prateleira na parte de cima ocupava toda a extensão do armário. Ele se esticou e a checou. Nada. Apenas tufos de poeira, um velho cabide de arame e um saco de plástico de um mercadinho de Cleveland chamado Subrahamian's.

Ele se virou, temporariamente derrotado.

* * *

O terceiro motel tinha uma placa pintada. Nada de neon. Apenas um painel pendurado em uma estrutura por correntes. Estava impresso com uma tipografia tão extravagante que Reacher não tinha certeza do que estava escrito. *Alguma coisa Canyon*, talvez, com uma ortografia antiga, *Cañon*, tipo espanhol. As letras tinham um sombreado dourado.

— Gosto deste — comentou ele. — Muito elegante.

— Entro? — perguntou Alice.

— Manda ver.

Havia uma pequena entrada que atravessava vinte metros de jardim. As plantas estavam murchas e ressecadas devido ao calor, mas eram pelo menos uma *tentativa* de jardinagem.

— Gosto deste — repetiu ele.

Tinha o mesmo formato do anterior. A recepção na frente, com um estacionamento em forma de U serpenteando ao redor de duas fileiras de quartos de costas uma para a outra e formando um ângulo de noventa graus com a estrada. Alice deu uma volta completa nele. Dez quartos por fileira, vinte no total, doze carros estacionados organizadamente em frente a doze portas aqui e ali. Dois Chevrolets, três Hondas, dois Toyotas, dois Buicks, um Saab e um Audi antigos, e um Ford Explorer com cinco anos de fabricação.

— Dois terços menos dois — afirmou Reacher.

— É este o lugar? — perguntou Alice.

Ele ficou calado. Ela parou ao lado da recepção.

— E aí?

Ele ficou calado. Apenas abriu a porta e saiu. O calor estava voltando. Tinha um cheiro forte de terra encharcada. Dava para ouvir água escorrendo nos esgotos e calhas pingando. A recepção estava escura e cheia de sombras. A porta, trancada. A campainha para o período da noite era um botão de metal bem-cuidado. Ele o apertou com o polegar e espreitou o interior pela janela.

Miragem em Chamas

Não havia máquina de refrigerante. Apenas um balcão organizado e um móvel grande cheio de panfletos. Não conseguiu ver sobre o que eram. Escuro demais. Manteve o polegar na campainha. Uma luz foi acesa em uma porta no fundo da recepção e um homem apareceu. Ele estava passando a mão no cabelo. Reacher tirou a Estrela de Auxiliar do Xerife do Condado de Echo do bolso e deu umas batidinhas com ela no vidro. O homem acendeu a luz da recepção, caminhou até a porta e a destrancou. Reacher entrou e passou por ele. Os panfletos no móvel cobriam todas as atrações turísticas em cento e cinquenta quilômetros. O Old Fort Stockton se destacava. Havia algo sobre uma cratera de meteoro em Odessa. Tudo coisa que valia a pena. Nada sobre rodeios, ou feira de armas, ou imobiliárias. Ele acenou para Alice. Gesticulou para que ela entrasse atrás dele.

— É este o lugar — disse ele.

— É?

— Parece o lugar certo pra mim.

— Você são policiais? — perguntou o cara da recepção, olhando para o carro.

— Preciso ver o registro dos hóspedes desta noite — disse Reacher.

Era impossível. Totalmente impossível. Ela não estava do lado de fora, não estava do lado de dentro. Ele correu os olhos pelo quarto novamente. As camas, a mobília, o armário. Nada feito. Ela não estava no banheiro porque ele *estava* no banheiro.

A não ser...

A não ser que ela tivesse estado debaixo da cama ou no armário e depois fora para o banheiro enquanto ele estava lá fora. Aproximou-se da porta do banheiro e a abriu. Sorriu para si mesmo no espelho. Já não estava mais embaçado. Puxou a cortina do box com um impetuoso movimento dramático.

— Aí está você — disse ele.

Ela estava espremida no canto da banheira, de pé, usando camisa, short e sapatos. As costas da mão direita estavam enfiadas com força dentro da boca. Olhos, arregalados. Estavam escuros e enormes.

— Mudei de ideia — disse ele. — Vou levar você comigo.

Ela ficou calada. Apenas o observava. Ele estendeu a mão em sua direção. Ela se encolheu. Tirou a mão da boca.

— Ainda não passaram quatro horas — argumentou.

— Passaram, sim — retrucou ele. — Muito mais de quatro.

Ela colocou as juntas dos dedos de novo na boca. Ele estendeu a mão novamente. Ela se encolheu. O que a mamãe dela tinha dito para fazer? *Se estiver com medo de alguma coisa, só grite e grite.* Ela respirou fundo e tentou. Mas nenhum som saiu. Sua garganta estava seca demais.

— O registro — repetiu Reacher.

O cara da recepção hesitou como se tivesse regras a seguir. Reacher olhou seu relógio e tirou a Heckler & Koch do bolso, tudo com um único movimento.

— Agora — ordenou ele. — Não temos tempo pra embromação.

O cara arregalou os olhos, inclinou-se no balcão e virou um grande livro de registros com capa de couro. Empurrou-o para a ponta. Reacher e Alice se aproximaram para vê-lo.

— Que nomes? — perguntou ela.

— Não tenho ideia — respondeu ele. — Concentre-se nos carros.

Havia cinco colunas em cada página. Data, nome, endereço residencial, marca do veículo, data de saída. Eram vinte linhas para vinte quartos. Dezesseis estavam ocupadas. Sete delas tinham flechas com origem na página anterior, indicando hóspedes que estavam ficando em uma segunda ou subsequente noite. Nove quartos eram para recém-chegados. Onze quartos tinham a marca do veículo anotada diretamente neles. Quatro quartos estavam marcados como dois pares de dois, cada um compartilhando um veículo.

— Famílias — disse o atendente noturno. — Ou grupos grandes.

— Foi você que fez o check-in deles? — perguntou Reacher.

Ele negou com um gesto de cabeça e disse:

— Sou o cara da noite. Só chego à meia-noite.

Reacher encarou a página. Ficou completamente imóvel. Levantou o olhar.

Miragem em Chamas

— O quê? — perguntou Alice.

— Este não é o lugar certo. Este é o lugar errado. Estraguei tudo.

— Por quê?

— Veja os carros — disse ele.

Ele passou o cano da arma pela quarta coluna. Três Chevrolets, três Hondas, dois Toyotas, dois Buicks, um Saab, um Audi. E um Ford.

— Deviam ser dois Fords — afirmou ele. — O Crown Vic deles e o Explorer que já está estacionado lá fora.

— Merda — disse ela.

Ele concordou com um gesto de cabeça. *Merda*. Ficou completamente inexpressivo. Se aquele não era o lugar certo, ele não tinha a mínima ideia de qual seria. Tinha apostado tudo naquilo. Não tinha plano B. Olhou para o livro de registros. *Ford*. Imaginou o Explorer velho parado do lado de fora, quadradão e sem graça. Depois olhou novamente para o livro de registros.

A caligrafia era toda igual.

— Quem preencheu isto? — perguntou ele.

— A dona — disse o atendente. — Ela faz tudo à moda antiga.

Ele fechou os olhos. Refez na cabeça a volta que Alice deu no estacionamento. Rememorou todos os motéis à moda antiga em que já tinha ficado na vida.

— Certo — disse ele. — O hóspede fala pra ela o nome e o endereço, ela os anota. Depois quem sabe dá apenas uma olhada pela janela e anota a marca do veículo por conta própria. Pode ser que ela faça desse jeito, se os hóspedes estão conversando ou ocupados pegando o dinheiro.

— Pode ser. Eu sou o cara da noite. Nunca estou aqui quando isso acontece.

— Ela não é muito ligada em automóveis, é?

— Como é que eu vou saber? Por quê?

— Porque há três Chevrolets no livro e apenas dois no estacionamento. Acho que ela anotou o Explorer como se fosse um Chevy. É um modelo antigo. Meio anguloso. Ela pode ter confundido com um modelo antigo de Blazer ou coisa assim.

Ele tocou a palavra *Ford* com o cano da arma.

— Este é o Crown Vic — disse ele. — São eles.

— Você acha? — perguntou Alice.

— Eu sei. Posso sentir.

— Eles ficaram com dois quartos, não adjacentes, mas na mesma fileira. Quartos cinco e oito.

— Certo — disse Reacher novamente — Vou dar uma olhada.

Ele apontou para o cara da noite e disse:

— Você fica aqui e quieto.

Depois ele apontou para Alice.

— Você liga pra polícia estadual e começa a fazer seu negócio com o juiz federal, está bem?

— Precisa da chave? — perguntou o atendente da noite.

— Não — disse Reacher. — Eu não preciso de chave.

Em seguida ele saiu e foi envolvido pelo calor úmido da noite.

A fileira de quartos da direita começava com o número um. Uma calçada de concreto passava em frente a cada uma das portas. Ele se movia rápida e silenciosamente por ela e seus sapatos deixavam pegadas encharcadas por todo o caminho. Não havia nada para ver a não ser portas. Estavam dispostas em intervalos regulares. Nenhuma janela. Elas deviam ficar na parte de trás. Aqueles eram quartos-padrão de motel, como os que ele já tinha visto um milhão de vezes, sem dúvida. Desenha padrão, com uma porta, um corredor curto, o armário de um lado e o banheiro do outro, uma pequena entrada que se abria para o quarto, que ocupava toda a extensão do aposento, duas camas, duas cadeiras, uma mesa, um aparador, ar-condicionado debaixo da janela, pinturas a pastel nas paredes.

O quarto número cinco tinha uma plaquinha *Não Perturbe* caída no concreto a um metro da porta. Pisou nela. *Se uma pessoa está com uma criança raptada, ela a mantém no quarto mais longe da recepção. Óbvio.* Continuou caminhando e parou em frente ao número oito. Colocou o ouvido na fresta da porta e escutou. Não ouviu nada. Caminhou silenciosamente e passou pelos números nove e dez até chegar ao fim da fileira de quartos.

Miragem em Chamas

Continuou, seguindo a curva do U. Os dois blocos de quartos eram paralelos, voltados um para o outro e separados por um jardim retangular de dez metros. Era horticultura de deserto, com plantas pontudas crescendo em meio a cascalho lavado e brita. Havia pequenos lampiões amarelos aqui e ali. Pedras grandes e matacões cuidadosamente posicionados davam um efeito de jardim japonês.

O cascalho fazia barulho sob seus pés. Tinha que andar devagar. Passou pela janela do dez, depois do nove, em seguida se agachou e encostou na parede. Ainda abaixado, posicionou-se diretamente debaixo da janela do oito. O barulho do ar-condicionado era alto. Não conseguia ouvir nada além dele. Levantou a cabeça, devagar e cuidadosamente. Olhou para dentro do quarto.

Nada feito. O quarto estava completamente vazio. Intacto. Parecia nunca ter sido ocupado. Estava ali, quieto e estéril, limpo e preparado, do jeito que são os quartos de motel. Sentiu um lampejo de pânico. *Quem sabe eles fizeram múltiplas reservas por todo o lugar. Dois ou três lugares similares para que tivessem escolha. Trinta ou quarenta dólares por noite, por que não?* Ficou em pé. Parou de se preocupar com o barulho nos cascalhos. Passou correndo pelo sete e pelo seis, direito até a janela do cinco. Posicionou-se bem em frente a ela e olhou lá dentro.

E viu um baixinho moreno com duas toalhas brancas no corpo arrastando Ellie para fora do banheiro. Uma luz brilhante se derramava para fora atrás dele. Sobre a cabeça dela, ele segurava os dois pulsos da garota com uma mão. Ela chutava e esperneava violentamente. Reacher olhou para dentro por aproximadamente um quarto de segundo, tempo suficiente para captar o desenho do quarto e ver uma nove milímetros preta com silenciador sobre o aparador. Em seguida ele respirou fundo, deu um passo longo e leve, curvou-se e pegou uma pedra no jardim. Era maior do que uma bola de basquete e devia pesar uns cinquenta quilos. Ele a fez atravessar a janela. A tela se desintegrou, o vidro se estilhaçou e ele a seguiu de cabeça para dentro do quarto, com a armação da tela presa ao redor dos ombros como uma coroa de louros.

O baixinho moreno ficou em choque e paralisado por um milésimo de segundo e então soltou Ellie, virou-se e se lançou desesperadamente em direção ao aparador. Reacher jogou longe a armação da tela destruída, chegou lá primeiro, pegou o homem pela garganta com a mão direita e o esmagou contra a parede, deu um murro colossal com a esquerda em sua barriga, deixou-o cair e chutou-lhe a cabeça com força. Viu os olhos dele rodarem dentro do crânio. Então ele inspirou e expirou como um trem, prendeu a respiração, arrastou os pés, envergou as mãos e lutou contra a tentação de chutá-lo até a morte.

Depois se virou para Ellie.

— Você está bem?

Ela fez que sim com um gesto de cabeça. Ficou quieta no repentino silêncio.

— Ele é um homem mau — disse ela. — Acho que ia *dar um tiro* em mim.

Foi a vez de ele ficar quieto. Lutou para controlar a respiração.

— Ele não tem como fazer isso agora — tranquilizou ele.

— Teve muito trovão e raio.

— Eu ouvi também. Estava lá fora. Fiquei todo molhado.

— Choveu um tantão.

— Você está bem? — perguntou ele pela segunda vez.

Ela pensou um pouquinho e fez que sim com a cabeça. Estava muito serena. Muito séria. Nenhuma lágrima, nada de gritaria. O quarto ficou absolutamente silencioso. A ação toda tinha durado três segundos, do começo ao fim. Era praticamente como se não tivesse acontecido. Mas a pedra do jardim estava caída ali no meio do chão, aninhada em cacos de vidro. Ele a pegou, carregou até a janela despedaçada e jogou do outro lado. Ela bateu ruidosamente no cascalho e rolou.

— Você está bem? — perguntou ele pela terceira vez.

Ellie negou com um gesto de cabeça e disse:

— Preciso ir ao banheiro.

Ele sorriu.

— Vai nessa.

Ele pegou o telefone e discou zero. O cara da noite atendeu. Reacher pediu a ele para mandar Alice ir até o quarto cinco. Em seguida caminhou

Miragem em Chamas

até a porta, tirou a corrente e a destrancou. Escorava para que ficasse aberta. Uma brisa começou a soprar pelo quarto em direção à janela quebrada. O ar do lado de fora estava úmido. E quente. Mais quente que o ar de dentro.

Ellie saiu do banheiro.

— Você está bem? — perguntou ele pela quarta vez.

— Estou — respondeu ela. — Estou bem, sim.

Alice entrou um minuto depois. Ellie a olhou com curiosidade.

— Esta é Alice — apresentou Reacher. — Ela está ajudando a sua mãe.

— Cadê a minha mãe?

— Ela vai estar com você em breve — disse Alice.

Em seguida ela se virou e olhou para o baixinho caído. Estava inerte no chão, pressionado contra a parede, braços e pernas entrelaçados.

— Ele está vivo?

Reacher fez que sim com um gesto de cabeça.

— Com uma concussão, só isso. Eu acho. Espero.

— A polícia estadual está a caminho — sussurrou ela. — Liguei pra casa do meu chefe. Eu o acordei. Está providenciando uma reunião com um juiz para a primeira hora do dia. Mas ele disse que vamos precisar de uma confissão direta desse cara aí se quisermos evitar um atraso muito grande.

— Teremos uma — afirmou Reacher.

Ele se curvou, enrolou uma das toalhas do baixinho moreno ao redor do pescoço dele fazendo um laço e a usou para arrastá-lo pelo chão até o banheiro.

Vinte minutos depois, ele saiu novamente e encontrou dois policiais estaduais de pé no quarto. Um sargento e um soldado, ambos hispânicos, ambos tranquilos e imaculados em seus uniformes. Dava para ouvir a viatura em ponto morto do lado de fora. Reacher os cumprimentou com um gesto de cabeça, foi até a cadeira e pegou a roupa do motorista. Jogou-as dentro do banheiro.

— E então? — perguntou o sargento.

— Ele está pronto pra falar — afirmou Reacher. — Está se oferecendo pra fazer uma confissão voluntária. Mas quer que vocês entendam que ele era só o motorista.

— Não era um atirador?

Reacher negou com um gesto de cabeça e disse:

— Mas viu tudo.

— E o sequestro?

— Ele não participou. Ficou vigiando a garota depois, só isso. E tem mais um monte de coisa também, coisas de anos atrás.

— Numa situação destas, se ele falar, vai ficar preso por um bom tempo.

— Ele sabe. E aceita. Está feliz com isso. Está procurando redenção.

Os policiais apenas se entreolharam e foram para o banheiro. Reacher ouviu pessoas arrastando os pés, movimentando-se e algemas sendo manuseadas.

— Preciso ir embora — disse Alice. — Tenho que preparar o documento. Um *habeas corpus* dá muito trabalho.

— Use o Crown Vic — ofereceu Reacher. — Vou esperar aqui com Ellie.

Os policiais tiraram o motorista do banheiro. Estava vestido, as mãos algemadas atrás das costas, e cada policial segurava um dos cotovelos. Curvado e branco de dor, ele já estava falando rápido. Os policiais o empurraram direto para a viatura, e a porta do quarto se fechou assim que eles saíram. Em seguida houve o som abafado das portas do carro batendo e o rugido do motor do carro.

— O que você fez com ele? — sussurrou Alice.

Reacher deu de ombros e disse:

— Sou um homem severo, como você falou.

Ele pediu a Alice que mandasse o atendente noturno trazer a chave-mestra e ela saiu em direção à recepção. Então se virou para Ellie e perguntou:

— Você está bem?

— Você não precisa ficar perguntando toda hora — respondeu ela.

Miragem em Chamas

— Cansada?

— Sim.

— Sua mãe não vai demorar — afirmou ele. — Vamos esperar por ela aqui. Mas é melhor trocar de quarto, não é? Este aqui está com a janela quebrada.

Ela deu uma risadinha.

— Foi você que quebrou. Com aquela pedra.

Ele ouviu o barulho distante do Crown Vic sendo ligado. Escutou os pneus na estrada.

— Vamos pro quarto oito — disse. — É bonito e está arrumado. Ninguém o usou. Podemos ficar com ele.

Ela deu a mão para ele, saíram juntos e caminharam pela calçada de concreto até o número oito. Uma dúzia de passos para ele, três dúzias para ela. Eles deixavam para trás um rastro de pegadas úmidas e turvas. O atendente os encontrou com uma chave-mestra e Ellie foi direto para a cama mais próxima da janela. Reacher se deitou na outra e a observou até que ela adormecesse. Então cruzou os braços atrás da cabeça e tentou cochilar.

Menos de duas horas depois o novo dia rompia brilhante e quente, o ar circulava, o teto de metal estalava e as vigas de madeira abaixo dele rangiam e se moviam. Reacher abriu os olhos depois de um curto e inquieto descanso e colocou as pernas para fora da cama. Caminhou lenta e silenciosamente até a porta, abriu-a e saiu. O horizonte oriental estava bem longe à direita, além da recepção do motel. Resplandecia uma luz branca pura. Havia farrapos de nuvens antigas no céu. Enquanto ele as observava, elas desapareciam aos poucos, queimadas pelo calor. *Nada de tempestade hoje.* As pessoas tinham comentado durante uma semana, mas não ela ia cair. Ficaria restrita àquela uma hora de chuva da noite anterior. Uma completa falha de ignição.

Ele voltou lentamente para o quarto e se deitou novamente. Ellie ainda dormia. Tinha chutado o lençol para baixo e sua camisa tinha se levantado, deixando visível para ele a faixa rechonchuda de pele rosa de sua cintura. As pernas estavam dobradas como se estivesse correndo em seus sonhos.

Mas os braços estavam jogados por cima da cabeça, o que, segundo um psiquiatra do Exército dissera uma vez, era um sinal de segurança. *Quando a criança dorme assim,* tinha dito, *lá no fundo ela se sente segura.* Segura? Ela era uma criança e tanto. Com toda certeza. A maioria dos adultos que ele conhecia teria ficado arruinada depois de uma experiência como a dela. Por semanas. Ou mais. Mas ela, não. Talvez fosse jovem demais para compreender por completo. Ou quem sabe fosse simplesmente uma criança durona. Uma coisa ou outra. Ele não sabia. Não tinha experiência. Fechou os olhos novamente.

Ele os abriu pela segunda vez trinta minutos depois porque Ellie estava em pé bem ao seu lado sacudindo seu ombro.

— Estou com fome — falou ela.

— Eu também — comentou ele. — O que você quer?

— Sorvete.

— No café da manhã?

Ela fez que sim comum gesto de cabeça.

— Ok — concordou. — Mas ovos primeiro. E bacon. Você é uma criança. Precisa de uma boa alimentação.

Ele pegou a lista telefônica na gaveta do criado-mudo e encontrou um restaurante a aproximadamente dois quilômetros de Fort Stockton. Ligou e subornou o pessoal de lá com a promessa de dar uma gorjeta de vinte dólares caso levassem o café da manhã ao motel. Mandou Ellie lavar as mãos e o rosto. Quando ela saiu, a comida já tinha chegado. Ovos mexidos, bacon defumado, torrada, geleia, refrigerante para ela, café para ele. E um enorme prato plástico cheio de sorvete e calda de chocolate.

O café da manhã muda tudo. Ele comeu, tomou o café e sentiu a energia sendo reposta. Percebeu o mesmo efeito em Ellie. Eles abriram a porta e a escoraram para que pudessem respirar o ar da manhã. Depois arrastaram cadeiras para o lado de fora e as colocaram uma do lado da outra para que pudessem esperar.

* * *

Miragem em Chamas

Esperaram por mais de quatro horas. Ele se espreguiçou e deixou o tempo passar, como já estava acostumado a fazer. Ela esperou como se aquela fosse uma tarefa séria a ser executada com sua costumeira concentração determinada. Ele ligou novamente para o restaurante e eles tomaram um segundo café da manhã, com o menu idêntico ao primeiro. Iam ao banheiro e voltavam. Falaram pouco. Tentaram identificar as árvores, escutaram os zumbidos dos insetos, procuraram nuvens no céu. Mas mantiveram seus olhares à frente e um pouco à direita, para onde ficava a estrada que vinha do norte. O chão estava seco de novo, como se não tivesse chovido absolutamente nada. A poeira estava de volta. Ela subia do asfalto e pairava no calor. Era uma estrada tranquila, com um veículo a cada dois minutos. Ocasionalmente um pequeno congestionamento preso atrás de um caminhão de fazenda se movendo lentamente.

Alguns minutos depois das onze horas, Reacher estava em pé no estacionamento a uns dois passos da calçada e viu o Crown Vic ao longe vindo para o sul. Ele se arrastava vagarosamente para fora do horizonte embaçado. Reacher viu as antenas falsas oscilando e se dobrando na traseira. Um rastro de poeira no ar.

— Ei, garota — gritou ele. — Olha só.

Ela ficou de pé ao lado dele e sombreou os olhos com a mão. O carro grande diminuiu a velocidade, fez a curva para dentro do motel e seguiu em direção a eles. Alice estava no banco do motorista. Carmem, ao lado dela. Parecia pálida e muito abatida, mas sorria e seus olhos muito abertos esbanjavam alegria. Ela abriu a porta antes de o carro parar de se movimentar, desceu, deu a volta no capô aos saltos, e então Ellie correu para ela e pulou em seus braços. Elas rodopiaram juntas à luz do sol. Houve grito e choro e gargalhada tudo ao mesmo tempo. Ele observou por um momento, depois se afastou e agachou ao lado do carro. Não queria se intrometer. Achava que momentos como aquele ficavam melhor se mantidos em particular. Alice percebeu o que ele estava pensando, abaixou a janela e colocou a mão em seu ombro.

— Tudo esquematizado? — perguntou ele.

— A nossa parte — respondeu ela. — Os policiais ainda têm que providenciar muita documentação. No todo, eles têm mais de cinquenta homicídios em sete estados diferentes nas mãos. Incluindo aquilo que aconteceu aqui há doze anos e Eugene, Sloop e o próprio Walker. Eles vão prender Rusty por ter atirado nele. Mas, nessas circunstâncias, acho que ela vai se safar fácil.

— Alguma coisa em relação a mim?

— Ficaram perguntando a respeito ontem à noite. Muitas perguntas. Eu disse que fiz tudo aquilo.

— Por quê?

Ela sorriu.

— Porque eu sou uma advogada. Falei que foi legítima defesa e eles compraram a ideia sem hesitar. Era o meu carro que estava lá e a minha arma. Sem encrenca. Eles teriam pegado muito mais no seu pé.

— Então estamos todos fora de perigo?

— Especialmente Carmem.

Ele olhou para cima. Carmem estava com Ellie no colo, o rosto enterrado em seu pescoço como se a fragrância doce dela fosse necessária para sustentar a própria vida. Caminhava sem rumo, fazendo círculos aleatórios com ela. Então levantou a cabeça, olhou para o Sol com os olhos semicerrados e sorriu com uma alegria tão abandonada que Reacher se pegou sorrindo junto com ela.

— Ela tem planos? — perguntou ele.

— Vai se mudar pra Pecos — respondeu Alice. — Vamos vasculhar os negócios do Sloop. Deve haver dinheiro em algum lugar. Ela está falando em se mudar pra uma casa tipo a minha. Talvez trabalhar meio período. Quem sabe até fazer Faculdade de Direito.

— Você contou sobre a Red House?

— Ela gargalhou de felicidade. Contei pra ela que o rancho deve ter virado cinza e ela só gargalhou e gargalhou. Me senti bem por ela.

Miragem em Chamas 471

Naquele momento, falando a mil por hora, Ellie a conduzia pela mão através do estacionamento, mostrando as árvores que tinha inspecionado antes. Elas ficavam perfeitas juntas. Ellie saltitava de animação e Carmem estava serena, radiante e muito bonita. Reacher se levantou e se inclinou, apoiando-se no carro.

— Quer almoçar?

— Aqui?

— Tenho um esquema com um restaurante. Eles provavelmente têm legumes.

— Uma salada de atum me serve.

Ele entrou e fez uma ligação telefônica. Pediu três sanduíches e prometeu mais vinte dólares de gorjeta. Quando saiu, Ellie e Carmem estavam olhando para ele.

— Eu vou pra uma escola nova — contou Ellie. — Igualzinho a você.

— Vai se sair muito bem — afirmou ele. — Você é muito inteligente.

Em seguida Carmem soltou a mão da filha e se aproximou dele, um pouco envergonhada e silenciosa, além de constrangida por um segundo. Depois abriu um grande sorriso, envolveu com os braços o peito dele e o abraçou com força.

— Obrigada — foi tudo o que disse.

Ele também a abraçou.

— Desculpa por ter demorado tanto — falou ele.

— Minha pista ajudou?

— Pista? — indagou ele.

— Deixei uma pista pra você.

— Onde?

— Na confissão.

Ele ficou calado. Ela se soltou do abraço dele, pegou-o pelo braço e o levou para um lugar de onde Ellie não os poderia ouvir.

— Ele me fez dizer que eu era uma prostituta.

Ele fez que sim com a cabeça.

— Mas eu fingi que estava nervosa e falei as palavras erradas. Eu disse *street stroller*.

— Eu lembro — disse ele confirmando com um gesto de cabeça. — Até pensei que fosse uma expressão de subúrbio hispânico.

— Só que a gíria certa é *streetwalker*, né? A correta. Essa era a pista. Era pra ter pensado com você mesmo, não é *stroller*, é *walker*. Entendeu? É *Walker*. O que significava: é Hack Walker que está fazendo tudo isso.

Ele ficou imóvel.

— Não tinha sacado — disse.

— Então como você descobriu?

— Acho que eu fiz o caminho mais longo.

Ela sorriu novamente. Laçou seu braço ao dele e o levou de volta para o carro, onde Ellie ria de algo com Alice.

— Você vai ficar bem? — Reacher perguntou.

Carmem fez que sim com a cabeça e disse:

— Mas me sinto muito culpada. Pessoas morreram.

Ele deu de ombros.

— Lembra-se do que Clay Allison disse.

— Obrigada.

— *No hay de qué, señora.*

— *Señorita* — corrigiu ela.

Carmem, Ellie e Alice foram juntas lavar as mãos para o almoço. Ele observou a porta se fechar depois que elas entraram e simplesmente saiu caminhando. Parecia ser a coisa natural a se fazer. Não queria que ninguém tentasse persuadi-lo a ficar. Deu uma corridinha até a estrada e virou para o sul. Caminhou dois quentes quilômetros antes de conseguir uma carona em um caminhão de fazenda conduzido por um velho desdentado que não falava muito. Ele desceu no trevo da I-10 e, sob o sol, esperou na via oeste por noventa minutos até uma carreta enorme diminuir a velocidade e parar ao lado dele. Deu a volta no capô gigantesco e olhou para a janela no alto. Ela foi aberta. Uma música se sobressaiu ao barulho do motor. Parecia ser

Miragem em Chamas 473

Buddy Holly. O motorista se inclinou para fora. Era um cara de uns cinquenta anos, gordo, com uma camisa do Dodgers e uma barba que não era feita havia uns quatro dias.

— Los Angeles? — gritou ele.

— Qualquer lugar — respondeu Reacher.

Impresso no Brasil pelo
Sistema Cameron da Divisão Gráfica da
DISTRIBUIDORA RECORD DE SERVIÇO DE IMPRESSA S.A.
Rua Argentina, 171 – Rio de Janeiro – 20921-380 – Tel.: (21) 2585-2000